किस लौ प्रीत करें

इस उपन्यास के सभी पात्र, घटनाएँ और स्थान काल्पनिक हैं। यदि कहीं कोई समानता दिखाई दे, तो वह मात्र संयोग है। जिसके लिए लेखक या प्रकाशक किसी प्रकार से भी उत्तरदायी नहीं होंगे।

किस लौ प्रीत करें

चन्द्र भार्गव

वाणी प्रकाशन

वाणी प्रकाशन

4695, 21-ए, दरियागंज, नयी दिल्ली 110 002

शाखा

अशोक राजपथ, पटना 800 004

फ़ोनः +91 11 23273167 फ़ैक्सः +91 11 23275710

www.vaniprakashan.in
vaniprakashan@gmail.com

KIS LAU PREET KAREN
by Chandra Bhargav

ISBN : 978-93-5072-422-4
Novel

प्रथम संस्करण

मूल्य : ₹ 595

न्यू कृष्णा ऑफ़सेट, दिल्ली-110093 में मुद्रित

वाणी प्रकाशन का लोगो मक़बूल फ़िदा हुसेन की कूची से

एक लौ तुम्हारी लगी,
रही जलती, सालती,
पल-पल आज तलक—
तुम्हें समर्पित—
वो ही निष्कम्प लौ,
मेरे जीवन का 'विमल' स्रोत—
अनवरत!!

1

बी.ओ.यू. टावर्ज़ के बीसवें फ्लोर पर वो अपने कक्ष में सुबह नौ बजे ही आ गया। कभी समय ही नहीं मिलता, कक्ष से आत्मसात् होने का। उसकी भव्यता, उसका परिवेश, उसमें दाहिनी दीवार पर टँगी कौसानी की पेंटिंग और बायीं ओर खजुराहो के भित्ति चित्र; नीचे बिछी हल्के हरे रंग की मखमली कार्पेट, उसके टेबल के सामने सलीके से सजी छः रीवोल्विंग चेअर्स, उसके ट्रेपीज़ीयमनुमा टेबल के दूसरी ओर उसके लिए ऊँची बैक वाली घुमावदार चेअर और ठीक सामने ग्लास टेबल के गिर्द दो मखमली नीले और हल्के गाजरी रंग के सोफे, दोनों कोनों में पीतल के कलशों में रंग-बिरंगे पत्तों वाले क्रोटन के गमले और टेबल के बायीं ओर चार फीट की दूरी पर प्रसाधन कक्ष और दाहिनी ओर कम्प्यूटर की स्क्रीन—सामने, पीछे और दाहिनी ओर शीशे की दीवारें। हिमांशु खड़ा देखता रहा; दूर तक फैली हुई क्नाट प्लेस की चकाचौंध। चलचित्र-सा चलता ट्रैफिक, सड़कें और उनके किनारे पेड़ जैसे सन्तरी से पर्यावरण की रक्षा को तत्पर हों। वह उन आस-पास और दूर तक फैली गगनचुम्बी अट्टालिकाओं में सबसे ऊँचे शिखर पर अनायास ही अपने अहम् को हवा में फ्लोट सा लहरा देता है।

इन्दिरा गाँधी अन्तर्राष्ट्रीय हवाई अड्डे पर वो रश्मि को चेक-इन करवाने के बाद, सुन्दर नगर की कोठी में जाने के बजाय, सीधा ऑफिस ही आ गया था। घर जाकर भी क्या करता? वो ही यादों के मेघ, जो यहाँ क्नाट प्लेस में उमड़-घुमड़ कर रहे हैं—वो अधिक तीव्रता से मुखर हो उठते।

पिछले तीस वर्ष से उसका रश्मि से सान्निध्य है... परन्तु पता नहीं कौन सा प्रबल आकर्षण है रश्मि में कि वह आज भी उससे पूर्णतया अभिभूत हो जाता है। रश्मि के चेहरे की दीप्ति, गौर वर्ण उसके कपोलों पर छिटकी अरुणाई, हल्का सा लम्बाईनुमा चेहरा और उस पर सम्मोहन भरे स्वप्निल नयन और किसी शिल्पकार द्वारा तराशा हुआ नाक, चेहरे को चूमती लटें और बात करे तो जैसे मोती झरें और मुस्कान कि कलियों का खिलखिलापन और हँसी-उन्मुक्त, नैसर्गिक, निश्छल कि मानो एक-एक मोती चुन, किसी दैविक माला में पिरो लिया जाए... उसने कई बार रश्मि से कहा... "अगर इतने वर्षों बाद भी मेरा यह हाल है कि मैं तुम्हें हर पल

अपने आगोश में समेटना चाहता हूँ; तो उनका क्या हाल होता होगा जो तुम्हारे साथ बतियाते हैं... और फिर अपने बिस्तर में किसी अलौकिक फन्तासी में जीते होंगे। पता नहीं किससे रश्क़ करूँ... उनसे या खुद से..."

"छोड़ो भी... आप भी ना... यह तो तुम्हारी नज़र का ही चक्कर है... और वैसे भी, कोई क्या सोचे... मुझे इससे फ़र्क नहीं पड़ता..."

और रश्मि उसके कन्धे पर सिर टिका देती और वह संकोचवश धीमे से उसे थपथपा देता... सामने ड्राइवर रियर मिरर से देखकर कुछ तो सोचता ही होगा... अजब पागल हैं ये लोग... शायद बड़े लोगों का यही सलीका हो... स्टाइल हो...। परन्तु हिमांशु चाहने पर भी उसे चूम नहीं पाता... संयत ही होना पड़ता–पद की गरिमा और सामाजिक मर्यादा–बेशक उसे लगता जैसे वह जन्मजात ही आशिक हो ... या फिर सभी मर्द ही ऐसे होते होंगे।

जाने किन ख्यालों में खोया... वह दूर उठती सुरमई धुन्ध को देखता रहा... जिसकी प्रत्येक परत में मिश्रित था दिन भर का एजेन्डा और उसके ऊपर आवरण था रश्मि की सुरभित स्मृति का; जो उसे एजेन्डा पेपर्स की फाइल की ओर झाँकने भर भी नहीं दे रही थी।

कल रात ही तो रश्मि चण्डीगढ़ से आयी थी–और कैसे उसने गुज़ारे थे वो तीस मिनट–रेलवे प्लेटफार्म पर कदम गोशी करते हुए जैसे सदियों से वो उसकी प्रतीक्षा में यों ही अधीर, उत्सुक, आतुर, कुलबुलाता-सा छटपटा रहा हो। शताब्दी प्रायः निश्चित समय पर ही पहुँच जाती है परन्तु कल बिना किसी विशेष कारण से ही आध घण्टा लेट थी–शायद किसी प्रेमी की अधीरता की परीक्षा हेतु और सुन्दर नगर पहुँचते-पहुँचते बज गये थे रात के दस! ड्राइवर ने सामान अन्दर रखा और पूछा...

"सर, सुबह कितने बजे आऊँ...।"

"पाँच बजे से लेट मत होना..."

और वो गाड़ी पोर्टिको में लगाकर चला गया। वो मुड़ा ही होगा कि हिमांशु ने रश्मि को आलिंगनबद्ध कर लिया और सिल दिए उसके पाटलों की पंखुड़ियों जैसे अधर। तब तक... जब तक... उसने जबरन स्वयं को छुड़ाया नहीं... और अधर तो मानो रक्त रंजित लालिमा से खिल उठे हों। बेशक, रश्मि ने उपालम्भ की मुद्रा में "ऊँह... ज़रा भी सब्र नहीं... कैसे दुख रहे हैं..."

परन्तु हिमांशु कब छोड़ने वाला था... उसे तो जैसे आषाढ़ की प्यास थी। उसका भीतरी कण-कण उस अलौकिक रस के अभाव में सूख चुका था। उसका भीतर प्लावित हुए बिना कैसे माने। उसने वे रस के जाम अब सुकुमार कोमलता से पिये कि बाहर डोर बेल बजी... अब रश्मि की बारी थी... उसने आलिंगन कस लिया कि हिमांशु ने पूर्ण प्रयास से छुड़ाया।

"सर, खाना लगा दूँ...!"

"बस, अभी दस मिनट में... हम बुलाते हैं..." और रश्मि ने कैसे रात्रि के परिधान पहने कि डाँट के अतिरिक्त उसके पास कोई विकल्प था ही नहीं। हिमांशु को लगा कि कहीं वास्तव में ही रूठ गयी तो वो क्या करेगा... जो भी चार पाँच घंटे मिले हैं... उन्हें तो प्रेम प्रेलाप से सराबोर कर दें... अन्यथा आगे फिर कौन जाने सप्ताह भर या अधिक का अनचाहा अन्तराल... कब दुराव की वह विकराल खाई मिलन यामिनी के सुगन्धित पलों से रसवन्त हो...।

अभी तो वह रश्मि को छोड़कर लौटा ही था और रास्ते भर मोबाइल पर बात करता रहा। फिर भी मन को शान्ति कहाँ? घड़ी पर ध्यान गया... दस बजने में दस मिनट। बाहर पी.ए. आ चुकी थी जिसने कक्ष का धीमे से डोर खोलकर अपनी उपस्थिति दर्ज करवा दी थी। हिमांशु ने इण्टरकॉम पर रंजना को बुलाया...।

"बोर्ड रूम की तैयारी है...?" उसने पूछा। रंजना तीस के करीब, दो बच्चों की मम्मी... परन्तु देखकर कोई भी बीस से कम की अविवाहित महिला का भ्रम पाल ले। वैसे भी आज की पीढ़ी की विशेषता है ही कि किसी भी वय में महिलाएँ अति आकर्षक लगती हैं—ना भी हों परन्तु लगने का प्रयास तो करती ही हैं... और रंजना सहज सौन्दर्य की प्रतिमूर्ति। हमेशा एक मधुमय मुस्कान कि पल भर को कोई भी ठिठक जाए—छरहरा बदन और परिधान पहनने का अपूर्व सलीका.. रॉ सिल्क की नारंगी शर्ट और मोतिया रंग की सिल्कन सलवार... जिस पर चिनॉन का नीला नारंगी पोल्का दुकूल... हल्की सी गुलाबी लिपस्टिक... और हर जगह वांछित उभार अपनी मर्यादा में...!

हिमांशु ने विहंगम दृष्टिपात किया और रंजना ने कहा...

"सर, हम कल शाम को ही सब ठीक तरह से कर गये थे... हमारे सेक्रेटेरियट के कार्यालय सेवा और मार्केटिंग के सभी अधिकारी शाम सात बजे गये थे। मार्केटिंग के उप महाप्रबन्धक ने पूरा निरीक्षण कर लिया था..."

"और एजेन्डा पेपर्स...?"

"वो भी सब सलीके से, विषय-चिन्ह्न लगाकर फाइल में लगा दिए हैं... आप चाहें तो एक बार स्वयं देख लें... सर... आपको दस बजे... चेयरमैन साहब को भी लेने जाना है...।"

"ओ येस... ओ.के... मैं निकलता हूँ... बट—टेक केयर... सेक्रेट्री मि. बत्रा आयें तो कहना सेल पर बात कर लें..."

जैसे ही हिमांशु बाहर निकला मि. बत्रा 'गुड मार्निंग से अभिवादन कर साथ हो लिए। लिफ्ट में आवश्यक निर्देश देते हुए हिमांशु जाकर मर्सेडीज़ में बैठ गया और ड्राइवर उसे होटल ताज की ओर ले चला...।

उसे याद है जब उसने पहली बोर्ड मीटिंग में भाग लिया था तो वो काफी व्यग्र और अनस्थिर था। घबराहट में आखिर उसने चेयरमैन मि. बैजल से पूछ ही लिया था...

"सर, बोर्ड मीटिंग में मेरा क्या रोल होगा...?"

"अरे... तुम्हारा क्या रोल है... तुम तो देहली के महाप्रबन्धक होने के नाते एक्स ऑफिशियो मेम्बर ही हो... जिसे केवल बोर्ड के सदस्यों की सुख-सुविधा का ध्यान रखना है।" और उसकी साँस में साँस आयी और आश्वस्त होकर बोर्ड मीटिंग में गया था। उसके पश्चात् तो उसे बैंक ऑफ यूनीवर्स (बी.ओ.यू.) की ओर से कई कम्पनियों के बोर्ड पर नामित किया गया। फिर तो ये बैठकें एक नियमित रुटीन सी लगने लगीं। परन्तु बैंक के बोर्ड की मीटिंग और वह भी देहली में... मानो पूरा दिन इसी को समर्पित। वैसे भी चेयरमैन की विज़िट मतलब, पूरा प्राटोकॉल या यूँ कहो पूरा शिष्टाचार निभाना...।

और दिन भर की व्यस्तता के पश्चात् चेयरमेन महोदय को रात आठ बजे की इण्डियन एयरलाइन्ज़ की फ्लाइट से रवाना कर... आकर गाड़ी में बैठा। एक कृत्रिम मुस्कान का मुखौटा ओढ़े... और अपनी निजता से पूर्णतया अनभिज्ञ...भीतरी उद्वेल से अपरिचित कि कब वो सुनामी बन तन-मन को पराभूत कर दे...।

रात के साढ़े नौ बज चुके थे... रश्मि की फ्लाइट तो लन्दन के हीथ्रो एयरपोर्ट पर सुबह तीन बजे पहुँचनी थी... परन्तु वह तो स्वभावतया ही अधीर था। इसलिए भीतरी उथल-पुथल सदा ही हावी रहती थी—चाहे वह बैंक का व्यवसाय हो, रश्मि का यूनिवर्सिटी में कोई मुद्‌दा हो या फिर कोई भी पारिवारिक मतभेद... असन्तुलन और तनाव उसकी दिनचर्या के अनिवार्य अंग थे।

बोर्ड मीटिंग की चर्चा, सदस्यों की टिप्पणियाँ, उनका स्पष्टीकरण, बैंक की अभूतपूर्व वृद्धि पर अध्यक्ष, सभी अधिकारियों और कर्मचारियों को बधाई का सम्प्रेषण, एन.पी.एज़. (नॉन पर्फोर्मिंग एसेट्स) में लगातार कमी और बैंकिंग के सभी सूचकांकों से बोर्ड के सदस्य काफी खुश थे। चेयरमेन मि. बैजल के स्फूर्तिप्रदत्त नेतृत्व पर प्रस्ताव पारित और देहली क्षेत्र का अग्रणी योगदान—वो भीतर ही भीतर गौरवान्वित महसूस कर रहा था। चेयरमेन बैजल को एयरपोर्ट जाते हुए उसने उनको बधाई दी और "सर, आपने तो बोर्ड के सदस्यों पर कैसा जादू कर रखा है कि सब ओर तारीफ़ ही तारीफ़..."

"यह तो सब आप लोगों ने ही किया है... इसका श्रेय भी आपका ही है... मैंने क्या किया... वह तो सदस्यों की अनुकम्पा है—पर इसे ज़्यादा तजरीह नहीं देनी चाहिए—आज काम अच्छा है... तो सब खुश... और कल ये ही कब आपको कटघरे में खड़ा कर दें... जैसा होता है... उसे उसी क्षण उसकी फेस वैल्यू, प्रत्यक्ष मूल्य पर ही लो..."

"थैंक्स सर... तो भी आपकी क्षमता, आपका नेतृत्व, आपकी दूरगामी सोच, आपका विज़न... क्या-क्या कहें... सभी... आपके हृदय से प्रशंसक हैं..."

और वास्तव में ही हिमांशु जो कुछ भी कह रहा था उसमें पूरी ईमानदारी थी और वैसे भी वो मि. बैजल से पूर्णतया अभिभूत था। अध्यक्ष, मि. बैजल की विशेषता थी कि वो मुलाकाती, आगन्तुक, सहयोगी या कर्मचारी को बहुत ही सहज महसूस करवाते थे–तो भी सामने वाला कभी अपनी लक्ष्मण रेखा पार नहीं करता था और यदि उन्हें कभी ऐसा लगे तो अपनी ही दक्षता से उसे मोड़ दे देते थे।

क्या हिमांशु, बल्कि सभी कर्मचारी या अधिकारी, जो भी थोड़ा कुशाग्र होगा–वो अपने सहयोगी का चाहे कम ही; परन्तु अपने उच्चतर अधिकारी का मूल्यांकन तो करता ही है।

उसने बहुत से अधिकारियों और प्रबन्धकों और निदेशकों के साथ काम किया था–और पाया कि अधिकतर अधिकारी केवल मात्र 'एसॅकेलेटर इफेक्ट'–जिसे अपनी भाषा में चलसोपान के परिणामस्वरूप ऊँचे पदों पर चढ़ते जाते हैं। आप एयॅरपोर्ट, मॉल्ज़ या रेलवे स्टेशनों पर जाएँ तो स्वचालित सीढ़ी पर खड़े हो जाएँ और कोई विशेष छेड़छाड़ ना करें तो वे स्वयं ही आपको ऊपर ले जाती हैं। ऐसा ही कुछ प्रबन्धन में भी होता है। यदि आप अपने कार्य और दायित्व का वहन बिना किसी प्रतिरोध या बाधा के सामान्यतया करते जाएँ तो वरीयता की स्वचालित सीढ़ी आपको निर्धारित समय पर ऊपर मंज़िल पर उतार देगी। जहाँ भी आपने कहीं किसी प्रणाली, सिस्टम, अधिकारी या कर्मचारी संघ के मिजाज़ के प्रतिकूल या प्रतिरोधात्मक काम किया, तो आपके माथे टैक्टलेस, अव्यवहारिक और असफल अधिकारी का कलंक लग जाएगा...। इस पूरी प्रक्रिया में किसी के पास भी, कुछ भी सिखाने या मार्गदर्शन करने के लिए नहीं होता। निष्कर्षतया आप अपने ही स्तर पर समस्या का समाधान करें तो आपके नियन्त्रण अधिकरी भी निश्चिन्त और सीढ़ी भी बिना किसी अवरोध के चलती रहेगी। परन्तु मि. बैजल में अभूतपूर्व नेतृत्व की क्षमता थी और हर पल, यदि आप ग्राह्य मानसिकता से उनका सामीप्य या उनका हरेक कथन ग्रहण करें तो आपको भविष्य में अपना पथ सदैव प्रशस्त ही मिलेगा।

इन्हीं विचारों की झंझा में, उनके घालमेल में, वह रास्ते भर के मीलों लम्बे, सड़कों पर लगे जाम, लाल बत्तियाँ, साइड में लगे होर्डिंग और विज्ञापन पार करता गया–और कब रश्मि का मंजुल मुख किसी दैवी अप्सरा सा, उसकी नज़रों के सामने अवतरित हो झिलमिलाने लगा... उसे बन्द आँखों में तभी पता चला जब ड्राइवर ने गाड़ी लाकर पोर्टिको में खड़ी कर दी... और पीछे आकर गाड़ी का डोर खोला...

"सर, अभी रुकूँ या..."

"अरे... पहुँच गये... क्या बजा है?"

"सर... साढ़े नौ बजे हैं...।"

"अच्छा... तो तुम चलो... सुबह उसी वक्त..." और ड्राइवर चला गया।

उसने बैल बजाई... नौकर को चाय के लिए कहा—और लेपटॉप खोला। पता नहीं कनेक्टिविटी हो ही नहीं पा रही थी। पाँच मिनट, दस मिनट—सभी तरह प्रयत्न किया, परन्तु गुगल तो जैसे है ही नहीं। वह उठा—वार्डरोब खोला—सभी सूट और शर्ट और नेक टाई... सभी करीने से टँगे हुए—कब रश्मि ने किया होगा—उसे आश्चर्य हुआ। रात भर तो वो उसकी बाहों में रही... और उसका एक-एक लम्हा अभी भी कण-कण में जीवन्त ही था।

आखिर उसने जूते खोले, मोजे उतारे और चप्पल पहन, बाथरूम में जाकर फ्रेश हो गया और आराम से कुर्सी पर बैठा; टी.वी. का रिमोट पकड़ा—टी.वी. भी ब्लैंक ... साफ... सफाचट सक्रीन... क्या हो गया आख़िर... ना लेपटॉप... ना टी.वी... आखिर हुआ क्या?

वह तो पहले ही लेट था—उसने कहा था कि वो नौ बजे रश्मि से लेपटॉप पर सम्पर्क करेगा—परन्तु लेपटॉप तो क़नेक्ट ही नहीं हो रहा था—उसने अपने डेपुटी से सम्पर्क किया। उसका भी ना टी.वी., ना ही कम्प्यूटर चल रहा था। उसका दिल धक् धक् करने लगा—मन आशंकाओं से संलिप्त—एक के बाद एक आशंका, मन में बिजली की चौंध की तरह एक विचार आता और एक जाता जो जितनी अधिक प्रिय—अनिष्ट की आशंका उतनी ही तीव्र—उतनी ही प्रखर—उतनी ही उत्कट—उतनी ही प्रचंड...! और क्षोभ इलेक्ट्रॉनिक उपकरणों पर। जब भी आवश्यकता या अति त्वरा होती है—ये साले कभी साथ नहीं देते...। बहुत प्रगति की है विश्व ने—सब बकवास—ऑल नॉन-सेंस...। ऐसी ही तो खीझ आ रही थी, उसे अपनी असमर्थता और विवशता पर... और साथ ही इन उपकरणों की व्यर्थता पर...।

अचानक टी.वी. में घर्र-घर्र हुआ... और ज़ी न्यूज़ पर फ्लैश हो रहा था... ब्रेकिंग न्यूज़—वर्ल्ड ट्रेड सेन्टर के टविन टावर्स ध्वस्त...। ओसामा बिन लादेन पर शक की सूई। बार-बार दिखा रहे थे कैसे एक के बाद एक हवाई जहाज़ डब्बलयू.टी.सी. के टावर्ज़ के बीच की मंजिलों पर जा टकराया और धीरे-धीरे कागज़ के घर की तरह टावर्ज़ ध्वस्त हो रहे थे—धराशायी हो रहे थे। कैसे लोग सुरक्षा के लिए सीढ़ियों में से भागते हुए फँस कर मर रहे थे। जो भी चैनल बदलो उसी पर, ये ही खबर—ये ही भयावह त्रासद चित्र।

जो मन आशंका से ग्रसित था वह अब तो डूब ही रहा था... बंगलोर (बंगलूरू) से बेटे का फोन आया—पता नहीं कैसे लैण्ड लाइन मिली होगी—"पापा आप और मम्मी कहाँ हैं—आप लन्दन जानेवाले थे..."

"बेटा... सब ठीक है... घबराहट की कोई बात नहीं... आपकी मम्मी ही गयी हैं... मैं मीटिंग के कारण रुक गया था..."

"आपकी मम्मी से बात हुई...?"

"सन्नी–शान्त हो जाओ–बी ऐट ईज़... अभी वो फ्लाइट में ही हैं... जैसे बात होती है मैं तुम्हें सूचित कर दूँगा–अभी मोबाइल भी बन्द है–शायद तब तक चल पड़े... टेक इट् ईज़ी... गॉड विल बी विद हर..."

"ओ.के. डैड... मुझे फ़ौरन खबर करना–मुझे चिन्ता है... आप सब की और दीदी की भी... मैं सिंगापुर को भी ट्राई कर रहा हूँ... ओ.के. डैड... लव यू... टेक केयर..." "लवॅ यू सन्नी"

और रिसीवर रखते ही उसकी आँखें भर आयीं... आतंकियों का क्या पता। कहाँ कहाँ प्रहार किया होगा–और हिमांशु आँख बन्दकर महा मृत्युंजय मन्त्र का जाप करने लगा...।

2

कल्पनाशीलता भी क्या चीज़ है–ज़रा आँख लगी नहीं या आप विचारों में डूबे नहीं। पल भर में आप एक फन्तासी की दुनिया में या फिर अतीत के सागर में डूबने लगते हैं या तिरने लगते हैं। ऐसा ही तो हिमांशु के साथ हुआ था। बेड पर पीठ टिकाए कब कल्पना की उड़ान में उड़ चला कि उसकी द्रुत गति उसे वर्तमान महाप्रबन्धक के पद से अपदस्त कर कॉलेज के गेट पर ले गयी–

तीस वर्ष बीत चुके थे परन्तु उसे तो कल की ही बात लगती थी। हो सकता है समय के अनुपात में वह सब प्रासंगिक ना रहा हो–परन्तु कुछ पल, कुछ लम्हे, कुछ कालखण्ड और कभी तो पूरा जीवन ही कालातीत होता है। यह तो निर्भर करता है कि उसे आपने किस शिद्दत, किस पैशन, किस मनोवेग, किस अनुराग, किस गहराई, किस तीव्रता से जीया है। पता नहीं कैसे वो ख़लील जिब्रान के काव्य खण्ड, किसी वीणा के स्वरों से तरंगित हो रहे थे–कि

"मैं सदियों से विचरता रहा हूँ, तटों के किनारे–
बालू और फेन के मध्य,
ज्वार मिटा देगा मेरे पद चिन्ह,
और हवा देगी उड़ा फेन के तुन्द–
लेकिन तट और सागर रहेंगे चिरन्तन...।"

कॉलेज के गेट पर पहुँचते ही, हृदय ही गति तीव्र, माथे पर पसीना, शायद टाँगें भी स्वेद-स्नात हों–परन्तु जीवन को तो एक पड़ाव से दूसरे तट की ओर बढ़ना ही है और शायद यही सतत् जीवन है– परन्तु उम्र की उस दहलीज़ पर उसे भान भी नहीं हुआ कि उसके साथ ऐसा क्यों हो रहा है। साक्षात्कार के समय भी तो ऐसा

ही कुछ हुआ था। बीस फुट ऊँचा लोहे का मज़बूत गेट जैसा मुगल बादशाह शाहजहाँ ने दिल्ली के मुख्य प्रवेश पर बनवाया था और उसमें रखा था छोटा सा द्वार ताकि जब भी अमर सिंह राठौर—मेवाड़ का वास्तविक उत्तराधिकारी—प्रवेश करे तो पहले सर झुका कर भीतर घुसे और फिर धड़ और शरीर का पृष्ठ भाग अन्दर लेकर आये—परन्तु उसने तो बादशाह की सोच के ठीक विपरीत किया था। शायद यह गेट राजपूत राजाओं और सेनापतियों के लिए भी होगा ताकि उनकी हेकड़ी, आन-बान और शान, द्वार पर ही धराशायी हो जाए।

नहीं, ऐसा मन्तव्य नहीं रहा होगा, कॉलेज प्रबन्धन का। अपितु कॉलेज या महाविद्यालय को सभी विद्या का मन्दिर समझें या उसे ऐसा मन्दिर समझें जिसके नाम पर उसका नाम रखा गया है। वह भी तो उसी छोटे से द्वार से, जो गेट की एक तरफ बनाया गया था और जिसे गेट मेन ने खटखटाने पर, पहले छोटे से झरोखे से झाँककर, ही खोला था। और तब प्राचार्य तक पहुँचने का मार्ग मिला जो पहले कॉलेज के कार्यालय में जाकर रुका। एक वयोवृद्ध हैड-क्लर्क, या सुपरिंटेंडेंट भी हो सकता था, ने जाकर प्राचार्य को सूचित किया। इंटरव्यू तो दो दिन बाद था; परन्तु, फिर भी प्रिन्सिपल ने अनुकम्पा दिखाई और भीतर बुला लिया।

चेहरा कान्तिहीन, संजीदा, नीचे का होठ जैसे पत्ता—गोभी का पात, अलग से लटक रहा हो, तनाव ने भृकुटी पर स्थायी रेखाएँ बना दी थीं और मुँह भी फूला हुआ जैसे सारे जहाँ से नाराज़ हों और सम्भवतः दशकों से हँसी को पास भी ना फटकने दिया हो। प्राथमिक, प्रारम्भिक औपचारिकता के पश्चात्—

"अच्छा, तो आप हैं हिमांशु शुक्ल"

"जी, सर!" और उसने अपने सर्टिफिकेट उनके आगे कर दिये।

"ठीक है—ये तो आप परसों ऑफिस में दिखा देना। आप अपनी खासियत बताएँ... ।"

"मेरा पूरा कॅरीयर उच्चस्तरीय रहा है—मैं पूरी निष्ठा, श्रम, लगन और समर्पण भाव से कॉलेज की सेवा करूँगा—"

"ओ.के.... ठीक है—" और लगा वो हल्के से मुस्कुराये—तभी तो जब वह बाहर निकला था तो एक हल्की-सी बदली कॉलेज पर मँडरा रही थी।

"तो परसों आना, देखेंगे..."। और वह नत्मस्तक अभिवादन कर बाहर आ गया—इन्तज़ार... जिसका बीजारोपण हो चुका था।

साक्षात्कार तो वो कई महाविद्यालयों में पहले ही दे चुका था। और ऐसे स्थानों पर जहाँ का उसने नाम तक नहीं सुना था—जैसे चरखी दादरी, महेन्द्रगढ़, पलवल और जहाँ जाने का रेल रूट भी उसे मालूम नहीं था...। वहाँ भी गया। उसे याद है,

चरखी दादरी जाने के लिए उसे अनारक्षित डिब्बे में घुसने के लिए एक-एक युवा की मिन्नत करनी पड़ी थीं, और तब जाकर वो भीतर घुस पाया था। वहाँ पहुँचा तो देखा, पूरा क्षेत्र रेत के मैदानों, धूल भरे रास्तों से भरा हुआ था और कॉलेज का भवन अभी बन ही रहा था। उस समय तक हिमांशु को आरक्षित डिब्बे या आरक्षण के बारे में मालूम ही नहीं था-शायद आरक्षित डिब्बे या तीसरी श्रेणी के ऊपर, सफर करने की, पिताजी के बूते की बात ही नहीं थी—या ना ही रही हो-और परिवार हमेशा ही सीट के कोने पर, या लोहे के सूटकेस पर नितम्ब टिकाकर अपने गन्तव्य पर पहुँचते थे।

खैर, साक्षात्कार के स्थान पर जाकर ही प्रत्याशियों से पता चलता कि प्रबन्धन या मैनेजिंग कमेटी का अपना ही कैंडीडेट है। वो चरखी दादरी से महेन्द्रगढ़ नहीं गया था क्योंकि एक तो पास में साफ कपड़े नहीं थे दूसरे वस्तुस्थिति भी प्रतिकूल ही थी और वही हाल पल्वल का भी था। उसे पूरी तरह से एहसास हो चुका था कि आपकी योग्यता कितने भी उच्च स्तर की क्यों ना हो—नौकरी तो अन्ततः प्रबन्धन के प्रत्याशी को ही मिलती है। तभी तो उसे कहीं से भी नियुक्ति पत्र नहीं आया।

वह तो दिन-ब-दिन हतोत्साहित हो ही रहा था, पिताजी भी हताश हो रहे थे। चाहते थे कि हिमांशु चाहे किसी स्कूल में ही नौकरी कर ले परन्तु घर के बोझ का वहन तो करे। इसीलिए इस महाविद्यालय में हिमांशु के लिए नियुक्ति अत्यावश्यक थी। साक्षात्कार के दौरान अपनी परिस्थितियाँ एवं अपनी निष्ठा बयान करते-करते उसका गला रुँध गया और आँखों के खाली आकाश में आँसू डबडबाने लगे। प्राचार्य और उनकी पत्नी जो प्रबन्धन के सर्वेसर्वा ही थे—उन्हें बातचीत में एक ईमानदारी, एक सच्चाई, एक निष्कपटता नज़र आयी। इसमें उन्हें एक आत्मीयता लगी। बेशक, यह हिमांशु की मजबूरी, विवशता, लाचारी थी जो भावावेश में बहने के कगार पर थी। मिसेज़ प्रिंसिपल, जो व्यवहारकुशल, स्नेहसिक्त, निष्ठावान लगीं, ने हिमांशु का ही पक्ष लिया।

और इन परिस्थितियों में उसकी स्थानीय कॉलेज में गणित के प्राध्यापक की नियुक्ति हो गयी। एक कदम के फासिला से वो स्कूल टीचर होने से बच गया। गणित की मार्केट में कितनी माँग है यह भी सपना चूर हो गया और लगने लगा था कि एम.ए. गणित कर कितनी बड़ी भूल कर ली। अस्तु, नौकरी मिली तो, परन्तु प्राचार्य महोदय ने एक एहसान तो जता ही दिया। नौकरी तलाशते रहो। जब भी दूसरी नौकरी मिले, तुम छोड़ सकते हो। तो भी हिमांशु को तो जैसे कोई वीरान मरू से, नखलिस्तान में ले आया हो।

आज ही तो उसे रश्मि का लैटर मिला था—वह तो उसी के सरूर में डूबा था ठीक उसी तरह जैसे रोमांटिक कवि कीट्स फैनी के नशे में रहता था और उसे लगता

"जैसे मेरी चेतना पर भाँग का नशा छा गया हो, या मैंने अफ़ीम का प्याला आखिरी बूँद तक खाली किया हो।"

रश्मि ने लिखा था, "हिम, तुम वास्तव में ही बहुत अच्छा लिख सकते हो-तुम्हारा तो स्वयं का जीवन ही एक उपन्यास है-एक सुन्दर घटना वृत। वो तो मैं ही तुम्हें प्रेरणा न दे सकी—वरना तुम अच्छे, बहुत अच्छे लेखक बन सकते थे।"

वो क्या करे—कहता भी क्या—उसे तो रश्मि की एक-एक भंगिमा, सान्निध्य का एक-एक पल, एक-एक झरता हुआ शब्द, एक-एक स्थिति का फूटता स्रोत, एक-एक पदचाप की संगीतमय लय, एक-एक पलक का झुकना, खुलना और न जाने पूरे विश्व की मादकता उसी में केन्द्रित हो गयी हो-तो कहने के लिए इतना व्यापक, विस्तीर्ण फैलाव है कि उसे समेटने, उसे शब्दों में पिरोने के लिए वह स्वयं को अक्षम मानता था-सरस्वती का वरदान था भी या नहीं, परन्तु वह तो मूक था। प्रकृति की इस विलक्षण रचना से अभिभूत।

ऐसा नहीं था कि यह बात रश्मि ने उसे पहली बार कही हो—या लिखी हो-परन्तु आज तो जैसे उसे भीतर तक झकझोर दिया गया जैसे कोई प्रचंड अन्धड़ आया हो और वो वृक्ष अपनी जड़ों को थामे—डटकर खड़ा हो। उसकी तो निगाहों के सामने, सदैव की भाँति वह जीवन्त हो उठी। वही सुन्दर, सलोनी, अल्हड़, मदमस्त, निश्छल, गुलाबी कलिका—वही छात्रा जिसे प्रो. ओ.पी. गुप्ता ने परिचित करवाया था।

वह पहले दिन, जैसे ही कॉलेज के गेट में दाखिल हो, प्रांगण की ओर चला तो प्रो. गुप्ता ने कहा—"प्रोफेसर साहब, आओ! आपको आपकी थर्ड यीअर की स्टूडेंट से मिलवाएँ।" क्योंकि प्रोफेसर गुप्ता कॉलेज छोड़कर राजकीय महाविद्यालय हिसार में जा रहे थे और हिमांशु की नियुक्ति उन्हीं के स्थान पर तो हुई थी।

"ये है रश्मि... आपकी थर्ड यीअर की स्टूडेंट। आप बात करें... और रश्मि ये हैं प्रो. हिमांशु शुक्ल जो मेरी जगह तुम्हें पढ़ाएँगे।"

एक उड़ती-सी नज़र से प्रो. हिमांशु ने उसे देखा-वास्तव में ही उसकी परिकल्पना की चरम सीमा पर गढ़ी गयी, वो अलौकिका जैसे उसके मानसपटल पर चित्रित किसी चिरन्तन प्रतीक्षा का प्रतिरूप हो-उसने तो हमेशा ही शेक्सपीयर के प्लेज़ की 'लव ऐट फर्स्ट साइट' या प्रथम दृष्टि प्रेम के सपने सँजोए थे-घंटों सरिताओं, कूलों, निर्झरों की चंचल उर्मियों को लिपटते देखा था और देखी थी उनमें थिरकती पद्चाप, देह के वक्र में बलखाती मादकता, हर टहनी, हर लता में उसे अपनी स्वप्निल प्रेमिका की लचक, उसकी अस्त-व्यस्त अलकें, एकदम नैसर्गिक आभा। उसे नज़र आती थी—अरुणोदय की लालिमा में, लहलहाते सरसों के खेतों पर बयार सी बहती वो अद्वितीय और वह हो जाता मन्त्रमुग्ध उसी सतरंगी कल्पना के लोक में।

आज उसने सजीव देखा था 'उस पार' की लवंगलता को—जो मंदार को देखने

पर "हा... हा... मेरे सपनों के देव..." और मूर्छित हो जाती है...।

और प्रो. गुप्ता ने कहा था, "और हाँ... ये अकेली ही हैं... जिन्होंने कॉलेज का नाम रोशन किया है... पिछले साल यूनीवर्सिटी में प्रथम स्थान पर रही थीं।

"इस बार भी फर्स्ट क्लास फर्स्ट ही आयेंगी" उसने आश्वस्त स्वर में कहा था।

और वह अपनी अकलुषित मुस्कान बिखेरती अपनी चांचलिक नमस्कार की मुद्रा में निकल गयी... यह कहते हुए...

"अच्छा, सर, अभी तो मेरी संस्कृत की क्लास है।"

"मैथ्स का पीरियड कब है?"

"वो तो, सर, अब मैं सोमवार को ही पढ़ूँगी।" उसने बेझिझक लहज़े में कहा।

"और बाकी लड़कियाँ..."

"सर, तीन और हैं... आयें ना आयें... उनकी वो ही जानें..."

"ओ.के. देन... ठीक है" उसके पास कोई विकल्प भी तो नहीं था।

कॉलेज का पहला दिन और फिर यूनिवर्सिटी की टॉपर, कुछ तो मनमानी मनवाती ही होगी।

पर क्या वास्तव में ही यह एक अन्तिम छोर था—या फिर जीवन का एक अहम् पड़ाव। 'था भी' और 'नहीं भी 'था'। इसलिए कि वो अपनी मंज़िल से रू-ब-रू हो गया था और उसे महसूस हुआ था कि उसकी ऊब-डूब करती नाव को स्थायित्व मिल गया था—एक अवसाद-ग्रस्त नकारात्मकता को सकारात्मक स्वरूप मिल गया। यह थी उसकी आशावादी वृत्ति जो अनायास ही उषा की पहली किरण सी फूट पड़ी थी—उसके हृदय के किसी धूमिल धूमिल छोर पर—एक स्फूर्तिपूर्ण एहसास—जिसने सर से पाँव तक उसे अभिभूत कर दिया। क्षण भर के लिए वो भूल गया कि उसे तो अभी पाँच मिनट बाद बी.ए. सेकेण्ड ईअर की क्लास लेनी है।

कैसे बदलता है आपका रोल—कैसे बदलती है आपकी भूमिका-कल तक सामने बेंच पर बैठा विद्यार्थी—केवल शारीरिक उपस्थिति—कभी बोर्ड पर निगाह, कभी कान में थ्योरम या अंक गणित और कभी नहर के किनारे विचरता मन—दिवास्वप्न के रंग... कल्पना की उड़ान में विचरता विहग, किसी अनदेखी, अनजानी छवि का अमूर्त रूप—झंझाओं में उलझती यौवन की डोर...।

और आज—क्लास के सामने—चालीस आँखें आपका आकलन करती हुईं—ठीक उसी की तरह ही, उसके हाव-भाव, उसकी वेश-भूषा, उसके सलीके को गौर से ताकती आँखें—स्तब्ध-भौचक्के सी, पूरी तरह अपरिचित, बिना किसी सरोकार के... बेमतलब ... फिर भी कहीं मन के कोने में कुतूहल।

पाँच फुट सात इंच का मध्यम डीलडौल का गेहुएँ रंग पर पल्लव की छिटकी लालिमा वाला युवक, सफेद शर्ट, स्लेटी रंग का सूट, ताज़ा ड्राई क्लीन किया हुआ,

और ठव्वल नॉट की लाल पर बिखरी नीली धारियों वाली टाई, आँखों पर काले शेल का चश्मा, काले पालिश किए हुए जूते-साफ झलकता था कि साधारण मध्यम वर्ग का युवक होगा, जिसे इस कड़ाके की ठण्ड में शायद पूरी बाज़ू या स्लीव्ज़ का स्वेटर नसीब नहीं हुआ। तभी ठण्ड के मारे नाक, कान, लाल परन्तु बालों में थोड़ा घुँघरालापन और बायीं ओर से चीर निकाला हुआ-कुल मिलाकर सामान्य व्यक्तित्व, परन्तु प्रवणता, प्रखरता एवं कुशाग्रता कहीं चेहरे पर से ही परिलक्षित।

जैसे ही वो दाहिनी ओर के दरवाज़े से भीतर दाखिल हुआ–कुछ छात्र खड़े हुए, कुछ बैठे और कुछ ने "गुड मॉर्निंग, सर" कहकर अभिवादन किया और कुछ एक संकोचवश, शायद, लगा, जैसे धृष्टतापूर्ण मुद्रा लिए उदासीन से हों–एक असामान्य सा मिश्रण जो प्रायः मैथ्स की छात्राओं से अनपेक्षित ही था। उसे भी तो, जैसे पर्वत पर बर्फ पड़ने से चट्टानें खिसकने लगती हैं, वैसे ही भीतर आत्मविश्वास सरकता सा लगा-परन्तु उस न्यूनता को कम करने के लिए प्रत्येक से उसका परिचय एवं प्रथम वर्ष के अंक पूछे। एक छात्रा, जिसकी भाव-भंगिमा में अभिनेत्री मीना कुमारी की झलक थी और देखने, बात करने, केश राशि की एक दो लट उन्मुक्त लहराने, सभी में ही उसका सलीका था, परन्तु फिर भी पिछले वर्ष यूनीवर्सिटी में दूसरा स्थान प्राप्त किया था–हिमांशु ने उसका नाम दोबारा पूछा–

"कामिनी... कामिनी गुप्ता" और वो बलखाती लचक के साथ बैठ गयी जैसे पवन की हिलोर ने लता को स्पन्दित कर दिया हो। छात्राओं की आपस में खुसर-पुसर–और उसने कामिनी से पूछा..."क्या बात है...? मुझे बताएँ..."। "सर, हमारा कोर्स आधा भी नहीं हुआ है।" "तो आपने प्रिंसिपल को नहीं बताया"–जैसे हिमांशु ने स्वयं ही अपना कोर्स आखिर तक, एक तिहाई होने पर भी प्रिंसिपल को बताया हो–वो तो हैड ऑफ डिपार्टमेंट ने स्वयं ही जान लिया था और कमान अपने हाथ में ले ली थी-कहाँ चाहते हैं प्रोफेसर कि छात्र उनकी बात प्रिंसिपल तक पहुँचाएँ... और छात्राएँ...उन्हें तो वैसे ही वो मूक गाय से अधिक नहीं समझते थे– ...खैर यह विचार तो वैसे ही उसके ज़हन में कौंध गया।

"बताया था, सर, कि एक प्रोफेसर सर, तो पहले ही छोड़ चुके हैं और अब गुप्ता सर भी..."

"पर उन्होंने कहा–ठीक है... देखते हैं..."

और पहला अनुभव हुआ उसे कि सभी कक्षाओं का यही हाल होगा और उसे सभी का पूरा बोझ और ज़िम्मेदारी निभानी होगी... सभी का भार वहन करना होगा ... और उसने सहजता से कहा... "आप चिन्ता ना करें... एक्स्ट्रा क्लासेज़ लेकर कोर्स पूरा करेंगे... रिवाइज़ भी करेंगे... बस मेहनत के लिए कमर कस लें..."

"हम तैयार हैं, सर..." सभी ने करीबन एक ही स्वर में कहा और कामिनी ने

आँखें झपझपाईं और एक आश्वस्त मुस्कान चेहरे पर दीपित हो गयी।

"आज है पन्द्रह दिसम्बर... और क्रिसमस ब्रेक कब से है...?"

"सर, चौबीस से..." कामिनी ने फिर गर्दन को हल्का सा वक्र करते हुए कहा।

"और कॉलेज खुलेगा चार जनवरी को... आप क्रिसमस ब्रेक में आ सकती हैं...?" उसने एक प्रश्नसूचक मुद्रा में पूछा।

सभी ने ही एक स्वर में कहा... 'येस, सर...''। और एक उल्लास की लहर दौड़ गयी सबके चहरों पर, जो कुछ क्षण पहले संकोची, शंकाग्रस्त और निर्जीव प्रतीत होते थे वो ही मुरझाई, कलिकाएँ एक बार फिर जीवन्त हो उठीं और जैसे भविष्य का सुनहलापन उन्हें प्रदीप्त लग रहा हो। साथ ही हिमांशु की व्यस्तता सुबह नौ बजे से शाम के पाँच बजे तक।

बाहर बादल तो छाये ही हुए थे और अब तो बरसात भी टप् टप् सी अपनी आहट से उसकी व्यवस्तता में शामिल हो गयी। ताकि मुकाबला या प्रतिस्पर्धा हो तो दो-दो मोर्चों पर-एक ओर शारदीया वृष्टि और दूसरी ओर हिमालय जैसे कोर्स पर आरोहण। परन्तु इस कँपकँपाती ठण्ड में यदि सम्बल था तो, वो था भीतरी आत्मविश्वास, अपना स्थान बनाने की ललक और फिर एक युवक को तरुणियों का सामीप्य मिले तो ठण्ड महसूस ही कहाँ होती?

क्लास समाप्त हुई तो जा बैठा स्टाफरूम में-चार पाँच कुर्सियाँ बेतरतीबी से पड़ी हुई जैसे अभी-अभी किसी नेता जी का भाषण होकर हटा हो—और सामने—एक मेज़—निर्वासित सी—धूल में लिपटी—किसी राम की प्रतीक्षारत अहल्या! यह था जेन्टस, स्टाफ रूम-लेडीज़ स्टाफ रूम पूरा प्रांगण पार कर—या प्रांगण के चारों ओर बने कमरों के बाहर, बने बरामदों से लाँघकर। वो अभी अपनी उड़ान में पंख पसारने वाला ही था कि दो प्राध्यापिकाएँ—एक संस्कृत और एक हिन्दी की आ धमकीं—

"तो आप हैं गुप्ता जी की जगह—मैथ्स के नये प्रोफेसर" हिन्दी वाली मैडम ने चेहरे पर कृत्रिम मुस्कान लाते हुए, साड़ी का पल्लू वक्ष पर लपेटते हुए। पता नहीं उधर ध्यान आकर्षित करने के मन्तव्य से या फिर निजी अस्मिता पर पर्दा।

"आप अपना परिचय तो दें... और प्लाज़ बैठिए" उसने झिझकते हुए पूछा।

"मैं हूँ राधिका वर्मा और ये हैं रति शर्मा—मैं हिन्दी और ये संस्कृत पढ़ाती हैं—आप भी तो कुछ कहें..." राधिका ने थोड़े दम्भ और नयनों में मादकता भरे स्वर में कहा।

"मैं हूँ हिमांशु शुक्ल—अभी इसी वर्ष एम.ए. किया है और प्रिंसिपल साहब की अनुकम्पा से आपके मध्य हूँ..." उसने शालीनता दर्शायी।

"आप हिन्दी तो अच्छी बोल लेते हैं—यू.पी. के कौन से इलाके से हैं।" अब रति शर्मा ने धीमी-सी आवाज़ में मधुरता बिखेरी।

"अजी नहीं–मुझे हिन्दी कहाँ आती है–पंजाब से हूँ और पंजाब और हिन्दी का नाता तो सौतेली बहनों का है..." सभी एक-दूसरे का जायज़ा ले रहे थे–और अपना-अपना प्रभाव।

और कुछ औपचारिकता के बाद वो चली गयीं।

3

मन टिकता कहाँ है? आप कितने भी व्यस्त हो जाएँ। किसी भी संवाद में शरीक रहें परन्तु अवचेतन में जो सबसे अहम प्रसंग ठहर जाता है–वो निरन्तर चलचित्र की तरह चलता ही रहता है और मन और चित्त उसी में उलझा रहता है।

"हाँ भी" एक पड़ाव पर आकर रुक गयी जैसे आकाश से चपला ने ग्रसित कर लिया हो–जैसे वह उसी दामिनी के पाश में आबद्ध हो। परन्तु अब भीतर ही कुछ अजीब-सी हलचल–"नहीं भी"।

और जब मन में वो भाव उभरा–एक उद्वेल, एक विप्लव, एक अधीरता, एक असहजता, एक विक्षप्तता–वह जो कहकर चली गयी–'सोमवार'... और यह अन्तराल... आज शुक्रवार, फिर शनि, फिर रविवार–कितना विस्तीर्ण...कितना विकट–जब उसी एक क्षण से उसकी निगाहें ढूँढ़ने लगी थीं उसी छवि मात्र को।

जैसे तैसे क्लासेज़ तो लीं–पर अनमने मन से...एक पीरियड फर्स्ट यीअर और दो सैकण्ड यीअर के... और फिर इन्तज़ार–उसी कुर्सी पर–उसी स्टाफ रूम में–जहाँ दो पुरुष प्राध्यापक–एक इतिहास का और एक राजनीति विज्ञान का–बाद दोपहर आये–रुके दो एक पल के लिए–परिचय किया और भागे क्लासेज़ की ओर...।

हिमांशु आँख बन्द किए अपनी ही दुनिया में खोया था–कि अचानक, "सर, मेय ऑय कम इन।" और जैसे किसी कोयलिया की कुहुक सुनी हो–और वो सपनों की दुनिया में खोया हो-दरवाज़े पर फिर हल्की सी खट्-खट् और उसने आँखें खोलीं–सामने वो ही रश्मि–जैसे किसी वरद् स्वरूप में उतर आयी हो। वह चेतना में लौटा और एक कुन्द कली सी मुस्कान। उसने कहा–"आइए–तुम तो सोमवार को आने वाली थीं" "सर, वो तो मैं जल्दी में कह गयी–अब आप, अगर फ्री हों, तो क्लास ले सकते हैं।"

वह तो पहले से इसी इन्तज़ार में था कि वो क्लास... कब वह आये... उसे देख भर तो ले... चेतन, अचेतन, सुषुप्त या जागरण... कहीं तो दिखे... कहाँ जाए वह ... कहाँ जाकर रहे... इस वीरान स्थिति में–उस एक झलकी मात्र से पूरा संयम हिल गया। तो क्या गलत था यदि विश्वामित्र मेनका के सौन्दर्य पाश से सम्मोहित हो

गये ... दुष्यन्त शकुन्तला के अलौकिक आकर्षण में बँध गये...और वो जैसे जड़ता की स्थिति से लौटा... दो तीन सेकेण्ड बाद... चेतना की धरातल पर...

"आप देखें कौन-सा क्लास रूम खाली है।"

"सर, साथ वाला ही खाली है।"

"तो चलो, मैं आता हूँ..."

एक बड़ा सा क्लास रूम—साठ सत्तर छात्रों के बैठने की व्यवस्था थी। छठा पीरियड था... जिसका उसे इन्तज़ार था जो 'सोमवार' से फलांग कर 'शुक्रवार' पर आ गया था... शायद इसीलिए इसे शुक्रवार कहते हैं कि आप कहीं ना कहीं उस शक्ति की विद्यमानता का शुकर करें, धन्यवाद करें— अनुगृहीत हों—बाकी छः दिनों के लिए—जो किसी विशेष प्राकृतिक व्यवस्था के तहत गुज़र गये।

वो सामने मेज़ पर किताबें रख बैठी थी-उसके प्रवेश करने पर उठी—श्रद्धा से ज़रा सा सर झुकाया और हिमांशु कुर्सी खींच उसके सामने बैठ गया। हिमांशु ने सॉलिड ज्योमेत्री की किताब खोल ली...।

साहित्य वाले इसी भ्रम में जीते हैं कि वो ही कल्पनाजीवी हैं—एक गल्प का संसार जिसमें वो यथार्थ और कल्पना का सामंजस्य बिठाते हैं और रचना प्रक्रिया मूर्त रूप लेकर आपके सामने उतर आती है। परन्तु मैथ्स तो पूरी कल्पना है। कल्पना से ही तीन डायमेंशन की वस्तुओं पर बल, शक्ति और तनाव, खिंचाव, सभी तरह की सम्भावनाएँ हैं जो यथार्थ हैं या फिर जो कल्पना जनित। सभी के प्रभाव का अध्ययन और फिर निष्कर्ष। जिसे किसी भी अन्वेषण या खोज में प्रयुक्त करना। बेहिसाब विस्तार है इस हिसाब का... इस गणित का। तभी तो छात्रों का 'वाटरलू' या 'हल्दीघाटी' यह मैथ्स ही होता है।

"तो क्या शुरू करें? सॉलिड ज्योमेट्री..."

"नहीं सर, वो तो मैं कर लूँगी—आप तो मुझे वर्चुअल वर्क या स्टेटिक्स का कुछ भी करवा दें" उसने अपनी सहज मुद्रा में हाथ पर ठोड़ी टिकाये और मेज़ पर नज़र गड़ाये हुए कहा।

"नहीं... आज तो सॉलिड ज्योमेट्री ही करेंगे।" उसने कुछ आदेशात्मक और कुछ अनुग्रह भरे स्वर में कहा।

वैसे भी स्टूडेंट्स की आदत ही होती है कि जिस विषय पर प्रोफेसर कहेंगे वो उससे उल्टा ही पूछेंगे। वो भी तो ऐसे ही करते थे—ताकि प्राध्यापक 'बेक फुट' या रक्षात्मक हो जाए। हालाँकि रश्मि की ऐसी मंशा तो नहीं रही होगी तो भी... उसे भी तो स्टेटिक्स का कुछ तो देखना होगा—तभी तो पढ़ा पाएगा। मैथ्स में इधर-उधर की तो नहीं हाँक सकते। वहाँ तो आपको एकदम सही, सटीक और यथासत्य ही होना होता है।

"पर यह तो बताओ कि बाकी तीन लड़कियाँ क्यों नहीं आयीं।" उसने प्रश्नसूचक अन्दाज़ में पूछा।

"सर, मैं ज़्यादा तो क्या कहूँ—तीनों बिज़नेस घराने से हैं—और प्रोफेसर सर से ट्यूशन लेती हैं—क्लास में कब आती हैं इसे तो प्रोफेसर सर ही जानते हैं।"

"और लेक्चरज़ कैसे पूरे होते हैं?"

"वो तो मैं नहीं जानती" उसने विस्मयादक बोध से कहा—।

"आप कोई ट्यूशन लेती हैं—"उसे थोड़ी जिज्ञासा हुई।

"नहीं सर, मैं तो खुद ही करती हूँ—इस साल कुछ अधिक ही प्राब्लम आ गयी ... समझ नहीं आता क्या करूँगी?" उसके शब्दों से चेहरे पर एक भोली-सी निरीहता कि वह वास्तव में ही कठिनाई में है।

"कोई बात नहीं—घबराने की क्या बात है... बस मेहनत के लिए तैयार रहो।" उसने हौसला बढ़ाया।

"सर, वो तो मैं सदा ही करती हूँ।"

और हिमांशु और रश्मि दोनों ही अपने-अपने अन्दाज़ में आश्वस्त हो गये।

"अच्छा—स्टेटिक्स में क्या करना है?"

"वर्चुअल वर्क—वो मुझे क्लीयर नहीं है—"

"कोई फिक्र मत करो—सोमवार से वो ही करेंगे—

इन दो तीन दिनों में सॉलिड ही कर लेते हैं।"

"सर, दिन तो थोड़े ही हैं—और कोर्स काफी पड़ा है—कैसे करेंगे?"

"अरे... मैं तो भूल ही गया—चौबीस से क्रिसमस ब्रेक भी होगा—सभी क्लासेज़ की छात्राएँ आ रही हैं... एक्सट्रा क्लासेज़ लेनी पड़ेंगी—कोर्स तो सभी का बहुत पड़ा है... तुम भी सोच लो।" उसने अपनी चिन्ता जतायी।

"सर, मैं तो अगले हफ्ते अमृतसर जा रही हूँ और ब्रेक के बाद ही लौटूँगी..." उसने अपनी नैसर्गिक मोहक मुस्कान बिखेरते हुए कहा।

"ओ.के... देख लेना... और कोर्स कहाँ तक किया है?"

"सर, कोर्स तो बहुत पड़ा है आधे से ज़्यादा कैसे पूरा होगा...?"

"जैसे तुम चाहोगी।" और वो उठा बोर्ड पर पहुँच गया—उसने अण्डाकार वृत्त जिसे मैथ्स की भाषा में इलिप्सॉयड कहेंगे—बनाया—रेखा वृत्त बनाया—और शुरू किया कोर्स का सफर जिसका विलय होगा—समय के क्षितिज पर कोई ठहर—।

"सर, आप फ़िगर कितनी अच्छी ड्रा कर लेते हैं—

कितनी एग्ज़क्ट है।"

"तुम भी तो अच्छी ही बनाती होंगी।"

और उसने परिभाषा से शुरू किया और इस द्रुत गति से मैथ्स का पाठ्यक्रम

आगे बढ़ा—जैसे किसी शेक्सपीयर के नाटक का अध्ययन, विवेचन के साथ हो।

बाकी तीनों छात्राएँ कभी आतीं और कभी नहीं... और आने पर बात-बात में आपस में कोई टीका टिप्पणी या लूज़ कमेन्ट कर, ही ही करने लगतीं। जैसी व्यावसायिक परिवारों की होती हैं लड़कियाँ—वेश-भूषा में शोख भड़कीले रंग, रूप प्रायः साँवला परन्तु पॉन्डज़ के कम्पेक्ट का भरपूर प्रयोग और देह-स्थूलता और ढीलेपन से झूलती—प्रायः प्रसव के पश्चात् की स्थिति जैसी।

हिमांशु ने एक प्रश्न हल करने को उसे दिया और स्वयं कुर्सी पर टेक लगाकर बैठ गया। पर नज़र लाख हटाने पर भी बार-बार जा टिकती—उस सौम्य, चंचल मुख आभा पर—कैसे कहो कि वह चन्द्र रश्मि है वह तो है जीवन्त ज्योत्सना—गौर वर्णा-मुख-मण्डल के साथ चेहरा, हल्की-सी लम्बाई पर, कपोल—मुस्कराएँ या हँसें तो दोनों गालों, नाक और मुँह पर दोनों ओर वक्र रेखाएँ जो किसी पहाड़ी की ढलान से तलहटी को उभारती हों—और एक प्राकृतिक छटा उभार देती हो—जैसे गालों से चिबुक की ओर हल्की उतरन किसी इन्द्रधनुषी मेखला को इंगित करती हो—एकदम अकलुष, निर्मल, निष्कलंक—देखो तो किसी स्वर्गिक अप्सरा को अपनी अपूर्णता का एहसास हो जाए—प्रकृति की सम्पूर्ण छटा... मेघों-सी बिखरी, झूमती लटें—कपोलों पर अरुणिमा की लालिमा—अधरों पर पटलों की पंखुड़ियाँ, और नयन जैसे मानसरोवर में तिरती मछलियाँ और "अमल-कमल सा बदन" और "कुन्द कली-से रदन" और "गोल गोल गोरी बाहें" और फिर अपूर्व सादगी, कोई कृत्रिम शृंगार नहीं—कोई कपड़ों की तड़क भड़क नहीं—परन्तु भगवा मैटी का कुर्ता और सफेद सिल्कन सलवार, काले रंग का स्वेटर जैसे गौर वर्ण की नज़र उतारने को और बादामी रंग की शॉल, सर पर से सरका हुआ नीला सफेद पोलका का सिल्की स्कार्फ—फिर भी वक्ष का हल्का-सा उभार जैसे श्यामल मेघ हिमाच्छादित शिखरों को ढँक लें—और बाहें, पूरी नदिया के कूलों की तरह गोरेपन में बहती हुई, रूप सौंदर्य में कितनी सहजता, भाव भंगिमाओं में शैवालिनी सी चपलता परन्तु फिर भी ठहराव...

बस, ऐसे ही तो दिन-प्रतिदिन छिटपुट बातों के साथ अपने पाठ्य सम्बन्धी और दूसरे विषयों पर भी... धीरे-धीरे कोर्स समाप्ति की ओर...। क्रिसमस में भी थोड़ी रुकावट के साथ... क्रम चलता रहा। अब इंग्लिश भी संवाद की परिधि में समाने लगी। कौन-सी कविताएँ, कौन-से कवि, कैसे संदर्भ से लिखना, कैसे प्रसंग के संग प्रेषण... और मिल्टन, वर्डसवर्थ, कीट्स, शैले, इलीयट... येट्स... सब पर उसने टिप्पणियाँ कीं और लिखकर भी दीं।

"देखो तुम्हें फर्स्ट तो आना ही है पर उसके लिए इंग्लिश को स्ट्रांग और तेज़ तो करना ही होगा" हिमांशु ने ज़ोर देकर कहा "एक भी सब्जेक्ट में गचका लग

जाए तो वो सब को ले डूबता है। एक-एक अंक पर ज़बरदस्त कम्पीटीशन होता है और वो भी पहली पाँच पोज़ीशंस पर...''

''सर क्या करूँ... बड़े सर, पोइट्री पढ़ाते हैं पर ना तो व्याख्या ही करते हैं और ना समझाते ही हैं—बस ज़्यादातर हिन्दी में ही अनुवाद कर देते हैं किसी को कुछ समझ हीं नहीं आता और लड़कियाँ मुस्कराती रहती हैं'' उसके लहज़े में कातरता एवं असमर्थता साफ ज़ाहिर थी।

हिमांशु को लगा ही नहीं कि वो दूसरों के कार्यक्षेत्र में हस्तक्षेप कर रहा है। उसे तो रश्मि को फर्स्ट लाना ही है। सुन्दरता के साथ बुद्धि और मेधा का दुर्लभ संयोग होता है और यह विलक्षणता रश्मि में थी। इतना सब होने पर भी उसमें लेशमात्र भी अभिमान, गरूर, या दम्भ नहीं था अपितु एक अदम्य आत्मविश्वास, जो कुछ अभूतपूर्व करने को सदैव तत्पर रहता था। यही कहा जा सकता था कि गज़ब की प्रतिभावाली, सौम्य सुन्दर युवती थी वो

''डोंट बॉदर, घबराओ मत... मैं इसका निवारण कर दूँगा...'' उसने आश्वस्त स्वर में कहा।

''थैंक यू, सॅर... कब से?''

''बस कल से ही एक्सट्रा टाइम में...''

उसे पता नहीं क्यों रश्मि का सान्निध्य जैसे एक नयी स्फूर्ति और ऊर्जा संचारित कर देता था और वो प्रातः नौ बजे से शाम पाँच बजे तक लगातार व्यस्त रहता था—परन्तु रश्मि को देख भर लेने से सारी थकान जैसे काफूर हो जाती।

और अगले दिन वो नहीं आयी। कितना अधीर-सा वो बैंचों को उसकी राह देखते ताकता—जो उसकी बेचैनी के साक्षी थे...। उसे लगा जैसे आसमान में तारे निकले ही ना हों और चाँद किसी अँधेरे की गर्त में लीन हो गया हो। हर पदचाप पर चौंकता और दिल की धड़कन किसी खराब टाइम पीस की तरह तेज़ हो जाती। अचानक वो प्रोफेसर, जो थोड़े विकलांग थे, लँगड़ाते हुए भीतर आये। इतिहास पढ़ाते थे। शायद सभी में, कॉलेज समेत, इतिहास में उनकी विशेष अभिरूचि थी और ताक-झाँक उनकी स्वयं निर्धारित ड्यूटी—शायद प्राचार्य से नज़दीकी बढ़ाने के मकसद से जासूसी भी करने की।

''क्यों दोस्त--अकेले बैठे हो... कोई आया नहीं क्या?''

''बस सर, इन्तज़ार है... मूड है जब आ जाएँ।''

उसने अपनी विवशता जतायी।

''प्रोफेसर साहिब खींचकर रखो वरना सर पर चढ़ जाएँगी।''

''ठीक है सॅर, जैसा आप कहें...''

''नहीं, मैं नहीं, आप खुद ही तय कर लें...''

और वो बिना किसी अभिवादन या दुआ सलाम के बाहर निकल गये—शायद अपनी वरीयता, ज्येष्ठता और सीनीयॅरिटी का गुमान हो। यह तो उसका अपना ही अनुमान था—गलत भी हो सकता था परन्तु अभी नया होने से उसे अपने भाव और विचार अपने तक ही रखने हैं। कोई भी तो नहीं—ना हम उम्र, ना मित्र, ना कोई पुरुष प्रोफेसर जिससे अपनी भावनाएँ, अपने आँकलन या अपने संशय बाँट सके।

अगला दिन उगा तो आशा की किरण के साथ। धीरे-धीरे तममय अन्धकार की ओर सरकता दिखा। वो खनक वो अनुस्वारिक तरंग; जो उसके आते ही सारे प्रांगण में महक-सी जाती—या तो वो किसी को पुकारती या फिर रश्मि के नाम की गूँज पूरे वातावरण में फैल जाती... पर यह वीरानी तो बाकी कक्षाओं पर भी हावी होती दिखी। वो बोर्ड पर लिखता-लिखता अगला स्टेप ही भूल जाता या फिर हाथ में चाक, सारे हाथ, कपड़े सफेद और दरवाज़े पर—कभी एक पल दाहिनी ओर, तो कभी बायीं ओर जाकर झाँक आता... तो केवल पेड़ों पर कबूतर की गुटर गूँ या फिर गोरैया की चीं चीं... सुन, लौट आता।

ऐसे पलों में गणित और साहित्य के कानसेप्ट, अवधारणाएँ और परिकल्पनाएँ आपस में उलझ जाते। साहित्य और उसके सन्दर्भ हावी हो जाते। और कविता? हो सकता है किसी समय रईस लोगों की दिल्लगी या पास-टाइम रही हो। जिनके पास विपुल जायदाद और धन-दौलत रही हो तो जाम, पेग और प्रकृति की गोद में, किसी निर्झर की झर-झर में लीन या झील के किनारे प्रेयसी के पाश में आबद्ध... फूटती कविता जो जनमानस की कल्पना के ओर-छोर में स्पन्दन पैदा कर देती। परन्तु जब नौकरी या व्यवसाय ही हावी हो तो आप कल्पना में ही जी सकते हैं—बुद्धि के तर्क के लिए तो सही था। परन्तु मन कितनी ही ऊहापोह से गुज़रता है। "होने, न होने", 'स्वस्थ, अस्वस्थ,, 'यहाँ, वहाँ, कहाँ', 'क्यों, क्यों नहीं', और कितनी ही 'सम्भव, असम्भव' सम्भावनाएँ, व्यस्त होते हुए भी एक विद्युत की तरंग की तरह, भीतर ही भीतर चलती रहती है। कौन कहता है 'खाली मन शैतान का घर'—यहाँ तो व्यस्तता भी अधीर किए जाती है। वो तो बस सोचता रहा कि फिलिप लार्किन ने "नेक्सट, प्लीज़" में ठीक ही लिखा था कि...

"सदा भविष्य के लिए आतुर, हम
प्रत्याशा का नासूर पाल लेते हैं—
रोज़ कुछ ना कुछ तो आपकी ओर आता है—
तब तक—कहते हैं हम।
एक नन्हे से भ्रमित करने वाले सुगन्धि-भरे झाँसे से,
झिलमिलाते युद्ध पोतों के काफिले से,
हम आते हैं, धीमे से, परस्पर कितने पास

कितना समय गँवाते हैं व्यर्थ
शीघ्रता को नकार कर।"*

ऐसा प्रायः हिमांशु सोचता; कि उसके जीवन के आरम्भ में ही यह कैसी बेचैनी, कैसी तड़प, कैसी विकलता, कैसी अस्थिरचित्तता, कैसी उद्विग्नता कि आखिर चाय ना पीने का व्रत तोड़ दे—और तो कुछ तोड़ने को है नहीं सिवा चूने के चाक के—और उसने पहली बार, चपरासी को, चाय लाने के लिए कहा।

4

वह कई बार कभी स्टाफ रूम में और कभी क्लास रूम में झाँक जाती थी-कभी अकेली और कभी एक दूसरी लड़की के साथ। हिमांशु को पता तो लग जाता था कि कौन है परन्तु कोई ना कोई महिला प्राध्यापिका या फिर पुरुष प्रोफेसर के बैठे होने या कोई छात्रा के साथ कोई प्रश्न समझाते देखकर बाहर से चली जाती।

"मेय ऑय कॅम इन सॅर!" उसने बड़ी शालीनता से स्टाफ रूम में झाँकते हुए पूछा।

"सॅर, मैं..." और हिमांशु ने सिर उठाकर देखा।

"अरे कामिनी तुम—आओ—बैठो—कुर्सी खींच लो... खड़ी क्यों हो?" उसने उसकी आँखों में देखा। कामिनी ने आँखें झपझपायीं—सकुचायी और एक लालिमा-सी बिखर गयी—कामिनी के कपोलों पर... पता नहीं क्यों... या तो वो अपने ही यौवन के प्रति संकोचशील थी, या सचेत और उसे लगता था कि वह आकर्षक है। वैसे भी उसकी सहेलियाँ और दूसरी छात्राएँ तो उसे 'मीना' ही कहती थीं—दो एक बार उसने यह सम्बोधन उनके मुँह से सुना था—परन्तु उसके पलकें उठाने, गिराने और झपने से उसे उस समय की दो-एक लोकप्रिय अभिनेत्रियों-सी लगी। वो अपने

---

* "Always, too eager for the future, we
We pick up bad habits of expectancy,
Something is always approaching, every day
Till then, we say,
Watching from a bluff the tiny, clear
sparkling aroma of promises draw near
How slow they are! And how much time
they waste,
Refusing to make haste".

Philip Larkin
[From Next Please]

उसी अन्दाज़ में, थोड़ी बलखाती-सी, क्योंकि नितम्बों पर कमीज़ चुस्त, साथ चिपकी हुई जो नीचे की ओर आते-आते इतनी तंग कि धीमे-धीमे से ही कदम उठा सकती थी और इसीलिए वह काफी वक्र होकर सँभलकर बैठी... और उसे लगा कि उसके बैठने में एक कातिलाना अदा तो है।

"हाँ बोलिए... क्या बात है?" उसने सहजता से कहा, बेशक, भीतर से, वो थोड़ा हिला तो ज़रूर।

"सॅर, मैं कई दिन से आपसे मिलने की कोशिश कर रही थी—आप व्यस्त ही इतने रहते हैं..." उसने थोड़ी नज़र उठा, पलकें गिराकर कहा।

"अब व्यस्तता में समय तो तुम्हें ही ढूँढ़ना होगा।"

"सॅर, कोर्स बहुत पड़ा है और वक्त भी बहुत कम है।" उसकी चिन्ता तो स्वाभाविक थी।

"देखो कोर्स तो जल्दी ही खत्म करवा सकता हूँ पर फिर आप लोगों को समझ ना आये तो ऐसी समाप्ति का क्या फ़ायदा?"

"पर सॅर, उसे रिवाइज़ भी तो करना है—टाइम ही नहीं बचेगा।" अदा से बात करना शायद उसकी आदत में ही शामिल थी।

"यह तो तुम ठीक कहती हो—पर देखो, कोशिश करते हैं—जब भी मैं फ्री मिलूँ तो आ जाया करो... या फिर कॉलेज समय के बाद..." उसने आश्वस्त किया।

कामिनी ने दुकूल वक्ष पर सरकाया... शॉल का डिज़ाइन उभरकर सामने आया, वक्षों का उभार झलका परन्तु उसे यह एक अनपेक्षित चेष्टा ही लगी, शायद ध्यान बँटाने के लिए या फिर आत्मविश्वास संचित करने के लिए। "सर, मैं जब भी आती हूँ या तो रश्मि दीदी होती हैं या फिर कोई सॅर..." उसे लगा कि संकेतात्मक उलाहने से कह रही है—हो भी सकता है यह हिमांशु की सोच हो और उसका ऐसा कोई इरादा भी ना रहा हो। परन्तु गणित का प्रभाव—हर स्थिति का विश्लेषण—तो फिर व्यक्तित्त्व का हिस्सा हो ही जाता है जिसमें वाक्पटुता कम और ग्राह्यता अधिक!

"जब रश्मि आ सकती है तो तुम भी आ जाया करो..." उसने फिर उसे धीरज बँधाने के लिए कहा। परन्तु लगा वो सारे संवाद से सन्तुष्ट नहीं थी। हिमांशु ने कहा—"अच्छा, अभी बताओ क्या पूछना है... अगला पीरियड भी खाली है... आराम से बैठो और प्राब्लम्स बताओ।"

और जो भी उसने पूछा—हिमांशु को लगा कि वो जानती थी—और काफी कुशाग्र भी थी—ज़रा-सा हिंट या संकेत और वो तुरन्त प्रश्न हल कर देती थी।

"तुम्हें सारा तो आता है? फिर क्यों वक्त चाहती हो।" उसने प्रश्नात्मक ढंग से पूछा।

"सर मुझे हमेशा लगता है, मुझे कुछ नहीं आता। आपके सामने पता नहीं कैसे

हो गया... मुझे लगता है आपके सामने विश्वास हो जाता है।''

उसे लगा वह धीरे-धीरे खुल रही है।... बेशक, वो रुक-रुक कर.. संकोच एवं नखरे से... कभी शॉल को दाँतों तले दबा, कभी उँगली पर लपेट और उसको अनायास सरकने देना... फिर उठाना... तो भी लगा कि पढ़ाई में तेज़ तो है परन्तु नाटकीयता या नाज़ नखरे दिखाना या तो पारवारिक परिवेश की देन है या फिर वो सभी भाव भंगिमा, शोखी और चंचल चित्तता उस पर चलचित्रों और सिनेमा का प्रभाव है।

अगले दिन स्टाफ मीटिंग थी। प्रिंसिपल ने प्रत्येक प्राध्यापक से सिलेबिस के बारे में पूछा। मैथ्स का सुनकर उन्हें आश्चर्य हुआ... और ख़ासकर जब कि नवम्बर तक दो प्रोफेसर और दिसम्बर के कुछ ही दिन एक रहे।

''लगता है... उन्हें जाना था... छोड़ने की तैयारी में थे इसलिए ढीले हो गये होंगे... मुझे तो कहते रहे... कोर्स फर्स्ट क्लास चल रहा है... अब जैसा भी है... मि. हिमांशु... तुम्हें ही सँभालना है... महीना भर ही तो बचा है... क्या कहते हो।'' प्रिंसिपल के चेहरे पर उद्विग्नता की रेखाएँ साफ उभर आयीं इसीलिए कहने में निर्देश कम और विनयात्मकता अधिक थी।

''ठीक है सर, ऑय विल डू मॉय बेस्ट।''

हिमांशु ने विश्वास दिलाकर कहा।

''ओ.के. थैंक्स। गुडलक।'' और हाथ मिलाकर उसे विदा किया जबकि यह प्रक्रिया वो बहुत लाचारी में ही करते थे।

और मीटिंग शाम साढ़े चार बजे समाप्त हुई। उस समय तक कामिनी स्टाफ रूम के दस चक्कर काट चुकी थी।

और जैसे ही उसने हिमांशु को स्टाफ रूम से आते देखा... एकदम साथ हो ली।

''बोलो कामिनी... क्या बात है?''

''सर, मेरे डैडी आपसे मिलना चाहते हैं।''

''क्या हुआ...? कब?''

''बस सर, यों ही... आप कल आ जाएँ... या मैं आपके साथ चलूँ... इसी बहाने, वो कहते थे कि आप हमारा घर भी देख लेंगे—प्लीज़, सर...!'' कामिनी ने अनुग्रहपूर्वक कहा।

''ठीक है। कल बात करेंगे।'' उसने फिलहाल टालने के हिसाब से कहा।

पता नहीं क्यों—उसे भीतर ही भीतर आभास हुआ कि कामिनी उससे अपनी नज़दीकी बढ़ाना चाहती है... और स्त्री-पुरुष का पारस्परिक आकर्षण तो शाश्वत है ही। हो सकता है यह उसके मन की आवृत्ति हो और वह कहीं मन ही मन उसके प्रति आकृष्ट हो रहा हो... अन्यथा वो उसे सीधा ही मना कर देता। अब वो कल

उसे कैसे मना कर पाएगा... और अगर आँसू बहाने लग गयी तो? कितनी गलतफ़हमी और बेमतलब दुष्प्रचार। कौन सुनेगा? एक युवा प्रोफेसर की... वो भी अविवाहित, अस्थायी। फिर तो रोड मास्टर ही बनोगे बच्चे... हिमांशु तो जैसे विवेकहीन हो गया। सीधे-सीधे ना भी तो नहीं कर सकता था–। एक लड़की, युवती, सुन्दर, थोड़ी भरी-भरी, कुल मिलाकर सहज ही ध्यान आकर्षित कर ले... और उम्र के जिस पड़ाव पर वो है उस पर तो साधारण से साधारण रूपसी भी जैसे अप्सरा सी प्रतीत होने लगती है... ऐसा उसके साथ तो कम था परन्तु सहपाठी, मित्र तो ऐसी ही टिप्पणियाँ करते थे। तो भी कितनी हैं कॉलेज में वैसी–कामिनी जैसी–शुक्र तारे जैसी देदीप्यमान! परन्तु अद्वितीय तो नहीं–जैसी है रश्मि–जो अभी भी चन्द्रिका सी मन-मस्तिष्क पर छायी हुई है। उसने बात कल पर छोड़ दी और आँख बन्दकर गहन चिन्तन में डूब गया। कौन-कौन कौंधा–उसे स्वयं भी पता नहीं चला। कुर्सी पर टेक लगाए, टाँगें पसार कर वो लेटा। कुर्सी पर तो लेटने की मुद्रा ही हो सकती थी–कब आँख लग गयी और इंग्लिश की प्रोफेसर राधा पुरी कब से वहाँ बैठी थी उसे तब पता चला जब दूसरी प्रोफेसर लता आकर उससे बात करने लगी।

वह अकस्मात् हड़बड़ाया-सा जागा और सामने दो महिलाओं को देख कुछ सकपका-सा गया–झट से उठकर बैठा–सीधा जैसे कोई गुनाह हो गया हो–झट से बोला–"आयी एम रीयली वैरी सॉरी–ज़रा झपकी आ गयी..." "तो क्या हुआ–हमें तो आश्चर्य होता है कि पूरे कॉलेज में आप सबसे दुगुना काम करते हैं–आप थकते नहीं क्या?" प्रो. राधा ने कहा।

"जब सिर दायित्व से दबा हो, तो थकान किस बात की" उसने सहजता से कहा और स्वैटर के मैले कफ्फ छुपाने की कोशिश में दोनों बाहों को छाती पर बाँध लिया–पहली बार उसे अपनी अकिंचनता का एहसास हुआ और भीतर ही कहीं ग्लानि भी–परन्तु फिर भी एक कृत्रिम सी मुस्कान होठों की कोरों से चेहरे पर लाने का प्रयत्न किया।

"आप नार्मल हो जाएँ... हम तो वैसे ही आपसे मिलने आये थे–लेडीज स्टाफ रूम में आ जाया करें–सबसे मुलाकात हो जाया करेगी–यहाँ अकेले क्या करते रहते हैं–बोर नहीं हो जाते अकेले?" लता ने जैसे उलाहना सा दिया हो। "चलो आपको लेकर चलते हैं..." और उसने हिमांशु को बाज़ू से पकड़कर उठा दिया।

वो इसके लिए कदापि तैयार न था–एक युवती उसे ऐसे आत्मीयता से पकड़े–उसके तो पूरे शरीर में स्पन्दन-सा होने लगा। "ठीक है, मैं चलता हूँ... पर अभी मेरा थर्ड ईअर का पीरियड है।" वो उठा ज़रूर परन्तु कहीं कुछ उससे अलग हो गया था–पता नहीं; उसका अस्तित्व ही था, उसकी बाज़ू थी या उसका पूरा शरीर ही... झनझनाहट जा ही नहीं रही थी... इतनी बेतकल्लुफ़ी से–जैसे बरसों का

परिचय हो या फिर सहकर्मियों के साथ काहे की औपचारिकता—परन्तु वह तो ऐसा नहीं कर सकता था... हो सकता है महिलाएँ इसे सामान्य मान लें, या मानती होंगी... परन्तु वह कल्पना में कितना भी चाहे, जानकर तो कभी नहीं कर सकता था... शायद कहीं भीतर ही वो हीन भावना से ग्रसित रहा हो... या हीन ग्रन्थियों का शिकार है—क्योंकि कॉलेज में उसकी गर्ल फ्रेंड थी ही नहीं और ना ही छोटे शहरों में होता था वो सब—वो महानगरों की बदलती हवा... और टी.वी. का तो पता ही नहीं था—रेडियो भी तो रईसी का ही पर्याय था... और वो पकड़... एक मखमली छुवन उसे इस तरह हिला जाए... सामान्यतया अनिवार्य ही था।

स्टाफ रूम में पाँच, छः प्राध्यापिकाएँ थीं। लता ने सबसे परिचय करवाया... और इतने में ही चाय, समोसा और गुलाब जामुन आ गये—शायद पहले से ही तय था। अर्थशास्त्र की सुन्दर, सलोनी गुड़िया सी लेक्चरार ने पूछा—"किस खुशी में.. भई!"

"अरे... प्रो. हिमांशु आये हैं—इनका अभिवादन तो होना ही चाहिए" राधा ने थोड़ी उमंग में कहा।

"और बिल..."

"बिल की क्यों चिन्ता करती हो... मैं दूँगी..."

राधा ने तुरन्त प्रत्युत्तर दिया।

"नहीं, आप मुझे देने दीजिए... मैं ही तो नया हूँ।" हिमांशु ने अनुरोधात्मक स्वर में कहा।

"नहीं, आप आज तो हमारे गेस्ट हैं—आप अगली बार पे कर देना।" शशि ने खुलकर हँसी बिखेरते हुए कहा।

और छठे पीरियड की घंटी बजे दस मिनट हो चुके थे... वो झट से उठा... "थैंक्स, एवरीवन... थैंक्स अ लॉट फॉर दी नाइस ट्रीट।" और हाथ जोड़कर अभिवादन के बाद बाहर निकल गया।

क्लास में जाते ही उसने देखा—रश्मि नहीं आयी—ना ही कोई और छात्रा— उसने तुरन्त रजिस्टर खोला और एक खाली पन्ने पर लिखा—

"कितना अलग होता है संसार...
जब मिलते हैं ध्रुव—
हिम और सूर्य...
और फूट पड़ती है एक धार...
अजस्र, अनवरत, लगातार,
शायद, यही है जीवन का उद्गम...।"

उसने बाहर देखा, कामिनी खड़ी थी प्रतीक्षारत! "नमस्ते सर" कहकर अन्दर

आयी... बस का रूट और नम्बर बताया शायद कल तक का इन्तज़ार नहीं कर सकती थी।

अगले दिन, सुबह ही सैकण्ड ईअर की क्लास थी... क्लास के एकदम बाद, कामिनी थोड़ा ठिठकी... शायद शाम का समय और शैड्यूल तय करना चाहती थी ... पर फिर किसी खाली पीरियड के इन्तज़ार में चली गयी... एक सुरभित हिलोर की तरह।

हिमांशु शाम साढ़े पाँच बजे की लोकल बस में बीच की किसी सीट पर जा बैठा–वो ही गर्म सूट और टाई जो हफ्ते में प्रायः तीन चार दिन तो पहनता ही था–एक ही तो सूट था... और थोड़े विलम्ब के पश्चात् कुछ छात्राएँ चढ़ीं... और दो एक ने तो सिर हिलाकर विश भी किया–और उनकी आपस में खुसर-पुसर शुरू हो गयी। उसे आश्चर्य हुआ कि कॉलेज जब साढ़े चार बन्द हो जाता है तो ये इस समय घर क्यों जा रही हैं–थोड़ी झेंप तो थी ही; परन्तु फिर भी उसने पास खड़ी दो छात्राओं से पूछ ही लिया–"अब घर जा रही हो क्या? कोई एक्सट्रा क्लास थी?" "नहीं, सर" एक ने ज़रा शर्म से दुपट्टा ठीक करते हुए कहा–"सर हम तो हॉस्टल में रहती हैं बस ज़रा कैन्ट से कुछ शॉपिंग करने जा रही हैं।" उसे थोड़ा तो अजीब लगा–शॉपिंग शब्द उसने देहली में अपने कज़न से पहली बार सुना था और अब यह छोटे शहरों में भी प्रचलन में आ गया है। ख़ैर, वह विचार पल के शतांश में आया और बाद में ध्यान आया कि उनके हाथों में किताबें तो थीं ही नहीं–उसे स्वयं ही समझ जाना चाहिए था। और इतने में एक हृष्ट-पुष्ट सरदार जी चालक की सीट पर आकर बैठ गया और बस को स्टार्ट कर... घुर्र-घुर्र... शायद बार-बार एक्सिलेटर को दबाते और छोड़ते हुए ताकि सवारियों को पता चल जाए कि बस चलनेवाली है, बेशक वैसा करते हुए वो पन्द्रह मिनट बर्बाद कर दे और खट्टा सा धुआँ लोगों के फेफड़ों में धकेलते रहे और पर्यावरण का तो नाम ही नहीं सुना था किसी ने तो उसकी चिन्ता तो बेमाने थी। पर उसे याद आया कि गाँव में कभी कोई छोटी-मोटी कार या बस गुज़रती तो वो उसके पीछे मीलों भागते क्योंकि उन्हें उसके धुएँ की गन्ध स्वादिष्ट खट्टी गोली-सी लगती थी। परन्तु बाद में तो बस में बैठते ही जी मचलाने लगता... और खासकर पहाड़ों पर–जहाँ उसने स्कूल में कुछ साल पढ़ा था।

बस चल पड़ी और वो खिड़की वाली सीट से बाहर देख रहा था और बाल हवा में लहरा रहे थे जिन्हें वह हाथ से बार-बार सँवार रहा था–हवा बहुत ठण्डी थी पर खिड़की भी तो बन्द नहीं हो रही थी। वही सड़कें जिन पर वो सैकड़ों बार पैदल गया था–कभी कॉलेज के लिए–कभी वैसे ही, बेमतलब दोस्तों के साथ आवारागर्दी और कपड़े और जूते धूल से और गन्दगी से सन जाते थे–कितनी खीझ आती थी चलते हुए... और कितना आक्रोश कि निकलते थे गालियाँ देते हुए जब बस सड़क से

उतार धूल उड़ा कर हमारा सब कुछ धूलि-धूसर कर देती। परन्तु बस में बैठकर आप सामान्य जनता से तो स्वयं को काफी ऊपर समझते हैं... ऊँचाई पर बैठकर... मानसिकता कैसे बदलती है... परिवेश परिस्थितियाँ बदलते ही और सभी पीछे छूटते खोमचे, रेहड़ियाँ, दुकानें, साइकल, रिक्शा, स्कूटर या इक्का दुक्का कारें, कितना मनोहारी लगता था सब—जैसे किन्हीं स्वप्निल-सी सड़कों पर से गुज़र रहे हों। मानसिक स्थिति भी तो बदली हुई थी—किसी छात्रा के घर उसके डैड को मिलने—जिसमें थी उत्सुकता कम, पर जिज्ञासा अधिक। क्यों—कैसे, किस प्रकार के लोग होंगे वो—एक कौतूहल सा था—क्योंकि बिना किसी प्रयोजन के कोई किसी के घर क्यों जाएगा और कोई क्यों बुलायेगा। सड़क के किनारे लगे दूर-दूर और काफी फासले से लगे वृक्ष छूट रहे थे जैसे जीवन पथ पर साथी, सम्बन्धी... पल पल... जगह-जगह। परन्तु छात्राओं को भी उतना ही कुतूहल था कि आखिर सॅर, जा कहाँ रहे हैं... पर पूछें भी तो कैसे?

कामिनी ने बताया था—छठा स्टॉप है। परन्तु ऐसा भी कभी हुआ है कि लोकल बस हो और अपने निर्धारित स्टाप पर ही रुके। आखिर मॉडल टाऊन का बस स्टॉप आ ही गया। उसे पता चला जब उसने दूर से कामिनी को देख लिया था। वो झट से उठा और दस पन्द्रह सवारियों की भीड़ के साथ उतर गया—उसे लगा वो छात्राएँ उसे पीछे मुड़ कर देख रही हैं। उसकी और उनकी मानसिक अवस्था करीबन एक सी ही थी—जब वय-सन्धि में उच्छृंखलता एवं उत्सुकता हिलोरें मारती हैं।

"कब से खड़ी हैं आप?" उसने एक सहज मुस्कान के अभिवादन के प्रत्युत्तर में पूछा। "मैं तो पाँच बजे से ही आकर खड़ी हो गयी थी।" कामिनी ने संकोचवश पलकें उठायीं, झपझपाईंयीं और गिरायीं। लगता था यह उसकी नाज़ो-अदा का अनिवार्य अंग ही था। परिधान, पहरावा वो ही साधना स्टाइल... परन्तु केश सज्जा मीना अनुरूप... और हर ओर से उसकी अमीरी साफ दिखती थी। वो साथ-साथ छोटे-छोटे कदमों से चल रही थी।

"इतनी जल्द क्यों आ गयीं—कहा तो था कि छह तो बजेंगे ही" हिमांशु ने बात चलायी।

"सर, मैंने सोचा, कहीं आप आएँ और मैं ना मिलूँ।" उसे लगा वो थोड़ा अपनापन दिखा रही है।

और एक भव्य कोठी के सामने जाकर रुके। लोहे का बड़ा सा ग्रिल वाला गेट खोला—एक दूधिया पोमेरीयन— (उसे तो उसकी ब्रीड का पता भी ना था) भागा-भागा आया—धीमे-धीमे, चौऊँ-चौऊँ करने लगा फिर दुम हिलाता... सूँघता हुआ इर्द-गिर्द मँडराने लगा।

"नो पिक्सी, गो इन..." कामिनी ने उसके सर को सहलाया और वो दुम हिलाता बायीं ओर की गैलरी से चला गया।

प्रवेश द्वार के दोनों ओर, गुलाब की बेल झूलती हुई–पूरे यौवन पर सुगन्ध और छटा बिखेर रही थी–एक ओर गुलाबी और दूसरी ओर पीली–जैसे उसके पहनावे के अनुरूप ही हों। सामने एकदम हरा-भरा लॉन–बाद में पूछने पर पता लगा कि वो कोरीयन ग्रास है–लॉन के बॉर्डर पर क्यारियों में गुलदौदी और क्रिस्थेमम्, गेंदे और गुलाब के फूल–और सलीके से सजाए गमले–प्रवेश द्वार के बाहर, बॉलकनी में मोना लिज़ा की रहस्यमय मुस्कान और दूसरी ओर राजा रवि वर्मा की वसन्त ऋतु में आनन्दित, पुष्प लता को लजा देने वाली कृशकाय उर्वशी–एकदम... विरोधाभास. ..। सम्भवतः भारतीय और पाश्चात्य संस्कृति एवं जीवन शैली में जूझती मानसिकता। उसे स्वयं ही कभी समझ नहीं आया कि वो किसका पक्षधर है; भारतीयता या फिर पाश्चात्य अनुसरण–शायद अभावों ने ही उसे भारतीयता से बाँध रखा हो और गाँधी जी इस पहलू को बखूबी समझते थे।

कामिनी उसे ड्राइंग रूम में ले गयी। रूम के बीचोबीच एक काश्मीरी गलीचा, उसके ऊपर शीशे का टेबल, साइडज़ पर और सामने दो पाँच सीटर सोफे की बगल में पेग टेबॅल, दोनों कोनों में तीन स्तरीय तिकोनी, अखरोट की लकड़ी पर नक्काशी किए हुए कार्नर्स, जिनके टॉप पर शीशे की वीनस, चाँदी की सरस्वती, चाँदी के कलश और ना जाने क्या-क्या–पूरी विभुता एवं राजकीयता से सजा हर कोना। उसने थोड़ी नज़र घुमाकर इधर-उधर देखा। दो दीवालों पर प्रकृति की छटा बिखेरती पहाड़ों, झरनों और वनों के सामंजस्य की पेंटिंग्ज़। कामिनी उसे बिठाकर एक ओर के दरवाज़े से भीतर गयी और कुछ ही देर में लौटी। सामने सोफे पर बैठ गयी–और इतने में नौकर पानी के तीन ग्लास ट्रे में लाया–पेग टेबल सामने रखा और पानी पेश किया। उसने पानी के दो घूँट पीये और रख दिया–भला इतनी ठण्ड में पानी कौन पिलाता है–उसने सोचा अमीरों के यही चोंचले हैं–उसे कहाँ पता था पानी पेश करना आतिथ्य का पहला चरण है। इसी बीच कामिनी के डैडी मि. गुप्ता आ गये।

"हैलो मि. हिमांशु–कैसे हैं आप?" और हाथ मिलाने के लिए आगे बढ़ाया।

"ठीक है सर, आपकी कृपा" उसने विनम्रतापूर्वक कहा। "आने में कोई कष्ट तो नहीं हुआ।"

"नहीं जी, कामिनी ने समझा रखा था और फिर स्टैंड पर तो ये थीं ही।"

"कामिनी आपकी बहुत तारीफ करती है" उन्होंने ना जाने कौन से दृष्टिकोण से कहा। वो थोड़ा सकपकाया और कुछ समझ ही नहीं पाया–कह दिया "पता नहीं किस बात की?"

"नहीं, नहीं प्रोफेसर साहब, आपके पढ़ाने के ढंग की–कहती है बहुत अच्छा पढ़ाते हैं।" "ऐसा तो कुछ खास नहीं–इन्हें ठीक लगता है तो खुशी होती है वरना

स्टूडेंट्स को टीचर की हर बात में कोई ना कोई कमी ही दिखाई देती है।'' उसने जैसे बात को विशेष महत्त्व ही नहीं दिया। सोचने लगा कि ये अभी विषय पर क्यों नहीं आ रहे हैं।

इतने में, नौकर चाँदी की ट्रे में रखकर टी सेट में चाय ले आया–टी पॉट, मिल्क पॉट, शुगर पॉट, छलनी और बोन चाइना का कप। चाय पॉट और मिल्क पॉट टकोज़ी से ढके हुए–और दूसरी ट्रे में बाऊल्ज़ में बिस्किट, रोस्टेड बादाम, काजू और खोल में फूटे हुए ड्राय फ्रूट–शायद पिस्ता, बर्फी और समोसे–साथ में चार प्लेट और चम्मच–पता नहीं कौन सा साइज़–वो इस शानो-शौकत, भव्यता एवं सलीके से अपरिचित था। घर पर तो इन सबका प्रश्न ही नहीं, वो तो किसी होटल में भी नहीं गया था–जहाँ यह सब देखा हो। उसे अपनी हीनता एवं पिछड़ेपन का एहसास हुआ और लगा कि यह दुनिया तो एकदम अलग ही है।

अब तक कामिनी उठकर एक प्लेट उसे और एक डैडी को दे चुकी थी। अच्छा ही हुआ, उसने सभी व्यंजनों वाली ट्रे पहले डैडी की ओर झुकायी और उन्होंने चाँदी की चिमटी शायद पिकर से बिस्किट, चम्मच से काजू-दो चार ही और कुछ बादाम लिए।

इसी बीच उसने मि. गुप्ता को सर से पाँव तक देखा। एक गर्म गाऊन, नीचे पेंटनुमा पाजामा-आजकल लोअर और शायद खरगोश या किसी भी जंगली जानवर की फर्र के स्लीपर, चेहरे पर सुनहरी फ्रेम का चश्मा, और कलाई पर सुनहरी घड़ी। और कामिनी ट्रे लेकर उसकी ओर झुकी–उसने गुप्ता जी की तरह ही वो ही खाने के स्नैक्स अपनी प्लेट में रख लिया–शायद इसलिए कि वो ही लेना होगा।

''सर, समोसा तो यहाँ का स्पेशल है... और बर्फी भी एक दो पीस तो लीजिए'' और उसने जैसे ही नज़र उठाकर कामिनी की ओर देखा–उसकी निगाह उसके वक्ष से वक्र होती ढलानों से फिसल गयी... और चम्मच हाथ से छूटते-छूटते बचा।

''यंग मैन... बी एट ईज़... सब कुछ लो... आपके लिए ही तो मँगवाया है।'' मि. गुप्ता ने बीच में जोड़ दिया–शायद, कुछ भाँप गये हों–पर उसके लिए तो वो बर्फानी ढलानें जैसे आकाश से उतरकर कोई मायावी आकार ग्रहण कर गयी हों।

मि. गुप्ता ने धीरे-धीरे चम्मच से बिस्किट तोड़ा और खाना शुरू कर दिया। उसने कामिनी की ओर देखा–उसके चेहरे पर शोख़ी की लालिमा अभी भी कायम थी–कहा–''तुम भी तो लो।''

तब उसने प्लेट में बड़े सलीके से एक दो दाने काजू, बादाम, के लिए जैसे बाऊल्ज़ में सब कुछ मात्र प्रदर्शन के लिए हो...।

''तो मि. हिमांशु कैसी चल रही है हमारी बेटी?'' मि. गुप्ता ने प्रश्नात्मक अन्दाज में पूछा।

"कामिनी तो बहुत इंटेलीजेंट है, कुशाग्र है। लेट अस होप फॉर द बेस्ट" उसने कामिनी की ओर देखते हुए कहा।

"मेरा तो सपना है और ख्वाहिश भी है कि वह यूनीवर्सिटी में टॉप करे। पर इस पर हम बोझ भी तो ज़्यादा नहीं डाल सकते... वो तो ये आपको खुद ही बता देगी" उन्होंने बात तो आगे सरकायी परन्तु पहेली छोड़ दी।

"ठीक है सॅर हमारा पूरा प्रयास रहेगा, जो भी हम से बन पायेगा हम इसके लिए करेंगे।"

"थैंक्स, सॅर, परन्तु मैंने आपको इसलिए तकलीफ़ दी कि आप रोज़ाना इसे घंटा भर, घर पर गाइड कर दिया करें।" उन्होंने अपना सरोकार स्पष्ट कर दिया॥

"सॅर, मेरे पास तो समय ही नहीं–दिन भर तो कॉलेज में ही निकल जाता है।" उसने अपनी असमर्थता व्यक्त की।

"पर ये तो कह रही थी कि आपको मना लेगी, यह मेरी ओर से भी आपको रिक्वेस्ट है" उन्होंने एक प्रकार से विनय ही की।

"सर आप बड़े हैं–आदरणीय हैं, रिक्वेस्ट क्यों आप आदेश दीजिए परन्तु मेरी मजबूरी ही मानें..." उसने अनमने भाव से कहा।

कामिनी तो जैसे रुआँसी हो गयी–चेहरे से लगा कि उसे ऐसी प्रत्याशा कदापि नहीं थी उसने अनुनयपूर्वक कहा, "सर प्लीज़ मान जाइए ना हमारी भी कुछ मजबूरी है–" उसे लगा अगर अब मना किया तो झर-झर झड़ी लग जाएगी। और एक रमणी युवती इस अन्दाज़ में याचनारत हो और धारा प्रवाह में इतना वेग हो, तो किनारे तोड़, सैलाब आने का जोखिम बना रहता है। उस स्थिति से पहले ही उसका सुचारु प्रबन्ध आवश्यक होता है। और फिर समय, स्थान और पात्र को केन्द्र में रखकर सोचना चाहिए–तभी निर्णय लेना चाहिए–यह शायद उसने आठवीं की संस्कृत के हितोपदेश में पढ़ा था।

"ठीक है सर, जैसा आप चाहें–मुझे इनकी उन्नति और पोज़ीशन का ध्यान रखना ही है।" जैसे ही उसने हाँ कही, कामिनी का चेहरा खिल गया जैसे चन्द्र किरण से कुमुदिनी। उसने झट से उठकर डैडी को हल्का सा आलिंगन किया और "थैंक यू डैड" कहकर उन्हें चूम लिया। "अरे थैंक यू तो अपने प्रोफेसर साहब का करो... जो मान गये और प्रो. साहब अपनी फीस इसे बता देना।" उन्होंने अनुरोधपूर्वक कहा।

"सॅर, थैंक यू! नहीं तो मैं ना जाने क्या करती" उसे लगा यदि संकोच कामिनी को न रोकता तो शायद वो हिमांशु को किस कर लेती।

वैसे भी जो आचरण मध्यम या निम्न मध्यम वर्ग में निषेध माना जाता है और कृतज्ञता या आभार केवल शब्दों तक ही सीमित रहता है... वो सम्भ्रान्त वर्ग में

सामान्य सी बात होती है। तो भी उस समय तक समाज अपनी घुटन में ही जी रहा था जो दासता की मानसिकता का स्वरूप ही था। उससे बाहर आने का न किसी में साहस, न सामर्थ्य ही थी।

और मि. गुप्ता उठे, हाथ मिलाया और "ओ.के... अब बाकी आप तय कर लें।" कहकर बाहर निकल गये।

कामिनी ने झट से हाथ पर हाथ रख दिया और "थैंक यू सॅर" कहकर अपना स्नेह प्रेम, कृतज्ञता जतायी—उसे कुछ समझ नहीं आया और कृतज्ञता समझकर "ओ.के. कामिनी" कहकर उसकी ओर देखता रहा। उसे लगा वो शायद प्रेम पाश में बँधने को उत्सुक थी परन्तु वह मर्यादाओं का उल्लंघन कैसे करे? कर भी कैसे सकता है।

उसने सोचा कि अध्यापक-छात्रा का सम्बन्ध कहीं तो विश्वास, पावनता और श्रद्धा के सूत्र से आबद्ध होता है, इसमें कौन कितना उस परिधि के पार जाता है वो ही मर्यादा के उल्लंघन की ओर अग्रसर होता है। तथापि यह तो भारतीय संस्कृति और परम्परा की मान्यता है या उसी के ही आदर्श, जो अधिकतर मध्य वर्ग की श्रेणियाँ ही अपने साथ चिपकाये हुए हैं और वो ही समाज की बात-बात पर दुहाई देते हैं। बेशक, अपनी ही संस्कृति और इतिहास इसके विपरीत उद्धरणों से भरे पड़े हैं और उनको भी न्यायसंगत ठहराने के हमारे निजी स्व-गठित कुण्ठित तर्क हैं; जो सम्भ्रान्तों पर तो लागू नहीं होते और निम्न वर्गों के पास तो इन सबके लिए न तो समय है न ही साधन। परन्तु पाश्चात्य संस्कृति, समुदाय और समाज इससे बिल्कुल विलोम है जहाँ व्यक्तिगत स्वतन्त्रता—निजी और वैचारिक—सर्वोपरि है और बार-बार धर्म, समाज और संस्कृति इसके आड़े नहीं आती। इसीलिए सोच कुण्ठित नहीं है और वैध उच्छृंखलता, सैक्स और सभी कुछ मान्य है जब तक वह किसी दूसरे की आज़ादी का उल्लंघन न करता हो। कौन सा समाज अधिक उन्नत है—यह तो चर्चा का विषय है। परन्तु हर समाज अपने नियमों, शासनादेशों के विरुद्ध ही होता है और निरन्तर बदलाव ही चाहता है। कौन कितना सुखी या सन्तुष्ट है—यह फिर भी निजी दृष्टिकोण और उससे उपजी राजकीय प्रणाली पर निर्भर करता है।

पता नहीं कब कामिनी पाँच मिनट के लिए भीतर गयी और वह किस झंझावात में फँस गया। जिससे उसका कोई सरोकार नहीं; क्यों? शायद उसका अन्तर्मन जानता है।

"काफ़ी वक्त हो गया है—सर्दी भी बढ़ गयी है—तो कल से चालू करें—आज तो चलते हैं।..."

और उसने पचास साल पुरानी चौरस चाबी वाली घड़ी जो उसके पिता जी ने उसे कॉलेज जाने के समय दी थी, देखी। अन्दाज़ से ही लगा सात बज गये हैं... और ड्राइंग रूम में लगी घड़ी ने टन-टन सात घंटे बजा दिये।

अब एक बार फिर कामिनी उसे बस स्टैंड पर छोड़ने के लिए चलने लगी—पर उसने मना कर दिया।

"रात हो गयी है तुम्हें नहीं जाना—बस, मैं चला जाऊँगा" उसने निर्देश सा दिया जैसे अधिकार ही हो।

"ठीक है सॅर, पर मैं आपकी कृतज्ञ हूँ—मेरे पास शब्द ही नहीं हैं..." और अँधेरी लाइट के धुँधलके में वह चाँदनी पर छिटके ओस कण देख नहीं पाया परन्तु भीतर ही कोई पाषाण चटख गया। 'नमस्ते' से एक भाव भीनी विदाई जो जुड़े हाथों तक सीमित रही—और वो खचाखच भरी बस में चढ़ गया।

हवा अपनी पूर्ण शीतलता से उसके ऊनी सूट को चीर कर कँपा रही थी, हाथ दोहरे और कान जैसे हैं ही नहीं—परन्तु अब उसने वायदा जो कर लिया। उसे तो वह किसी भी मूल्य पर निभायेगा। उसे कामिनी के लिए अपना रुख, दृष्टिकोण और रवैया या उसका आचरण, सामीप्य समझ ही नहीं आया। वह उसी अनिश्चितता की स्थिति में घर पहुँचा—सीधा अपने कमरे में गया, डायरी निकाली और लिखा—

"जीवन एक अज्ञात पथ की तरह,
कितना ऊबाऊ, जघन्य, और नीरस,
रेगिस्तानी दोपहरी अन्धड़ में
आपका पूरा अस्तित्व ही झुलसा हुआ
भीतर तक!"*

5

हिमांशु तीसरा पीरियड लेकर, अपनी ही धुन में स्टाफ रूम में घुसा। कदम अन्दर रखा ही था कि बैठी थी इन्दु शर्मा—शायद अर्थशास्त्र की प्राध्यापिका। याद भी इसीलिए रही कि वह गुड़िया सी सुन्दर लगी थी; साथ में थी एक और महिला—थोड़े साँवले-पन पर चेहरा परन्तु आँखों में बिल्लौरी चमक, केश खुले और अलकें काधे

---

* "Life is like passage
so dull, so drab, so seamy,
like the desert winds at noon;
your whole being, parched at soul."

और कोट के कॉलर पर बिखरी हुई–व्यक्तित्व में एक सहज सा आकर्षण लिए हुए। वह महिला देखकर मुस्करा रही थी–।

"पहचाना मुझे? नमस्कार!" उसने हिमांशु का हाथ जोड़ कर अभिवादन किया।

"ये मुझे ही नहीं पहचानते होंगे–आपको तो क्या पहचानेंगे?" इन्दु शर्मा ने चुटकी ली, चाहे वो अच्छी तरह जानती थी कि जो एक बार उसे मिल ले, तो वो सामान्यतया उसे भूल नहीं सकता। "खैर आपको तो कौन भुला सकता है–इन्दु जो ठहरीं–परन्तु इन्हें देखा हुआ तो लगता है; पर कहाँ–कुछ ध्यान नहीं आ रहा।" हिमांशु झेंपिल सा हो गया और कुर्सी खींचकर बैठ गया।

"वैसे, मैथ्स वालों की याददाश्त इतनी कमज़ोर तो नहीं होती, हाँ छोटी-मोटी, गौण चीज़ों को याद नहीं रखते" उस महिला ने हिमांशु को अभिमुख होकर कहा और हँसी में एक अनूठा आकर्षण, स्मृति में कौंध गया।

"मैडम आप जैसी विलक्षण और एक्सट्रोवर्ट, बहिर्मुखी महिला को कौन भूल सकता है जिसने अपने हाथ से चाय का कप पिलाया हो–और वो भी आगरा की ट्रेन में... अब नाम भी बता ही देता हूँ... रागिनी... पद्मिनी की बहन नहीं... पर रागिनी व्यास" हिमांशु वास्तव में ही खुश था कि उसे सब याद आ गया।

"मैं भी सोच रही थी कि पुरुष और वो भी युवक, महिला को मिलें और भूल जाएँ–ऐसा प्रायः होता नहीं, हाँ आप को मैं उसी दिन से अपवाद मानती थी जब से मैंने देखा कि आप इन्टरव्यू के बाद भी मिलने नहीं आये–मैं तो इन्तज़ार करती रही–महिला नियति के अनुरूप" रागिनी ने हिमांशु को उसकी विमुखता जता दी।

वो तत्परता से उठा और चपरासी को चाय, समोसे, गुलाब जामुन के लिए कहकर लौटा।

"अच्छा बाकी तो छोड़ो, आप यहाँ आयीं कैसे?" "इनके पति महोदय के मित्र जैन कॉलेज में अपने किसी पुराने क्लास फैलो को मिलने आये थे तो मैंने सोचा इन्दु से भी मिलती जाती हूँ–और इसी से ही आपके बारे में पता लगा–वैसे ही बात-बात में आपका ज़िक्र आ गया।" रागिनी बहुत ही सहजता और आत्मीयता से बात कर रही थी। रत्ती भर भी संकोच नहीं, झिझक नहीं–यही अन्तर है सम्भवतः नगरों और छोटे शहरों के वातावरण का। "पर आपको तो मेरा नाम भी पता नहीं था" हिमांशु ने कहा।

"अरे वो तो इसने आपकी इलीयट की पुस्तक "फोर क्वार्टेट्स और वेस्टलैण्ड" पर लिखा पढ़ लिया था। बहुत तेज हैं... तभी तो आपका नाम नहीं पूछा।" इन्दु ने पूरी मुस्कान और हँसी बिखेरते हुए कहा। इतने में चपरासी चाय और खाने का सामान ले आया। और उसके साथ ही था एक युवक साँवला चेहरा, कद करीबन

170-172 सैंटीमीटर; परन्तु दुबला, शैल फ्रेम का चश्मा, काला सूट, बादामी शर्ट और काली टाई–कुल मिलाकर उसके रंग को और उभार रही थी।

"मीट मॉय हस्बैण्ड–मि. पीटर परेरा। पीटर; ये हैं मि. हिमांशु शुक्ल–जिनका ज़िक्र कई बार हमारी चर्चा में आया... और इन्दु को तो आप जानते ही हैं।"

हिमांशु ने उठकर तपाक़ से हाथ मिलाया और वार्तालाप अंग्रेजी में शुरू हो गया। मि. पीटर एंगलो इण्डियन और रागिनी शायद क्षत्रिय या ब्राह्मण–परन्तु रागिनी क्रिचियन कॉलेज आगरा में अर्थशास्त्र और पीटर सेंट जीज़्स और मेरी में अंग्रेजी की प्रोफेसर–लगा कि एक सुपठित, सौम्य और समर्पित दम्पती हैं। "तो आपने पहले से ही चार लोगों के लिए आर्डर दे रखा था" इन्दु ने प्रशंसात्मक अन्दाज में कहा।

"यह तो मेरी आदत ही है–क्योंकि पीते-पीते कोई न कोई आ जाता है तो फिर व्यर्थ में सबकी चाय ठण्डी हो जाती है–औपचारिकता निबाहने में ही। वैसे भी मुझे लग ही रहा था रागिनी जी के साथ कोई तो होगा"–हिमांशु सहज था पर लगा जैसे शेख़ी बघार रहा हो।

"अच्छा रात को मेरे पास रुकें" हिमांशु ने प्रस्तावित किया।

"आप तो आते हुए मिले तक नहीं–और हमें रुकने को कह रहे हैं–यह अच्छी रही। एक ओर विमुखता और दूसरी ओर आत्मीयता..." रागिनी ने जैसे उलाहना दिया। "विमुखता नहीं संकोच कहें... मैं इतना भी एक्सट्रोवर्ट नहीं हूँ, मैथ्स के पढ़ाकू जो ठहरे..." हिमांशु ने झेंप मिटाने के लिए कहा...।

"हिमांशु जी शाम को खाने पर आयें गपशप हो जायेगी" इन्दु ने अनुरोध से कहा।

"क्यों नहीं, आऊँगा ज़रूर... परन्तु खाना नहीं; घर में कुछ गेस्ट आये हुए हैं।" हिमांशु ने टाल दिया अन्यथा फिर उन्हें बुलाएँ और अपनी पूरी परिस्थितियाँ और परिवेश उनके सामने उधेड़ दें।

और उनकी विदाई के बाद, वो सफर उसकी आँखों के सामने किसी बहुचित्रदर्शी क्लाइडोस्कोप की भाँति घूम गया, जब वह आगरा के कॉलेज में साक्षात्कार के लिए जा रहा था। देहली से गाड़ी पकड़ी थी और तीसरे दर्जे में सामने सीट पर, ठीक उसके सामने, एक युवती बैठी थी–साड़ी एकदम सलीके से बाँध रखी थी और अपने गिर्द लपेट भी रखी थी ताकि कोई भी शालीन अंग प्रदर्शित न हो जाए तो भी यौवन वक्ष से उछाल तो मार ही रहा था। वो बीच-बीच में कनखियों से देख लेता था और भीतर बात करने की उत्सुकता भी थी–क्योंकि उस वय में हर युवती में एक प्राकृतिक आकर्षण तो होता ही है, परन्तु अपने संकोची स्वभाव का समाधान भी कैसे करे–आखिर पहल तो उसी ने ही की।

"आप कहाँ जा रहे हैं" उसने धवल दन्त पंक्ति से मोती बिखेरे।

हिमांशु तो जैसे किसी स्वप्न से जागा हो—नज़रें मिलीं कि जैसे ट्रेन ही हिल गयी। सँभलकर संयत होकर बोला, "एक इंटरव्यू देने आगरा जा रहा हूँ।"

"कहाँ, किसी कॉलेज में?" उसने उत्सुकता ज़ाहिर की।

"सेंट जार्ज एण्ड मेरी में"—

"आपका विषय?" उसने कौतूहल से पूछा।

"मैथ्स...!"

"बड़ा कठिन सब्जेक्ट है हमारे तो कभी ठीक से पल्ले ही नहीं पड़ा" जैसे यह उसकी आत्म स्वीकृति हो।

इतने में चाय वाला अपनी बड़ी-सी कैटॅल लेकर आया। उस युवती ने चाय का कप पकड़ा और उसे पेश किया। गाड़ी ठक्-ठक् कर पूरे वेग से चल रही थी और हिल-डुल इतनी कि हर वस्तु हाथ से फिसल जाए। इस लिए युवती ने प्लेट को नीचे से पूरी हथेली का सहारा देकर पकड़ रखा था। चाय पकड़ते ही उसकी उँगलियाँ और हथेली का अग्र भाग हिमांशु के हाथ में आ गया। कैसा मार्मिक, भीतर तक उद्वेलित करता स्पन्दन... उसने तो पहली बार किसी अपरिचित युवती को छुआ था—कप हिल गया और चाय प्लेट में गिर गयी।

"अजी आप तो घबरा गये, लगता है पहली बार किसी ने आपको छुआ है—सहज रहें कुछ नहीं होगा।" उसने सहजता से कहा। और दूसरा कप लेकर पीने लगी। "बॉय द वे मैं क्रिश्चीयन कॉलेज में ही अर्थशास्त्र पढ़ाती हूँ—इंटरव्यू के बाद वहीं आ जाना आप को आगरा घुमा दूँगी।" हिमांशु ठहरा एकदम अन्तर्मुखी, उसका नाम तक नहीं पूछा—

वे स्टेशन पर उतरे, "अरे! आप भी कमाल हैं—आपने तो मेरा नाम तक नहीं पूछा—ऑय एम रागिनी व्यास—कालेज आकर किसी से भी पूछ लेना..." और वो एक अविस्मरणीय स्मृति को निहारता हुआ कॉलेज पहुँचा था।

चयन तो हुआ नहीं और इतना आत्मविश्वास कहाँ से लाता कि रागिनी को मिलता। उसने स्वयं का तर्क गढ़ कर अपने आप को आश्वस्त कर लिया—कि होता है—सभी के साथ न सही बहुतों के साथ होता है! कई बार कोई बात कह देना कितना सरल होता है और कभी सरल-सी बात कहना कितना कठिन। कभी कोई सुअवसर की इन्तजार में बरसों निकल जाते हैं और कभी सुअवसर स्वयं के कारण ही पलकों के सामने सरक जाता है। कभी कोई बात कहने में बरसों बीत जाते हैं और ज़िन्दगी अँधेरे की परतों तले दब जाती है और कभी बीत जाते हैं यौवन के कितने ही वसन्त, जब कोयल की कुहुक हृदय में हूक बनकर गूँजती रहती है और बात ज़ुबाँ पर आती ही नहीं या आ आ कर किनारों से टकराकर लौट-लौट जाती है। कुछ ही होते हैं वे जिनके जीवन में ऐसा पल आकर ठहर सा जाता है किसी

दैविक वरदान की तरह। और निस्सार जीवन की कश्ती का एकाकी नाविक लहर के साथ चलता है और कब लहर उसके साथ हो लेती है उसे इसका भास तक नहीं होता। या फिर समय उसी लहर पर ठहर-सा जाता है और उसी लहर की रूमानियत में दिन-रात बावरा-सा घूमता रहता है--किसकी तलाश में--भीतर या बाहर--वो कैसे जाने? उस पर तो एक नशा-सा तारी हो जाता है इकबाल की तरह, "कि आप ही गोया मुसाफिर आप ही मंज़िल हूँ मैं।" ज़रूरी तो नहीं, ऐसा किसी उस जैसे युवक के साथ हो जो वयस्कता की दहलीज़ पर कदम रख उसे पार करने के लिए पहला डग भरता है और एक स्वप्निल-सा संसार उसकी आँखों के सामने तैरने लगता है--यह तो किसी युवती के साथ भी हो सकता है।

अन्ततः यह तो सपनों का संसार है और वो सपने जो ईथर की तरंगों की तरह भविष्य को लेकर किसी स्वयं रचित संसार में तैरते हों परन्तु ऐसे भाग्यशाली और बहिर्मुखी--फार्च्यूनेट और एक्सट्रोवर्ट--युवक शायद दशमलव एक प्रतिशत ही हों--तो भी आश्चर्य ही होगा। कॉलेज का प्रांगण--उसमें प्रवेश--एक खुलापन, एक स्वच्छन्दता--मन में लालसा, उत्कट चाह, इच्छा और हिलोर कि पास से गुज़रती लड़की से बात ही कर ली जाए। और गर वो अपनी ही क्लास की हो तो कितना आसान लगता है परन्तु फिर भी एक झिझक, एक संकोच; पारिवारिक, सामाजिक और वर्गीय परिवेश जीवन में किस पड़ाव तक साथ चले--कौन जाने--यह तो हर पृथक व्यक्ति पर अलग ही होगा।

कैसे पार किया जाए यह उफनता दरिया जो अमरकंटक के उद्‌गम से, बीहड़ों में होता हुआ जबलपुर भेड़ा घाट में शान्त, क्लान्त समीर सा बहता है परन्तु दुर्गम सफर तय कर... और उस जैसे संकोचग्रस्त, निज ग्रन्थियों के बन्दी, केवल खयालों में विचरते देखते रह जाते हैं जबकि प्रायः देखते ही देखते--देहली के लड़के--चाहे तृतीय श्रेणी में ही पास हुए हों कैसे पटर पटर इंग्लिश बोलते हैं... और झट से वाऊ... हाय!... हैलो...! व्हट्स यूअर सेक्शन... व्हट्स यूअर सब्जेक्ट... बाई-द-वे... ऑय एम संजय कपूर... और हो गयी दोस्ती बन गयी गर्ल फ्रेंड। उस परिवेश में जहाँ, जिस शहर में 'को एड्ड' स्कूल भी न हो तो कैसे मिटे झेंप...? कितनी उत्सुकता रहती थी कॉलेज में, कि आगे की दो तीन पंक्तियों में बैठी लड़कियाँ पलट कर देख लें और यदि किसी ने पीछे से पैर छू दिया--चाहे गलती से हो तो, वो देखेंगी मुड़कर, ऐसे जैसे खून कर दिया हो और प्रोफेसर महोदय--शायद अपनी छाप छोड़ने के इरादे से या फिर अनुशासन के बहाने झट से प्लेटफार्म से उतरकर लड़की के पास "वहट्स द प्राब्लम?" "नहीं सर, कुछ नहीं।" और तब जाकर जान में जान

आये अन्यथा अपमान, जुर्माना या सज़ा। परन्तु ग्रुप के ग्रुप, तीन-तीन, पाँच-पाँच या जो भी अनुपात बैठे—नये-नये समीकरण, नयी-नयी दोस्तियाँ और किसी के बहस का मुद्दा—रात को देखी फिल्म—या रात को हॉस्टल से फूटने की तरकीब—या माँ बाप से एक्सट्रा क्लास का बहाना और निरुद्देश्य आवारागर्दी बहुत कम ग्रुप पढ़ाई में लग्नशील—पहले ही दिन से नोट्स किताबों को रेखांकित करना और कुछ न कुछ नया पढ़ना; फर्स्ट यीअर के छात्रों का रैगिंग से बचने के लिए ग्रुपों में घूमना, कैन्टीन या लॉन; यही तो स्थल होते हैं, खाली समय व्यतीत करने के लिए। और साथ में बैठ हर प्रोफेसर की समीक्षा, हर लड़की की ड्रेस पर वार्ता, उसकी हर भाव-भंगिमा पर पैनी नज़र--यह सब ही तो भरती है एक नयी ऊर्जा—जिससे इन्तज़ार रहता है अगले दिन का कि कब जाएँ कॉलेज।

कॉलेज के दिन उनकी नॉस्टेल्जिक, विरही यादें, उनका सुखद, रोमांचपूर्ण और उत्तेजक इतिहास... कॉलेज या उम्र कोई भी हो--परन्तु कॉल्जीएट्स की मानसिकता प्रायः एक-सी-ही। वही ललक, वो ही दिवास्वप्न, वो ही अमूर्त में मूर्त का आभास, वो ही बचपन से किशोरकालीन, एडोलोसेन्ट बिम्ब जो पुस्तकों के हर अक्षर में एक काल्पनिक अप्सरा बन उतर आते और ऐसी ही दास्तानें, जो जीवन भर अक्सों की तरह मन के आईने में बार-बार मुखर हो उठती हैं। हिमांशु कोई अपवाद तो था नहीं—उसके साथ भी तो ऐसा ही कुछ हुआ था। वो एकदम इंट्रोवर्ट, जिसे सँजीदगी विरासत में मिली हो—और कर्तव्य और दायित्व सर्वोपरि और उनकी प्रतिपूर्ति और निर्वाह के लिए, पढ़ाई के अतिरिक्त और कुछ नहीं। सादगी ही जीवन का चलन होना चाहिए--तुम्हारे चाचा जो हमेशा यूनीवर्सिटी में प्रथम ही रहे—तुम्हारे लिए उनका अनुसरण करना, तुम्हारा लक्ष्य एवं लग्नशीलता होनी चाहिए। वे छात्रवृत्ति पर ही पढ़े और बी.ए. तक पैंट भी नहीं पहनी। जैसे पैंट पहनने से नम्बर कम हो जाते। इन उपदेशों और आख्यानों के प्रतिकार में तर्क तो बहुत आते। परन्तु जिसका पोषण ही त्रस्त परिवेश में हो उसमें आत्मविश्वास, तर्कशीलता और मौलिकता कहाँ से पनपती। त्रासदी यह रही कि समय और परिवेश के बदलाव के साथ अग्रजनों की सोच में बदलाव नहीं आया—उनके आदेश ब्रह्म वाक्य ही थे, शायद उस समय में, उभरते परिवार में, जो आर्थिक न्यूनताओं और वीथियों से गुज़र रहा था; ऐसे नियन्त्रण और अनुशासन आवश्यक भी रहे हों—किसी प्रकार की भी सोच और स्टेप के दूरगामी परिणाम होते हैं जो पीढ़ियों की मानसिकता को ही बदल देते हैं और दशकों उसकी भरपाई करनी पड़ती है। जब तक कोई मौलिक चिन्तक या परिवर्तनशील व्यक्ति प्रयासरत न हो। परन्तु विभाजन और देश के विघटन के बाद बड़े भाई राम ज्योति जो किसी राजकीय कार्यालय में महज़ क्लर्क थे; जब पाकिस्तान में हृदयविदारक

नरसंहार में से बचते-बचाते अम्बाला कैंट पहुँचे और उसी कार्यालय में बहाल हुए। तो छोटे भाइयों तथा अपने परिवार के दायित्व एवं पढ़ाई की ज़िम्मेदारी उन्हीं की थी। इसीलिए जीवन शैली में हर वह तौर तरीका अपनाया गया जिसमें से पाई-पाई बच सके और सभी का पेट तो पाला जा सके।

बेशक, सोच और स्मृतियों, यादों, पुरानी घटनाओं की पुनरावृत्ति पर किसी का ज़ोर नहीं होता, वे याद आती हैं तो लगता है जैसे मेघों का हुजूम मन मस्तिष्क पर छा गया हो और उनमें नहीं रहता कोई क्रम, कोई सिलसिला—वो तो खयालों की तरह फाँद जाते हैं देश, सीमाएँ और लाँघ जाते हैं दशक एक पल भर में।

ऐसे में ही वह रोज़ ही तो गुज़रता था माजरी से। और अपने जी.एम.एन. कॉलेज से आते-जाते उसे दिख जाती थी पूजा जैन—उसी की क्लास में पढ़ती थी। उसने कोशिश की कि पता कर ले कहाँ रहती है। कभी दो चार मिनट आगे पीछे आकर भी... या दिन में दो चार बार चक्कर लगाकर भी... परन्तु हर बार वो उसे उल्टी दिशा से आती ही मिली। वह इतना निर्भीक, साहसी भी नहीं था कि पीछा कर ले और यदि किसी ने धमका कर पूछ लिया तो उसका तो कचरा हो जाएगा। इसलिए ऐसा दुस्साहस उसने कभी नहीं किया। वो भी तो अभी बी.ए. द्वितीय वर्ष में ही था और पढ़ाकू भी। अध्ययनशीलता उसके चेहरे से ही झलकती थी।

पूजा—एक साँवली-सी युवती, मँझला कद गदराया-सा शरीर, गोलाई वाला चेहरा। और हिमांशु भी उस समय बीस के पास ही होगा। परन्तु उसे तो वह जैसे स्वर्गिक अभिसारिका-सी प्रतीत होती... कितने प्लान बनाता, कितने बहाने सोचता ... कितनी फिल्मी स्थितियों का रूपान्तरण सोचता... और जिस रोज़ वो ज़रा आँख उठाकर देख ले तो न दिन में चैन, न रात को नींद। बस दिखे उसका चेहरा, उसकी श्यामल आँखें, उसके बेतरतीबी से बिखरे बाल, धीमी-धीमी झुकी पलकों की चाल ... और कभी लटों में उलझते, छुपते गाल, कभी अकेली, कभी सहेली के साथ और वो अकेला, कभी सहपाठी मित्र सुरेश के साथ। परन्तु न तो बुलाने की हिम्मत, न ही घर का पता जानने का साहस। इसी आने-जाने, दिखने दिखाने में बीत गये वो दो साल। जब से उसे देखा था कॉलेज में, सिवा एक बार जब उसने पोएट्री के नोट्स माँगे थे और अगले दिन लौटा दिये और कैसे खोया उसने वह अवसर... जब वो हो गया था मूक—जैसे आवाज़ ही चली गयी हो... और बाद में उसने सोचा, शायद उसने नोट्स केवल परिचय, जान-पहचान, सामीप्य के लिए ही माँगे हों... केवल उसकी झेंप मिटाने के लिए परन्तु उस समय तक कॉलेज ही छूट चुका था और रह गयी थी दीवाल पर टँगी ग्रुप फोटो—एक काल्पनिक प्रेम और जड़ता की साक्षी!

6

हिमांशु और नियति दोनों मानो एक दूसरे से विमुख हो चुके थे। ना भी हों, परन्तु उसे तो ऐसा ही लगता था, अधिकतर निष्कर्ष तो हम आत्म-संवाद से ही निकाल लेते हैं और फिर जुट जाते हैं स्वयं को ही दोषी, स्वयं को ही नगण्य सिद्ध करने में—जो वास्तविकता में निजी हीन-ग्रन्थि जनित ही होती है। ऐसी ही मानसिक स्थिति का शिकार था हिमांशु। एक गहराता-सा अवसाद मन-मस्तिष्क पर छाया-सा रहता था और वह अकेला निकल जाता धीमी-धीमी बहती कूलों के किनारे हरी-भरी घास, हरे-भरे पेड़ों से सराबोर, सड़कों के साथ-साथ... खोया-खोया-सा... विस्मृत ... कीट्स, बॉयरन शैले या इलीयट की दुनिया में डूबा... और यार-मित्र तो जा चुके थे अपने-अपने गाँव या शहर... और जो बचे थे उनसे उसकी कोई विशेष नज़दीकी नहीं थी।

नम्बर तो अच्छे आने ही थे बी.ए. में। जाकर जालन्धर में मैथ्स में प्रवेश ले लिया। सुरेश दो एक बार घर पर आया परन्तु मिला नहीं। गुप्ता जो था, सो हिमांशु तो माने बैठा था, कि वो अपने कपड़े की दुकान पर ही बैठेगा—और सभी जगह चक्कर लगाने पर भी पूजा तो जैसे पूजा घर में ही स्थापित हो गयी या फिर किसी देव के साथ उड़ गयी। उसे अब स्पष्ट हो गया कि उसके उन्मन-उन्मन मन का कारण यही शून्यता है। हो भी सकता है न कि स्पष्ट तौर पर वह ही सोच के केन्द्र में न हो परन्तु पृष्ठभूमि में हो... वो ही 'उस-पार' एकांकी की लवंगलता जो कहीं उसकी कल्पना संसार का देदीप्यमान नक्षत्र है और सम्भवतः उसी की अन्वेषणा, उसी की खोज, उसी के लिए अधीरता, आतुरता, उसकी इस मनःस्थिति का कारण भी हो।

परन्तु यह भी तो हो सकता है; वो सन्ध्या जो उसके चाचा की शादी में अकस्मात् टकरा गयी थी... और फिर हर बार मिल ही जाती—किसी न किसी पारिवारिक अनुष्ठान में उस समय की किसी सुप्रसिद्ध अभिनेत्री से मिलती-जुलती गौर वर्णा, लता सी लचक, रसालों की रसासक्त, अलकों की बिखरी अन्यमनस्कता, नयनों में मदिरालय, कद बढ़ता हुआ कदम्ब, और अधरों से बहते निर्झर... सुदेह, सुकाय, सुमुखि...। कली खिली कहाँ? पहले ही तोड़ ली... और दो साल बाद शादी में देखा माथे पर बिंदिया, माँग पर सिन्दूर और दोनों कूलों में लहराता रक्तिम चूड़ा ... और ऐसे सपना सलोना टूटा। "अरे हिम... तुम यहाँ?"

"मैं तो यही हूँ पर तुम यहाँ कैसे?" हिमांशु जैसे स्तब्ध हो गया हो।

"मैंने यहाँ डी.ए.वी. कॉलेज में एम.ए. पोलिटिकल साइंस ज्वायन कर लिया है और तुम तो मैथ्स में होगे..." सुरेश कई दिन बाद मिलकर उत्साहित था। "और

कोई खबर अपने शहर की।''

''अरे यार मैं तो तुम्हें दो दिन से ढूँढ़ रहा था—वो थी ना पूजा जैन अरे हमारे साथ ही तो थी... आया ध्यान?''

''हाँ, थोड़ा ध्यान आ रहा है... कई बार कॉलेज जाते हुए उसे देखा था...''

''मैं सब जानता हूँ... साले झूठ बोलता है मुझे पता है। तू उसका आशिक था ...''

''बकवास बन्द कर नहीं तो... अच्छा—साले ये तो बता वो तुझे मिली कहाँ?'' हिमांशु की उत्सुकता जागी।

''अरे एक दिन पापा ने मुझे जैन साड़ी सेन्टर पर पैसे देने भेजा... ये पूजा वहीं थी मैंने कहा—''आप यहाँ?'' पर उसने कोई उत्तर नहीं दिया और ''पापा! मैं चलती हूँ...'' कहकर छुरी सी काटती भाग गयी मैं पीछे देखता रहा...'' सुरेश जैसे भरा हुआ मटका उँडेलना चाहता था।

''और उसके डैड ने कुछ नहीं कहा?''

''कहा क्यों नहीं... पूछा, तुम कैसे जानते हो—?''

मैंने बताया हमारे साथ ही तो थी कॉलेज में और उसके डैड ने कहा—''ठीक है! बेटा आते रहना।''

''मुझे लगता है तेरा तो टाँका लग गया बस तैयार हो जा बच्चू।''

''अरे नहीं अब तो एम.ए. ही करनी है—अपना बता... कोई बम्ब या पटाखा है तुम्हारी क्लास में?''

''अरे मैथ्स की ऐसी किस्मत कहाँ...''

इतने में हिमांशु के तीन नये दोस्त, तीनों ही अमृतसरीए आये और हिमांशु को माई हीराँ गेट ले गये।

''ओ यार, ये कहाँ ले आये'' हिमांशु को थोड़ा अजीब लगा कि इतने खुले कॉलेज और हॉस्टल के परिसर से यह कहाँ एकदम भीड़-भाड़ वाले बाजार में ले आये।

''अरे तुम चलो यही तो जगह है जहाँ सभी कॉलेज की लड़कियाँ एक दो चक्कर तो ज़रूर लगाती हैं'' कृष्ण बंसल ने कहा।

वो गेट तलाशने लगा—और ज्यों-ज्यों आगे बढ़ा बाजार सँकरा होता गया और छोटे-छोटे मोड़ जिनमें दुकानदारों ने अपनी मर्ज़ी से दुकानें आगे बढ़ाकर कब्ज़ा कर रखा था—ज़्यादा दुकानें प्रसाधन और शृंगार के सामान की ही थीं—पर अब उसे धीरे-धीरे पता लगने लगा—इतने भीड़ बाजार में दो लोग बिना टकराये बमुश्किल ही निकल पाते और रिक्शा आ जाए तो किसी दुकान या गली का सहारा—लड़कों की टोलियाँ, लड़कियों के ग्रुप गुज़रते—एकदम पास से होकर और कहीं टकराकर।

"बस इसी के लिए आये थे?" उसने मनु अरोड़ा से पूछा।

"ओ, तू नहीं समझेगा जैसे धर्मात्मा है—चल अब चाट की दुकान पर—तुझे चाट खिलाते हैं" मनु ने सबको एक छोटी-सी छः बाई छः की दुकान में घुसने को कहा—घर में हों तो—स्टोर भी उससे बड़ा होगा।

मैथ्स के प्रोफेसर—बुज़ुर्ग—तीस तीस-साल पहले खुले पन्नों पर पेन्सिल से लिखे नोट्स। बस बोर्ड पर लिखते जाएँगे—फोटो कॉपी का कोई प्रचलन नहीं था—और कोई वरिष्ठ प्रोफेसर जैसे पाँचवीं क्लास को पढ़ा रहे हों—हाइड्रोडायनेमिक्स, हाइड्रोस्टेटिक्स, प्यूर या प्योर मैथ्स और बहुत से सेक्शन और वर्ग जो उनकी स्वयं की पकड़ के बाहर। एक तो वैसे ही खुश्क विषय और फिर टीचर भी माशा-अल्ला—और स्टूडेंट्स के नोट्स के अपने जुगाड़—पुराने स्टूडेंट्स या प्रोफेसरों से क्लास में भीड़ रंगीनी के नाम एक ही रूपसी काया—शायद रोल नं. 96—क्या प्रोफेसर क्या सम्भ्रान्त परिवार के स्टूडेंट्स सभी लट्टू—जैसे नाज़, नखरे सौंदर्य का चरम वहीं से शुरू—वहीं पर अन्त।

मैथ्स का विपय जन साधारण या साधारण, सामान्य विद्यार्थियों के लिए तो होता नहीं, इसे तो कुशाग्र लग्नशील, नियमित स्वाध्याय एवं कर्मनिष्ठ ही निभा सकते हैं जिन्हें सूर्योदय, सूर्यास्त, रात के पहर, ना जग, ना निज की खबर—नपुंसक बनाने के लिए जो भी क्रियाशीलता या तत्त्व चाहिए सभी इसमें उपलब्ध—एक बिन्दु पानी की सतह के नीचे—उस पर कौन-कौन सी शक्तियाँ या फोर्सिस कार्यरत हैं या ऐक्ट कर रही हैं और कितनी तीव्रता से और उसे सतह पर आने में कितना समय लगेगा—और भी इसी प्रकार के काल्पनिक कांसेप्ट सभी विषयों या उनकी शाखाओं में... जितना कठिन समझाना; उतना ही दुस्तर समझना—फिर इस दो वर्ष के झंझावत् सागर से पार निकलना, मानो भागवत् पुराण के व्याख्याकृत भव सागर से पार होना—और कौन कौन मार्ग में जल समाधि ले जाएँगे—यह उनका भाग्य! हॉस्टल में अकेले को कमरा मिला हो और वो पुस्तकें, एकाकीपन, तन्हाई, बार-बार सपनों का उजागर होना और बार-बार उसका काव्य की ओर लौटना, बार-बार प्रेयसि के सपनों से उलझना और पुनः पोइट्री की दुनिया से एकात्म होना। या तो मैथ्स से मोह भंग, उसकी नीरसता, उसकी शुष्कता और शब्दों के स्थान पर रेखाओं या अंकों से खिलवाड़, उनसे विषयान्तर—ताकि मन की कोमल भावनाएँ, उसको शनैः शनैः दुलारती तरंगें—उसके सारहीन जीवन में स्फूर्ति उत्पन्न करती रहें... ऐसे विचार बार-बार आते और अन्ततः एक दिन—

"यार तुम इलीयट या कीट्स की ये किताबें इशू करवा कर पढ़ते रहते हो—मैथ्स को कौन करेगा..." कृष्ण ने कहा।

"क्या करूँ—थोड़ी देर ही मैथ्स पढ़कर मन ऊब जाता है—बी.ए. की मैथ्स

आनर्ज़ गले की फाँस बन गयी...'' हिमांशु ने उकताहट से कहा।1

''तो भी हिम—हम सबका उद्धार तो अब मैथ्स में ही है... तुम मेरे रूम में आकर पढ़ लिया करो...'' उसने तकाज़ा किया।

''अच्छा अब कुछ दिन तेरे साथ ही देखता हूँ'' और बदलाव तो आया परन्तु फिर भी बीच-बीच में पोइट्री के आवेग आते रहते थे परन्तु उनकी तीव्रता में कमी हो गयी थी—बेशक, हर पृष्ठ पर—लयात्मक समीकरण या रिद्‌मिक इक्वेशन में; काल्पनिक तरलता, कोमलता तो कायम ही थी और यह था उसके भीतर का कवि हृदय जो किसी अरुचिकर पाश में बँधा महसूस करता था। उसने एस्ट्रोनोमी की कापी के आखिरी पन्ने पर लिखा—

''प्रेम समान है सबके लिए; किसे परवाह
कारण की, मौसम की, घंटों, दिनों, महीनों की,
ये तो हैं समय के बचे-खुचे शेष।''

शायद ये खयाल भी कहीं पढ़ी पोइट्री के अवशेष हों।

परेश तो फर्स्ट यीअर में ही, बीच में महीने भर के लिए घर चला गया—कहकर तो गया था कि दो तीन दिन में ही अमृतसर से लौट आयेगा पर आया ही नहीं। उसके पिताजी तो राजस्थानी मारवाड़ी थे और प्रापर्टी और आढ़त का काम करते थे। शक्ल सूरत से जैसे पीलिया पीड़ित हो और बातचीत में तुतलापन। मैथ्स पहले दिन से ही लगता था कि उसके बस का नहीं। जब महीने बाद लौटा—सभी ने उसे घेर लिया ''छोड़ो यार... इससे तो पार्टी लो... शादी करवा कर आया है।'' अरोड़ा ने जैसे घोषणा की। ''अब साले बता कहाँ हुई शादी और हमें किसी को भी बुलाया तक नहीं... अब एक-एक मिनट का हिसाब दे—मैथ्स की थ्योरम की तरह...'' अरोड़ा और साहनी ने कहा। ''अच्छा... रात को ग्यारह बजे सब मेरे कमरे में आ जाना''—परेश ने कहा।

और सभी में कितनी उत्तेजना, कितनी उत्सुकता—शादी चुरू में हुई... वो लड़का देखने आये और लड़की लम्बे से घूँघट में माँ और मौसी ने देखी... शादी के दो दिन बाद तक शक्ल नहीं देखी... और परेश धीरे-धीरे वृत्तान्त सुना रहा था और सभी की उत्कटता बढ़ रही थी—''बाकी, सालों तुम सब फिल्मों में देखते ही हो'' और सभी ने उसकी धुनाई की—पर उसने मुँह नहीं खोला।

एक दिन घर से लैटर आया—बताया, घर वालों ने फौरन बुलाया है... और लौटा ही नहीं सामान भी मुंशी आकर ले गया।

''तुम्हें उसने अपनी बीवी से नहीं मिलवाया।'' हिमांशु ने अमृतसरिया ग्रुप से पूछा। ''हम तो जा धमके थे इतवार को—पहले तो मिलवाने को तैयार नहीं था फिर उसने मारवाड़ी में ही बुलाया—लम्बा सा घूँघट—लाल पीली चुनरी और घाघरा—सिर्फ

हाथ दिखाए—या हमने देखे वो भी चाय का कप पकड़ते हुए—पतली सी लम्बी-लम्बी गोरी उँगलियाँ—बुलाने पर भी बोली नहीं—दो मिनट बैठी फिर चली गयी—" कृष्ण ने काफी विस्तार से बताया—परन्तु सब बेमतलब... बेकार... सारी जिज्ञासा जाती रही।

"तुम भी कमाल हो हिम—मिलते ही नहीं और तीन-तीन चक्कर लगाओ पता नहीं कहाँ गायब रहते हो—और सुबह-सुबह आठ बजे ठण्डे पानी से नहा रहे हो और वो भी जनवरी में..." सुरेश बॉथरूम के बाहर खड़ा बोले जा रहा था—उसने तो पैरों में गर्म मौजे, स्वेटर और शॉल ओढ़ रखी थी—हॉस्टल जो आयताकार आकार में बना हुआ था, धुन्ध और कोहरे से ढका हुआ—ठण्ड से उँगलियाँ दोहरी हो रही थीं और जैसे साथ ही न हों तो भी नल में पानी नीम गर्म-सा आता था क्योंकि टयूबवैल से ताज़ा जो पम्प किया जाता था। प्रायः बाथ में निर्वस्त्र ही नहाने की रवायत परन्तु काफी स्नानगृहों की भीतर की चिटखनियाँ तोड़ रखी थीं ताकि सभी फ्रैंच बाथ ही करें। यह भी उछृंखलता का एक नमूना था। कमरे में तौलिया लपेटकर गये कि सुरेश ने फिर अपनी शिक्षाप्रद सीख चालू रखी—"कभी पकड़े गये ना बच्चे तो कम से कम महीने भर के लिए जाओगे—ध्यान करो ध्यान—नीचे मैस से गर्म पानी मँगवा लिया करो—आठ आने की बाल्टी देते हैं—महँगी तो है—पर न्यूमोनिया से तो अच्छी है..."

इसी बीच हिमांशु ने कपड़े पहन लिए—शर्ट, स्वैटर और पैन्ट—"अच्छा अब बता, सुबह ही सुबह कैसे?"

"क्या बताऊँ पिता जी गाड़ी लेकर आ रहे हैं—मुझे साथ ले जाने के लिए ... एक दो लैटर आये थे कि छोड़कर आ जाओ—उनसे बिज़नेस नहीं सँभलता—अकेले के बस का नहीं—अब कल ही खत मिला कि आज इतवार को दस बजे आ रहे हैं—मुझे साथ जाना होगा। तुम कोशिश करके देख लो—शायद मान जाएँ।" "अच्छा! यह बात है—ठीक है मैं दस बजे तेरे पास आता हूँ—तू चल।"

हिमांशु की सुरेश के पिताजी से काफी देर बहस हुई।

"अंकल आप ज़रा सोचो, पढ़ाई, डिग्री और वो भी एम.ए., हमेशा जीवन भर साथ रहेगी; कभी भी काम आ सकती है।"

"बेटा, तैं, मनूने बता। क्या सुसरी काम आवागी—मैं त दस जमाता के आगा इसे पडाने का कतूतई हक्क माँ नयी था—यो तो इसका ताऊ के घणा तकाजा करण पे मैं मानूया। पर इब ताँ वा बी चल वसीया; मैं ताँ अकलला कहाँ कहाँ भाग्यूँ कहीं मेरी बी उन्नीस इक्कीस हो गयी न तो यां सुरेस तो सड़क पर आ जावागा और इसकी माँ के धोरे पैलां से कुछ नाहीं थम लोग तो बस बाताँ बणा सको।"

"अंकल—अब तो साल भी खत्म होने वाला है—दो चार महीने और निकाल लो।"

"बेटे–तैं अंकल अंकल कर मन्ने मनावागा याह तो तैं जमां भूल जा–इब तां इसनै लै के जाणयो ऐ। उठ् सुरेस–तैं अपणा सबै सामाण बाँध–साँझ तीक निकलाँगे।" और उन्होंने निकाल कर लैम्प मार्का सिगरेट सुलगायी।

एक दोस्त–जिससे थोड़ी मेल मुलाकात थी–जो सूर्य कभी-कभी उगता था–अपने शहर का था–घनिष्ठ ना भी सही–परन्तु दोस्ती की हामी तो भरता था–कॉलेज और हॉस्टल से रुख़सत हुआ–शायद पतझड़ के पत्तों की तरह–मिलेंगे कहाँ किस ढेर में–कौन जाने कितने जीर्ण शीर्ण–कब–कितनी देर में!!

7

सुबह के चार पीरियड–और वो भी पैंतालीस-पैंतालीस मिनट के। उसके बाद थी कॉलेज की मासिक सभा। उसमें प्रायः प्राचार्य महोदय ही अध्यक्षता करते और कॉलेज की धार्मिक संस्था–(जिसका नाम था धर्म समाज–जो एकदम धर्मनिरपेक्ष सेक्यूलर संस्था थी जो विशेषतया सम्बन्धों को केन्द्र में रखकर ही पूरे समाज और व्यक्तिगत विकास और उत्थान की परिकल्पना और प्रचार करती थी–) पर प्रवचन देते थे और जीवन के नैतिक मूल्यों पर ही उनका ज़ोर होता था। परन्तु उन्हें अकस्मात् किसी मीटिंग में जाना पड़ा और ऐसी परिस्थिति में सभा का आयोजन और अध्यक्षता प्रायः राजनीति शास्त्र के प्राध्यापक प्रो. यज्ञ ही करते थे। उन्होंने माइक पर जाकर कॉलेज के सभागार में एकत्रित छात्रों का अभिवादन किया और घोषणा कर दी कि सभा की अध्यक्षता कॉलेज के नये प्रोफेसर हिमांशु शुक्ल करेंगे–आपको पता ही होगा कि ये मैथ्स के प्रो. गुप्ता के स्थान पर नियुक्त किए गये हैं।

हिमांशु को तो जैसे शिखर से नीचे धकेल दिया गया हो। उसने तो ना स्कूल, ना कॉलेज में कभी किसी भी वाद-विवाद प्रतियोगिता या संवाद गोष्ठी में भाग लिया था क्योंकि उसके पिताजी का मापदण्ड तो परीक्षा में प्रतिशत अंक प्राप्ति ही था न कि ऐसी गतिविधियों या प्रतिस्पर्धाओं में समय नष्ट करना। इसलिए अध्यक्षता तो जैसे उसकी अग्नि परीक्षा ही थी और विशेषतया, उस समय, जब सभी प्राध्यापिकाएँ, छात्राएँ और प्राध्यापक बैठे हों और हॉल खचाखच भरा हो क्योंकि इस मासिक सभा में उपस्थित रहना अनिवार्य था। वैसे भी, प्रो. यज्ञ; काफी तेज़, सदा हँसती, खिली हुई मुद्रा, चेहरे पर और गालों पर जैसे टमाटर लगे हों–रंग गोरा, पूरी तरह सरगोधा के पाकिस्तानी, मध्यकद, वय करीब पैंतालीस; कॉलेज में काफी छात्र-प्रिय, सर्व प्रिय और इसीलिए वो हर सभा की धुरी थे। सदा ही सफेद खादी का कुर्ता पाजामा, पूरे

गाँधीवादी और स्वयं को सर्वश्रेष्ठ दिखाने की ललक और अपनी पहचान अलग।

सभा का संचालन वो स्वयं ही कर रहे थे और प्राचार्य की अनुपस्थिति में, प्रवचन का तो प्रश्न था ही नहीं इसलिए कविताएँ जो अधिकतर धार्मिक, गीत-वाद्य संगीत धर्म समाज के प्रिय लोकगीत, प्रेम इंगित गीत, प्रकृति और पीड़ाजनित काव्य पाठ, आदर्श प्रेरित, भाषण, जैसे प्रायः विद्यार्थियों से अपेक्षित होते हैं। उनमें सभी प्रकार का सम्मिश्रण था परन्तु कुछ कविताएँ तो वास्तव में ही प्रशंसनीय थीं। अध्यक्षीय भाषण से पहले हिमांशु के हाथों में बैठे-बैठे जैसे पसीने की धाराएँ छूट रही हों—परन्तु संयत, सामान्य होने में लगा करीबन आध घंटा। उसने छात्राओं को उनकी सुन्दर अभिव्यक्ति और नैतिकता केन्द्रित सोच के लिए बधाई दी—नज़र दौड़ाई परन्तु रश्मि कहीं भी नहीं—ठीक भी था—नहीं भी—असन्तुलित होने से बच गया। और कहा—कि रिक्त स्थान तो सदैव शिखर पर ही होता है—और शिखर पर पहुँचना ही हमारा लक्ष्य होना चाहिए, उसकी ओर सदैव प्रयासरत रहना, अपनी अस्मिता, अपना स्वाभिमान किसी भी मूल्य पर कायम रखना चाहिए और उससे कोई समझौता नहीं—उसके लिए चाहे जो भी कीमत चुकानी पड़े। उसने शेर पढ़ा—

"बुलन्दी चाहिए, इनसान की फितरत में पोशीदा
भेस कोई भी हो, शाने सुलतानी नहीं जाती।"

पोरस ने बन्दी होने पर भी अपनी अस्मिता से समझौता नहीं किया और सिकन्दर को उसके ऐतिहासिक उत्तर की उम्मीद भी नहीं थी—पोरस की शाने-सुल्तानी कायम थी।

फिर कविता पर प्रवचन—जो झेली हुई पीड़ा से ही पनपती है—और संवेदना—कभी तो जन्मजात होती है और कभी उसे निखारा जा सकता है—किसी भी घटना, कथन या क्रम को अन्तर्मन तक महसूस कर—पन्त, महादेवी, प्रसाद, निराला की कविताएँ भोगे हुए अवसाद से उपजी हैं—और पन्त जी की—

"वियोगी होगा पहला कवि, आह से उपजा होगा गान
उमड़कर आँखों से चुपचाप, बही होगी कविता अनजान।"

कविता सार गर्भित, व्यथा एवं पीड़ाजनित है—यह काव्य अमरत्व को समर्पित हैं।

मैथ्स के प्रोफेसर की हिन्दी की छायावादी कविता पर इतनी गहरी पकड़ अनपेक्षित थी। हॉल तालियों की करतल ध्वनि से गूँज उठा। फिर वातावरण की बोझिलता को कम करने के लिए चुटकुला—

एक संगीत की छात्रा, सुबह चार बजे उठकर रियाज़ कर रही थी—बार-बार लय सोध रही थी और एक ही पंक्ति को दसियों बार दोहरा रही थी

"वर दे–वीणा वादिनी... वर दे... वर दे... वर दे..."

और आध घंटे तक यही चलता रहा... सामने के मकान में एक वृद्ध जाग गया और आखिर उसने खिड़की से, मुँह बाहर निकालकर कहा–बेटे, सुबह सुबह चिल्लाने से वर नहीं मिलेगा। समाचार पत्र में विज्ञापन दो।"

और सभा हँसते हुए समाप्त हुई।

पीछे से प्रो. सन्त राम लँगड़ाते हुए आये–कन्धे पर हाथ रखकर बोले–

"कमाल कर दिया दोस्त–आफ़रीन–मज़ा आ गया तुमने प्रो. यज्ञ की बोलती बन्द कर दी।"

सभी प्राध्यापिकाओं ने एक-एक कर बधाई दी और प्रो. यज्ञ ने मुस्कराकर हाथ मिलाया।

चार बज चुके थे, परन्तु द्वितीय वर्ष की छात्राएँ एक्सट्रा क्लास की इन्तज़ार में थीं–सभी झट से क्लास रूम में जा बैठीं–लगा किसी का भी मन क्लास में नहीं था–अपनी बाकी सहेलियों से गपशप और चुहलबाज़ी जो करनी थी–परन्तु कामिनी तो आतुरता से इन्तज़ार में थी–शाम की ट्यूशन की।

उसने इंटेगरल केल्क्यूलस की किताब हिमांशु के सामने रख दी।

"लगता है तुम्हें इंटेगरल ज़्यादा पसन्द है–तभी रोज़ इसी पर तुम्हारा मन टिकता है।"

"सर, इंटेगरल इंटेगरेट करता है जोड़ता है एकीकृत करता है, पूर्ण योग दिखलाता है–इसीलिए ही।"

"तो आज फिर डिफ्रेंशियल केल्क्यूलस करेंगे। बिना डिफ्रेंशिएशन–'भिन्नता, विशिष्टता, भेद ही पहचान जाने बिना, इंटेगरेट करने को आप समझ नहीं सकते, उसकी सराहना, विवेचना और मूल्यांकन नहीं कर सकते।"

"ठीक है सर, यह रही डिफ्रेंशियल की किताब" और कामिनी ने टेबल के नीचे से, किताब निकालकर सामने रख दी।

हिमांशु अभी पन्ने ही पलट रहा था कि कामिनी ने मौन को तरंगित कर दिया–"सर, आज तो आपकी स्पीच ने सभी को हैरान कर दिया। मैथ्स वालों की भाषा तो कामचलाऊ ही होती है और आपने तो हिन्दी की मैम को भी मात दे दी।"

वह निरन्तर उसके चेहरे की ओर देख रही थी और एक हाथ से सरकती लट को पीछे की ओर सँवार रही थी।

"भाषा तो आपकी भी अच्छी है बस थोड़ी इस ओर अभिरुचि हो तो स्वयं ही मज़ा आना शुरू हो जाएगा।" हिमांशु ने उसे कुछ प्रश्न देकर उसका ध्यान केन्द्रित कर दिया।

हिमांशु को फिर लगा कि वो उसकी उपस्थिति ही चाहती है और लगातार कोई

उसे प्रोत्साहित करे–''वैरी गुड, बहुत अच्छा कर रही हो'' और उसके अधरों पर कम्पन के साथ हीरे झरने की-सी मुस्कान... या तो थी वो नैसर्गिक अदा–या फिर किसी पिक्चर का प्रभाव–जो भी हो–वो हर अवस्था में, हर पल मोहक, सुन्दर आकर्षक और मेधावी ही दीखना चाहती थी। लगता था... वह भी उसी की तरह किसी अन्तरंगता, किसी सख्य, किसी सामीप्य के लिए लालायित थी। परन्तु वो उसकी ओर कितना आकृष्ट हुआ था... वो तो स्वयं ही नहीं जानता था; क्योंकि सर्वोपरि वह थी छात्रा और उस पर था एक अध्यापक का दायित्व... और दूसरी ओर एक युवती–जो आकर्षण, सौन्दर्यपाश इसलिए फैलाती है कि वो उसे अपनाये; प्रेम करे परन्तु हिमांशु के लिए प्रेमी-प्रेमिका युगल कोई दैवी उपलब्धि ही हो सकती थी–एक अटूट, अनिर्वचनीय आकर्षण; जो पल-पल जीवन में नयी स्फूर्ति प्रदान करे–हर पल देखभर लेने की ललक और क्षण भर का अवलोकन जैसे जीने का मकसद–शायद... शायद... नहीं; पूर्णरूपेण... पूरी समग्रता से वो थी... रश्मि जो पास न होकर भी हर शतांश पल में साथ है... आत्मिक आजीवन।... हाँ, एक बात तो अवश्य थी, कि वह नहीं चाहता था कि कामिनी के दिल को किसी प्रकार की भी ठेस पहुँचे।

अगले दिन प्रातः नौ बजे वो फर्स्ट ईअर की क्लास ले रहा था। वह तो अपनी तन्मयता से पढ़ा रहा था और बोर्ड पर लिखकर, हर स्टेप समझा रहा था... और उसने रुख पलटा और एक छात्रा से प्रश्न पूछा तो अचानक ध्यान गया कि दरवाज़े से थोड़ा भीतर प्रिंसिपल साहिब खड़े हैं। वह थोड़ा तो हतप्रभ हुआ–फिर अभिवादन और वो ''वैरी गुड'' कहकर चले गये। बाद में पता चला कि वो तो दस मिनट से खड़े थे। एक बात तो साफ हो गयी कि यहाँ कोई विषयान्तर होकर नहीं पढ़ा सकता–और वह तो खासकर, ऐसा नहीं कर सकता यद्यपि प्राध्यापकों की यह आदत होती है। उसके अपने प्रोफेसर भी तो जिस दिन उनका लेक्कचर तैयार नहीं होता तो शेर या चुटकुलों में ही पीरियड पूरा कर देते थे। ऐसे प्रोफेसर आमतौर पर काफी लोकप्रिय या छात्र प्रिय हो जाते थे परन्तु मैथ्स वालों के पास फुर्सत ही कहाँ? कितनी भी लुभावनी परिस्थितियाँ हों, परिवेश या फिर वातावरण ही हो, उन्हें तो बोर्ड, हाथ, चाक, मस्तिष्क और छात्रों की एकाग्रता से मतलब। अभी पीरियड आधा ही हुआ था कि बाहर पेड़ पर पक्षी ज़ोर-ज़ोर से चहचहा रहे थे। यह दिन के उस समय किसी आपदा की सूचना या उनका निजी सावधान करने का तरीका। पूरा कुहासा छाया हुआ था–हाथ जेब से बाहर नहीं निकाले जा सकते थे–छात्राएँ स्वेटरों और शालों से स्वयं को पूरी तरह ढाँपे हुए थीं परन्तु मैथ्स या साइंस के प्रोफेसर की त्रासदी ही है कि उसे तो खड़े होकर, पूरी तरह चौकस, चेतनायुक्त होकर लिखना ही है। और बैठना

तो नसीब में है ही नहीं।

उसे याद आया कि किसी ट्रक के पीछे लिखा हुआ उसने पढ़ा और लगा कि वह उस पर पूरी तरह चरितार्थ होता था–

"कर लै पुतरा ड्राइवरी, फुट्टे तेरे करम,

खाणा मिलूँ कदी कदी, सौणा अगले जनम।।"

अचानक प्रांगण के एक कोने से आवाज़ सुनाई दी... "मीरा" अरे हाँ! यह तो रश्मि की गुंजायमान, तरंगित ध्वनि है... जिसने वातावरण की नीरसता भरे कुहासे में एक स्पन्दन उत्पन्न कर दिया और फिर "रश्मि... इतने दिन कहाँ थी" और आवाज़ धीमी धीमी–परन्तु हिमांशु के पढ़ाने की गति हो गयी तेज़ और छात्राएँ भी अचम्भित कि पीरियड खत्म होने वाला है और सर की एकदम वायुयान रफतार हो गयी... परन्तु वे किसी परिणाम पर पहुँच नहीं पायीं।

अगला पीरियड सैकण्ड ईअर की एक्सट्रा क्लास का था–और हिमांशु स्टाफ रूम में चाक से सने हाथ और कपड़े झाड़ने गया था। कुर्सियाँ किसी की बेरुखी से संतप्त... एकदम बर्फ... और... "सर, मेय आई कम इन.. गुड मार्निंग सर। उसने मुड़कर अनभिज्ञता के अन्दाज़ में कहा... उसे लगा कि रश्मि ने इतनी शीत में जैसे कलियाँ बिखेर दी हों "अरे... रश्मि तुम... इतने दिन कहाँ थीं? कब आयीं?"

इतने में कामिनी और एक-दो छात्राएँ भीतर आ गयीं "सर चलिए एक्सट्रा क्लास है ना" और हिमांशु इस मँझधार में किस तीर पर जाए परन्तु एक ही पल में उसने कहा... "आपका तो अगला पीरियड भी है न... तो आज रश्मि की क्लास ले लें?"

"ठीक है सर।" कामिनी जो कोट के साथ सर पर हल्के से शॉल सरकाए हुए थी–चेहरे की दीप्ति कब कोहरे में विलीन हो गयी... वो तो उसकी सहेलियों ने ही उसे बताया।

"अरी क्या हुआ? तेरा तो रंग ही उड़ गया–बता ना?" रजनी ने आगे बढ़कर उसके चेहरे को थपथपाया।

"नहीं–कुछ नहीं... बस यूँ ही..."

"पर फिर भी कुछ तो है..."

"सर, रश्मि दीदी को इतना सर पर क्यों चढ़ाए हैं... कैसे उसके आते ही... झट से बदल गये..." कामिनी अपना आक्रोश दबा न सकी।

"वो तो उनकी मर्ज़ी तुझे क्यों बुरा लग रहा है? रश्मि दीदी यूनीवर्सिटी में फर्स्ट भी तो आती हैं।" अच्छा, यह बात है तो इस साल मैं भी उन्हें फर्स्ट ही आकर दिखाऊँगी..." वो तैश में थी। और न कुछ कह बैठे... सहेलियाँ उसे कैंटीन में ले

गयीं।

जैसा प्रायः होता था... थर्ड ईअर की बाकी छात्राएँ आयी ही नहीं थीं... और इतनी सर्दी में जब दाँत किटकिटा रहे हों... कॉलेज की किसे पड़ी परन्तु रश्मि बैठी थी—सामने टेबल पर कोहनी टिकाए। सिर पर नीला सिल्कन स्कार्फ जिसमें नारंगी पोलका डीज़ाइन बहुत ही मोहक था...जो गुलाबी कपोलों को और भी रक्तिम किए जा रहा था। हल्के गुलाबी रंग का स्वेटर और एक छोटी काली शॉल—जिसे शायद स्ट्रॉल कहते थे... जो मुश्किल से शरीर के ऊपरी भाग को ढाँप सके... परन्तु वो तो तन्वंगी, छरहरे बदन पर दमकता रूप लावण्य एक नज़र भर देख लो कि नज़र हटे ही नहीं। परन्तु उसे तो संयत रहना ही है।

"इतने दिन कहाँ रहे?" यही है आपका अपनी स्टडी में लगाव... न अता... न पता..." उसके सलीके में क्रोध साफ था।

"सर, अमृतसर से दीदी आयी हुई थी... गाड़ी जा रही थी—तो मैं भी उनके साथ चली गयी। "ऑय एम सॉरी सर..." और लगा कि अब कोहरे की बूँदें टपकी—कि अब टपकी।

उसने स्थिति की नाज़ुकता को समझा और झट से विषय पर आ गया।

"ठीक है... वहाँ कुछ किया... क्या पढ़ा?"

"सर, सॉलिड ज्यामित्री पूरी रीवाइज़ की..."

और वह खड़ा हुआ... चॉक लेकर गया बोर्ड पर।

"सर, और तो कोई है नहीं... आप बैठकर... कापी पर ही लिखकर पढ़ा दें—"

"चलो—ऐसा ही कर लेते हैं" और फिर शुरू हुई—पूरे वेग से... कोर्स पर रेस! कोर्स द्रुत गति से समाप्ति की ओर... और साथ ही उसकी पुनरावृत्ति... तीनों क्लासेज... तीनों में दौड़ एक्सट्रा क्लासेज़ और साथ ही कामिनी की ट्यूशन... सर्दी का मौसम जैसे गर्मी में बदल गया हो... किसे फुर्सत... सर्दी... गर्मी की... कहीं टिकाव नहीं... स्थायित्व नहीं... बस, मन का ठहराव था तो रश्मि पर... चाहे वो मैथ्स हो या पोइट्री—रश्मि की लगनशीलता लासानी थी। और कामिनी कॉलेज में अलग से मिलने की कोशिश करती परन्तु हर बार हिमांशु या तो क्लास में या फिर रश्मि की एक्सट्रा क्लास।

उस दिन कामिनी के घर, शाम को गया—तो देखा—उसकी आँखें, सूजी हुई—चेहरा पूरी तरह कुम्हलाया हुआ...

"क्यों क्या हुआ? कैसी लग रही हो?" हिमांशु ने स्नेहपूर्वक पूछा।

"कुछ नहीं... कोई बीस-बीस चक्कर लगा ले... आपको क्या... आपकी बला से..." और वो किताब उसके सामने सरकाकर सोफे पर टेक लगाकर बैठ गयी।

"चलो, यह बात बाद में कर लेंगे... अभी तो काम कर लें..." और उसने कामिनी को पहले से हल किए हुए प्रश्न दोबारा हल करने को दिए। परन्तु वह तो गलती पर गलती किए जा रही थी जैसे सब भूल चुकी हो। "अरें... ये क्या हो गया आपको? सब कुछ ठीक चलता-चलता जैसे एकदम साफ हो गया...।" जैसे ही उसने यह कहा; नयनों से कपोलों पर नीर झर-झर बरसने लगे—और यह धारा प्रवाह बन्द ही नहीं हो रहा था। उसने सामने रखा पानी का गिलास दिया और दो घूँट पीने के बाद उसने रूमाल से आँखें साफ कीं।

इतने में उसकी मम्मी आ गयी—"बेटे कॉलेज में कुछ हुआ क्या? आने के बाद से ही, किसी से नहीं बोली—सीधी बेडरूम में जाकर औंधे मुँह पड़ गयी—न कुछ खाया, न पीया... तुम ही देखो—कुछ खा ले। वैसे बहुत ही नाज़ुक दिल और भावुक है—ज़रा भी किसी की बेपरवाही बर्दाश्त नहीं कर सकती—आप ही पूछकर देखें कुछ बता दे।" और अन्दर जाकर नौकर के हाथ चाय और स्नैक्स भेज दिए।

उसने कामिनी का हाथ अपने हाथ में लेकर सहलाया। वास्तव में ही शरीर झनझना उठा... पर संयत रहा—और कहा—जब भी मिलना हो सीधी चली आया करो—या पीरियड खत्म होते ही मिलो। उसने हिमांशु का हाथ ले अपनी गोद में रखा और कितनी देर ही बैठी रही—जैसे उसका पल-पल, कण-कण आत्मसात् करना चाहती हो परन्तु सब कुछ मूक भाषा में ही कहा—फिर अपनी सामान्य मुद्रा में आकर कहा—"आप प्लेट लो ना... और एक प्लेट उसे दी, एक स्वयं ली और तब खाया जैसे व्रत तोड़ा हो और फिर चालू हुआ ट्यूशन का सिलसिला।

फरवरी का महीना, और ठण्ड अपने उग्र रूप में—कपड़े तो पूरे थे ही नहीं—एक सूट, एक पूरी आस्तीन का स्वेटर, एक बिना बाज़ू का स्वेटर, एक जोड़ी जूते—और प्रोफेसर विद्यार्थियों का आदर्श—हर लिहाज़ से—परन्तु वो तो सीधा साधा, सादा, सात्त्विक सा... जिसे केवल अपने काम से मतलब—यही थी उसकी छवि—फूलों, कलियों, गुंचों, कुमुदिनियों से घिरा हुआ एक विखण्डित-सा पत्ता—जिसे हवा का एक झोंका जिस मर्ज़ी ओर ठेल दे—और बड़े-बड़े शूल—आँख-कान लगाए—पूरी तरह सतर्क—कि यह युवक किसी तरह पकड़ाई में आये और इसकी छुट्टी करवा दी जाए—विशेषतया दो-चार पुरुष प्राध्यापक जो नहीं चाहते थे कि उनके एक छत्र दुर्ग में कोई सेंध लगाकर उन्हें अपदस्त कर दे। असुरक्षा की भावना—जो घर से ही शुरू होती है, गौण से गौण संवाद कैसी-कैसी काल्पनिक स्थितियों और त्रासदियों का जनक हो सकता है जिसमें बड़े-बड़े साम्राज्य ध्वस्त हो जाते हैं—इतिहास तो क्या रोज़मर्रा की ज़िन्दगी ही साक्षी होती है—और इसी भावना ने तो मानव को कितना हिंसक बनाया है कि वो छाया को प्रेत समझ दूसरों पर आघात की फ़िराक में,

चौबीसों घंटे रहता है। प्रयासरत ताकि उस छाया का भय भगाया जा सके। तो भी–उसे इससे क्या मतलब–वो तो गेट से स्टाफ रूम–पुरुष स्टाफ रूम–वहाँ से क्लासेज़–तीसरी मंज़िल तक... बस...। इसी में तो सिमटी है नौकरी–जो याद दिलाती है डी.एच. लारेन्स की जिसे उसने कभी पढ़ा था–जो कितना सटीक और सही था मानवीय स्मृतियों और स्थितियों को उजागर करने में–

"मुझे अनिवार्यतया पता होना चाहिए... कि अभी भी मैं एक अज्ञात ईश्वर पर निर्भर हूँ–

जो मुझे अपनी गुमनामी में विखण्डित कर रहा है

ताकि एक नयी सुबह–एक नया मानव बनाकर भेजे।"*

उस दिन वो रात को दस बजे घर पहुँचा। माता-पिता की चिन्ता स्वाभाविक ही थी। और किसी को हो न हो–माँ को तो इन्तज़ार करनी है–चूल्हे के आगे बैठे-बैठे–वेटे के खाने के लिए–यह तो है उसकी ममता–और वो भूल भी जाए–वो उसका कर्म हर एक अपने-अपने वृतों का बन्दी–केवल अनुपात में ही होता है फ़र्क।

8

समय का चक्र तो घूमता ही है–निजी जीवन में भी, परिवेश, प्रकृति में भी। मिलकर, बिछुड़कर, पुनः मिलकर, एक सुखद सान्निध्य–अतिवृष्टि, सूखा; फिर प्रलयंकारी सैलाब, अतिशीत, ठिठुरन, जमा देने वाली सर्दी; फिर कुछ वर्षों के अन्तराल से उसका विकराल रूप। इसे मात्र संयोग मानकर; जीवन के विभिन्न पड़ावों पर सहकर, मानकर टाल देना उसे दृष्टि ओझल कर देना–उसे कभी भी सामान्य सहज प्रक्रिया नहीं लगी–सोच भ्रामक हो सकती है–परन्तु तथ्य उसे कैसे प्रतिपादित करते हैं–कहीं तो कुछ रहस्यमय दैवीयोग तो है ही। ऐसे ही विभिन्न प्रकार के विचार वर्षाकालीन मेघों की भाँति आते-जाते रहते–और ऐसे ही–प्रातः की ठिठुरन, कँपकपाती सर्दी–और कार के स्टीयरिंग पर बैठा–दौड़ता, भागता, इतना जीवन जी गया। पीछे मुड़ा–तो बस, मुड़ा ही रहा–कितना सुखद होता है–भूत में जीना–जो निरन्तर पीछे छूटता जाता है परन्तु उसकी छाप तो टिक जाती है किसी स्थायी इम्प्रिन्ट की तरह जैसे ट्रेन में पीछे छूटते पेड़, खेत, सिग्नल, स्टेशन, शहर, खट् खट्

---

*"Then, I must know that still
I am in the hands of the unknown God,
he is breaking me down to his own oblivion
to send me forth on a new morning, a new man." — DH Lawrance

करते पुल, सूखी, कभी दनदनाती उफनती नदियों के प्रतिरूप–नहरें या फिर सूखे पहाड़ भूत के अवशेष–मानवीय क्रूरता के जीते जागते चिन्ह। और भूत और भविष्य की इस स्पर्धात्मक वेग में–आपकी आँखों के सामने से गुज़रता वर्तमान–हम देख ही नहीं पाते। भूल से जाते हैं–वो तो बस पुनरावृत्त होकर बार-बार भविष्य में उजागर होता है।

हिमांशु तो हमेशा कल्पना में जिया है। स्कूल, कॉलेज, सर्विस–सभी में ही तो–। उसे याद थी मैट्रिक की क्लास–एक दरवाज़े से भीतर घुसते ही दो लाइनें, दायें, बायें–डेस्कों की और बीच में चलने का रास्ता। बायीं ओर डेस्कों पर करीबन बीस लड़के और दायीं ओर घुसते ही आठ दस लड़कियाँ और आगे लड़के। रास्ते के एकदम सामने ब्लैक बोर्ड या कहें काला पट और थोड़ी अध्यापक की चलने-फिरने की जगह। वो बायीं ओर अपने एक सहपाठी शायद कैलाश के साथ पीछे से दूसरे बैंच पर बैठता था–दायें बायें के साथी करीबन स्थायी ही। हैडमास्टर अंग्रेज़ी की टेक्सट और पोइट्री पढ़ाते थे–पूरी रसिकता से–तन्मयता कह सकते हैं परन्तु पूरी आनन्ददायकता, कामुकता और अभिरुचिता से–घूम घूम कर वो रास्ता कितनी बार ही तय करते लेकिन हर बार ही लड़कियों के पास आकर रुक जाते–बेशक, उम्र पचपन से पार रही होगी–तो भी, उनकी पीठ पर, कन्धों पर, गर्दन पर या फिर गर्दन से नीचे कमीज़ के भीतर हाथ सरका देते–जैसे कोई देखता ही न हो–परन्तु तीन चार फुट की दूरी पर बैठे लड़कों का ध्यान बँटता ही था–खासकर उन दो तीन बैंच वालों का जो बगल वाली पंक्ति में बैठे होते। उस व्यस्कता के प्रांगण में उनका पहला कदम–क्या-क्या अनुभूतियाँ जगाता है विशेषकर उस पर्वतीय पर्यटक स्थल कसौली की अनुपम छटा में। सामने फैली हरे भरे चीड़, देवदार से ढँकी पहाड़ियाँ और उनमें बहता मधुरिम संगीत, इच्छाओं से फैले रास्ते, जगा देते थे पूरे तन मन में दहकती ज्वाला; जो जिज्ञासा के द्वार पर प्रचंड विभीषिका सी जंगलों में फैली आग की तरह–और हेडमास्टर पढ़ाते डब्ल्ल यू बी येट्स की पोइम "व्हेन यू आर ओल्ड"

"कितने ही सच्चे या झूठे, तुम्हारे मधुर लावण्य
और अप्रतिम सौन्दर्य को करते थे प्रेम
पर उनमें एक तुम्हारी यात्री आत्मा को
तथा बदलते चेहरे की पीड़ाओं को करता था प्रेम।"*
और घुमाते थे मादक स्पर्श... चेहरे पर... शरीर पर...

कैसे न छोड़ जाती वो मन पर एक अमिट छाप–जिसका एक-एक शब्द कानों

---

*"How many loved your moments of glad grace
And loved your beauty with false or true:
But one man loved the pilgrim soul in you,
And loved the sorrows of your changing face."
—W.B. Yeats

में गूँजता शनैः शनैः बढ़ती वयस्कता के साथ और वो इम्प्रिन्ट अपना बृहततर स्वरूप धारण करता जाता। बेशक हेडमास्टर उस पंक्तियों और उनकी फन्तासी को जी रहा था—एक गौर वर्णा, रक्तिम कपोल, चपटा तिब्बती चेहरा—और वो षोडशी ... उसकी पीठ पर पूरी तरह हाथ से सहला-सहला कर। उस अपरिपक्व अवस्था के प्रभाव; जीवन का रास्ता तय कर देते हैं—और उसी स्कूल के प्रांगण में, कहीं न कहीं प्रेम पल्लव का बीजारोपण हुआ—होना ही था जब धरती में उर्वरा शक्ति हो।

और उसका हाल हमेशा यही रहा—जब भी कार में अकेला होता—ड्राइवर के साथ या ड्राइव पर—तो भी अकेला होते हुए भी, वह महसूस करता कि वो बस में आगे बैठा है पर किसी सम्मोहन शक्ति से वो जानता है कि पीछे बैठी है वो—जिसकी उसे प्रति पल प्रतीक्षा रहती है। अभी भी वह होशंगाबाद टूर पर था पर मन तो देख रहा था भाखड़ा डैम!

वो तो हवा के झोंके में, पत्तों की हर खनक में, पदों की हर पदचाप में, उसकी विद्यमानता, उसका अस्तित्व महसूस करता है—वो कॉलेज में प्रवेश करती ही है कि उसे उसके आगमन का आभास हो जाता है—कुछ तो छठी इन्द्रिय से और कुछ उसकी किल्लोल करती खनकती वाणी से—उसके कालेज में दाखिल होते ही दो या तीन आवाज़ें आ जाती—"रश्मि..." और सारे वातावरण में छायी स्तब्धता, एकदम काफूर हा जाती—वा कृशकाय-सी, अल्हड़, अकलुष, उच्छृंखल निर्झर-सी कल्लोलिनी-रजत-स्फटिक हँसी...बिखेरती—पूरे प्रांगण में घूम जाती... सभी को कितनी ललक होती कि रश्मि उसके पास आये और कभी मैथ्स की पूरी क्लास का ध्यान उस ओर खिंच जाता—यह तो उसका निजी अनुभव था—बाकी क्लासेज़ का भी वही हाल होता होगा—और हिमांशु की एकाग्रता एकदम काफूर... हाथ में चाक पकड़े का पकड़ा कि अगला स्टेप एकदम गायब... लड़कियाँ आपस में फुसफुसातीं... दबी-दबी मुस्कातीं—और अनायास ही उसके नीले दुकूल की एक झलक—जो बेख्याली में लहराता हुआ निकल जाता। तब वह लौटता क्लास में... इसी इन्तज़ार में... कि दो पीरियड बाद होगा... वो पीरियड जिसमें वह होगी सामने; चाहे कोई और छात्र आये या ना भी आये

और वह कापी या ब्लैक बोर्ड पर लिखता जाता विभिन्न शाखाओं के प्रश्न... और उनके हल... परन्तु उसकी अर्धचेतना तो उसे निहारती ही जाती... और उसकी हर भाव भंगिमा... हर लहज़ा... अपने में समेटने को आतुर और तब... तब ही नहीं केवल... प्रायः सदैव ही राबर्ट ब्राऊनिंग का अमरतत्त्व का विचार मानस पटल पर कौंध जाता और लगता शायद ऐसे ही पलों में कोई पल प्रलयंकारी हो... और सारा संसार नष्ट हो जाए और वह उसे उसी रूप में अनवरत देखता ही रहे—ताकयामत!

और चेतना में पढ़ाते हुए–उसे प्रश्नों के हल केवल याद रहते और उन्हें यथावत् लिखता ही जाता और बीच में रश्मि पूछती–"सर, यह कैसे?" जिसको वो कोई तुक्का लगाकर समझाता, तो वो कितनी मासूमियत से, विस्फारित नेत्रों से, प्रश्नसूचक मुद्रा में पूछती, "सर, कैसे कह सकते हैं?" और वो उन क्षणों को जैसे जी जाना चाहता हो–बस देखता ही रह जाता–उन नयनों की अतल गहराइयों में ... निश्छल तैरती मछलियाँ... और अपटक अवलोकन करना कि उनमें वो कहीं है भी या नहीं और इसी ज़बरदस्त आकर्षण से अभिभूत वो कह देता, "तो फिर याद कर लो"–और उसका अस्त-व्यस्त केश-कुन्तलों से आच्छादित मुख–"ठीक है" कहता हुआ कितनी निष्कपटता से दोनों ओर "सिम्पल हार्मोनिक मोशन" में हिलता...

ऐसा ही तो एक दिन था जब सब छात्राओं का ट्रिप भाखड़ा-नंगल ले जाना था। प्रिंसिपल, प्रो. राधिका, प्रो. यज्ञ और वह साथ जा रहे थे।

उसने थोड़ी अनुरोधात्मकता से पूछा था–

"आप चल रही हैं ना कल?"

"कहाँ?" उसने विस्मय प्रकट किया था।

"भाखड़ा-नंगल।"

"शायद नहीं, मुश्किल लगता है–दीदी कल अमृतसर से आ रही हैं।" उसने सहज असमर्थता जतायी। उसके ऊपर तो जैसे समूचा हिमालय ही रख दिया गया हो। चेहरे पर जैसे कालिमा पोत दी गयी हो। स्वयं को सँभाला ज़रूर, पर हाव-भाव तो जैसे उड़े ही रहे–।

रश्मि को जैसे कुछ अनिच्छितता का भान हुआ–उसने पूछा–"क्यों चलना चाहिए... सर...?"

"चलोगी तो अच्छा होगा" उसने सतही अन्यमनस्कता से कहा, चाहे मन में कहीं अनुनय से अनुरोध किया हो। नहीं तो, वो ट्रिप का पूरा दिन गुज़रेगा–निर्जीव, निस्पन्द!

परन्तु कामिनी कितनी खुश थी–कहीं न कहीं, उसने अपनी सहेलियों से ज़िक्र भी कर दिया–

"सर जा रहे हैं–मैं तो ज़रूर जाऊँगी"–बिना सोचे समझे कि इसका अर्थ क्या लिया जा सकता है और क्या परिणाम हो सकते हैं।

और सुबह सवा सात–अगला दिन–बसें चलने को आयीं–रश्मि–उसका कहीं अता पता नहीं–दिल दायित्व के सूत्र से बँधा–बेमन सा बस में खिंचता गया–कितना नीरस था वो सब कुछ–बीच में कामिनी ने आकर एक सेब भी दिया जिसे उसे मना

करने के बावजूद भी लेना पड़ा। अचानक, पहला स्टाप आया रोपड़—सतलुज पर बने डैम पर—एक ओर रोकी हुई विशाल नदी और उसका मटियाला जलाशय और दूसरी ओर खूब फैला हुआ दहाना और उसमें बहती कूल या नदिका... जैसे वहाँ पहले कभी सरस्वती सी बहती नदी रही हो... और डैम की दाहिनी ओर बन्दी गृह से छूटी नदी... किनारे तोड़ने को आतुर... परन्तु नारी-सी ही बन्धनयुक्त सलिला—नियन्त्रित, सौम्य बहती नहर...

सभी नीचे उतरे—कामिनी झट से लचकाती, बलखाती पास आयी—आँखें झपझपायीं, लट को कान से पीछे सरकाया—सम्मोहक मुस्कान से—"सर, यह नहर कब बनायी गयी..."

"ऐसा कुछ याद तो नहीं... परन्तु शायद उन्नीसवीं सदी के शुरू में कभी बन्दियों ने खोदी थी"

और अचानक, यह क्या... कैसी झलकी—कुन्तल की एक लट, लालिमा रंजित कपोल पर बिखरी जैसे भ्रमर बार-बार गुलाब पर मँडरा रहा हो—जैसे उसकी नज़र और वो अनजान, कि 'सर' में जैसे प्राण फूँक दिये हों। ठंडक थोड़ी कम थी—परन्तु शीत तो सूर्य और वायु की ही माया होती है—कहीं कम—कहीं ज़्यादा। वो सरका हुआ नीला-नारंगी स्कार्फ गले में लटक रहा था। वो बार-बार एक उड़ती सी नज़र से कमसिनी सौंदर्य के जाम पीता और वापिस अपने में आ जाता—दो तीन बार राधिका ने आकर बात की... साड़ी का पल्लू सरकाया, जो भी मोहकता थी, उसके पाश फेंके... परन्तु बात बस, मौसम, डैम, सतलुज इत्यादि तक ही सीमित रही। लड़कियाँ भी बीच में आतीं... कुछ न कुछ बात कर चली जातीं—और अनायास ही रश्मि उसकी बस में बैठ गयी। वो बस की आगे की सीट पर और उसकी समस्त चेतना एकनिष्ठ होकर बस के पीछे... बाहर खेतों की हरियाली, लहलहाती गेहूँ—बिना बालियों के और हरे पर पोलका की छिटकन में सरसों के पीले फूल—साथ साथ बहती सरहिन्द नहर और बाद में भाखड़ा नहर—नीलिमा लिए मन्थर, क्लान्त बहता जल... और शीतल समीर पर किसे फुर्सत—किसका मन विकेन्द्रित हो, उस अनिर्वचनीय ऐहिक अलौकिकता से—जो उसे अपने में ही समेटे थी... पल पल!

आखिर, आधी कच्ची, आधी पक्की सड़क से उतर धूल मिट्टी से भरी क्रेने और ट्रक—परन्तु साथ-साथ बहता नियन्त्रित सतलुज जैसे टाइगर को पिंजरे में कैद कर, उसे सर्कस के लिए प्रशिक्षित किया गया हो—और ऊपर जाकर आ गया भाखड़ा डैम—सामने फैला, मीलों तक पहाड़ियों को लीलता जलाशय—सतरह सौ फीट ऊँचा बाँध—और नीचे गेट पार कर सुरंग के बीच उतरे—सभी छात्राओं के साथ रेलिंग के सहारे खड़े—देखने की बेमानी प्रक्रिया—और उस धड़-धड़-धड़-धड़ के शोर में—एक बहुत ही कर्णप्रिय मधुर आवाज़—बिल्कुल पास—"सर, बिजली कैसे बनती है?"

"जनरेटर से... वो सामने बड़े-बड़े रास्ते दिखाई देते हैं ना–वो उसके पास से गुज़रते हैं" उसने उँगली से संकेत करते हुए बताया। कामिनी और तीन चार छात्राएँ पास ही खड़ी थीं परन्तु रश्मि तो एकदम करीब आकर खड़ी हो गयी थी–उसके हृदय का स्पन्दन... धक्-धक्–तेज़... भीतर ही विद्‌युत उत्पादन का सिलसिला महसूस होने लगा... सोचकर–कि उसके दिल में कुछ एहसास तो है, कुछ भाव, कुछ फीलिंगज़, कुछ महत्त्व कुछ खिंचाव तो है उसके प्रति–हो भी सकता है रश्मि ने सामान्यतया औपचारिकतावश कह दिया हो–और वो उसके मनोवैज्ञानिक पक्ष को लेकर उल्लसित हो रहा हो–जो अतिशय प्रेमातिरेक से अभिभूत है... आकर्षित है... समर्पित है... वहाँ... मन केवल रीझता भर नहीं... क्योंकि हिमाँशु तो प्रेम पाश से आबद्ध–प्रेमान्ध है और उसे सब क्रिया, सभी संकेत, प्रेम रंग से रंगे सतरंगी लगते हैं।

"दीदी नहीं आये क्या?" उसने और पास जाकर पूछा। "आये हैं–पर आपने कहा जो था चलने को, सो आ गयी... बस!" कितनी सहज स्मिति से उसने अन्धकारमय मन को प्रकाश से आलोकित कर दिया।

कामिनी और रजनी जो पास ही खड़ी थीं... मशीनों की धड़ धड़ में पूरी तरह सुन नहीं पायीं–परन्तु फिर भी कामिनी ने हिमांशु के चेहरे की बदलती आभा को रेखांकित कर लिया–जैसे एक गुलाब के पुष्प के पास एक कलिका प्रस्फुटित हो गयी हो।

जो भी रश्मि ने कहा वो उसके जीवन की धरोहर बन गयी। अब अगर ना भी कुछ हो, आगे–बस इतना ही काफी था–उसे तो जैसे जीवन मिल गया–रक्त तीव्रता से फिर धमनियों में प्रवहित होने लगा–परन्तु दिल की धड़कन, चेहरे की रंगत, हाथों का पसीना–सभी डूब गये जेनरेटर के शोर गुल में।

और कार उसने कब तोतला डोह डैम पर रुकवाई–उसे स्वयं ही पता नहीं चला। कितना सफर तय किया–आगे या पीछे–कौन जाने–जब मन ही टेम्पेस्ट की मिरांडा का प्रतिरूप पा चुका हो–एक स्वर्गिक एहसास!

गाइड बताये जा रहा था कि यह डैम और रिज़रवॉयर नदी पर–मध्य प्रदेश और पश्चिमी महाराष्ट्र के बार्डर पर बनाया गया और इसे 1975-85 के बीच बनाया और विस्थापित आदिवासियों को दूसरी जगह बसाया गया। और अब पूरा वन क्षेत्र आरक्षित घोषित किया गया है।

परन्तु उसके भीतर तो वो पच्चीस वर्ष पहले के पल आज भी जीवन्त, जीवनयुक्त, स्पन्दनशील थे और वो उन्हें जीता था उसी व्यग्रता से, उसी अनुभूति से। तोतला डोह की टॅनल के भीतर खड़े–रेलिंग के सहारे निहारते–उसकी चेतना तब लौटी जब–"साहब, नीचे चलकर देखें" गाइड ने कहा–और एक हसीन ख्वाब जिसे पुनः जीने की उत्कटता वैसी ही बरकरार–उस नैसर्गिक, अनिन्द्य, अकलुषित

मुस्कान को आत्मसात् करने के लिए और मन फिर बह गया–कहता हुआ–

"प्राण मेरे फिर विकल हैं–
किसी जलती इस्पात की भट्ठी की तरह
ताकि वो पिघला लावा,
बन जाए अभेद्य प्रेम प्राचीर
जिसमें खिलें; वो कलियों के कुन्द... निरन्तर
पारदर्शी निर्झर की तरह।"

और फिर एक मीटिंग की अध्यक्षता के पश्चात् वो पहुँचा भोपाल–जहाँ आने वाली थी उसकी चन्द्र किरण–रश्मि।"

9

हिमांशु को तो कभी ऐसा लगता है कि हर शहर की आत्मा एक-सी ही होती है–विशेषतया आज़ादी के बाद। बदलता है तो केवल उसका बाहरी स्वरूप, परिधि के बाहर या भीतर बिखरा हुआ ढाँचा। आज वह नागपुर में है–भारत का भौगोलिक केन्द्र–यहाँ मौजूद है वो; पूरे पच्चीस साल बाद–क्या बदलाव है–क्या परिवर्तन–वह तो वो ही है–वो ही हिमांशु शुक्ल–वैसा ही निपट अकेला। यदि कोई अन्तर है तो कमरे या फ्लैट का–कभी वो था स्वयं ही प्रशिक्षु अधिकारी–ट्रेनी आफिसर–अधिकारी प्रशिक्षण कॉलेज में–बैंक के भवन की तीन-चार मंज़िलों पर–लकड़ी की अस्थायी पार्टीशन से बनाये गये हॉस्टल के कमरे। एक-एक कमरे में तीन से लेकर चार पाँच अधिकारी। सभी भारत के विभिन्न प्रान्तों से–वास्तविक राष्ट्रीय एकीकरण–नेशनल इंटेगरेशन : एक दो पंजाब से, दूसरा उत्तर प्रदेश और तीसरा केरल से–और यही पैटर्न, प्रतिरूप सभी कमरों का–तो भी यह एकीकरण होता था. केवल सोने के समय या सुबह तैयार होने तक–अन्यथा वो ही आदिमानव की मानसिकता–अपने अपने प्रदेश के ग्रुप, साथी और उन्हीं के साथ घूमना, फिरना, पिक्चर देखना... सीतावर्डी, सदर, इतवारी या ऐसी ही कई मार्केट्स में–बेशक खाने-पीने की पूरी व्यवस्था हॉस्टल में ही थी–परन्तु पहली बार राष्ट्रीय स्तर पर व्यक्तित्व का खुलापन, परिवेश में अनावरण–एक्सपोयर–पूरे भारत की संस्कृति, भाषाएँ, रहन-सहन और खानपान के तौर तरीकों और व्यंजनों से समाहित होना–जहाँ अधिकतर दूसरे प्रदेश के खानपान से कभी समायोजन, एडजस्ट या समझौता या स्वयं को ढालने को तैयार ही नहीं। और यह होता है तब जब बन जाते हैं ग्रुप–पंजाबी, बंगाली, दक्षिण भारतीय, मध्य भारतीय इत्यादि। तो भी चाहे अनचाहे आपस में औपचारिक संवाद, वार्ता, ग्रुप डिस्कशन, गेम्स सभी क्रियाएँ व्यक्तित्व को

परिमार्जित करती ही हैं—उसमें विकास, उसमें निखार लाती ही हैं।

और स्थिति है—कि कालोनी है—फ्लैट है—लेकिन वही एकाकीपन, वो ही कसक, वही तड़प... इन वर्षों में जो भी परिवर्तित हुआ उसे तो एक दुरूह अन्तराल के अन्धकार में छोड़ दिया—कभी नितान्त अकेलेपन में उसमें झाँकने के लिए। परन्तु उन पलों के हुजूम से एक शाश्वत नाता है—एक अटूट सम्बन्ध—शारीरिक, आत्मिक और भावनात्मक। तदपि ठोस धरातल पर तो वह अकेला है—

जैसा होता था वो कॉलेज के स्टाफ रूम में, जहाँ फूलों का उद्यान है, पर अपना फूल एक भी नहीं। ठण्ड में सिकुड़ता, कभी किसी किताब के पन्ने पलटता तो कभी किसी छात्रा को प्रश्न का हल समझाता... और ऐसे ही एक दिन, राधिका वर्मा और एक प्रोफेसर—प्रांगण के एक कोने में धूप में बैठी हुई थीं और वह था स्टाफ रूम में। अचानक राधिका भीतर आयी और कहा—"प्रोफेसर शुक्ल—बाहर धूप में बैठो—यहाँ अकेले क्या कर रहे हो? कभी हमारे पास भी बैठा करो।" "ऐसी भी क्या बात है" वह उठकर गया और बाहर एक खाली कुर्सी पर बैठ गया। चाय मँगवा रखी थी—और उसने भी एक कप लिया। "प्रो. साहब, थोड़ा तो खयाल करो—मैं पहले पीरियड में आती हूँ और आखिरी पीरियड लेकर शाम को चार बजे जाती हूँ। आपसे कितनी बार कहा कि एडजस्ट कर दो—पर आप हैं कि मानते ही नहीं—अब आप ही बताएँ कि मैं आपको कैसे मनाऊँ—एक मैं ही हूँ जिसके साथ आपका व्यवहार ऐसा है—पता नहीं किस बात की सज़ा दे रहे हैं आप मुझे...?" राधिका तो जैसे भरी बैठी थी और उसकी कजरारी आँखों में अश्रु झलक रहे थे—उसने तो उसकी ओर करीबन पहली बार ही देखा था—वैसी ही सुन्दर थी जैसी युवावस्था में कोई भी सामान्य महिला होती है।

"मैडम—प्लीज़—आप बेवजह आरोप न लगाएँ—भला मेरा आपसे कैसा भेदभाव। मुझे तो टाइम-टेबल विरासत में मिला है—मि. गुप्ता के समय में आप बदलवा लेतीं—तब तो आप भली बनी रहीं।" उसने मैथ्स वालों के अन्दाज़ में, जो व्यवहार कुशल कम ही होते हैं, कहा।

"गुप्ताजी को मैंने बीसियों बार कहा पर हर बार उन्होंने आश्वासन ही दिया। और किया कुछ भी नहीं—वो ही आप कर रहे हैं—आपको एक यंग अनमैरीड पर ज़रा भी तरस नहीं आता—कैसा कठोर-सा, पत्थर दिल लेकर बैठे हो—"

और जिसका डर था वो ही हुआ—यह कहते ही झरने फूट पड़े—जिस चेहरे को उसने कभी ध्यान से देखा तक न था—वो जैसे बारिश की बूँदों से नहा गया—काजल ने नदियों के तीर बना दिए और ऐसा सलोनापन—कि कोई भी विदीर्ण हो जाए—काजल की कालिमा से उभरे चित्र कम्पेक्ट के साथ मिलकर मोहकता बिखेर रहे थे। परन्तु वो तो थे क्षणिक—उसे लगा जैसे वो फँस गया—दो एक प्राध्यापिकाएँ

और आ गयीं।

प्रिंसिपल के कक्ष में बुलाया गया—जहाँ चार प्राध्यापिकाएँ पहले से ही मौजूद थीं और उनमें से एक थी राधिका—जिसने अब तक मुख को सँवार लिया था। उसका पक्ष तो प्राचार्य पहले से ही जानते थे—और हिमांशु को कहा—"अच्छा—तुम्हें क्या कहना है?"

"सर, पहली बात तो यह है कि अब बस, महीना भर रह गया है और सैशन समाप्त होने वाला है—और दूसरी कि कुछ प्रोफेसर्स का टाइम टेबल तो स्थायी रहता है। तो फिर सभी को एडजस्ट कैसे किया जाए? मैंने तो कोशिश की पर लाचार हूँ—कि मैं इनकी सहायता नहीं कर पाया—मैंने तो अपने पीरियड भी सुबह से शाम तक लगा रखे हैं वरना मैथ्स आखिरी पीरियड में क्या समझ में आयेगा?" उसने ज़रा बलपूर्वक कहा।

"कौन हैं जिनके पीरियड फिक्स्ड हैं और बदले नहीं जा सकते।" उन्होंने आश्चर्यचकित होकर पूछा।

"सर, प्रो. यज्ञ वर्मा कहते हैं उनके सारे पीरियड मध्य अवकाश से पहले हों—ताकि आपकी अनुपस्थिति में कॉलेज का प्रबन्ध देख सकें और ऐसे ही प्रो. सन्त राम मध्य अवकाश के बाद—के सारे पीरियड—ताकि शाम को कॉलेज सँभाल सकें।" उसने स्थिति को ज़रा विस्तार से बताया "और सर, उनका कहना है कि इसके लिए आपकी अनुमति है।"

"कौन कहता है—?" उनका चेहरा लाल हो गया—"ये कौन होते हैं कॉलेज चलाने वाले—? सब बदल दो— और महिलाओं को एडजस्ट करो—उन्हें प्राथमिकता दो" प्रिंसिपल ने निर्देशात्मक रुख अपनाया।

पोल खुल गयी—भविष्य में भी वो दोनों सभी की बराबरी के स्तर पर आ गये। राधिका और हिमांशु से वो सख्त नाराज़।

"आपको क्या ज़रूरत थी प्रिंसिपल को वो सब कहने की—वो तो हमारी अपनी अंडरस्टेंडिग थी।"

"तो आप मुझे वैसे बता देते—आपने जैसे मुझे कहा था मैंने कह दिया।" उसने प्रो. यज्ञ को कहा जो राजनीति शास्त्र के होने के कारण वैसे तो थे ही—काफी चतुर और कूटनीतिज्ञ भी। स्टाफ रूम में वो अकेला—राधिका बर्फी के दो चार पीस लिफाफे में लायी और पर्स में से निकालकर एक पीस हिमांशु के मुँह में हँसते हुए डाल दिया। "अरे... क्या कर रही हैं?"

"वही जो करना चाहिए—मैं बहुत खुश हूँ... आपने उन्हें अपनी जगह दिखा दी... अब मैं जान गयी कि आप मुझसे नाराज नहीं हैं" और हाथ पकड़कर सहलाया।

कामिनी बाहर खड़ी यह सब देख रही थी... अच्छा! तो ये हैं मैडम... शातिर

... जब उसने देखा कि यह मैम तो जाने का नाम ही नहीं ले रही तो उसने दरवाज़े पर खट् खट् किया। राधिका चौंकी और झट से उठकर "ओ.के. हिमांशु; थैंक्स" कहकर चली गयी—पर उसे बुरा अवश्य लगा कि ये लड़कियाँ इसका पीछा ही नहीं छोड़तीं जैसे गुड़ पर शहद की मक्खियाँ!

"सर, मैं तो बताने आयी थी कि रजनी दो दिन के लिए कानपुर गयी है... इसलिए आप हमारी ओर ही आ जाना।"

और वो मिनट भर रुकी कि सर उसे बैठने को कहें परन्तु वह तो रश्मि के लिए प्रतीक्षारत था। दरअसल, कामिनी की ट्यूशन के दो तीन दिन बाद ही उसकी सहेली रजनी बंसल उसे साथ लेकर स्टाफ रूम में आ गयी।

"येस, रजनी क्या बात है?"

"सॅर, यह कहती है..." कामिनी अपनी उसी अदा में आँखें झपकती कहने लगी...

"कामिनी, तुम इसे कहने दो ना..." उसने बीच में ही टोका।

"सर, अब जल्दी ही प्रेपरेटरी हो जाएँगी—आप मुझे भी गाइड कर दिया करें ... मेरी आपसे प्रार्थना है" वो सकुचायी-सी बोली। चुन्नी ठीक करते हुए, जैसे कुछ छुपा रही हो या मध्यम वर्गीय परिवारों की लज्जाशीलता के अनुरूप बर्ताव। वह एकहरे बदन की, हल्की साँवली, मध्यम कद, नख-शिख तीखे और कुपोषित धुँधलका चेहरे पर परिलक्षित... हिमांशु सोच में पड़ गया। कितना कठिन, कितना बोझिल और कितना नीरस होगा यह सब; कि बात करने से ही मन बुझ-सा जाएगा और बची-खुची स्फूर्ति जाती रहेगी।

अभी थोड़ी देर पहले ही तो स्कूल के दो अध्यापक तकाज़ा करने गये और कल उन्हें भी हाँ या ना कहना होगा। कहते थे—

"हमें तो प्रोफेसर साहब, ट्यूशन बहुत ही आवश्यक है—आपका आशीर्वाद और मार्गदर्शन रहा तो एम.ए. हो जाएगी और स्कूल में सीनीयर टीचर या कॉलेज में लेकचरॉर लग जाएँगे। जीवन भर स्कूल टीचर... स्वयं को ही बुरा लगता है।"

"भाई—मेरे पास समय नहीं... मुझे क्षमा करें।"

"सर आप कितने बजे उठते हैं सुबह?"

"साढ़े छः, सात, सर्दियों का मौसम जो है।"

"सर, आप बिस्तर में ही रहना—हम छः बजे आ जाया करेंगे—आपके पास बैठकर ही सवाल हल कर लिया करेंगे—आप ज़रा गाइड करते रहना—हमारा कल्याण हो जाएगा।"

दो पचास के करीब के टीचर, उम्र में उससे दोगुने से भी अधिक... इतनी अनुनय... उन्हें तो पढ़ाना ही होगा—और उसके अगले दिन से ही सुबह छः बजे

लिहाफ में से ही पढ़ाना शुरू हुआ—आधे सोते—आधे जागते।

और याद आये—अपने मैथ्स के प्रोफेसर—पी.के. गोयल—दाखिले के समय ही सभी साइंस या मैथ्स के विद्यार्थियों का "निजी-विवरण फार्म" जाँच लेते—और फिर जो भी विद्यार्थी सम्भ्रान्त परिवार के होते... उन्हें कहते—

"अपने डैडी को कहना, कि कल मुझसे मिलें।"

और मिलने पर—"आप अपने बेटे को कहाँ भेजना चाहते हैं?"

"अभी सोचा नहीं..."

"तो यही वक्त है सोचने का—तय कर लें कि बच्चे को कहाँ भेजना चाहते हैं।"

"सर हम तो इसे इंजीनियरिंग में भेजना चाहते हैं—"

"सो तो बहुत अच्छा है, पर कम्पिटीशन कड़ा है और अच्छे नम्बरों के बिना किसी भी प्रसिद्ध नामी कॉलेज में प्रवेश सम्भव नहीं। मैथ्स ही प्रतिशत को सीधा ऊपर उठा देता है।"

"तो सर, क्या करें इसके लिए?"

"देखिए, लड़का तो अच्छा है—फिर भी बहुत अच्छा होना चाहिए। आप इसकी ट्यूशन किसी अच्छे से प्रोफेसर से रखवा दें—वैसे बुरा तो मैं भी नहीं हूँ।"

हिमांशु को लगा—उसका रवैया तो बिल्कुल विपरीत है। वो ट्यूशन को नकारता है परन्तु ये तो उसका पीछा ही नहीं छोड़तीं।

वैसे ट्यूशन क्या, जीवन का बहुत बड़ा लक्ष्य होता है पैसा कमाना... और बहुत तो क्या—अधिकतर लोग इसी पनचक्की में घूमते रहते हैं—उसे स्पष्टतया याद है जब वह अमृतसर के एक कॉलेज में इंटरव्यू के लिए गया था तो वहाँ के मैथ्स के प्रोफेसर एस.के. गुप्ता कहते कि उनका लक्ष्य तो रहता है रोज बारह घंटे ट्यूशन पढ़ाना—चाहे वो अकेले, दो, तीन या चार का ग्रुप हो।

हिमांशु ने पूछा था—तो फिर आप इतना मेनेज कैसे कर लेते हो—करना क्या है सुबह चार बजे से रात ग्यारह बजे तक, जिसमें दो तीन तो कॉलेज में ही खाली पीरियड में ही निपटा देता हूँ—और खाना, पीना, नहाना, धोना, सभी ट्यूशन के समय में ही होता है।

तो फिर किस प्रकार की प्रत्याशा की जा सकती कि भावी पीढ़ी कैसी होगी?

जो भी हो—कामिनी के अनुरोध को टाल न सका। टाल सकता ही नहीं—क्योंकि हृदय के किसी कोने में कोई टीस तो थी जो उसे किसी प्रकार का कष्ट देने या उसे महसूस करवाने के लिए राज़ी ना थी। और रजनी की भी ट्यूशन शुरू हो गयी।

परन्तु उसका लक्ष्य क्या है? उस समय तो नौकरी था—परन्तु यह क्या—एक ही झलक ने, समस्त जीवन का रेखा चित्र, मान चित्र और कला चित्र, सभी वदल दिए... और जीवन एक इन्द्रधनुषी तूलिकाकृत रंग चित्र या पेंटिग-सा लगने

लगा–जिसमें कोई आशा-किरण क्षितिज पर अपनी आभा बिखेर रही थी–और लगता था जैसे किसी अनजान निर्झर में; किसी का एक-एक शब्द अपने ही स्वरों से आलोकित हो रहा था... और कभी उस झुटपुट में उठती थी एक हूक–एक पुकार ... "रश्मि, मिल जाओ एक बार"

10

अभी उसी दिन तो वह ग्वालियर से लौट रहा था। ए.पी. एक्सप्रेस का नया-नया स्टॉप शुरू हुआ था। कुली ने एक बर्थ पटा ली थी– थ्री टिअर में। सीट खिड़की के पास होने के कारण टू टियर ही हो गया था। टिकट कलेक्टर ने कुछ अधिक लिया था– (भ्रष्टाचार और घूसखोरी पर भाषण दूसरों के लिए होते हैं अपनी तो मजबूरी होती है और अन्तरात्मा पर बोझ ना आये इसीलिए ऐसे तर्क गढ़ भी लेते हैं) और अब बर्थ पर उसका ही अधिकार था–और इसलिए वह उस पर जमने की प्रक्रिया में था–परन्तु ऊपर की बर्थ वाले कोई महाशय नीचे भी ऐसे पसर कर बैठे थे जैसे उन्हें तो बस यहीं बसना है और उस पर पूरा प्रभुत्व जमा रखा था। हिमांशु ने एक कोने में जगह बनायी–टाई की नॉट ढीली की–और सामने और साइड वाली बर्थ पर नज़र घुमायी। बैठ कर उसने देखा ही था कि एक नवयौवना, अपने लालिमायुक्त होठों के युग्म संगम से गुलाब गुंचों को भी लज्जित कर रही थी और स्मिति ऐसे बिखेर रही थी कि मन करता था कि दोनों हाथों के ओक से उन प्रसूनों को धरा पर गिरने से ही पहले समेट ले।

नज़र मिली–उसने देखा–देखना भर कितना भला लगा–ना जाने उसने किस उर्वशी मुद्रा में देखा कि बस, ठगा सा रह गया... जी किया कि बस निहारता ही रहे... अनिमेष-अपलक...। और वह नवयौवना, सम्भवतः नवविवाहिता या फिर युगल बन्धन के प्रांगण पर... या उसकी दहलीज़ पर एक सुखद परिकल्पना को सँजो रही थी पर उसने भी निस्संकोच अपनी रूपसी मादकता से मुस्कान के प्रपात प्रसरित किए थे और निरन्तर अपने प्रेमी–या जो भी हो... से बेझिझक बतिया रही थी... और बीच-बीच में निगाहों से उसे भी उत्तर देती रही। न जाने क्या जानकर या क्या समझकर... पर उसे तो आभास भी नहीं हुआ कि वो अशिष्टता की सीमाएँ लाँघ रहा है... उसे तो बस निहारता ही था किसी आत्मतोष के लिए–जो किसी यथार्थ का प्रतिरूप था...

उसके तो सम्मुख थी... एक बार फिर... वही छात्रा रश्मि... और किस तरह मादकता छा गयी थी–उन क्षणों में... कि वो क्षण... या क्षण कितने पावन, कितने

पीयूष पूर्ण, कितने निर्मल, कितने धवल हो गये कि उसे तो एक जीती जागती, स्वच्छन्द, उन्मुक्त हँसी, अल्हड़, इठलाती, लता-सी झूलती केशों की लटें सौम्यता को उभारतीं—मिली थी रश्मि और एक शेर ज़हन में उभरा

"ज़ेरे-साए खड़े तेरा क्या लेते हैं—
देख लेते हैं, दिल की प्यास बुझा लेते हैं।"

अगले ही दिन उसने रश्मि को प्रसंग सहित पत्र लिखा और उँडेल दी वो पंक्तियाँ जो ट्रेन में ही फूट पड़ी थीं—

"नहीं जानता—तुम कौन थीं—?
पर; तुम्हें देख; जो मिला आत्मतोष—
एक सहज सी स्वर लहरी
गुज़र गयी... अन्तस् से
असीम की ओर।
तुम्हारे-रजत-धवल
रदनों की माला से—
फूटे वो स्फटिक निर्झर—
बार बार निहार—
मैंने पिरोये—
अभिलाषाओं के हार...!"

और लिखते-लिखते उसे एहसास हुआ—कि वह रश्मि जिसे आज भी उसे हर कण में खोज लेता है—हर निगाह में ढूँढ़ लेता है—वो ही तो है उसकी प्रेरणा स्त्रोत—उसके उजागर एक बिम्ब ने प्रदान कर दिया—उस क्षण को अमरत्व...। उसने संकल्प कर लिया कि वह उस अमरत्व का एक-एक पल समर्पित कर देगा उसे एक-एक शाश्वत क्षण में आबद्ध—अविनश्वर!

उसने उसी पत्र में रश्मि को वो सब लिखा था और जो लिखना चाहता वो तो सागर के अनियन्त्रित ज्वार-सा भाषा के अभाव में बह जाता है। उसने कहा, "रश्मि! वैसे तो इन्सान अणुओं की संरचना है...। वे कार्बन के हों अथवा पंच महाभूतों के सम्मिश्रण या उनसे भी अलग ब्रह्माण्ड के शक्ति स्रोतों का... परन्तु अणु में होते हैं अखंडित इलेक्ट्रोन, प्रोटोन और न्यूट्रोन या उनके भी खंडित असीम ऊर्जा अंश। उन्हें अलग किया जा सकता है—किसी तीव्र प्रहार से ही—प्रयोगशाला में ही—और वो फिर अस्थायी हो जाते हैं—ठीक वैसे ही तो होती है सम्बन्धों की दुनिया—जिसे आप जोड़े रखें तो जन्म जन्मान्तरों तक अटूट आबद्ध रहें—अन्यथा यहीं पर ही नष्ट हो जाएँ—किसी भी अरुचिकर, अप्रिय परिस्थिति में।"

रश्मि ने प्रत्युत्तर में कहा—"हिम्, आप साहित्य के होकर या साइंस में छलाँग कर... कैसे उनमें तालमेल बैठा देते हैं—आश्चर्य तो होता है—परन्तु फिर भी लगता है आपकी बात पूरी नहीं हुई—कहीं तो कुछ शेष बचा है।"

हिमांशु जानता था—यूनीवर्सिटी की स्वर्ण पदक विजेता—जिसकी तर्क-वितर्क और विश्लेषण करने की क्षमता अद्वितीय है—वो बात अधूरी कैसे मान लेगी—इसलिए पत्र मिलते ही लिखने बैठ गया—गेंगटॉक के होटल रूम में—जहाँ वह दौरे पर था—और रश्मि बेंगलोर (बंगलूरू) में थी—एक कॉन्फ्रेंस के सिलसिले में। वह जानता था... जब वातावरण, परिवेश सभी हम दोनों के लिए—एकदम भिन्न, करीबन विलोमपरक हों तो सम्बन्धों में स्निग्धता सामीप्य से ही होती है—परन्तु इस सिद्धान्त के हम हैं अपवाद— ।

वैसे स्त्री-पुरुष सम्बन्ध पारस्परिक आकर्षण का एक चिरन्तन सत्य है। कब से? शायद तब से जब मानव की विद्यमानता की कल्पना की जा सके। जीवन की अतीत में झाँका जाए तो लगता है—कुछ भी तो नहीं बदला—कुछ भी तो नहीं बदलता—क्योंकि जो कालातीत है, अक्षय है, अनश्वर है, जो अमरत्व की पायदान पर है—वह फिर कैसे बदल सकता है—वह तो नित्य है, सत्य है—बदलते हैं तो केवल सन्दर्भ, केवल परिस्थितियाँ, केवल परिवेश।"

हिमांशु के जीवन पथ की एक विशेषता तो सदैव ही रही कि जैसे-जैसे वह वर्तमान में आगे बढ़ता वैसे ही एक सजीव अतीत उसके साथ-साथ ही चलता। यह स्थिति विरह के पलों में तीव्रता से मुखर हो उठती। कॉलेज में अध्यापन का कालखण्ड बार-बार मानस पटल पर चित्रित हो जाता।

कक्षाएँ पूरी क्षमता पर, पुनरावृत्ति के दौर से गुज़र रही थीं—मात्र पन्द्रह दिन ही तो रह गये थे—प्रेपरेट्री के लिए—जब छात्राओं को अन्तिम वार्षिक परीक्षा की तैयारी करनी थी। कामिनी पर तो पढ़ाई के साथ-साथ सान्निध्य का भी सरूर था—इसलिए वह बड़ी तत्परता से उसकी प्रतीक्षा करती थी और कभी लेट हो जाए तो रुआँसी-सी; उस विक्षिप्त परिन्दे की तरह हो जाती जो साँझ ढले रास्ता भूल जाए—और उसकी मम्मी भी हिमांशु में विशेष रुचि दिखाती थी—प्रतिदिन कोई ना कोई नया पकवान—और कामिनी किसी भी बहाने, साथ जुड़कर बैठने के क्रम में या फिर हाथ पर हाथ रखने के पर्यायक्रम में। वो हिल तो सकता था—किसी भी जुम्बिश के साथ या स्पन्दन के साथ परन्तु मन तो पाषाण था—एकदम शीतल, हिमखण्ड—जो हिम की तरह पहाड़ पर टिका नहीं रह सकता।

उसे लगा, वो जिस भी अन्तर्वेदना से गुज़र रहा है, जिस भी अन्तर्द्वन्द्व से लड़ रहा है—जिस भी अभिव्यक्ति के निरन्तर संघर्ष में, वो रात दिन व्यथित, व्याकुल या बेचैन रहता है—क्या ऐसी भीतरी कशमकश की स्थिति किसी पर भी नहीं गुज़री?

क्या यह क्रम पहले किसी पर भी घटित नहीं हुआ? परन्तु फिर भी स्वयं को, उन सबसे भिन्न क्यों मानता है? इसलिए तो नहीं कि किसी ने; किसी अप्रत्याशित, स्वप्निल घटना ने; उसे एक अनिष्ठावान् स्थिति से किसी ठोस धरातल पर खड़ा कर दिया है। वह जो, एक प्रकार से नास्तिकता के बीहड़ से गुज़रता हुआ कहता था—"मत पुजारी बन, तू स्वयं भगवान बनकर जी", आज अकिंचनता के परिप्रेक्ष्य में, अपना अस्तित्व खोज रहा है। खोजता भी या नहीं, वो तो स्वयं अनिश्चितता की स्थिति में एक अन्धड़ में सूखे पत्ते-सा उड़ रहा है—बेठौर और वो नहीं जानता—इस अथ की इति क्या है—कहाँ होगी?

हाँ, तो उसने रश्मि को आश्वस्त किया हुआ था कि वो उसे मैथ्स के साथ इंग्लिश भी करवा देगा। एक बार फिर, इंग्लिश जो अतृप्त अभिलाषा-सी किसी सुप्त निर्झर की तरह, भीतर दबी हुई थी, फूट पड़ी। यह उसका भाषा के प्रति लगाव ही था कि मैथ्स के साथ भी उसे हिन्दी तथा अंग्रेज़ी साहित्य से प्रबल प्रेम था जो ज़रा-सी भी कोमल धरातल पाकर फूट पड़ने को तत्पर रहता था। बेशक, उसके लिए यह सुअवसर था—अपने साहित्य प्रेम और उसकी कोमल भावनाओं को किसी सृजनात्मक अभिरुचि की ओर मोड़ देने का,—परन्तु वास्तविकता तो यह थी कि वो अधिक से अधिक समय रश्मि के सामीप्य में ही व्यतीत करना चाहता था।

और कैसा होता है यह अनिर्वचनीय अनुराग जब वो पास होती है तो समय जैसे ठहर-सा जाता।

"सर, आपकी इंग्लिश भी बहुत अच्छी है" उसने स्नेह-सिक्त नेत्रों से कहा।

"ठीक है—जैसी भी हो—तुम्हें ठीक लगनी चाहिए।" उसने भीतर ही भीतर गर्वोन्मत्त होकर उसकी ओर देखते हुए कहा।

सर मुझे बहुत सी पोइम्स आपसे पढ़नी हैं पर सबसे पहले आप मुझे 'ओड टू नाईटिंगेल' पढ़ा दें—यह मुझे बिल्कुल समझ नहीं आयी।" उसने अपने सहज भोलेपन से कहा।

"ओ.के., कल कीट्स—किसी खाली पीरियड में—उसकी व्याख्या, काव्य यात्रा और परिचय सहित।"

बाज़ू को मेज़ पर टिकाए कुछ स्फुट, कुछ अस्फुट स्वर में कविता की पृष्ठभूमि, कीट्स की जीवन व्यथा और उसकी पृष्ठिका में स्वयं को देखते हुए—जैसे कीट्स फैनी को मुखातिब कर रहा हो—अपनी दिले-दास्तां, उसके अवसाद भरे क्षण, उसकी उत्कट अन्तर्वेदना—जीवन के घटाटोप अन्धकार में स्वयं का मृत्यु से रू-ब-रू और उसके हर स्वर में, हर कम्पन में एक टीस...

"सो, प्रोफेसर साहिब पोइट्री पढ़ा रहे हो? यंग मैन... मैथ्स वाला इंग्लिश, वंडरफुल!"... प्रो. सन्त राम ने पीछे से पीठ थपथपाते हुए कहा। इनकी आदत ही

थी—चुपचाप दबे पाँव आना... जैसे बिल्ली की प्रजाति अपने शिकार पर झपटने से पहले। जैसे कॉलेज का सतर्कता विभाग इन्हीं के प्रबन्धन में था... विकलांग होने पर भी जवानी में दूसरी शादी करी और पहली पत्नी को गाँव में ही छोड़ दिया... आशिक मिजाज़ी ऐसी कि पचास पार के बाद भी वैसे ही कायम। बात-बात पर कोई लज़ीज-सा शेयर फरमा देते और जाते-जाते सुना ही गये शेयर... हिमांशु को मुखातिब किया या किसी और को; वो खुद ही जानते थे—

"आता है जो तूफां आने दे, कश्ती का खुदा ख़ुद हाफिज़ है,
मुश्किल तो नहीं इन मौजों में, बहता हुआ साहिल आ जाए।"

और अगले दिन जब स्टाफ रूम में मिले तो कह ही दिया, "प्रो. साहब—अभी तक शादी नहीं की... आप जिस पर भी उँगली रख दें... बस वो ज़िम्मेदारी मेरी।" उन्होंने जैसे चुटकी ली हो और शहद का छत्ता दिखा दिया हो। "सर, छोड़िए ना, अभी फुर्सत ही किसे है?" और उसने बात टाल दी थी।

फिर भी ताक झाँक से कैसे बाज़ आएँ... हिमांशु ने कहा, "प्रो. साहब, ये इंग्लिश में कुछ स्पष्टीकरण चाहती थीं... सो हम बता देते हैं... मैं भी आपसे हिस्ट्री के कई वाकयों पर पूछना चाहता हूँ... जब भी आपके पास समय हो..." और हिमांशु का तीर काम आ गया... और प्रो. साहब कुछ देर रुककर... अपनी शेरवानी की जेब में हाथ डाल एक टाँग पर झुकाव के साथ—जो वक्रता उनकी सलवार या पाजामे में छिप जाती थी... चलते-चलते निकल गये—जैसे उस दिन की दिनचर्या का एक भाग समाप्त हुआ।

वैसे जो भी हो, वे एक दो चक्कर लगा ही लेते थे—रोज़ की आदत या फिर ड्यूटी के हिसाब से ताकि पता रहे कि यह छात्राओं को कुछ पढ़ाता भी है या प्रेम प्रलाप ही आलापता है... पर हर बार कुछ हाथ नहीं लगा—और मैथ्स उनके तो क्या—कॉलेज में किसी के भी बस का नहीं था... और वह कई बार चार-चार घंटे लगातार भी पढ़ाता था और वे चार-चार चक्कर भी लगाते थे... पर उन्हें हर बार हिमांशु और रश्मि एकाग्रचित्त ही मिले—किसी न किसी प्रश्न को हल करते हुए।

"सर, आपकी इंग्लिश और मैथ्स इतना अच्छा है, तो आप आई.ए.एस. क्यों नहीं कर लेते?" उसने एक सहज सुझाव दिया—पर मन्द सी मुस्कान, जो होठों के गुलाबी किनारों को छूती हुई, समस्त सौम्यता को नयनों की चमक से इंगित कर रही थी।

"क्या तुम सच में चाहती हो?" उसने अपने मन के मिथ्या प्रलोभन में उलझे प्रश्न को द्विअर्थक लहज़े में कहा...

"क्यों नहीं, सर, यू मस्ट डू इट" उसके आश्वस्त भरे स्वर से, स्वयं के विश्वास को एक ठोस पुट मिला... उसे ऐसा लगा तो ज़रूर... उसने कहा, "मैं इसी साल

अक्टूबर में दे रहा हूँ।''

और उसे लगा कि वो 'श्रान्त पथिक सा; किसी बाट जोहती आशा' की ओर अग्रसर है जिसके सामने ही वक्त उड़ता जा रहा है और रश्मि की तो एक ही परीक्षा है परन्तु उसे तो तीन-तीन परीक्षाएँ देनी हैं... अनमने मन से—एक—आई.ए.एस.—; और पूरे मनोयोग से दूसरी रश्मि का यूनीवर्सिटी में प्रथम स्थान प्राप्त करना और तीसरे रश्मि के हृदय में स्थान पाना। कितना सही, कितना गलत... इस द्वन्द्व से उलझना, इस पड़ाव पर, निरर्थक-सा है; पहले राह तो बने। अभी तो वह भटक रहा है जंगलों में, बीहड़ों में, अरण्यों में। और दिखाई देता है कुहासा... कोहरा और धुन्ध। वो सब छटेगा कब...?

अभी तो उसे लगता है कि एक के फाइनल एग्ज़ाम दिन-ब-दिन पास हैं और दूसरे के हैं दूर दूर... हर पल... हर गुज़रते क्षण!!

11

क्लासेज़ तो करीबन समाप्त हो चुकी थीं—प्रोफेसर तो सभी आते थे—परन्तु समय-असमय। छात्रा भी कोई-कोई, जिसे किसी कठिनाई का निवारण या स्पष्टीकरण करवाना हो। शिशिर अपना प्रभाव छोड़ चुका था—वातावरण पर भी और कॉलेज पर भी... अब तो दोनों प्रतीक्षा में थे कि परीक्षा की घड़ी सुखमय, मंगलमय और शुभंकारी हो, उल्लास, प्रफुल्लता से परिपूर्ण हों—और फिर फूटें नये अंकुर, नये पल्लव और कॉलेज का प्रांगण उन्हीं कोकिलाओं से चहचहाने लगे।

परन्तु उसके लिए तो कोई विशेष अन्तर नहीं—यथास्थिति ही थी उसके लिए तो—वही कोर्स का पूरा करवाना, वही पुनरावृत्ति करवाना। मैथ्स की यह परेशानी तो है ही—यह तो बार-बार बिना देखे, लिख-लिखकर करने से ही आता है क्योंकि अधिकतर प्रश्न अपने आप में अलग, विलक्षण होते हैं—यह उपन्यास की तरह तो पढ़ा नहीं जा सकता या किसी भी अन्य विषय की तरह जहाँ केवल पढ़ने मात्र से काम चल जाता है—इसीलिए इसके लिए बहुत नियमितता, परिश्रम और एकाग्रता चाहिए ताकि पढ़ा हुआ एक कला चित्र सा दिमाग में अंकित हो जाये और आप उसे उसी क्रम में स्टेप-बाई-स्टेप, अक्षरशः पन्नों पर उकेर या उँडेल सको। बाकी सभी आर्ट्स के विषयों से इसे चार गुना अधिक नियमित समय चाहिए—और यह बात छात्राओं को बखूबी समझ आ गयी थी।

वैसे तो पिछले सारे दिन उसके जीवन में महत्त्वपूर्ण होते जा रहे थे—जिनमें वह यथार्थ में या वास्तव में ही जिया था। चाहे वह आनन्द की अनुभूति हो या फिर

अवसाद का अन्धकार—चाहे वह पलकों में समाती सुन्दरतम सुकोमल छवि हो जिसे वह बूँद-बूँद पीकर उतार लेना चाहता हो—या फिर डबडबाते नयनों के नीर सागर में, जिसे रह-रहकर अनिष्ट से आशंकित विचार, किसी दुर्दान्त वेग से हिला देते थे। पल-पल जो भी बीतते थे, या तो कॉलेज के पीरियडों की परिधि में बँधे हुए या फिर उसकी उपस्थिति में आत्मविभोर। अन्यथा रश्मि से दुराव—बीतता, शहर की बाहरी सीमा पर। सूनी सड़क से बाँटता एकाकीपन जहाँ से गुज़रती थीं—एकाकी खम्भों की कतारें। डूबते सूर्य की रश्मियाँ और किन्हीं मन्द हवाओं से मुखरित विचार-जीवन-अजीवन के, त्याग-अपनत्व के, धीर-अधीर के और अधिकतर होता था घोर असफलता का आभास, तिस्कृत होने की आशंका, उसे खो देने के विचार। जो भीतरी ज्वाला के लावे को बहाता था—अपलक आँखों की वीरानी से। और ये आखिरी विचार तो रह-रह कर उसके मन को उद्वेलित कर रहे थे।

फिर कैसे बिताया—वो लटका हुआ, दिन-रात के पल्लू से बँधा हुआ—शाम की उमस से, कालिमा की पर्तों में दबा हुआ, रात का काल। ऐसे ये आत्मदाह के विचार, मन को सालता हुआ नकारात्मक रवैया, जिसमें रह-रह कर निजी नगण्यता का आभास होता था। वे सब बेवजह नहीं थे।

सिर पर हल्के पीले, लाल फूलों से खिला हुआ, नीला रेशमी स्कार्फ, पोलका डिज़ाइन की नीली, वक्ष पर हल्का सा उभार उठाती कमीज़, उस के ऊपर गुलाबी स्वैटर, बादामी सिल्कन सलवार, एकदम सलीकेदार लगती पोशाक और नीला आसमानी नीलाम्बर सा कन्नीदार शॉल—कितनी प्रिय लगती थी रश्मि। पाँव में सुनहरी मुल्लमे से जड़ित बैली—एकदम सहज होते हुए भी, भव्यता की छाप छोड़ती थी।

रोज़ ही वह, वैसी सतरंगी, रंग बदलती इन्द्रधनुषी अंकन, उसकी अमिट छाप एक सम्मोहन में सन्तप्त।

रश्मि अभी-अभी तो उठकर गयी थी और वो स्टाफ रूम में बैठा इन्तज़ार कर रहा था कि कोई फर्स्ट ईअर की छात्रा बुलाने आये ताकि उनका भी रीवीज़न का पीरियड ले सके। इतने में उसे ठक् ठक् जूतों की आवाज़ सुनायी दी—लगा कोई उधर ही आ रहा है—परन्तु मुड़कर देखा नहीं—कुर्सी पर बैठा रहा। जो भी हो अपने आप आ जाएगा—उसे क्या लेना? तो भी भगवान जाने लोगों को तमीज़ क्यों नहीं है? बूटों की एड़ियों में लोहे के स्टार या कोके लगवा लेते हैं ताकि धमक से आवाज़ आये जैसे वाघा बार्डर पर भारत और पाकिस्तान के सुरक्षा गार्ड प्रतिस्पर्धा में अपने जूतों की धमक से, एक दूसरे को नीचा दिखाने में कोई कोर कसर नहीं छोड़ते।

''अबे साले बताया भी नहीं, तू यहाँ है और ना ही कभी दुकान पर आया।'' पीछे मुड़कर देखा—उसके कन्धे पर धप्पा मारकर उसे उठाता—और कोई नहीं सुरेश था।

वो उठा—गले मिला—''ओ ज़रा तमीज़ से, धीमे बात कर—गर्ल्ज़ कॉलेज है।''

हिमांशु सकपकाया—"बैठ—पर आया कैसे?"

"कर्फ्यू है क्या—तू तो ऐसे बात कर रहा है जैसे बोलना भी गुनाह है... चौबीसों घंटे... माल ही माल—कोई पटायी क्या?" सुरेश तो पहले से भी लच्चर हो गया लगता था।

"मैं यहाँ प्रोफेसर हूँ—तेरी तरह ना तो बिज़नेस मैन और ना ही आवारा। चल छोड़—तुझे मेरा पता कैसे लगा?" हिमांशु कोशिश कर रहा था कि वह भी थोड़ा सँजीदा हो कम-से-कम ज़ुबान पर तो लगाम दे।

"अच्छा यह ले—मेरी शादी का कार्ड..."

और सुरेश ने कार्ड और मिठाई का डिब्बा उसे पकड़ाया—उसने लेकर टेबल पर रखकर कहा—"बधाई-बहुत बहुत बधाई—है कौन जो इतनी खुशकिस्मत है कि तू उसे पागल कर दे..."

"अब्बे खुद देख लेना—पता लगेगा तो गश खाकर गिर जाएगा—" सुरेश काफी खुश लग रहा था।

हिमांशु ने कार्ड का लिफ़ाफा खोला—पढ़ा—अरे "सुरेश वैड्ज़ पूजा" और पूजा के माता-पिता, परिवार सभी जैन।

"यह पूजा जैन वही है जो हमारे साथ थी।"

"हाँ, हाँ... अब गॅश आयी ना... उसी ने ही तुम्हारा बताया—नहीं तो, मैं सोच भी नहीं सकता था कि तू यहाँ होगा"। और तेरे से तो मुझे उम्मीद भी नहीं कि तू आये और मुझे मिले।

और न जाने कितने उलाहने दिए। उसने बताया कि पूजा ने जालन्धर से इतिहास में एम.ए. कर लिया था और यही जैन कॉलेज में प्रोफेसर है।

इतने में कामिनी "मे आई कम इन सर..." कहकर अन्दर आ गयी—वो ही शोख़ी, वो ही अदा... और पीरियड का पूछकर चली गयी। "अबे—तुझे क्या चाहिए एकदम पटाखा है इसी से शादी कर ले—मुझे बुलाना ज़रूर—अच्छा—अब मैं चलता हूँ—बहुत से कार्ड बाँटने हैं—परसों शादी है—आना ज़रूर। देख लेना कैसे दिल पर छुरियाँ चलती हैं तेरे...। "चाय तो तू पिलाएगा नहीं..."

"ठीक है—अगली बार—आप दोनों को।" और ऐसे सुरेश रुखसत हुआ। उसने उसके जाने का शुकर मनाया—ज़्यादा देर बैठता तो लड़कियाँ सोचतीं कैसा इसका दोस्त है। बेशक, हिमांशु ने उसे इस बात का एहसास तो करवा ही दिया था कि यह बेमेल विवाह है—पर बाद में सोचा, क्या पड़ी थी यह सब कहने की—हो सकता है पूजा के परिवार को लेन-देन-दहेज की कोई विवशता रही हो।

रश्मि एक बार चक्कर लगाकर गयी और जाकर क्लास रूम में बैठ गयी—हिमांशु ने झलक मात्र देखी थी परन्तु आश्वस्त नहीं था—फर्स्ट ईअर की, लगता था कोई भी छात्रा नहीं आयी थी—सुरेश से बात करता हुआ भी वह सोचता रहा कि वह

कामिनी या रश्मि की क्लास में जाएगा—परन्तु वह अब तक अपने मन को जान चुका था। इसलिए जैसे ही वह क्लास में गया रश्मि अपनी एकाग्रता से डिफरेंशियल इक्वेश्नज़ सॉल्व कर रही थी। पता नहीं क्यों उसकी जो भी भंगिमा हो वह उसे अत्यन्त मोहक लगती थी। उसने रात को ही सोच रखा था कि वो परिवार के विषय में पूछेगा—प्रश्न को हल करते करते उसके एक स्टेप पर रुक गया—"अच्छा यह तो बताओ कि आपके फादर क्या करते हैं?"

"सर, वो रेलवे से रिटायर्ड हैं।"

"और घर में कौन-कौन हैं?"

"बड़े भाई, भाभी जी तो बैंक में सीनियर ऑफिसर हैं और एक भाई यू.एस.ए. में है—दीदी बड़ी हैं जो अमृतसर में पढ़ाती हैं और जीजाजी केन्द्र सरकार में अधिकारी—एक छोटा भाई नौवीं कक्षा में है।"

और उसके बाद मैथ्स अपनी सामान्य गति से बढ़ता रहा। उसने कई बार सोचा कि यदि वह उसे घर ले जाएगी—तो क्या परिचय देगा अपना? रश्मि के पिता जी—एक आराम कुर्सी पर—हाऊस गाऊन में—रईसी अन्दाज़—छड़ी को ज़मीन पर टेके हुए—आसीन—और परिवार के बाकी लोग, किसी विपुलता से सराबोर—बँगले के ग्रासी लॉन में गार्डन चेअरज़ पर बैठे होंगे—उसे निजी अस्तित्व अकिंचन, एक बिन्दु सा प्रतीत होने लगा। काल्पनिकहीनता। कैसे प्रभावित करती हैं पिक्चर्स—कैसे नायक हीन ग्रन्थियों से ग्रसित होता है तिरस्कृत। और कैसे वह पूर्वाभास—से ही आत्मविश्वास खो बैठता है—यथार्थ का सामना करने से पहले ही। बेशक, उसके पास कितनी भी योग्यता हो परन्तु ऐसी स्थितियों में आई.क्यू. (बौद्धिक स्तर) को ई.क्यू. (भावनात्मक स्तर) ले डूबता है क्योंकि उसके आचरण में भावनात्मक स्थिरता होती ही नहीं जो शिक्षा तथा पढ़ाई से नहीं; अपितु पारवारिक परिवेश तथा विभिन्न परिस्थितियों में आचरण के ढंग और सलीके से आता है। और उस सब का भविष्य और व्यक्तित्व पर गहन प्रभाव पड़ता है।

कोई वियोगी जब वियोग की ज्वाला में इतना दग्ध हो जाता है कि वह अमिलन, अलगाव और असमाहार के अनियन्त्रित प्रभाव में विवेक खो दे और वो मानसिक यातना में इतना त्रस्त हो जाए तब वह कुछ भी असामान्य करने पर भी तत्पर हो जाता है। कई दिनों तक इसी यन्त्रणा में तपते-तपते जब उसे लगा कि अब समय भी अपनी पिटारी समेट रहा है और अब कॉलेज भी बन्द होने की कगार पर है—

और उसने वो अपनी पहली कृति का कागज़ का टुकड़ा, उसकी किताब में रख तो दिया—परन्तु फिर भीतर से एक कचोटता भय—यदि उसने कागज़ जाकर प्रिंसिपल को दे दिया तो? यदि घर में दिया तो? यदि पिता या भाई आकर ही कॉलेज में प्राचार्य को मिले तो? कितनी बदनामी, नाम की धवलता पर अमिट कालिख..

. उससे जीवन भर के लिए परिचय समाप्त... नौकरी भी समाप्त... कौन मानेगा कि वह उससे गलती से रह गया था... या फिर रश्मि रूठ जाए... विमुख हो जाए... और सबके पीछे निहित भी थी एक धूमिल-सी आशा... आस्था... कि वो ऐसा कुछ नहीं करेगी–प्रतिक्रिया उसे ही व्यक्त करेगी–ऐसा उसे रश्मि पर विश्वास-सा हो गया था–क्योंकि उसने अपने मन की उलझी हुई गाँठों को, शायद धीरे-धीरे एक एक कर, कुछ अस्पष्ट रूप में व्यक्त अवश्य ही किया था...

यदि हिमांशु ने उसे सदैव ही एकदम असमपृक्त, अकृत्रिम, अकलुष, अनिन्द्य और अद्वितीय ओस कण की तरह, पुष्प की प्रथम पंखुड़ी पर लहराते देखा हो और निशीथ की धवलता में उसकी अनुपम कमनीयता और काम्यता अकथनीय रही हो–तब भला ऐसे विचार कैसे छू पाएँगे? वह तो चन्द्रलोक की कोई नैसर्गिक कृति है जो हिमांशु की राहों से अनायास ही गुज़र रही है–तो उसे किसी स्वर्गिक स्वरूप में मिली–तो वो भला ऐसा क्यों कर करेगी जिससे हिमांशु की लेशमात्र भी हानि होने की सम्भावना हो।

वह सुबह यथावत कॉलेज गया। सुबह के चार पीरियड जैसे तैसे लिए... पर यह क्या... आज उसे छात्राओं की आवाज़ें... रश्मि... रश्मि रहेजा... अरे इधर आओ ना... और उसकी अनुस्वार प्रेरित मधुर गुंजन.. वो कर्णप्रियता... जिसकी आदत-सी हो गयी थी अब... एक स्वयं रचित संसार में विचरने की... आज वो आयी नहीं क्या?

आध घंटे का लंच... स्टाफ रूम में हृदय के स्पन्दन की तीव्रता में बिताया। वो आयी क्यों नहीं? वो ठीक तो है? वो प्राचार्य के पास तो नहीं चली गयी? आएगी भी या नहीं? उसने उससे न पढ़ने की तो नहीं ठान ली?

"प्रो. साहब क्या सोच रहे हैं?" आँखें बन्द देख उस अध्यापिका ने कहा।

"अरें... आप कब आयीं... मैंने तो आहट भी नहीं सुनी..." हिमांशु ने उठकर कुर्सी सरकायी और बैठने का अनुग्रह किया।

"आप तो अपने में ही लीन रहते हैं कैसे सुनेंगे?" और हिमांशु एक झेंपिल सी मुस्कान से उसे ताकता रहा।

वह अर्थशास्त्र की प्राध्यापिका, जिसे उसने देखा जरूर था... इन्दु शर्मा के साथ ... परन्तु परिचय नहीं था। बाईस-चौबीस की आयु, गौर वर्णा, तन्वंगी, इकहरा बदन, सीधी साधी केश राशि... ठीक बीचों-बीच माँग और भृकुटि भवों के बीच... एक लम्बे समय का तनाव दर्शाती हुई, गालों में हल्का सा दबाव, साड़ी यौवन के उभार को पूरी तरह उभारती... होठों पर गाढ़ी गुलाबी लिपस्टिक... पीत वर्ण... कुल मिलाकर अनायास आकर्षण जैसे विलुप्त।

"आप उस दिन लेडीज़ स्टाफ रूम में आये भी—पर भेंट नहीं हुई... सोचा मैं जाकर मिल आऊँ... जानना तो चाहिए—जब एक ही कालेज में हैं—वैसे मुझे शशि कहते हैं... "शशि मलिक'... और उसने आत्मीय मुस्कान चेहरे पर लाने का प्रयत्न किया।

"मिलना तो मैं भी चाहता था... पर बस यूँ ही... पर सबको पता ही है कि मैथ्स में अकेला होने के कारण—और भी व्यस्त रहता हूँ"—उसने औपचारिकता निभाई।

और संवाद को काटा घंटी की कर्कशता ने; कि दिनचर्या का दूसरा दौर अभी शुरू होना है।

पाँचवे पीरियड में सेकेण्ड ईअर की क्लास थी—कोर्स रीवीज़न की स्टेज पर था। सो प्रश्नों को लिख-लिख कर करवाना पड़ रहा था—छात्र तो हमेशा कहते हैं कि पहले कुछ भी नहीं करवाया गया... कामिनी तो वैसे ही चुप थी क्योंकि सारा तो उसे घर पर ही करवाया जा चुका था—फिर भी अपनी लावण्यमयता और नयनों के छबीलेपन से बार-बार ध्यान बँटा देती थी तदापि हिमांशु का ध्यान तो प्रांगण में था ... हाथ में चाक लिए... वह बार-बार दरवाज़े पर जाता और लौट आता... जैसे ताज़ा हवा का झोंका चाहता हो... परन्तु कुछ तो मन वैसे ही नहीं लग रहा था... पढ़ाने में... और आज तो वैसे ही अधीर हो रहा था... पीरियड समाप्ति की ओर और अचानक।

अरे... यह मधुर-सी बतियाती आवाज़... यह तो रश्मि है... और हिमांशु के चेहरे के भाव ही बदल गये। पहले कितना रुआँसा-सा लग रहा था अब तो जैसे किसी ने मन्त्र ही फूँक दिया हो... शरीर में कुछ स्फूर्ति-सी महसूस हुई...

और पाँच मिनट बाद... अपनी एकदम कोमल पदचाप से रश्मि भीतर आयी—औपचारिकता निभाते हुए—"मेय ऑय कम इन सर" और सामने कुर्सी खींचकर बैठ गयी। दूसरी दो छात्राएँ अस्वस्थता का बहाना बनाकर चली गयीं। उसके सिर का स्कार्फ टमाटरी रंग का... बीच बीच में पीले नीले पोल्का प्रिन्ट... कुछ पीछे सरका हुआ... दोनों छोटे-छोटे कानों के आगे उलझी-सी खमदार लटें... बीच बीच में मुख मंजुल या फिर कपोलों को चूमती-सी... चेहरे पर दो ही खिले गुलाबों की पंखुड़ियों की-सी कोमलता—कपोलों पर वो ही छिटकी अरुणाई... जिसे दो तीन नीली रक्त रेखाओं ने और भी आकर्षित बना दिया था... गौर वर्ण हाथों की कमनीयता और बाहों के कृश खुलेपन में परिलक्षित होना और उस चारुता और सुकोमलता को भी उजास कर रहा था... और वो सहज ही आकृष्ट करने वाली... नैसर्गिक मनोहारी मुस्कान... एकदम... उन्मुक्त।

पर आज तो रजत धवल खुली, स्वच्छन्द हँसी... वो सहज सलोनापन... वो

रक्तिम होठों से छिटकती चाँदनी? आज था उनमें कुछ अधूरापन... कुछ न्यूनता ...। इस सारी स्थिति का उसे भान तो था... यह सारी उसकी अपनी ही पैदा की हुई है... अब परिणाम भी तो वही भोगे। जिसके लिए दो दिन से ना आराम, ना चैन, ना जाग, ना नींद—एक नज़र फिर देखा और उसने संयत होते हुए कहा

"तो कल वाले वे प्रश्न और उनके हल देख लिए..."

और रश्मि ने जो सिर नीचा किए बैठी थी—ने निगाहों को हल्का-सा ऊपर उठाया—हिमांशु की धमनियों में रक्त प्रवाह जैसे रुक गया—

"सर यह पेपर कल बुक में रह गया।"

और उसने पेपर उसकी ओर सरकाकर निगाहें फिर कापी पर गड़ा लीं।

चेहरे की आभा में संयतता होते हुए भी एक लालिमा गहरा गयी... कपोलों की नील वर्णी रेखाएँ अरुणाई में बदल गयीं।

यह तो वो ही पेंसिल लिखा पेपर... "अरे...यह आपकी बुक में चला गया।"

और उसने हाथ बढ़ाकर अपने भाग्य के अभिलेख को पकड़ा—दो तहें कीं—और पैंट की जेब में ठूँस लिया।

वास्तव में घर जाकर रश्मि ने जब किताब खोली तो एक छोटा-सा कागज़ का टुकड़ा निकला—खोला—पेंसिल से लिखा था—

जिन अँधेरों से, रोज़ गुज़रता हूँ मैं—
समतल सड़कों पर चलते-चलते;
महसूस करता हूँ—
कितने एहसास, दबे हैं उन अँधेरों में—।
कहाँ से चुभने लगते हैं नीले कंकड़—
कब पसरने लगता है;
आँखों का रुआँसा, कुहासा—
सड़क की कालिमा पर,
जो जाता है सरक—धीमे-धीमे
चन्द्रमा की किस लौ को ढाँपता—
भीतर... बहुत भीतर...!
तब! तुम फूट पड़ती हो...
औचक, रश्मियों में; चंचल, धवल!!

उसने पढ़ा—दोबारा पढ़ा। समझ ही नहीं आया यह किसके लिए है। सोचा—होगा किसी के लिए—रह गया होगा—मुझे क्या मतलब... उसने झट से, अपनी दीदी, जो अमृतसर से आयी हुई थी, को दिया।

"पता नहीं यह क्या है दीदी... सर का है... किताब में पड़ा था?" उसने कौतूहल वश या हतप्रभ-सा होकर पढ़ा।

दीदी ने भी अप्रसंगिक रूप से, यथा तथा-सा पढ़ा... "अरी लिखा होगा–तेरे मतलब का नहीं है–उन्हें लौटा देना कल।" परन्तु फिर भी वो तो संस्कृत की छात्रा थी... कुछ तो मन में उथल पुथल-सी हुई... कालिदास का अभिज्ञानशाकुन्तलम् कोर्स में था... कुछ तो प्रासंगिक लगा–परन्तु अपने ही प्राध्यापक से प्राप्त हुआ अप्रत्याशित ही था। उसने सोचा... अधिक क्यों बोझ रखूँ... कल लौटा दूँगी। हो सकता है किसी और के लिए हो... मैं बेवजह, अकारण ही परेशान हो रही हूँ... उत्सुक भी क्यों होऊँ... मुझे नहीं बात करनी है... अब किसी भी और से..। और पुनः पेपर किताब की भेंट कर चिन्ता मुक्त हो गयी।

परन्तु तय कर लिया–सर से अब केवल मतलब की ही बात करनी है।

और हिमांशु के मन में एक क्षणिक विचार कौंध गया... चार साल पहले के क्षण मस्तिष्क में बिजली की एक तेज़ रेखा की भाँति खिंच गये...

कॉलेज के यूथ फेस्टीवल में शायद जगजीत ने ही गाया था...

"वो मेरा खत था जो तूने लौटाया
लोग समझे तेरा जवाब आया।
ग़म की निस्बत ना पूछिए हमसे–
अपने हिस्से तो बेहिसाब आया–।।"

और मात्र क्षणिक फ्लैश से उसकी आँख की कोर-से एक आँसू अनायास ही छलक गया। शायद भविष्य की किसी परिकल्पना के परिप्रेक्ष्य में... या किसी होने वाली घटना का पूर्वाभास।

मन एकदम चीत्कार कर उठा–जी में चाहा कि जी भर रो दे–पर पुरुष की तो सीमाएँ होती हैं–उसे कितनी भी वेदना ग्रसित कर ले, कितना भी अप्रत्याशित अवसाद जकड़ ले... उसे मर्यादा में तो रहना ही है–विशेषकर एक ऐसी युवती के सामने, जिसे वह अपनी भावनात्मक दुर्बलता नहीं दिखाना चाहता था। तभी तो स्वयं को आत्म-नियन्त्रित किया और कहा–

"तो फिर प्योर ज्यामित्री का आखिरी चैप्टर समाप्त कर देते हैं।"

हाथ चलते जाते हैं कापी पर... जैसे किसी स्वचालित यन्त्र-से प्रोग्राम किया हो। एक स्टेप के बाद दूसरा–ना ही वो रुकता और ना ही अपनी आदत के अनुसार वो बीच में टोकती–"सर, कैसे कह सकते हैं यह?" और वो उसकी मोहिनी का एक एक क्षण हृदयंगम कर सँजो लेता था–भविष्य की धरोहर मानकर... परन्तु आज वैसा कुछ भी तो नहीं हो रहा था–एक मौन, एक दुराव, एक फासला... या रश्मि उसे दोषी के कटघरे में खड़ा कर रही हो–और वो भी अब महसूस कर रहा हो कि

यह क्या किया मैंने—एक हँसती, खिलती इठलाती काम्या कुमुदिनी को कुम्हला दिया। न जाने किस तरह का वेग उसके भीतर अन्धड़ की भाँति चले जा रहा था। "तो परसों से प्रेपरेट्री हो रही हैं... फिर तुम कॉलेज आओगी या नहीं।" उसने थोड़ा संकोचवश पूछा।

"बीच में कुछ प्राब्लम हुई तो..." उसका अनमनापन साफ प्रकट हो रहा था—और फिर वो ही नीरवता... दो प्राणियों के होते हुए भी निर्जीवता। इस बोझिलता को कम करने का दायित्व तो उसी पर था—"कॉलेज बन्द हो जाएँगे, ... तुम नहीं आया करोगी... कितना अजीब लगेगा... दिन भर अकेले... न कोई पीरियड, न कोई काम... और फिर तुम भूल भी जाओगी... कि किसी ने तुम्हें पढ़ाया भी था—अपनी पूरी सामर्थ्य से..." और बीच में ही उसे लगा जैसे गले में कुछ अटक-सा गया हो... और कुछ दिखायी नहीं दे रहा हो... और... यह क्या? घंटी बज गयी... विचारों का, शब्दों का, वातावरण का... बोझीलापन टूटा... और वो यकायक उठी... किताबें इकट्ठी की... और... "अच्छा, सर... चलूँ?"

कुछ अस्त-व्यस्त सी उठकर चल दी।

वो कब तक शून्य में निहारता रहा—उसे कुछ एहसास ही नहीं रहा—जब तक कि—चपरासी आखिरी पीरियड ख़त्म होने पर आया...

"साहिब... बैठेंगे... या कमरा बन्द कर दूँ।"

किसे कहे हाले-दिल, किसे सुनाए दिले-दास्ताँ... किसे करे बयां जो भी गुज़र रही थी उस पर... कैसे कभी प्रत्यक्ष, सामने का यथार्थ—मृग तृष्णा में जाता है बदल ... कैसे कभी अपनी ही सोची हुई कविता जो अप्रासंगिक लगती है अचानक आपकी ही मानसिक स्थिति बयां करती है... कि

मेरे टूटते हुए दिल अचल, निश्चल हो जा
मेरे नीरव हृदय विखण्डित हो जा
संसार, जीवन और मैं—सब को बदलना होगा...
एक स्वप्न के लिए... करते इन्तज़ार जीवन भर।

और उसे सुकूँ मिला, उसी निस्तब्ध, निर्जीव, एकाकी सड़क पर... जिसकी पगडण्डियों से

गुज़रता हुआ वो गया... उन्हीं हरी भरी लहलहाती
वीरानियों में—जिनकी थिरकन से, जिनकी
सिहरन से... उसका सिहर उठता मन...
किसी अन्तहीन अन्तर्वेदना की हूक में
सुनकर उसका नाम... "रश्मि... रश टू मी।"

12

प्रेम के अनेक रूप हो सकते हैं–अम्बाला के वे सभी हिमांशु, रश्मि, कामिनी, रजनी, इन्दु, राधिका, रागिनी या शशि–सभी तो–और भी कई प्राणी जो मन में, आशाएँ कल्पनाएँ सँजोए सपने देखते हैं परन्तु उन्हें भीतर ही भीतर दबे दावानल की तरह सुलगाते रहते हैं–कभी-कभी या सामान्यतया आजीवन!

हिमांशु तो अभी युवा था–जो भी सपने उसे काव्य, साहित्य या परिवेश से मिले–उसके ऊपर उनका गहरा प्रभाव था–विशेषतया शेक्सपीयर, कीट्स, येट्स, पंत, डी.एच. लॉरेन्स और प्रसाद, निराला, पन्त, अज्ञेय, शमशेर और जब वो अलस भोर पर पहली "रश्मि" फूटी–तो वह तो जैसे पूरी अरुणिमा में नहा गया। यह कहना कठिन है कि वो असंयत था क्योंकि उसका हृदय तो अति संवेदनशील था जो जगह-जगह से स्रोतों को सँजोता रहा और अचानक गंगोत्री सा बह निकला... अलकनन्दा की धारा प्रवाह में।

वह रात को छत पर गया। चारों ओर छतों का जंगल, एक वीरान जंगल–जिसके प्राश्रय में बसते हैं विभिन्न प्राणी। परन्तु उसने नज़र ऊपर उठायी–तो पूरी कायनात–'जगमगाती, जागती, पिघली चाँदनी में टिमटिमाहट से सोने की जड़ी–वो प्रसरित ओढ़नी... जो छुपाए हुए थी चाँद को... ना जाने कौन-से क्षितिज पर।

उसने धीमे से, अति-माधुर्य से टेर लगा दी, रश्मि। और कोई उत्तर नहीं... कोई प्रत्युत्तर नहीं। उसे समझ आ गया–यह "विषम" प्रेम है–जहाँ आपका प्रेम पात्र या आराध्य आपके हृदय में प्रतिष्ठित होता है–आप, वार्ता संवाद कर सकते हो... आप को कितना आत्मसन्तोष मिलता है कि वह सब सुन रहा है... परन्तु कोई प्रत्युत्तर नहीं। प्रेम कम नहीं होता–उत्तरोत्तर बढ़ता ही जाता है क्योंकि उसमें होता है सम्पूर्ण समर्पण।

और शायद यही होता है आस्तिक का प्रेम–ज़रूरी तो नहीं–वह इष्ट सबका एक हो–अपना-अपना आराध्य हर इनसान बना लेता है–केवल नाम का ही होता है अन्तर।

और 'सम-प्रेम'–आपके प्रेम के प्रति समर्पण–परस्पर एक दूसरे में पूर्णतया समाविष्ट समाहित और विलीन। 'सम-प्रेम' 'विषम प्रेम' का विलोम बिन्दु हो सकता है।

परन्तु सभी एक प्रकार के वर्गीकरण में विभाजित नहीं किए जा सकते। नीरव सन्ध्या की गोधूलि वेला में, जब क्षितिज पर रात-दिन का मिलन होता है और धीमे-धीमे धुँधलका तिमिर में बदल जाता है, तब फूट पड़ता है एक तारा... और देखते ही देखते आकाश भर जाता है तारों-से। तारे तो होते ही हैं–उन्हें खिलने के

लिए चाहिए सही सान्निध्य, सही वातावरण। और यह प्रेम की परिणति भी ऐसी ही है। कितना जटिल है मनोभावों का विश्लेषण, आँकलन और उनका विवेचन। उसी दिन ही हिमांशु ने अपनी मनःस्थिति... नयनों की भरपूर झड़ी के बाद... पन्ने पर उँडेल तो दी परन्तु भीतरी घुमड़ वैसी ही रही...

"तुम... तुम्हारे बिना... यह जीवन
इस जीवन की... हर उमंग
हर मृदु तरंग...
मन में उठती... फिर दह जाती है।
तुम... तुम्हारे बिना... मेरी कल्पना
वेदना के... स्निग्ध सजीले
स्थलों में
भटककर... रह जाती है।
बस! दो अश्रुकणों में
बह जाती है।"

और वह कागज़ का टुकड़ा कहाँ रखा गया... नहीं मिला... शायद उसका खो जाना ही ठीक था। हो सकता है... उसी पहले टुकड़े के साथ वो भी चला गया हो ... परन्तु होता तो वो लौटा देती—या कहीं गिर गया हो—तो क्या? किसी को क्या पता किसने लिखा होगा। उसने कौन हस्ताक्षर या नाम लिखा था... और हो भी सकता है... वो उसी ने रख लिया हो—एक सबूत के तौर पर...। परन्तु वो ऐसा नहीं करेगी। वो तो है एकदम निश्छल, निर्मल, निष्कपट—परन्तु हिमांशु असहज, अस्थिर, अधीर ही रहा।

अगले दिन वो क्लास में आयी—वो आभा, वो कान्ति, वो लालिमा, वो उन्मुक्तता, वो स्वच्छन्दता—वे सभी गायब।

वह कॉलेज का आखिरी दिन था—वैसे कुछ के लिए आखिरी न भी हो—परन्तु इस सत्र के लिए तो था ही...। छात्राएँ वैसे भी पढ़ाई के मूड़ में थी ही नहीं—हो भी नहीं सकतीं। सब तरफ एक चहल, चुहल, चहचहाट, उन्मत्त मादकता, धींगा मस्ती ... दोपहर की सभा का इन्तज़ार... वेलिडिक्ट्री, विदाई भाषण, उद्‌गारों का इज़हार, मिलना, पढ़ने-लिखने के कार्यक्रम बनाना...

परन्तु मैथ्स... शुष्क जैसे जून की दोपहरी... शुष्क लोग... क्या करे? कोर्स भी पूरा करना और फिर बार-बार पुनरावृत्ति... मैथ्स की तो कक्षाएँ हुईं।

रश्मि भी बी.ए. पार्ट टू के पीरीयड में आकर पूछ गयी...

"सर छठा पीरियड लोगे न?"

"येस, अगर आप चाहें।"

"मैं तो चाहती ही हूँ।"

कामिनी भी निहारती रही जैसे उसकी प्राचीर में कोई सेंध लगा रहा हो... शाम को ट्यूशन में उसने पूछ ही लिया—

"सर, एक दिन दीदी छोड़ भी तो सकती थीं।"

"पर, उसे अपने कोर्स की चिन्ता है।"

"तो छुट्टियों में आकर पूछ लेतीं।"

"ठीक है... पर वह तुम्हारी तरह ट्यूशन भी कहाँ लेती हैं।"

पर उसके चेहरे से साफ ज़ाहिर था कि वो इस उत्तर से सन्तुष्ट नहीं थी। कहीं न कहीं उसके एकाधिकार का उल्लंघन हो रहा था।

खैर, दिनचर्या के वृत में घूमते-घूमते... विदाई समारोह और कक्षाओं के बाद ... शाम चार बजे—वो जा बैठा... उन्हीं पीड़ा के साथियों के बीच—उसी कुर्सी पर—उसी मेज़ के सामने... वो ही कमरा... वो ही अनुपस्थित छात्राएँ... लापरवाह ... कौन जाने क्यों? वो और सब कुछ... यथावत्।

पर कल से हो जाएगा यह सभी कुछ—बेजान, निर्जीव, निस्पन्द, हृदय-विहीन, भावना विहीन जिसमें अनुभूति नहीं, वेदना-संवेदना नहीं—कोई साक्षी नहीं, कोई संवेद नहीं, संवेता नहीं...। और उस सब के साथ जड़ हो जाएगा एक अस्तित्व, एक जीजीविषा, एक जीने की अभिलाषा।

और इसी उमड़-घुमड़ में, वो ही चिर प्रतीक्षित ध्वनि की तरंग...

"मेय ऑय कम इन सर..."

"येस, वेलकम।"

और वो तो वास्तव में ही वैसी ही लगी...चपल, चंचल, हँसती, मुस्कराती, जूही सी खिली, परन्तु उसने चेहरे से... आँखों की ओर देखा... सूजी हुई... पलकें जैसे कुछ छुपा रही हों... "अरे...! क्या हुआ? आपकी तो पलकें ही सूजी हुई हैं...।" उसने चिन्ताजनक मुद्रा में पूछा।

"नहीं सर कुछ नहीं... बस नींद ही नहीं आयी... आपकी पलकें तो हमेशा ही भारी रहती हैं।"

तो रश्मि उसकी भाव-भंगिमा चेहरे का ध्यान रखती है—

"मेरी छोड़ो... वो तो रोज़ का ही काम है... परन्तु... आपकी...यह तो असहनीय है... कुछ तो होगी ही, बताओ क्या बात है...?"

परन्तु वो विषय पर आयी ही नहीं... फिर भी कुछ तो था जिसने भीतर ही भीतर उसे व्यथित कर दिया।

रश्मि चुप थी—तो सर, मेरी हर मुद्रा हर शब्द, हर उच्चारण का लहज़ा हर देखने सुनने, कहने की भंगिमा निहारते हैं। एक बार तो मेरे कहने से पहले ही कह दिया,

"कैसे कह सकते हैं?" और पता नहीं मुझे क्या हुआ कि मेरे कान और गाल और शायद सारा मुख कितना गर्म हो गया था–इसे ही शायद लजजाना या शर्माना कहते होंगे... मुझे नहीं पता कि वो मुझे क्या करते हैं, स्नेह, अनुराग, वात्सल्य या प्रेम? परन्तु इतना तो ज़रूर है कि उन्हें मेरी ज़रा-ज़रा-सी बात की चिन्ता रहती है। कितने अशान्त और अधीर हो जाते हैं वे–जब ज़रा भी मेरा चेहरा उतरा होता है। उन्होंने कभी मुझे छूने की भी कोशिश नहीं की और अपने दायित्व, अपनी ड्यूटी से भी कई गुना अधिक मेरे लिए किया। मुझे फर्स्ट लाने के लिए क्या कुछ नहीं किया और मैंने कृतज्ञता के स्थान पर उनकी लिखी कविता दीदी को दे डाली–वो तो भगवान की आभारी हूँ कि दीदी ने उसे पढ़कर लौटा दिया–यदि वह भाई साहब, जीजा जी या पिता जी को दे देती और वो कॉलेज चले जाते–तो सर की नौकरी तो जाती ही, साथ में बेहिसाब बदनामी और कहीं नौकरी मिलती भी या नहीं। लानत है मुझ पर। कितनी ओछी कितनी घिनौनी हरकत–कि कृतज्ञता की जगह कृतघ्नता–; विश्वास का बदला अविश्वास... और उनका अपराध भी क्या कि मेरे गुरु हैं। पता नहीं क्या हैं... पर मार्गदर्शक तो हैं ही और उसे कोई भी नाम दिया जा सकता है। छिः रश्मि–यह तूने क्या किया... और वह फूट-फूट कर रोयी–रोती रही... साक्षी था पूर्णिमा का चन्द्रमा जिसने अपने मुख पर ओस कणों की झड़ी बहने दी... पर नयन ... जिनकी आभा, दीप्ति, तेजस्विता तारामण्डल को भी आलोकित कर दे... आज पलकों पर बोझिल हो–उन्हें किसी दंशग्रसित अवस्था में पहुँचा दिया। कुछ भी हो जो भी हो... मुझे उनका दिल दुखाने, उनके हृदय को किसी प्रकार का आघात पहुँचाने का कोई अधिकार नहीं–कल ज़रूर कॉलेज जाऊँगी और जैसा भी बन पड़ा उनके मन को शान्त अवश्य करूँगी। मैं उन्हें चाहती हूँ कि नहीं... यह तो मुझे स्वयं ही नहीं पता–परन्तु उन्हें खुश रखना खुश करना...यह तो मुझे अच्छा लगता ही है। और इसी द्वन्द्व, ऊहा-पोह को लेकर, रात करवटों में गुज़ार दी।

वह दिन था कि प्रश्न लिखा और उसी पर अटके रहे और बातें करते रहे। निस्सन्देह हिमांशु का मन उखड़ा हुआ था–और रश्मि भी अव्यवस्थित ही लग रही थी। दोनों अपने-अपने भँवर में थे, बेशक नावें अलग अलग थीं–। हिमांशु के लिए तो ज़िन्दगी का आखिरी दिन था–और उसके मन में यह विचार दामिनी की झलक की तरह बार-बार कौंध जाता–किसे पता, आज की रात ही, संसार की आखिरी रात हो जाए और वह उसी की छवि, उसी के प्रेम में अभिभूत पंचभूत में समा जाए। तीन महीने के सान्निध्य का समय कम तो नहीं होता–और लोग तो साधना में समस्त जीवन गुज़ार देते हैं। परन्तु फिर भी उत्कृष्टता के चरम पर नहीं पहुँच पाते...

और रश्मि सोच रही थी... छोटी हूँ–छात्रा हूँ परन्तु इनके चेहरे के भाव तो पढ़ ही सकती हूँ। पता नहीं कब से महसूस कर रही हूँ कि सर कुछ कहना चाहते हैं–पर

फिर अटक जाते हैं। और आज तो मैं भी खुल कर कहना चाहती हूँ। पर कैसे कहूँ? वाणी, शब्द, स्वर कुछ भी तो नहीं सूझते। देखती हूँ सर ही कुछ कहें—और मैं कहूँ भी तो क्या? कुछ सूझे भी तो। केवल 'सॉरी' कहने से तो वो हो सकता है पूरी तरह टूट जाएँ... और उन्हें शान्त, सन्तुलित, प्रसन्न करने की रात भर की ये सभी योजनाएँ विफल हो जाएँ...

और हिमांशु जो एक एक पल आत्मसात् कर रहा था... आँखों में केन्द्रित कर बोला, धीमे धीमे से... जैसे पूरी स्निग्धता से प्रेमिका को सम्प्रेषित करता है—

"आप जैसी स्टूडेंट जीवन में शायद ही मिले... कितनी इंटेलीजेन्ट, कैसी ऑल राउंडर, कितनी बहुमुखी, कितनी बहिर्मुखी कितनी सर्वप्रिय, आत्मविश्वासी और जो कुछ भी सोचा जा सकता है पूर्णता के लिए... और आप तो चली जाएँगी... आपको मिल जाएँगे और टीचर... और लोग आपको आगे जाना है... शिखर पर पहुँचना है ... पर... मुझे... खैर... छोड़ो..."

उसने उखड़े-उखड़े भावोद्वेग में जैसे तैसे कहने का असफल प्रयास किया...

"सर, आप यहीं रहेंगे..."

"और कहाँ जाना है?"

"और आप कम्पिटीशन के बाद..."

"नहीं, शायद, नहीं दूँगा... क्या करना है देकर।"

"आप प्रेपरेट्री में यहीं रहेंगी या..."

"नहीं... मैं अमृतसर जा रही हूँ..." उसने बिना गहनता से सोचे हुए कह दिया।

हिमांशु पर तो जैसे वज्रपात-सा हुआ। अकस्मात् मुलाकात का अवसर—रेलवे रोड या माल रोड पर सैर करते... देखने भर की आशा समाप्त।

"रश्मि! जब दो अनजान भी... बस में—या रेल में यात्रा करते हैं... उनकी घण्टे... दो घण्टे की मुलाकात किस तरह नज़दीकी में बदल जाती है... जो कभी-कभी आजीवन चलती है..."

वो बात धीरे-धीरे अपने गन्तव्य पर ला रहा था...

"सर, मैं समझी नहीं..." उसने उसी निरीहतापूर्ण विस्फारित नेत्रों से देखते हुए कहा।

"रश्मि—वो लोग... कुछ समय के लिए मिलते हैं और कितने आत्मीय हो जाते हैं... और हमने तो गुज़ारे हैं, पूरे तीन महीने" और वो अपनी बात अधूरी छोड़कर ... चुप हो गया। जाने कितना कुछ कहना चाहता था... पर कह नहीं पाया। उस निःशब्द नीरवता की बोझिलता को तोड़ा रश्मि ने...

"सर एक बात कहूँ... मानोगे ना..."

जैसे उसने अब अपना मन बना ही लिया कि जो मार्ग सूझा है... उसे कह ही देना है...

"ज़रूर... कहो तो... अवश्य मानूँगा।"

उसने सहजता से कहा—आखिर कुछ कहेगी तो सही... वैसे भी अब जीवन में बचा ही क्या है—सिवा अवसाद... पीड़ा... टीस के...। परन्तु फिर भी एक आत्मीयता की किरण नज़र तो आयी।

"मैं तो आपको गुरु की तरह मानती हूँ...

वो ही मानती रहूँगी... आप ऐसे ही मुझे गाइड करते रहना..." उसने एक अन्तरंगता से कह दिया।

वो तो जैसे चाँद से आ गिरा... 'गुरु' शब्द... कितना महत्त्व, कितनी महत्ता है इसमें—और उसे तो बरसों लगेंगे अभी... उस स्तर पर पहुँचने के लिए...। वो तो स्वयं ही गुरु की परिभाषा से अनभिज्ञ था—वह तो उसे बहुत अग्रज, वरिष्ठ और पूजनीय मानता था। धरती एक बार तो घूम गयी... उसने मेज़ को दोनों हाथों से पकड़ा... स्पन्द, निस्पन्द, जीव-निर्जीव, जड़-चेतन... सबका विवेक जाता रहा।

संयत होकर स्वयं को सँभाला। वस्तुस्थिति तो वही थी... कौन-सा सम्बन्ध बना सकती थी वो? दोस्त नहीं... प्रेमी उसने सोचा भी नहीं... परिवार में परम्परा भी शायद नहीं... और लड़की जीवन यात्रा के पहले पड़ाव में ही प्रेमिका... शायद उसके संस्कार ही ना हों... सात्विकता-मानसिकता, बौद्धिक, शारीरिक सर्वोपरि... नारी का आदर्श रूप... संस्कृत की कालिदास की कृति 'अभिज्ञानशाकुन्तलम्'... महज़ पढ़ाई की बातें थीं... तभी तो संस्कृत की कक्षा में हँसती थीं जब शकुन्तला का सौन्दर्य या उसका प्रेम-प्रलाप विस्तार से पढ़ाया जाता... पुरुष, भी जो सपने या जिस कल्पना में जीता है...उसका अवतरण नारी पर शायद शनैः शनैः होता है... या फिर सभी को नियति, परिवेश, समयबद्ध प्रक्रिया समझाती है। दोनों—हिमांशु और रश्मि अपने अपने आवर्तों में—परन्तु प्रकाश की गति से अधिक तेज़...

हिमांशु ने नीरस, नीरव, सूनी-सूनी अनाद्रता से कहा... "हाँ... ज़रूर!"

और रश्मि ने अपनी कोमल-सी हथेली हिमांशु के हाथ पर रख दी, हल्का-सा दबाया... और हाथ उठाकर चूम लिया।

"सर ऑय एम वैरी हैप्पी..."

और रश्मि को जैसे किसी असीम सुख की अनुभूति हो गयी हो जैसे किसी शिशु को ढेर सारे खिलौनों से लाद दिया गया हो...

"मैं कोई दूसरा सम्बन्ध सोच भी नहीं सकती... आप भाई की तरह गुरु हो ... वो भी तो मुझे गाइड करते हैं.... ठीक है ना?

क्या कहूँ आपको... भैया या गुरु..."

"जो भी तुम्हें ठीक लगे..."

और उसका अनायास ही उन्मुक्त हो जाना... जैसे किसी पिंजरे से पंछी आज़ाद होते ही उड़ता है... इधर-उधर... और समझ ही नहीं पाता कि आखिर हुआ क्या है? हिमांशु को इसे अंगीकार करने में... समय लगेगा—यह दोनों को ही शायद महसूस हो चुका था...

"मैं कल भी आऊँगी और रोज़ आती रहूँगी... मेरी कितनी सारी प्राब्लमज़ हैं. .. डिफिकल्टीज़ हैं... शंकाएँ हैं..." उसने बाल-हठ से कहा... कितना भोलापन... नैसर्गिकता और बालपन है उसकी हर बात में... कितना प्यार आता है उस पर...

"आप कल मुझे ज़रूर मिलना... कल मैं ज़रूर आऊँगी... कल आपको घर भी लेकर जाऊँगी... सबको मिलवाऊँगी... कितना अच्छा लगेगा सबको।"

उसने एक बार फिर हाथ थाम कर दबा दिया... इतने में घण्टी बजी... शायद आशंकित थी वो... और उठते-उठते फिर कहा... "कल आप ज़रूर मिलना... मैं ज़रूर आऊँगी..."

और वो स्वच्छन्द मुक्त, पवन-सी, दुकूल की लहर के साथ लहराती चली गयी...। उसने ऊष्मा को, शीतलता को... बारी-बारी अनुभूत किया और लिखा...

"जो आप कहती हैं... और मैं करता हूँ ग्रहण
उसमें रहता है सदैव... एक दुराव..
वो ही शायद प्यार... अपने अंकुरित रूप में...
और यह दुराव होता है विलीन... अव्यक्त भावों से...
सपनों में।"

13

"सॅर, आप कल नहीं आये?"

कामिनी ने छूटते ही प्रक्षेपास्त्र की तरह प्रश्न दाग दिया। वो तो अभी बैठा भी न था।

"ओ—ज़रा बैठते हैं... बात करते हैं..."

उसने सारे सन्दर्भ को हल्के में लिया—या लेना ही चाहता था।

"सॅर, आप क्या जानें?—सभी कहती हैं—आप बहुत पत्थर दिल हो—किसी बात का, किसी का भी आप पर असर ही नहीं होता।"

और वो घुमड़ते हुए जलदों की तरह... एकदम लदी-लदी-सी थी... कि अभी बरसी, कि अभी बरसी।

"अच्छा–पहले यह तो बताओ... वो सभी कौन... तुम भी क्या?" उसने स्थिति को सामान्य करने का प्रयत्न किया।

परन्तु लगता था वो अत्यधिक आहत थी–उसे कभी ऐसी उम्मीद ही नहीं थी कि वे बिन बताए नहीं आएँगे–माँ ने भी समझाया कि कुछ काम हो गया होगा–परन्तु वो मानने वाली कहाँ थी... लाडली जो ठहरी... और उसे कोई प्यार न करे–यह तो उसे असहनीय था। और प्यार की भी उसकी अपनी परिभाषा, अपना ही वृत... जो प्रायः इस फूटते यौवन में होती है... बेशक अलग-अलग लोग अपनी भिन्न-भिन्न भाषाएँ बोलें...।

"सभी तो... सभी प्रोफेसर आपके इन्तज़ार में थे–उन्होंने रश्मि दीदी से भी पूछा–उसे भी पता नहीं... और सभी मेरी ओर... कि मुझे तो पता ही होगा... क्यों? यह तो उनके मन में ही होगा... और आपने कैसे माना कि मैं उनमें नहीं हूँ... सबसे ज़्यादा तो यातना मैंने सही–बस करते रहो बेहिसाब इन्तज़ार... घर में भी... कॉलेज में भी..." और झर-झर नीर की सरिता... लगा यह सैलाब सब कुछ बहा ले जाएगा। वो बढ़कर रोक भी देता... पोंछ भी देता... परन्तु फिर उसकी सोच, उसकी मानसिकता को पुष्टि ही मिलती। उसने सामने से पानी का गिलास उठाया... पर उसने पकड़ा नहीं... (ठीक ही है–कोई कितना तड़पे... रो ले... इन पर... असर ही नहीं... देखती हूँ कैसे नहीं बदलते... खुद नहीं पिलाया... तो नहीं पिऊँगी... कामिनी के भीतर तूफान था या ज्वाला... नहीं जानती... परन्तु था कुछ ऐसा... जो प्रलयंकारी था) हिमांशु ने गिलास को मुँह से लगाया–उसने गर्दन घुमा ली... उसे उसके सिर को धीमे से सहलाना पड़ा... और उसने दो घूँट पानी के पिए... कुछ शान्त हुई...। माँ ने एक दो चक्कर तो लगाए... पर बोली नहीं।

रश्मि के पास पहुँचकर भी कुछ ऐसा ही हुआ... उसने प्रतिक्रिया तो दिखायी–परन्तु कामिनी जैसी नहीं–लगा कामिनी भावुक है जिसे तनिक भी उपेक्षा, एक ज्वाला का सबब हो जाती है। परन्तु रश्मि–वो तो वास्तविक मैथ्स वाली, संयत, सन्तुलित, स्नेहिल–स्मितियुक्त-सलोनी... किन्तु उपेक्षा... शायद वो भी सहन ना करे। इस दशा पर तो उसे लगा कि शायद–सम्पूर्ण स्त्री जाति एक-सी ही है... पता नहीं क्यों–हो सकता है... देखने में वो लगे कि वह स्थितियों या घटनाओं के प्रति उदासीन... परन्तु वह तो भावुकता की पराकाष्ठा पर था जो उन्हें आत्मसात् कर... चेतना–अर्धचेतना की अलग-अलग धरातलों पर विश्लेषण करता और वो परिस्थितियाँ इन दोनों स्तरों पर निरन्तर विचरती रहतीं... और अपनी-अपनी भूमिका बखूबी निभातीं।

"सर, आप कल नहीं आये... मैं तो इन्तज़ार करती रही"। उसने सहजता से कहा।

"बस—वैसे ही मूड ही नहीं था...।"

"सब ठीक तो है... मुझे भी चिन्ता हो गयी थी...

सभी लेक्चरार पूछ रही थीं—आपको तो हम बहुत आत्मसंयम वाले समझते हैं ... सहज हैं... विश्वास कर सकते हैं...।"

"क्या तुम भी...?"

"क्यों—मैं क्यों नहीं... मैं कोई अलग हूँ...?" उसने प्रति प्रश्न कर दिया।

"थोड़ी तो हो ही..." वो उसके चेहरे के भाव पढ़ रहा था... हल्की-सी रंगत बदली—रक्तिम कपोल... हल्के गुलाबी-से बदल गये—परन्तु धीर... "कितनी आत्मविश्वासी, आत्मनियन्त्रित, भावुकता से दूर... तार्किक और ज़रा भी दम्भ या अभिमान नहीं... किसी भी बात का।"

उसने तो वास्तविक प्रशंसा की जो सन्तुलित आँकी जा सकती थी। परन्तु उसे इस बात का तो तोष मिला कि रश्मि को उसकी थोड़ी तो परवाह है...चाहे यह उसकी निजी सोच ही हो।

वो थोड़ा शर्मायी, सकुचायी, चेहरे पर वो हीं जुही की कली... "सर, यह तो आपका नज़रिया है। मुझे नहीं लगता, यह सब मुझमें है।"

"ठीक है, हमें तो जैसा लगा कह दिया—और बहुत कुछ नहीं भी कहा..." उसने संवाद की दिशा बदली और कहा...

"हाँ, तो आज क्या करना चाहिए। चलो फिर इंटेगरल कर लेते हैं..." और शुरू हुआ वो ही पढ़ाई का पर्यायक्रम... जिसमें एक मिनट कितना अमूल्य था... यह वह हिमांशु से अधिक समझती थी।

परन्तु एक बात तो उसके लिए अबूझ पहेली-सी ही बन गयी कि प्राध्यापिकाओं से घर ले जाकर पार्टी देने के लिए प्रामिज़ कर वो शाम को आये ही नहीं और न ही कोई सन्देश—ऐसा इनसे तो अप्रत्याशित ही है... हो सकता है... कोई विवशता रही हो... यह तो वो ही बता सकते हैं।

हिमांशु तो स्वयं ही दुविधा में था... घर... घर तो उसी की हीन ग्रन्थियों का प्रतिबिम्ब था—उसे तो स्वयं ही लगता था कि किसी को बुलाये भी तो कहाँ बिठाये—चाय के लिए क्राकरी कहाँ से लाये—क्या खिलाये... सत्कार में प्रेम भाव, आत्मीयता का कितना योगदान होता है—उसे क्या पता। उसके लिए घर तो पढ़ने, खाने, सोने का स्थान ही था। और वैसे घर था भी क्या? दो कमरे—एक बड़ा-सा कमरा—जिसके पीछे के दो कमरे—मालिक मकान ने बन्द कर रखे थे जिनमें चूहों का आवास था जो रात को ऊधम मचाते थे—और वहाँ से जाने के बाद पता चला कि उसमें नाग-नागिन रहते थे...। खैर, माता जी के धार्मिक अनुष्ठानों, जिन्हें आज की भाषा में अन्धविश्वास कहा जा सकता है, के कारण कभी उनके दर्शन नहीं

हुए–। उसके बाहर–खुला आँगन–जिसमें थी रसोई–और साथ ही गुसल। परन्तु शौचालय, दूसरी मंजिल की छत पर या यों कहें सिर पर। जैसा प्रायः सभी पुराने घरों में होता था...। आँगन के आगे छोटी ड्योढ़ी और साथ लगता छोटा-सा कमरा–जिसमें दो चारपाई कठिनाई से समाए...ँ और कमरे के भीतर ही पीछे स्टोर–कमरे का एक किवाड़ ड्योढ़ी में खुलता और दूसरा बाहर गली में, ऐसे ही ड्योढ़ी का किवाड़ भी गली में... जो एक मकान और... और अन्ध या बन्द गली ... यह गली प्रमुख गली का एक भाग थी। यही छोटा कमरा हिमांशु का था–जिसमें पड़ा था एक मेज़, दो कुर्सियाँ, दो स्टूल... और एक चारपाई। इसी में पढ़ने आते थे सुबह-सुबह स्कूल के दोनों अध्यापक।

परन्तु गली में से गुज़रना, साहस भरा काम था। कहाँ गन्दगी का ढेर मिल जाए–एक, दो तीन... और कब साफ किए जाएँगे–बस भाग्य भरोसे। नाक पर रूमाल रखकर भी कोई लाभ नहीं–वह दुर्गन्ध सीवर के निकासी मलबे से दसियों गुणा अधिक। यह उस गली की दशा थी जो सैंकड़ों गलियों से अच्छी थी... तो मन ही मन उन्हें धन्य मानता था जो यह उठाते थे और सदियों से यही सेवा करते थे और उन्हें देखा जाता था कुदृष्टि से। उसे लगता था कि यदि गाँधी जी का मात्र यह एक ही समाज सुधारक बृहत कार्य लिया जाए और जाति प्रथा को समाप्त करने में देशव्यापी आन्दोलन के द्वारा समाज की सोच में बदलाव किया तो भी पूरा राष्ट्र उनके ऋण को नहीं चुका सकता। तथापि स्वतन्त्रता के पश्चात् भी तो बरसों लगे और अभी भी लग रहे हैं, इस पिछड़े वर्ग के उत्थान के लिए। परन्तु त्रासदी यह कि जो भी छत पर पहुँच जाता है वही सोपान ऊपर ही खींच लेता है।

हिमांशु ने कभी किसी लेक्चरार को या किसी भी छात्र को ना ही बुलाया–ना ही प्रोत्साहित किया।... यदि कोई स्वयं ही चला आता तो उसे लगता कि जैसे किसी ने उसे वर्फ की सिल्ली पर बैठा दिया हो–उसके पास, बस वो ही दो तीन कमीज़, दो-तीन पैन्ट, एक जोड़ी काला जूता। फिर भी सामने 'सर' और पीठ पीछे उपहास। कौन जाने यह उसी की हीन सोच, नकारात्मक मानसिकता या आत्म-विश्वास की कमी हो, ... क्योंकि उसे पता था कि उसके सहपाठी भी कौन से करोड़पति थे। विभाजन के पश्चात् सभी तो ऐसे ही घरों में और ऐसी ही गलियों में रहते थे... परन्तु न जाने क्यों उसका मन उनमें कभी सहज नहीं हो पाया। उसे तो गाँव का घर, माहौल... शहर से हज़ार गुणा बेहतर, सैकड़ों गुणा सुन्दर लगता था। बेशक उसके पिताजी की सोच इससे विपरीत थी।

जैसी लेक्चरारों की आदत होती है;– और विशेषतया छात्रावास में रहने वालों की... वे हमेशा ही कहेंगे... "प्रो. साहेब... कभी घर तो दिखाओ...।"

"घर में कुछ दिखाने लायक हो तो दिखाएँ—अभी तो अपना ही ठिकाना नहीं ... तो घर काहे का..." वो हर बार बात टाल देता।

"आप वैसे ही साफ मना कर दें... बहाने तो ना बनाओ" राधिका ने उपालम्भ या उपहास की मुद्रा में कहा—वो ठीक से समझ नहीं पाया...।

तभी तो उसे कहना ही पड़ा..."अच्छा अगर यही बात है... तो ठीक है... परसों शाम चार बजे... ठीक... पक्का...।"

"पक्का...! आपके साथ सभी चलेंगे...।"

उसने उत्तेजना में कह तो दिया कि एक बार तो बला सिर लेनी ही होगी—

पर उसे स्वयं ही पता नहीं लग रहा था कि क्या करे...

शाम को कॉलेज गया ही नहीं... सभी मोह... रश्मि, कामिनी, इन्दु... सभी को त्याग... वो निकल गया घूमने...उसी शहर की बाहिरी सड़क पर। और लौटकर लिखा—जो उसके चिन्तन का निष्कर्ष था—

"होता है... कितना कठिन—
अपनी ही प्राचीरों के पार जाना—
बार-बार, किनारों तक पहुँचना,
ठिठकना, रुकना, साहस ना जुटा पाना;
और मुड़कर लौट आना...
और इसी क्रम को—बार-बार दोहराना।"

और जब अगले दिन मिले तो सभी प्रोफेसर इतनी नाराज़ कि किसी ने बात तक नहीं की। माता जी की बीमारी का बहाना बनाना पड़ा। लेडीज़ स्टाफ रूम में—बिताये तीन घण्टे... और एक महँगी पार्टी देकर छूट पाए...। पर वे सब इतना तो अवश्य समझ गयीं कि हिमांशु उन्हें अपने घर ले जाना ही नहीं चाहता था।

ये सभी विचार, सभी खयाल उसके दिमाग में लगातार चल रहे थे—मन और बुद्धि भिन्न-भिन्न दिशाओं में अलग-अलग मुद्दे सुलझा रहे थे। उसने रश्मि को तो प्रश्न दे दिए और स्वयं उलझा रहा अपने असन्तुलित विचारों, भावों या स्वप्नों में जिन्हें कभी-कभी हम दुविधात्मक वृत्ति के क्षण में या 'मोमेंटस ऑफ एम्बीवेलेंस' कहते हैं।

अन्ततः प्रेपरेट्री शुरू हो गयी। रश्मि अपने कथनानुसार ग्यारह बजे कॉलेज पहुँच गयी। उस समय हिमांशु प्रिंसिसपल के पास था। "मि. शुक्ल—तो कोर्सेज़ का कैसा रहा?" सर, जैसा आपको आश्वासन दिया था, सभी क्लासेज़ का पूरा कर दिया और रिवाइज़ भी करवा दिया—बाकी तो छात्राओं ने आपको बताया ही होगा।" उसने आत्मविश्वास से कहा।

"हाँ—वो तो है—मैंने रश्मि और कामिनी को बुलवाया था—वो दोनों बहुत तारीफ कर रही थीं। आपने तो तीन महीने में ही प्रो. गुप्ता उन्हें भुलवा दिया—वैल

डन—यंग मैन—अभी प्रेपरेट्री में तो आओगे ना?" लगा उन्होंने पहली बार किसी की प्रशंसा की हो...

"येस, सॅर, वो तो आऊँगा ही—छात्राएँ तो आती ही रहेंगी।" उसने उन्हें आश्वस्त किया और बाहर आ गया।

ऑफिस के बाहर, रश्मि ने अभिवादन किया—और पढ़ाई से अधिक वो घर ले जाने में उत्सुक थी।

"सर घर चलें..." उसके स्वर में अनुरोध था।

"पहले घण्टा, दो घण्टे पढ़ तो लो। पता लगे तुमने कल क्या किया।" वह तो सहज था। "सॅर, कल आपने जो भी दिया था... वो मैंने रिवाइज़ कर लिया है।" उसने उत्साहपूर्वक कहा। चेहरे पर वो ही रोज़ की तरह उषा की स्निग्धता।

"वैरी गुड—चलो थोड़ी पोइट्री कर लेते हैं— और उसके बाद चलेंगे।" वो थोड़ा रुकना चाहता था। परन्तु रश्मि तो आज जैसे बालहठ किए थी।

"नहीं सॅर, आज तो मन नहीं है—आप तो बस चलें...।" और उसने हिमांशु का हाथ पकड़कर उठाया।

अब उसके पास कोई विकल्प नहीं था—उसकी सहज चंचलता और अपनापन अच्छा लगा—बेशक, वह रश्मि से इसकी आशा नहीं करता था और उसके निजी संकोची स्वभाव के रहते, उससे ऐसी प्रत्याशा भी नहीं थी।

रश्मि अपनी प्रकृति के अनुसार, विवेकशील, अन्वेषी, तर्कशील एवं बहिर्मुखी थी और उसकी अवलोकन दृष्टि अतुलनीय थी। वह पिछले कई दिनों से सोचती रहती थी कि जब सब अध्यापन का कार्य ठीक प्रकार से चल रहा है और कॉलेज में सभी 'सॅर' की प्रशंसा ही करते हैं तो फिर भी 'सॅर' बुझे-बुझे से क्यों लगते हैं? किस बात का ग़म इन्हें भीतर ही भीतर क्षार की भाँति काट रहा है? कहीं मैं ही तो नहीं? वैसे हो भी सकता है। जब मैं प्रश्न में उलझी होती हूँ—कितने अपनत्व, कितने स्नेह, कितनी एकाग्रता से देखते रहते हैं—और दो एक बार तो क्लास मेट्स ने चुटकी भी ली—पर, मैं क्या कहती? बस, मुस्करा दी—परन्तु अब तो 'सॅर' ने बात खोल ही दी—अपनी कविता से। यह मुझे दो दिन बाद समझ आयी कि शायद वो मेरे लिए ही है अन्यथा मैंने तो उसे मात्र संयोग ही समझा और कितनी खिंची-खिंची सी रही। पर मैं पागल... कालिदास कोर्स में पढ़ते हुए भी कभी सोचा भी नहीं कि कभी कोई मुझे उस नज़र से देखेगा... अकस्मात् जैसे मैं रातों-रात बड़ी हो गयी—कभी जीजा जी ज़ोर से भींच लेते थे—कभी सबके सामने तो कभी अकेले—पर कभी ऐसा विचार आया ही नहीं। वह सब जीवन का एक सहज-सा हिस्सा लगता—था... पर अब कोई मेरे कारण इतनी पीड़ा, इतनी व्यथा, इतने क्लेश में हो— और मुझे इस आत्मीय दृष्टि-से देखे... तो उसे खुश रखना, सुखी देखना मुझे भी तो अच्छा

लगता है—नहीं तो ये सब विचार मेरे मन में आते ही क्यों? तभी तो अनायास, अकारण पिछले तीन चार दिन से कितना रोई। कारण, पता ही नहीं लगता था। पढ़ने में एकाग्रता जैसे गायब ही हो गयी थी। तो मुझे इस स्थिति से उबारना है। वे भी पिछले कई दिन से, जब-जब प्रेपरेट्री पास सरक रही थी—कितने रूआँसे-से लगते थे—आँखें सूजी हुई। पूछो तो कह देंगे—बस यूँ ही रात भर नींद ही नहीं आयी। कैसे मानती रही मैं?

पर अब लगता है यदि आप किसी के विषय में, किसी के लिए तीव्रता से, पूरे मनोयोग से, शिद्दत से सोचें या महसूस करें तो वही भाव उसके मन में भी तरंगित, उद्वेलित होने लगते हैं। शायद ऐसा ही कुछ, मेरे साथ हुआ होगा—और भाई साहब ने भी तो किसी विवशता में ही... किसी को बहन बनाया होगा—और फिर परिवार वाले कोई प्रेमी या प्रेमिका हो तो कैसे मान सकते हैं... कट्टर आर्य समाजी। माता जी तो पूरी दकियानूसी; पिता जी तो फिर भी तार्किक, तर्कशील हैं। तभी तो शायद दीदी और जीजाजी की शादी को मान गये होंगे। तो भी, शुकर है... कि 'सर' घर जाने को मान तो गये—अन्यथा हम दोनों ही घुटते रहते—और जिस लगनशीलता और तन्मयता से उन्होंने पढ़ाया... यदि सब व्यर्थ हो जाता—तो मेरा कॅरीयर तो चौपट... साथ ही सर भी किसी अवसाद ग्रस्त स्थिति में ना जाने क्या करते? उसे याद आया कि अभी पिछले महीने ही उसने के.के. ग्रोवर मेमोरियल वाद-विवाद प्रतियोगिता में गोल्ड मैडल जीता था तो महादेवी की वो पंक्तियाँ—

"वे मुस्काते फूल नहीं, जिनको आता है मुरझाना
वे तारों के दीप नहीं, जिनको भाता है बुझ जाना।"

जब उद्धृत की थीं तो सारा हॉल करतल ध्वनि से गूँज उठा था।

और हिमांशु जाने को उठा, तो न जाने किस-किस तरह के खयाल उसके मन में छितराये बादलों की तरह विचर रहे थे। रश्मि के माता-पिता का कैसा व्यवहार होगा? हो सकता है कि कामिनी की तरह ही रईसी अन्दाज़ हो—भाई, भाभी, जीजाजी, दीदी, सभी तो वहाँ हो सकते हैं—और सभी कैसे विश्लेषणात्मक पैनी नज़रों से देखेंगे—और संशय, शक होगा ही, लाज़मी है, आवश्यक है। वो स्वयं जो अभी तक मन को समझा नहीं पाया—और लगता था जैसे किसी ने जलते अंगारों पर बर्फीला पानी उँडेल दिया हो। वह तो बस, निर्विचार, निस्पन्द, निस्तेज, निर्मोही, निर्लिप्त, अनुभूतिहीन, भावनाहीन... जैसे अपने ही दिल से आत्मनिर्वासित हो। परन्तु फिर भी मन में आया कि कैसे राबर्ट ब्राऊनिंग या 'बच्चन' या शमशेर आशावादिता के प्रेरक हो सकते हैं।... उसकी निजी कविताओं में तो निराशा, अवसाद ही झलकता है... फिर भी उसने सोचा यह उसी की विकृत, कुण्ठित सोच की क्षतिपूर्ति होगी। तभी तो वह रश्मि के साथ जा रहा है—कब तक जाएगा—भविष्य किसने देखा?

परन्तु जैसे ही ब्राऊनिंग की "द लास्ट राईड टूगेदर" की पंक्तियाँ मन में कौंधी–

"किस हाथ और बुद्धि ने दिया साथ,
किस दिल और सोच ने किया साहस,
किस क्रिया ने सभी विचारों को किया परिणत,
किस संकल्प के नहीं आया आड़े, शरीर का आवरण।"

तभी उसे लगा, जो भी हो–साथ तो है–सान्निध्य तो है। इसलिए हिमांशु दिल पर पत्थर रखकर–जब तक हो सकेगा निभाएगा–परन्तु–भूत बीता हुआ कल–कैसे छूटे पीछा उससे। वो तो है ही भूत–जो सदा आपकी पीठ पर सवार रहता है–और जब तक उसकी वर्तमान से सन्धि न हो और भविष्य उसे अंगीकार न करे–तब तक भूत तो बार-बार आकर किसी न किसी रूप में असन्तुलित कर देगा और आप अधर में लटके हुए कण की तरह अनिश्चितता की स्थिति में रहेंगे। अतएव यही पतझड़ वसन्त की रेखा उसे अटकाये हुए है–किधर वो सरक जाए? किस क्षण–कैसे सोच सकता है वह–जो सिन्धु में एक लहर की तरह है–बेठौर, बेकिनारा, बेघर, बेसहारा?

"क्या सोच रहे हैं, सर..." रश्मि ने चलते-चलते कहा।

पता नहीं, कैसा संकोच था कि रश्मि को ही उसके साथ चाल मिलानी पड़ती थी–कभी आगे, कभी पीछे। वैसे उसे इसका खूब अभ्यास था–स्काउट्स और गाइड के कैम्पों के कारण कभी तारादेवी तो कभी धर्मशाला और साथ ही एन.सी.सी.–कुछ भी नया करना हो तो वह अग्रणी। घर वाले तो कहते ही थे–यह तो रानी झाँसी का पुनर्जन्म है जो अब युद्ध क्षेत्र की अपेक्षा शिक्षा क्षेत्र में अपने जौहर दिखाएगी। तुलना में हिमांशु एक आयामी व्यक्तित्व–केवल पढ़ाई... तो उसे डर या दुविधा या संकोच कि कहीं कोई देख न ले... और शायद उसके भीतर कोई चोर ही हो... या प्रोफेसर की गरिमा।

"नहीं, कुछ भी तो नहीं..." उसने अनमने भाव से कहा–"कितनी दूर है अभी..?"

"बस सर, ओह भापे... एक गली और पार... फिर मोहल्ला टालियाँ!"

"टालियाँ क्या... जहाँ टालने वाले रहते हैं" उसने थोड़ा मज़ाक के अन्दाज़ में कहा। रश्मि मज़ाक नहीं समझ पायी क्योंकि वह इसके लिए तैयार नहीं थी... और वो भी इतनी जल्दी, इतनी तत्परता से।

"नहीं, नहीं... आप तो न जाने क्या-क्या सोचने लगे। कहते हैं कभी यहाँ शीशम के पेड़ों का जंगल था–जिसे काटकर–यह बस्तियाँ, ये मोहल्ले बने। सही या गलत–मैं नहीं जानती हाँ, इतना ज़रूर है कि शीशम को पंजाब में टॉली कहते हैं।" वो चलती जा रही थी परन्तु धाराप्रवाह में कोई कमी न थी।

"ठीक–बहुत ठीक–तुमने मेरे ज्ञान में वृद्धि कर दी।–थैंक्स!" उसने सहजता

से कहा। परन्तु रश्मि मन ही मन सोचती रही कि पता नहीं, सर मज़ाक कर रहे थे या वास्तव में ही गम्भीर थे।

"लो... सर... अब यह गली है... इसी के करीबन आखिर में..." उसने पीछे मुड़कर देखा–हिमांशु अभी भी पाँच कदम पीछे!

14

हिमांशु को अपने घर जाना कभी भी विशेषतया रुचिकर नहीं लगा। ऐसा होने के तो कई कारण हो सकते थे–परन्तु बचपन में पिताजी का कठोर व्यवहार, उनकी माँ से बात-बात पर कलह और माताजी का दिन में दो एक बार रो देना, कभी खाना पीना त्यागना तो कभी बोल चाल बन्द... और धीरे-धीरे ज्यों-ज्यों वह बड़ा हुआ... तो कारण... सही गलत का दृष्टिकोण... अपरिपक्व अवस्था अपना ही बना लेती है। उसे लगने लगा कि संयुक्त परिवार कहीं न कहीं तो इसका उत्तरदायी है ही...। हाँ, एक सुरक्षा की भावना, जो हर इनसान की शाश्वत् आवश्यकता है... वह तो उस प्रणाली में बखूबी है–परन्तु यदि सम्बन्धों में, रिश्तेदारियों में सन्तुलन या फिर उनको देखने का नज़रिया विवेकपूर्ण, परस्पर सहनशीलता की परिपूर्णता न हो तो घर महाभारत का कुरुक्षेत्र ही बना रहता है। तथापि शिक्षा की कमी, पैसे की न्यूनता, दरिद्रता और संसाधनों का अभाव इस सबके मूल में हो सकते हैं। अलबत्ता यदि आदेशात्मकता पूरी तरह परिभाषित हो और उसका पालन करना, सत्कार और आदर हर सदस्य का कर्तव्य, दायित्व हो, निजी अधिकार क्षेत्र का उल्लंघन न किया जाए और सबकी यथायोग्य, यथास्थिति मान्यता और आदर हो तो यही महाभारत किसी स्वर्गिक बैकुण्ठ का एहसास देता है। क्योंकि परस्पर सहिष्णुता, सह-अस्तित्व और परस्पर आदर के साथ सम्बन्धों के सुचारु निर्वाह के लिए; इससे अच्छा और लाभप्रद विकल्प नहीं हो सकता। यह अन्ततः उसने निष्कर्षतया जान ही लिया–और जाना भी उम्र के प्रारम्भिक पड़ाव पर ही।

एक बार रश्मि ने पूछा भी था–"वैसे तो हर एक के लिए बचपन के दिन, सुहावने सपनों-से होते हैं पर हमें उनकी स्मृतियाँ बार-बार कचोटती हैं–जब हर चीज़ का विकास होता है तो हम, बच्चे बने तो नहीं रह सकते। मैं भी अपनी बचपन की यादें सँजोए हूँ–मेरीं भी सहेलियाँ, मेरे भी सहपाठी सभी, ताज़ा हो आते हैं–जब भी याद करो। परन्तु वे आपको तो किसी विरही की तरह अवसादग्रस्त कर देते हैं।"

ऐसा नहीं था कि यह रश्मि का कोई आक्षेप था। परन्तु हो सकता है कि उसे हिमांशु का बीते कल में जीना उस की शक्ति या सम्बल बनने की बजाय, उसे

अशक्त, भीरू और कमज़ोर बना देते हैं जो उसे वर्तमान के यथार्थ और भविष्य की चुनौतियों की ओर अग्रसर नहीं करते।

"ऐसा तो है ही–परन्तु उस सब के पीछे कुछ परम्पराओं, कुछ अवधारणाओं, कुछ मान्यताओं और कुछ घटनाओं का विस्तृत इतिहास होता है। वैसे भी भावुक व्यक्ति के लिए जीवन कभी जीने योग्य होता ही नहीं; क्योंकि वह वर्तमान से सदा असन्तुष्ट रहता है और भविष्य उसे आशंकित ही किए रहता है। कभी-कभी विपुलता भी खलने लगती है और आप अभावग्रस्त स्थितियों में जीना बेहतर समझने लगते हैं। यह कुण्ठित मानसिकता की भी द्योतक होती है...। साहित्यकार उन काल्पनिक स्थितियों में तो जी सकता है परन्तु यथार्थ या वास्तविक धरातल पर वो पलायनवादी होता है क्योंकि वह उन क्षणों से गुज़र चुका होता है–जीते हुए भी मर चुका होता है।... फिर जब परिवेश को उन्हीं परिस्थितियों में पाता है तो वह दिग्भ्रान्त हो जाता है और कलम से, लेखन से बदलाव में प्रयासरत हो जाता है। हो सकता है मैंने तुम्हारे कथन का सीधे-सीधे उत्तर न दिया हो–तब तुम इसे टिप्पणी ही मान लो।"

असल में तो उसे गाँव में बीता बचपन अच्छा लगता था। एकदम से पिछड़ा हुआ गाँव, सड़क से पाँच, छः किलोमीटर पैदल–कच्चा, रेतीला रास्ता, बीहड़, बरसाती नाले (चो) पार कर–खेतों के किनारे से होते हुए, आम के बागों से गुज़रते हुए–दसूहा–होशियारपुर सड़क पर से अन्दर जाकर। सड़क की हालत ऐसी कि सड़क कम और चो (पहाड़ी बरसाती नदी) अधिक। चौबीस मील में कम से कम, छोटे बड़े मिलाकर तीस चो–जो बरसात में अच्छे बड़े दरिया को भी वेग में मात दे दें। बहता हुए खेत, पेड़ झाड़ियाँ और हर साल कटती ज़मीन और किसी भी चो पर पुल नहीं–दिन भर में चार बसों से अधिक नहीं–आजीविका के नाम पर बाहर जाकर नौकरी, या छोटी मोटी खेती या रोज़मर्रा की जरूरतों के लिए छोटी-सी दुकान–पाँच से आठ किलोमीटर तक प्राइमरी स्कूल भी नहीं और पानी के लिए पूरे गाँव में एक कुआँ–और जो एक-आध ने खुदवाया भी–वो थोड़ी देर बाद सूख गया...

कैसे पहुँचे होंगे शुक्ल परिवार सात पुश्त पहले? यह तो हरिद्वार के पुरोहित ने ही बताया–जब पंजाब (अब हरियाणा) यू.पी. की सीमा से लगते गाँव, लड़ाइयों और अकाल का सामना करते-करते करीबन ध्वस्त ही होने की कगार पर थे–तो ये परिवार उन्हें छोड़कर, इस बीहड़ क्षेत्र में आकर बसे। उस क्षेत्र में लगातार मुसलमानों, यवनों और मुगलों से युद्ध और फिर अंग्रेजों से लोहा लेना कि अठारहवीं शताब्दी के अन्त में वहाँ से विस्थापित हो गये।

और फिर झेली विभाजन की त्रासदी–उसके गाँव के आसपास के दो-एक मुसलमानों के गाँव इस वहशत के शिकार हुए–और रातोंरात पूरी तरह राख–जन समूह के काफिले–घोड़ों, गधों, गाय, बैलों, खच्चरों पर लदे, बचे-खुचे सामान के

साथ—रोते, बिलखते, भूखे, दाने-दाने को मोहताज—गुज़रते ही जाते थे... दिन भर. और रात को ठीकरी पहरा—हर घर का एक जवान और वो ग्रुप तलवारों, लाठियों से लैस—रात भर सभी गलियों में घूम-घूम पहरा देते। तब वह रहा होगा—पाँच छः साल का। उसे क्या पता कि क्यों अचानक सभी औरतें बच्चों को लेकर ईख, गेहूँ या मक्का के खेतों में छुप जाया करते थे। यह सिलसिला कई महीने चला—और माँ रोती ही रहती... जिसका कारण उसे कई सालों बाद पता लगा—कि पिताजी पाकिस्तान में ही रह गये थे और उनकी कोई खोज खबर नहीं। आखिर सरकारी नौकरी ही काम आयी... और दरिन्दगी में भी साँस लेती रही इनसानियत। पिता जी को एक मुसलमान ने ही—जो शायद उनका मित्र ही था—अपने घर की कोठरी में दो-तीन महीने तक रखा—और आखिर हवाई-जहाज़ पर चढ़ाकर ही लौटा। इतनी नृशंसता, उन्माद, पागलपन, धर्मान्धता और अमानवीयता अपने चरम पर थी—फिर भी इनसानियत ज़िन्दा रही।

वक्त गुज़रा, गुज़रता गया, कई चो नदियाँ हो गये और कई नदियाँ रेत के दरिया। कई घर बिना चिराग और कई जला रहे थे चिरागों की कतारें। अपनी-अपनी जाहिलता, अपनी-अपनी संकीर्णता—कोई धर्म, कोई पढ़ाई लिखाई—कुछ भी तो काम नहीं आयी। काम आयी तो किस्मत जो भगवान के बस में भी थी या नहीं—अबूझ पहेली ही रही। धीरे-धीरे मदान्धता की ज्वाला ठण्डी तो हुई, परन्तु 'ठीकरी' पहरा सर्दियों, जाड़ों, गर्मियों "जागदे-बागदे रहो भाइयों" का रात भर उद्घोष, लाठी या बरछे की टेक के साथ।

और माँ के पास, दादी के पास, दिल को तसल्ली या मन को सान्त्वना देने का कौन-सा ठौर था? एक का पति और एक का सबसे बड़ा बेटा—जीवन-मरण के अधर में। है भी या नहीं—सिवा इसके कि भगवान का भजन करो उसकी चौखट पर माथा रगड़ो, रो लो और इसी सन्दर्भ के गीत, लोक गीत गा लो...। जो गीत उसने अलसभोर या आखिरी रात में सुने—वो इन्हीं से सम्बन्धित थे—उसे कहाँ पता था—वो तो रात को जाग जाता उन्हीं पहरेवालों की आवाज़ से या फिर कभी-कभी सुन जाती दादी की आवाज़—

"नीं लच्छमी—उठ्ठो हुण... दाणे नईं पीणें...
सवेरे खाणा की ए—नाले उठ्ठ... भजन गा..."

"उठदी आँ भाबी (दादी को सभी इसी सम्बोधन से बुलाते थे) अजे ताँ सवेला लगदा ए।"

"नईं उठ्ठ कुड़े... नींद नईं आऊँदी... प्रेमो तूँ वी उठ्ठ... लच्छमी ऐनूँ उठा ... ते नाले ओ ही रुकमण वाला भजन सुणा... रब्ब दा नां सवेले ही चँगा लगदा ए..." दादी ने बुलन्द आवाज़ में कहा और सिरहाने से नसवार की चुटकी नाक में चढ़ा ली।

"भाबी ना ताँ आप सौंदी ए, ना दूजे किसे नूँ सौण दिन्दी ए..." उसकी बेटी प्रेमो ने लेटे-लेटे ही कहा... फिर उठकर मलती-मलती आँखों से पीढ़ी लेकर चक्की से सटकर बैठ गयी।

चक्की की कुड़-कुड़, घुड़-घुड़... और गेहूँ डालते ही उसकी आवाज़ मधुर हो जाती और घर्र-घर्र शुरू हो जाती... साथ ही शुरू हो जाता वो कर्णप्रिय लोक गीत—और लिहाफ में रहें सुनते लोरी की तरह... आज भी हिमांशु की स्मृति में ताज़ा हो उठता है।

"हे सुण, रुकमण नीं, तूँ उठ्ठ के कुण्डड़ा ताँ खोल
दातण वेला हो गया...हरे हरे राम...
के दातण वेला हो गया... सिरी भगवान..."
"हे सुण माता नी... के अजे ता वड्डी ए सवेर
दातण वेला नईं होइया... हरे हरे राम...
दातण वेला नईं होइया... सिरी भगवान...।"
"हे सुण रुकमण नीं, तूँ उठ्ठ के कुण्डड़ा ताँ खोल
जे कोई घर परौहणा आवे, हरे हरे राम...
कृष्ण जी घर परौणा आवें, सिरी भगवान...।"
"हे सुण माता नी, तूँ तेल ताँ लै के जल्दी आ...
के कृष्ण जी घर पराऊणे आये... हरे हरे राम...
के घर दे भाग जगौणे आये, सिरी भगवान।"

और चलता रहता यह भोर गायन... और वो सो सो कर उठते।

कभी भाभी, ननद, कभी जेठानी-देवरानी और कभी दादी किसी न किसी के साथ—यह पीसने का क्रम चलता रहता परन्तु माँ के लोक गीत के साथ आलाप देती थी चक्की की घर्र... घर्र...

यादों का क्या। यही तो वो सिलसिला होती हैं जो सुनती हैं साँसों की तरह ... ज़रा-सी अन्तरावलोकन की आवश्यकता होती है। वही विभाजन की त्रासदी... अकेली कहाँ थी—साथ आयी प्रलयंकारी बरसात, सब ओर बाढ़ ही बाढ़—पानी ही पानी—शायद शवों और खून की नदियों को बहाने के लिए, झड़ी एक सप्ताह, दो हफ्ता... महीना भर... कोई भी अनुष्ठान, टोटके काम नहीं आये। क्या नहीं किया गया—लाल कपड़े में गेहूँ बाँध या ताँबे का सिक्का बाँध गाँव की सीमा पर दबाना या कुएँ में फेंकना, दुपट्टे के कोने बाँधना—गाँव, घर, हवेली, पशु सभी चौइयों के उफान से घिर गये—और अन्ततः किया कुएँ पर लंगर—गेहूँ, मक्का, बाजरा, उबाल कर गुड़ के साथ पूजा की, और सभी में बाँटा। बादलों की थकान, उनके रीतेपन की कोई तजरीह नहीं—सारा श्रेय ख्वाजा (कुँआ) के यज्ञ को क्योंकि बारिश बन्द हो चुकी

थी—परन्तु सब फसल, खाने-पीने का सामान बह चुका था। काम आया तो गाँव का शाह—जो देता रहा उधार ताकि चलता रहे रूखी-सूखी रोटी का जुगाड़—क्योंकि वो शायद जानता था कि दादा के बेटे बड़े हो रहे हैं और पाई-पाई चुकता कर देंगे।

हिमांशु के पिता को छात्रवृत्ति का आश्वासन होने के बावजूद पढ़ाई मैट्रिक के बाद छोड़नी पड़ी और लाहौर जाकर ट्यूशन तथा छोटी-मोटी नौकरी से जीवन की तरि संघर्ष के सागर में ठेल दी। उनके छोटे भाई ने भी निःशुल्क संस्कृत के पीठ से शास्त्री पास कर, भाई के कन्धे से कन्धा मिलाया। दोनों के अथक परिश्रम—बचपन से जवानी तक... ने परिवार का ठेला लीहों (ठेले के चलने से बनी लकीरें) पर ले आये ... या यों कहो ऋण मुक्त रूखी-सूखी शुरू हुई। हिमांशु जानता था कि परिवारों की दास्तानें जटिल मार्गों से होकर गुज़रती हैं—जो आने वाली पीढ़ियों के लिए महज़ तिलिस्मी किस्सों-कहानियों से अधिक कुछ भी नहीं होतीं। जो भी इन सँकरी वीथियों से गुज़रते हैं—वो तो गरल के घूँट कण्ठ तक अटका कर ही, शिव की तरह, जीते हैं... परन्तु कण्ठ में अटेगा, फँसेगा, या रोका जाएगा तो कुण्ठाओं को जन्म देगा। पूरा जीवन पुनरावलोकन में केवल शून्य ही लगता है। बेशक, आत्म तोष तो होता ही है कि परिवार को इस स्तर पर लाने के लिए उनका कितना योगदान है।... परन्तु इस सारे निरन्तर अभावग्रस्त संघर्ष का श्रेय रहता है निष्काम त्याग, पूर्वजन्म के कर्म और प्रतिफल छोड़ो उस पर, जिसे न तुम जानते हो—न देखा है—अलबत्ता विश्वास है तो उसे अनुभूत किया है। दोनों भाइयों ने ज़िन्दगी को जिया नहीं—अपितु ढोया; क्योंकि अपने परिवार और पिताजी यानी दादा जी के परिवार—तीन छोटे भाई उनकी पढ़ाई दो छोटी बहनों उनकी शादी का दायित्व निभाया—फिर भी ज़ुबाँ से उफ़् भी न की; करने की फुर्सत ही कहाँ थी। जो इतिहास रचते हैं उनके पास उसे लिखने का समय नहीं होता।

तो भी जैसे ही हिमांशु रात के आठ बजे घर में घुसा तो दादी की आवाज़ सुनाई दी।

"फेर, फूकड़ी मोठी... सारी रात गले-च खुर्र खुर्र हुन्दी रहन्दी ए... किन्नी बार किआ—ना बणाया करो ए पुआड़ा—पर सुणदा कौण ए..."। दादी का तो जैसे मूड ही बिगड़ा हुआ था।

"भाबी ए मोठी की हुन्दी है" हिमांशु ने वातावरण की तल्खी कम करने के लिए कहा।

"ओ ही, लाल जेही... कहदें या ते है छोटा लोबिया या फेर मोठाँ दी भैण ... चल छड्ड—होर सुणा बेटा... तू ताँ कोल बैंदा वी नयीं... ना मेरे कोल... ना अपनी नानी कोल... पता नयीं साडे किन्ने कु सॉह हैगे... दुःख सुख फरोलण नूँ कोई थाँ वी नईं..."

"भाबी... सारे थाहों-थाहीं अपणे अपणे कम्मा च फसे रहदें... तूँ जेनूँ मर्जी बुला लिया कर..." उसने दादी के पैर दबाते हुए कहा।

"काका तेरी माँ कोल वेल नईं... तेरी नानी उच्चा सुणदी ए... केदे नाल गल कराँ..."

"भाबी... साहम्णे शीला है ना–जिनियाँ मर्जी गल्लाँ करा लै ओहदे कोलों..."

"छड्ड हुण–मैं नू तां तूँ शक्कर नाल या दुध नाल रोटी लिया दे... मैं मोठी नाईं खाणी... तेरे बाऊ जी ने मन्नणा नयीं।"

और ऐसे ही छोटी-छोटी बातों से आखिर में बवंडर... गाँव की, ससुराल की, मायके की और न जाने कौन-कौन-सी नीवें खुद जाती मिनटों में... और महाभारत का एक और अध्याय लिखा जाता... या फिर मरघट की मुर्दानगी। हिमांशु के बाबूजी... पूरी तरह कुण्ठाग्रस्त, सपने सम्भ्रान्त होने के, परन्तु अभाव-न्यूनताएँ अपना मकड़जाल पूरी तरह फैलाये... और इसीलिए तनाव, कुण्ठा, क्रोध, असन्तुलन चेहरे से ही परिलक्षित। वो करते भी तो क्या–एक कमाने वाला–पाँच अपने बच्चे स्कूलों, कॉलेजों में जाने वाले, दो भाई, माँ और दो जन स्वयं... फिर हिमांशु पर निगाहें ना टिकें तो किधर देखें।

धीरे-धीरे भाई नौकरी पर लग गये, बहनों की शादी कर दी गयी और बाबू जी का बड़ा बेटा भी एम.ए. कर अब लेक्चरार लग गया था–हिमांशु ही था–और लगा अब बाबू जी अपने परिवार की ओर रुख कर रहे थे–जीवन संघर्ष जद्दोजहद में गुज़रा, सो उसे ही वैसे का वैसा आगे बढ़ाया, बेटियों की शादियाँ, बेटों और बेटियों की पढ़ाई, राम का नाम जो चरितार्थ करना था।

हिमांशु अपनी माँ की बात करे तो जघन्य त्रासदी और हृदय-विदारक पीड़ाओं की कथा। लगता था हिमांशु को, जैसे कुछ परिवारों में राम और सीता अभी भी अभिशप्त ही विचरते हैं... और कृष्ण पता नहीं, गोकुल और वृन्दावन से बाहर आते ही नहीं। हिमांशु की माँ के पाँच भाई और उनकी अकेली इकलौती बहन–खूब लाडली–बापू अपना काम कर खाने पीने लायक कमाने में समर्थ–परन्तु भाग्य का प्रकोप या क्या कारण दैवी कुपित दृष्टि–कौन जाने... एक एक कर पाँचों भाई उसके तेरह चौदह साल की होने तक चल बसे... रह गयी बापू की चहेती अकेली... बापू त्रासदी शायद सहन न कर पाये और वो भी घर छोड़कर चले गये... बेटी को अनपढ़ माँ के सहारे छोड़। खूब रोये... कई साल तक कान, आँखें किवाड़ पर गड़ीं... पर इतना भाग्य कहाँ... जो चला गया... सो गया क्यों...? जाने वाला रहस्य साथ ही ले गया... और इन्तज़ार की इन्तिहा... जीवन तममय-घटाटोप अन्धकार–पर जीवन

का जूआ, माँ बेटी ने गले में लादे—उसे ढोया—रो-रो कर—और हिमांशु ने बचपन में ही देख लिया नारी का अश्रुपूर्ण रूप... जो हर पल... आँखों के सामने तिरता ... उसे तभी से नारी वेदना असह्य लगने लगी... जो उसे भीतर तक सालती रही।

बेशक, माँ की मासी सम्भ्रान्त थी और गुज़ारा भी अच्छा था और उसने दूर परे की रिश्तेदारी में माँ की शादी भी करवा दी थी, तो भी नानी का जीवनयापन का कोई साधन नहीं था। वैसे भी परम्परा और संस्कृति में पंडितों का काम तो धार्मिक, सामाजिक अनुष्ठान करवाना ही था, चाहे वे नानके हों या दादके हों—यदि समाज धार्मिक मान्यताओं और चलन के लिए उन पर आश्रित था तो, वो तो, अपने भरण-पोषण के लिए समाज पर ही निर्भर थे। नानी जो स्नेह, प्रेम, भोलेपन सादगी की प्रतिमूर्ति थी, दुनियादारी और कपट से कोसों दूर, इसीलिए उसे उसके ही सम्बन्धियों ने छला और जो भी थोड़ा बहुत था उसे मौसा ने अपने नाम करवा लिया जिसके लिए माँ और नानी को आजीवन ससुराल के ताने सुनने पड़ते थे... और उसमें इन निराश्रित माँ-बेटी के बचाव में कोई नहीं। सभी तानों, उलाहनों, कटाक्षों की ज्वाला में आहुति ही डालते। नानी को मिलने का, उसके पास रहने का, हिमांशु का लाख मन हो—परन्तु वो भी तो इन अनैच्छिक, अनैतिक और अरुचिकर टिप्पणियों से बिंध जाता...और धीरे-धीरे मन एक चीरक, एक स्करौल की भाँति सिमटता गया—जो हो गया आत्मकेन्द्रित, अव्यक्त भावों का ज्वालामुखी; जो फटा वयस्कता के पश्चात् ही जब उसने पूरी क्रिया प्रणाली पर आक्षेप किया, और यह सब मिला उसे परिवार से विरासत में—जहाँ शब्द शर अधिक और पुष्प कम होते। सब ओर संसाधनों का अभाव, गरीबी और न्यूनता हर पक्ष में... इन सबके केन्द्र में रही। गाँव का परिवेश अपनी कूप मण्डूक सोच को सर्वोपरि मानने की स्थिति को जन्म देता है—जो भरसक प्रयास के बाद ही बदला जा सकता है।

नानी का आजीविका का साधन—पन्द्रह बीस घरों के हन्दे—कई परिवार—या यों कहो पहले तो सामाजिक प्रथा ही थी—कि शाकाहारी परिवार की महिला खाना बनाएगी तो एक थाली ब्राह्मण-ब्राह्मणी के लिए निकाल देती थी—तभी परिवार कोई दूसरा खाने को छू सकता था... और दिन त्योहारों पर कपड़े, अनाज, पैसे... नयी फसल पर पूजा... धर्म, दान, सात्विकता में गहरी आस्था थी—सदियों से और देश के विभाजन तक यह परम्परा का हिस्सा था... और बाद तक भी जब तक घरों के अग्रज, बुजुर्ग जिन्दा रहे। यह सब चलता रहा।

परन्तु जैसे-जैसे नयी पीढ़ी सयानी हो गयी—रिश्तों में पानी भरता गया—प्राणी जगत, पशु जगत, वनस्पति जगत से दूरी बढ़ती गयी... हर पहलू, हर दिशा में

विकास का अर्थ, रूढ़ियों का भंजन, हर विषय, हर रीति, हर धर्म, संस्कृति की व्याख्या जैसी निजी आवश्यकता हो या हर मान्यता महज़ औपचारिकता–तभी तो वो धर्म जिनमें परिवर्तन के लिए कोई स्थान नहीं था और कट्टरवादिता से आबद्ध रहे, असहिष्णुता के पक्के पक्षधर... वो ही पनपे। और बाकी समाज में व्यावसायिकता ने पाँव पसार लिए–और सभी हो गये स्वतन्त्र... पहले टूटे परिवार–फिर सरकार–फिर उन्हें चलाने के जुगाड़–नैतिक या अनैतिक–अलगाव, संवेदनहीनता, अहम् केन्द्रित सोच, भ्रष्टाचार, दुश्चरित्र, अनादर...क्या क्या योगदान नहीं किया... पचास के बाद की पनपी पीढ़ी ने... असन्तोष... स्वयं से, व्यवस्था से, दूसरे के धन से, रातों रात अमीर बनने के सपने–बिना परिश्रम असमय!

हिमांशु अभी आठ नौ साल का ही होगा कि ऐसे ही एक दिन–माँ रो रही थी और धीरे धीरे कोई लोक गीत गुनगुना रही थी–आवाज़ तो उसकी बहुत मधुर थी इसलिए बोल ना भी समझ आयें पर धुन तो कानों में गूँजती रहती थी। बाबू जी माँ को समझा रहे थे–"तू अपने बड़े बेटे को देख यही तेरा भाई है–और छोटा... यह भी तो है... अब मासी का लड़का प्रकाश नहीं भी मिल कर गया... तो क्या? हिम्मत रखा कर... तेरा अपना परिवार है..."

माँ के आँसू तो थमने का नाम ही नहीं ले रहे थे–कातर स्वर में बुदबुदायी–"मुझे उससे ऐसी उम्मीद बिल्कुल ना थी। मेरा दुनिया में है ही कौन?" और रोना बन्द ही नहीं हो रहा था–चाचा जी कॉलेज गये हुए थे–तब उसे थोड़ा-थोड़ा समझ आने लगा कि माँ रोती-रोती यह गीत गाती क्यों है–

"चन्ना वे तेरी चानणी, तारिया तेरी लो...
        हो हो... तारिया तेरी लो...।
चन्न पकावे रोटियाँ, तारे दीयाँ रह गयीं याँ दो...
        हो हो... तारे दीयाँ रह गईयाँ दो...।
घे विच मैदा थोड़ा पिआ, सस्स मैंनूँ गालियाँ दे...
ना दे सस्से गालियाँ, ऐथे मेरा कौण सुणे...
        हो हो... ऐथे मेरा कौण सुणे।
मासी दा पुत्त, भरा लगदा, कोलों दी लंघ लंघ जा...
जे होवे वीर आपणा, सत्तीं समुन्दरीं आ...
हो हो सत्तीं समुन्दरीं आ...।"

और वो लोक गीत आज भी उसके अन्तस में गूँजता है... और दो अश्रु ढलक जाते हैं उसके गालों पर...।

15

रश्मि महसूस तो कर रही थी कि सर चल तो रहे हैं—परन्तु अन्यमनस्क् से—जैसे कोई उन्हें जबरन लेकर जा रहा था—चलो, धीरे-धीरे ठीक हो जाएगा, उसने सोचा।

और लो! वे घर के सामने—पूरी गली पार कर। गली की दशा वैसी ही जैसे उसके मोहल्ले की। थोड़ी-थोड़ी दूरी पर गन्दगी के ढेर-नाक मुँह पर रूमाल रखें भी तो कब तक। कभी तो साँस लेनी ही होती है। तो भी सफाई कर्मचारी उठाकर तो ले जाते हैं। चाहे रोज़ाना या दो तीन दिन में एक बार। यही गनीमत है... अभी भी आदेश का अनुपालन होता है वर्ना उसने सोचा—परन्तु गाँधी जी का असहयोग आन्दोलन जो बाहरी साम्राज्य को उखाड़ फेंकने के लिए था अब धीरे-धीरे अपनी ही सरकार के विरुद्ध होने लगा। हाल तो सभी शहरों का एक-सा ही है... वह जहाँ भी जाता था—गलियों, मोहल्लों में गन्दगी की असहनीय दुर्गन्ध वैसी ही। लोग सोचते, चलो—घरों में तो नहीं—परन्तु लोग इस बात से अनजान या अनभिज्ञ थे कि यह दुर्गन्ध तो फैल जाती है समूचे वातावरण में जो फेफड़ों के द्वारा पूरे शरीर में संचरित होती है और अस्वस्थता का एक बहुत बड़ा कारण यह भी था। इस दृष्टि से उसे लगा कि उसका गाँव कितना अधिक साफ था... यद्यपि रसोई का पानी बाहर खुले में फैलता था—परन्तु इतनी सड़ाँध नहीं थी।

घर गली के आखिर से, तीसरा या चौथा—एकदम पुराना, लकड़ी का पल्लेदार दरवाज़ा, बाहर लोहे का लटकता हुआ कुण्डा जो ऊपर चौखट पर लगे लोहे के हुक पर चढ़ाया जाता था और दूसरा कुण्डा दरवाज़े के बीचों-बीच।

उसने कुण्डा खटखटाया—उसके पिताजी ने—दो एक मिनट बाद दरवाज़ा खोला। इसके पहले कि हिमांशु पाँव छूता—उन्होंने हाथ जोड़कर—"आओ प्रोफेसर जी" और कन्धे पर हाथ रखकर थपथपाया।

किवाड़ ड्योढ़ी में खुलता था जो पन्द्रह से बीस फीट चौड़ी थी—उसके बाद आँगन—जिसके दाहिनी ओर से पक्की सीढ़ी ऊपर जाती थी और आँगन के बाद ही बरामदा और उसमें खुलता हुआ कमरा। बरामदे में ही बायीं ओर खुली रसोई।

हिमांशु ने झुककर पाँव छुए—परन्तु पिता जी ने कन्धों से उठा कर... "प्रोफेसर जी—आप क्यों पाँव छूओगे—आओ यहाँ आसन ग्रहण करो।" और वे भीतर से एक कुर्सी ले आये और एक दीवान जो बरामदे में रखा था—उस पर खुद बैठ गये।

इतने में भीतर से रश्मि की माता जी आ गयीं। हिमांशु ने उठकर पाँव छुए—

"ठीक है... जीते रहो..." जैसे उन्हें हिमांशु के आने से आपत्ति हुई हो।

रश्मि ने हिमांशु के पास आकर उसका हाथ पकड़ा और कहा—"बाऊजी, जैसा मैंने आपसे कहा था ये हमारे 'सर' हैं मेरे तो पर 'भापा जी' हैं—

बहुत अच्छे हैं—इन्होंने मुझे सब कुछ पढ़ा दिया... अब मैं इन्हें घर लाती रहूँगी...।''

उसने एक अल्हड़, निश्छल, निर्बोध बालिका की भाँति कहा। हो सकता है कि वह घर में बहुत स्वच्छन्द हो, उन्मुक्त हो, खुली हुई हो... या फिर स्वयं की झेंप मिटाने के लिए अतिरिक्त निकटता से बात कर रही हो।

''प्रोफेसर जी। ये तो आपकी बहुत प्रशंसा करती है—कहती है कि आप इसकी सभी कठिनाइयाँ दूर कर देते हो... हम आपका वो अभी कह ही रहे थे कि रश्मि का छोटा भाई—ठप्पू ठप्पू करता सीढ़ियों से नीचे उतर आया। उसने आते ही पाँव छुए...

''सर यह है मेरा छोटा भाई... सुधाकर—नौंवी में है—यह डी.ए.वी. अम्बाला कैंट में पढ़ता है...''

''और सुधु ये हैं मेरे सर... और भापा...। तुम भी इन्हें भापा जी कहना...''

और भाई जो पाँच फुट चार इँच का लगता था—पतला भी नहीं—सामान्य डील डौल, रंग गेहुँआ—अधिक नटखट भी नहीं परन्तु एकटिव, चुस्त—मिलते ही भाग गया। रश्मि के बाऊजी—निहायत ही सादे, पाजामा-कुर्ता, ऊपर खादी जेकेट... अखबार दीवान पर बिछी हुई—और चेहरे पर तेज, यद्यपि बुढ़ापा अपना प्रभाव छोड़ चुका था—और उसकी बीजी भी एकदम सरल, सादगी से ओत-प्रोत परन्तु चेहरे पर उभरी रेखाएँ चिन्ताग्रस्त होने का प्रमाण, कम बोलने वाली... सभी का गेहुँआ-गौर वर्ण... इतने में रश्मि पानी का गिलास एक प्लेट में रखकर ले आयी।

''भापे, पानी पीना ऐं।''

उसे सदैव की भाँति रश्मि की वाणी में शहदीला माधुर्य और सहज-सी शैशवता लगी। उसका पानी प्रेषित करना बहुत ही प्यारा लगा—और एक बार फिर वो भूल गया अपना नया-बनाया रिश्ता। उसे लगा कितने भले संस्कार हैं। उसके अपने घर में तो पानी माँगने पर ही दिया जाता है...। पर हाँ, चाय तो अवश्य मिलेगी अन्यथा उसके लिए मना करना होगा।

''प्रोफेसर जी, आपका पूरा नाम—'' बाऊजी ने संवाद में गति देने के आशय से पूछा।

''बाऊजी, मैंने आपको बताया तो था—हिमांशु शुक्ल—आप भूल गये क्या?'' रश्मि ने तुरन्त कहा। वो कहाँ जानती थी कि बाऊजी का संवाद का मकसद क्या हो सकता था।

''अच्छा—तो आप ब्राह्मण हैं—तब तो आप वास्तव में ही पूजनीय और गुरु भी हैं।'' बाऊजी ने संवाद को आगे बढ़ाया।

"वह तो बहुत ऊँचे स्तर की बात है... मैं तो एक साधारण-सा टीचर हूँ।" उसने विनम्रता से कहा।

"प्रोफेसर जी, गुरु तो गुरु ही होता है—और फिर आप तो मैथ्स के प्रोफेसर—कितना कठिन विषय है। रश्मि को खूब मेहनत करनी पड़ती है—पता नहीं कैसा करती है।" उन्होंने अपने सहज स्वभाव से कहा।

"आपकी बेटी तो बहुत कुशाग्र है, प्रखर और बुद्धिमान है—पूरे कॉलेज को उस पर गर्व है।" उसने भूरि-भूरि प्रशंसा की।

"ते तुसीं पंडत ओ... केस तराँ दे..." बीच में बीजी ने घरेलू महिलाओं की दकियानूसी सोच का परिचय दे दिया और साथ ही जिज्ञासा का भी।

"बीजी, ए गल्लां ते बाद विच पुच्छदे रहणा... पहले कुछ खाण दा ताँ पुच्छो।" रश्मि ने जैसे विषय परिवर्तन का प्रयास किया हो।

"रश्मि, तू एन्हा लई दुध्ध लै आ" बाऊ जी ने बीच में ही टोका।

"बाऊजी—बस अब मैं चलता हूँ—अगली बार चाय पीऊँगा।" और वो उठकर खड़ा हो गया।

"फिर कब आओगे?" बाऊजी ने जिज्ञासावश या औपचारिकता निभाते हुए पूछा।

"ऐनी वी की कॉली ऐ... पहली बार आये ओ
भापे—नईं... एदाँ नईं जान देना" रश्मि संकोच की परत को हटा रही थी।

"नहीं... अगली बार..."

"जाण दे रशि... ओहना नूँ कोई कम्म होणा" बाऊजी ने संवाद को उसके प्रत्यक्ष रूप में ही लिया।

"अच्छा हुण ताँ सर, भापे, तुहानूँ रोज़ ही लैके आवाँगी... और बाऊजी... हुन ताँ घर ही पढ़ाँगी ऐनाँ कोलों..." उसने अपनी सहज चंचलता और भोलेपन में कहा जो अभी भी उसकी नैसर्गिक निश्चछलता से फूट रहा था—जैसे कोई शावक अपनी माँ के साथ, उसके संरक्षण में फुदकना सीखता हो।

हिमांशु को तो उसकी हर भंगिमा मनोहारी लगती थी और भूल जाता था कि अब वो किस रूप में है।

"बाऊजी, दीदी और जीजाजी... मैंने उनसे मिलवाना था।"

"ओ ताँ चले गये—बाराँ बजे तक तुआडा इन्तज़ार कीता—लेट हो रैए सी, ताँ निक्कल गये... अगली वार मिलवा देवीं...।" बाऊ जी ने निर्लिप्त भाव से कहा। उसे लगा; वो वास्तव में ही स्थितप्रज्ञ हैं—या तो जीवन का लम्बा रास्ता तय करने के बाद, इनसान थोड़ा तटस्थ-सा हो जाता है जो बहुत अधिक मोहासक्त नहीं होता।

या फिर आर्य समाज का प्रभाव—जहाँ भावुकता और भावनाएँ अधिक महत्त्व नहीं रखती हों—या फिर जीवन के शिशिर में हरियाली कम ही रहती है।

वह तो भावुक था ही—परन्तु बाहरी आवरण, एक संयत, आत्मकेन्द्रित व्यक्ति का! अब तक बाऊजी भी अपनी अलग मुद्रा में आ गये—शायद, हिमांशु का इतनी देर खड़ा रहना अशिष्टता लगी हो... बोले—

"प्रोफेसर जी बैठो नाँ... पहली बार आये ओ कुछ खा पी के जाओ...।" बाऊजी ने आग्रहपूर्वक कहा।

"नहीं जी अब तो बस चलूँगा ही।"

"सर थोड़ी देर तो बैठो... अच्छा... अगर पढ़ा सकते हो तो... घंटा भर..." रश्मि जैसे हतप्रभ-सी रह गयी। पता नहीं क्या हुआ इन्हें? अचानक? कौन-सी बात बुरी लग गयी?

"मैं नहीं आपको जाने दूँगी?... मुझे पढ़ाकर ही जाओ कॉलेज में भी तो पढ़ाना था?" उसने बाल हठ नहीं छोड़ा।

अब हिमांशु के पास कोई विकल्प नहीं था। सोचा... ऐसे छोड़कर जाऊँगा तो हो सकता है रोती रहे—या फिर अनमनी-सी ऊपर जाकर पड़ी रहे। अच्छा यही है कि मूड ठीक करके ही जाऊँ... क्योंकि उसके नयन में एक भी अश्रु... उसके लिए असहनीय। और वह बैठ गया। रश्मि उसे भीतर ले गयी... बड़ा कमरा, प्रकाश के लिए, दिन में भी लाइट जलाना जरूरी। बायीं ओर खिड़की जो बाहर बरामदे में खुलती थी—और दरवाज़े और दीवार के सहारे मेज़—एक लकड़ी की कुर्सी सामने, जिस पर वह बैठा और एक फोल्डिंग स्टील चेअर, जिस पर रश्मि! बाऊ जी पैंसठ, सत्तर के लगते थे, पाँच फीट चार पाँच इंच, लगता था डेन्चर लगवा रखा था, सर एकदम सफाचट्ट... नेहरू जी की तरह—जो पैसा या बौद्धिकता को परिलक्षित करता था—जैसा उसने सुन रखा था। और बीजी... उम्र के साथ थोड़ा भारीपन—चेहरे पर चेचक के कोई-कोई दाग... जो उनके गेहुँआ रंग में घुले-मिले से लगते थे... बाल भादों के बादलों से धवल... और चाल जैसे कच्ची हिलती छत पर चल रहे हों। सभी काम बाऊजी अधिक और बीजी कम—बत्तियों वाला स्टोव जिसको जलाना, उसका रख-रखाव उन्हीं की ज़िम्मेदारी थी। बच्चों का काम... केवल पढ़ाई पर ध्यान देना—यह सब उसने उसी पहले दिन ही भाँप लिया... और इसी पढ़ाई की प्रक्रिया में... एक दिन रश्मि के बड़े भाई साहब, जो किसी कॉलेज में प्रोफेसर थे... दो बच्चों को साइकल के अगले डण्डे पर बैठाए—बाऊजी के पास लाए... सुबह नौ बजे! हिमांशु सुबह ही दिन भर का काम बताने आ गया था क्योंकि अगले दिन रश्मि का मैथ्स का पेपर था। और दो घंटे बाद उसे कामिनी और रजनी के घर भी जाना था।

"भापा जी, ये हैं मेरे हिमांशु सर—पर मेरे तो भापा—और सर, ये हैं मेरे बड़े भाई ... यहाँ कालेज में प्रोफेसर हैं और भाभी जी भी प्रोफेसर हैं।" रश्मि ने उसी स्नेहसिक्त स्मिति को बिखेरते हुए मिलवाया। और फिर पाठ्यक्रम पर केन्द्रित क्योंकि समय को व्यर्थ गँवाना उसने सीखा ही नहीं था। नज़दीकी, सामीप्य, सान्निध्य सभी कुछ था... आँख देख भी ले पर फिर भी अनदेखा, सामने आराध्य हो पर प्राण प्रतिष्ठित नहीं, मात्र दर्द हो पर दर्द का पता भी ना हो, अंग-अंग चटख जाए... पर दर्द ही ना हो—पता नहीं कौन-सी व्याधि से पीड़ित था हिमांशु!!

16

जैसा प्रायः होता ही है—होना ही था... अन्त तो नहीं—परन्तु एक विकराल अन्तराल। परीक्षाएँ, पेपर शुरू, उन्हें देखना, अगले के लिए दिशा निर्देश, इन्वीजीलेश्न ड्यूटी, परन्तु कहीं से कुछ आकर्षण विपरीत दिशा में खींच ले जाते। कामिनी ने स्पष्ट कर दिया, जैसे किसी अधिकार बोध से या अति आत्मीयता से कि "चाहे एग्ज़ाम हो या छुट्टी, आपको तो आना ही है।" हिमांशु ने कहा, "कितना अटपटा-सा लगता है... जब पढ़ाई से कोई मतलब नहीं।" परन्तु नहीं मानी वो... उसका तर्क कि आपके आने से मुझे आत्मविश्वास मिलता है और मेरा मन और सोच स्थिर रहती है। अगर आप चाहते हैं कि मेरे पेपर अच्छे हों तो आपको आना ही पड़ेगा—मेरा आग्रह भी और प्रार्थना भी..."

"ऐसा क्यों कहती हो... मुझे भी तुम्हारी उतनी ही चिन्ता है।"

और कोई, उसे लगा कि दरवाज़े के पीछे है... परन्तु अगले ही मिनट कामिनी की मम्मी भीतर आयी...

"हाँ बेटा—अगर तुम आते रहो—तो इसका मन टिका रहेगा।"

हिमांशु ने उनकी बात का अनुमोदन तो किया परन्तु वो कुछ समझ नहीं पाया कि उसके आने से कामिनी का मन ठीक कैसे रहेगा—वह उसकी दवा कैसे हो सकता है। यदि इसे प्रेम की संज्ञा दे दी जाए—तो बात अलग है। ऐसी स्थिति में उसे रोज़ जाना ही था। और रश्मि! उसे भी पेपर दिखाना है, उसे भी मार्गदर्शन चाहिए और कहीं उसे भी तो रश्मि को देख आत्मतोष और प्रेरणा मिलती ही है। और रश्मि अगले दिन का समय और कार्यक्रम पहले ही से तय कर लेती—उसे भी अपनी बात विस्तार से कहकर आत्मावलम्बन मिलता और उन्मुक्त, अम्लान मुस्कान चन्द्रिका-सी प्रसरित रहती... नहीं चाहता था वो कि रश्मि पल भर भी उदास हो या विचलित हो।

केवल बन्द हुई तो रजनी... परन्तु ना तो उसमें इतना साहस, ना ही आत्मविश्वास कि वह घर वालों को साफ-साफ कह दे... और कह भी दे तो वो जानती थी कि वो मानेंगे नहीं अपितु उसका घर से निकलना अलग बन्द कर देंगे। वह उस समाज की नारी की घुटन, उसकी पीड़ा, आन्तरिक क्लेद का ज्वलन्त उदाहरण थी...जिसका जीवन निराशा और अवसाद के प्रांगण में पहला कदम रखता है।

आखिर, एक दिन जब वह कामिनी के घर जाने के लिए बस स्टैंड पर प्रतीक्षा कर रहा था तो वो झट से आयी, रिक्शा से उतरी और अभिवादन–

"सर, मैं आपसे मिलने की कई दिन से कोशिश कर रही हूँ।"

"क्यों, रजनी, क्या बात है घबराई हुई क्यों हो?"

"नहीं सर, वैसे ही मैं थोड़े विस्तार से बात करना चाहती हूँ।"

इतने में बस आ गयी–"चलो बैठो बस में बात करते हैं।"

और वो बिना सोचे-समझे हिमांशु के साथ बस में बैठ गयी। दो सवारियों वाली सीट थी–साथ बैठ तो गयी, परन्तु सकुचायी-सी, सिमटी-सी–कि कहीं 'सर' को शरीर का कोई अंग छू ना ले–मन में तो था कि साथ सट जाए और उनके शरीर की उष्णता में वो बरसों से जमी बर्फ पिघल जाए–परन्तु उसमें तो यह पूछने का भी साहस नहीं कि आखिर वो लोग जा कहाँ रहे हैं। अपनी ओर से तो वो लाल सूट जिस पर पीले नीले रंग की बेल रेशमी धागे से कढ़ाई की हुई थी–साँवले चेहरे का रंग बदलने के लिए... कम्पेक्ट का प्रयोग था परन्तु शायद सलीका मालूम नहीं था। इसलिए चेहरे पर धब्बे-से थे। बाल पूरी तरह से कानों के पीछे चोटी में बाँधे हुए जो चेहरे को और भी क्षीणकाय-सा दिखला रही थी–कालेज में थे तो किसी भी ऐसी, या कैसी भी हो, के साथ प्रेमपाश या रोमाँस में बँधने को तत्पर रहते थे–परन्तु परिपक्वता और पद दायित्व भी तो हमें लाद देता है। यदि नैतिक मूल्यों की जंजीरों में जकड़े हों तो दिल की गवाही के बिना... किसी को भी प्रवंचना से फँसाया नहीं जा सकता और फिर जीवन भर की टूटन के लिए बीच भँवर में छोड़ा भी नहीं जा सकता। उसका यह दृष्टिकोण उसके साथी पूर्णतया जानते थे। जो भी हो, वो उसकी मनःस्थिति थोड़ी तो समझता था पर उसे आघात नहीं पहुँचा सकता था।

बात उसी ने शुरू की, "हाँ तो रजनी, तुम कुछ बात करने वाली थी।"

"सर, अब क्या बताऊँ–एग्ज़ाम से पहले लगता था, कि सब आता है–और पहला पेपर भी अच्छा हुआ था–पर..."

"पर क्या?"वो कहती कहती रुक गयी थी...

"पर जब आप... सर, बुरा मत मानना, अगर कुछ गलत लगे तो...

"हाँ, हाँ...बुरा किस बात का... कहो तो...

और ठीक से आराम से बैठो

"सर... सर... जब आप पेपर से पहले गाइड कर देते हैं... आपको पेपर दिखा दूँ

तो पता नहीं कैसे कॉन्फीडेंस आ जाता है... घर में तो कोई इतना पढ़ा-लिखा है नहीं... मुझे... मुझे... तो..."

और कहती-कहती वो चुप हो गयी... उसका रुँधा हुआ गला... और डर इसी बात का कि कहीं बाँध में दरार ना आ जाए...

"अच्छा तो बताओ... क्या करें... चलो एक बात... तुम अपनी सहेली से... कामिनी से बात कर लो और पेपर के बाद उसी के यहाँ चली आया करो... दोनों का काम साथ ही हो जाएगा।"

"सॅर, ना तो कामिनी को अच्छा लगेगा और ना ही मेरे घर वाले मानेंगे..."

वो भी क्या करता उसके पास भी समय था नहीं और उसे भी क्या कहे—जवां दिल है—जीवन रंगीन, चित्रमय नज़र आता है—ज़रा-सी हिलोर या ज़रा-से झटके से चटखने में देर नहीं लगती... वो स्वयं भी तो ऐसी ही अवस्थाओं से गुज़र रहा था।

"चलो, अभी तो चलो..." और इतने में बस स्टाप आ गया।

"सर कहाँ जा रहे हैं..." आखिर उसने हिम्मत जुटाकर पूछ ही लिया।

"अरे... तुम आयी नहीं क्या—कामिनी के घर..."

"अच्छा... पर मैं ज़्यादा देर..."और सामने गेट पर खड़ी कामिनी हैरान... सर के साथ कौन...? "अरे... यह तो रजनी... यह क्या करने आयी है... कहाँ से चिपक गयी... "गुड इवनिंग सर..." कामिनी ने रजनी का हाथ पकड़ा—"तुम सर के साथ कैसे?"

"कामिनी, यह तो घर जा रही थी—मैंने ही कहा—चलो तुम्हें कामिनी को मिलवा लाते हैं—क्यों कोई एतराज़ तो नहीं..."

"नहीं सर वैलकम—अच्छा मैं चाय के लिए कहती हूँ..."

सबने मिलकर स्नैक्स लिए और चाय पी... और रजनी असन्तुष्ट-सी उठी...

बात पूरी भी नहीं हुई... "अच्छा—सर अब मैं चलती हूँ..."

हिमांशु ने जेब से बीस रुपये निकाल कर—"अरे तुम्हारे पास तो बस के पैसे भी नहीं होंगे..."

"नहीं सर, हैं..." और कामिनी उसे बस स्टैंड पर छोड़—बीस रुपये थमाकर लौटी...।

किसे सहन होती है... अपने साम्राज्य में घुसपैठ...

"सर, क्या करने आयी थी ये रजनी—आपके साथ।"

"तुम्हें बता तो दिया था।"

"पर फिर भी—बात ज़्यादा बनाती है—ठीक बात कभी नहीं बताती" लगा कामिनी की ईर्ष्या झाग की तरह उफन रही थी।

"तुम्हारी ही सहेली है—तुम जानो..." उसने अनमने भाव से कहा।

"सर, वो तो है—पर फिर भी काफी छुपाऊ टाइप है हर बात को गोपनीय रखती है!"

"चलो छोड़ो—अब परसों पेपर है ना... तब दिखाओ... किताबें..." उसने किताबें ऐसे पकड़ायीं कि उसने अपना हाथ हिमांशु की हथेली पर रख दिया।

नर्म-सा, गुदगुदा, माँसल हाथ... मखमली-सा ही लगा—अन्दर काफी उथल-पुथल होने लगी—जी में आया कि खींच कर आलिंगनबद्ध कर ले... और उसने कामिनी के चेहरे की ओर देखा—गालों पर लालिमा झलक रही थी—एकदम ध्यान आया कि इससे कहीं अधिक छिटकती लाली तो रश्मि के मंजुल मुख पर है और पता नहीं क्यों वो झलक अटक गयी और उसने धीमे से हाथ खींच लिया। कामिनी चाहते हुए भी रोक न पायी—शायद वो सोचती थी कि सर कहीं बुरा मान गये तो—जो भी हो वो तो उन्हीं को समर्पित है—समय से बदलाव आयेगा—और उसे लगा कि इसका शुभारम्भ तो हो चुका है...। पर अब धीरे-धीरे उसे स्वयं पर संयम रखना कठिन हो रहा है।

पेपरों का क्रम चलता रहा—पर अब उसने किसी भी बहाने—जैसे पहली बार ... जाकर घंटी बजायी... शाम के तीन बजे होंगे... रजनी की मम्मी ने दरवाज़ा खोला—

"प्रोफेसर साहब आप?—रजनी देखो तुम्हारे सॅर आये हैं...।" और उसने हिमांशु को सोफे पर बिठाया। रजनी की माँ सामने सोफे पर बैठ गयी परन्तु अचम्भा इस बात का कि ये इस वक्त कैसे आ गये... पर पूछे तो कैसे? हिमांशु जानता था बेटी की माँ है—जिज्ञासा तो होगी ही—तीनो माँएँ कितनी अलग—रश्मि के बीजी एकदम शंकालु, रुढ़िग्रस्त, कुछ भी पूछने में झेंपिल परन्तु जिज्ञासा, कौतूहल हर बात से स्पष्ट—रजनी की माँ थोड़ी शंकित, परन्तु फिर भी बेटी की पक्षधर, बात करने में संकोची और स्पष्ट कहने का साहस नहीं—कामिनी की मम्मी—समयानुसार परिवर्तन में ढली, बेटी को पूरी छूट—परन्तु थोड़ी सतर्कता—व्यवहार कुशल—दिखने में स्नेही...

"मैं इधर से गुज़र रहा था सोचा रजनी का पेपर पता करता जाऊँ... कई दिन से इसके बारे में पता नहीं लगा..." उसने रजनी की माँ की समस्या हल कर दी।

इतने में रजनी पानी लेकर आयी..."सर, कितना अच्छा हुआ—आप आ गये—मैं पेपर, आपसे डिस्क्स करने के लिए उतावली थी—पर कहाँ?"

"अच्छा, सर, मैं चाय लाती हूँ" और उसकी माँ उठकर चली गयी।

रजनी के राखिल चेहरे के जैसे हाव-भाव ही बदल गये—मन ही चेहरे, को मुख की कान्ति को इतना बदल देता है—उसे आश्चर्य तो हुआ शायद इसलिए कि रश्मि को मिलते समय उसने अपना चेहरा कभी आईने में देखा ही नहीं।

"सर, मुझे तो बिल्कुल आशा नहीं थी कि आप आएँगे—मुझे जैसे भगवान ने दर्शन दे दिए..." वह वास्तव में ही अभिभूत थी और कृतज्ञ इतनी कि शब्द मुँह पर ही लटकते रहे।

"ऐसा मत कहो रजनी, मुझे भी तुम्हारी उतनी ही चिन्ता है—तुम्हारे पेपर बढ़िया होने चाहिए और होंगे भी... मुझे विश्वास है।"

"सर आपका विश्वास मैं कभी भी नहीं टूटने दूँगी"... वह तो जैसे भावनाओं से ओत-प्रोत थी। और यूँ चलता रहा सिलसिला पेपर्स देखने, दिशा निर्देश देने का... परन्तु कहीं भीतर, बहुत भीतर वो बदकिस्मती कसक कायम थी—राख ही थी परन्तु उसकी ऊष्मा, उसकी तपश कायम थी जो समझौते से समझौता किए हुए थी।

परीक्षाएँ समाप्त... और अब वास्तविक एकाकीपन!—कहीं जाने को नहीं—ना साधन—न आर्थिक या मानसिक...पितृऋण तो केवल आर्थिक ही समझ आया—जिसमें दायित्व निर्वहन सर्वोपरि... परन्तु हालात वैसे ही अभावग्रस्त, सूखाग्रस्त—किसान की बवाई की तरह फटी ज़मीन—ना वर्षा... ना आशा...।

प्रतिदिन साँय भ्रमण-एकमात्र मनोरंजन... मन के बदलाव का एकमात्र साधन ... परन्तु उसमें हिलोर—उसमें लहरी—रश्मि का छोटे भाई के साथ अचानक कचहरी रोड पर मिल जाना... बात कर लेना... देख भर लेना... थोड़ी देर साथ सैर करना और फिर आग्रह—अगले दिन घर आने का... और उसका हर बार टाल देना... परन्तु यदि अकस्मात् कॉलेज में मिल गये तो रश्मि का घर ले जाना...

दिनचर्या एक शुष्क, अनार्द्र चिलचिलाते दिन और घटाटोप अँधियारी रात से बँधी... रश्मि उदासी, कभी क्या, प्रायः भाँप लेती... परन्तु कैसे बयाँ करे...

"मैं नहीं जानता... कौन है अलग...
दुनिया से... किसी उल्का पिण्ड की तरह...
तुम या मैं... या फिर दोनों ही।
या मैं ही था पागल...
जो था एकदम विलग...
तुम्हें मिलने के बाद...
जैसे सभी... छोटी... बड़ी... धाराओं का संगम!!"

और यह सन्धि, यह संगम ही तो जीवन का आरम्भ है—चाहे वो हो... मन के अनुकूल या विपरीत—जीवन बहा ले जाता है अपने अवरुद्ध वेग से...। और यदि

आप सशक्त, दृढ़-निश्चयवान् और आत्मनिष्ठ रहें तो ठेल दिए जाओगे तट पर... घोंघे, सीप, शंखों मोती, माणकों की तरह... अपने आलम्बन पर आश्रित... अपनी ही नियति की प्रतीक्षा में!

"सॅर... सॅर..." पीछे से मधुर सी आवाज़ आयी—एकदम आत्मीय, कामिनी की लगी। हिमांशु रुका और अपनी चाल से काफी तेज़, कामिनी आकर रुकी।

"सॅर, मैंने आपको कितना तलाश किया" उसने उलाहने भरे स्वर में कहा।

"चलो, स्टाफ रूम में चलकर बात करते हैं"

वे कुर्सियों पर आमने-सामने बैठ गये—वो थोड़ा कठिनाई से टेढ़ा होकर बैठी क्योंकि कुर्सी आरामदेह बनत की थी और उसका कुर्ता तंग और नीचे से इतना तंग कि कदम अधिक से अधिक नौ इंच ही लिया जा सके... फिल्मी आधुनिकतम फैशन।

वो चाहता तो था कि उस पर कोई टिप्पणी करे परन्तु सुरक्षा रेखा कायम ही रखना चाहता था।

"अब बोलो क्या बात है... इतनी उत्तेजित हो कि इस उम्र में भी हाँफ रही हो—" हिमांशु ने उसे सहज करने का प्रयास किया।

"सॅर, मैं कई बार कॉलेज आयी, आखिर हफ्ते भर के लिए जम्मू भी चली गयी और वापस आने पर भी आप नहीं मिले—आज न जाने इस निराशा में आप कैसे नज़र आ गये।" उसकी उत्तेजना अभी भी कम नहीं हुई थी।

"अच्छा... तुम काम तो बताओ... जिसकी तुम्हें इतनी बेताबी है।" हिमांशु अनुमान नहीं लगा पा रहा था कि आखिर हुआ क्या?

"सर, पापा चाहते हैं आप मुझे अगले साल की तैयारी शुरू करबा दें।"

"अरे... ज़रा रिज़ल्ट तो आने दो... फिर पूरा साल पड़ा है...।" उसने टालने का प्रयत्न किया।

"नहीं, सॅर, मैथ्स पहले से कर लूँगी तो मुझे आसानी होगी...।"

"अच्छा—तुम्हारे पापा चाहते हैं या तुम..."

"क्या फर्क पड़ता है—चलो मैं ही..." और वो कहती-कहती लज्जा गयी।

"अगर मुझे मंजूर ना हो तो...?"

"ऐसा हो ही नहीं सकता...?"

"तुम समझती क्यों नहीं कामिनी मुझे बहुत से काम निपटाने हैं..."

आप पूरे दिन में एक घंटा भी नहीं निकाल सकते... मेरी तबियत बिगड़ गयी तो इसकी ज़िम्मेदारी आपकी..." वो जैसे बिफर पड़ी।

"ठीक है... जैसा तुम कहो, पर मैं तुम्हारे डैडी से बात ज़रूर करूँगा।"

"तो सॅर, आज ही, कितने बजे...?"

"वो ही चार..."

और कामिनी तो जैसे चम्पा-सी खिल गयी...

बाहर रजनी प्रतीक्षारत–।

उसकी, (या सभी पुरुषों की–यह तो वो नहीं जानता), पर यह विडम्बना रही है–अभी यौवन की दहलीज़ पर ही थोड़ी भी सौम्य, सलोनी युवती को वो ना कह ही नहीं सकता। उसे पीड़ा में देख उसका हृदय ही विदीर्ण हो जाता है–शायद इसलिए कि स्त्री का जीवन ही भरा होता है, संघर्षों, तनावों, मानसिक यातनाओं, शारीरिक पीड़ाओं और पर-गृह में हर एक के अनुसार स्वयं को बदलना, समायोजित करना और ताल मेल बैठाना, जैसे नटनी की रस्से पर सन्तुलन रखती चाल हो। वैसे भी फूलों को काँटों में उगा देना–त्रासदी ही है पर काँटे तो फूलों की सुरक्षा के लिए थे कि कोई उन्हें अकारण क्षति ना पहुँचा सके परन्तु यहाँ तो काँटे ही निरन्तर बेंधते हैं... और अन्ततः छोड़ देते हैं... निःस्सहाय, अवलम्बनहीन, निराश्रय...।

तन्हाई, एकान्तता, अन्तराभिमुखता, स्वलीनता या एकाकीपन, अपनी ही मनःस्थिति होती है। भीतर का शून्य जैसे बिना हवा का, कम दबाव का क्षेत्र इधर-उधर के विचारों से भर जाता है परन्तु कहीं तो कुछ भीतर ही भीतर टपकता है, जो शहर के बाहर पेड़ों, पौधों, खेतों के बीच चलती कूलों की तरह–देखने में सुखद, रमणीक, मादक तुल्य परन्तु जो अप्राप्य हो, जिसका स्वरूप ही बदल जाए, उसे कोई कैसे समाहित करे। कभी रात को छत पर, तारों के झुरमुट में कोई आस, कभी ओस बिन्दु से अनबुझी प्यास कभी भीतरी टीस से सिसकती, हताश–कैसी भी वो ज्वाला जो हिमखण्ड के भीतर भी दावानल-सी धधकती रही–और हिमांशु भटका पथिक, गुमराह, अतृप्त, आवारा, सूखे ताड़ के पत्ते-सा बेठौर।

वो दिनचर्या के अनुसार, सभी से मिलता घूमता, पुस्तकें, कविताएँ, सभी में ही निरुद्देश्य विचरता...परन्तु दिशा विहीन... बस, कहीं ठहराव मिला तो अज्ञेय के रचित रूमानी संसार में... और वो गढ़ता अपने बिम्ब, अपने प्रतीक, जैसे कोई बौराया प्रमादी!

एक तो भीषण गर्मी के दिन, घर में रहो तो कपड़े उतारकर, टेबल फैन के सहारे ... वो भी यदि खाली मिल जाए तो... और दिन में बाहर निकलना दूभर...। तो भी रश्मि, कामिनी के यहाँ जाना अनिवार्य। रश्मि के घर सुबह ग्यारह बजे और कामिनी के पास शाम पाँच बजे...। मई-जून... ना हवा, ना बादल, ना बरसात, ना नहाने के लिए पानी कि कोई दिन में दो तीन बार नहा ले–बस नहाओ पसीने में–परन्तु पिता जी फिर भी सभी कामों में लिप्त... ना गर्मी की परवाह, ना लू की फिकर... यही तो होती है बदनसीबी... गरीबों और मध्यम वर्गीय परिवारों की...। कहो तो किससे... बस सहो... एक नहीं... सभी। अनुपात में ही अन्तर–अन्यथा

तपने को भट्ठी एक जैसी... और उसमें कोई ना कोई बीमार—एक बार घर में बहन बीमार और उधर रश्मि—जब कोई सम्बल, सहारा न दिखाई दे—तभी तो इनसान उस अज्ञात, अनजाने, अन पहचाने और अनदेखे ईश्वर के श्री चरणों में माथा रगड़ता है।

लगता है जैसे वो अपनी विद्यमानता का एहसास करवा रहा हो—बेशक ये सभी तर्क स्वयं मन जनित होते हैं तो भी तो किसी पर तो सब कुछ छोड़ मानसिक शान्ति और सन्तोष मिलता ही है—चाहे वो अल्पावधि के लिए ही क्यों न हो। जो किताबी अहम्-केन्द्रित विश्वास पर स्वयं को सर्वोपरि मानता था—अन्ततः उसी की शरण में वो उनके स्वास्थ्य और कुशलता के लिए प्रार्थना, अर्चना करता—। रश्मि के माथे पर पानी की पट्टी, चम्मच से पानी, जूस, दाल का पानी पिलाना... सभी कितना सुखकर था... उसका मस्तक सहलाना, चेहरा थपथपाना और उसका असीम स्नेही नज़रों से देखना। लगता था उसे भी अन्तर्तम तक एक सुखद अनुभव और अपनत्व का एहसास करवा रहा था। वो दो तीन दिन बाद ठीक हो गयी। बाऊ जी ने कहा—"प्रोफेसर जी, आप तो ऐसे विचलित हो जाते हैं जैसे दुनिया में कोई है ही नहीं—सभी हैं उसकी देखभाल के लिए—और फिर भगवान पर भी विश्वास रखना चाहिए।"

"वो तो ठीक है—पर—मन माने तब ना—मैं तो इसे सदा सुखी और खुश देखना चाहता हूँ...।"

अब उन्होंने निजी जीवन के अनुभव से क्या अर्थ निकाला—वो जानें...।

उधर बहन भी ठीक हो गयी थी—जैसे जैसे आँधियाँ आती रहीं—गर्मी का प्रकोप कम होता गया—और भगवान का आभार व्यक्त किया कि परिवार और रश्मि... फिर से पुष्पित उद्यान में महकने लगे...। लगा मुसीबतों से निजात मिली।

अन्ततः यूनीवर्सिटी के परिणाम घोषित होने शुरू हो गये। सबसे पहले—बी. ए. पार्ट टू—कामिनी की वो ही मैरिट—यूनीवर्सिटी में दूसरा स्थान, रजनी की फर्स्ट क्लास, कक्षा में मैथ्स में सभी पास और फर्स्ट क्लास; कॉलेज के लिए कीर्तिमान—पार्ट वन में पाँचवाँ स्थान, जो छात्रा यूनीवर्सिटी में दूसरे स्थान के लिए पूरी तरह से आश्वस्त थी। नाम था निशा बहल। कामिनी के परिवार में सभी माता-पिता, दोनों भाई अति प्रसन्न—कि इतनी विकट परिस्थितियों के होते हुए भी उसका परिणाम आशा के अनुरूप। उन्हीं के ड्राइंग रूम में सभी खड़े कामिनी को बधाई दे रहे थे कि कामिनी से तो जैसे रहा ही ना गया—झट से आगे बढ़ी—उसे आलिंगन बद्ध कर चूम लिया। बर्फी का डिब्बा खोला और एक टुकड़ा उसके मुँह की ओर बढ़ाया—हिमांशु ने हाथ पकड़ टुकड़ा उसके हाथ से लिया और उसके मुँह में डाल दिया।

"इस पर पहला अधिकार तुम्हारा है—हम सब बाद में—"और उसने बारी बारी सभी को मिठाई खिलाई परन्तु उसे तो कामिनी ने ही अनुगृहीत किया। फिर अगले दिन का इन्तज़ार—कामिनी को—परन्तु उसे भी कम नहीं—वो तपश रोमरोम को रोमांचित कर चुकी थी।

रश्मि के दिल की धड़कनें तेज़... रोज़ ही मिलना... आश्वस्त करना—और उसका हर बार कहना—सर,... "मेरा की बनूँगा।"

बाऊ जी हमेशा कहते, "भगवान भली करेंगे।" चिन्ता किस बात की... तुम्हें स्वयं में विश्वास है और मुझे तुममें... वही होगा जो तुम चाहोगी...।" हिमांशु उसका मनोबल ऊँचा बनाए रखता।

और रजनी के घर वाले भी अति प्रसन्न—ढूँढ़ते हुए रजनी और उसकी मम्मी उसके घर अप्रत्याशित ही आ गये—बहुत खुश थे माता जी और छोटी बहन से मिले तथा मिठाई देकर गये। परन्तु हिमांशु को तो रात को ही पता लगा—जब माता जी ने कहा—

"काका, कोई रजनी अपणी माँ नूँ लै के आयी-सी—बहुत शुक्रिया करदी सी—कुड़ी वी सोहणी-सी... कहन्दी-सी कि तेरे कोल कालेज विच पढ़दी ए। चंगे बन्दे-सी..."

"ठीक है माता जी... चा ताँ पलाई या नईं..."

"पलाई क्यों नहीं—घंटा भर तेरी उडीक करदे रहे..."

और माता जी भी जैसे उत्साहित थे कि किसी ने उन्हें भी मान दिया।

आखिरकार, पाँच दिन बाद, पूरा धैर्य परख कर ही... रश्मि का परिणाम आया ... यूनीवर्सिटी में... पूरे पंजाब, हरियाणा, हिमाचल में रश्मि फर्स्ट क्लास फर्स्ट... लड़के लड़कियों सभी में... कॉलेज के लिए... एक कीर्तिमान, एक अभूतपूर्व रिकार्ड ... जो आज तक नहीं हुआ... रश्मि रहेजा... सब ओर एक ही नाम.. पूरे शहर में ... कि उनके शहर की एक लड़की ने, इतनी बड़ी पंजाब यूनीवर्सिटी में, एक रिकार्ड बना दिया—ट्रिब्यून, पंजाब केसरी, हिन्द समाचार... सभी समाचार पत्रों में फोटो ... कितनी खुश थी रश्मि... मनोवांछित फल प्राप्त हुआ। प्रिंसिपल ने घर चपरासी भेजकर हिमांशु और रश्मि को बुलवाया। रश्मि तो पहले से ही कॉलेज में थी—जब वह पहुँचा।

"वेरी वैल डन, मि. हिमांशु—कॉलेज ने एक नया रिकार्ड बनाया है—यह सब तुम्हारी मेहनत का नतीजा है।" उनके मुख पर सालों बाद, एक चमक साफ दिखाई दे रही थी।

"सर, मैंने तो कुछ नहीं किया—यह सब तो रश्मि का ही कमाल है—उसी ने दिन रात एक किया—और आपने मुझे एक मौका दिया—आपका ही आभार... और ढेरों बधाईयाँ।" हिमांशु ने सहज, सन्तोषी भाव से कहा।

"और एक बधाई—तुम्हें और भी—तुम्हारी क्लासेज़ की सभी स्टूडेंट्स की मैथ्स में फर्स्ट क्लास आयी है। ऐसा तो कभी नहीं हुआ—और यह भी माईल-स्टोन तुमने महज़ तीन महीनों में ही जमा दिया।" प्राचार्य के मुँह से प्रशंसा, भी अभूतपूर्व बात ही थी।

"थैंक्स सर, मुझे इतनी उम्मीद नहीं थी... सब आपके आशीर्वाद का ही प्रतिफल है।" हिमांशु ने कृतज्ञ भाव से कहा।

वो लोग चाय और स्नैक्स लेकर बाहर आये जहाँ प्रो. यज्ञ, प्रो. सन्त राम उसका इन्तज़ार कर रहे थे। उस समय तक रश्मि कहीं भी नज़र नहीं आ रही थी। उन्होंने हिमांशु को साथ लिया और रश्मि के घर चले गये। सभी ने रश्मि के माता जी, पिताजी को हार्दिक बधाई दी और कहा कि यह रिकार्ड तो एक चमत्कार है। लड़के-लड़कियों में पूरी यूनीवर्सिटी में फर्स्ट आना एक असम्भव-सा शिखर है। प्रो. यज्ञ ने रश्मि की बहुत ही तारीफ की।

"यह तो प्रोफेसर जी की ही कृपा है" रश्मि के बाऊजी ने हिमांशु को लक्ष्य कर कहा।

"हाँ, वो तो है—पर रश्मि की मेहनत काबिले-तारीफ है।" प्रो. यज्ञ ने बात का सिलसिला जारी रखा। दीवान पर प्रो. यज्ञ, प्रो. सन्तराम और हिमांशु सभी बैठ गये।

"मैं तो सॅर की आभारी हूँ—इन्होंने मुझे हर विषय में गाइड किया—नहीं तो केवल तीन महीने में आधे से भी कहीं अधिक कोर्स कौन खत्म करवाता और कैसे रिवाइज़ होता।" रश्मि तो जैसे प्रो. हिमांशु से अभिभूत थी और हृदय से आभारी भी।

"अरे—यह तो हमारे दोस्त का ही कमाल है—मुझे तो पूरा मालूम है—कितनी मेहनत करवाई... दिन भर लगे रहते थे—यह तो मैं ही जानता हूँ।" प्रो. सन्तराम ने कहा—और प्रो. हिमांशु के गले में अपनी बाँह डालकर नज़दीकी का एहसास दिलाया।

हिमांशु पेड़े-बर्फी का डिब्बा तो पहले ही दे गया था। सभी ने उत्सव से माहौल में विदा ली।

जब आपका कार्य निष्पादन ही साक्षी हो तो साक्षात्कार निरर्थक-सा हो जाता है। प्रिंसिपल ने बुलाकर पूछा—"सो; शुक्ल जी, जाना चाहते हो या यहीं पर चालू रखना चाहते हो।"

कामिनी तो जैसे भूख हड़ताल की पहले ही से घोषणा कर चुकी थी। उसने स्पष्टतया कह दिया था कि वो सभी क्लास मेट्स के साथ बड़े सर के पास जाएगी, नहीं तो घर पर ही पढ़ेगी—तो प्रिंसिपल सर कैसे नहीं मानेंगे। और वो गयी भी—तभी शायद प्रिंसिपल ने मन बना लिया हो कि अगले वर्ष एक और शीर्षतम रिकार्ड उन्हीं

का रहेगा। घर वालों ने तो वैसे ही सुख की साँस ली कि हिमांशु घर में रहेगा तो डबल खर्चा बचेगा और फिर हिमांशु को खाने की भी कठिनाई नहीं होगी।

दोनों अध्यापकों का भी परिणाम आ चुका था। उनकी भी एम.ए. प्रथम वर्ष में प्रथम श्रेणी आयी थी और वो किसी भी मूल्य पर हिमांशु से ही पढ़ना चाहते थे।

"सर, आपके पास रहकर कुछ नया करने का अवसर मिलेगा–आगे जैसा आप का आदेश"

"तो ठीक है, मुझे तो खुशी ही होगी–तुम अपना काम चालू रखो। छात्र तो पहले से ही तुम्हें ही चाहते हैं।"

प्राचार्य महोदय ने हाथ मिलाया और कहा "बेस्ट ऑफ लक यंग मैन।"

"थैंक्स सर, थैंक यू वेरी मच।" हिमांशु थोड़ा अभिवादन के लिए झुका और मुस्कान चेहरे पर लिए बाहर निकला–कि कामिनी और सभी छात्र कान लगाए बाहर खड़े थे।

"सर बधाई–वी आर वेरी-वेरी हैप्पी" और कामिनी की कमनीयता लासानी लगी।

वह अभी जाकर स्टाफ रूम में बैठा ही था कि चपरासी, एक युवक को, जिसने हल्के भूरे रंग का सफारी पहन रखा था लिए चला आ रहा है। जैसे ही चपरासी एक ओर हटा तो उसने देखा, इतने में वह भीतर घुस आया–

"अरे, सुरेश... तुम... बड़े स्मार्ट लग रहे हो।"

"अबे साले, तू आया नहीं ना शादी में–पाँच छः तो बी.ए. के और पाँच एक एम.ए. के क्लास फैलो आये थे–तेरा तो मुझे पता था"

"सच पूछे तो यार, घर में बीमारी ने ऐसा जकड़ा कि सुध ही नहीं रही–एक के बाद एक बिस्तर पकड़े और फिर कॉलेज–ऑय एम रीयली सॉरी... अच्छा छोड़, भाभी पूजा कैसी है... परिवार में..."

"अच्छा–अब तो रात के डिनर पर आ, पाँच सात दोस्त... तीन चार पत्नियों सहित और अब के नहीं आया ना तो जाणियो ज़िन्दगी भर का रिश्ता खत्म..."।

"इतनी बड़ी धमकी मत दे... आज तो ज़रूर आऊँगा।"

और रात साढ़े आठ बजे वो सुरेश की बैठक में था–वास्तव में ही भव्य था–दो सोफे–एक हरे रंग का जिस पर क्रीम रंग की धारियाँ और दूसरा गहरा नीला जिस पर पीले रंग के फूल, पत्ते... बीच में डब्बल टॉप की टीक की टेबल, कोने में बड़े बड़े फूलदान... जिस पर नक्काशी... और भी बहुत-सा साज-सज्जा का सामान–साफ ज़ाहिर था माल होगा तो दिखेगा ही... और इतने में बायीं और के दरवाज़े से पूजा दाखिल हुई... लाल सूट जिस पर हल्की पीली बूटी-सिल्क की चमक और मेकअप से किसी भी अभिनेत्री से स्पर्धा में जीत जाए–परन्तु हल्की स्थूलता सूट में भी लक्षित हो रही थी।

उसने उठकर शगुन का लिफाफा दिया

"भाई साहब यह क्या...?"

"आप बैठिए तो... यह आवश्यक है... देरी के लिए क्षमा..."

बाकी साथी और सुरेश... जाम लिये हुए... और उसने एक हिमांशु को पेश किया। देखा, टेबल पर पीटर स्कॉट की बोतल, स्नैक्स और आइस बकेट पड़ी थी।

"मैं... तुझे पता तो है पीता नहीं..."

"जानता हूँ... तू पण्डित है... आज तो पूजा के लिए ही सही कसम तोड़ दे...।"

"ठीक है... अगर भाभी कहें"

"नहीं... एक ही आप सबमें शरीफ़ हैं–उन्हें तो रहने दो।"

और पूजा ने एक गिलास जूस स्वयं और एक हिमांशु को दिया।

जाम उठाए–टकराये–चीयर्स... चीयर्स... पूजा-सुरेश की हैल्थ, वैल्थ और लाँग वेडेड लाइफ के लिए।

और चलता रहा हँसी मज़ाक–पता लगा पूजा लोकल जैन कॉलेज में ही इतिहास की प्राध्यापिका है।

"इन्होंने कभी बताया ही नहीं कि आप भी यहीं धर्म समाज कॉलेज में प्राध्यापक हैं।"

"बताएँगे कैसे... खुद पर भरोसा नहीं होगा..."

"साले... तेरी तो बाद में खबर लूँगा अब आया ना मुँह में पानी..."

"बदमाश... भाभी के लिए ऐसी बात करता है... अब तो सुधर..."

और पार्टी समाप्त हुई... रात ग्यारह बजे के बाद... पता चला कि पूजा की गोद भराई पर दी गयी थी पार्टी...!!

17

वैसे तो प्राचार्य की यह कार्य पद्धति ही थी, कि वो नये नियुक्त किए हुए प्राध्यापकों को निकाल देते थे या फिर दोबारा नियुक्ति पर उन्हें ही या नये प्रोफेसर ही लेते। हो सकता है यह प्रचलन सभी प्राइवेट कालेजों में भी रहा हो ताकि यूनीवर्सिटी से तो पूरे वर्ष की ग्रांट क्लेम करना और देना नौ महीने की सैलरी। परन्तु कोई ही भाग्यशाली होगा जो उनकी कृपादृष्टि का पात्र रहा हो।

अपनी धार्मिक संस्था को पूर्णतया समर्पित एवं धर्मनिष्ठ तो थे ही, परन्तु सही या गलत का विवेचन करने के उनके निजी मापदण्ड थे। कृतज्ञता धर्म में

सर्वोपरि–परन्तु किसके लिए–कोई नहीं जानता। सम्बन्ध; सभी प्राणि जगत्, वनस्पति जगत्, पशु जगत् से बनाना तथा उनके प्रति सचेत, जागरूक, ईमानदार, निष्कपट, सौहार्दपूर्ण और संवेदनशील या दयावान रहना; ये धर्म के मर्म थे। लगता था और हो भी सकता है कि वो जो भी करते हों, संस्था के उत्थान के लिए ही करते हो; परन्तु प्रचलित अन्तर्धारा इसके विपरीत ही थी। आवश्यकता आदमी को सभी कुछ मानने पर बाधित कर देती है। तभी तो निष्कर्षतया उसने जाना कि अहम् से भी बड़ा होता है मर्म और मर्म में निहित होता है दर्द परन्तु दर्द से भी बड़ी होती है मजबूरी। और यह विश्लेषण... मनुष्य के सामने बार-बार प्रश्न सूचक बन खड़ा हो जाता है... और यह उसने बाद में भी बैंक की नौकरी के दौरान भी बहुत गहनता से अनुभव किया जब वो सीधा अधिकारी चयनित हुआ था। और जाते ही काम करना पड़ा... एक अर्धशिक्षित मैट्रिक्यूलेट के नीचे; जिसका अहम् बैंक से भी बृहतर था।

कामिनी की खुशी का कोई पारावार नहीं–छात्र तो प्रायः सभी खुश–राधिका, रति, इन्दु और राधा... ये सभी प्राध्यापिकाएँ विशेषतया प्रसन्न...

रश्मि की खुशी असीमित–आखिर उसकी प्रथम आने की प्रार्थना सुन ली गयी–दोनों हाथों को पकड़कर चूमा... और गले से मिली। एक सुखद अनुभूति जैसे आठ दिन की अनवरत झड़ी के बाद कहीं लालिमा दिखाई दे जाए और आकाश के गले में सतरंगी माला झूल जाए।

"मैं नहीं जानती आप कुछ भी करो–आपको तो मेरे साथ कल चंडीगढ़ यूनीवर्सिटी जाना ही होगा।" रश्मि ने अनुरोधात्मक लहज़े में कहा।

"आप पिताजी या भाई साहब को ले जाओ फार्म ही तो जमा करवाना है।" हिमांशु ने संकोचवश कहा।

"आप ने नहीं चलना तो ना सही... पिता जी जा नहीं सकते और भाई साहब को कॉलेज का आवश्यक काम देखना है।" रश्मि को तो उस पर पूरा अधिकार प्रतीत होता था–फिर यह आनाकानी क्यों?

"मुझे मैथ्स डिपार्टमेंट में सबको मिलवाना, हॉस्टल का निर्णय लेना... और भी जो ज़रूरी बाते हैं उसका ध्यान आप से अधिक कोई नहीं कर सकता" उसने अपनेपन से कहा।

रात को दस बजे–रेलवे रोड पर कुछ वीरान, कुछ चहल-पहल वाली, कच्ची-पक्की सड़क पर तय हुआ–सुबह सात बजे... बस स्टैंड पर।

जो प्रेम से अभिभूत होता है, वह गौण से गौण घटना को भी, अपने ही कोण से, अपनी ही प्रिज़्म में देखता है और उसे वही धवल प्रकाश विकेन्द्रित हो, सतरंगी दिखाई देने लगता है। क्यों? आखिर क्यों...? उसने उसे साथ चलने का तकाज़ा किया। यह शनैः शनैः बढ़ता विश्वास है? और यदि वैसा है तो उसे कुछ भी तो

ऐसा नहीं होने देना है–जाने-अनजाने–जिससे उसे ठेस लगे, या उसे लेशमात्र भी कष्टकर हो जो इस कोमल बन्धन को चटका दे। और यदि यह प्रेम का या अनुराग का प्रस्फुटन है तो इसे ऐसी उर्वरा धरती मिलनी चाहिए जिसमें वह अंकुर पल्लव हो सके। और यदि यह मात्र औपचारिक शिष्टता ही है तो फिर वह क्यों भीतर ही भीतर उच्छलित, उत्तरंगित और प्रवाहित है। जो भी हो हिमांशु कहीं तो अव्यक्त लहरों के उछाल से असंयमित हो रहा था क्योंकि उसे रश्मि के सान्निध्य का पूरा एक दिन मिलने जा रहा था–फिर और क्या चाहिए उसे?

रश्मि भी तो अभ्यन्तर तक उत्तेजित थी, उसे 'सर' और भापे में कोई ज़्यादा अन्तर प्रतीत नहीं होता लगा था। सिवा एक सम्बन्ध, एक उद्‌बोधन से। वह सबके सन्मुख निःस्संकोच, बेझिझक हिमांशु को मिल सकती थी, मिलवा सकती थी ... और वह भी तो उसके सामीप्य में अधिक सहज, अधिक चंचल, अधिक उच्छृंखल और अधिक आत्मविश्वासी महसूस करती थी। वो स्वयं भी स्पष्ट तौर पर नहीं जानती थी कि आखिर उसे हिमांशु की नज़दीकी, अन्तरंगता क्यों इतनी सुखकर लगती थी। क्यों उसने बाऊजी के यह कहने पर कि प्रो. साहब को बेवजह कष्ट नहीं देना चाहिए तो उसने ज़ोर देकर कहा कि उन पर मेरा अधिकार है.. मैं उनसे सब कुछ करवा सकती हूँ। उसे स्पष्टतया सामाजिक बन्धन और व्यवहारिकता का ज्ञान ही नहीं था–वो तो थी एक स्वतन्त्र, स्वच्छन्द कोकिला जो अपने मन से जहाँ भी चाहे उड़ जाए–अपनी नैसर्गिक हँसी के पुष्प बिखेरती।

जून के अन्त की पहली फुहार, मिट्टी की खस-खसी सौंधी-सौंधी महक–जीवन-दायिनी शक्ति का संचार, तो क्यों ना खिंचा चला जाए उसकी ओर–जिसके सपने तिरते हैं आठों पहर...। जुलाई में भी एक-दो बौछारें पड़ी और मौसम में एक मोहक मृदुलता छा गयी–परन्तु बीच में सूर्य की प्रचण्डता इस सबको काफूर कर देती।

वह सुबह रश्मि को घर से लेता हुआ, बस स्टैंड पर गया। बस ठसाठस भरी हुई, चलने को तैयार थी। उसने रश्मि को खिड़की की ओर बैठाया–फिर आप और साथ में एक सवारी और। उसकी कोशिश थी कि वह रश्मि को कम से कम शारीरिक छुअन अनुभव होने दे। परन्तु साथ वाली सवारी ने कहा, "भाई-साहब–थोड़ा और सरक जाएँ–इस बच्चे को भी बैठाना है।"

"कहाँ सरकें भाई, जगह भी तो हो" हिमांशु ने झट से कहा।

"आप थोड़ा और साथ हो जाओ, लो मेरी तरफ सरको।" रश्मि ने सहज भाव से कहा।

वो उसके साथ सट गया–शरीर का ऊपर भाग पूरी तरह साथ चिपका हुआ–और टाँगें भी थोड़ी सटी हुई–अचानक बाज़ू वक्ष पर जा टिका–एक

झनझनाहट शरीर में कौंध गयी—उसने हिल-डुल कर जगह बनाने का प्रयन्त किया।

"कोई बात नहीं, रहने दो..." रश्मि ने शालीनता से कहा—और अद्भुत, अतुलनीय कोमलता, कितना गुदाज़ीपन, कितनी ऊष्मा, कितनी मखमली छूअन—कि मखमल भी लज्जित हो जाए... और शरीर से गुलाबी सुगन्ध, एकदम मादक, मोहक और मदनीय। पता नहीं गाड़ी के हिचकोलों से वक्ष का कोमलतम भाग बार-बार दबता रहा और उसने बाज़ू हटाने की कोशिश की—पर विफलता से उसकी पीठ के पीछे ही घुमाना पड़ा—वह स्थिति और भी नाज़ुक; शरीर की उत्तेजना निरन्तर बढ़ती ही जा रही थी—हिमांशु नहीं समझ पा रहा था कि इस सारी स्थिति को कैसे अंगीकार करे—सामान्य, प्रासंगिक या आकस्मिक या फिर संयोगवश, दैवी... कुछ भी तो... पर जो भी हो... उसने इनसे सुखकर चरमोत्कर्ष के क्षण जीवन में कभी भी अनुभूत नहीं किए थे। बस की खिड़की से ठण्डी हवा अंग-अंग को आलोड़ित किये जा रही थी—खेतों में पानी बरसने से नमी के कारण, किसान अब उन्हें धान की बुवाई के लिए तैयार कर रहे थे। सड़क के साथ-साथ सफेदे की कतारें जैसे रश्मि के अभिवादन में नतमस्तक खड़े हों—हाथों से चँवर झुलाते हुए—परन्तु उसके मन में तो पैठ रही थी वो सुकोमलता एक स्वर्गिक अनुभूति के साथ।

रश्मि ने उसका हैंड पाउच खोला—दो चार कागज के पन्ने तह किए हुए—"देख सकती हूँ बुरा तो नहीं मनाएँगे आप!"

"नहीं, तुम्हें अच्छा लगे तो अवश्य खोलो मेरी कुछ भी प्राइवेट चीज़ नहीं है जो तुम नहीं देख सकती—रशी।

रशी शब्द से उसने पहली बार उसको सम्बोधित किया। वह उसे कर्णप्रिय—कुछ ज़्यादा ही प्रेम भाव से परिपूर्ण लगा—उसने शशि मुख को उसके कन्धे पर टिकाया, और जो भी पहला पन्ना मिला, निकाला, खोला और लो! यह तो कविता है—नीचे लिखी थी तारीख—कल रात ही; रात के ग्यारह बजे लिखी—कमाल है—रात दस बजे के बाद तो मेरे पास से ही गये थे...

एक यात्रा का आरम्भ
एक यात्रा का अन्त—
और आप होते हैं,
सफलता के शिखर पर...
जो दिखता है; कितना पास,
कितना साफ...
धूप की तरह
फिर भी गिरते हैं धड़ाम...

उग्र सागर पर
और आपका अस्तित्व
जाता है मिट...
बिना किसी चिन्ह...!
क्या यह परिणाम है
किसी भीतरी विक्षोभ का?*

रश्मि ने दो तीन बार पढ़ी—सोचा मुझे मिलने के तुरन्त बाद यह टीस भरी अभिव्यक्ति... क्यों? यह तो है मुझसे ही जनित!

"सुन्दर, बहुत सुन्दर..."

"तुम्हें अच्छी लगी... यही है इसकी सफलता।"

"आपके नज़रिए से सफल, परन्तु मेरे लिए असफल"

"असफल क्यों?"

"क्योंकि इसके केन्द्र में हूँ... मैं... अवसाद का कारण... ऐसा नहीं होगा..."

"रशी—थोड़ा मुस्कराओ—वही मन को कितनी शीतलता देती है... और यह तो बस वैसे ही एक विचार आया... लिख दिया..."

"जो भी हो... मैं तो आपको सदा खुश देखना चाहती हूँ... आगे वैसा ही होगा...।"

ना भी हो, परन्तु हिमांशु के मन में आया कि कहीं यह प्रेम के सोपान की पहली सीढ़ी तो नहीं। उसे याद आया जब उसने "उस पार" एकांकी पढ़ी थी तो नायिका लवंगलता अपनी सखी से पूछती है,

"सुखी बनने या बनाने को ही क्या प्रेम कहते हैं?"

और सखी कहती है—

"इसका मैं तुम्हें उत्तर क्या दूँ?"

"छोड़...हर प्रश्न का उत्तर नहीं होता।"

---

*A journey starts
and a journey ends;
Riding the crest,
You are emphoric...
of the success—
seems so near, and clear
like the sun–
yet, dashes on a tumultuous sea
leaving no trace of identity;
Is it the consequence of
a turmoil within?

और रश्मि तो प्रथम दृष्टि में ही उसकी थी लवंगलता! कैसे कोई व्यक्ति काल्पनिक संरचना के प्रतिरूप को यथार्थ में ढूँढ़ता है और वो खोज, जब दामिनी सी, मन-मस्तिष्क पर कौंध जाती है तो वो हतप्रभ-सा, भौचक्का-सा रह जाता है ... अस्तित्वहीन।

डेढ़ घण्टे बाद बस स्टैंड पर उतरे। जैसे सुना था, एक दो बार देखा भी हुआ था—सेक्टर सत्रह का बस स्टैंड, उससे भी अधिक साफ, सुनियमित और सुचारु रूप से सुव्यवस्थित। रास्ते भर रश्मि बतियाती रही—कभी कॉलेज, कभी परिवार तो कभी निजी विषयों पर। शायद इसलिए कि हिमांशु खुले... उसकी तरह बहिर्मुखी बने ... ऐसा ना भी हो... परन्तु... तनाव मुक्त तो रहे...। वह सड़क पार करने में हिचकिचा रही थी, अति सतर्क... और वैसी आज भी थी... इतने सालों बाद... कम से कम... उसको लगता था कि एक स्थान तो ऐसा है जहाँ उसे हिमांशु के आलम्बन की आवश्यकता है। उसने हाथ पकड़ा—सड़क पार करवाई—और रिक्शा पर बिठाया। धूप चढ़ चुकी थी—चिलचिलाहट शरीर को बेंध रही थी... इसलिए रिक्शा वाले को छत ऊपर करने को कहा। सेक्टर चौदह का रास्ता काफी वीरान, चौड़ी बाहों-सी मखमली सड़कें, ऊँची लयबद्ध इमारतें। सेक्टर सत्रह में जहाँ शॉपिंग काम्पलेक्स और शॉपिंग प्लाज़ा, सभी मकानों, कोठियों की पीठें सड़क की ओर। रिक्शे भी बाकी शहरों की तुलना में सँकरे, ताकि दो सवारियाँ बैठें भी तो सटकर। हिमांशु और रश्मि भी वैसे ही बैठे, परन्तु लगा सन्तुलन गड़बड़ा रहा है इसलिए रश्मि ने बाँह उठाकर उसकी ग्रीवा पर रख दी। बस फिर तो उसके उरोजों की ऊष्मा गुदगुदाने लगी—ऐसी इन्द्र लोकात्मक स्पर्शानुभूति, ऐसी सुकोमलता—मन ने चाहा कि यह यात्रा अनवरत चलती ही जाए—वह धीमे से फुसफुसाया, "यह किस बात का पुरस्कार...?"

"आप जानते ही हैं।"

"तो भी..."

"यह सब वो ही जो आपको सुख देता है।"

"वो तो तुम्हारी छवि मात्र ही रोम-रोम झनझना देती है।" तो फिर यह अनुकम्पा कैसी?"

"अनुकम्पा नहीं—प्रत्युपहार—जो आपको आमोदित कर दे।"

"प्रत्युपहार किस बात का...?"

"इतने भी भोले मत बनों—सब जानती हूँ"।

"तो तुम्हें पता है कि मेरे मन में क्या चल रहा है।"

"मैंने भी सब पढ़ा है—एक बार मूर्खता कर ली...। पर अब नहीं—कुछ संस्कृत में पढ़ा और कुछ आप से, आपकी नजरों से, आपके एक-एक आर्द्रपूर्ण शब्द से—कैसे

ना पिघले कोई... बस अब और नहीं...'' और उसने अपने गुदाज़ी वक्ष को पीठ पर सटाकर रख दिया।

वे सबसे पहले डिपार्टमेंट गये—हैड ऑफ डिपार्टमेंट मि. कंसल नहीं थे। प्रवृष्टियों का काम एक दक्षिण भारतीय प्रोफेसर देख रहे थे... पूछने पर पता चला कि वो हैं डॉ. रामानाथन। एक नया विषय उसी वर्ष से चालू किया गया था और वे ही इसे पढ़ाएँगे। यह विषय यूनिवर्सिटी के किसी भी कॉलेज में नहीं था। और दूसरा विषय भी नया ही था और उसे डॉ. पटेल को पढ़ाना था।

रश्मि उसी सामान्य आत्मविश्वास के साथ डॉ. रामानाथन के पास गयी और वही कातिलाना मुस्कान। एक पल के लिए तो डा. रामानाथन भी ठिठके—भीतर से हिल गये। बी.ए. की मार्क्स शीट और कॉलेज का सर्टिफीकेट देखकर थोड़ा तो हतप्रभ हुए।

"सो यू आर रश्मि... यू टॉपड दिस यीअर... वेरी गुड..." उन्होंने मुस्कान से अभिवादन किया। "गलैड यू आर हीयर" और एडमिशन फीस माफ, सभी पुस्तकें यूनीवर्सिटी से... तथा छात्रवृत्ति अलग... हॉस्टल भी फ्री... केवल खाने का खर्चा। रश्मि और हिमांशु के लिए यह सब अप्रत्याशित था। अब तक वो घर में रहकर छात्रवृत्ति के आधार पर पढ़ती रही... अपितु उसमें से भी बचाकर बाऊजी को देती थी। जो भी वार्षिक शुल्क था जमा करवा उन्होंने यूनीवर्सिटी का चक्कर लगाया।

चंडीगढ़ यूनीवर्सिटी का नया परिसर—नये विभाग, नये फर्नीचर से लैस क्लास रूम। खूब खुली, नयी सड़कें... चार गेटों से सुरक्षित... अलग पैदल पथ और उसके किनारे अशोका, मौलसिरी, सिल्वर ओक, देवदार, बॉटल ब्रश, अमलताल और गुलमोहर के पेड़ जो रात में अभिसारिकाओं के लिए प्रतीक्षारत—और दिन में आपके अभिवादन के लिए तत्पर...। रश्मि तो मचल-मचल जाती जैसे उसकी कमसिनी खुलकर उजागर हो रही हो।

"अब आपको हर हफ्ते आना होगा..."

"अच्छा... देखेंगे।"

"देखेंगे नहीं... प्रामिज़ करो..." उसने हाथ आगे बढ़ाकर कहा...।

हिमांशु ने हाथ लेकर कहा...

"अभी शान्ति रखो... पहले यूनीवर्सिटी तो जाना शुरू करो... हॉस्टल में एडजस्ट हो जाओ..."

"वो तो दस दिन बाद शुरू हो ही जाएगी... पर आपको तो आना ही है।"

"देखो... वादा तोड़ोगी तो तुम ही... कभी भी आजमा लेना।"

"चलो, यह भी पता चल जाएगा... कौन कितना निभाता है... वैसे में जानती हूँ... निभाएँगे तो दोनों ही...।"

"तुम इतनी आश्वस्त कैसे हो सकती हो..."

"मेरा मन कहता है... देख लेना।"

और वो सेक्टर चौदह में ही होटल स्काई लार्क में जा बैठे। नीचे हॉल भरा हुआ था सो ऊपर जाकर सोफे पर टिक गये। अलग-अलग... थोड़ी दूरी पर...

"कोल नईं बैठ सकदे..."

और वो उससे सटकर बैठ गयी। अचानक गाने की धुन गुनगुना उठी और फिज़ाँ में एक रूमानियत-सी छा गयी।

उस वक्त तक उन दोनों ने ही वो गाना नहीं सुना था परन्तु धुन बहुत ही मधुर लगी उसका अर्थ भी रश्मि की धीमी-धीमी मादकता और मन्द-मन्द रोशनी में घुल गया... सामने बैठा एक प्रेमी युगल बीच-बीच में आलिंगनबद्ध हो जाता परन्तु वेटर की पैरों की आवाज़ सुनते ही सतर्क... किन्तु हिमांशु हमेशा की तरह अनासक्त, अस्थिर, अनाश्वस्त, अधीर...

रश्मि ने कहा–धीमे से–"वो तुम्हारा हाथ का पहला स्पर्श...। यदि मैं जान सकती... कहने को कितना गौण, परन्तु अर्थ कितना गहन।" उसने रश्मि का हाथ थामा–रश्मि ने उसकी गोद में सिर रख दिया और वो उसे सहलाता रहा–उन कुन्तलों को, जिन्हें देखभर लेना, कमनीयता की पराकाष्ठा–उनमें उँगलियाँ फेरना–एक स्वप्न का फलीभूत स्वरूप–जैसे उद्यान गुलाबों से लहलहा उठे। कभी कल्पना में भी नहीं सोचा था कि वह इतना भाग्यशाली होगा–स्वयं ही भाग्य पर ईर्षा होने लगी कि यह सूखी सरिता भी फूटेगी निर्झरिणी-सी, इतनी उद्दाम गति से कि उसे नख से शिख तक ले जाएगी बहा... किसी अनन्त की ओर...।

नीरव संध्या धीरे-धीरे पेड़ों के सायों को पसार रही थी। उसका दुकूल एक सुखद अनुभूति से, सारी कायनात को ढाँप रहा था–परन्तु उन दोनों के लिए जैसे ब्रह्माण्ड थम-सा गया हो। समय अपना अस्तित्व खो चुका था... परन्तु हिमांशु की तो बाऊजी के प्रति जवाबदेही थी–एक दायित्व था... और उनका विश्वास... यह कभी नहीं टूट सकता था... रश्मि भी तो उतनी ही प्रतिबद्ध थी।

वे शाम तक चंडीगढ़ से लौट आये।

दीप जलने से पहले रश्मि घर पर थी... सभी कितने प्रसन्न... कितने सन्तुष्ट!!

18

मेघ मचल-मचल कर छा रहे थे। पेड़, पत्ते, पौधे, पक्षी, सभी मस्ती में झूम रहे थे। प्राणी जगत भी अछूता तो रह नहीं सकता, मन तो मयूर-सा आह्लादित होता ही

है चाहे कोई उसे अनुभूत करे, अभिव्यक्त करे, आनन्दित हो या फिर बिछोह में तड़पे। कौन-सी वृष्टि, कौन-सी फुहार है जो इस तपन को ठण्डी करे। बिछोह का दर्द, उसकी कसक कैसे सालती है—यह तो उस आँच में तपने वाले को ही पता होता है। इसे तो उन्मादी दीवाना ही पैदा करता है और वही सहता है या फिर ख़ुदा जिसे हिम्मत बख़्शे।

कामिनी की अवस्था भी कुछ ऐसी ही थी। दो दिन से हिमांशु गया नहीं था—ना ही कॉलेज ना ही उसके घर... पता करे भी कहाँ से...? बात करे भी तो किससे—एक रजनी है जिससे बाँट सकती है अपनी व्यथा, परन्तु यह तो उससे भी नहीं कर सकती। रजनी भी तो ट्यूशन के पीछे है और वो भी उन्हीं से...। डाह है ईर्ष्या या फिर स्पर्धा, पर यह भी तो हो सकता है कि जो भाव 'सर' के लिए, मेरे मन में हो, वैसी ही कसक वो भी पाल रही हो—उसे लगा, हो ना हो, वह भी मेरी तरह ही बेचैन होती होगी... परन्तु उसके हाव-भाव से तो कभी लगा नहीं। और ना ही 'सर' की किसी बात से। 'हाँ' वे रश्मि के साथ ही होंगे... पता नहीं क्यों, वो रश्मि से इतने आकृष्ट क्यों हैं, कि कितनी बार मैंने बातों-बातों में, अपने आचरण से, अपना झुकाव, अपनी पसन्द, अपना प्यार उन पर ज़ाहिर भी किया, हाँ, साफ-साफ कहा तो नहीं। कहूँ भी तो कैसे... नहीं यह नहीं कर सकती मैं...। इतनी बेशर्म नहीं हो सकती, बेशक, प्रेम में पतित वाली बात कहाँ? वह तो पावन है, दिव्य रूप है! जो भी हो ... पिछले दो दिन से आये नहीं...। कैसे नियन्त्रित रह सकती हूँ? कामिनी किताब खोलती और ये खयाल पन्नों पर उकेरे लगते।

हिमांशु का पहला पीरियड खाली था। वह बाहर बैठा, झूमते बादलों और फुदकती तितलियों की भाषा को आत्मसात् कर रहा था—अभी थोड़ी ही देर हुई थी कि अचानक राधिका वर्मा आयीं, कुर्सी खींची और बैठ गयीं। महिला प्राध्यापिकाएँ प्रायः ऐसे परिधानों से सँवरी रहती हैं मानो किसी सौन्दर्य प्रतियोगिता में भाग लेने जा रही हों। वे विवशतया आपका ध्यान आकृष्ट करने में प्रयासरत रहती ही हैं—उनके शरीर का हर अंग, अपनी छवि बिखेर, दूसरे को निरस्त्र कर दे—सभी रेखाएँ, वक्रताएँ पूरी तरह उभरी हुईं कि कैसे बच जाए कोई कम्बख्त—और अविवाहितों के लिए और भी आफ़त। ऐसे में आप प्रशंसा कर दें तो संकट को आमन्त्रण और अन्यथा ना करें तो अशिष्टता। वैसे भी सभी पुरुष महसूस तो करते ही हैं—भले ही उसे ना व्यक्त करें, वह दूसरी बात। दूसरे पुरुष प्राध्यापिकाओं से बात भी ना करें, जो सदा इसी ताक में रहते हैं कि दूसरे को आउट कैसे किया जाए। बेशक स्वयं कितने भी डोरे डालें। इसलिए आषाढ़ की घुटन ही अच्छी—सह जाओ और मदिरा के जाम पीते रहो...। वो तो इसी प्रतीक्षा में था कि राधिका ही कोई बात करे।

"कैसे हैं आप? लगता है आपने पहचाना नहीं" राधिका ने थोड़ी दाँतों की झिलमिल बिखेरी।

"आपको कैसे नहीं पहचानेंगे—इतनी वंडरफुल लेडी को कोई कैसे भूल सकता है?" उसने वैसे ही बिना सोच-विचार के कह दिया।

"अच्छा तो बताओ फिर नाम..." उसने पारखी मुद्रा में कहा।

"अजी वाह—जाने दो—आप तो टेस्ट लेने पर आ गयीं—क्लास की बजाए मुझे ही पकड़ लिया" उसने थोड़े चंचल अन्दाज़ में कहा... इतने में नाम भी याद आ गया।

"अच्छा...? तो फिर बताते क्यों नहीं...?"

"ठीक है फिर... राधिका वर्मा जी... आगे बताइए।"

"अब तो मान गये—आप ध्यान भी रखते हैं—हम तो सोचते थे कि भगवान आपमें दिल ही रखना भूल गया हो जैसे..."

"आपको ऐसा क्यों लगा...?"

"न तो आप बात करो—न किसी की तारीफ़, ना मुस्कान, ना टीका, ना टिप्पणी ..." उसने जैसे आँखों से एक सम्मोहन फैलाया... "कब से बैठे हैं—इतना सुहाना मौसम और आपसे चाय की उम्मीद भी नहीं कर सकते।"

"अभी लीजिए—चाय भी क्या चीज़ है?" वो एक झटके से उठा, चपरासी को ढूँढ़ा—और चाय आ गयी। लगा कि इन श्यामल मेघों में कहीं उमड़ती जल धारा है जो बरबस बरसने को लालायित है।

उसने अपनी पूर्ण लावण्यमयता से देखा और मचलती-सी मुस्कान बिखेरते बदली-सी चली गयी। घण्टा बजने में केवल दो ही मिनट बाकी थे।

हिमांशु तीसरी मंज़िल पर फर्स्ट ईअर की क्लास ले रहा था। ऊपर जाकर देखो तो शहर कितना भी गन्दा क्यों न हो, एकदम सुन्दर दिखाई देने लगता है ठीक उसी तरह जैसे फोटो में कुछ भी—महिला, पुरुष, प्रकृति, बच्चे और भी सभी कुछ—दूर बिछी हुई रेल लाइनें, रेल के खड़े डिब्बे, आती-जाती रेलगाड़ियाँ और शीशे की खिड़की में से झाँको तो कॉलेज के सामने से गुज़रते साइकल, रिक्शा, स्कूटर और कोई भूली भटकी कार, ठेले वाले, गुमठी वाले—गुज़रती महिलाएँ, लड़के-लड़कियाँ... सभी—सभी तो कितना आत्मविभोर कर देते हैं—भूल ही जाता है कि सड़कों के किनारे कितनी धूल-मिट्टी और गन्दगी, गड्ढे हैं—पेड़ हरे भरे—शीशम या नीम झूलते हैं उन पर हुए अनाचारों और अत्याचारों के बावजूद—इसीलिए उसे इस कमरे में क्लास लेना खूब भाता था—एक तो नीचे से नाता टूट-सा जाता था और दूसरे आप अपनी ही अलग से अपने ही संसार में विचरते हैं।

ऐसे ही उस दिन वह क्लास में व्यस्त था; बोर्ड पर प्रश्न हल कर समझा रहा था कि दोपहर में कोई बारात जा रही थी... बैंड पुरज़ोर गाने की धुन बजा रहा था– धुन इतनी ऊँची थी कि पढ़ाना असम्भव-सा हो रहा था। छात्राएँ मन्द-मन्द हँस रही थीं और उसके पास बोर्ड पर लिखते जाने के अतिरिक्त कोई चारा नहीं था। दस मिनटों तक यूँ ही चलता रहा। लगा बैंड कॉलेज के सामने रुका हुआ है और धुन पर बाराती भाँगड़े में नाच रहे हैं। आखिर उसे मुँह फेरना ही पड़ा–

"ये लोग खूब डिस्टर्ब करते हैं" उसने मुस्करा कर कहा।

"हाँ, सर, पर गाना भी तो अच्छा है" एक छात्रा ने चुटकी ली और सभी खिलखिला कर हँसने लग गयीं।

"अच्छा–तुम्हें जाकर सुनना है तो सुन आओ... क्लास फिर कभी सही...।" उसने कटाक्ष किया।

वैसे भी बाहर खड़ा चपरासी क्लास के समाप्त होने का इन्तज़ार कर रहा था ... सामने आकर बोला..."सर आपको बुला रहे हैं।"

परन्तु इस सारे क्रम से एक बात तो स्पष्ट हो गयी थी कि यदि युवकों को लड़कियाँ आकर्षित करती हैं तो उन पर भी प्रभाव तीव्रतर ही होता है। अन्तर केवल इतना ही होता है कि लड़के प्रायः ऐसे प्रसंगों में ही संलिप्त रहते हैं परन्तु युवतियाँ वातावरण के अनुसार समन्वित हो जाती हैं।

नये सत्र में कॉलेज की कक्षाओं को लगभग छः महीने हो चुके थे–सभी अपनी समय-सूची के अनुसार कक्षाएँ ले रहे थे–परन्तु राधिका और रति की परेशानी जस-की-तस! सुबह पहले पीरियड में आना और आखिरी पीरियड में जाना। उन्होंने कई बार हिमांशु से कहा... परन्तु वो भी असमर्थ-सा ही था–क्योंकि उसका निजी टाइम-टेबल भी वैसा ही था। उसे लगा शायद प्राचार्य जी ने इसी के लिए फिर बुलाया हो। जैसे ही भीतर दाख़िल हुआ–उसने देखा–एक पुरुष, पेंट-शर्ट-टाई में; सुनहरी फ्रेम का चश्मा-बाल... पिसी काली मिर्च... परन्तु चेहरे पर आभा. शायद पैंतालीस का हो और महिला सौम्य, सुन्दर, सलोनी अपनी वय को पूरी तरह झुठलाती, तनाव का कोई चिन्ह नहीं... ज़ाहिर था सम्भ्रान्त परिवार ही होगा...

"बैठिए–मि. हिमांशु–आपको इनसे मिलवाते हैं।

ये हैं मि. एण्ड मिसेज़ वर्मा–और ये हैं मैथ्स के प्रोफेसर–हिमांशु शुक्ला–शुक्ल क्यों लिखते हैं–मैंने तो कभी पूछा नहीं।" प्राचार्य ने बैठने का संकेत किया।

हिमांशु ने हाथ जोड़कर उनका अभिवादन किया परन्तु वह सोच रहा था कि आखिर उससे ही क्यों मिलवाया जा रहा है।

हिमांशु–आप राधिका के मम्मी-डैडी हैं–जानते हो ना राधिका को–हिन्दी की प्रोफेसर... उससे मिलने आये थे। कहते थे कि कॉलेज के युवा, नये प्रोफेसर, यानी

आपसे मिलवाएँ–और मि. वर्मा भारत सरकार में डिपटी सेक्रेटरी हैं और मिसेज वर्मा देहली पब्लिक स्कूल में प्रिंसिपल।"

"थैंक यू सर! मैं क्या सेवा कर सकता हूँ...?" उसने एक कृत्रिम झेंपिल मुस्कान से कहा।

"गुड यंग मैन–नाइस मीटिंग यू...। राधिका आप के बारे में बात करती रहती है।" और मि. वर्मा ने हाथ मिलाया।

"बात या शिकायत" हिमांशु ने प्रत्युत्तर दिया। नहीं... वो तो आप जानें... पर राधिका तो तारीफ ही करती है–और प्रिंसिपल साहब तो आपकी प्रशंसा करते थकते नहीं–। आप ऐसा क्यों सोचते हैं।" मि. वर्मा ने माहौल को सहज किया। "बस. .. ऐसे ही..."

और वह चाय पीकर सभी का धन्यवाद कर क्लास में चला गया।

एक बार उसने रश्मि से कहा था–हॉस्टल के सामने बैठे हुए–घास के लॉन पर... "यह क्यों होता है–बहुत बार होता है... घटनाओं का पूर्वाभास–और यह अनिष्ट के लिए अधिक सार्थक निकलता है।

कुछ ना कुछ तो भीतर घटित होता ही है जो आपका आखेट करता है और आपको बार-बार चेता जाता है। कभी आप उसके पाश में फँस जाते हो तो कभी पाश असफल–दोनों के अपने-अपने मन्तव्य और अपने-अपने प्रयास।"

"आप लगता है–वहमी बहुत हो–या फिर अन्धविश्वासी–जो बात तर्क संगत नहीं है–वह ठीक कैसे हो सकती है? और वैसे भी सकारात्मक सोच आप में आत्मविश्वास पैदा करती है और नकारात्मकता तो कायर ही बनाती है। गीता को मानते हो तो उसका पालन भी करो...।" लगा कि रश्मि धीरे-धीरे खुलकर बात करने लगी है और उसकी बात और तर्क में जान लगी।

वह कुछ दिन बाद स्टाफ रूम में बैठा था–कामिनी के साथ एक और छात्रा आयी–दोनों ने एक-एक प्रश्न पूछा और चली गयीं। कामिनी इन दिनों कुछ अस्तव्यस्त-सी लगती रही थी। परन्तु उसे भी इतनी फुर्सत नहीं थी कि पहले मनुहार करे–फिर पूछे।

अचानक प्रो. सन्तराम आ गये और शान्तिपूर्वक बैठ गये। हिमांशु ने अभिवादन किया परन्तु तनिक उत्सुकता तो हुई कि चौथे पीरियड या फिर पाँचवे में आने वाले आज दूसरे में ही कैसे आ गये–परन्तु पूछा नहीं–सोचा उनकी वो जानें।

"सो, दोस्त कैसा चल रहा है?" उन्होंने सम्वाद आरम्भ किया।

"ठीक है, सर बाकी आपको ज़्यादा पता होगा..." वह थोड़ा आशंकित हुआ।

"उस दिन आपको मिस्टर वर्मा मिले थे–कैसे लगे...?"

"ठीक थे स्मार्ट एक्सीक्यूटिव–पर आप क्यों पूछ रहे हैं?"

"अजी वैसे ही—तुम्हें उनकी बेटी राधिका कैसी लगती है?"

"फिर वो ही बात... प्रो. साहिब आप माजरा तो बताएँ" उसने गालिबाना अन्दाज़ में पूछा।

"दोस्त ऐसी कोई बात नहीं—राधिका सुन्दर है, सगुण अच्छी पढ़ी-लिखी और परिवार... कितना अच्छा... शादी तो तुम करोगे ही..." उन्होंने अनुरोधपूर्वक कहा।

"प्रोफेसर साहब—अभी तो अपने कॅरिअर की चिन्ता है—अपना ही ठौर ठिकाना नहीं—अभी कम्पिटीशन देने हैं—तब स्थायी नौकरी मिलेगी, नहीं तो यों ही दर-दर की भटकन..." उसकी निराशा ने चेहरा कान्तिहीन कर दिया।

"यंग मैन, सभी इस दौर से गुज़रते हैं—यह सब तो चलता ही रहेगा—कौन रोकता है... पर ऐसे रिश्ते बार-बार चलकर नहीं आते... कहो तो आपके पिताजी से बात करूँ?" उन्होंने बड़े तकाज़े से कहा।

"नहीं सर—अभी मैं अपनी मंज़िल से भटकना नहीं चाहता... मैं इस बारे में अभी सोचना भी नहीं चाहता..." उसका हठीलापन साफ ज़ाहिर था।

"मैंने तो सोचा तुम्हें राधिका पसन्द है... इसलिए टाइम टेबल में उसे तंग करते हो... या फिर साफ कहो ना, कोई और है नज़र में...। एक बार कहकर तो देखो ..." प्रो. सन्तराम ने जैसे आरोपित तो कर ही दिया साथ ही उसकी थाह भी लेनी चाही।

"प्रोफेसर साहब मैं आपका सम्मान करता हूँ... अभी मैंने इस ओर विचार तक नहीं किया... आप इसे अन्यथा मत लें।" उसने स्वर में और अधिक शालीनता का पुट डाल दिया।

परन्तु प्रो. सन्तराम, जिन्हें अपने विमर्श और तार्किकता पर पूर्ण विश्वास था ... हतोत्साहित और असन्तुष्ट ही प्रतीत हुए। उन्होंने सम्भवतया सारा प्रकरण प्रिंसिपल सॅर को बता दिया।

हिमांशु सोचता रहा... किस किस को टालता रहेगा... कैसे वर्तमान ही ठहरता सा प्रतीत होता है। वह गुज़रे तो वह भविष्य का सलोना स्वरूप रश्मि-सा प्रफुल्लित हो जाए जिसमें हों उसकी खिलखिलाहट और चन्द्रिका की धवलता... कब तक अतीत के क्षणों के किनारे बैठ-बैठ भविष्य की बाट जोहता रहेगा। जो स्मृतियों में तो रहा है जाग... पर अनिश्चय की राह पर रहा है भाग।

अगले दिन वह प्रिंसिपल के पास गया और प्रो. सन्तराम के पीरियड के पहले से सातवें और राधिका के दूसरे से छठे पीरीयड तक। वो करीबन भागती आयी और "हिमांशु जी... आपका बहुत धन्यवाद—आपने वास्तव में ही कितना ध्यान किया।"

एक सप्ताह बाद—शायद अपने डैडी से बात करने के पश्चात्—राधिका वर्मा ने सारे प्रसंग की रति शर्मा से चर्चा की।

"अरे रति... ये हिमांशु बड़े चालाक हैं।"

"वो कैसे...?"

"पापा तो मिल ही गये थे। फिर प्रो. सन्तराम ने विस्तार से सारी बात की। परन्तु कह दिया मैंने इस बारे में अभी सोचा नहीं है... मुझे तो ये धूर्त लगते हैं ... पाखण्ड रचा रहे हैं..." "तुम कहना क्या चाहती हो... मैं समझी नहीं..." बेशक वो सब समझ तो गयी ही थी।" अरे वही शादी के बारे में... मम्मी डैडी सोचते थे इनसे बात चलायी जाए... पर इन्हें तो–भगवान जाने–कोई अप्सरा ही चाहिए–बस टाल दिया।" राधिका काफी विचलित लग रही थी।

"अरी–सभी लड़के ऐसे ही होते हैं–वैसे तो कितना भी घूम फिर लो–तफ़रीह करना चाहते हैं।... शादी के नाम पर–पता नहीं क्या साँप सूँघ जाता है। हमें भी क्या कमी है... जाने दो... इसे..." उसने भी बात को तूल दिया। परन्तु राधिका का मूड तो बिगड़ा हुआ था... वो सीधे हॉस्टल गयी और लेट गयी–समाधिस्त... अन्यमनस्क।

रति के भाग से तो छीका टूटा–मन ही मन सोचा–कहाँ वर्मा और कहाँ शुक्ल ...पण्डित... कैसे मानेंगे वो... अच्छा ही हुआ...। ज़्यादा ही फुदक रही थी... कभी पकड़ती, कभी खींचती... जैसे किसी को कुछ पता ही नहीं...। राधा पुरी, शायद ठीक ही कहती हो... यह राधिका तो डाइवोर्सी तलाकशुदा है...। उसी के बाद एम.ए. किया... ससुराल में पिता की पोज़ीशन की शान मारती थी... कौन सहता है...चुप करा दिया।... तलाक देकर। और अगर यही सच है तो; हिमांशु तो कभी भी शादी नहीं करेगा... अब राधा से पूछूँगी। वैसे हिमांशु का ध्यान मुझमें तो है–राधिका साथ थी। पर वह देखता तो मुझे ही रहा... लगातार। खुलने की कोशिश भी करता है।... पर मैंने ही लिफ्ट नहीं दी। अब मैं ही आगे बढ़ूँगी... वैसे हो जाए तो... मम्मी भी चिन्तामुक्त हो... नहीं तो... जब भी घर जाओ–बस... यही... एक ही बात... शादी ...शादी...शादी...। पता नहीं क्यों... अनब्याही लड़की चाहे कितना भी पढ़ ले, कमा ले–सभी घर से निकालने पर ही उतारू रहते हैं। कैसी है यह नारी जीवन की विडम्बना... अनिश्चितता के गर्त में धकेल दो... जिए या मरे... कौन सहे यन्त्रणा दूसरे के घर में... मानसिक, शारीरिक... कौन रही सुखी... सावित्री, सीता या रुकम्णी या फिर द्रौपदी ही... प्रेमी मिल जाए... बस यह तो काल्पनिक उड़ान ही है...

"अरी क्या बुदबुदा रही है... पीरियड नहीं लेना...? पाँच मिनट बीत चुके हैं. .. सर गिद्ध दृष्टि से कॉरीडोर में खड़े मिलेंगे..." राधिका ने उसका स्वप्न भंग किया।

19

रजनी उस स्तर की सुन्दरता से पल्लवित तो नहीं थी परन्तु युवावस्था में मन में निरन्तर फूटते स्वप्निल संसार के अंकुर, उसे किसी रूमानी दुनिया में ले जाते जहाँ हर वस्तु, हर व्यक्ति, हर पेड़-पौधा, हर प्रकृति की छटा स्वर्गिक सतरंगी आवरण में लिपटी नज़र आती है और स्वयं को वो किसी देव कृति से कम नहीं समझता—और रमणियों में, युवतियों में, जो यौवन के आँगन में पहला पग रखती, उन्हें तो वैसे भी वह संसार किसी दैविक देन से अभिभूत लगता है—और देह में शनैः शनैः होते परिवर्तन, प्रकृति का किसी ना किसी रूप में प्रवेश, नयनों का कँटीलापन, केश राशि का प्रसार, वक्ष का अतुलनीय उभार, कटि का कटाव, नितम्बों का नवनीत सा गुदाज़, सभी तो... कैसे एक काल्पनिक संसार में पंख लगा देते हैं—और पाँव, चाल में आ जाती है एक अलौकिक उड़ान...

पर वह तो है अन्तर्मुखी। अपने ही भीतर एक गल्प की दुनिया बसा लेने वाली, जो जीती है तो उसी में, संवाद करती है तो भी उसी में—और निजी भावनाएँ, निजी विचार, निजी मनुहार, ना तो किसी से बाँट ही सकती है और ना ही उसके बाहर निकल ही सकती है। यह सब होता है परिवार जनित और यह मानसिक स्थिति युवाओं और युवतियों में प्रायः वय सन्धि की अवस्था में होती है। बचपन अभी-अभी बीत कर हटा और उसके शेषांश मन मस्तिष्क पर अभी भी टिके होते हैं परन्तु युवावस्था अपने पूर्ण वेग से सागर में ज्वार की तरह हिलोर मारती है और एक सपनीला संसार आँखों की पुतलियों में रच जाता है।

रजनी पर तो यह अक्षरशः चरितार्थ होता ही था—क्योंकि उसका संसार तो था कॉलेज—उसमें कामिनी—और पहली मंज़िल पर मार्केट में घर—जिसकी सीढ़ियाँ उतरना जैसे किसी दूसरे देश में जाना... पूरा वीज़ा हर बार घर से नवीनीकरण करवा कर... तभी तो उसने माँ से कहा—

"माँ, अब यह मैथ्स मुश्किल होता जा रहा है—क्लास में करने से ही काम नहीं चलता—माँ, सॅर से ट्यूशन लेनी पड़ेगी।" उसकी बात में झिझक तो थी ही।

बेशक, कॉलेज जाते हुए, पड़ोस का लड़का—कपड़े के व्यापारी का बेटा, मधुमक्खियों की तरह उसके पीछे हो लेता है—परन्तु उसने तो कभी मुड़कर भी नहीं देखा। पता नहीं क्यों—वो चाहती थी कि उसकी दोस्ती, नज़दीकी, घनिष्ठता या फिर अन्तर्निहित खयाल हो; प्रेम—जिसको वह ठीक से शब्द न दे पा रही हो जो किसी अच्छे सुपठित, प्रोफेसर या ऑफिसर से हो—और 'सर' से अधिक नज़दीकी कोई हो ही नहीं सकता था।

माँ ने कहा—"बेटी, देख लो, छः सात महीने तो बीत चुके हैं—मैं तुम्हारे पापा से बात करूँगी।"

और उसने हिमांशु से समय तय कर लिया—हिमांशु ही कौन तैयार बैठा था—पर कामिनी की सिफारिश और रजनी की निरीहता, संकोच और अनुरोध जो उसके रुआँसेपन में झलकता था... उसे सहमत होना ही पड़ा। रोज़ आना-जाना, रजनी का तत्परता से इन्तज़ार करना, पहले से ही थोड़ा सँवर कर तैयार रहना—कॉलेज में कामिनी के साथ किसी न किसी बहाने, स्टाफ रूम में आ जाना... उसने अपने ही वृत्त में धीरे-धीरे ताना-बाना बुन लिया—ट्यूशन में कभी चाय, कभी ठण्डा या कोका कोला या फिर टिक्की और मैंगो शेक—सभी तरह की आवभगत्...बात-बात पर मुस्कान, उत्तरीय की सरकन, सँवरन, पर कमीज़, नीची कटाव की नहीं—परिवार का शायद अंकुश और उसकी असमर्थ भीरुता...

"रजनी, लगता है तुम्हारा मन अब पढ़ाई में कम ही है" हिमांशु ने जैसा महसूस किया, उसे कह दिया।

"देखता हूँ अब प्रश्न भी तुम उस तेज़ी से नहीं कर पाती हो, जैसा पहले करती थीं—क्या बात है?"

"नहीं सर, ऐसा कुछ नहीं है... बस वैसे ही... आप भी तो पढ़ाई के अतिरिक्त कोई बात नहीं करते... मूड ही नहीं बनता..." रजनी के कपोलों की रंगत बदल रही थी और उसे लगा वो थोड़ा अपने से बाहर निकल रही है। उसे समझ आ गया, दाल काली हो रही है... और अभी से ही इसके समाधान हेतु कदम नहीं उठाये तो आँच से सड़ जाएगी—जिसकी गन्ध पूरे वातावरण में फैल जाएगी।

'देखो रजनी, मैथ्स तो है ही ऐसा—इसमें पूरी एकाग्रता से पढ़ा या पढ़ाया न जाए तो बात ही नहीं बनती—उतने अंक भी नहीं आते जितने कि आशा की जाती है। हाँ, चाहो तो बीच-बीच में साहित्य या कविता पढ़ो—मन बहल जाएगा—और इस बदलाव से ध्यान भी लगेगा। सहेलियों के पास घूम आया करो... थोड़ा ध्यान बँटेगा..." हिमांशु जो सारी स्थिति समझता भी था—परन्तु रजनी को लगा कि "सर" समझना ही नहीं चाहते... और एक भाषण-सा दे डाला... परन्तु रजनी के भीतर तो पीड़ा के मेघ, जलद हो चुके थे... जो नयनों की कालिमा को कपोलों पर बहा रहे थे...

"अरे... बात क्या है? घर पर कोई बात है क्या? खुलकर बताओ... किसी को तो विश्वास में लेना ही होगा... मुझे नहीं तो मम्मी या कामिनी को बता देना ... दिल का दर्द तो बाँटने से ही हल्का होगा..." हिमांशु तनिक विचलित-सा हो गया। कवि हृदय—और किसी युवती की आँख में आँसू... उसके लिए तो असहनीय ... पर वो उसे छूए तो अग्नि शिखा-सी प्रज्वलित हो उठेगी। विवेक दिल पर हावी

हो गया; क्यों प्रेम का प्रगाढ़ बन्धन सभी प्रलयंकारी विभीषिकाओं में भी आत्मा समान दहता नहीं... अजेय रहता है... और उसे रश्मि साथ खड़ी प्रतीत हुई।

"नहीं सर, अब मैं ठीक हूँ—ये तो बस ऐसे ही..." और वो चुप हो गयी।

"कोई भी बात हो तो बेझिझक कह सकती हो—मैं जो भी मेरे बस में होगा उसे करूँगा... चिन्ता किस बात की... तो आगे चलें..." उसने थोड़ी सान्त्वना देने का प्रयत्न किया।

रजनी ने सहमति में सर हिला दिया परन्तु बोली कुछ नहीं।

और जब वह घर लौटा... रात के नौ बज चुके थे... दुकानें ज़्यादातर बन्द हो चुकी थीं, बस इक्का-दुक्का बन्द होने की प्रक्रिया में थीं—सड़कों पर उजाले अँधेरे के छितराये बिम्ब थे—और दूर-दूर तक लैम्प पोस्टों पर लगे बल्ब स्वयं को ही प्रकाश दे रहे थे।

जाते ही, किसी भी योद्धा की तरह उठाई पेन्सिल और उँडेल दिया मन... डायरी के पन्नों पर... जिसे बाद में रश्मि ने पढ़ा... और आलिंगन बद्ध कर चूम लिया।

"यह वो तो नहीं द्वन्द्व, जिसे मैंने बोया—कीकर के काँटों पर चलकर, नुकीले झाड़ों में उलझकर... बीनता रहा ऑक के फूल, दूधिया, नीले, आवृत में सहेजे हुए...

पर, बहा नयनों से, जब बढ़ी टीस, दर्द और कसक... किसी आहत मृग की तरह...

पर, अन्ततः ठहरा, जुही के आँचल में स्वतः।"

रजनी और हिमांशु का सम्वाद उसकी मम्मी ने सुन लिया था। वह समझ गयी कि उसकी बेटी हिमांशु को चाहने लगी है—परन्तु हिम्मत नहीं जुटा पायी; उसके डैडी से बात करने की। अगले ही दिन से वे ड्राइंग रूम में सुनहले सोफे पर बैठते। कोने में पड़ा मेज़ और दोनों कुर्सियाँ हटा ली गयी थीं।

अचानक एक दिन उसके मम्मी और पापा उनके पास आकर बैठ गये। हिमांशु को खटक गया कि अब ये लोग वो ही बात छेड़ेंगे।

"बेटे—कहाँ के रहने वाले हो...?" पापा ने पूछा।

"अब तो यहीं के समझो..." हिमांशु ने बात टालने की कोशिश की।

"नहीं भई—पुश्तैनी कहाँ से हो..."

"पंजाब में जालन्धर के पास गाँव से..."

"अच्छा! दोआबे से हो—हम भी वहीं से ही हैं—नवांशहर से..."

"चलिए अच्छा ही है..."

"आगे क्या करने का इरादा है?"

"आप यह सब क्यों पूछ रहे हैं?" उसके स्वर में थोड़ी झल्लाहट थी।

"बस वैसे ही आप आते हो तो आपके बारे में पता तो रहना ही चाहिए—हमारे दोस्त भी ब्राह्मण हैं—वे ही बात करना चाहते थे..." डैडी ने संकोचवश कहा।

"चलो जो भी हो—अभी तो मैं दो एक साल कम्पिटीशन में बैठूँगा—फिर जैसा किस्मत ने चाहा..." उसने सोचा मामला टल गया।

"फिर भी—बेटा, सोचकर बताना—तब हम आपके पिताजी से बात कर लेंगे।" उन्होंने उठते-उठते कहा—तब तक चाय समाप्त हो चुकी थी।

"ठीक है जी—आप निश्चिन्त रहें..." उसने आश्वस्त करने के सलीके से कहा।

परन्तु रजनी के भीतर तो जैसे खून नहीं। जो भी थोड़ी बहुत आभा थी वो शाम की कालिमा में घुल गयी। एक तो वैसे ही हीन भावना ग्रस्त और इस सतरंगी जीवन के पहले पग पर ही यह वज्रपात!... उसे इसकी कदापि आशा नहीं थी—जीवन ने जैसे किसी अतल गर्त में धकेल दिया...। ऐसे युवक-युवतियों के जीवन का ऐसा प्रत्येक पल जैसे आखिरी लम्हा ही होता है क्योंकि भावनाओं का संसार... कल्पना या यथार्थ से कितना भिन्न होता है—उसे क्या पता? हिमांशु के जाने के बाद—उसने तकिया कितना भिगोया—केवल तकिया ही साक्षी था। या फिर थी माँ—जिसने उसे दस बजे खाने पर बुलाया।

परन्तु जो दीपशिखा बुझ जाए—उसे तो नेह ही अनुप्राणित कर सकता है।

"अरी—क्या हुआ? कोई घर में परेशानी है—या फिर किसी से झगड़ा कर आयी है।" कामिनी ने अगले दिन जैसे ही उसे देखा—रजनी के चेहरे पर अवसाद की रेखाएँ साफ दिखाई पड़ रही थीं। ऐसा लगा वह रात भर सोई नहीं और उम्र भी जैसे दस साल बढ़ गयी हो। सभी—और भी सहेलियाँ और सहपाठिनें घेर कर खड़ी हो गयीं। उसने कभी मन की झंझाएँ किसी से बाँटी भी नहीं थीं। कभी किसी से खुली ही नहीं थी—जैसे प्रायः लड़कियाँ अपनी सभी बातें अपनी सखियों से कर ही लेती हैं।

कामिनी तो अब अनुमान ही लगा सकती थी। उसकी जानकारी में तो ऐसी बात थी ही नहीं, जो रजनी को इतना विचलित कर दे।

"बता ना, कोई पीरियड्स की प्राब्लम है? चल मेरे साथ हमारे फेमिली डॉक्टर हैं उनसे बात कर लेते हैं—कुछ बताएगी तभी ना..." कामिनी ने उसकी गालों को थपथपाया। रजनी भीतर ही भीतर आँसू पी रही थी... रुँधे गले से बोली... "वैसे ही रात भर नींद ही नहीं आयी और सर दर्द भी रहा—ठीक हो जाएगा...।"

"अच्छा, चल कैंटीन चलते हैं—कुछ खा ले। मेरे पास सेरीडॉन है—ठीक हो जाएगी...। पर कुछ और तो नहीं? तूने तो कभी बताया भी नहीं। सर ने कुछ कहा? कल आये थे क्या? कामिनी ने कुरेदा।

"कहा ना—कुछ नहीं..." और उसके बाद सभी क्लास में चली गयीं।

पर, रजनी अब वो नहीं थी—वो तो अब अमानिशा की रजनी बन चुकी थी—जिसमें तारे तो थे पर चाँद गायब था। दूधिया चाँदनी का सपना टूटने से पहले ही, उसके मन ने तोड़ दिया। उसी दिन ही तो क्लॉस में महादेवी वर्मा की "मैं नीर भरी, दुःख की बदरी" पढ़ाई... आँसू टप-टप बहने लगे। कहीं उसे कविता की प्रासंगिकता स्वयं से लगी... "जो उमड़ी कल थी, मिट आज चली।"

असल में रजनी हीन-ग्रन्थियों से ग्रस्त थी। यह प्रायः मध्यम वर्ग और निम्न मध्यम वर्ग और उसी श्रेणी के व्यवसायिक वर्ग के परिवारों की त्रासदी ही होती है—जहाँ युवा, युवतियाँ बड़े-बड़े दिवा-स्वप्न देखते तो हैं, पर किसी से बाँट नहीं सकते, हवा में उड़ना तो चाहते हैं पर ना साधन, ना सामर्थ्य और ना ही मार्ग दर्शन। फलतः सपनों की मिली हल्की-सी जुम्बिश भी बरदाश्त नहीं कर पाते। भीतर ही भीतर पैठ जाता है एक हीन भाव—कि वो इस सबके लायक नहीं—या वे उसे ग्रहण ही नहीं कर सकते। उनमें वो सुन्दरता, वो गुण, वो क्षमता ओर विश्वास ही नहीं है—जिससे कोई उन्हें चाहे—उनसे प्रेम करे—उन्हें सराहे और उनकी और सहज ही आकर्षित हो जाए। यह सब परिवार में फूटे अंकुरों का प्रतिफल होता है। जो उनमें भर देता है... "छोड़ो भी ना—ये तो क्या कर सकती है? इसके बस का है कहाँ? वो देखो—उनकी बेटी—कैसे सभी घर के काम भी करती है और पढ़ाई में भी सबसे आगे रहती है—और ये मैडम—जब देखो तब पड़ी रहती है—जैसे इस महारानी के लिए कोई राजकुमार आयेगा।" ऐसी टिप्पणियाँ परिवारों में रोज़मर्रा की बात होती है। तो फिर रजनी भी अछूती कैसे रह जाती। इसीलिए तो उसका महल बनाने से पहले ही ढह गया—या फिर उसी की सोच ने गिरा दिया। उसी रविवार, हिमांशु को चिन्तित और चिन्तन में देख रश्मि ने उसे अपने ही शब्दों में कहा—"लेक के सामने लॉन में बैठे...

"हर एक को अपनी उच्छृंखलता के लिए उत्तरदायी और उत्तरकारी होने दो; प्रेम तो अणुओं के विस्फोटों में भी जीवित रहेगा; चाहे वो मन में हो, ब्रह्माण्ड में, या फिर व्यवस्था में हो...।"

अति सुन्दर—तुम्हारी तरह—तुमने तो विलक्षणता की सभी सीमाएँ पार कर दीं ...। कहाँ से उपजता है यह सब? रश्मि का उत्तर... उसने अपना मुख उसके काँधे पर रख दिया।

20

सम्बन्धों को रिश्तों तक, कँटीले मार्ग तय कर पहुँचाना और फिर उन रिश्तों को सुरम्य वादियों में उतार देना, उतना सरल नहीं होता जितना दिखाई देता है। सम्बन्ध तो मूक धरातल पर भी टिक सकते हैं और एक मौन भाषा, संवाद का माध्यम हो सकती है। ये एकतरफा भी हो सकते हैं। यह बात धीरे-धीरे रजनी के भीतर, उद्वेग से शान्त हुए सिन्धु में, उतर रही थी; और एक सीप की तलाश में थी, जिसमें जाकर उतर सके।

नौ बजे घर से निकली, दस बजे क्लास जो थी। वही लड़का—लम्बे बाल, हल्का साँवला रंग, चेहरा भरा हुआ, आँखें थोड़ी धँसी हुईं—कद पाँच सात या आठ इंच होगा—सफेद पैंट शर्ट—पता नहीं या तो यह दिन रात यहीं गली की नुक्कड़ पर लैम्प पोस्ट के सहारे खड़ा ही रहता है—नहीं तो, यह रोज़ ही पीछे हो लेता है। जब भी कॉलेज जाओ, नौ दस या बाद... पापा को पता चल जाए तो खाल उधेड़ दें—और थाने का रास्ता अलग... आज पता नहीं वो ऐसा क्यों सोचने लग गयी। रफ्तार भी आज सामान्य से धीमी... अन्यथा वो करीबन उसके साथ ही चल रहा था। वह ठिठकी—पीछे देखा—"क्यों क्या बात है?"

"मुझे आप से बात करनी है"

"पर मुझे तो नहीं करनी..."

"ज़रूरी है इसीलिए... मैं शाम को छः बजे कम्पनी बाग में इन्तज़ार करूँगा...।

वह नहीं गयी—जाए भी कैसे? और क्यों? सुबह दस बजे निकली—फिर मिला।

"मुझे पता था आप नहीं आएँगी... मैं तो रोज ही इन्तज़ार करूँगा—जब तक आप नहीं आएँगी।"

"चार दिन से इन्तज़ार कर रहा हूँ—देखता हूँ कब तक नहीं आती हैं आप..."

रजनी को समझ ही नहीं आ रही थी कि क्या करे। आखिर कामिनी से बात कर ही ली—

"अरी तू तो पागल है—जाकर मिलकर देख। खा तो नहीं जाएगा... कहे तो मैं साथ चलती हूँ।" कामिनी ने कहा।

"ठीक है आज शाम को तुम साथ चलना..."

"अच्छा मान लिया—पर कब तक तू उँगली पकड़ कर चलेगी... बता?"

रजनी को बात चुभी भी और सही भी लगी। कह दिया—खुद ही जाएगी—माँ से बहाना लगाकर कि कामिनी से कोई किताब लेनी है।

"जानता था आप आएँगी–जब रजनी अलग अलग रंगों में रोज़ आती है तो आप क्यों नहीं आएँगी" उसने रजनी का मुख्य द्वार पर ही अभिवादन किया।

"अच्छा बताओ क्या काम है?"

"चलिए पहले बैठो तो सही..." उसने शालीनता से कहा।

और वह बैंच पर, पाम के पेड़ों की कतार के सामने बैठ गये–पर रजनी ने दूरी बनाए रखी।

"आपको मेरा नाम कैसे पता है?"

"जिसने जानना होता है–जान ही लेता है..."

"फिर भी... अच्छा काम बताओ–मुझे जल्दी लौटना भी है..."

रजनी मुद्दे पर आना चाहती थी।

"मैं चाहता हूँ आप मेरी छोटी बहन को पढ़ा दें..."

"मैं तो खुद ही पढ़ रही हूँ–मेरे पास टाइम ही कहाँ है..."

"कहो तो आपके घर छोड़ जाया करूँ"

"मैंने कहा मेरे पास टाइम नहीं है। आप बेमतलब मेरे पीछे पड़ रहे हैं–मैं चलती हूँ..." और वह उठने को हुई कि उसने आइसक्रीम का कप उसके हाथ में थमा दिया–उसे ना करने का अवसर ही नहीं दिया।

"आप मेरा नाम तो पूछेंगी नहीं–मैं हूँ सुधीर धूत–"आप के डैड की कपड़े की शॉप के साथ ही हमारी मैडीसन की शॉप है... आपको एक दो बार अपनी शॉप पर और आपके डैडी के पास देखा है... सच ही, देखा और बस–देखता ही रह गया..."

"बस ऐसी बातों में मुझे कोई दिलचस्पी नहीं है–तो चलूँ–आइसक्रीम के लिए धन्यवाद... ।"

"एक साल के बाद हसरत पूरी हुई है बात करने की–कितनी सुरीली है तुम्हारी आवाज़।–थोड़ी देर यह आवाज़ और सुनने दो–थोड़ी देर... पर, अब कल नहीं तो परसों–कॉलेज के बाद ही... वायदा करो..."

"कोई वायदा आयदा नहीं–मैं जा रही हूँ..."

और वह उठकर चल दी। सुधीर ताकता रहा जैसे कोई बदली छाये और पल भर में गुज़र जाए।

दो दिन बाद सुधीर अपनी बहन को ले रजनी के घर आ धमका। माँ ने दरवाज़ा खोला–उसे रजनी से मिलना था–माँ ने ड्राइंग रूम में बैठाया...

"मैंने कहा था ना, मेरे पास टाइम नहीं..."

"पर आपने मना भी तो नहीं किया था..."

इतने में माँ आ गयी–"क्या बात है रजनी?"

"सुधीर ने उसे बोलने तक नहीं दिया। पूरा ब्योरा दे दिया। परन्तु मिलने की बात नहीं बतायी। जानता था, रजनी के लिए भविष्य में भी आना जाना बन्द हो जाएगा। आखिर, माँ ने कहा, "बेटा, ये तो खुद ही ट्यूशन पढ़ती है—कहाँ से पढ़ाएगी इसे—अभी इसके 'सर' आने वाले ही होंगे।" सुधीर भी कौन इतना उत्सुक ही था। उसे तो घर आने का बहाना चाहिए था। सीढ़ियाँ उतरते हुए हिमांशु का सामना सुधीर से हो ही गया। एक पल निगाहें मिलीं और बिना शब्द बोले—एक नीचे और एक ऊपर गया—परन्तु मंज़िलें जुदा जुदा...।

परन्तु रश्मि का संसार ही अलग था—वह एकाग्रचित्त होकर जिस भी काम में जुट जाती, उस समय वो ही उसका संसार होता। तभी तो, मैथ्स ही उसका संगीत, वो ही उसकी संवाद भाषा और वो ही थी उसके सपनों की दुनिया। जो स्वयं में ही लीन हो, अपना अकलुषित संसार बसा ले, जिसके व्यक्तित्व में ही चुम्बकीय आकर्षण हो कि हर कोई खिंचा चला आये—उसे तो किसी एक का उसको समर्पित हो जाना जैसे किसी उद्दाम सरिता के प्रवाह में बह जाना। इसलिए उसे सम्बन्धों या रिश्तों की गहराई में उतरने का, ना तो अवसर ही मिला, ना ही धरातल—क्योंकि परिवार का माहौल पूर्णया विवेकशील, तर्कशील और वैज्ञानिक दृष्टिकोण वाला ही था; जहाँ भावुकता या भावनात्मकता पूरी तरह गौण थी। और हिमांशु तो जैसे भावुकता का ही सागर हो उसे तो कोई भी संवेदनशील स्थिति जड़ों तक हिला देती। उसके संस्कार, पारवारिक परिवेश और स्वयं की संचित धारणाएँ, सबने अप्रत्यक्ष रूप में उसके जीवन का मार्ग स्वयं ही निर्दिष्ट किया था। वह तो उन्हें अपने जीवन की थाती मानता था या उसका जीवन उन्हीं से ओत-प्रोत था। उसी के सान्निध्य से रश्मि, भीतर से कहीं रश्मि-पुँज की तरह फूट पड़ी, किसी नैसर्गिक झरने की तरह चल निकली। अब उसका अपना मन भी हिमांशु के सान्निध्य के लिए तड़पने लगता। हो सकता है कि वो बालपन की छटा धीरे-धीरे यौवन की बयार में बदल रही हो और उसे अब सम्बन्धों की मार्मिकता, उनका संवेदनात्मक पहलू और उनमें छिपे भावनात्मक लगाव—भीतर तक हिला रहे हों। कॉलेज में तो वाद-विवाद प्रतियोगिताओं, भाषण प्रतियोगिताओं, पेंटिंग या लेखन सभी में शील्डें जीतती रही... परन्तु वय की अपरिपक्वता के कारण उन सबकी विषय वस्तु पर, कभी भी उसका ध्यान ही नहीं गया।

अब तो उसे हिमांशु का साथ हर पग पर चाहिए था—और उस रविवार तो उसने चंडीगढ़ हॉस्टल में इन्तज़ार किया परन्तु अगले सप्ताह ही घर पहुँची और रात को अम्बाला रेलवे रोड पर उसे पकड़ लिया। पता था, कि हिमांशु उसे रेलवे रोड पर ही तलाशता मिलेगा।

"मैं नहीं आपसे बोलती" उसने छूटते ही कहा।

"पर मुझे तो मेरा चाँद मिल गया—मैं तो देखूँगा भी और बात भी करूँगा" उसने रश्मि का हाथ पकड़कर चूम लिया। उसका अनुज उसके साथ था अन्यथा हो सकता था कि वो उसे दो चार मुक्के भी मार देती।

"जानते नहीं—पिछले इतवार—सुबह से लेकर शाम तक कितना इन्तज़ार किया। कम से कम दस चक्कर लगाए होंगे—गेस्ट रूम के। कितनी ही बार हॉस्टल की परिचारिका से पूछा..." और मोटे-मोटे मोती आकर कपोलों पर अटके।

हिमांशु के जी में आया कि उन नयनों के और गालों के एक-एक मोती को पी जाए—परन्तु गुलाब की पंखुड़ियों पर ठहरे ओस कण देखता ही रहा।

उसने हाथ से कपोलों का गुदाज़ीपन भीतर तक उतार लिया। और... "ऑय एम सॉरी—रीयली सॉरी... अच्छा, आगे कभी नहीं होगा।"

"बड़े आये सॉरी कहने वाले..." उसने हिचकी लेते हुए कहा। वह वास्तव में ही आन्तरिक पीड़ा से विक्षिप्त थी। हिमांशु का मन तो हुआ कि उसे अंक में भर कर मनुहार से मना ले; पर सड़क पर कैसे?

"अच्छा—मूड ठीक करो—कहीं ठण्डा पीते हैं... पर यहाँ तो कोई बैठने की जगह भी नहीं।"

"आपको कभी कोई जगह भी मिली है? चलो आगे तक..."

रश्मि दरअसल बहुत पीड़ित थी।—उसे कोई ऐसे नकार दे या उसकी ओर उदासीन-सा प्रतीत हो; यह तो उसके लिए असहनीय था—और खासकर यदि वो हिमांशु हो। क्यों? यह तो उसने कभी सोचा भी ना था—बस, उसका रश्मि की फ़िक्र, चिन्ता, ध्यान रखना उसे बहुत भाता था... और अब वो भी तो हिमांशु को हर स्थिति में खुश ही देखना चाहती थी।

वे दोनों रात के नौ बजे, अँधेरे में सड़क पर चलते गये, परन्तु कोई दुकान ही नहीं मिली; फिर कोल्ड ड्रिंक कैसे? अन्ततः घर ही लौटे।

हिमांशु को स्वयं ही पता नहीं लग रहा था कि यह बदलाव रश्मि में कैसे आ रहा है। शायद पहली बार, घर से बाहर, हॉस्टल में जाकर एक अलग तरह की आज़ादी, एक स्वच्छन्दता और कुछ उच्छृंखलता भी आ जाती है...। नयी-नयी टेरेस मेट्स, नयी-नयी फ्रेंडस, नया परिवेश, नये विचारों, बातों, खयालों का आदान-प्रदान... तो; यह बदलाव जो औचक-सा भीतर गुदगुदाता है... एक नयी दुनिया से परिचित करवाता है। परन्तु हिमांशु फिर भी सावधानी से ही व्यवहार कर रहा था। वैसे भी तो वह अन्तर्मुखी था—खुलता था परन्तु काफी देर में...

"कल सुबह कब आओगे?"

"क्यों कोई खास बात है?"

"नहीं–मुझे कुछ पूछना है..."

"ऐसा क्या?"

"कुछ सवाल, कुछ स्पष्टीकरण... ठीक है... नहीं आना हो तो मत आओ..." उसने तुनक मिजाज़ी से कहा।

"नहीं भई मैं तो यूँ ही पूछ रहा था... ठीक है... दस बजे आता हूँ।"

अगले दिन वो दोपहर बाद चले गये–और तीन बजे सुखना लेक पर जाकर समोसे खाये...। लेक के पॉथ वे पर... हाथ थामे चलते रहे...। सुहावनी सुगन्ध से आलोड़ित रश्मि को छूकर गुज़रती बयार-सुहानी, मनोहारी, फ़िज़ा, और सम्मोहिनी, सलोनी साथी...सभी रूमानियत को खुलकर बढ़ा रहे थे। जाकर बेंच पर बैठ गये ... सटे हुए। रश्मि ही सरककर पास आयी थी। रश्मि का हाथ हिमांशु के कन्धे और पीठ पर। और सर टिका हुआ। वो सामीप्य! वो नज़दीकी जिसकी एक छुअन के लिए, वो कितना अधीर हो जाता था। जिन कपोलों की रक्त रंजित लालिमा उसको नख से शिख तक उद्वेलित कर देती थी... आज उससे सटी हुई...। सामने झील में उठती उर्मियाँ, दूर तक फैले सुरमई पहाड़, पीछे हरा जंगल... और सुहाना साथ और क्या चाहिए जीने के लिए?

"आपके कम्पिटीशन की तैयारी कैसी चल रही है?"

रश्मि ने कानों को तरंगित कर दिया।

"अभी तो किताब खोली भी नहीं..."

"तो मैं नाराज़ हो जाऊँगी..." उसने थोड़ा और सटकर कहा। हिमांशु ने उसकी गालों को सहलाया।

केश राशि की सुकोमलता को महसूस किया और कहा, "अच्छा यह तो बताओ, ऐसे में क्या खराबी है।"

"नहीं, मुझे नहीं पता, कम्पिटीशन तो देना ही है।" यह अनुरोध था या आदेश, वह कुछ समझ नहीं पाया।

"ओ.के.... अब शुरू करता हूँ..." और रश्मि ने सर पीठ पर टिकाए हुए ही उसके गाल पर हल्का-सा चुम्बन ले लिया।

पास से ही दो युवक गुज़र रहे थे...

"क्या लक है....?" एक ने कहा; उनकी ओर देखते हुए–जैसे कोई फिल्मी सीन हो।

"यार! हमें तो साली कोई मिलती नहीं..."

दूसरे ने पीछे नज़र घुमाते हुए कहा और आगे निकल गये।

हिमांशु को बुरा लगा–फिर ध्यान आया उन्हें भी तो ऐसे ही ईर्ष्या होती थी...

उसने रश्मि से पेपर लिया और लिखा...

"मैंने आईना देखा, और आँसू छलक आये–
तुम धीमे से, मेरे भीतर सरक आयीं...
उन आकृतियों के द्वारा, जो नहीं धुँधलाती–
तुम कैसे एक लिपटी लता की तरह–
मेरे कन्धों पर छा गयीं–
कि प्रिये--सभी विशेषण और उसकी उपमाएँ
ठहर-सी गयीं... अपने गन्तव्य पर...
और तुम्हारे मधुरिम उरोजों की छुअन से–
मुझे मिल गया देवत्व...!"

रश्मि ने पढ़ा, पहले हाथ चूमा, फिर पेपर और साथ सिमट कर उसे पर्स में रख लिया।

चाँद झाँक रहा था–सामने पेड़ों के पीछे से।

उसकी सुनहली रश्मियाँ स्वर्णिम आभा से समय को अनश्वर बनाए जा रही थीं। रश्मि तो जैसे भूल ही गयी कि हॉस्टल में सात बजे से पहले पहुँचना है। थ्री व्हीलर से; सुनसान सड़क पर जैसे क्षितिज के उस पार जा रहे हों–उसे छोड़–हिमांशु रात दस बजे घर पहुँचा।

"जानते हो–हमारे 'डैडी' हम सब लड़कियों को कितना प्यार करते हैं?" रश्मि ने खिली कलियाँ बिखेर दीं और कुर्सी खींच कर पास आकर बैठ गयी।

हॉस्टल के गेस्ट रूम में, हिमांशु सुबह नौ बजे ही पहुँच गया था। रविवार को तो छात्राओं को मिलने वालों की भीड़ ऐसे जुट जाती जैसे कोई नयी पिक्चर रिलीज़ होने वाली हो। दोपहर बारह बजे तक तो मेला-सा लग जाता और बैठने के लिए बचता केवल बाहर का लॉन।

"अच्छा!... ये डैडी कौन हैं?" हिमांशु ने उत्सुकता दिखाई।

"हमारे हेड ऑफ डिपार्टमेंट--डॉ. कन्सल। सभी उन्हें डैडी कहते हैं। मुझे भी मेघना अपने साथ ले गयी थी–बहुत ही मीठा बोलते हैं–ड्राईंग रूम में दीवान पर या फिर लॉबी में लेटे रहते हैं। वे तो अपनी बहू को भी साथ लिटाये रखते हैं और छात्राओं को भी... सभी से बेटी की तरह प्यार करते हैं।" उसने बड़े उत्साहपूर्वक बताया।

"और कौन से छात्र जाते हैं...?"

"कोई भी जा सकता है–परन्तु जो भी छात्राएँ पी.एच.डी. या रिसर्च कर रही हों, वे ही जाती हैं या उन्हें बुला लेते हैं। रिसर्च तो लगातार होती है–मूड पर निर्भर करता है। इसलिए वो घर पर जाकर दिशा निर्देश लेती हैं। डैडी के प्यार से काम में मन भी बहुत लगता है।" उसने अपने उसी भोले अन्दाज़ में कहा।

"तुम कब गयी थीं?"

मैं तो पिछले हफ्ते बुधवार को गयी थी–शाम के वक्त–एक दीदी, शायद रागिनी–जो रिसर्च स्कॉलर थी–उनके साथ दीवान पर लेटी थीं और वो उन्हें सहला रहे थे..."और उनकी बहू हम सब के लिए सेब काट रही थी।

"अच्छा तुम्हें प्यार किया?"

"हाँ... रागिनी को ज़ल्दी थी... पर उन्होंने उठकर हम दोनों को जफ्फ़ी डाली, चूमा–और फिर दीवान पर रागिनी के साथ लेट गये...। सचमुच बेटियों की तरह ही प्यार करते हैं। कैसे प्यार से रागिनी के बाल, शरीर सभी जगह को सहला रहे थे... हम तो अगले हफ्ते जाएँगे... आप भी चलना–बहुत प्यार करते हैं सभी को ..." रश्मि तो जैसे प्रेम भाव या वात्सल्य भावना से अभिभूत थी।

"तो ठीक है–आज तो देर हो गयी–अगले सप्ताह इतवार मुझे भी ले चलना।" हिमांशु ने बिना किसी विशेष टीका टिप्पणी के कहा।

"ठीक है, ज़रूर। मैं तो खुद ही चाहती थी–उन्हें भी अच्छा लगेगा। पर आपने तो कोई ज़्यादा रुचि नहीं दिखाई। आपको कैसा लगा... जो हम सबको इतना अच्छा लगता है। इतनी दूर रहकर–पिता का निश्छल स्नेह मिलता है। यह तो हमारा अहोभाग्य है कि इतने बड़े गणितज्ञ हमें इतना प्यार करते हैं।" उसे तो इतना सुखकर लगता था–यह सब बयाँ भर करना कि वो हिमांशु को मिलवाने के लिए लालायित थी।

पता नहीं कब; जब वो टूर से लौटा, तो रश्मि उसकी, चंडीगढ़ के उससे प्रणय प्रलाप के दिनों की डायरी पढ़ रही थी। आज वह स्वयं ही कॉलेज में प्रिंसिपल थी और सोच रही थी कि वह यथार्थ और वास्तविकता में ही, दुनियाँ और उसके बाशिन्दों के मुखौटों से अनजान थी। अब वह घटना क्रम उसके मानस पटल पर चलचित्र की भाँति चल रहा था–जैसे-जैसे वह आगे बढ़ रही थी–उसकी जिज्ञासा स्वयं के विषय में भी तीव्र हो रही थी।

अच्छा, डीयर–एक बात जो शायद आपको कॉलेज में बतायी ना गयी हो। कुछ बातें कोर्स में नहीं होती परन्तु प्रोफेसर, खासकर भाषा या साहित्य के, कविता, उपन्यास या फिर सामान्य लेख की विस्तार से विवेचना करते हुए, मनोविज्ञान या मनोवैज्ञानिक विश्लेषण पर चर्चा करते या कर देते हैं–जिसे कभी कभी विद्यार्थी समझते हैं कि प्रोफेसर साहब विषयान्तर हो रहे हैं।

परन्तु ज्ञान और जिज्ञासा के लिए ये सब अनिवार्य होते हैं–और इन विषयों की अनभिज्ञता में प्रायः विद्यार्थी भ्रमित ही रहते हैं। फ्रायड–जो मूर्धन्य चिन्तक और मनोचिकित्सक थे–उनके कथनानुसार स्त्री, पुरुष का हर व्यवहार, प्रत्येक क्रिया–सेक्स या यौन से प्रेरित होती है। दो वर्ष तक बच्चा जो स्तन चूसता है या फिर काटता

है—उसमें उसे आनन्द मिलता है... और यह क्रिया छः साल तक चलती है—फिर छः से बारह तक बौद्धिक विकास, सामाजिक नियमों की समझ तथा नैतिक विकास होता है—और उसके बाद आजीवन, अपने साथियों के प्रति आकर्षण, तो कभी जुड़ाव, दूसरी जाति के प्राणियों के प्रति खिंचाव; इसी में गहन प्रेम का लगाव भी पनपता है।" उसने बात जारी रखते हुए कहा "और पुरुष की या स्त्री की कामेच्छा, जिसे सेक्सुअल डिज़ायर कहते हैं, आजीवन चलती है। वैसे भी पुत्र अपनी माता से तथा बेटी अपने पिता से अधिक निकट तथा आकर्षित होती है। इसके मूल में सेक्स ही होता है जो विपरीत लिंग को आकर्षित करता है। इसलिए डॉ. कंसल, जो भी स्नेह या प्यार प्रत्यक्ष या परोक्ष रूप में, करते हैं उसमें पूर्णतया सेक्स निहित होता है। अब उसकी तुष्टि के लिए कोई भी नाम दिया जा सकता है। मुझे लगता है तुम बोर हो गयी..." इस लम्बे व्याख्यान के बाद मैंने रश्मि को देखा—वो थोड़ी अनमनी-सी तो लगी। "नहीं—मैं तो ध्यान से सुन रही थी—और विश्लेषण भी कर रही थी—" रश्मि ने अपनी ज्योत्स्ना बिखेरते हाथ कन्धे से उठा लिया।

"चलो जो भी हो—आपके डैडी हैं तो उनसे मिलेंगे तो सही...।" और रश्मि के दोनों हाथों को अपने हाथों में लेकर चूम लिया। उसे हॉस्टल गेट पर छोड़—अलविदा कहा।

ग्रेट... कैसे पूरे संवाद लिख रखे हैं—एक पूरा दस्तावेज़। मैं तो धन्य हो गयी। वैसे तो मैं पहले ही दिन से जानती थी कि वो मुझे बहुत चाहते हैं—पर इस सीमान्त तक कि अनन्त—शब्द भी निःशब्द हो गये हैं।

रश्मि तो जैसे किसी दैवी दुनिया में थी—पर उसे पता ही नहीं चला कि वह क्या लिख रही है। बस, अक्षर उकेर दिये कागज के पन्ने पर...

"किस तरह—चाँदनी के शिगूफ़े
आते हैं उतर—उदासी के आकाश पर...
अधूरे अरमानों की तरह...।
सपनों के संसार में—जाते हैं बस
अचानक, बिन बुलाए, मेहमानों की तरह...
और धीमे धीमे... पहचान फूलों-सी
जाती है खिल
किन्हीं सहज, एहसानों की तरह...।
गुदगुदाते रहते हैं... ये पल...
ना जाने कब तक...

सारी बिखरी कायनात को...

तुम्हारी दूधिया मुस्कानों की तरह।"

और पन्ना टेबल लैम्प के पास पेपर वेट के नीचे रख दिया।

डायरी के पन्ने उसे ज़िन्दगी के उन जीवन्त पलों में ले गये–जिन पर समय की पर्तें अवश्य लिपटी थीं परन्तु विस्मृत नहीं थे। लगता था हिमांशु अभी भी उन्हीं में जीता है। तभी तो उसके प्रेम में, धूमिल कण तक नज़र आते हैं और वह उसी शिद्दत से मेरे लिए उन्मत्त, पागल-सा हो जाता है।

"अच्छा आप बताओ–आप हमारे सम्बन्ध को क्या नाम दोगे?" हिमांशु ने जिज्ञासावश पूछा था।

"आप ऐसा क्यों पूछ रहे हैं?" रश्मि ने संकोचपूर्ण नज़रों से टटोलने का प्रयत्न किया।

"आपको याद है आप शुरू कहाँ से हुई थीं?"

"हाँ बोलो–कहाँ से–भाई जैसे गुरु..."

"तो फिर क्या मानूँ इसे..."

"जो आपके जी में आये..."

"कुछ तो नाम होगा आपके मन में..."

"यह 'आप' की औपचारिकता छोड़ो... अभी भी आप संकोची ही हैं–आपका सब कुछ है--फिर भी..."

"तो भी; कुछ तो कहना ही होगा..."

"बेनाम के रिश्ते, नाम के रिश्तों से ज़्यादा गहन होते हैं" रश्मि ने थोड़ा दर्शनात्मक ढंग से कहा था।

"अच्छा... चलो यही सही... तो तुम्हारा मेरे प्रति स्नेह है या प्यार..."

"दोनों ही... बस...! ठीक है...! सब समझते हो फिर भी, मेरे मुँह से ही कहलवाना चाहते हो?"

"हाँ, इसलिए, कि मेरा तो तुम्हें पता ही था..."

"अब मेरा भी पता लग गया... खुश...!"

"हाँ, बहुत खुश..."

"तो फिर इसे सेलीब्रेट कैसे करोगे..." रश्मि की नीलिमा भरी आँखों में आभा थी।

हिमांशु ने आलिंगन में भर लिया था...

"अरे... क्या करते हो... कोई देख लेगा... तो...?"

"देख ले... अब तो दुनिया पर छाएगा यह नशा..."

और हिमांशु ने उन कपोलों की गुलाबी पखुड़ियों पर होंठ रख दिए... जिसके स्वप्न भर उसके रोम-रोम में बसे थे। नस-नस में जीवन संचरित हो गया... परन्तु फिर भी डर ने अलग किया।

डर बड़ा होता है या प्यार... परिवेश और परिस्थिति वश...! यदि प्रेम में अगाध सच्चाई है—सम्पूर्ण समर्पण है तो प्रेमिका की मान-मर्यादा उसकी अस्मिता—सर्वोपरि हो जाती है—और सामाजिक भय तो प्राकृतिक ही होता है.. .। रोमांच तो अणु-अणु में था। हिमांशु को अब जीवन से कोई गिला, कोई शिकवा या शिकायत नहीं थी। वह तो पूरा का पूरा जैसे ब्रह्म हो गया। तो क्यों ना हो उसी में निष्ठा—उसी को समर्पण, जो इस चरमोत्कर्ष से परिपूर्ण है... उसने तो अवसाद को पल भर में आह्लाद में बदल दिया... ओ रश्मि... ओ रश्मि... रॅश टू मी...!!

रश्मि मैस में खाने के लिए आर्डर देने गयी थी... हिमांशु गेस्ट रूम में अकेला ... जेब से पन्ना निकाला और मन का आनन्द और उल्लास उकेर दिया... क्षितिज पर उगती उषा की तरह...

"तो क्या? यदि तुम मुझे प्रेम करती हो
या मैं तुम्हें करता हूँ प्रेम—
प्रेम की गहनता जाने बिना...!
हो सकता है—जब मैंने
तुम्हारी उँगली को पहली बार छुआ—
तुम्हारे हाथ को पहली बार दबाया—
वो नयनों का पहला मिलन—
जैसे हो गया हो ब्रह्माण्ड केन्द्रीभूत!
वो प्रथम आलिंगन—
वो कोमल गुदाज़ी छुअन...
वो पल—हो गया समर्पित अमरत्व को...।
ईश्वरीय कोई भी कृति—
नहीं हो सकती, इससे अधिक आनन्दप्रद—
कोई भी स्वर्गिक परिकल्पना—
नहीं हो सकती—इससे अधिक सम्मोहक।
और वो पहला चुम्बन—
सम्पूर्ण ब्रह्माण्ड का अमृत...

प्रतिष्ठित! उस एक ही–
आसक्तिपूर्ण परमानन्द में...।''*

और वो पन्ना रश्मि के पर्स में रख दिया था।

''अच्छा–चलो यह तो बताओ कि तुमने मेरा परिचय डॉ. कंसल से 'मेरे कज़न' कहकर क्यों करवाया था–'' हिमांशु ने खाते हुए कहा था।–पता नहीं, उस दिन बरसात के कारण नवम्बर में ही ठंड कुछ.ज्यादा ही हो गयी थी और शायद इसीलिए गेस्ट रूम खाली-सा था। कोई-कोई लड़की बीच-बीच में आती और झाँककर चली जाती–कोई 'हाय रश्मि', कोई 'हेयँ रश्मि' कहकर चली जाती। और कोई शरारत भरी मुस्कान बिखेर जाती–पर फिर भी रश्मि को देखने के बाद से ''हमें तुम बिन कोई जचता नहीं, हम क्या करें'' उस पर तो पूर्णतया चरितार्थ होती थी–उसकी नज़र किसी ओर उठती भी नहीं थी–

''क्या सोच रहे हैं आप...?'' रश्मि शायद भाँप गयी थी कि हिमांशु किसी उलझन में है।

''नहीं तो... पर तुमने मेरी बात का जवाब नहीं दिया''–

''कज़न कहकर परिचय न करवाती तो क्या कहती–ब्वाय फ्रेन्ड, प्रेमी, लवर या गुरु... बताओ...?''

उसने उसी सौम्यता से पूछा था।

''ठीक ही किया–पर, प्रोफेसर साहब मुझे देखकर कुछ सकपका से गये थे–क्यों भला–? तुम्हें नहीं लगा...?'' हिमांशु उसकी लालिमा में खोया हुआ था।

''आप अपना बताओ–कहाँ हो खोए हुए...? वो तो जो थे मुझे पता चल गया, शायद लड़कों या अभिभावकों को कम ही बुलाते हैं–और ऊपर से आप मैथ्स के प्रोफेसर–यह

---

*"What of that
You love me or I love you!
Without delivng deep in the meaning
What Love is?
May be, when I, first touched your finger,
I first pressed your hand...
The first eye contact—
What convegence of the universe!
The first embrace
The soft, mellow touch;
The moment–consecrated in eternity
No God's creation, could be more exhilerating
No Heaven's more enthralling—
And the kiss–the whole elixir
of the universe
in one exhuberating bliss!"

तो नेचुरल ही था। तभी तो उस रिसर्च स्कॉलर के साथ लेटे हुए—झट से उठ बैठे—और वो घर में चली गयी।'' उसने हिमांशु की आँखों में आँखें डालकर कहा था। उसे क्या पता कि वो हिमांशु को कैसे उत्तरंगित कर देती है—अपनी प्रत्येक भंगिमा से...।

''सच बताऊँ, ऐसे देखती हो ना... तो डूबे हुए को निकाल नहीं सकोगी... वैसे ही जीने नहीं देती हो।''

हिमांशु ने दिल की बात ज़ाहिर करनी शुरू कर दी थी।

''ठीक है—बहुत गोताखोर हैं निकाल देंगे... बड़े आये डूबने वाले...'' रश्मि ने उसे चिढ़ाया और अब तो वो बेझिझक मन का बालपन व्यक्त करने लगी थी।

''मैं तो वैसे ही डरता हूँ—मैं यह जोखिम नहीं उठा सकता... किसी भी मूल्य पर नहीं... सिवा अपनी जान के... जो...''

''अच्छा... बहुत खुशामद हो गयी... बस करो... और वैसे आपको अपना गुरु ठीक ही माना। आज देख लिया... आपको देखते ही डॉ. कंसल कैसे दीवान से उठकर सोफे पर आ गये थे... और उस रिसर्च स्कॉलर को भी उठा दिया—''अच्छा बेटी... अब चाय ले आओ। बाकी फिर...।'' कहकर जैसे वास्तव में ही रिसर्च करवा रहे हों... हाँ... चूम ज़रूर रहे थे...। चलो हमें क्या लेना... हमें तो आप से मतलब है...।'' रश्मि का असन्तोष साफ झलक रहा था जैसे मोहभंग हो गया हो...।

बातें करते करते चार बज चुके थे... और बाहर निकल कर देखा; घने बादल ... लड़कियाँ अपने ब्वाय फ्रेंडस के साथ चहल कदमी कर रही थीं—कुछ युगल लॉन में, कुछ बोग्नवेलिया की आड़ में... कुछ पढ़ने का नाटकाभ्यास... और मौसम ने सब पर कुहासे की चादर ओढ़ दी थी। रश्मि उसके साथ सेक्टर 15 की बेकरी तक गयी थी... दो तीन तरह के बिस्कुट लिए और दोनों हाथों को उसकी हथेलियों में दे... दोनों ही अनचाहे मन से... विवशतः रुख़सत हुए। हिमांशु उसकी मृग-चाल देखता रह गया... बस में भी... नींद में भी... एक खुमारी, एक नशा... एक मदहोशी, एक उन्मत्तता छायी रही रात भर। और बुदबुदाता रहा—''मैं आपको—उस प्रेम से प्रेम करता हूँ—जो कभी लगता था... मैंने खो दिया...!''

सुबह किवाड़ पर खट् खट् हुई थी...

''प्रोफेसर साहब... उठे नहीं क्या...?''

और खड़े थे दोनों ट्यूशन वाले टीचर...!!

संयोग ही तो होता है कभी कभी जैसे ही उसने डायरी पलट कर टेबल पर रखी कि हिमांशु ने भीतर पोर्टिको में कदम रखा—वो उठी... जाकर... वो ही कातिलाना मुस्कान से अभिवादन कर हाथ पकड़कर भीतर ले आयी। हिमांशु को तो उसकी हाथ की छुअन भर ही इस क़द्र उत्तेजित कर देती थी—वो जानती ही थी। हिमांशु ने वहीं आलिंगनबद्ध कर लिप्-लॉक किए और वो साँस के लिए तड़पने लगी... ज़ोर से चुटकी काट छुड़ाया और...''बस भी करो... पागल कहीं के... मैं चाय लाती हूँ।'' और वो किचन की ओर चल दी। हिमांशु कमरे में गया—देखा टेबल लेम्प जल रहा है, डायरी

औंधी पड़ी है... और एक पेपर—कविता... पढ़ी... इतनी सुन्दर... अनुपम... अद्वितीय ... झट से किचन में गया... और रश्मि को इतना प्यार—उसका कण कण... तरलित कर दिया... "पर बताओ तो सही... हुआ क्या...?"

"तुम खुद ही बताओ..."

"मुझे तो इस दीवानगी का कोई कारण दिखता नहीं!"

"जब कस्तूरी ही तुम्हारे भीतर है... तो दिखेगी कैसे?"

"अच्छा अब इस पहेली का हल भी बताओ—इनाम हल से पहले ही..."

"इतना सुन्दर लिखती हो... ठीक अपनी ही तरह—अब तो तुम्हारी खैर नहीं ... दो दो चीज़ों ने मुझे तो पागल कर दिया... कहाँ रखती हो सब लिखकर... मेरे से हज़ारों दर्जे उत्तम...

"लव इज़ ए वैरी स्माल वर्ड फॉर यू... बस मैं वो तुम्हारा हर पहलू से दीवाना हूँ..."

और तब तक उसे याद आया कि उसने भी तो ऐसा ही कुछ किया था हिमांशु के साथ। वह सेक्टर पन्द्रह की बेकरी से उस दिन विदा हुआ था और अगले ही दिन—रात सात बजे भाई को भेजकर बुलवा लिया। पूछा कि आखिर बात क्या है? ठीक तो है? पर भाई को तो इतना ही पता था कि वो ठीक है पर उसके आगे कुछ नहीं।

"पिताजी क्या बात है... रश्मि कहाँ है..." हिमाँशु थोड़ा चिन्तित हो उठा था।

"घबराने की कोई बात नहीं... कुछ पढ़ाई के बारे में ही पूछना है... ऊपर कमरे में है वहीं चले जाओ..."

और ऊपर जाते ही रश्मि ने उसे बाहुपाश में जकड़ लिया और दो तीन जगह दाँतों के निशान डाल दिए—गाल, कन्धे और चिबुक पर...

"पर बात क्या है... क्या खुशखबरी है...?"

बहुत सारी... आप... मुझे इतना प्यार करते हो... मैं सोच भी नहीं सकती... मैं तो सब छोड़कर तुम्हारे पास आ जाऊँगी... मैं इतनी मूर्ख... पहले समझी नहीं ... और जब समझी तो..." और उसने एक बार फिर चूम लिया।

भाई खड़ा सब देख रहा था—पर कितना हैरान, कितना समझा—किसे फुर्सत सब सोचने की...

"तो तुमने वो कविता पढ़ ली... वो तो वहीं बैठे-बैठे घसीट दी..."

"और इतनी मनोहारी... इतनी मादक किसी को भी पागल बना दे..."

"कभी नहीं... तुम्हारे सामने तो एकदम प्रभाहीन। कहाँ रजत धवल चन्द्रिका स्नात रश्मि... और कहाँ... काश! मैं लिख पाता... जो मैं महसूसता हूँ—जो मेरे अणु अणु में है... कैसे कहूँ—मुझे भी विश्वास ही नहीं होता... तुम..."

"बस... दोबारा... जिन्दगी भर कभी सोचना भी मत... मैं तुम्हारी हूँ... थी और रहूँगी...।"

और नीचे से पिताजी ने आवाज़ लगाई... खाना तो खा लो... बाकी बाद में देख लेना...!!

21

इन्तज़ार भी अपने आप में, एक असहनीय यातना होती है। पहले तो कभी कभार ही हिमांशु नहीं आता था पर अब तो जैसे उसकी आदत ही हो गयी थी। कामिनी रोज़ ही कापी, पैन लेकर, किताबों से घिरी स्टडी टेबल पर बैठ जाती—एक आध प्रश्न हल करती, फिर मन उखड़ जाता—और नयनों से अजस्र धार बहने लगती—विरहन की मनः स्थिति का अब उसे पूरी तरह आभास हो गया था। एक दो बार तो मम्मी ने देख भी लिया।

"क्यों आज भी नहीं आये तेरे सर जी—फोन ही कर दिया करें—बेमतलब इन्तज़ार तो ना करना पड़े..." उसकी मम्मी के लहज़े में खिन्नता स्पष्ट थी।

"नहीं, मम्मी कोई काम हो गया होगा—उनके घर पर कौन-सा फोन है..." उसने रुँधे गले से बात टालने की कोशिश की।

"अगर यही हाल है तो ट्यूटर बदल लो—और भी तो होंगे?" मम्मी ने नाराज़गी ज़ाहिर कर ही दी—उससे बेटी का क्षोभ देखा नहीं जाता था।

कामिनी इतना विचलित क्यों हो जाती है—वो भी यह जानती थी। यह अलग बात थी कि उसका निष्कर्ष, अनुमान या नज़रिया भिन्न हो।

"नहीं मम्मी यह नहीं हो सकता। वे बड़ी मुश्किल से तो माने ही थे—और कितना अच्छा पढ़ाते हैं। आप चिन्ता न करें—मैं बात कर लूँगी..." वह धीरे-धीरे सहज हो रही थी।

"तो फिर ये टप टप—माँ से छुपाती हो... माँ तो चेहरा देखकर ही जान जाती है—" मम्मी ने कुरेदा, ताकि मर्म का तो पता चले।

"अगर कुछ हुआ भी, तो आपको ही बताना है..."

और उसने उठकर मम्मी को बाहों मे भरकर चूम लिया। फिर मन ही मन मिर्ज़ा जाफर अली 'हसरत' का शेयर दोहराया—जो वह पढ़ रही थी—

"तुम्हें गैरों से कब फुर्सत, हम अपने ग़म से कब खाली—
चलो बस हो चुका मिलना, ना तुम खाली, ना हम खाली।।"

उसने किसी के आने ही आहट सुनी—उठी—देखा माली था—मुकद्दर फिर वही खाली।

क्या करती कामिनी। इंग्लिश बुक शॉप से प्रकाश पण्डित की शेर-ओ-शायरी की किताब ले आयी थी। मैथ्स को अलग रखा—और कसम खा ली कि किताब को हाथ भी नहीं लगाएगी। जब तक सर नहीं आएँगे। कापी पर मैथ्स के बजाए, कतील 'शिफाई' का शेर लिखा—

" 'कतील' अब दिल की धड़कन बन गयी है चाप कदमों की—

कोई मेरी तरफ़ आता हुआ महसूस होता है।''

बाहर आकर गार्डन में घूमती रही—वो ही गेंदा, वो ही गुलाब, वो ही ग्लेडेलिया, वो ही डेफोडिल... कभी कितना सुकूँ देते थे—पूरे तन मन में एक नयी ऊर्जा भर देते थे और उसे एहसास-सा होने लगता था, कि वो जैसे बादलों में, साँझ की लालिमा में उड़ रही है। पर आज एक वीरानी, एक बोझिल-सी, उन्मन-सी उदासी, जीवन में एक शून्यता—किसी से बात करने का मन करे भी तो...?

इतने में एक कार आकर, ठीक गेट के सामने, आकर रुकी—डैडी... साथ बड़ी दीदी! एकदम कसे हुए चटकीले कपड़े, बाल सँवरे पर घुँघराले, थोड़े उड़े हुए भी, रंग शरबती गेहुँआ, गोरेपन की आभा लिए हुए, कद कामिनी से नाटा, नैन नक्श थोड़े गोल-गोल—परन्तु शरीर और चेहरा गोल मटोल—फिर भी स्थलूकाय नहीं—शरीर की एक-एक वक्रता का पूरा उभार...

''ओ... दीदी... क्या सरप्राईज़ दिया...'' और कामिनी ने उसे भागकर झप्पी डाली... ''पापा ने भी नहीं बताया''।

''पापा आये थे—तो कहते चलो... सबसे मिल भी लेना—'' स्नेहा ने उसे चूमते हुए कहा।

''चलो दीदी—पहले अन्दर चलो। वहीं बातें करते हैं...'' कामिनी उसका हाथ पकड़कर अन्दर ले गयी। मम्मी को जो आत्मतोष और प्रसन्नता बेटी को मिलकर होती है—वो स्नेह असीम होता है—और बेटियों को, जैसे आषाढ़ में फुहार! अन्दर तक पैठी शीतलता—जो शायद शब्दातीत ही कही जा सकती है।

''और तेरी फिलोसॅफी कैसी चल रही है... और वो तुम्हारी मासी का लड़का ... बिल्लू... अरे नहीं... परेश... मिलते हो या नहीं'' मम्मी को स्वाभाविक जिज्ञासा थी, एक ही झटके में कह दी।

''हाँ, मम्मी, सब ठीक है—'' स्नेहा ने कुर्स्की की बॉइट लेते हुए कहा... ''पढ़ाई तो अपनी रफ्तार से चलती ही है—कभी मूड ठीक तो जुट जाते हैं नहीं तो दो-दो दिन किताब को छूते तक नहीं...।''

''चल, मूड को ठीक रखा कर... और वो परेश...?''

''आपको मेरे से ज़्यादा तो परेश की चिन्ता है—

''अच्छा है—पर अपने पर उसे विश्वास ही नहीं... निश्चय नहीं... ढुल-मुल-सी बातें करता है...

वैसे अपने सब्जेक्ट में तो बहुत अच्छे हैं...''

स्नेहा ने कुछ इस तरीके से बताया, कि ना तो उसकी मम्मी, ना ही कामिनी कोई निष्कर्ष निकाल सकीं।

"अच्छा—चल—ये रोस्टेड बादाम खा... दिमाग और मूड दोनों ठीक हो जाएँगे ..." मम्मी ने दुलार से कहा।

"और तू बता... पापा कह रहे थे तूने किसी 'सर' से ट्यूशन ली है... ट्यूशन ही है ना...?"

उसने कामिनी पर प्रश्न दाग दिया ताकि ध्यान उसकी ओर से हटे... बड़ी होने का फायदा तो उठाती ही थी... हर बात में...।

"हाँ, हिमांशु सर हैं... कल मिलवाऊँगी आपको..."।

इतने में गेट की बेल बजी, सात बजे कौन आयेगा। इसीलिए वो उठी नहीं, अन्यथा वो अब तक गेट के दस चक्कर काट चुकी होती—कभी गेट खुला, कभी बन्द... कभी बाहर निकल कर देखना... और 'सर' तो छः बजे तक आ ही जाते हैं। इतने में नौकर ने आकर कहा—

"मैडम, आपके सर आये हैं..." उसने कामिनी को इंगित कर कहा।

"अर...रे... इस वक्त... उन्हें बैठाओ—ड्राइंग रूम में..." कामिनी जैसे पुलकित हो उठी।

"सर... आप...?" कामिनी तो चकित थी।

"कामिनी, मैं चंडीगढ़ से सीधा ही आ रहा हूँ। सोचा, दो दिन तो पहले ही मिस कर दिया मुझे बहुत अफसोस है—ऑय एम रीयली सॉरी.." उसने याचनापूर्ण लहज़े में कहा।

"सर, आपको क्या फ़र्क पड़ता है—कोई कितना इन्तज़ार कर ले... अब तो आपने आदत ही डलवा दी..." कामिनी ने कातर स्वर में कहा।

तुम इन्तज़ार मत किया करो... कोई दूसरा सब्जेक्ट पढ़ लिया करो। कभी कभार ऐसा हो ही जाता है..." उसने कामिनी के अश्रुपूर्ण नयनों में झाँका। वास्तविकता सारा हाल बयां कर रही थी—जैसे किसी ने उबलते पानी में मुँह डाल दिया हो। कितनी पीड़ा, कितनी कसक, कितनी आन्तरिक व्यथा, वह झेल चुकी थी। पर हिमांशु जैसे उदासीन। मन किया कि ज़ोर से ज़ार ज़ार रो दे परन्तु मन फिर भी संयत रहा। दीदी की उपस्थिति, शायद यही कारण होगा—उसे तो पहले ही संशय था। कामिनी का नया जार्जेट सिल्क का लहराता गुलाबी सूट—वो तो बिजली गिराने की मनःस्थिति में थी। अलकें कपोलों पर मँडरा रही थीं... परन्तु बादल तो जैसे उड़ गये और एक झुसमुसा-सा धुआँ फैल रहा था—बाहर भी—भीतर भी। हिमांशु ने नौ बजे तक उसे कैल्क्यूलस तथा सॉलिड ज्योमेट्री पढ़ाई—और उसे अपनी दीदी को मिलवाने का समय ही नहीं दिया।

अगले दिन वो ठीक साढ़े पाँच बजे कामिनी के गेट पर था। बेल बजाने की आवश्यकता नहीं हुई। कामिनी पहले से ही प्रतीक्षारत मिली। वही भरपूर मादकता,

छलकता यौवन, सुन्दर मुखाकृति, पूर्ण-विकसित उभार, और अभिवादनार्थ कँटीली मुस्कान और उस पर पीत-परिधान–लगा, पढ़ाई से अधिक अपने सौन्दर्य पाश से आसक्त करने का पूरा आयोजन था। दो दिन की यातना की कसर भी तो निकालनी थी। जो भी हो–आयोजन या प्रयोजन–यह तो हिमांशु को नहीं पता था–परन्तु आखिर उसे प्रशंसा करनी ही पड़ी।

"क्यों क्या बात है–बहुत सुन्दर लग रही हो... कहीं जाना है क्या?"

"चलिए–आपकी नज़र तो पड़ी... नहीं तो जैसे किसी से मतलब ही नहीं।"

"क्यों नहीं–पूरा मतलब है... हमें कामिनी को फर्स्ट भी तो लाना है।" हिमांशु ने मनुहार–से कहा।... "पर, आज तो... आपको दीदी को मिलवाना है... पहले वो ... पीछे पढ़ाई"... उसने अनुरोधपूर्वक कहा।

"चलो, जैसे जनाब कहें... कैसे टाल सकते हैं आपकी बात...!" उसकी शरारत भरी मुस्कान को पीते हुए कहा।

वो उठी, साइड डोर से अन्दर गयी–और दीदी के साथ भीतर आयी।

"सर, ये हैं मेरी दीदी स्नेहा...और दीदी, आप हैं हमारे सर हिमांशु जी" कामिनी ने औपचारिकतापूर्वक उनका परिचय करवाया।

"वेल्कम... बैठिए" उसने एक नज़र स्नेहा को सर से पाँव तक निहारा।

स्नेहा ने भी सर का अपने दृष्टिकोण से आँकलन किया।

परिवार की भव्यता, रईसीपन और सम्भ्रान्त होने का, इससे बड़ा साक्ष्य क्या मिल सकता है... कि जहाँ तक हो सके... उसका खुलकर प्रदर्शन करो–केशों में घूँघर, कुछ लटों के लच्छे गालों पर गिरते हुए–कजरारे नयन और काजल से कँटीलेपन का पैनापन–और पलकों पर सुरमयी स्वर्णिम रज का अक्स... गर्दन स्थूल, वक्ष की एक-एक वक्रता, उसका उतार-चढ़ाव, कसाव पूरे सलीके से उजागर और नितम्बों की स्थूलता वस्त्रों के बाहर फूटने को तत्पर... कुल मिलाकर आकर्षक–परन्तु सौन्दर्य के प्रांगण पर...

वह साथ वाले सोफे पर टेढ़ी होकर बैठी–अन्यथा नितम्बों के दबाव से फट भी सकते थे कपड़े...।

"आप क्या कर रही हैं...?"

"मैं देहली में एम.ए. फाइनल कर रही हूँ..." स्नेहा ने एक नज़र फिर से उसका मूल्यांकन किया।

"किस विषय में...?"

"फिलॉसफ़ी में... मिरान्डा कॉलेज में...।" स्नेहा ने अगले प्रश्न को पहले से ही भाँप कर उसे रोक दिया।

"वाह... फिलासफ़ी और साइकोलोजी में कितनी समानता है... वास्तव में ही रोचक विषय है।" हिमांशु ने चेहरे पर मुस्कान लाने की अनियन्त्रित चेष्टा की।

परन्तु स्नेहा जैसे प्रभावित नहीं हुई। एक तो हिमांशु सीधा-साधा, साधारण पैंट-शर्ट... साधारण से जूते... बाल भी सामान्य स्टाइल... चेहरे पर कान्ति... जैसे कपि मुख उन्हीं की वंशावली का परिणाम हो... और वह मिरान्डा कालेज से जो आधुनिकता का केन्द्र... कैसे प्रभावित होती।

"सर, दीदी कॉलेज में तो फर्स्ट आती ही हैं पर, यूनीवर्सिटी में भी दूसरी, तीसरी पोज़ीशन पर रहती हैं"–कामिनी ने गर्व से कहा।

इतने में नौकर चाय और स्नैक्स की ट्राली ले आया और सभी को चाय सर्व की...।

"आपका एम.ए. के बाद क्या विचार है...?" हिमांशु ने बोझिलता को कम करने का प्रयत्न किया।

"बस, देखो, या तो लेक्चरार और या फिर रिसर्च..."

स्नेहा ने बहुत ही नीरस, बेमन से कहा।

जैसे ही चाय समाप्त हुई वो औपचारिक "हैलो... ओ.के. बॉय" कर चली गयी।

हिमांशु कुछ देर उसे देखता रहा... कि दोनों बहनों में कितना अन्तर है–एक सहज, सलोनी, सरल और दूसरी दम्भ, दर्प ग्रसित... आत्मसम्मोहित आत्म-केन्द्रित।

"कैसी लगीं हमारी दीदी...?" कामिनी ने उसके जाते ही बात छेड़ी–उसे उत्सुकता जो थी।

"बहुत अच्छी हैं–बस, थोड़ी सनॉब हैं–और बाकी उनके जाने के बाद ही बात करेंगे।" हिमांशु ने चाहा कि इस पर पटाक्षेप ही हो जाए।

सर–वो तो गाड़ी लेकर निकल गयी... अब तो देर रात को ही आएँगी। उनकी एक स्कूल की टीचर हैं वह ही उनकी अन्तरंग मित्र हैं। बस घंटों वहाँ बिता देती हैं। अब उनको कुछ और दोस्त मिल गये हैं–सभी को मिलकर ही आएँगी।" कामिनी ने उसके व्यक्तित्व पर थोड़ा प्रकाश डाला।

हिमांशु ने सोचा, दोनों बहनों में कितना अन्तर है और विशेष घनिष्टता भी नहीं और ना ही भावनात्मक समीकरण।

"अच्छा! तो ये कौन-सी टीचर हैं?" उसमें तनिक कौतूहल उत्पन्न हुआ।

"सर, ये लोकल जैन स्कूल में है–दीदी को आठवीं क्लास में पढ़ाती थीं। उस समय ये सपना दीदी अकेली ही थीं–दीदी से खूब प्यार करती थीं। और दीदी उनसे इतनी अधिक जुड़ी हुईं थीं जैसे एकात्म, एक जान हों और प्रगाढ़ता इतनी कि साथ ही खाती, पीती, सोतीं और साथ ही स्कूल जाती थीं। डैड ने अनेकों बार डाँटा भी, घर में विवाद भी होते रहे–बड़े भाई भी इनसे नाराज़ रहे–परन्तु कोई असर नहीं। कॉलेज जाने के पश्चात् भी, वही आचरण, वो ही व्यवहार, प्रवृत्ति और रवैया–कि

सॉइकालॉजी पढ़ने के बावजूद वो स्वयं ही मनोविकृत हो गयीं। अब सपना दीदी की तो शादी हो गयी—जबकि दोनों ने जीवन भर साथ रहने की कसमें खायी थीं। इसी बात से नेहा दीदी का भ्रम टूटा—पर मनोविकार तो अभी भी है। पुरुष जाति से दूरी, एक भय, एक घृणा, उनके मन में कूट-कूट-कर भर दी गयी।—पता नहीं सपना दीदी की क्या मानसिकता थी। आप कैसे देखेंगे इस स्थिति को...?'' कामिनी ने उन्हें विश्वासपात्र जानकर सारी बात कह दी। जैसे वो ही उसके अभिन्न हों, अन्तरंग हों ... निकटतम हों...।

''हाँ, कामिनी—परिस्थितियाँ तो जटिल है हीं। इनका ध्यान तो धीरे-धीरे हटाना पड़ेगा। इसका सरल उपाय तो इनकी सगाई ही है, फिर परीक्षा के बाद शादी...। भविष्य का साथी काफी समझदार सहानुभूतिक, संवेदनशील, संवेदनात्मक होना चाहिए—वो ही इन्हें सही दिशा पर ला सकता है। मनोचिकित्सक ने कुछ तो बताया होगा...?'' हिमांशु ने समरति हालात की नाज़ुकता को भाँप लिया—और कामिनी की ओर देखता रह गया—क्यों? वह स्वयं भी नहीं जान पाया।

कामिनी के मुख पर एक असामान्य लालिमा बिखर गयी जो बरसात के बाद प्रायः पूर्व में छिटक जाती है। उसे लगा हिमांशु ने शायद पहली बार इतनी पिपासु नज़रों से देखा था, जैसे वो उस समूची को ही पी जाएँगे। उसने ऐसी अनुभूति कभी कभी अपने जीजा जी की निगाहों में देखी थी या फिर एक फिसलन कामुकता की, जो परेश की हरकतों से लगती थी, जब वह दीदी के साथ मिरान्डा कॉलेज के आगुन्तक कक्ष में उसे पहली बार मिली थी। उन सब में, उसे किसी घृणित चेतना का एहसास हुआ था। परन्तु सर के देखभर लेने से वह जैसे किसी पीयूष सागर में बह रही हो। वह तो जैसे उस नज़र की तपिश से पिघली जा रही थी; और हिमांशु, शायद, उसमें रश्मि की भंगिमाएँ तलाश रहा था—मन कभी-कभी किन गुत्थियों में उलझ जाता है, उसके सारथी को भी पता नहीं होता। ज़रा लगाम ढीली हुई कि रथ किस दिशा में चल पड़े—किसे पता—? तभी तो मन चपल-चंचल है तो नारी चपला, चंचला.. स्वयं से भी अधिक—निहारने वाले के लिए। कब उसकी गरमाहट कामिनी में अन्तरित हो गयी, उसे तब एहसास हुआ, जब नौकर चाय की ट्राली लेने आया। उसने तुरन्त हाथ हटा लिया जैसे विमूर्छा से लौटा हो...।

''सर क्या बात है... हाथ क्यों हटा लिया?''

''सॉरी, ज़रा बहक गया था...''

''इसमें ऐसी क्या बात है—मेरे लिए तो वो पल जैसे किसी और ही दुनिया के हों...'' कामिनी ने फिर से हाथ उसके हाथ पर रखा और—और... नीलम-सी बिल्लौरी पुतलियों में उतारा...।

"अच्छा तो फिर मनोचिकित्सक ने क्या कहा?" हिमांशु ने वापिस उसी विषय पर आने में ही भलाई समझी।

"किस बारे में...?" कामिनी अनजान-सी बन गयी।

"आपकी दीदी के बारे में.." वो समझ गया कि अब वे गलतफ़हमी की दलदल में धँस रहे हैं। उसने धीमे से कामिनी का मरमरी हाथ उसके नितम्ब पर रख दिया—और प्रश्नसूचक मुद्रा में उसकी ओर देखने लगा।

"वो बात छोड़ो ना..." कामिनी ने कहा, "यह लेसबिएनिज़म का केस है..."

"यह होता क्या है—तुम्हें कुछ पता है..."?

"नहीं... कुछ खास नहीं... बस अन्दाज ही है...।"

"अच्छा—तो यह स्त्री की स्त्री के प्रति या स्त्री का साथ कामुकता या फिर सैक्सशुअल सेटिस्फेक्शन; जिसे हिन्दी में यौन-तुष्टिकरण कह सकते हैं... ज़्यादा तो मुझे भी पता नहीं।" हिमांशु ने विषय को वहीं बन्द करने के कारण कहा।

"यह बात खुलकर तो मम्मी डैडी ने भी नहीं बताई। पर वे और बड़े भैया-भाभी साथ वाले बेड रूम में खुसर-पुसर करते रहे जैसे रात को कभी-कभी गार्डन से भी अजीब-अजीब सी आवाज़ें सुनती हैं। मैं तो कुछ समझ नहीं पायी, पर कह रहे थे कि इस स्नेहा का तो कुछ करना पड़ेगा...। यह बात तो दीदी को देहली भेजने से पहले की है।" कामिनी ने थोड़ा और विस्तार से बताया।

"वैसे आज पढ़ाई हुई ही नहीं—परन्तु यह मुद्दा भी तो गम्भीर है—आपकी दीदी, इतना अच्छा परिवार और वो गुमराह हो जाए—अच्छा है आपकी मम्मी इस बारे में सचेत हैं—परन्तु हुए होंगे तो बहुत देर से। यह तो शुरू के दिनों में ही नियन्त्रित कर लेतीं, तो बेहतर होता"... हिमांशु ने सहानुभूतिपूर्वक कहा।

"तभी तो सॅर, परेश जो मेरी भाभी की बहन के लड़के हैं और देहली यूनीवर्सिटी में ही एम.ए. कर रहे हैं, से मित्रता और घनिष्ठता पर इन्होंने कभी आपत्ति नहीं जतायी अपितु प्रोत्साहित ही किया ताकि दीदी का ध्यान बँटे। अब वे मिलते हैं—मूवीज़ देखते हैं—कॉफी हाउस जाते हैं और गार्डंस में बैठकर घंटों बतियाते हैं। पर दीदी का पता नहीं इस सबको वह किस भाव या दृष्टि से लेती हैं। इसे गम्भीरता से लेती भी हैं या नहीं। मैंने तो कभी अधिक रुचि ही नहीं ली।" कामिनी के चेहरे पर तिक्तता धीरे -धीरे उभर रही थी।

और फिर शुरू हुआ मैथ्स में लयात्मकता का—काव्यात्मकता का—कैसे हर समीकरण, हर पल, हर परिणाम, हर जटिल से जटिलतम प्रश्न का उत्तर भी किसी पर्वत से गिरती जलधारा की तरह, बीहड़ जंगलों से गुज़र, रास्ते बनाती हुई—शान्त

मन्थर गति से चलती-चलती एक ऐसे गन्तव्य पर पहुँच जाती है, जिसमें लय है, एकरसता है, एकात्मकता है। और यह धारा मैथ्स के सभी विभागों या श्रेणियों में चलती है। उसमें रुचि रखनेवाले को कैसी आनन्दानुभूति का संज्ञान होता है।

आखिरी बस छूट गयी... वापिस नहीं जा सकता था ताकि वे कार से छोड़ देते ...। तो लिया रिक्शे का मज़ा–कट् कट् पैडल की आवाज़, अँधेरी वीरानी, नीरसता बिफरी, पर बीच-बीच में रश्मि कभी बैठती साथ सटकर, कभी उतर जाती या गायब हो जाती, उसकी यादों की टिमटिमाती रोशनी–घरों से झाँकती। गुज़रते कोई साइकल, रिक्शा, स्कूटर या कार... भीतर ऊष्मा बाहर शीतल वायु का प्रहार। ठण्डे कान, साथ से रास्ते में ही विलुप्त, और हाथ... उनकी तलाश में यातना और वो स्वयं तलाशते उस रोमांचकारी सान्निध्य को... पर सब पता नहीं कहाँ...? यही होती है प्रेम पीड़ा, और सोच जो ले जाती हैं... यहाँ से वहाँ... जहाँ होती है एक चिर-प्रतीक्षित आगोश। रश्मि की मन्द-मन्द मनोहारी मुस्कान...। यहीं से तो अनुभूत होता है जीवन का आभार। पर, कामिनी कहाँ खोजती है; अँधेरे की पर्तों में, जीने का आधार।

उस दिन, ऑफिस में हेड क्लर्क ने बताया कि सुरेश का फोन आया था–अभी दस मिनट बाद फिर फोन करेगा–सोचा ऑफिस में ही इन्तज़ार कर ले, इसलिए रुक गया।

"हिमांशु जी–कैसे हैं आप... कभी दिखते ही नहीं.. कहाँ रहते हैं आप..." रति शर्मा ने तपाक से देखते ही सवालों की झड़ी लगा दी।

उसे नाम याद करने में भी कठिनाई हो रही थी परन्तु क्लर्क ही जैसे उसका सहारा बना–"मैडम–सर से मिलते हुए जाना... आप रति मैडम ही हैं ना...?"

"क्यों तुम्हें अभी तक नाम भी याद नहीं हुआ...?' रति ने जैसे क्लर्क की खबर ही ले ली।

"मैडम रति जी–इस बेचारे पर नाराज़ क्यों होती हैं–आप ही कहाँ दिखती हैं; ज़रा फ्री पीरियड और झट से हॉस्टल... आप तो खुद ही ईद का चाँद हैं..." हिमांशु ने उसे ऐसा एहसास दिलाया जैसे वह उसे बहुत उत्सुकता से तलाश रहा हो। बेशक, हिमांशु ने चाँद को उसके मुहावरे में शाब्दिक अर्थ–यानि चाँद का भ्रम... से ही इंगित किया था... पर मैथ्स वालों की पहेलियाँ तो वो ही समझ सकते हैं।

"तब ठीक है–अब आपसे रोज़ ही मिल लिया करेंगे" और हँसती हुई क्लर्क के पास चली गयी।

वैसे दिखने में तो सामान्य, प्रभावहीन ही थी, परन्तु हँसने में एक आकर्षक सा सम्मोहन अभिभूत कर लेता था। शायद यह उसे किसी ने बता रखा था–तभी तो बात करते हुए हँसती ज़रूर थीं।

इतने में सुरेश का फोन आ ही गया—"अरे, कहाँ पर हो... मुझे तो कई लोगों से पूछकर तुम्हारा फोन न. मिला—" और वो अपने पुराने फक्कड़ अन्दाज़ में बात कर रहा था।

"तुम सुनाओ तो सही—कहाँ पर हो?" हिमांशु ने बात को बदला।

"आज तो यहीं हूँ—अच्छा मिलते हैं—उसी जैन सोडा वाटर फेक्ट्री में—अरे वो ही अपने अम्बाला के सदर में... शाम छः बजे।"

"ओ.के.... सी.यू दैन..." और उसने फोन बन्द कर दिया।

हिमांशु ने सोचा, कहीं यहाँ ही ना आ धमके, इसलिए कॉलेज से चार बजे ही निकल गया। रास्ते में कामिनी को घंटा भर पढ़ाया। सर, जल्दी में लगते हो—क्यों क्या बात है—आज सब स्टेप जल्दी-जल्दी लिख रहे हो—अरे—जल्दी में तो हूँ पर यह न समझना तुम्हें देखा नहीं... तुम तो दिन-ब-दिन नमकीन होती जा रही हो... थोड़ा शर्मायी। जो विमुख ही हो उससे ऐसे कम्पलीमेंट—सूरज पश्चिम से निकलेगा कल—हमारे लिए तो रोज़ ही ऐसे ही निकलता है—आज कोई खास बात है? कैसे उम्मीद जगा दी एकदम—हाँ, एक पुराना मित्र मिलने वाला है इसीलिए थोड़ा लाइट मूड कर रहा हूँ—मैं भी चलूँ—तुम्हें ले तो चलता पर नहीं; उसके पास नहीं, वो तो ज़बरदस्ती का दोस्त है..." ठीक है—पर आज आपने खुश तो कर दिया"... आखिर में कामिनी ने कहा...।

अपने पसन्दीदा स्थान पर पहुँचकर कोने में वो ही टेबल लिया—जहाँ एक दो बार रश्मि उसे मिली थी। कभी कई चीज़ों, स्थानों, स्थलों से इतना लगाव हो जाता है कि उनका चुम्बकीय आकर्षण अपना कोई विद्युतीय केन्द्र उत्पन्न कर देता है कि आप स्वतः ही वहाँ पहुँच जाते हैं। हिमांशु चाहे स्वयं को अन्धविश्वासी कहलाए या फिर वैज्ञानिक दृष्टिकोणगत—परन्तु उसे तो सदैव ऐसा लगा ही है कि कोई पूर्व निर्धारित शक्ति ही उसे वहाँ पहुँचा देती है। यह मनःस्थिति, मानसिकता या दुर्बल विश्वास के कारण भी हो सकता है—उसे कभी ऐसा लगा ही नहीं।

"देखा! पकड़ लिया ना आज आपको—और वो भी यहाँ—कहाँ छुपेंगे आप...?" और यह जानी पहचानी-सी महिला की मृदुलता—पीछे मुड़कर देखा—रति शर्मा—अभी सुबह ही तो मिली थी। इसे भी आज ही मिलना था और वो भी यहाँ...? और सुरेश आता ही होगा—ना जाने एक पल में ही कितने विचार कौंध गये उसके मन में। पता नहीं; यहाँ पर भीड़ भी इतनी होती है जैसे सारे शहर ने कुल्फी, आईसक्रीम, कुल्फी सोडा वगैरह यहीं से ही पीना है और वो चाहे जून हो या दिसम्बर।

"अजी, आप यहाँ पर... पहली बार देखा है आपको आओ बैठो—कैसे आये ...?" हिमांशु ने बेतकल्लुफी से कहा।

"असल में, इन्दु और राधिका भी साथ हैं—वे सामने स्टोर पर कॉस्मेटिक्स वगैरह खरीद रही हैं। मैंने सोचा जाकर किसी टेबल को ऑक्यूपाई कर लेती हूँ अच्छा हुआ आप मिल गये—अब आपके साथ ही बैठेंगे।" रति ने तो जैसे निश्चय ही कर लिया कि आज इसकी ही हजामत बनानी है।

"यह तो बहुत अच्छा हुआ। मेरा फ्रेंड भी करीबन तीन चार साल बाद आ रहा है—मैं उसी की प्रतीक्षा में हूँ...। सभी एक साथ—कितना मज़ा रहेगा।" उसने इशारों में समझा दिया कि वह अकेला नहीं है। वैसे भी लड़कियाँ या महिलाएँ अकेली कितना भी सकुचाती, लजाती हों परन्तु अपने ग्रुप में तो किसी आतंकी गुट से कम नहीं होतीं। यदि कोई भाग्यशील या अभागा अकेला फँस जाए—तो फिर बना उसका मौजू। परन्तु ऐसा हुआ नहीं। रति हँस-हँस कर सामने बैठी बात तो करती रही... अपने अमृतसर के रसगुल्ले, कुलचे, ज्ञान का ढाबा, लस्सी, जलेबी, गोलगप्पे चाट, उनकी लारेन्स रोड पर कोठी और कपड़े की दुकान और शोरूम... जो भी उसे लगा इस पर अमिट छाप छोड़ सकती है—सभी बात एक के बाद एक—बताती ही रही... नीचे पैर टाँग टकराते रहे—मिलते रहे—वो जितना हटाता, उतना ही पास आ जाते...।

"आप तो बहुत शर्माते हैं—लगता है को-एड में पढ़े नहीं या फिर कोई गर्ल फ्रेंड पाली नहीं। चलो सब सिखला देंगे—" वो अपनी सीमाओं का अतिक्रमण कर रही थीं। इतने में इन्दु और राधिका आ गयीं। राधिका को तो वैसे भी हिमांशु के पास नहीं बैठना था। उसके भाग्य से एक टेबिल खाली हो गया और वो भी दूसरे कोने में—उसने दूर से ही हाथ हिलाया और वो दोनों वहीं जाकर बैठ गयीं। परन्तु रति नहीं उठी... उसे तो अभी अपना संवाद चालू रखना था—

"और आपने एम.ए. कहाँ से किया"—उसने बीच के व्यवधान को हटाने का प्रयत्न किया।

"अब तो आगे की सोचो क्या करना है—वो चेप्टर तो बन्द हो चुका—" उसने फिर बात टालने की चेष्टा की। अब रति भी समझ गयी कि यह हिमांशु का बच्चा उसकी बात में कोई रुचि नहीं दिखा रहा है और उसका मन अपने दोस्त के इन्तज़ार में उलझा हुआ है। वो उठी और हैंड-शेक कर अपनी दूसरी लेक्चरार के साथ जा बैठी।

सुरेश घण्टा भर देरी से आया—आजकल दुकान-दुकान जाकर पहले कपड़ा सप्लाई के आर्डर बुक करता और फिर वसूली का काम। मार्केट नर्म थी—कोई कपड़ा उठाता ही नहीं था। उधार पर छोड़ जाओ फिर वसूली के लिए चक्कर काटो। सुरेश तो ये ही रोने सुनाता रहा। आखिर हिमांशु ने पूछ ही लिया—"अरे भाभी का हाल तो बता—और बच्चे... कितने हो गये अब तक—"

"तू छोड़ इस बात को... अपनी सुना कितनी फँसा लीं–? अपना भी कोई इन्तज़ाम कर दे... सभी खुद ही डकारेगा... साले...।"

"तू यह बकवास बन्द कर–पहले भाभी का हाल बता, एक दो बार कॉलेज से पता भी किया पर कोई खबर नहीं–कहाँ है वो...?"

"अरे–तुझे उसकी पड़ी है–जो ना तो माँ की इज़्ज़त करे, ना ही कुछ आता है और कभी बिज़नेस में ऊँच-नीच हो जाए तो उसके घर वाले ना किसी तरह की इमदाद करें। और मुझे भी बार-बार मेरी कमियों का एहसास रोज़ के झगड़े और आखिर एक दिन घर पहुँचा तो पाया कि वो बेटी को ले मायके चली गयी..." सुरेश जल्दी-जल्दी बता रहा था क्योंकि हिमांशु को लगा वो काफी घटनाओं पर परदा डाल रहा है।

"तो फिर तुम जाकर लिवा लाए कि नहीं–"

"मैं क्यों जाता... खुद आने की बजाए तलाक का नोटिस भेज दिया–और मुझे क्या लेना-देना– मैंने भी साईन किया और वापिस भेज दिया।"

"और अब–अब कहाँ है वो?"

"मेरी बला से–बच्ची भी उसी के पास है। तलाक के बाद मुझे तो कभी मिली नहीं–ना ही मैंने पता किया।" सुरेश के चेहरे पर लेशमात्र भी पश्चाताप या अपराधबोध नहीं था। हिमांशु को लगा कि ज़्यादती और अतिक्रमण तो इन्हीं के परिवार का होगा–पर सब बात तो पूजा से ही पता लगेगी।

वैसे भी सुरेश उसका कोई ऐसा घनिष्ठ तो था नहीं कि वो पूरी शाम ही उसके साथ ही बिता देता। ऐसे दुर्व्यवहार की उसे सुरेश से किंचित् भी आशा नहीं थी विशेषतया एक इतनी सुशिक्षित, शालीन महिला के साथ। उसकी तो पूरी सहानुभूति पूजा के साथ ही थी। यदि पति को अपने कर्तव्यों, अपनी मर्यादाओं, अपने दायित्वों का ज्ञान ही नहीं हो और वह दारू पीकर उससे वेश्या की भूमिका की प्रत्याशा करे–तो यह तो ऐसे मर्दों और ऐसे समाज पर ही लानत है। उसने सोचा पर इसके साथ तर्क-वितर्क से क्या लाभ? ये तो वैसे ही लापरवाह, गैर-जिम्मेदार-सा ही है। अच्छा ही हुआ वो उसे कॉलेज की बजाय यहाँ ले आया...। भीड़ छँटने की जगह बढ़ ही रही थी। लोग बाहर खड़े प्रतीक्षारत थे कि कोई टेबिल खाली मिले। सदर की सड़क खूब चौड़ी होने पर भी खचाखच भरी हुई थी जैसे कोई मेला लगा हो। और कॉलेज स्टूडेंटस तो आसपास के कॉलेजों से भी केवल टकराने, फब्तियाँ कसने या फिर चक्षु-क्षुधा, देख भर लेने से ही, पूरी करने आते थे। उसने देखा तीनों लेक्चरार उठकर चली गयी थीं। उसने सुरेश को केवल इतना ही कहा–"सुरेश जो भी हो–यह तूने अच्छा नहीं किया।"

"तू तो सारा कसूर मेरे माथे मढ़ रहा है।"

"हाँ, क्योंकि उसे घर में एड्जस्ट या समन्वित करना तेरी ही ज़िम्मेदारी थी... बाकी... कभी फिर मिलते हैं—और विस्तार से बात करते हैं।

सुरेश ने भी सोचा, कहाँ मुसीबत गले लगा ली। समझता क्या है साला, दो टके का प्रोफेसर। और हिमांशु ने सोचा—यह बिज़नेस वाले होते ही ऐसे हैं। अब बस, इससे मिलना ही नहीं—कभी नहीं। और वो अगली बस लेकर घर पहुँचा।

"सर, आपको प्रिंसिपल साहिब ने याद किया है।" जैसे ही उसने कॉलेज गेट में प्रवेश किया, चपरासी ने सन्देशा दिया।

सुबह-ही-सुबह नौ बजे। बाहर धुन्ध, दस-पन्द्रह फुट से अधिक कुछ नहीं सूझता था—वातावरण में ठिठुरन थी—पर कँपकपी नहीं—कि भारी गर्म वस्त्रों की आवश्यकता लगे। पेड़ तो जैसे उनके हवा में या धुन्ध में लटके साये ही लग रहे थे। और छात्राएँ उनकी चहचहाट से या फिर श्वेत परिधानों से ही पहचानी जा सकती थीं। प्रिंसिपल जो प्रायः दस से ग्यारह के बीच ही कॉलेज आते थे, पता नहीं क्यों नौ बजे ही...? कुछ तो समस्या है—या फिर उन्हें ही लगा होगा या फिर रिपोर्ट की गयी होगी कि प्राध्यापक समय पर नहीं आते। और वास्तविकता भी यही ही थी। अंग्रेजी की क्लास को छोड़, सभी कक्षाओं में छात्राएँ तो थीं परन्तु प्रोफेसर नहीं। जो भी हो, बाद में उन सभी से स्पष्टीकरण माँगा भी गया। हिमांशु का तो दूसरा पीरीयड था सो उसे ऐसा भय नहीं था।

"गुड मार्निंग सर..." उसने मुस्कान ओढ़ ली।

"आओ, बैठो... हिमांशु..." उनका चेहरा वैसा ही सँजीदा, बुझा-बुझा—उदासीन ... जैसे संन्यास ले रखा हो। उन्होंने हेड क्लर्क से पत्र लिया और उसे बाहर भेज दिया।

"हिमांशु—मैंने तुम्हें इसलिए बुलाया है कि डी.पी.आई. और यूनीवर्सिटी दोनों से ही तुम्हारी नियुक्ति की स्वीकृति नहीं मिली। वैसे यह पहली बार ही हुआ है ...। यह लैटर तो हफ्ता भर पहले का आया हुआ है—मैंने कोशिश की... यूनीवर्सिटी तो फिर भी मान जाए—पर डी.पी.आयी. से साफ इनकार। मुझे तो खुद ही इतनी तकलीफ हुई पर..." उन्होंने रोष प्रकट करते हुए कहा।

"सर, बॉय द वे... आपको क्या लगता है... स्वीकृति क्यों नहीं मिली..." उसके चेहरे के हाव-भाव तो उड़ चुके थे जैसे पुरा की हवा बादलों को उड़ाकर ले जाती है।

"देखो... मुझे इस बात की आशंका तो थी—और प्रायः मैं बीच की बात किसी को नहीं बताता, पर तुम एक यंग, समझदार और अच्छे प्रोफेसर हो—इसलिए कह रहा हूँ—" उन्होंने बात ज़ारी रखी...

"थैंक्स...सर—"

"उस दिन तुम्हें मि. वर्मा से मिलवाया था—वो भारत सरकार में डिपटी सेक्रेटरी

हैं और प्रो. सन्तराम ने राधिका के बारे में तुमसे बात भी की थी। बेशक, वह तुम्हारा निजी फैसला था परन्तु मुझे तो इसका अनुमान हो ही गया था।'' उन्होंने सौहार्दपूर्ण शब्दों में कहा।

''सर, अब आपका क्या आदेश है...'' घबराहट उसके चेहरे पर साफ झलक रही थी जैसे बिन बरसात सूखा। और उसे समझ आ गया कि उस दिन राधिका जैन सोडा वाटर फैक्टरी पर आकर क्यों नहीं मिली।

''मैं तो इतना ही कर सकता हूँ... कि यह सेशन तो तुम चलाओ—मैं बीच में तो तुम्हें नहीं छोड़ूँगा परन्तु अगले सेशन से प्रबन्ध कर लेना...। वैसे तुम्हें मुश्किल तो नहीं होनी चाहिए—मैं एक बार फिर कोशिश तो करूँगा पर उम्मीद नहीं है।'' उन्होंने सान्त्वना प्रकट की।

''धन्यवाद सर, मैं आपका आभारी हूँ...'' और वो उठकर अभिवादन के बाद चला गया...।

हिला तो हुआ ही था। एक पौधा जो अभी जड़ ही पकड़ रहा था—उखाड़ दिया गया। वो फिलहाल तो मर्माहत होकर मुरझाएगा ही—जब तक नयी जगह रोपित नहीं किया जाएगा... स्टाफ रूम में जाकर उसने लिखा...

''उगती है एक त्रासद सुबह—
छा जाती है, अँधेरी निशा—
सभी निर्जीव पेड़ों पर—
जो कभी थे उद्यान का आकर्षण—
और अब बेठौर, बेकार।
चाय के घूँटों बिना,
खाने के निवालों बिना
किस काम की ये डिग्रियाँ—
जब नहीं कर पातीं आश्वस्त—
मेरी-आजीविका।''

दिन गुज़रा-रुँधा रुँधा—सामने खड़ा था एक भयावह अन्तराल...। क्यों आदमी को ज्यादा समझ चलाना चाहते हैं चैस बोर्ड पर... अपने अनुसार? क्यों चाहते हैं क्रय करना, खिलौनों की तरह—चाहते हैं बच्चों को बहलाना... बहलें या बिखरें... उनकी बला से। किसी के पद का रोब, कोई अधीनस्थ कर्मचारी तो मान ले परन्तु दूसरा क्यों अपना जीवन आपको गिरवी कर दे? उसमें राधिका का क्या दोष? उसे प्यार हो गया हो—ऐसा भी नहीं...। उसे तो एक बना बनाया भौगोलिक सामीप्य से जीवन साथी मिल रहा था—सो मन बना लिया होगा—परन्तु माता-पिता के पास तो पूरा बसा बसाया संसार है... परन्तु फिर भी सरल, सहज लगा... सो खरीदो... नहीं

तो कचरे में फिकवा दो। सम्भवतः यह उसके अस्तित्व, उसकी अस्मिता, उसके होने, ना-होने का झंझावाद है। भविष्य इतना भी घटाटोप अन्धकारमय नहीं हो सकता। उसके भीतर से किसी ने उसे जगाया—उसे लगा जैसे रश्मि ने उसे पुकारा—तुम वो हो—जो कोई दूसरा नहीं...। और शाम तक सहज हो कामिनी की ट्यूशन के लिए चला गया।

ट्यूशन में यह होता ही है और विशेषतया जब रमणिकाओं या बालाओं की हो। वहाँ पर कोरी व्यावसायिकता नहीं चलती। आप धीरे-धीरे परिवार के वरिष्ठ माननीय सदस्य हो जाते हैं या फिर वैसा मान लिया जाता है। और सम्भ्रान्त सभ्य परिवारों में वो दर्प, वो नकचढ़ापन, वो दम्भ व्यक्ति और स्थिति अनुरूप उभरकर सामने आता है। इसीलिए अध्यापक घर की पूरी स्थिति समझने लगता है।

"और आपकी दीदी बहुत समय से दिखाई नहीं दीं—" उसने एक प्रश्न का हल समझाते बीच में ही सन्दर्भ छेड़ दिया।

"सर आप जानते ही हैं कि परेश उसे चाहने के साथ-साथ उसकी समस्त इच्छाओं की पूर्ति करता है और दीदी को भी उसका सामीप्य भाता है। पिक्चरें, रेस्त्रां, काफी हाउस, घूमना-फिरना सभी जगह साथ ही जाते हैं—परन्तु पिछले कुछ दिनों वो दीदी से कटने लगे हैं—टाल देते हैं जब वो कहीं जाने को कहें। मैंने तो मम्मी पापा की बात सुनी है—कि हमारी भाभी ने अपनी बहन को समझाया है कि यह परिवार उनके बिज़नेस परिवार के आगे—सोना और सूत की तुलना करने जैसा है—इनका बस गुज़ारा ही चलता है। स्नेहा के चरित्र पर भी उसने अपनी बहन को क्या-क्या भर दिया...परेश उसकी बहन का लड़का जो है—अब जो बात शादी तक पहुँच गयी थी—लगता है खटाई में पड़ गयी है।" कामिनी ने जो भी उसे पता था, रुचि से बताया। और अब तो दीदी फिर मानसिक तौर पर असन्तुलित, सन्तप्त और विक्षप्त हो गयी है...। अपने में ही सिमट गयी है। किसी से बात भी नहीं करती—और करती भी है तो पूरे क्षोभ, उपालम्भ और प्रतिक्रियात्मक लहजे में... एहसास दिलाते हुए कि आप सबने उसके लिए किया ही क्या है?"

"और आपके मम्मी डैडी ने उनसे बात नहीं की..." उसने बीच में ही बात काटी।

मम्मी डैडी ने भाभी से कहा "कि वह परेश को समझाये, परन्तु पहले तो उन्होंने साफ इनकार कर दिया... और बार-बार कहने पर इतना ही कहा—अच्छा मैं बात करूँगी—पर जो आग उन्हीं की लगाई हुई है उसे भला कौन बुझाए।" कामिनी तो जैसे ठण्डा लोहा हो गयी... जो निश्चेष्ठ संवेदनहीनता से ही संलिप्त नज़र आयी। उसे भी इस सारे घटनाक्रम ने कहीं गहरे में आघात पहुँचाया था। ऐसे में परिवार का क्या होना था—वो ही—जो प्रायः ऐसी परिस्थितियों में घटित होता है।

भाई-भाभी कोलकाता ट्रांसफर करवा कर चले गये। स्नेहा बिना नेह के बुझी बाती जो धुखती तो रह सकती है परन्तु रहेगी प्रकाशहीन, शिखाविहीन!

हिमांशु रात भर करवटें बदलता रहा—जैसे कोई श्रमिक खुले में रोड़ी के ढेर पर सोया हो—थका-हारा परन्तु मन जागता—किसी घटनाक्रम में उलझा। दो बजे उठा, बिना टेबल लैम्प जलाए, खिड़की पर पहुँचा। देखा, बाहर है, छिटकी चाँदनी जिसकी छटा से आनन्दित होने के लिए जैसे कुत्ते भौंक कर लोगों को जगा रहे हों—पता नहीं क्यों मन में विचार आते रहे कि आखिर क्यों—होते हैं पुरुषों के भीतर, पुरुष जैसे चित्रों के भीतर, चित्र; स्त्रियों के अन्दर स्त्रियाँ... सभी जटिल समस्याओं के मकड़जाल में उलझे।... सतही मुद्‌दों की अनदेखी कर... बिना आज और कल की किए परवाह—ना अपनी, ना प्रकृति की... केवल अपने अन्त के इन्तज़ार में... समय की अनवरत रफ्तार में—!

22

"आप कामिनी की ट्यूशन के लिए अभी भी जाते हो?" रश्मि ने चाय को अधरों से छूते हुए पूछा। हिमांशु को लगा जैसे चाय में गुलाबीपन आ गया। उसने चाय का कप बदल लिया—वैसे तो रश्मि चाय नहीं पीती थी परन्तु हिमांशु के सम्पर्क के बाद, उसके अनुरोध पर शुरू की थी—पर वो भी यदा-कदा। वैसे भी रश्मि के घर की चाय, जैसे दूध-पानी को चाय की पत्ती दिखा दी हो। वो ऊपरी कमरे में बैठे थे और अपनी टॉपोलोजी पर चर्चा करना चाहती थी—साथ ही समस्याओं का निदान।

"क्यों पूछ रही हो—क्या बात है?" हिमांशु को अप्रत्याशित प्रश्न पर तनिक आश्चर्य हुआ।

"आप बार-बार घड़ी देख रहे हो इसलिए—और आपने चाय का कप क्यों बदला...?" रश्मि जिसके चेहरे पर प्रातः की अरूणाई और स्निग्ध धूप का अनूठा संगम साफ झलक रहा था, जो उसने कभी प्रकृति में भी, इतनी करीब से नहीं देखा था। वो छिटकी लालिमा, अधरों के गिर्द कपोलों के दबने से उभरा, वृत और दोनों गालों की वक्रता—कितना अकथनीय, असम्पृक्त यौवन जो डोलता था किसी अनार की कली की तरह जो यौवन और शैशव मुग्धा-सन्धि पर अठखेलियाँ कर रही हो।

"आप क्या देख रहे हैं—जैसे यहाँ नहीं हो..." रश्मि ने छूकर हिलाया।

"कब नहीं देखता और कब कहीं खो जाता—

आप तो जैसे इस लोक से हो ही नहीं..." हिमांशु अभिभूत-सा, जैसे विमूर्छा में हो।

"क्यों वो कामिनी सुन्दर नहीं है क्या...? इतनी तो बन-ठन कर रहती है... उससे भी तो..." रश्मि के भीतर कहीं ना कहीं संशय की रेखा झलकी।

"क्यों नहीं... सुन्दर तो है... लुभाती भी है..." उसने छेड़ने के अन्दाज़ में कहा।

"तो फिर यहाँ क्या करने आते हो..." रश्मि जैसे रूठ गयी हो।

"जो पल-पल साँसों में हो... आँखों में हो... आँखें बन्द कर लो तो आँखों-से छलक जाये... और मन का कोई कण भी उससे खाली ना हो... उस रश्मि के लिए" हिमांशु भावुक हो उठा।

उसने झट से हिमांशु को चूम लिया। लगा कि वह उठकर आलिंगनबद्ध भी कर लेती यदि उसका अनुज सीढ़ियों से फाँदता ऊपर न आ जाता।

"और वो चाय... वो... बताया नहीं..."

"क्योंकि चाय गुलाबी हो गयी थी... तुम्हारे अधरों की लालिमा से... पानी जूठा मत फेंका करो... गुलाब जल होता है..." हिमांशु को लगा कि चाहे तो नौकरी ना ही करे, पर कालिदास की तरह रश्मि पर ग्रन्थावली लिख डाले।

"आप वैसे ही इतना चढ़ा देते हैं... नज़र टेस्ट करवाएँ..." रश्मि भीतर से तो पूरी तरह आह्लादित थी।

"अच्छा यह बताओ–आपको मुझसे ईर्ष्या नहीं होती... कितनी सलोनी संगिनी मिली है मुझे?"

"हाँ होती है–अपने पर–इतनी सीधी-साधी–यबल-सी लड़की... जिसे दुनिया के बारे में पता ही नहीं कुछ भी... पता नहीं कहाँ से आ गये आप... और हाँ, एक बात बतानी है आपको–मैं तो भूल ही गयी–"रश्मि एकदम सचेत हो गयी।

"पहली बात कि यही बालपन, अल्हड़पन और निश्छलता और भी अनगिनत गुण... इन सबने ही उन्मन्त किया हुआ है... और अब बात बताओ... तुम्हें देख मैं भी उत्सुक हो गया हूँ।"

"वो हमारे... अच्छा फिर छेड़ना मत... डॉ. पटेल हैं ना–आपसे मिलवाया था ... पहले ही दिन... किसी ना किसी बहाने अपने रूम में बुलवा लेते हैं...। परिवार के बारे में पूछते हैं। अपना बताते हैं...। कहते हैं उन्हें यहाँ दो साल ही रहना है–फिर वो यू.एस.ए. की मिशिगन यूनीवर्सिटी में चले जाएँगे। उन्होंने कहा–कि अगर मैं कहूँ तो वो मुझे भी वहाँ पीएच.डी. करवा सकते हैं... आप बताओ क्या करूँ?" रश्मि ने अपनी उसी मासूमियत से कहा... और जिज्ञासा भरी निगाहों से देखने लगी।

हिमांशु को याद आया कि अभी कुछ दिन पहले ही जब वह रश्मि से मिलने आया था तो उसका पीरियड चल रहा था और वह डिपार्टमेंट से कुछ ही दूरी पर एक चाय के खोखे पर चला गया। चाय का ग्लास हाथ में लिए, आम के पेड़ के नीचे

चाय की चुस्कियाँ ले रहा था। उसने देखा कि उसकी पीठ के पीछे डा. पटेल और एक और प्रोफेसर आपस में बात कर रहे थे। पर उसने उनकी बात पर अधिक ध्यान नहीं दिया... इंग्लिश में बात कर रहे थे...। पर कुछ इस तरह... "माय डीअर... मेरे कांटेक्ट में भी कई स्टूडेंट्स आये हैं... पर इतनी इंटेलीजेन्ट, इतनी ब्यूटीफुल लड़की मैंने नहीं देखी–। बिल्कुल मधुबाला स्माइल है। मिलियन डॉलर स्माइल। नहीं समझे–वो ही 'रश्मि' एम.ए. पार्ट वन की...।" डॉ. पटेल कह रहे थे–"मैं तो सोचता हूँ...उसे यू.एस. ले जाऊँ–"

"अरे तुम पहले मिलवाओ तो... है तो सही एक, पर मैंने कभी उस नज़र से देखा नहीं...। पर हाँ वो सरॅ-डॉक्टर कंसल... इन सभी... कह सकते हो सुन्दर स्टूडेंट्स को बुलाते हैं घर पर...। वहीं पर रिसर्च करवाते हैं। अपनी बहू... सुना है... सौतेले भाई के लड़के की बहू है... अपने साथ लिटाये रखते हैं... बेटी-बेटी कहते हैं। और दूसरी स्टूडेंट्स को भी साथ लिटाकर रिसर्च करवाते हैं। तुम कभी गये हो? मैं तो गया हूँ–लगता है मेल्ज़ को ज़्यादा 'एंकरेज' नहीं करते...। पर मैंने तो खुद देखा है... अब, बेटियों से ऐसा प्यार हमने तो देखा नहीं..." दूसरा प्रोफेसर जो साउथ इंडियन ही लगता था, वो विस्तार से बता रहा था। वहाँ कोई और था नहीं–इसलिए खुलकर बात कर, बीच-बीच में हँस भी रहे थे। और वो चाय पीकर चले गये–हालाँकि हिमांशु ने इस बात पर ज़्यादा ध्यान ही नहीं दिया था।

"तुम हाँ कह दो ना... यू.एस. की पी.एच.डी.–कितनी वैल्यू है उसकी... मालूम है–सीधे यूनीवर्सिटी में प्रोफेसर–" हिमांशु के भीतर तो जैसे ज़लज़ला आ गया था परन्तु बाहरी हाव-भाव नियन्त्रित।

"वाह! खूब कहा–और आप यहाँ... मैं वहाँ... सह सकोगे यह यातना? आधा घण्टा भी लेट हो जाऊँ तो शक्ल देखा करो अपनी... कितना उतरा हुआ, रुआँसा सा चेहरा..." रश्मि ने भावातिरेक में कहा। जानती थी कि हिमांशु कितना भी कह ले... एक दिन नहीं काट पाएँगे... बिना देखे–और मैं... अब तो शायद मैं भी नहीं।

"फिर क्या कहा आपने...?" हिमांशु थोड़ा स्थिर हुआ।

"कह दिया, सोचकर बताऊँगी–अब की बार पूछा तो मैंने साफ मना कर देना है।" रश्मि को जैसे क्रोध आया हुआ था... क्यों बुलाते हैं मुझे बिना बात के; बार बार...।

थोड़ी देर बाद, वे शाम की सैर को निकल गये। रश्मि चिंतायुक्त, बेफिक्र, अलमस्त, परन्तु हिमांशु हिला हुआ विक्षिप्त। केवल यही सम्बल कि रश्मि का हाथ हाथ में है...। आगे दो दिन यूनीवर्सिटी और कॉलेज में छुट्टी थी। रश्मि घर आयी हुई थी इसलिए सिवा सुबह-सुबह की और रजनी की भी सुबह की ही ट्यूशन के... बाकी समय रश्मि के सामीप्य में। और कामिनी, जैसे हो अस्तित्वहीन...। हिमांशु जैसे

भँवर में हो... सोचा–किसी की दस्तक से जैसे... चाँदनी वन्दनवार-सी भर गयी ... किसी की व्यथा से जैसे... ज़िन्दगी ही मर गयी।

रश्मि को तो स्वयं ही पता न था कि वह हिमांशु को कैसे आश्वस्त करती... कि वो उसी की हो चुकी है। हिमांशु तो जैसे मानसिक तौर पर ही असन्तुलित। उसे तो सदा एक ही भय... दीमक की भाँति खाये जाता कि कहीं उसके माता-पिता ही ना मानें... और उसके बीजी तो उसके बाऊजी से कई बार कह चुकी थीं...

"मैंनू एह हिमांशु दा रोज रोज औणा चंगा नईं लगदा... तुसीं ता कुड़ी नूँ बऊती छुट्ट दित्ती ए–और ओ वी जदों दिल करदा ए... मुँह चुक के तुरिया औंदा ए..."

परन्तु रश्मि के बाऊजी ने कभी भी मना नहीं किया–और हिमांशु या रश्मि के पीछे सम्भवतः उन्हें समझा देते हों। वैसे परिवार में कोई दूसरा साथ रहता ही नहीं था जो उनके मामलों में दख़ल देता। हाँ दो घटनाएँ ऐसी घट चुकी थीं जिनके परिणाम दो अलग-अलग दिशाओं में जाते या जा सकते थे।

एक बार तो हिमांशु के रश्मि के घर खाना खाते-खाते रश्मि के बीजी ने कहा–जो उनकी सोच, उनके विक्षोभ और आन्तरिक घुटन को स्पष्टतया दर्शाता था–"हिमांशु जी... साडे गुआँउ विच, गुरदासपुर, पंडताँ दी कुड़ी रश्मि दी सहेली ... रईंदी ए... ओ दे नाल तुआडी गल्ल चला दिननी आँ..." परन्तु बाऊजी ने बीच में ही टोका..."ओहनाँ नूँ रोटी ते खाण दिओ"–तो वो चुप हुईं... फिर भी काफी देर तक बुड़बुड़ाती रहीं। वैसे ऐसी बातें वो प्रायः करती ही रहती थीं जबकि रश्मि सदैव ही कहती–आप इनकी बात पर ध्यान मत दो...। कभी वह अपने मन के भटकाव से ग्रसित रश्मि के घर नहीं जाता (रश्मि के अनुरोध के बावजूद) तो उसकी अपनी स्थिति तो बाढ़ में बहते पेड़-सी हो जाती... और रश्मि की आँखें भी साफ दिखा देतीं कि वो रात को कितना रोई होगी। वो लालिमा बिखर-सी जाती, पूरे मंजुल मुख पर; जैसे केसर के खेत में बिखरे फूल...।

वो राखी से एक दिन पहले आ गयी थी। चंडीगढ़ यूनीवर्सिटी में भी रक्षाबन्धन की छुट्टी थी। रात को कहीं सैर करते-करते, रेल्वे रोड पर घटा में लिपटा मयंक मुख और कल्प वल्लरी जैसी हँसी लिए मिली; कैसे ना भूम जाए पूरा तन मन...।

"तो आप कल सुबह कितने बजे आ रहे हैं?" उसके झंकृत स्वर में उमंग का ज्वार फूट कर बह रहा था।

"क्यों... किस लिए? आना तो है ही... चाहे तुम्हारी माताजी को बुरा ही लगे..."

"क्यों... भूल गये क्या... कल राखी जो है। तभी तो आयी हूँ—माता जी की क्यों परवाह करते हो—पिता जी ने कभी कुछ कहा क्या?" उसने तो जैसे पूरे हालात को सामान्यतया ही लिया।

"अच्छा! मैं तो भूल ही गया था—ठीक है सुबह जल्दी ही आऊँगा।" वह वास्तविकता में ही भीतरी द्वन्द्व से संलिप्त था।

और अगले दिन वो गया ही नहीं।... आज के बदलते ज़माने में... इन्सान अपने खून के रिश्ते निभा ले तो क्या कम हैं, जो उनके होते हुए दूसरे रिश्ते पाल कर सम्बन्ध जोड़े। मुखौटे पहनना, दोहरी ज़िन्दगी और विलोमात्मक मानसिकता... उसके बस में नहीं बस सब...। वह कैसे सामना करे अन्तरात्मा का— कैसे जाये आईने के सामने...। मन जिसे मानता नहीं कैसे स्वीकार कर ले उसे...। और रश्मि भी तो इस बारे में गम्भीर कहाँ थी। वह भी तो समयानुसार और परिस्थिति के अनुरूप स्वयं को बदल लेती थी। उसने बहनों से राखी भी इसी मानसिक झंझावात में ही बँधवाई... और अनमना-सा जा बैठा उन्हीं कलकल बहती कूलों के किनारे। सामने प्रसरित सस्य श्यामल झूमते खेतों को निहारते...। परन्तु भीतरी ज्वाला कैसे थमें...। शलभ की नियति है उसका होम होना...बाहरी दीप शिखा ना सही; भीतरी प्रच्छन्न ज्वाला तो है... वो कैसे थमें...? रश्मि प्रतीक्षारत रही—परन्तु दोपहर बाद उसने भी आस छोड़ दी। बीजी, बाऊजी सभी से रुष्ट। उन्हीं के कारण हिमांशु नहीं आये... कुछ खाया भी नहीं। गाँधी जी घर में प्रवेश कर चुके थे... वो तो कार्य सम्पन्न हुए बिना जाएँगे नहीं—सत्याग्रह जो ठहरा...। बीजी ने बहुत वादे, कसमें खाईं कि भविष्य में हिमांशु से कभी कुछ नहीं कहेंगी...। जानती थी रश्मि; औपचारिकता निभाने से अच्छा है—ना निभाना... वैसे भी वह तार्किक, विवेकशील, गहन पारदर्शी झील-सी थी... इसलिए हर स्थिति का विश्लेषण कर उसके सार तत्त्व को ग्रहण करती थी और उसके पिता जी ने तो जैसे सब समझ ही लिया था। रश्मि हिमांशु से रूठी तो ज़रूर—परन्तु यह समझाने पर कि आवश्यक काम के लिए उसे बाहर जाना पड़ा... वह अन्ततः मान ही गयी। और प्रातः वो रश्मि को चंड़ीगढ़ छोड़कर ही लौटा। रश्मि कुछ कहे और वह ना माने—वो तो जैसे असम्भव ही था।

रश्मि ने जो डॉ. पटेल की बात कही, जो उसे एकदम अस्थिर कर चुकी थी। फिर बार बार, रह रह कर रश्मि को खो देने का खयाल मात्र जैसे उसके पूरे ब्रह्माण्ड में विप्लव पैदा कर देता। अनजाने ही आँखें टप-टप बहने लगतीं... और कभी तो डबडबायी आँखों से वो ब्लैक बोर्ड पर प्रश्न का समाधान लिखता रहता। उसे नहीं समझ आ रहा था कि जिसे आप जितना अधिक प्रेम करते हो—उसे खो देने की आशंका भी उतनी ही अधिक होती है। और उसकी धुक-धुक, सम्भावना, सन्देह और अन्देशा; ऐसे सन्ताप, ऐसी पीड़ा को उत्तरोत्तर बढ़ाती ही है, कि वो ना तो आपको

जीने, ना ही मरने देती है। जी करता है वो–प्रेमी या प्रेयसि–प्रतिपल आपके सान्निध्य में हो–आपके सन्मुख हो–क्योंकि आपके पूर्ण अस्तित्व में उसके रचे, रमे, बसे होने के बावजूद–नकारात्मक सोच, इस स्तर तक हावी हो जाती है कि आप अवसाद-ग्रसित हो जाते हैं और मन कहीं टिकता ही नहीं...। शरीर शिथिल, मन उदास, खिन्न, चिड़चिड़ा और जीवन से विरक्त-सा हो जाता है–और उसे समझ ही नहीं आता कि–"दिले-नादां तुझे हुआ क्या है, आखिर इस दर्द की दवा क्या है?" यही था हिमांशु के मन का चक्रवात जो प्रेम के चरमोत्कर्ष पर पहुँचकर भी पूर्णतया असंयत, असन्तुलित और अस्पृह, इच्छाहीन था।

तीन दिनों के पश्चात्, हिमांशु कामिनी के घर गया। वो ही शाम के छः बजे–झुटपुटा-सा धूल, धुएँ भरा कुहासा, ना बादल, ना तारे... ना ही नीरव सन्ध्या, ना ही पक्षियों की नीड़ों को लौटती कतारें... ना ही वो कलरव। बस! शोर–बसों, स्कूटरों, साईकलों का, टेम्पों का। परन्तु कामिनी जैसे मन्दिर में प्रतिष्ठित मूर्ति–एकदम निष्प्राण, निस्पन्द, निस्तेज, निस्पृह, निश्चल... ड्राइंग रूम में... सामने कापी, किताब बन्द, साइड में पैन, नज़र शून्य में निहारती... भावहीन... सामने दरवाज़ा–पूरा खुला ... गार्डन भी उसी की कसक से अदीप्त। वो सामने दरवाज़े पर ठिठका, खड़ा रहा ... मिनट भर... दो मिनट–पर प्रभावहीन, बेअसर... जड़ता ने जैसे उसे जकड़ रखा हो... उसने आवाज़ दी... कामिनी... कामिनी... वो जैसे अचेतन से लौटी हो... हतप्रभ, स्तब्ध, फिर जैसे विमूर्छा से अपने में आयी... "सर... आप...? शुक्र है–आप आये तो..." और एक अविरल धार–लगातार... जैसे सदियों का ज़ब्त का बाँध टूट गया हो... और पूरी कायनात को बहा ले जाएगा। उसे नहीं समझ आ रहा था कि कैसे रोके... इस अजस्र आवेग को–उसने कामिनी का हाथ–हाथों में लिया–थपथपाया, सिर पर हाथ फेरा... गालों पर से प्रवाह को रोका... सामने से पानी के दो घूँट पिलाए ... परन्तु यह क्या...? अगले ही क्षण...उसका सिर हिमांशु की गोद में लुढ़क गया ... मुँह बन्द, दाँत पिसे हुए... हाथ पाँव शिथिल... ठण्डे... थोड़े टेढ़े... उसने आवाज़ दी... "मिसेज गुप्ता... मिसेज गुप्ता" और तीन चार आवाज़ के बाद... कामिनी की मम्मी आयी। कामिनी के छोटे भाई ने हाथ पाँव मले। मम्मी ने दाँतों के बीच चम्मच फँसाकर, चार-पाँच बूँद किसी दवा की डालीं। मुँह पर छींटे मारे और तब उसे होश आया। मम्मी और भाई के सहारे से कामिनी को भीतर ले गये। भाई ने आकर कहा कि..."सर... अब वो कल ही पढ़ेगी' और अगले दिन कॉलेज में देखा, कामिनी का चेहरा ज़र्द, भावशून्य–परन्तु फिर भी उसने मुस्कान से अभिवादन पेश किया।

वह शाम को काफी संयत लग रही थी। पहले जैसी खिली कुमुदिनी तो नहीं ... परन्तु उदास भी नहीं। उसे हिमांशु ने जो प्रश्न तीन चार बार पहले करवाया था हल करने को दिया–परन्तु वह तो एकदम साफ। फिर उससे पीछे का प्रश्न, वो भी

साफ। वो उसकी ओर कुछ देर देखता रहा और कुछ कहे कि उसकी मम्मी आ गयी।

"आप क्यों आयी हैं–मैं खुद ही बता देती..." कामिनी ने छूटते ही कहा।

"नहीं बेटा–तुम्हारे सर को पता तो होना चाहिए।"

और फिर उसने हिमांशु को लक्ष्य कर कहा–"देखो बेटा–इसे एपीलेप्सी की पुरानी शिकायत है। उसका ना अटैक आये तो महीनों गुज़र जाएँ... अन्यथा दिन में तीन तीन बार...। जबसे तुमने पढ़ाना शुरू किया है–इसे कोई दौरा नहीं पड़ा। पर पीछे तुम तीन चार दिन नहीं आये तो ये जैसे बुत हो गयी। ना किसी से बोलती, ना खाती, ना पीती... एक अटैक परसों आया था–और फिर कल–तुम्हारे सामने... तब यह एकदम कमज़ोर हो जाती है और सब कुछ भूल भी जाती है।" माँ की स्वाभाविक चिन्ता उसके चेहरे पर विषाद रेखाओं से प्रकट हो रही थी।

"तब तो माता जी इनकी चिकित्सा और देखभाल बहुत ज़रूरी है।" हिमांशु भी तनावग्रस्त हो गया।

"हाँ बेटा, डॉक्टर कहता है कि इसे भरपूर प्यार, स्नेह चाहिए। ज़रा किसी ने परवाह नहीं की या विमुखता दिखाई, कि इसकी हालत बिगड़ी।" मम्मी का वह दुराग्रह नहीं था अपितु सही सरोकार था।

"ठीक है मम्मी अब आप जाएँ" कामिनी के कहने पर वो उठकर चली गयीं।

"सॅर, आप निश्चिन्त रहें... मैं ठीक हूँ–वो तो कल वैसे ही मन उखड़ गया ... अब ठीक रहेगा–"

कामिनी धीरे धीरे अपनी आन्तरिक व्यथा को बाँटने की प्रक्रिया में थी।

"अब क्यों ठीक रहेगा?" वो आश्वस्त होना चाहता था।

"अब आप आ गये हो–मुझे कुछ नहीं होगा..." और स्नेह और प्रेम के सम्मिश्रण से वो आत्मविभोर थी। हिमांशु को उत्तर मिल गया।

उसने सोच लिया कि अब वो उसे कभी भी कोई पीड़ा या उसकी अवहेलना नहीं करेगा।

"कामिनी–अब तो मैं रोज़ आऊँगा, नहीं तो तुम्हें सूचित कर दिया करूँगा।" उसने कोमल संवेदना से कहा।

"मैं आपकी स्थिति जानती हूँ–पर मेरे भी बस में नहीं रहता। किसी भी चीज़ में मन लगता ही नहीं..." और वो और भी अधिक कहने के मूड में थी परन्तु हिमांशु नहीं चाहता था कि पानी डैम से ऊपर बहना आरम्भ हो जाए और फिर बाँध टूट ही जाए या दरार आ जाए।

"बेहतर है कामिनी... बहुत ठीक... घबराती क्यों हो... हम सब ठीक कर लेंगे–तुम परिश्रम के लिए तैयार हो और मैं करवाने को तत्पर... कोई खाली पीरियड हो तो उसमें भी,आ जाया करो..."

और एक बार पुनः उद्यान में मधुमास लौट आया। कामिनी की वो ही संलग्नता, वो ही नाज़ो-अदा, वो ही लावण्य, कमनीयता लौट आयी। पढ़ाई सुचारु रूप से चलने लगी।

उसने पिछले दिनों लिखी डायरी में पढ़ा—

"क्योंकि कामनाएँ और इच्छाएँ
एक अन्तहीन दौड़ में रहती हैं संलिप्त—
एक धुँधले चेहरे का अविजित बिम्ब
उन पर जाता है छा...
और आप अपने अस्तित्व और परिवेश
के कोलाहल में रहते हैं सन्तप्त...!"

और पंक्तियाँ मन पर उद्धृत हो गयीं।

उस दिन इन्दु शर्मा तेज़ कदमों से स्टाफ रूम में घुसी। कामिनी पास बैठी प्रश्न हल कर रही थी। हिमांशु ने उसे अल्पावधि के लिए जाने को कहा...। इन्दु देखने में सुन्दर, तीखे नयन-नक़्श, परन्तु शारीरिक उभार से लगता जैसे तलाकशुदा हो। रंग आँच तपी लौ। वाणी में माधुर्य, मनमोहिनी छुअन... और उसकी वय उसके सौन्दर्य ने ढक ली थी।

"राधिका कह रही थी—उसने आपको निकलवा दिया क्या यह सच है?" उसने छूटते ही कहा—और विस्फारित नयन उसकी उत्सुकता दर्शाने के लिए पर्याप्त थे। वो कैसे करवा सकती है—मैं अपने डैड से कहूँगी, वो यूनीवर्सिटी में ही तो हैं—डिपटी रजिस्ट्रार। आप एक बार उनसे मिल लेना—मैं लिए चलूँगी आपको—" उसने जैसे बहुत अनुकम्पा दिखाई हो।

"ठीक है—जब आप कहें—" हिमांशु की अधिक अभिरुचि नहीं थी।

और एक दिन इन्दु अपने डैड को ले स्टाफ रूम में आ धमकी—वो पीरियड लेने ही जा रहा था—

"सर—मीट माय डैड—" उसने एक चपल-सी मुस्कान बिखेरते हुए कहा।

उसने शिष्टाचार निभाते हुए कुर्सी आगे सरका दी... "सर... बैठिए"—और साथ ही कहा... "सर मैं पीरियड लेकर आता हूँ... तब तक इन्दु जी आपको चाय या ठण्डा पिलवाती हैं... उसने कुछ टालने के अन्दाज़ में कहा।

"नहीं—मि. हिमांशु मैं तो आपसे मिलने ही आया था—अब यदि आपके पास समय नहीं है... तो फिर कभी..." और वो उठकर चलने को हुए...।

"नहीं सर—ऐसी बात नहीं... पर प्रिंसिपल साहिब को यह पसन्द नहीं कि कोई पीरियड छोड़ दे। तो भी मैं अभी पाँच मिनट में आता हूँ..." हिमांशु तुरन्त क्लास में गया। उन्हें प्रश्न दे... फौरन वापिस लौट आया।

"इन्दु ने बताया कि यूनीवर्सिटी ने आपकी अनुमति नकार दी है–आप मुझे अपना पूरा ब्योरा दे दें–मैं अनुमति भिजवाने का प्रयत्न करूँगा।" शर्मा जी ने एहसान का भारी भरकम पत्थर उसके ऊपर रख दिया ताकि साँस लेने के लिए भी उन्हीं की सहायता लेनी पड़े।

"बहुत ठीक–जैसा आप उचित समझें।" हिमांशु बहुत विनम्र रहा।

"अच्छा–आपके घर में और कौन-कौन हैं"–शर्मा जी धीरे-धीरे मुद्दे की ओर सरकने लगे।

"इस विषय में आपके कई प्रश्न होंगे। उचित यही होगा कि आप मेरे पिताजी से चर्चा कर लें।" हिमांशु ने फिर बात स्थगित करने का प्रयास किया–अन्यथा कोई बिना निजी स्वार्थ के, एक अनजाने, अनपहचाने की इतनी त्वरा से मदद क्यों करेगा।

"नहीं, नहीं–वैसी बात नहीं है–मैं तो यूँ ही थोड़ी जानकारी चाहता था क्योंकि आप भी ब्राह्मण हैं और हम भी–एक-दूसरे को जान लें तो अच्छा ही है ना..." शर्मा जी ने झेंपिल मुस्कान से कहा।

इतने में चपरासी चाय ले आया... हिमांशु ने बात-बात में बता दिया–शर्मा जी काहे की जात, कितने हमलावर आये, कितनी बार दिल्ली में पूरे पुरुष वर्ग का सफाया कर दिया गया–कितने आततायियों ने कहाँ-कहाँ अनकहे अत्याचार, बलात्कार, नारी की अस्मिता से व्यभिचार नहीं किए। नस्लें, जातियाँ, कुनबे सभी समय की पनचक्की से गुज़र कर विकसित होते हैं तो यह जात पाँत का मुल्लमा अपनी सुविधा के लिए ही है। बाकी आप माननीय हैं–आप अधिक जानते होंगे। शर्मा जी समझ गये यह बदली हुई पीढ़ी की सोच है–ये क्या करेंगे संस्कृति की रक्षा ... पूरी सोच ही विकृत है–आधुनिक सोच और आधुनिक युवा का मनोभाव उन्हें स्पष्ट हो गया–फिर भी वो हिमांशु के पिताजी का पता लेकर चले गये।

उन दोनों की परस्पर क्या बात हुई–ना तो हिमांशु ने पिताजी से पूछा–ना ही उन्होंने इसका उल्लेख किया। हाँ, इन्दु अवश्य एक दो बार आकर अपना स्मिति-पाश फैला जाती... ताकि यह कबूतर उड़ न जाए। परन्तु यह बात तो सभी प्रोफेसरों की ज़ुबाँ पर थी कि हिमांशु-इन्दु का प्रेम-प्रसंग चल रहा था। और ये दोनों कॉलेज के बाहर भी मिलते हैं। इन्दु को तो इसकी पुष्टि में कोई आपत्ति भी नहीं थी। परन्तु हिमांशु ने कभी भी ना तो हामी ही भरी, ना ही साथ घूमने जाने के लिए हाँ ही की।

इन्दु तो सामान्यतया विश्वस्त ही थी कि उसके पापा हिमांशु की स्वीकृति भिजवा ही देंगे... परन्तु राधिका वर्मा भी संकल्पित थी कि देखती हूँ यह इन्दु कैसे हिमांशु की 'एप्रूवल' मैनेज करवाती है और हिमांशु पर अपना अधिपत्य स्थापित

करती है। इन्दु और राधिका के चक्रवात में हिमांशु घिर गया। कैसे सुरक्षित निकल पाएगा--कौन जाने...?

नारियों में, महिलाओं या बालाओं में चिन्गारी से ही विभीषिका न भड़के--ऐसा तो हो ही नहीं सकता। वाक्-पटुता तो उनका अमोघ अस्त्र है जो किसी को भी धराशायी कर दे... और जब चले तो मार्ग का सर्वस्व विध्वंस करता ही जाए। प्रिंसिपल साहब भी समझ गये कि यह काम राधिका का ही है--परन्तु इन्दु ने इसे हवा दी है। अब तो वो भी चाह रहे थे कि हिमांशु अगले वर्ष से कॉलेज छोड़ दे तो अच्छा ही होगा।

और उस दिन जब वह कामिनी के घर पहुँचा तो वातावरण धुआँ-धुआँ-सा लगा। वो ही कामिनी जो प्रायः अपने उद्यान में अपने पेट के साथ या अकेली इन्तज़ार में कदम-गोशी कर रही होती थी--पता नहीं क्यों फिर रुँआसी-सी लगी। हिमांशु को फिर उत्ताप व्यथा और सन्ताप ने घेर लिया कि कहीं उसी दिन वाली घटना की पुनरावृत्ति न हो जाए। यद्यपि उसे उसका विशेष कारण तो प्रतीत नहीं होता था--परन्तु फिर भी उसने पूछा--"कामिनी! क्या बात... आज फिर फूल मुरझाया-सा क्यों?"

"सर, सभी कह रहे हैं--आप हमें छोड़कर जा रहे हो... मैं तो लगता है, मर ही जाऊँगी।" कामिनी तो जैसे तीव्र मानसिक अवसाद से पीड़ित थी।

"कामिनी--सच्ची--तुम भी बस, पगली ही रही। कोई भी ऐसी बात होगी तो सबसे पहले तुम ही जानोगी--इस बात का विश्वास रखो। अकारण मन खराब मत किया करो--जो भी हो सीधे आकर पूछ लिया करो--यह तुम्हारा अधिकार है।"

हिमांशु उस दिन की घटना के बाद बहुत सतर्क हो गया था ताकि कामिनी फिर से असन्तुलित और अवसाद-ग्रस्त ना हो जाए।

"आप सच कह रहे हैं?" कामिनी के टपटप अश्रुपूर्ण मृग-नयन, उनकी कालिमा को धो रहे थे।

"मैं तो इतना ही कह सकता हूँ कि जाना भी पड़ेगा तो तुम्हें विश्वास में लिए बिना तो कदापि नहीं। कम से कम तुम्हारे बी.ए. के परिणाम से पहले तो हरगिज़ नहीं।" और कामिनी पुनः खिल उठी, हाथ में हाथ लेकर पूर्ण माधुर्य से चूम लिया--और शेष मर्यादा निभाते हुए--भावोद्वेलन को संयत किए रखा।

हिमांशु ने कई बार सोचा, और उस दिन लौटते हुए भी--मनन, चिन्तन और मन्थन सभी कुछ किया कि आखिर वो कामिनी को किस रूप में देखता है? कई रात इस प्रश्न में उलझा भी रहा--उसे याद आया कि बरटरेंड रसेल का "बरटरेंड लीमा", जो काफी जटिल और लम्बा भी था--उसे हल करना सरल था... परन्तु इसका उत्तर खोजना बहुत कठिन। हर बार दिल ने गवाही दी कि वो कुछ भी हो

सकती है—परन्तु प्रेमिका तो नहीं! सहानुभूति है—मन चाहता है उसे किसी प्रकार की पीड़ा ना हो—वो खुश रहे, खिली रहे कलिका-सी सुरभित, स्वस्थ रहे, सुन्दर है इसलिए और नारी है इसलिए भी! नारी, महिला या स्त्री और यदि वो मंजुल, मधुर, मोहक हो तो उसकी व्यथा, उसकी पीड़ा असहनीय स्तर तक द्रवित कर जाती है ... परन्तु प्रेयसी... संगिनी... अनुरागिनी ... वो स्थान, वो पीयूष स्थल, हृदय का अन्तरंग भाग-केवल रश्मि, और पूरे ब्रह्माण्ड में और किसी का भी नहीं। रश्मि तो उसकी नस-नस में प्रवहित शोणित है। यदि मान भी ले, हिमांशु ने सोचा, बेशक, ऐसा सोचना भर ही उसके लिए मरण-समान है—कि कामिनी उसकी दूसरी प्रेमिका हो जाए... तो क्या वो रश्मि के लिए पर पुरुष सहन कर पाएगा—सोचने भर ही से उसका मन कुत्सित घृणा से भर जाता है। सम्बन्धों की प्रगाढ़ता समानता पर टिकती है—धीर, समीर, सौम्य, शान्त...परस्पर विलीन!

कॉलेज का वार्षिक पारितोषिक उत्सव होने वाला था। उसके लिए पुस्तकें और अन्य पुरस्कार क्रय करने का दायित्व उसे सौंपा गया। शायद इसलिए कि अभूतपूर्व परिणामों में हिमांशु का योगदान सर्वोपरि था। पुस्तकें खरीदने के लिए प्रो. सन्तराम और कामिनी भी साथ हो लिए। पुस्तकें अधिकतर इंग्लिश बुक डिपो से खरीदीं—सबसे अधिक पुरस्कार रश्मि और कामिनी के थे। कामिनी अति-उत्साहित थी कि उसे हिमांशु का सामीप्य लगातार तीन-चार दिन तक मिला।

प्रेमी को प्रेम पात्र देखने भर से, जो आत्मतोष मिलता है वह संसार की कोई भी वस्तु नहीं दे सकती। ये तो जीवन के अनमोल क्षण होते हैं जो जीवन भर स्फूर्ति प्रदान करते हैं जिन्हें कोई भी प्रेमी बार-बार जीता है—इन्हें पीता है—इनका पुनर्नवीनीकरण प्रतिदिन करता है। वो ही प्रेम अमरत्व को प्राप्त होता है। वो तुम्हारा इष्ट कोई भगवान हो, या जीवन्त सौन्दर्य का बखान—उसके प्रति अप्रतिम समर्पण, अनिच्छित प्रतिदान ही प्रेम को परिभाषित करता है। वो ही होती है विमल इन्दु की प्रसरित दूधिया चन्द्रिका जो तन-मन सराबोर किए रखती है। या तारामण्डल से जड़ित ब्रह्माण्ड का दीप्त उत्तरीय जो आच्छादित रहता है मन पर—निरन्तर... जिसमें झाँक जाती है प्रियतमा की प्रत्येक भंगिमा—और दसों दिशाओं में गूँजता है वो प्रेम प्रवाह... वही है चिरन्तन... अनश्वर प्रेम...।

यही अवधारणा थी हिमांशु की, और उसमें बसी थी रश्मि—अणु-अणु में उसके या! यह सब धारा-प्रवाह रश्मि जनित ही था—वो नहीं जानता। परन्तु था यह दोनों का लयात्मक विलय।

तभी तो उसने पूरे मनोयोग से उसके लिए बनवाई थी शील्ड—कॉलेज की ओर से स्वर्ण पदक विजेता के लिए जीवन पर्यन्त चलने वाला स्मृति चिन्ह! ताकि रश्मि

उसके साथ हो या उससे विलग–वो उसे हिमांशु की याद दिलाती रहे। कि कहीं कोई था जो चला था... साथ पल भर...।

पारितोषिक उत्सव चल रहा था। हाल छात्राओं से खचाखच भरा हुआ था–मंच पर आसीन थे प्राचार्य, प्रो. सन्तराम, राधा पुरी, हिमांशु और हमेशा की तरह मंच संचालन कर रहे थे प्रो. यज्ञ वर्मा। मंच और कॉलेज के बृहत हाल को सब ओर से छात्राओं ने फूलों, फानूसों, गुब्बारों तथा झंडियों से सजा रखा था। रश्मि एक दिन पहले आ गयी थी–और फिर तो उसे पल-पल हिमांशु चाहिए...। शाम से ही वो कॉलेज का काम निपटाकर उसके साथ था–हिमांशु ने शाम को कामिनी को फोन पर कह दिया कि वह शाम को नहीं आ पाएगा–और दिन में भी वह उससे बात नहीं कर पाया था, चाहे कामिनी ने दो चार बार कोशिश भी की पर हमेशा ही कोई ना कोई साथ होता। और हिमांशु भी ऐसा इम्प्रेशन कतई नहीं देना चाहता था कि उसका कामिनी की ओर अधिक झुकाव है। परन्तु फोन पर तो कामिनी ने कह ही दिया–

"सर, मैं तो आस लगाए बैठी थी कि आप आओगे और मेरी खुशी में शामिल होंगे, पर आपने तो मेरा दिल ही तोड़ दिया।" और उसने फोन बन्द कर दिया। अब हिमांशु के पास कोई विकल्प ना था। उसने दो तीन बार फोन किया भी पर हर बार रिसीवर ऑफ ही मिला।

उसने सारी बात को समय के भरोसे छोड़ दिया। शाम देर रात तक रश्मि का सुहाना सामीप्य और उसकी चहकती चाँदनी–जी ही नहीं भरता था। वो तो बस जाम पे जाम उसकी अक्षुण्ण रसमयता के पिये जा रहा था। और वो जैसे पूनों में खिली कुमुदिनी–अंग-अंग से उच्छृंखलता फूट-फूट बहती...। शायद, वो जान गयी थी कि उसकी हर बात, हर अदा, हर शैली हिमांशु को बेतहाशा आकृष्ट करती है। उसे स्वयं को संयत रखना असम्भव-सा लगता था–वह भी तो यही चाहती थी कि हिमांशु उसे बाहुपाश में जकड़ ले। परन्तु हिमांशु से ऐसी प्रत्याशा की ही नहीं जा सकती थी क्योंकि वह ठहरा संकोची, लजीला–मर्यादा एवं सामाजिक प्राचीरों में बन्दी। हिमांशु जिसे जी जान से चाहता था उसके साथ वह बन्धन का झीना पर्दा हटा नहीं सकता था। और जो उस पर सब कुछ लुटाने को तत्पर थी, उसे वो छूना भी नहीं चाहता था।

पुरस्कार वितरण के बीच में ही रजनी ने मंच पर आकर हिमांशु के कान में कहा, "सर कामिनी को फिर से फिट पड़ गया..."और वह प्राचार्य को कहकर चला गया। उसे ढाढस बँधाया, उसकी सहेलियों ने हाथ पाँव मले, तब वो होश में आयी। रश्मि ने देखा कि हिमांशु एकदम ना जाने कहाँ चले गये–और उसकी शील्ड लेने की बारी आ गयी। प्राचार्य ने हिमांशु को बुला भेजा–परन्तु रश्मि का चेहरा और आँखें लाल

जैसे यकायक चाँद सूरज में परिवर्तित होकर छुप रहा हो और उसकी रक्तिम लालिमा छा रही हो...। पारितोष देने के बाद वह फिर कामिनी के पास चला गया—

"कैसी हो कामिनी?—अब ठीक हो...?" उसने सहानुभूति पूर्वक पूछा।

"अब ठीक हूँ—पर आपको क्या फ़र्क पड़ता है।" और रश्मि, सभी छात्राओं के साथ पीछे खड़ी सब कुछ सुन रही थी। त्वरित वहाँ से चली गयी—और उसी क्लास के कोने में नयन नीर की सरिता झर-झर, जो उसके प्रथम स्पर्श की साक्षी थी।

उसने जाकर रश्मि को हल्का-सा आलिंगन किया परन्तु रश्मि के लिए तो असह्य था। हिमांशु ने जैसे कमल की पंखुड़ियों पर से ओस कण पोंछें; और इसके पहले कि वो कुछ कहता—रश्मि ही के संयम का बाँध टूट चुका था—

"जाओ, ओसे अपनी कामिनी कोल, ओहदी जादा फिकर अैह; ते फ़ेर ऐथे की लैण आये ओ—मेरा तुआडे नाल कोई वास्ता नईं... जाओ वड्डे आये मनौण वाले ..." उसका क्षोभ अनियन्त्रित था—परन्तु हिमांशु को तो उसका एक-एक शब्द कोयलिया की कुहुक-सा प्रतीत हो रहा था।

उसने, धीमे-धीमे उसे शान्त कर कहा..."रश्मि तुम इतनी समझदार, मेधावी, विवेकशील हो—तुम ऐसी हो ही नहीं सकती—जैसी तुम दिख रही हो। वो तो बेचारी बीमार है। उसे इस समय तुम्हारी सहानुभूति, सौहार्द चाहिए। तुम्हारे दो शब्द ही उसे ठीक कर देंगे... ज़रा मेरे कहने पर कर के तो देखो।" और उसने रश्मि का हाथ पकड़ा और कामिनी के पास ले गया।

"कामिनी—अरे तुम इतनी प्यारी हो... कितनी इंटेलीजेंट इतनी समझदार, हिम्मत वाली... विवेक से काम लो—तुम तो एकदम ठीक लग रही हो..." रश्मि ने उसके गाल थपथपाए—उसे गले लगाकर चूमा...।

"अब दीदी आप आ गयी हैं ना... अब मैं ठीक हो जाऊँगी" कामिनी को जैसे मन्दाकिनी ने सराबोर कर दिया हो।

और रश्मि कामिनी को पकड़कर पारितोषिक-उत्सव में ले गयी। रश्मि का यह संवेदनात्मक पहलू हिमांशु को बहुत सुखद एवं हृदयस्पर्शी लगा।

उसने रात को लेटे-लेटे सोचा—कामिनी और रश्मि—क्यों उलझ जाते हैं दोनों बिम्ब? क्यों सरक जाती है वो उर्मि, जो पल भर पूर्व लगती थी कितनी प्यारी? और क्यों बिखर जाते हैं रंग और दिखाई देता है कभी श्वेत, कभी श्यामल पल—? क्या मिथ्या, क्या सत्य...? और डायरी का वह पन्ना रश्मि धीमे-धीमे गुनगुना रही थी उसे अब... बीस साल बाद...

"बहुत से वो रोग
जिन्हें भोगते हैं... हम...
सुबह शाम... आठों याम...

नहीं होते... हमारी नियति!
वो होते हैं–स्व-जनित
आन्तरिक द्वन्द्व–
सही और गलत का,
अभेद्य बन्ध–!"

23

होता ही है–प्रायः ऐसी सभी स्थितियों में होता है–कि सहानुभूति और प्रेम, परस्पर उलझ जाते हैं और हम सहानुभूति या हमदर्दी को प्रेम समझ बैठने की गलती करते हैं। यह उस पात्र-नारी या पुरुष–जिसमें भी कोई शारीरिक न्यूनता हो, कोई व्याधि जनित कमी हो, कोई मानसिक असन्तुलन हो या कोई आर्थिक कष्ट हो–तो आप मानवीय संवेदना, भावावेश या भावाकुल होकर सहानुभूति या अनुकम्पा को उस सीमा तक ले जाएँ कि इसका पात्र या सहृदय संवेदनशील व्यक्ति उसे प्रेम की संज्ञा देने लगे। तो ऐसी परिस्थिति दूध में उबाल या नदी में उफान की भाँति होती है। क्योंकि प्रेम कभी भी पूर्व निर्धारित शर्तों पर आधारित नहीं होता–जो प्रेम वस्तुस्थिति, परिस्थिति या स्थिति परक होकर पल्लवित होता है और जिसकी अतल या धरातल में ऐसे भाव होंगे–तो वह कुछ भी हो सकता है परन्तु प्रेम नहीं–जो शनैः शनैः कुहासा छटने पर, यथार्थ के प्रकाश को सहन नहीं कर पाता। कर भी ले, तो वो समझौता या शिष्टता है, प्रेम नहीं। प्रेम तो यथास्थिति में ही यकायक एक चिन्गारी सा प्रस्फुटित होता है और कब वो उसके तन-मन, अस्तित्व, अपने पूर्ण परिवेश में समेट लेता है और आप रह जाते हैं हतप्रभ... जब धरती, आकाश, सम्पूर्ण ब्रह्माण्ड, उसी क्षण में केन्द्रीभूत हो जाता है और प्रेम शाश्वतता की सोपान पर उत्तरोत्तर चढ़ता जाता है और चिरन्तन होता है–उसे हम आत्मिक प्रेम या कोई भी नाम दे सकते हैं।

यही तो लिखा था हिमांशु ने अपनी डायरी में और ऐसा ही साफ-सुथरे–सरल शब्दों में उकेरा था रश्मि ने भी। परन्तु उसने स्पष्ट किया कि जब यह प्रेम के अन्धड़ की स्थिति आती है तो प्रेमी या प्रेयसि को पता ही नहीं चलता–कि आखिर हुआ क्या है?... अचानक सब कुछ बदला-बदला, सुखद, प्रकाशित दैदीप्यमान-सा लगने लगता है। यह बदलाव कैसा... इसे ही क्या प्रेम कहते हैं? कालान्तर जब दोनों ने एक दूसरे की डायरी पढ़ी तो कैसे अभिभूत थे एक दूसरे के लिए... पूर्णतया एकात्म।

परन्तु कामिनी शायद अपने ही भ्रम जाल में उलझ रही थी। उसके, मम्मी-डैडी

शायद एक बेटी की यातना में बराबर के भागीदार थे—तो दूसरी बेटी को पूरी सुरक्षा, प्यार-दुलार, उचित-अनुचित माँगों को पूरा करने में कोई भी कोर-कसर नहीं छोड़ते थे। उन्हें लगता था कि उनके परिवार की प्रतिष्ठा, सम्पन्नता और सामाजिक गरिमा को देखकर—कोई भी योग्य वर कामिनी के रूप सौन्दर्य पर मोहित होकर 'हाँ' कर देगा। बस कामिनी किसी पर नज़र टिकाए तो!

उस दिन हवा नम थी। वैसे न तो वर्षा का मौसम ही था और ना ही कोई आसार। परन्तु फिर भी आर्द्रता उसे बोझिल बनाए हुए थी... यह थी तीनों के लिए ... रश्मि, कामिनी और हिमांशु... तीनों किसी भँवर में फँसे हुए थे जो उनके स्व-जनित थे। तीनों ही उस यौवनावस्था में थे जहाँ निजी सोच सर्वोपरि लगती है और परिस्थितियों का गहन विश्लेषण करने में असमर्थ होते हैं। तो भी प्रेम सभी तर्कों, सभी विश्लेषणों, सभी मान्यताओं, सभी सामाजिक सरोकारों से ऊपर होता है और उसे अपने प्रेम-पात्र पर पूर्ण निष्ठा और विश्वास होता है। वो बात अलग है कि कभी कभी प्रेम प्रवंचना का रूप धारण कर लेता है और दोनों पात्र किसी गहन गर्त में गिर जाते हैं। शायद यही होती है नियति या फिर विवेक—शीलता अथवा हीनता—जो भविष्य की दिशा और दशा को निर्धारित करती है।

कामिनी पीला कढ़ाई का सूट पहने थी—वक्ष पर सूट का कटाव ऐसा था कि मेनका अनुरूप समस्त गोलाइयाँ अनायास ही दृष्टिगत रहें और उत्तरीय उसी रंग का, जिस पर लाल-हरे फूलों की बेल बेहद मनोभावक लग रही थी। कामिनी बेपरवाह थी कि दुकूल किधर जाता है—क्योंकि सम्भ्रान्त परिवारों में प्रदर्शन... और वो भी शारीरिक—एक सामान्य-सी बात थी। हिमांशु का ध्यान बार-बार उन वक्र रेखाओं पर जा टिकता परन्तु साथ ही अपने प्रोफेसर होने की बात का ध्यान आया कि इस देश में जो यौन शोषण, यौनिक अपराध होते हैं उसके मूल में है कि हम "सेक्स-स्टार्वड-नेशन" यौन-क्षुधातुर-राष्ट्र हैं। हो सकता है यह बहुत ही क्षुद्र दृष्टिपात हो उस बृहत्तर सामाजिक व्याधि का, परन्तु उसका यह पहलू तो सत्य था। उसने ध्यान बाँटना चाहा।

"कामिनी..." अचानक सम्बोधन... वो थोड़ा लज्जाई—विस्फारित नेत्र, ऊपर किए जैसे कमल की पंखुड़ी सद्यः खिली हो... और हिमांशु थोड़ा सम्मोहित था ही ... परन्तु फिर बोला...

"कामिनी यह तुम्हारी 'इलनैस' कैसे शुरू हुई?

कब...?"

"सर... जहाँ तक मुझे याद है, बचपन में बड़े भाई ने किसी बात पर मुझे इस कद्र डाँटा कि मैं बेहोश हो गयी...। घबरायी तो हुई ही थी... परन्तु शायद मैं वो सहन ना कर पायी... और उसके बाद से ज़रा किसी ने बात कही कि मेरी यह हालत

हो जाती है—सब कुछ पढ़ा भूल जाता है—परन्तु पुनः अभ्यास करने पर याद भी आ जाता है। आपके आने के बाद से यह ''अटैक'' बहुत ही कम हुआ।''

''और डॉक्टर क्या कहते हैं''?

''वो तो इसे ''मेंटल-डिसआर्डर'' या मानसिक असन्तुलन कहते हैं''—कामिनी थोड़ी कुम्हला-सी गयी।

इतने में मम्मी अन्दर आ गयी। हाथ में एक प्लेट थी जिसमें से गन्ध आ रही थी। ऐसी गन्ध जो एकदम घिन भरी लगी और उबकाई आने जैसा अनुभव हो रहा था।

''बेटे अभी-अभी ताज़ा पकौड़े घर पर निकाले हैं—आप और कामिनी के लिए'' मम्मी ने बड़े मनुहार से कहा।

और नौकर चाय की ट्राली भीतर ले आया और प्लेट हाथ में थमा दी।

''मम्मी ये किस चीज़ के पकौड़े हैं?'' हिमांशु से उनकी दुर्गन्ध सहन नहीं हो पा रही थी। इसके पूर्व कि मम्मी कुछ कहतीं, कामिनी ने बीच में ही टोका...

''मम्मी आपको बताया तो था—सर पक्के वेज हैं। और आप मछली के पकौड़े ले आये। मैंने यह भी कहा था कि मैंने नॉन वेज छोड़ दिया है। आप कोई बात ध्यान से सुनती ही नहीं'... कामिनी ने अपनी नाराज़गी गुस्से से प्रकट कर दी। उसके डैड जो शायद सब बात सुन रहे थे, प्लेट पकड़े हुए और मछली की दुर्गन्ध का मज़ा लेते हुए, भीतर आये...

''अरे हिमांशु जी, चखिए तो सही... आपको अच्छा लगेगा...'' उन्होंने अनुरोधपूर्वक कहा।

''नहीं, सर... हम तो पक्के पंडित हैं... लहसुन तक तो खाते नहीं—यह तो बहुत दूर की बात है।''

हिमांशु ने ज़ोर देकर कहा।

''अच्छा बेटा... यह सब मैं वापिस भिजवा रही हूँ...'' और नौकर सब कुछ समेट, भीतर ले गया।

इसी बीच कामिनी के डैड बैठ गये। कामिनी अपने प्रश्नों में उलझ गयी... परन्तु उसके डैड ने बात आरम्भ की...

''देखो बेटा हिमांशु—अब आपको कामिनी को पढ़ाते हुए एक साल से ज़्यादा हो गया है। आप भी उसे अच्छी तरह जान गये हो और वो भी तुम्हारे से ही इतना मन लगाकर पढ़ी कि अपनी बीमारी ही भूल गयी। एक तरह से मानसिक डिसआर्डर कोई बीमारी तो होती नहीं। इसमें तो अगर आप प्यार से हैंडल करो तो सभी कुछ सहज और सामान्य ही रहता है। तुम्हारी कम्पनी में वो खुश भी रहती है और उसका मन भी हर काम में लगता है।''

हिमांशु को लगा कि मि. गुप्ता अपना प्रशासनिक प्रवचन देकर उसे किसी विशेष मुद्दे के लिए प्रेरित कर रहे हैं।

"जो आप कह रहे हैं, वो बिना किसी सन्देह के सोलह आने सच है।" उसे याद आया कि संवाद में कभी भी सीधे-सीधे नकारात्मक दृष्टिकोण ना अपनाएँ—पहले सहमत हो जाएँ फिर धीरे-धीरे असहमति की ओर अग्रसर हों।

"मैं चाहता हूँ—तुम इसकी परीक्षा के बाद भी आते रहो ताकि यह कम्पिटीशन की तैयारी करे और नहीं तो अगले साल के कोर्स की पढ़ाई शुरू करवा दें। कामिनी भी व्यस्त रहेगी और आपका समय भी कट जाएगा..." मि. गुप्ता ने भी एक सिद्धहस्त नीतिज्ञ की भाँति पासा फेंका।

"सर, बात तो आपकी किसी हद तक ठीक भी है परन्तु मुझे भी अब कम्पिटीशन की तैयारी करनी है" उसने वार्ता का रुख बदला।

"वो तो और भी अच्छा है—आपकी भी तैयारी हो जाएगी और इसकी भी..." कामिनी की मम्मी ने बीच में ही अपनी ओर से जो कहना था उसकी भूमिका प्रारम्भ कर दी...।

"वैसे बेटा तुम्हारा जात पाँत पर क्या विचार है?"

अब उसे लगा कि ये लोग विषय पर आ रहे हैं। उसने मि. गुप्ता की ओर कौतूहल की दृष्टि से देखा—

"मि. हिमांशु वैसे हम कामिनी को एग्ज़ाम के बाद यू.एस.ए. ले जा रहे हैं और इसका पूरी तरह से ट्रीटमेंट करवा कर ही आएँगे—" उन्होंने एक और पासा फेंका जिसे वो ज़्यादा समझ नहीं पाया कि आखिर इस सबका प्रयोजन क्या था?

"सर, यह तो आप बहुत अच्छा कर रहे हैं। कामिनी जैसी इंटेलीजेंट लड़की को बहुत आगे जाना है। मेरी तो हमेशा ही इच्छा रहती है कि यह ठीक हो जाए।" उसने बात को थोड़ा-सा मोड़ दिया। "अभी आप उसका ध्यान विचलित ना करें और उसे पूरे मनोयोग से पढ़ाई करने दें—ये सब बातें ठहर भी सकती हैं।" उसने इशारे से जता दिया कि यह समय इस सबके लिए उपयुक्त नहीं है।

कामिनी के मम्मी डैडी चाय का कप साथ में पीकर चले गये।

हिमांशु ने कामिनी के पास से पेपर उठाया और लिखा—

"कैसे एक उजले दिन—
तुम हो जाते हो तर—
उन विषयों में फँसकर,
जो अब नहीं रहे तुम्हारे—
फिर भी कहीं से कोई अन्धड़
हिला जाता है, तुम्हें जड़ों तक...

और तुम अनिश्चितता के जाल में फँसे–
सोचते हो कब तक...?
लेकिन, सभी हैं... अनभिज्ञ!"

"सर आप ने मेरे लिए कुछ लिखा?" कामिनी जिज्ञासा से देख रही थी–और लट को पीछे हटाने के प्रयास में थी। बेशक, उस सबका खयाल, मात्र ध्यान आकर्षित करना ही था। ट्यूब की रोशनी ने उसके उरोजों को दूधिया कर दिया था और वो थी उनका तिलस्म बिखेरने पर आमादा। उसके मम्मी-पापा की, हिमांशु के साथ, वार्ता के बाद उसे लगा कि अब वह हिमांशु के साथ किसी प्रकार की भी स्वच्छन्दता, उच्छृंखलता और अमर्यादा की सीमा तक जा सकती है।

"नहीं–वैसे ही जो विचार आते हैं–कभी कभार लिख लेता हूँ। तुम भी लिखा करो। जब भी कोई असामान्य या असाधारण स्थिति से गुज़रो–इससे तुम्हारे मन पर बोझ नहीं रहेगा... और बाद में पढ़कर तुम्हें मज़ा भी आयेगा" हिमांशु ने एक अच्छा खासा भाषण दे डाला... परन्तु फिर भी उसने पल्लू को नहीं संवारा। और मन्द-मन्द मुस्काती हुई बोली...

"सर, बीच बीच में डायरी लिखती हूँ... आपके आने के बाद तो प्रायः रोज़ ही लिखती हूँ। कभी आपको दिखाऊँगी। पर कहते हैं, किसी को भी अपनी डायरी नहीं पढ़वानी चाहिए... आप क्या सोचते हैं...?"

"ठीक ही तो है–डायरी तो एकदम निजी जीवन के क्षण होते हैं जिसमें इन्सान अपने आपको खोलकर रख देता है–यदि उसे पता हो कि कोई इसे पढ़ेगा तो मन स्वयं ही सतर्क हो जाता है। लिखती रहो "बहुत अच्छा कर रही हो..."

"तभी तो आपको पढ़वाना चाहती हूँ–आप तो कोई गैर थोड़े हैं?" उसने बहुत आत्मीय अन्दाज़ में कहा।

हिमांशु ने दीवाल पर लगी सुनहरी घड़ी को देखा। आठ बज रहे थे... दो घण्टे से अधिक लग गये थे। परन्तु जैसे ही वो उठने को हुआ... कामिनी ने हाथ पकड़ कर कहा...

"सर, थोड़ी देर और बैठो–मुझे आपका पास होना कितना अच्छा लगता है।"

लगा कि वह कामुकता के ज्वार में संलिप्त हो रही है। परन्तु वो कैसे कहे कि तुम स्वयं से छलावा कर रही हो। वो रश्मि के प्रति अनिष्ठा, अनास्था, अविश्वास नहीं, कभी नहीं... वो दस मिनट बैठा और उठकर चल दिया।

उस दिन हिमांशु ड्राईंग रूम में आकर बैठ गया। रजनी का छोटा भाई उसे बैठाकर आप सीढ़ियों से उतर कर खेलने चला गया। भीड़ भरे बाजार में घर था... वहाँ तो नहीं, परन्तु कहीं तो होगी ही खेलने की जगह–या बच्चे बना लेते हैं। ऐसे घरों को फ्लैट की संज्ञा बहुत बाद प्रचलन में आयी, विशेषतया छोटे शहरों में जहाँ

फ्लैट नामक चिड़िया को कोई नहीं जानता था। दिल्ली से आये क्लास फैलो कहा करते थे कि उनका उस नगर में फ्लैट है। परन्तु हिमांशु को ना ही कभी रुचि रही, ना ही उसने जानने की कोशिश ही की।

खैर, परिवार वालों को उसका बैठक में बैठे होने की जानकारी ही नहीं थी। जैसा प्रायः घरों में होता है कि जब वे अपने आप में लीन होते हैं और वार्तालाप या बातचीत में व्यस्त होते हैं तो उन्हें अपनी ऊँची आवाज़ या कर्कशता का भान तक नहीं होता। रजनी के पिता उससे कह रहे थे—"मैंने तुम्हारे प्रोफेसर का घर देखा है—कोई बैठक नहीं—एक छोटे से कमरे में दो कुर्सियाँ और एक चारपाई। वो तो घर पर उसकी बहन ही थी, नहीं तो बैठना भी पड़ जाता—छोटी-सी बन्द गली में... अब अपनी माँ से पूछ ले यह भी तो साथ ही थी..."

"उससे क्या फ़र्क पड़ता है जब मैं तैयार हूँ" रजनी रुँधी-सी आवाज़ में कह रही थी।

"अभी कल पैदा हुई हो—हमने दुनिया देखी है। जब एक-एक आना गिनोगी ना, सब आटे-दाल का भाव पता चल जाएगा। और दिन भर घर में महाभारत... बिज़नेस वालों का नौकरी वालों से क्या मुकाबला? और नौकरी भी ज़रा-सी... घर घर जाकर पढ़ा कर तो चार पैसे कमाते हैं—क्या खाएँगे क्या बचाएँगे? भूल जाओ इस सपनों की दुनिया को—असलियत बहुत कड़वी होती है—और हम लोग गुप्ता ठहरे? अब मैं नहीं बात करूँगा..." उन्होंने आदेशात्मक लहज़े में कहा।

"ठीक ही तो कह रहे हैं तुम्हारे पिताजी... भूल जाओ यह बचपना... जिन्दगी सिनेमा नहीं... जहाँ दस मिनट में सब मिल जाए... खबरदार जो दोबारा बात भी करी..." उसकी माँ ने भी ऊँची आवाज़ में लताड़ा।

अब हिमांशु से और नहीं सहा गया। वह उनकी बात का विरोध तो कर नहीं सकता था—क्योंकि यह उनकी सोच थी। परन्तु इस सारी वार्ता से इस तथाकथित सम्भ्रान्त या उच्च मध्यम वर्ग की मानसिकता का कुत्सित चेहरा तो सामने आया; जो इस भ्रम में जीता है कि जो जहाँ है वहीं पर ही रहेगा। वे लोग जैसे जन्मजात ही कुलीन हैं और निम्न वर्ग वहीं, उसी स्तर पर ही सड़ेगा। शायद यही अपरिमित अलगाव सदियों से चला आया कि ब्राह्मण विद्वान तो हो सकते हैं; परन्तु पलेंगे इन्हीं सामन्तों के कृपापात्र बनकर। तभी तो शायद उन्होंने सरस्वती का वाहन राजहंस नामित किया और लक्ष्मी का उल्लू...। और वे कर भी क्या सकते थे? मनु के कृत्यों का फल किसी को तो भोगना ही था। अब और उसके लिए असहनीय था। वह उठा, जाकर बैठक के दरवाज़े पर दस्तक दी। सभी जैसे सकते में आ गये—उन्हें लगा उनकी चोरी पकड़ी गयी।

रजनी के पिता जी झट से उठे–और "अरे बेटा... आप कब आये?" वो खिसियायी बिल्ली की तरह बोले... उनका असमंजस तो चेहरे पर स्पष्ट था।

"बस, अभी थोड़ी देर पहले ही। छोटू बिठाकर चला गया–शायद आपको बताया नहीं होगा" वो भीतर से उद्वेलित और क्रोधित भी था परन्तु बाहरी तौर पर सहजता तो रखनी ही थी।

"ओ रजनी... कहाँ हो तुम–? प्रोफेसर साहब के लिए कोका कोला लेकर आ... जल्दी से..." रजनी के पिता जी ने अनावश्यक चेष्टा दिखाई। क्योंकि बुज़ुर्गों ने दुनिया देखी होती है, अतः मुखौटे पहनकर जीना उनके जीवन का अहम् हिस्सा होता जाता है। और वे यही कुछ एकत्रित करते रहते हैं जीवन भर-जीवन पथ पर–चलते चलते। हिमांशु यही सोच रहा था।

कितने छोटे, कितने टुच्चे, कितनी क्षुद्र मानसिकता के लोग होते हैं ये सब। फिर दोष मढ़ देंगे पीढ़ियों के दरमयाँ फासिलों के माथे–जेनरेशन गैप पर। क्योंकि युवा कभी वैसे या इन जैसे होते ही नहीं। वो तो शनैः शनैः इन्हीं की शिक्षा या अनुसरण से सीखते हैं। सहते हैं आक्षेप कि आजकल के युवा सुनते ही नहीं, आज्ञाकारी नहीं और युवतियाँ हैं लज्जाहीन, स्वच्छन्द। इन त्रुटियों का विवेचन और उसकी प्रक्रिया चलती है पीढ़ी दर पीढ़ी जब तक विवेकशील चिन्तक इस सोच को प्रभावित ना कर पाए। हिमांशु तो बस यही सोचता रहा–परन्तु अपनी अस्मिता, आत्मसम्मान और शिक्षकवर्ग की हीनता, उस पर घृणित टिप्पणियाँ, उसे असह्य थे...। एक दो दिन तो उसने ऐसे बर्ताव किया कि जैसे कुछ हुआ ही नहीं–और तीसरे दिन उसने रजनी से ट्यूशन के मध्य ही कह दिया–

"रजनी असल में मेरे पास समय ही नहीं है–मैं थक जाता हूँ... इसलिए आप कल से किसी अन्य प्रोफेसर का प्रबन्ध कर लें।" उसने सहजता से कहा।

रजनी पर तो जैसे वज्रपात हो गया–एकदम रुकी हुई झर, झर, झमाझम बरसात, हिचकियाँ। माँ भी आयी... पिता जी भी आये। बहुत गिड़गिड़ाए... मनुहार किए...। किसी भी गलती के लिए क्षमाप्रार्थी... परन्तु हिमांशु अगले दिन से गया ही नहीं। वह तो स्वयं ही अपराध बोध से ग्रसित था कि माँ बाप की जाहिल सोच की सज़ा एक अबोध कन्या को...। परन्तु रजनी स्वावलम्बी होती तो उसे फिर भी एक बार उसकी वक्र सोच के लिए समझाया जा सकता था–परन्तु माता-पिता; एक शिक्षा प्रदान करने वाले को भिखारी की संज्ञा दें–यह तो पूरे शिक्षक वर्ग पर आघात और विकृत मानसिकता हुई जो इन सम्भ्रान्तों ने पाल रखी थी। यह उसी का परिणाम था।

जो भी हो–हिमांशु अगले दिन से गया ही नहीं। जो छात्राएँ पहले से ही ट्यूशन

की ताक में थीं... उनमें से एक को पता चला और उसने कामिनी के साथ मिलकर अनुरोध किया... और नयी ट्यूशन शुरू हो गयी।

करीबन सप्ताह बाद कामिनी ने बताया—

"सर, आप को पता है रजनी की सगाई कर दी गयी वो कहती है कि उसके मम्मी-पापा ने जबरन कर दी...। घर से न निकलने की धमकी दी। एक निराश्रित अबला कहाँ जाए? माननी पड़ी माँ-बाप की कुण्ठित सोच। मैं भी गयी थी उनके घर, पर वो लोग किसी प्रकार से भी मानने को तैयार नहीं थे।"

"यह तो बहुत अच्छा हुआ—जीवन में कहीं तो सैटल होना ही था..." हिमांशु ने सामान्यतया कहा।

"पर सर, वो तो कह रही थी कि ना ही सर उसकी ट्यूशन छोड़ते, ना ही उसकी इतनी आपाधापी में सगाई ही होती..." कामिनी ने जैसे उलाहना ही दिया।

"इसमें मैं क्या कर सकता हूँ—यह तो वो ही जानें— हाँ लड़का तो बिज़नेस मैन ही होगा...?"

"सर वही है... उसी के पड़ोस में रहता है। कितने दिनों से उसके पीछे था... और शायद उसके पिताजी ने रजनी के पापा से बात कर रखी थी—कपड़े के व्यापारी हैं..." कामिनी ने थोड़ा ब्योरा दिया।

"अच्छा ही हुआ—बिज़नेस घराने में जाकर वह खुश रहेगी...। हाँ, कामिनी बिना बात की गहराई में जाए किसी प्रकार की भी राय नहीं बनानी चाहिए...। खैर, तुम अपनी स्टडी पर ध्यान दो... भटको नहीं..." और उसने पुस्तक में से एक प्रश्न 'स्टेटिक्स' का समझाना शुरू कर दिया।

डिग्री क्लासेज़ तक की परीक्षाएँ समाप्त हो चुकी थीं—वो चहकता, महकता, प्रफुल्लित, उल्लसित चटख-मटख की मादकता से सराबोर कॉलेज का प्रांगण। अब एकदम नीरस, नीरव, निस्तब्ध और निर्जीव... निस्तेज... जैसे सुषुप्तावस्था में स्मृतियों को अपने आँचल में समेटे... निश्चल, अचल-सा पड़ा हो। कक्षाओं के कमरे अपने एकाकीपन में किसी वीरान बीहड़ की याद दिलाते जहाँ कभी पूरी मस्ती चिड़ियों की चहचहाहट से चहकती थी।

हिमांशु भी अपने अनुभव का प्रमाण पत्र लेकर कॉलेज से विदाई ले चुका था। राधिका वर्मा अपनी सभी सह-प्राध्यापिकाओं के बीच डींगें मारती नहीं थकती थी कि उसने कैसे हिमांशु की छुट्टी करवा दी। परन्तु इन्दु शर्मा अभी भी आश्वस्त थी कि उसके पापा अवश्य कुछ करेंगे। उसने हिमांशु से पता और कान्टेक्ट नं. आदान-प्रदान किया। वह चाहती थी कि हिमांशु निरन्तर उसके सम्पर्क में रहे।

एम.ए. की परीक्षाएँ अभी होनी थीं। एम.ए. के दोनों प्राध्यापक बिना अनुपस्थिति के सुबह ही आ जाते और रश्मि के पास जाना सप्ताह में दो बार शुरू हो गया क्योंकि

वो भी हिमांशु से ही पढ़ना चाहती थी... और उसका अनुरोध था सर्वोपरि! शायद धीरे-धीरे रश्मि के लिए सामीप्य की संज्ञा बदल रही थी। वैसे रश्मि तो उसे अपना मान ही बैठी थी परन्तु हिमांशु परिस्थितियोंवश आशंकित ही रहता था। बेशक, उसके अपने मन में लेशमात्र भी सन्देह नहीं था कि उसके जीवन में या तो होगी रश्मि... या फिर कोई भी नहीं।

कामिनी मानने को तैयार ही नहीं थी कि उसकी परीक्षाएँ समाप्त हो चुकी हैं। उसकी बहन स्नेहा अभी भी देहली में ही थी। और वैसे भी उसे किसी से अधिक सरोकार नहीं था। इसलिए हिमांशु कामिनी के यहाँ सप्ताह में तीन चार बार तो जाता ही था--या फिर जब भी शहर में होता। वो भी चाहता था कि कामिनी स्वस्थ रहे और जहाँ तक हो सके, उसकी बात मान ही ली जाए।

अब उसने कॉलेजों में प्रार्थना पत्र भेजने प्रारम्भ कर दिये थे।

खालीपन, रिक्तता, रीतापन, सूनापन सभी के साये कभी एक साथ, कभी एक के बाद एक और कभी असामान्य विलय, कभी विलगता--सभी प्रकार से मन पर छा जाती--या फिर ये सारे छाये रहते। जीवन, जो कभी लगता था सरस, संगीतमय, सुरमय; आज फिर अनिश्चिततापूर्ण, एक विकराल सपाट प्रसरित निर्जन सा लगने लगा। उन्हीं क्षणों में, जब वह रश्मि की स्निग्धता में होता या कामिनी के बिखरे प्रांगण में होता, तो उस सब से निजात मिल जाती, समस्त अस्तित्व में एक लहर सी दौड़ जाती। अन्यथा... नहीं भाता था; ना बाहर, ना घर और लगता जैसे एक नीलांचल,-सी फैली झील, जिसमें इठलाती थीं उर्मियाँ, चिनार के साए, पहाड़ों के बिम्ब... वे कहाँ हो गये लुप्त... छोड़ एक भयावह घुटन।

24

चाहत, इच्छा, आरज़ू, जुस्तजू, अभिलाषा, आकांक्षा, तलब और न जाने क्या-क्या... सभी ने दिल में डेरा जमा लिया था। रश्मि के बिना मन टिकता ही नहीं था। जो चाहत, मात्र देखने भर से पूरी हो जाती थी, जिस झलक भर के लिए वह घण्टों सड़क पर उन्मत, उन्मन-सा विचरता रहता था... फिर वो छुअन पर जा टिकी। एक मृदु कोमल-सा स्पर्श... जो पूरे तन-मन को झंकृत कर देता... और उसको पा लेने की उत्कट अभिलाषा... हिमांशु ने शनिवार को उसकी कापी में लिखा...

"तुम तुम्हारे बिना, यह जीवन; इस जीवन की हर उमंग,
हर मृदु तरंग, दावानल-सी उठती फिर रह जाती... बस
बरसाती उफान-सी बह जाती..."

और एक लम्बे भावावेश में लिखी कविता रश्मि पढ़ती गयी... और सोचती, कि इनकी यह अवसाद की स्थिति इनका मन टिकने नहीं देगी...। इनको खुश रखना इन्हें आमोद मुद्रा में रखना आवश्यक है। कहा...

"कितनी सुन्दर... कैसे लिखते हो... जैसे दिल ही निकाल बाहर रख दिया हो ...।"

"तुम भी लिख सकती हो... इसी के उत्तर से आरम्भ करो... कितना सुखकर लगेगा..."

और अगले दिन हिमांशु ने रश्मि द्वारा उकेरा पद्यांश पढ़ा—उसने भी निराश नहीं किया...

"हिम आता नहीं कैसे लिखूँ... कैसे कहूँ...?
प्रेम की राह में नौसिखिया हूँ—लगता है... यह धारा...
धीरे-धीरे बनेगी... सरिता... लगता है डर... कहीं ना
जाऊँ बहक... और फिर अपनी... सारी वेदना समेटे...
किसी विचलित हिमखण्ड-सी... तुम्हारी राह पर...
एक सूनी डगर पर ढह जाऊँ...!"

"तुम विलक्षण हो रश्मि...! तुम रश्मि पुँज भी नहीं तुम तो उसका स्रोत हो। उत्तम...और तुम्हारे सामने... सब धूमिल...!"

चंडीगढ़ की सुखना लेक... ली कार्बूजिए... की कल्पना का यथार्थ स्वरूप ... सुरमई शिवालिक पहाड़ियों का झील के उत्तरीय पर सजा बार्डर और हरे-भरे वन की सुनहली कढ़ाई—लेक की सड़क, धीमी-धीमी शीतल पवन, मन में उलझा एक चुम्बन—हिमांशु से सटी रिक्शा पर सरकती एक स्वप्निल-सी ज़िन्दगी... रविवार सुबह ग्यारह बजे... निर्जन, वीरान सड़क, साक्षी तो केवल दोनों ओर सड़क के दोनों छोरों पर प्रेम की तरह पनपते पेड़... एक रूमानी संसार...ऊपर पढ़ाई का भार... हिमांशु ने कहा... "बोसाए-एक के तलबगार हैं हम, दूसरा माँगे तो गुनाहगार हैं हम..."

रश्मि और भी साथ सट गयी—बाज़ू पीठ पर टिकाए पहले तो चुप—फिर बोली—

"पकने से पहले, कच्चे फल, मुँह का ज़ायका कर देते हैं कड़वा।"

इसलिए बाँधों में तो रहना ही था...। दोनों धाराओं को समानान्तर चलते चलते... और प्रतिपल प्रेम की पनपती आँच में पककर निखरना ही था—यही तो है प्रेम की परख—जो परिष्कृत हो, प्रतीक्षा में रहती हर पल!

मार्च में सुखना झील का पानी थोड़ा हरे, थोड़ा नीले रंग की झलक देता है। गन्दलापन धीरे-धीरे झील की तह पर बैठ जाता है और मछलियाँ तैरती दिखाई

देतीं–। छोटे-छोटे सरू, मोर पंखी और बॉटल ब्रश के पेड़-पौधे–कोई भी ओट नहीं प्रेमियों के लिए। दूर तक फैले लॉन, और पत्थरों से चिन चिन कर बनाए किनारे... जिन पर ब्रैठ पानी–दूर तक फैली कल्पना-सी झील और पहाड़ियाँ और उनके पीछे उठते पहाड़–इंगित करते जीवन-लक्ष्य–हिमांशु ने पूछा–

"क्या देख रही हो?"

"वो दूर पहाड़ियाँ–सुरमई, धुँधली-सी... और उनके पीछे उठते–मन के भावों की तरह... उठते बादलों से ढके पहाड़..."

"मैं भी वही देख रहा था... तो अब...?"

"जैसा आप कहो..."

"पहाड़ियाँ तो तुम चढ़ आयी हो... वो सबसे ऊँचे पहाड़ पर जाना है तुम्हें... उसके शिखर पर..."

और हिमांशु ने रश्मि का हाथ उसी के नितम्ब पर सहलाया...एक मखमली मृदुल स्पर्श... पर उसके नीचे एक फौलादी संकल्प...!

वह बस में बैठा था। प्रकृति और पुरुष अपना-अपना कृत्य कर रहे थे–वो भी तो अपने ही उन्मीलन में मग्न था। हैंड बैग खोला और डायरी निकाली... आज ही का दिन–परन्तु–एक वर्ष पहले का... पढ़ने लगा...

"मार्च 16...! सोचता हूँ किस सम्बोधन से पुकारूँ...! फिर चुप हो जाता हूँ... मन ही मन... आपका–रश्मि-सा कोमल.. चन्द्र किरण-सा निर्मल... सरसिज सी स्मिति-सा नाम... रश्मि... रश्मि... रश्मि कहकर...! दूसरों के लिए सोचना एक क्रिया होगी... परन्तु मेरे लिए तो यह जीवन ही हो चुका है। वास्तव में, जब से आपका सान्निध्य मिला है... मैं नित्यप्रति अधिक से अधिक विचारशील... अन्तर्मुखी और विषादग्रस्त हो गया हूँ...। और हाँ आपने भी तो नहीं पूछा... कि मैं किस विषय में सोचता हूँ...। पूछ भी लेतीं तो सम्भवतः बता नहीं पाता... पर सोचता हूँ... अवश्य आपके बारे में ही। मुझे किसी का भी सामीप्य नहीं सुहाता... क्योंकि यह मेरी सोच में, मन के स्थायित्व, उसके केन्द्रित होने में व्यवधान डालता है...। मेरी कल्पना का ताना-बाना चटक कर टूट जाता है...। इसीलिए मेरा साथी रहता है... मेरा एकाकीपन और मेरी स्मृति, मेरी अस्मिता में पैठी, प्रतिष्ठित वो आकृति, मेरी साँस, हर उसाँस में धड़कती केवल एक ही जीवन दायिनी शक्ति... और वो हो केवल–केवल मात्र... तुम... आप ही..."!

एक बार मैं आपके लिए छटपटा उठा–मिलने को, देखने भर को तड़प उठा। घूमने निकल गया कि कहीं आप मिल जाएँ–पर नहीं! रेलवे रोड से लेकर कचहरी रोड तक... सभी ओर चक्कर लगाए–परन्तु विफल। अन्ततः ट्रेयॅरी रोड के एक ब्रिज पर लेट गया–ना जाने, कब तक! पर ऐसे क्षणों में जो आपके सामीप्य से

वंचित होते हैं—हृदय में एक टीस-सी पैदा कर देते हैं जो प्रायः सावन-भादों बनकर बरस जाते हैं—और मैं—निस्सहाय, निराश्रय, निस्सार, निर्विलावन-सा विकलता से छटपटा कर रह जाता हूँ। ऐसी मनःस्थिति में एक ही कामना बार-बार उभरती है—'इस ज़मीं पर, बिना कष्ट, समाप्त हो जाना'— उसी दिन ठान लिया था कि कल कह दूँगा—"प्रिये, प्रेम करने का दर्द इतना गहन है कि जिसे मैं सह नहीं सकता।" और कह भी मैं देता चाहे, डी.एच. लारेंस के सन्दर्भ में ही... पर ना जाने क्यों... मैं हज़ारों बातें सोचता हूँ—तुम्हें कहने का संकल्प भी करता हूँ... परन्तु सामने आते ही सब काफूर... और मेरा मन-भ्रमर कुन्द कली से रदनों पर मँडराने लगता है।

आखिर इसका उत्तर ना तुम्हारे पास और ना ही मेरी असमर्थता के पास... ना ही मिलते हैं शब्द, ना ही सरस्वती का वरदान। क्योंकि वो प्रकृति का सामंजस्य जो आप में है, वो अनिर्वचनीय है...। उद्‌गारों का ज्वार साहिल छूने से पहले ही विश्रान्त हो जाता है...। और विडम्बना यह कि नज़र वो रूप माधुर्य पी-पी थकती ही नहीं—बस निहारती ही रहती है... निःशब्द... मूक...। पता नहीं कितना अपराधी हूँ... पर इस अपराध में भी असीम सन्तोष है—जिसे पल-पल दोहराने का मन करता है। हर रोज़ रहती है... हर पल ही... कल की इन्तज़ार... और शुभ... कैसे कहूँ शुभ रात्रि... जब मैं तो खो भी जाऊँ... पर मन जागता है... एक प्रहरी-सा... प्रतीक्षित!"

बस स्टेशन, आँखों में तैरते सपनों में कब आ गया... पता लगा... बस खाली होने पर... और दिल ने कहा—

"यादें याना भी रूहे-फज़ां है...
याद करते हैं, तो जन्नत की हवा आती है।"

x x x

"आपसे जब भी कहती हूँ आप टाल जाते हो—" रश्मि ने बिस्फारित नेत्रों से जैसे कोई सूखा फूल उसकी ओर फेंक दिया हो।

"क्यों ऐसा क्या जो तुम कहो और मैं ना मानूँ..." हिमांशु ने उसे पास सरकाया और कन्धे पर हाथ रखकर गले में धीमे से लटका दिया।

"आपको प्रामिज़ करना होगा कि आप आई.ए.एस. की गम्भीरता से तैयारी करेंगे—और यह तो आपको करना ही है।" उसने ज़ोर देकर, गर्दन ऊपर उठाकर कहा।

"वो तो करना ही है, इसमें कहने की क्या बात है।"

"पर आपको प्रामिज़ करना ही होगा" रश्मि का मुख मण्डल उसकी बाँह के घेरे में था। और हिमांशु का चेहरा उस पर झुका हुआ।

इतनी सुन्दर मुख-मुद्रा उसने हल्के-से उसी रक्तिम कपोल को चूम लिया जैसे पल्लव की कोमलता तन-मन को सराबोर कर रही हो।

"प्रामिज़...पक्का प्रामिज़..."

और इतने में सीढ़ियों से किसी के चढ़ने की पदचाप सुनी–हिमांशु ने बाज़ू हटा लिया, वो झूमता गुलाब अलकों के साये में झूलता रहा...।

"अब मेरा एग्ज़ाम खत्म हो गया है–मेरे लिए जो भी हो–नोट्स वगैरह–मुझे बताओ..."

"आप तो रेस्ट करो... और अगले सेशन की तैयारी–मुझे कॉलेजों में इंटरव्यू देने भी जाना है।"

और रोज़ मिलना, सुबह शाम साथ रहना, सैर करना... घर वालों को आपत्तिजनक तो लगता होगा--परन्तु... अब रश्मि के बाऊजी के अतिरिक्त कोई भी हस्तक्षेप नहीं करता था।

"प्रोफेसर जी, आप इतना करते हो–रश्मि के लिए–कैसे चुकाएँगे आपका ऋण"... और हिमांशु के पास सिवा मुस्कराहट के कोई उत्तर नहीं होता।

वो उस दिन कालेज गया–सामने से प्रो. इन्दु शर्मा आती हुई नज़र आयीं।

"गुड मार्निंग... कैसी हैं आप...?" हिमांशु ने पास आते ही कहा।

"आप कैसे हैं? अब तो अगले वर्ष की तैयारी शुरू कर रहे हैं। पर हिमांशु जी, ऑय एम सॉरी–मेरे डैड भी कुछ नहीं करवा पाए। पर मैं तो आपको मिलती रहूँगी–आजकल आप कहाँ हैं?" इन्दु ने उसी आत्मीयता से कहा जैसे वो पहले मिला करती थी।

"करना क्या है... इंटरव्यूज़।"

"बेस्ट ऑफ लक... पर मिला ज़रूर करें..." कहकर वो प्रिंसिपल के आफिस में घुसी।

इंटरव्यू का सिलसिला कोई नया नहीं था... कई जगह जाकर आया–परन्तु वो ही पिछले साल वाला किस्सा... हर जगह उनका अपना ही प्रत्याशी...। परन्तु कहीं तो, कोई तो दरवाज़ा खुले...।

वो इंटरव्यू के लिए अन्दर घुसा–देखा... छः सरदार जी एक ओर... छः ही दूसरी ओर... बीच में सरदार जी प्रिंसिपल, ज़्यादातर चयन कमेटी के सदस्यों की दाढ़ी मूछें एकदम सफेद–तेरह सदस्यों में से दो एक मोने–सहजधारी–भी थे–और कुछ एक जत्थेदार भी। दस-बारह प्रश्न पूछे... कॅरिअर देखा... कहा काफी प्रभावशाली है और साथ में अनुभवी भी...। बाहर चालीस एक प्रत्याशी... कुछ बिना केश अधिकतर केशधारी। लगा कोई चांस नहीं। मंजिल उससे पहले ही ढहती नज़र आयी। परन्तु रश्मि... स्वभावानुसार आशान्वित... और वह एकदम निराशावादी–जिसे हमेशा चाय का कप लेने से पहले ही हाथ से छूटता प्याला नज़र आता।

अनश्चितता और असमंजस की स्थिति किसी पर कैसे हावी हो सकती है--इसका ज्वलन्त उदाहरण था–हिमांशु। उसे आई.क्यू. यानी इंटेलीजेंस कोशेंट के

विषय में तो जानकारी थी परन्तु उस समय ई.क्यू. यानी इमोशनल कोशेंट के बारे में किसी को भी ज्ञान नहीं था। आई.क्यू. पर बल रहता था तभी तो बच्चों को प्रताड़ित कर भी सामान्य ज्ञान के तथ्य याद कराए जाते थे। परन्तु ई.क्यू यानी विपरीत परिस्थितियों में भी अपना सन्तुलन बनाये रखना... इसमें वो अक्षम था। बाढ़ का सामना करने से पहले ही वो सोचता, बाढ़ साथ बहा ले जाएगी–। या तो उसका लालन-पालन अति सुरक्षा के वृत में किया गया या फिर यह सोच के जींस विरासत में ही मिले–जो परिश्रम में तो विश्वास करते थे परन्तु साथ ही यह भी कह देते कि यह इसके बस का कहाँ...? यदि सकारात्मकता रश्मि की सबसे बड़ी बपौती थी तो नकारात्मकता हिमांशु का अभिशाप!

कम्पिटीशन के लिए किताबें, मेग्ज़ीन, तो सामने होते, परन्तु यह नकारात्मकता का साया सोच को पूरी तरह ढाँप लेता। आधे मन, अनमने मन से तैयारी चल रही थी–और फिर समय रश्मि के साथ, कामिनी को भी संयत और खुश रखना... और ऊपर से अगले वर्ष में नौकरी की अनिश्चितता... ऐसी अस्पष्टता की स्थिति में मन टिके तो कैसे...?

वैसे भी मन को कोई बहाना चाहिए ना करने का। उसकी माता जी कहा करती थीं–'मन हरामी तो हुजताँ ढेर'...अगर मन काम करने का ना हो, तो उसके लिए बहाने तो ढेरों हो जाते हैं–और फिर असफलता के समय बहाने और फिर दोषारोपण–और विशेषतया उन हालातों में जब आप निरंकुश, अनियन्त्रित हों–जहाँ आप हर मुद्दे की ओर स्वचालित हों।

दो प्रकार के सीधे-साधे मत या सिद्धान्त वो जानता था–एक जिसमें मनुष्य प्रवृत्ति से ही आलसी, निकम्मा है और वो काम नहीं करना चाहता इसीलिए उसे बलपूर्वक, शक्ति या नियमों से नियन्त्रित कर काम करवाया जा सकता है–और दूसरा कि व्यक्ति स्वभावतया काम करना चाहता है और उसकी आन्तरिक इच्छा अपनी मान्यता बनाने, सम्मान पाने की होती है जिस के लिए उसे प्रोत्साहन और प्रेरणा की आवश्यकता होती है। उसे लगा कि शायद उस पर पहला मत ही सार्थक है।

हिमांशु अभी नहा धोकर अपनी कम्पिटीशन की मोटी-सी जनरल नॉलेज की किताब लेकर बैठा ही था कि गली की ओर खुलते किवाड़ पर खट्-खट् हुई... "मि. शुक्ल... मि. शुक्ल..." उसने बैठ-बैठे ही पूछा–"कौन?"

"अरे भई... देखोगे तो पता चलेगा... कौन?"

वो उठा, मन में सोचा, ये सुबह-सुबह ही कौन आ धमका–अभी तो गली का स्वीपर भी कचरा उठाकर नहीं ले गया। कैसे लोग... कैसे घर का पता मालूम कर लेते हैं? उसके मन में ये विचार शतांश पल में कौंध गये–। कवि हृदय जो ठहरा–ऊपर से रोमांटिक... हो ना हो... रश्मि का ही ना हो... पर इतनी सुबह कैसे?

दस ग्यारह तक तो उसके पास जाऊँगा ही... कुछ तो बात होगी ही...। वैसे ही इनसान घटना की वास्तविकता से पहले ही—घटनाक्रम का लम्बा चौड़ा ताना- बाना बुन लेता है और उसके मकड़ जाल में उलझ जाता है... परन्तु जब असलियत को जान जाता है तो उसे अपनी क्षुद्र सोच पर ही हँसी आने लगती है।

उसने दरवाज़ा खोला—हतप्रभ... हैरान...

"सर—आप... इधर कैसे... अचानक... वेलकम... सर... गुडमार्निंग..."

उसने एक साथ कई कुछ बिना सोचे-समझे कह दिया।

इतने में पीछे से इन्दु शर्मा—"नमस्कार... हिमांशु जी—देखा! हैरान कर दिया ना?"

"प्रो. यज्ञ—मुझे बुला भेजा होता—आपने बेमतलब ज़हमत उठायी।" हिमांशु अब तक सहज हो चुका था।

"इन्दु भी कॉलेज जा रही थी, रास्ते में मिल गयी... जब यहाँ से गुज़रे तो सोचा दो मिनट हैलो करते जाएँ। और कहो—कैसे गुज़र रही है...? भविष्य का क्या कार्यक्रम है..." प्रो. यज्ञ ने बैठते-बैठते पूछा।

एक कुर्सी पर प्रो. यज्ञ, एक पर प्रो. इन्दु... और चारपाई पर वह स्वयं—झेंपिल-सा।

"आपकी कृपा है... देख लीजिए—कम्पिटीशन के चक्कर में हैं।" उसने विनम्रता से कहा।

इन्दु चाहती थी कि आपके पड़ोस में कोई मकान मिल जाए... तो कोई तो जान पहचान वाला परिवार हो। वहाँ वो इतने बड़े मकान में—मालिक मकान के संयुक्त परिवार में—एक कमरे में अकेली, ना कहीं आना-जाना, ना कोई बात-चीत, मालिक मकान के बच्चे आवारागर्द... सहमी-सी रहती है... और ऊपर से कहीं वो तलाकशुदा पहला पति, कब आ धमके, बेकार जो है... पीछा नहीं छोड़ता... बेचारी... सोचा आपसे पूछते हैं।"... प्रो. यज्ञ ने हँसते-हँसते लम्बी चौड़ी विस्तृत भूमिका बना डाली—परन्तु मुद्दे पर नहीं पहुँचे।

"सर, आप भी कोशिश करें... हम भी पता करते हैं—" और इन्दु जी प्रो. साहिब आप क्या लेंगे... चाय तो लेंगे ही..." हिमांशु ने अनुरोधात्मक अन्दाज में पूछा। वो उठा, अन्दर गया, माता जी से दो कप चाय और बिस्कुट ले आया। इन्दु के लिए माता जी नींबू पानी ले आयीं। बहनें और भाई स्कूल और कॉलेज के लिए तैयार हो रहे थे। माता जी जो प्रायः पेटीकोट में घूमती रहतीं, जैसे-तैसे साड़ी टाँक कर आयीं।

दोनों प्राध्यापकों ने अभिवादन किया। माता जी ने एक नज़र इन्दु का जायज़ा लिया—गोरा रंग, नख शिख गोल, लगा पहाड़ से होगी, उन्हीं की तरह थोड़े नाटे, भारीपन पर... पूछा... "बेटी... क्या करती हो...?"

"माता जी, मैं उसी कॉलेज में पढ़ाती हूँ जहाँ हिमांशु जी हैं।"

"अच्छा, आप चाय पियो..." और वो एक बार पुनः इन्दु को देखकर चली गयीं।

प्रो. यज्ञ को लगा, उनका काम आसान हो गया। हिमांशु को कॉलेज आने का अनुरोध कर, दोनों विदा हुए।

"बेटे, ऐह दोनों, क्यों आये सी"—माता जी ने जिज्ञासावश पूछा।

"कौण आये सी..."? पिता जी ने अन्दर घुसते ही पूछा—वो अभी-अभी मन्दिर से होकर आये थे। सोमवार को प्रातः शिव मन्दिर जाकर जलाभिषेक करना उनकी दिनचर्या का अनिवार्य अंग था।

"कोई दो प्रोफेसर आये सी... इक ताँ कुड़ी जेही लगदी सी... कहँदी सी ओसे कॉलेज विच प्रोफेसर ए..." माता जी ने कहा।

"ऐसे ही जाते-जाते रुक गये... कोई खास बात नहीं थी" हिमांशु ने सहजता से कहा।

"तेरे लई कोई ना कोई तुरिया रेहदाँ ए... ऐदाँ कोई नईं औंदा—मैं ता मना करदा करदा वी तंग आ गया..." पिता जी ने उलाहने से कहा।

"जब वक्त आयेग, मैं खुद ही बता दूँगा—अभी तो मुझे किसी नौकरी में आने दो..." हिमांशु ने अपनी ओर से संकेत तो दे दिया परन्तु इतनी सूक्ष्मता कौन पकड़े।

कॉलेज में जाते ही सभी ने घेर लिया। कॉलेज छोड़ने के पश्चात् वह पहली बार ही तो गया था। एक-एक प्राध्यापिका और प्राध्यापक आ-आ कर मिले। राधिका वर्मा तो विशेषतया मिलने के लिए आयी। खुश थी—किस बात से... सभी जानते थे... परन्तु कामिनी बता चुकी थी कि उसकी शादी अभी तक भी तय नहीं हुई है।

"कैसे हैं आप...?" राधिका ने आगे बढ़कर मुस्कराते हुए जैसे कटाक्ष किया—या हिमांशु के भीतर स्वयं का ही अनुमान हो।

"बस आपकी दयादृष्टि से सब ठीक ठाक है।"

"हमारी दया कैसी...?" उसके साथ खड़ी राधा मुस्करायी।

"अजी... आपकी ही तो चाहिए..." राधा ने कहा जैसे तीर मार दिया हो।

"मेरी कैसे...? मैं कैसे पिक्चर में हूँ...?" राधिका झेंपिल सी बोली।

"भोली मत बन—सब जानते हैं... छात्राएँ तक जानती हैं—" उसने प्रत्युत्तर दिया।

"ठीक है... अब अगर आप लोगों को मेरे गले ही दोष मढ़ना है तो मैं क्या करूँ?" राधिका हताश होकर बोली। परन्तु उसकी नाटकीयता तो प्रत्यक्ष ही थी।

प्रो. यज्ञ उसे जेंटस स्टाफ रूम में ले गये... चाय मँगवायी—

"देखो हिमांशु... तुम्हें सर्विस तो मिल ही जानी है—और कम्पिटीशन भी पास कर ही लोगे...। वहाँ भी तुम्हारा चयन तय है...। ज़िन्दगी में सैटल भी तो होना ही है...। तुम्हारा इन्दु के बारे में क्या विचार है? मैंने एक दो बार बात चलायी—पर तुम हर बार टाल जाते हो। देखो! इधर देखो यार...! इन्दु सुन्दर, समझदार, शिक्षित और प्रोफेसर है... उसके पिता देहली में किसी विदेशी कम्पनी में डायरेक्टर हैं... माँ स्कूल में टीचर... एक भाई, एक बहन... दोनों ही विवाहित—और क्या चाहिए तुम्हें. ..?" प्रो. यज्ञ ने विस्तार से सारी पृष्ठभूमि बतायी—और हिमांशु चुपचाप अनमना-सा सुनता रहा... जैसे उसके मस्तिष्क में एक शब्द भी अंकित ना हुआ हो।

"प्रो. साहिब, वो तो सब ठीक है—पर अभी मैं खुद ही बेडगर, बेठिकाना हूँ।" हिमांशु ने अपनी असमर्थता प्रकट की।

"हिमांशु—तुम समझो—ऐसी लड़कियाँ बार-बार नहीं मिलतीं और फिर तुम्हारी ही जाति की है। किसी तरह की परेशानी भी नहीं होगी—वो तो इसके पहले पति के भाग्य में ऐसी सुशील लड़की नहीं, जो उससे इसने पीछा छुड़वाया।

"अभी तो वो तुम्हारे पीछे है, कल फिर तुम ढूँढ़ते रह जाओगे... मेरी बात मान लो—मैं तुम्हारा हितैषी हूँ।—मैं तुम्हारे पिताजी से भी बात करूँगा—पर पहले तुम तो थोड़ा मन बनाओ..." प्रो. यज्ञ ने उसे शिष्य की भाँति मन्त्रणा दी...।

"प्रोफेसर साहिब—आपकी सब बात सही है—। पर अभी मैं दो साल इस बारे में सोच भी नहीं सकता। आप मुझे क्षमा करें—" उसने थोड़ी स्पष्टवादिता दिखायी ताकि किसी प्रकार का भी भ्रम दूर हो जाए।

"ठीक है, मैं तुम्हारे पिताजी से ही बात करूँगा..." और प्रो. यज्ञ उठकर चल दिये जैसे किसी ने उनके आदेश की अवहेलना की हो।

हिमांशु ने जाकर डायरी में लिखा जो रश्मि के साथ-साथ बह रही पंक्तियाँ थीं...

"अनगिनत मार्ग—जो जाते हैं समानान्तर या आर आर-पार
उन गन्तव्यों की ओर—जो होते हैं पारदर्शी या अस्पष्ट—
पहाड़ों, घाटियों, स्रोतों, मरुस्थलों या सागर की ओर—
जैसे विचरते मेघ या आकर्षण—सम्मोहक, प्रमोदक—
जो हैं अकलुष, प्रदीप्त, प्रशान्त
जिन्हें मिलती है ऊर्जा प्रतिपल
उस प्रेम धारा से
जो बहती है अक्षुण्ण, अनवरत...!"

25

"क्यों गुज़रता है...वो हंस... बार बार...
करता स्पन्दित... मेरा आकाश...
जो कभी था विचरता... स्वच्छन्द
आज है... कल्पना का पर्याय... उन्मत...!"

हिमांशु ने प्रातः उठते ही लिख तो दिया, परन्तु ना जाने कहाँ से खयाल आया कि यह मनःस्थिति उसकी अपनी ही नहीं, रश्मि की भी हो सकती है; कामिनी, रजनी, रति या इन्दु किसी की भी। अन्तर होगा तो केवल अनुपात में— उसकी तीव्रता में, या उसकी आवृति या फ्रीक्वेन्सी में। रश्मि का व्यक्तित्व बहु-आयामी है—वो सुस्पष्ट, तर्क संगत, विवेकशील, चिन्तक, सौन्दर्य और प्रतिभा सम्पन्न—हर प्रकार से उसकी पूरक...। परन्तु कामिनी उसी के समान वेगवती सरिता, जो अपनी व्याधि से जूझती हुई भी पूर्णतया प्रेम से अभिभूत है। यह प्रेम हिमांशु से है, होने को, किसी से भी हो सकता था—केवल परिस्थिति जनित था—जो प्रायः यौवन अवस्था में उर्वरा धरा मिलने पर, अनायास ही फूट पड़ता है। शेष सभी में—सभी रमणियों में कितनी गहनता थी, उसने यह कभी गम्भीरता से सोचा ही नहीं और वो मानस-पटल पर प्रतिबिम्बित भी नहीं हुईं।

परीक्षाओं के परिणाम, धीरे-धीरे, टपक रहे थे—पके आमों की तरह...। हिमांशु के मैथ्स विषय में एक दो को छोड़ सभी की प्रथम श्रेणी और कामिनी का वो ही यूनीवर्सिटी में दूसरा स्थान... डिग्री के फाइनल में...। उसके और उसके परिवार के दृष्टिकोण से दूसरा स्थान अति श्रेयस्कर था—क्योंकि उसका स्वास्थ्य, वास्तव में ही, सहानुभूति योग्य था।

हिमांशु जैसे ही शाम को उसके घर गया—तो बैठक में घुसते ही वो उससे लिपट गयी। जैसे लता वृक्ष के गिर्द... ऐसे आलिंगनबद्ध होती है कि फिर तो उसे काट कर ही अलग करना पड़ता है। उस मंजरी में इतनी तपश, इतनी ऊष्मा, गुदाज़ीपन के साथ इतनी उत्तेजना, उसने अधर अधरों पर रख दिये। दोनों का मधुर विलय और उरोजों की मखमली, मांसल कोमलता और संस्पर्श जो अणु-अणु में फैल गया और उसने पहले उसकी कमनीयता को शनैः-शनैः आलिंगनबद्ध किया और फिर उसने बाहु-पाश में कसकर पूरे अधरों की मादक मदिरा पी डाली...। भीतर से कहीं हल्की सी अनिच्छा और विकर्षण ने उसके पाश बन्ध का कसाव ढीला कर दिया और होठ भी निर्लिप्त-से होने लगे। हिमांशु को चुम्बन में मछली या मांसाहारिता की गन्ध-सी आने लगी... परन्तु कामिनी की जकड़ और भी बढ़ गयी, बिना इसकी परवाह किए कि कोई भीतर आ जाएगा। इतने में उसकी मम्मी ने आकर किवाड़ पर दो

बार खट् खट् की और शायद दोनों को प्रेमाबद्ध देख भी लिया। तब हिमांशु और कामिनी अलग हुए। कामिनी की मम्मी ने मन ही मन कुछ ठान तो लिया परन्तु असहजता प्रकट नहीं होने दी। ना ही हिमांशु भी अपनी झेंप छुपा पाया। परन्तु कामिनी—जैसे सब सामान्य हो... कुछ हुआ ही नहीं...

"क्या बात मम्मा...!"

"नहीं... वैसे ही सोचा... हिमांशु का थैंक्स तो कर दें... तुम्हारा इतना ध्यान रखा... और तुमने तो कर ही दिया होगा—" मम्मी ने कटाक्ष किया।

"क्यों मम्मी—इनके तो इतने एहसान हैं कि कुछ भी करें तो कम हैं।" उसने तपाक् से कहा।

"एहसान किस बात का... वो तो मेरा फ़र्ज़ था" हिमांशु बीच में ही बोला ताकि वातावरण तनावग्रस्त ना हो जाए।

"ठीक है... मैं चलता हूँ..." कहकर वो जैसे ही मुड़ा, कामिनी ने उसका हाथ पकड़ लिया।

"सर, ऐसे कैसे जाएँगे... मम्मी, इन्हें बैठाओ—मैं अन्दर से मिठाई लाती हूँ..." और वो भीतर चली गयी।

"बेटा—बैठो... कामिनी तो भोली बच्ची है—तुम तो समझदार हो—इसे भी सँभालो और अपने को भी..." मम्मी ने उस पर एक प्रकार का आक्षेप लगाया।

"आप चिन्ता ना करें—उसकी मानसिक स्थिति का ध्यान तो रखना ही होगा।... खुश थी... उसी को प्रकट..." हिमांशु ने संकेतात्मक ढंग से सफाई देनी चाही।

"उसका भी कोई तरीका होता है... उसकी दिमागी कमज़ोरी का आप इस तरह से फायदा ना उठाएँ..." मम्मी धीरे-धीरे क्रोध की ओर आमुख हो रही थी।

"तो ठीक है—मैं कल से नहीं आऊँगा—आप जानें और आपकी बेटी जाने..."

परन्तु उसकी आखिरी बात कामिनी ने सुन ली—वो काजू की बर्फी का डिब्बा लेकर अन्दर आयी—

"क्यों क्या हुआ, आप नहीं आयेंगे तो मेरा खाना बन्द। मम्मी क्या बात है—आप ही ने सर से कुछ कहा होगा।" कामिनी लाड़ली तो थी ही, और वैसे भी बड़ी बेटी से पहले ही परिवार परेशान था—क्या करते... सख्ती कर नहीं सकते थे...।

"नहीं बेटा, बात तो कुछ खास नहीं हुई... मैंने इन्हें कब मना किया...?" मम्मी अब क्षमाप्रार्थी मुद्रा में आ गयी थीं।

"कामिनी–धीरे-धीरे अपने आप को सँभालना होगा। मैं तो, तुम जब भी बुलाओगी, आ जाऊँगा। परन्तु अब तुम एम.ए. का सोचो... कौन-सा विषय लेना है?" हिमांशु ने उसे परामर्श देते हुए कहा।

"वो मैं मानती हूँ–पर जब तक नयी यूनीवर्सिटी में प्रवेश नहीं लेती... आपको तो आना ही है।" कामिनी ने आग्रहपूर्वक कहा।

"ठीक है... पर अपनी मम्मी से पूछ लो... वैसे मुझे तो कल काम है... नहीं आ पाऊँगा...।"

"मुझे नहीं पता... आप जो भी करें... आपको आना ही है... मैं पापा से कहूँगी ... नहीं तो... और मम्मी आप क्यों नहीं कहतीं... आप ही ने सर को नाराज़ किया है।" कामिनी अपने हठीले अन्दाज़ में बोली।

"कल तो आपको आना ही है बेटे... यह मानेंगी नहीं।"

मम्मी जैसे अब तक घुटनों पर आ गयी हों। सन्तान के लिए क्या कुछ नहीं करना पड़ता–उसने सोचा।

वो नहीं गया। अगले दिन, उससे अगले दिन... और तीसरे दिन वो अभी नाश्ता करके टेबल पर बैठा ही था। कुछ पुरानी कविताएँ खँगालने की प्रक्रिया में था... दो एक अभी पढ़ी ही थीं–कि अचानक उसने देखा उसके सामने कोई जानी पहचानी-सी आकृति खड़ी है। वैसे प्रायः हम लोगों को मिलते हैं–तो उनके अपने परिवेश में, अपने वातावरण में तो झट से उनका नाम भी याद आ जाता है और आप उसे नाम से पुकारते हैं–बहुत आत्मीयता से हाथ भी मिलाते हैं...। परन्तु यदि वही व्यक्ति, आपको दूसरी जगह, दूसरे चौतरफे में मिले तो लगता है यह आदमी कहीं देखा हुआ लगता है... परन्तु पहचान में नहीं आ रहा–और अपनी खिसियाहट मिटाने के लिए एक अप्राकृतिक औपचारिकता ओढ़ लेते हैं। यही तो सब सोच गया पल भर में हिमांशु।

और ऐसा ही कुछ हुआ था उस दिन–उसके साथ...। पहले तो देखता रह गया हैरान-सा... परन्तु जैसे ही उसने लिफाफा देखा... और उस पर लिखावट थी कामिनी की... तब समझा यह तो कामिनी का नौकर है।

"कामिनी कैसी हैं?" उसने उत्सुकता से पूछा।

"सर, दिन भर कमरे में बन्द–ना किसी से बोलती है, ना बात, ना खाना, ना पीना... एकदम निढाल-सी! मम्मी से बोलती भी नहीं..." नौकर ने कहा।

हिमांशु को लगा कि शायद बात को बढ़ा-चढ़ाकर कह रहा है... उसने लेटर खोलकर पढ़ना शुरू किया... कागज़ हल्का गुलाबी, जिसके बायीं ओर एक वल्लरी पर खिले गुलाब और पत्र में भीनी-भीनी गुलाबी महक–वैसी अरुचिकर गन्ध नहीं जो उस दिन उसके अधरों के रस से आ रही थी...

"सर, मुझे समझ नहीं आ रही कि मेरा आपसे क्या सम्बन्ध है और आपको कैसे सम्बोधित करूँ—परन्तु कुछ तो है कि जब आप पास होते हो—तो मैं, मेरा तन मन खिल उठता है। ठिठुरन भरी शीत में भी, एक सहज-सी गर्मी महसूस होती है। परन्तु आप से मैंने कितना आग्रह किया था... कितनी अनुनय, विनय की थी... परन्तु आप तो जैसे... अब क्या कहूँ...? तबीयत वैसी ही हो गयी है... जैसी पहले थी...। खाने-पीने का मन ही नहीं होता... ना ही मैं खाऊँगी... जब तक आप स्वयं आकर नहीं खिलाते... देखती हूँ... कौन जीतता है। मैं तो वही पल ही जी रही हूँ आज तक—जब आपने... क्यों चाहते हो कि सब कुछ कहूँ... और आप निष्ठुर—पाषाण बने रहें... यदि मेरी किस्मत में ही इन्तज़ार है... तो आप मुझे हमेशा इन्तज़ार में ही पाएँगे...? कामिनी!"

उसने चाय पिलाकर नौकर को रवाना किया। नौकर के पूछने पर कि मैडम से क्या कहूँ... उसने कहा—देखता हूँ।

और उसने कम से कम पाँच बार पत्र पढ़ा। वो गया... क्यों...? वो स्वयं भी नहीं जानता... किस नाते... गुरु-शिष्या के सम्बन्ध से... मानवीयता के आधार पर, सहानुभूति या संवेदना, आकर्षण या उत्तेजना, प्रेम या आसक्ति, सेक्स या मात्र सान्त्वना, अपराध-बोध या पश्चात्ताप...? किसी एक पर निर्दिष्ट होकर कह सके, ऐसा तो बिल्कुल हिमांशु नहीं सोचता। विपरीत इसके, इतना तो स्पष्ट था और खूब अच्छी तरह जानता भी था—कि कामिनी के प्रति खिंचाव कुछ भी हो सकता है... उसका कोई भी कारण हो सकता है—परन्तु प्रेम तो बिल्कुल नहीं... हाँ... जो भी है... उसमें सहानुभूति, हमदर्दी, कोमल भावनाओं का पुट तो अहम् है।

"कामिनी...! यह क्या बचपना है... यही सीखा है आपने इतनी पढ़ाई के बाद... कि अपनी बात मनवाने के लिए माता-पिता के नाक में दम कर दो..." उसने बात शुरू, अच्छे-खासे भाषण से की।

वो उसके प्रति उदासीन, वितृष्ण भी नहीं था। परन्तु उसके प्रति आसक्ति, अनुरक्ति, आकर्षण, चाहत, सम्मोहन, अभीप्सा, आरज़ू भी नहीं थी।... उसके लिए कुछ भी कहना सरल था—सिवा इसके कि वो उसकी भावनाओं को कदापि ठेस पहुँचाना नहीं चाहता था।

कामिनी की मम्मी सामने बैठी थी।

"यह तो मुझसे बोली ही नहीं—जैसे मैंने ही तुम्हें आने के लिए मना किया हो। मुझे ही दोषी मानती है। और जानते हो पिछले तीन दिन में आठ से ज़्यादा बार बेहोश हो चुकी है।" मम्मी ने सफाई पेश करते हुए कहा।

"ठीक है... कामिनी... बताओ... आप क्या चाहती हैं?

"जब तक आपके मम्मी-पापा आपको यू.एस. नहीं ले जाते—और इलाज नहीं करवाते... मैं रोज़ आता रहूँगा—मम्मी जी—इसके साथ ज़ोर जबरदस्ती नहीं चल सकती—प्यार से हैण्डल करें... ठीक हो जाएगी...।"

"बेटा, मैं भी तो यही चाहती हूँ..."

"अच्छा—कामिनी अब आराम से खाना खाओ—मम्मी जी आप इसके लिए खाना लाएँ... मेरे सामने खाएगी...।" उसने अधिकार भाव से कहा।

जैसे ही मम्मी उठकर गयी—वो हिमांशु से लिपट गयी जैसे सदियों की प्यासी धरा मेघों की प्रतीक्षा में बाट जोहती हो।

"कामिनी—पागल मत बनो—सँभालो अपने आप को—तुम्हारा ठीक होना, पहले ज़रूरी है।" उसने कामिनी को अलग कर बैठाया।

"जानती हूँ... आप मुझसे जितना अधिक प्यार करेंगे उतनी जल्दी मैं ठीक हो जाऊँगी। मैं तरसती हूँ... और आप..." और वो रोने लगी।

हिमांशु को लगा कि इसके पहले कि उसको फिर से दौरा पड़ जाए—उसने कामिनी के केशों को धीमे-धीमे सहलाया—सामने से उठाकर पानी पिलाया... परन्तु फिर भी वो शान्त नहीं हुई।—ज्वाला जो भीतर धधक रही हो—अंगार-सी दहक रही हो—कौन उसकी मनोव्यथा समझे कि उसे तो प्रेम चाहिए—उसे सेक्स चाहिए। शायद...एकदम शादी... कौन समझे... कौन समझाए और कौन कहे...? डॉक्टर भी कभी-कभी बीमारी उलझा देते हैं—हिमांशु ने सोचा...। परन्तु उसे यह भी लगा कि वह प्रेम के लिए आतुर है। यह युवावस्था सपने पालती है जिन्हें देखने का उसे भी पूरा अधिकार है और उसको सालती प्रेमाग्नि कहीं उसे प्रमादित कर देती है। फिर भी उसे कामिनी से प्रेम तो कदापि नहीं था—उसे तो अपना ही अपराध-बोध भीतर से कहीं कचोटता था—जैसे जंग लोहे को... जब कि वातावरण ही आर्द्र हो। उसे लगता कि यह रश्मि के प्रति अनिष्ठा, बेवफाई और अविश्वसनीयता है।

इतने में नौकर के साथ मम्मी खाना ले आयी। दो प्लेट थीं तो हिमांशु को उनके तकाज़े, उनके अनुरोध के आगे झुकना ही पड़ा। हिमांशु तो लहसुन भी नहीं खाता था इसलिए बेमन से दो एक ग्रास खाये। बाद में दो गुलाबजामुन अवश्य खाए और एक कामिनी के मुँह में डाला। कामिनी के चेहरे पर फिर से वो ही आभा... वो ही रौनक, हँसी, चमक। कितनी खुश थी वो अपने पॅपी को सहला कर। सोचती... काश ... हिमांशु—आप भी मुझे ऐसे सहला रहे होते... कभी तो वो रात आयेगी... जब सितारे साक्षी होंगे; इस रूमानी कल्पना के यथार्थ के...। हिमांशु ने सोचा,

> "हम क्यों भागते हैं, उन किरणों के पीछे—
> जो अरुणोदय पर, जाती हैं फूट;
> और अस्ताचल में जाती हैं डूब...!

क्या है तुम्हारे भीतर उबाल, जैसे जंगल की आग...
या सागर का ज्वार;
जिसे पैदा किया स्वयं, तुमने, हो सूर्य, चाँद;
परिवेश से बेपरवाह; अब; प्राप्त करो विजय...
या जमीं में हो जाओ विलीन!!"

यही नियति थी कामिनी की... शायद, ज़मी से चाँद पर छलाँग! रोज़ का वो ही प्रमाद; वो ही अलमस्त नयनों का बुखार; वो ही आलोड़न का एहसास... सोते जागते, उठते बैठते प्रेमाकांक्षा का खुमार!!

26

ग्रीष्म ऋतु अपने पूरे यौवन पर था। जून माह शुरू होने वाला था। रश्मि और हिमांशु चाहते तो थे कि चौबारे वाले कमरे में जा बैठें—ऐसा वे प्रायः करते थे ताकि पढ़ाई में कोई बाधा न हो—और प्रेम-प्रलाप की गुफ्तगू भी निर्विघ्न हो सके—परन्तु छत का पंखा नीचे के कमरे में ही था; जिसमें सिवा एक खिड़की के जो बरामदे में काम चलाऊ रसोई में खुलती थी। अन्यथा घर का आँगन, फिर बरामदा और उसके पीछे कमरा और दोनों ओर मकान, और पीछे भी मकान—तो हवा का निकास तो केवल मात्र दरवाज़ा ही था। और हिमांशु को समझ आ गयी कि हीरे तो खानों में ही, एकदम गहरे उतरने पर ही मोती, पन्ना पाये जाते हैं। इसलिए वो दीवाल के सहारे सटे मेज़ के आमने-सामने दो कुर्सियों पर बैठे थे। मेज़ पर सामने किताब, काम्पलेक्स वेरिएबल की और कॉपी पेन...। नीचे पैर टाँगें, ऊर्जा का परस्पर संचरण कर रही थीं—बीच-बीच में निजी बात भी कॉपी पर लिखकर ही संवाद होता था।

"सोचता हूँ—कैसे जी पाऊँगा, तुमसे दूर रहकर... एक मिनट तो देखे बिना, एक युग-सा लगता है..." हिमांशु ने लिखा—।

"और जैसे मैं बहुत मज़े में रहूँगी.. कैसे बीतते हैं दिन-रात... कैसे बताऊँ ... आपमें कौन-सी चुम्बकीय शक्ति है—मैं रह ही नहीं पाती... अब...!" रश्मि के कपोल पर एक मोती टपका—

हिमांशु ने उँगली पर लिया और होठों से लगा लिया—"काश, ये मोती उसी गुलाब पर से पी पाता—जिस पर अटका था यह..."

"कौन रोकता है?"

"मन नहीं, संकोच, परिवेश... बन्धन।"

"तो हिम्मत तो खुद ही जुटानी होगी।"

"नहीं तुम्हारे मूल्य पर कभी नहीं—तुम्हें कोई कुछ कहे मेरे लिए तो जीवन-मृत्यु का प्रश्न है—तुम सामने हो यह भी तो कोई स्वर्गिक कल्पना ही है।"

"कल्पना नहीं, यथार्थ.." और उसने हिमांशु का हाथ जैसे कमल की पंखुड़ी ने छू लिया हो, टेबल पर पड़ा ही चूम लिया।

"कितना कृतार्थ करोगी—? संयम तो पहले ही टूटता जाता है।"

"अभी तो रखना ही होगा—यह कण-कण आपका ही है।"

रश्मि ने हाथ उठा, वक्ष से सटा लिया जैसे शरीर ताज़ा नवनीत से संलिप्त हो गया हो।

"कैसे कहूँ वो सब, जो कहना चाहता हूँ" हिमांशु ने लिखा।

इतने में रश्मि के पिता जी उठकर कमरे में किसी बहाने से आये। रश्मि ने पन्ना पलटकर प्रश्न का हल शुरू कर दिया।

अख़बार रोज़ आती, परन्तु रश्मि की सौतन कैसे हो सकती थी—हिमांशु की निगाह; जैसे भक्त की; इष्ट के चेहरे से हटती ही नहीं। कैसे हटे... उस मंजुल मयंक से, जिसके लिए, उसने ना जाने कितनी रातों नीर बहाये—कितने सजदे, कितनी प्रार्थनाएँ कीं। उसने उसकी कॉपी के पन्ने पर लिखा—

"धूप—तुम्हें जाना, जब पाया... सब तरफ छाया अँधियारा—
झुटपुटा कोहासा.. मन पर लिपटा... कोई सन्नाटा।"

"सुन्दर, बहुत सुन्दर—किसके लिए?" रश्मि ने कापी को चूमा।

"जो प्रत्यक्ष, परोक्ष सभी जगह है... मेरी आँखों में... मेरे कण-कण में... ठीक मेरे सामने..." और रश्मि के कपोलों की रक्तिम लालिमा जैसे छा जाएगी समस्त कायनात पर... "कल्पनातीत कपोल, केवल अनिर्वचनीय, अद्वितीय" हिमांशु ने लिखा।

वो हौले से उठी—उसके पीछे आयी... और ग्रीवा को बाहों में घेरकर चूम लिया ... और बाहर पानी लेने चली गयी।

"रश्मि—देखो... यह पढ़ो ज़रा... कल तुम्हारा रिज़ल्ट आने वाला है।"

"रश्मि, झट से आयी... अख़बार देखा... और इतने दिन तो ध्यान ही नहीं दिया ... अब दिल धक्-धक् कर रहा है... मेरा की बनूँगा?" वो प्रत्यक्षतया ही अधीर थी। उसके कहने की अदा और लहज़ा ऐसा था कि हिमांशु के जी में आया कि उसे बाहुपाश में कसकर चूमता ही रहे... जब तक अरुणाई प्रतीची में लीन ना हो जाए।

"तुम्हारा कोई प्रतिस्पर्धी हो ही नहीं सकता... ऐसा हमारा विश्वास है।"

इतने में रश्मि के बाऊजी अन्दर आये—जो सब कुछ सुन रहे थे...

"हौसला रखो... ईश्वर सब भला करेंगे..."

उनका यह सलीका उनके ईश्वरीय विश्वास को दर्शाता था।

"बाऊजी तुसीं नईं जाणदे, डिपार्टमेंट दा अपना पॉलिटिक्स ओंदा ए..." रश्मि ने उसी मासूमियत से कहा।

"चिन्ता क्यों करती हो–सबका आशीर्वाद तुम्हारे साथ है।" हिमांशु ने उसे विश्वास दिलाया।

और वो ही हुआ जिसकी रश्मि को आशंका थी। वो यूनीवर्सिटी में द्वितीय स्थान पर रही–उसे लग ही रहा था कि कहीं तो कुछ गड़बड़ होगी ही। वैसे भी उसका शक निराधार नहीं था–उसी पेपर में नम्बर कम आये जिस प्रोफेसर की बात उसने टाल दी थी। हो सकता था कि यह रश्मि को झुकाने का तरीका ही हो...। वो रो रही थी–और हिमांशु उसे ढाँढस बँधा रहा था।

"रश्मि यह दुनिया का अन्त नहीं है। अगले साल के नम्बर भी तो जमा होंगे। अगले साल के विषय अपेक्षाकृत सरल होंगे... और अधिक मेहनत करना..."

"मुझे अपनी पोज़ीशन की चिन्ता नहीं–मुझे इस तरीके पर गुस्सा आता है... यह कौन-सा तरीका है? समझ नहीं आता... क्या करूँ? रीवेल्यूएशन में तो केवल टोटल ही जाँचते हैं..."

"रश्मि... अपने को नॉर्मल करो... अगले साल पर ध्यान दो–मेहनत और लगन से पढ़ाई करो..."

और ऐसी ही बात उसके भाई साहिब और बाऊजी ने भी कही।

वो ही सूना, निर्जन, निर्जीव यूनीवर्सिटी कैम्पस फिर से पक्षियों, चिड़ियों से चहचहाने लगा...। तितलियाँ जगह-जगह, फुदक-फुदककर अपनी छटा बिखेरतीं–रंग बिरंगे परिधानों में उड़तीं... और छात्राओं के हॉस्टल के बाहर की सड़क पर प्रेमी युगल, आशिक मिजाज़ छात्र या फिर फुर्र-फुर्र करती छात्राएँ... घूमतीं या सामने लॉन में किसी भी पेड़ की ओट में बैठीं... और गेस्ट रूम में कभी खाली चेयर मिलती ही नहीं। नया सेशन शुरू होने वाला जो था।

रश्मि के रिज़ल्ट के दूसरे दिन... उसे दो नियुक्ति पत्र मिले... एक तो किसी प्राइवेट कॉलेज पानीपत से था... और दूसरा इंजीनियरिंग कॉलेज लुधियाना से। रश्मि को कितना सुखद लगा... जब उसने झट से दोनों हाथ पकड़ कर चूम लिया। स्पष्ट तौर पर इंजीनियरिंग कॉलेज का ग्रेड भी अच्छा था और वह अपेक्षाकृत पास भी... । रश्मि ने जैसे आदेश ही सुना दिया... यह उसकी अधिकार भावना थी। कितना प्रिय लगा था हिमांशु को... जिसमें इतना अनुग्रह और अपनत्व था।

पता ही था–हिमांशु के बिना नहीं जाएगी–और अब यूनीवर्सिटी भी खुल चुकी थी। उसने रश्मि को कैम्पस के हॉस्टल में छोड़ा–शेंगरीला रेस्त्राँ में जाकर बैठ गये ...। एक कोने में मद्धम-सी रोशनी, लगता था... कि वह रेस्त्राँ प्रेमियों के लिए ही बनाया गया था... जहाँ युवा-युवतियाँ किसी पर्वतीय कन्दरा में बहती बयार की

सर-सर-सी फुसफुसाहट से बतिया रहे थे और किसी को भी पास बैठे युगल का कुछ भी सुनाई नहीं दे रहा था।

उसने कॉफी पीते हुए, रश्मि के गले में बाज़ू का हार डालकर अपनी ओर मुख किया और चूम लिया। यह क्रिया या तो वातावरण की उत्तेजना से उत्पन्न हुई थी या उसके भीतर की दमित इच्छा। वैसे भी जब वह रश्मि के पास होता तो उसका मन उसे आलिंगनबद्ध करने का ही होता। मन्द-मन्द संगीत अपनी महक से सभी को सराबोर कर रहा था। सभी आपस में चिपके हुए, कुछ एक चुम्बनों में आसक्त और हाथ कुर्ते के भीतर सरकाये हुए। क्योंकि हिमांशु उसके साथ था, रश्मि उठकर नहीं गयी और ना ही उसने कोई अनपेक्षित प्रतिक्रिया ही प्रकट की। उसे तो यूनीवर्सिटी का होटल स्काईलार्क ही पसन्द था जो पता नहीं कि उनके जाने पर या हमेशा ही–एक ही गाने की धुन बजाता था। यह धुन तो जैसे हिमांशु के जीवन का 'थीम सांग' हो गयी थी–जो सदैव उसे उद्वेलित, हॉन्ट करती थी।

वे दोनों रिक्शा लेकर हॉस्टल के लिए निकल पड़े। खाना भी वहीं जाकर गेस्ट रूम में ही खाया और शाम तक लॉन में ही बैठे रहे। जैसे ही उसने रश्मि से विदा लेने की बात की–वो बुझे दीपक-सी दीप्ति हीन हो गयी। साथ जाकर बेकरी से बिस्कुट लायी और हॉस्टल के गेस्ट रूम में पहुँचते ही उसने दोनों हाथ पकड़कर–उसे पूरा अपनी नयनों की झील में समेट लिया और हिमांशु पूर्णतया द्रवित हो गया–जी में आया उसी उफनती नदिया में विलीन हो जाए–

"आप कल चले जाना-ना-मेरा मन नहीं करता... आप जाओ।"

"और रात कहाँ रुकूँ?"

"मेरे साथ–कमरे में..."

"ठीक है... मैं जेल में... और तुम यूनीवर्सिटी से बाहर..."

अच्छा! तुम कहो–तकाज़ा करो–मना करना मेरे बस में तो है नहीं...। मन की आकांक्षा को खूब उछाल देती हो...

ठीक है–कल शाम को ही जाऊँगा... अब–हैप्पी...

"वैरी हैप्पी...।" और वो पहले मार्केट गये, फिर दूधिया चाँदनी में... देवदार के पत्तों से छनती मादकता में हाथों में हाथ लेके... दो तीन चक्कर गेट तक लगाये ... सवा सात बज गये... और हॉस्टल गेट पर...

"आप जाते क्यों हो...?"

"पगली हो गयी हो क्या...?"

"पता नहीं, जी करता है, आपके साथ ही रहूँ–हमेशा..."

"देखो... फिर मत जाना..."

"अपने ही दिल से पूछो–"

"गुड नाइट... मॉय लव..." मॉय लव हिमांशु ने धीमे से कहा... और रजत चन्द्रिका में, वो चाँदनी की मुख से मुखरित मुक्त मुस्कान, कि मानो पल भर को मयंक पर दाग भी उजला हो आया... स्वच्छन्द हँसी के साथ... वो नहाता रहा रात भर... सपनों में... उस स्निग्ध ज्योत्स्ना स्नात स्मिति में...!

सुबह दस बजे वो गेस्ट रूम में पहुँचा... गेस्ट रूम की परिचारिका ने, जिसे सभी बहन जी कहती थीं, झट से कहा..."सुबह से दस चक्कर लगा चुकी हैं। रश्मि ... पूछ चुकी हैं... सर आये... वो आये...।"

"अच्छा अब तो बुला दो..." हिमांशु ने ज़्यादा बात नहीं बढ़ानी चाही।

"आपका क्या रिश्ता है... रश्मि से...?" परिचारिका ने पूछा—लगा छात्राओं के मुँह लगी है।

"जो होना चाहिए... और कुछ...?" उसने थोड़ा सख्ती से कहा...।

"मैं सवेरे दे.." रश्मि जैसे ही बोली—हिमांशु ने बीच में ही टोक दिया।

"मुझे तुम्हारी बहन जी ने सब बता दिया...। अच्छा अब चलें... जल्दी करो ..."

"कहाँ?" उसने उत्सुकता से पूछा।

"कहीं भी...।" हिमांशु उस माहौल से बाहर निकलना चाहता था।

"तो मैं पर्स उठा लाऊँ।"

"ज़रूरत है...?"

"हाँ... आप लेडीज़ की प्रॉबलम्स नहीं समझोगे—" और झट से हिरनी-सी कुलांचे भरती गयी और तुरन्त लौट आयी...।

वो बैठे थे सुखना झील के निरीक्षण मंच पर, सुस्ताने के लिए। साइड में पेरापिट वॉल के सहारे खड़ी रश्मि, जुल्फों से अठखेलियाँ करती हवा और अलकों के भ्रमर चूमते गुलाबों से खिले कपोल, फिर बोली—

"आओ... प्रिय... आओ...! झिलमिल प्रकाश की रश्मियों में—
झील में मन की तरह उठती उर्मियों में—
टहनियों, पंखुड़ियों, फूलों को छेड़े बिना—
मेरे नयनों की पुतलियों में... भावों के सागर
को छूने; जो पैठा है गहरा, अति गहरा...
और देखो; कैसे... तुम्हारी छुअन भर से
वो जाता है सिमट...!!"

"अति सुन्दर... तुम्हारी कमनीयता के अनुरूप—मैथ्स की स्वर्ण पदक विजेता और उतने ही उत्कृष्ट लयात्मक भावों से ओत-प्रोत कविता—जैसे फूट पड़ी हो सरिता—" वो उठा—हल्के से गेसुओं को हटाया, एक पल मंजुल मुख निहारा... पी

लीए मधु कलश... निगाहों से– उम्र भर के लिए... जीवन जीने का सार्थक प्रयोजन। पता नहीं... किस पल... किस क्रिया... किस भंगिमा, किस मिलन को प्रेम कहते हैं... जिसका हर चरण, प्रेम से प्रतिपादित... कितने मधुरिम क्षण... सान्निध्य के, ... कल्पनातीत...।

"क्या सोच रहे हो... देखो... वो दूर तक फैले हम और तुम... कैसा अनूठा विलय–पर्वतों के शिखरों में जैसे हो हम बँधे 'इन्फॉनाईट सीरीज़' में... क्षितिज तक... क्या बना दिया आपने मुझे... कहाँ से कहाँ ले जाए... क्या-क्या जगा दिया... भीतर दबे ज्वार... दावानल-सा प्रसार..." और वो आकर लवंगलता-सी लिपट गयी।

किसी के ऊपर आने की पदचाप सुनी--अलग हुए–और सन्तरे खाने लगे... ऐसा लगा... कुछ ही पलों में एक जीवन जी लिया।

27

लुधियाना का नया कॉलेज, नया परिवेश, नये छात्र और वो भी प्रोफेशनल कॉलेज के।... लम्बा-चौड़ा कैम्पस, एक यूनीवर्सिटी की तरह–क्लास रूम्ज़ विंग, हॉस्टल विंग, कारपेंटरी लैब, स्मिथि लैब, सिविल, इलैक्ट्रीकल मेकेनिकल, रसायन, भौतिकी लैब्ज़... और सभी दूर-दूर... एक से दूसरी तक पहुँचने में ही पसीना छूट जाए...। आर.सी.सी. से बिछी कैम्पस की सड़कें, किनारों पर पेड़... कॉलेज के परिसर से सटी बहती नहर की शाखा। कॉलेज शहर से कम से कम दस-बारह क़िलोमीटर बाहर... बीच में सूना वीरान... बस सड़क से हटकर इक्का-दुक्का दुकानें... और एक-एक किलोमीटर पर टिमटिमाते बिजली के बल्ब, पर जाने का साधन–लोकल बसें, ताँगे या फट्फट्टीए..। इंडस्ट्रियल टाउन होने के कारण, बाकी शहरों की तुलना में कारें, स्कूटर बहुत अधिक और पुरज़ोर गहमागहमी...। कामगार, ज़्यादातर आसपास के गाँवों से या फिर यू.पी., बिहार से...। परिसर के चारों ओर फैले हरे भरे खेत... मीलों तक। हरी चादर... बीच-बीच में बासन्ती पैच-वर्क... पंजाब की उर्वरा शक्ति का परिचायक... साथ बहती नहर–किसी स्वप्निल संसार की परिकल्पना।

लुधियाना इंजीनियरिंग कॉलेज के प्रिंसिपल का कक्ष... खूब लम्बा चौड़ा, गलीचे बिछे मखमली फर्श, विशाल टीक टेबल, सामने घूमती ऊँचे आसन की चेअर–कुशन वाली, और टेबल के दूसरी ओर आठ कुशन वाली विज़िटर्स चेअर्स, बायीं ओर एक किताबों से भरा शेल्फ, दूसरी ओर साइड़ बोर्ड पर पड़ी शील्ड्स, ट्राफियाँ, कप... दीवार

पर प्रिंसिपल के पीछे बहुत बड़े फ्रेम में जड़ी 'स्वर्ण-मन्दिर' की भव्यता दर्शाती दरबार साहिब की तस्वीर; साइड की दीवालों पर काश्मीर-हिमाचल की प्राकृतिक छटा बिखेरती दृश्यावलियाँ तथा दीवारों से सटी करीबन दो दर्जन कुर्सियाँ।

प्रिंसिपल साहिब... सरदार तेजा सिंह... सफेद दाढ़ी मूँछ, हल्की नीली पगड़ी, सुनहरी फ्रेम वाला चश्मा, सूट, टाई... और हिमांशु... केवल... प्लेन बादामी शर्ट और काली पैंट में... कुछ हीन-भाव भीतर ही भीतर उथला—परन्तु प्रिंसिपल के पहले वाक्य ने ही सहज कर दिया।

"आने में कोई परेशानी तो नहीं हुई... दूर है ना?"

"नहीं सर, लोकल बस है... बाकी आपका आशीर्वाद...।"

"ठीक है मैंने तुम्हारे हैड ऑफ डिपार्टमेंट को बुलाया है। वो तुम्हें कैम्पस भी दिखा देंगे... और तुम्हारी इंट्रोडक्शन भी करवा देंगे। कल से क्लासेज़ शुरू कर लेना... आज कोर्स देख लो—और कोई परेशानी हो तो बिना झिझक आओ।" प्रिंसिपल ने उसे और भी निश्चिन्त कर दिया।

इतने में प्रो. सिद्धू आ गये और फर्स्ट ईअर और सेकेन्ड ईअर्स के दो-दो सेक्शन्ज़ में ले गये... थर्ड यीअर के लिए उन्होंने अगले दिन के लिए कहा...। फिर स्टॉफ रूम में सबसे परिचय करवाया... जो भी थे उनसे मुलाकात हो गयी और बाकी धीरे-धीरे मिल लेंगे... और फिर वो अपनी क्लास में चले गये।

नयी जगह की अपनी समस्याएँ होती हैं। घर में रह लो, हॉस्टल में रहो, करीबन सभी सुविधाएँ जुटी जुटायी ही मिल जाती हैं...। परन्तु जब आ जाओ अपने पर... तो चाहिए... छत और रोटी...। भाग्यवश हिमांशु के चचेरे भाई के प्रोफेसर और तत्पश्चात् उसके सहकर्मी... अब यहाँ डी.ए.वी. कॉलेज में आ गये थे। प्रो. कौशिक के पास दो कमरे का मकान एक बड़े-से अहातेनुमा मकान की पहली मंज़िल पर था। पति-पत्नी दो छोटे-छोटे बच्चों के साथ रहते थे। हिमांशु उनके ड्राइंग रूम में सोता, कपड़े एक नौकरानी धो देती—और खाना उनके घर पर...। महीना भर रहा। परन्तु आज भी जब वह उस बीते हुए समय पर सोचता है तो उसका सर कृतज्ञता से झुक जाता है। एक जवाँ प्रोफेसर ने महीना भर उसे अपने घर रखा जब उसकी पत्नी को दो छोटे-छोटे बच्चों को सँभालना होता था और साथ में एक औपचारिक अतिथि... जबकि, आज कोई किसी को एक दिन भी सहन नहीं करता। एक अलग ही वक्त था वह और वे कोई दूसरे ही लोग...।

इंजीनियरिंग कॉलेज वैसा नहीं था जैसे प्रायः डिग्री कॉलेज होते हैं—जहाँ छात्र-छात्राएँ परिन्दों की भाँति फुदकते रहते हैं। कहीं अकेले, कहीं समूह में और कभी युगल। प्रांगण जीवन्त-सा, चुहल, चहक भरा प्रतीत होता है। सारी उच्छृंखलता

के बावजूद कक्षाएँ लगती हैं और अनुशासन भी रहता है। परन्तु व्यावसायिक कॉलेज में तो पता ही नहीं चलता कि कॉलेज भी चल रहा है या नहीं। कोई हलचल नहीं—होगी भी तो मिनट दो मिनट के लिए... जब पीरियड समाप्त होता है या फिर चार बजे बाद शाम और नौ बजे से पहले सुबह। उसके बाद एसाइमेंट्स लिखो या टीपो... निर्धारित कार्य का निष्पादन या 'घर के लिए' काम... फिर फ़ुर्सत कहाँ? हिमांशु को सारा वातावरण एकदम नीरस, शुष्क और एक अजीब-सा मरघटी सूनापन लिए हुए; लगा। अनुशासन इतना कि चिड़िया भी पर ना मार सके। प्रिंसिपल यदाकदा परिसर का चक्कर लगाते। स्टूडेंट्स डरते थे कि कहीं उन्हें आन्तरिक मूल्यांकन (इंटरनल असेसमेंट) में कम अंक ना मिल जाएँ—या फेल ही ना कर दें। अधिक से अधिक छात्रों की कोशिश होती कि इस प्रक्रिया में उन्हें ज़्यादा से ज़्यादा नम्बर मिलें। इसलिए क्लास में भी अनुशासन और प्रोफेसर के मूल्यांकन में भी उच्च स्तर पर रहना—यही होता था अधिकतर छात्रों का लक्ष्य। अन्यथा जो कॉलेज केवल लड़कों के लिए हो और वो भी वयस्क हों, तो अनुशासन की सोच भी एक दुर्लभ आयाम था।

हिमांशु के सामने, साठ लड़के, थियेटरनुमा क्लास रूम, एक छोकरा-सा प्रोफेसर, और सामने उसी जैसे लड़के। यह थी उसकी अर्जुन-परीक्षा—लक्ष्य भेदन की कार्यशाला। उसने उपस्थिति अंकित करते समय एक-एक छात्र को खड़ा किया—और जान लिया कि कौन-कौन शरारती हो सकते हैं, इसलिए उन्हें अगली बेंचों पर बुला लिया—छात्र भी गिने गये। बोर्ड पर दिन का शेड्यूल लिख दिया; एक प्रश्न हल करने को दिया और क्लास में सीढ़ियाँ चढ़ते हुए चक्कर लगाकर निरीक्षण किया। अब तक असहजता दूर हो चुकी थी और आत्मविश्वास संचरित। इस प्रकार लेक्चर का काम सुचारू रूप से चलने लगा। शाम को सवा सात बजे लौटता क्योंकि कॉलेज समय के पश्चात् ए.एम.आई.ई. की अतिरिक्त कक्षाएँ लगती थीं—डिप्लोमा होल्डर्स और फेक्ट्रियों में काम करने वालों की सुविधा के लिए। उनके लिए पीरियड के हिसाब से अलग भुगतान होता था। एक प्राइवेट कम्पनी के मालिक ने प्रिंसिपल से कहकर अपने लड़के की ट्यूशन लगवा ली। बेशक, वह स्वयं इसके लिए तैयार नहीं था।

कई लोगों को, सभी प्रोफेसरों को, होटल वालों को मकान के लिए कह रखा था, परन्तु उसके साथी प्रोफेसर ने कहा, "ओ यार—तुम्हें मकान का क्या करना है, बेकार में पैसे बरबाद करोगे—एक कमरा लो—होटल में खाना खाओ और रात को आकर सो जाओ—और क्या करना है तुम्हें...?"

"बात तो ठीक ही कहते हो—चलो फिर एक ही रूम दिलवा दो।" हिमांशु एकदम उत्सुक हो गया, आखिर कब तक किसी पर बोझ बना रहे। वैसे अब तो

प्रो. कौशिक भी पूछने लगे थे कि मकान मिला या नहीं। और इसीलिए रश्मि के पास जाने का एक और बहाना मिल गया।

"तो ठीक है, आज कॉलेज के बाद मॉडल टाउन का चक्कर लगाते हैं।–लोगों से पूछने पर ही मिलेगा।" प्रो. कुमार ने प्रस्तावित किया।

और शाम सात बजे, वे दोनों, मॉडल टाउन के बस स्टॉप पर उतर गये। मॉडल टाउन के भीतर मुड़ती सड़क पर अन्दर की ओर चल पड़े–पाँच-छः कोठियाँ पार करने के बाद–उन्होंने देखा कि एक बड़ी-सी कोठी के बाहर एक बूढ़ी माँ कुर्सी पर बैठी थीं। मद्धम-सी रोशनी थी। कोठी सड़क के लेवल से कम से कम डेढ़-दो फुट ऊँची उठाकर बनाई गयी थी और सड़क करीबन दस-पन्द्रह फीट चौड़ी थी। कोठी की परिसीमा पर सीमेंट के स्तम्भों से दीवार खड़ी की गयी थी। हिमांशु ने देखा कि सत्रह-अठारह साल का एक सिख लड़का आया, एक ग्लास थमाकर भीतर चला गया। मि. कुमार और हिमांशु ने चबूतरे पर चढ़कर माँजी के पास जाकर, पाँव छुए और बोले...

"माँ जी... सत् श्री अकाल... ऐथे कोई कमरा या मकान खाली है?" मि. कुमार ने कहा।

"जीऊँदा रहै पुत्तर, केदे लई चाहीदा ए..." माँ जी ने मुँह ऊपर उठाकर देखा।

"माँ जी–ए हिमांशु मेरे नाल इंजीनियरिंग कालेज विच पढ़ौंदे ने–ऐन्हा लई चाईदा ए..." मि. कुमार ने कहा। माँ जी ने थोड़ा सोचा–फिर कोठी के बाहर कोने में बरामदे की एक ओर बने कमरे की ओर इशारा किया। "काका, एह कमरा ए. .. वेख लवो–पसन्द होवे तुसाँ नूँ ताँ सोचाँ..." वे मनजीत... नीं मनजीतिए... सुण वी लै हुण..." माँ जी ने आवाज़ दी। आवाज़ की बुलन्दी पुरानी शुद्ध खुराक का उदाहरण थी। क्योंकि रोब वो ही था जो जवानी में रहा होगा।

"जी, बीजी, आयी..." और अठारह-बीस साल की, थोड़े पक्के रंग की मुटियार–भरपूर जवाँ–भीतर से दौड़ी आयी।

"की गल ए, बी जी" उसने एक नज़र दोनों पर दौड़ायी।

"ऐस कमरे दी चाबी लै के आ..." माँ जी ने आदेश दिया।

"पर बी जी, ऐथे ताँ बिल्लू पढ़दा ए..."

"ओ वेखाँ गे... तू पहले चाबी ताँ लै के आ–जादा टर्र...टर्र... ना कर..." माँ जी ने थोड़ा प्यार भरी डाँट के लहज़े में कहा।

और मनजीत ने कमरा खोलकर लाइट जलायी... कमरा पन्द्रह बाई बारह का लगता था...

"हिमांशु, तूँ ते सौणा ई ए... तूँ केढ़ा ऐथे डांस करना ए। ते बाथरूम माँ जी..." कुमार ने पूछा।

"ओ ताँ बेटा पिछूछे ए... जे पसन्द होवे ताँ विखा देवाँगी..." माँ जी ने कुर्सी पर बैठे-बैठे, उनकी और अपनी पोती मनजीत की ओर देखा।

"पसन्द है माँ जी... फेर दस्सो..." हिमांशु ने सोचा कहीं तो टिकें...। माँ जी से पूछा...।

"बाकी गल कल, मनजीत दे बापूजी नाल गल्ल करके..." माँ जी ने लगा जैसे टाल दिया हो...।

"माँ जी टाल ताँ नईं रैये..." हिमांशु ने टटोला।

"टालणा हुन्दा बेटा, ते मैं विखाऊँदी ही क्यूँ..."

माँ जी की बात से आश्वस्त होकर, उनके चरण छुए, आशीर्वाद लिया और चल पड़े।

कमरा मिल गया—तीन ओर से खुला—सामने और दायीं ओर की गली की दीवार में, शीशे की खिड़कियाँ और बायीं ओर भीतर जाने के लिए दरवाज़ा, जो बाहर कोठी के बरामदे में खुलता था। कोठी के दायीं और बायीं दोनों ओर गली जो पीछे कोठी में जाती थी जहाँ काफी बड़ी खेती के लिए ज़मीन थी जिसमें भैसों के लिए चारा और दूसरी सब्ज़ियाँ पैदा की जाती थीं। दायीं ओर गली में घुसकर बाथरूम और टॉयलेट। माँ जी ने एक चारपाई, एक मेज़ और कुर्सी भी दे दी। सुबह-शाम गर्म दूध का ग्लास—और रात के ग्यारह भी बज जाएँ तो भी हिमांशु के लिए दूध लेकर बैठी रहतीं। वास्तव में ही माँ जी ने बेटों की तरह रखा और किराया भी कोई ज़्यादा नहीं। कमरा बाहर चबूतरे पर खुलता था और बरामदा और चबूतरा काफी बड़ा था—हिमांशु अकेला ही बाहर सोता था। माँ जी ने टेबल फैन भी दे दिया था ताकि इन गर्मी के दिनों में कोई तकलीफ ना हो।

"माँ जी, तुसीं ताँ कमाल ई कर दित्ती—कौण करदा ए-ऐना।" हिमांशु कृतज्ञता से भीग चुका था।

"नईं—बेटा—तूँ पता नईं—किन्ने दिन रैहणा ऐं—पर माँ नूँ याद ताँ रखेंगा" माँ जी ने बहुत ही अपनेपन से कहा।

"माँ जी तुहाडा ऐहसान ताँ मैं उमर भर नईं मोड़ सकदा" उसने माँ जी के चरण स्पर्श किए।

"पुत्तर, किसे चीज़ दी वी लोड़ पवे ताँ बिना संग ते मंग लैणी—तेरा माँ ते पूरा हक्क ऐ" और माँ जी ने उसके सर पर हाथ फेरा। हिमांशु तो जैसे जीवन भर के लिए कृतार्थ हो गया।

पहला दिन। कहीं भी जाओ, किसी भी स्थिति में, किसी भी काम में, किसी भी स्थान पर, हरेक अपना कुहासा-सा साथ लिए चलता है जिसमें लिपटा अपना अस्तित्व अपनी राह भी ठीक से, न तो देख पाता है और न ही बनाने की सामर्थ्य

होती है। जैसे-जैसे अस्पष्टता छँटती है—रोशनी नज़र आने लगती है और हर वस्तु में एक नयी द्युति, एक नयी चमक, दिखाई देने लगती है।

उसने चारपाई बाहर चबूतरे पर बिछायी। एक बार तो लगा कि पता नहीं कितना सुरक्षित हो सोना। कोई भी तो किसी भी कोठी के बाहर—सड़क वाली साईड पर नहीं सोता था। सोता भी हो, परन्तु किसी का बिस्तर भी दिखाई नहीं देता था। सोचा कि आखिर उसके पास है ही क्या। चार किताबें, एक जोड़ी जूते, तीन चार सौ रुपये—और कुछ कपड़े। खोने के लिए है ही क्या—तब उसे लगा कि वो दूधिया चाँदनी से चमकता अम्बर, चाँदी-सा रुपहला चाँद... पेड़ों को नहलाती चन्द्रिका—उसकी चादर पर पसरी रश्मियाँ जैसे ही यह सोच मन में यूँ पसरी—कि उसका तन मन पुलकित हो गया—कितनी जीवन्त अनुभूति कि रश्मि ही उस ज्योत्स्ना की एक एक किरण से उसे छू रही है। अभी रात के नौ ही तो बजे थे—परन्तु इस भीतरी सड़क पर एकदम पसरा था सन्नाटा। जैसे बसता है तो केवल तारों भरा आकाश या किसी दुल्हनियाँ का लहराता दूधिया दुकूल—या दूध-स्नात-आस-पास... और कल्पना ही बता सकती है कि कहीं जीवन होगा इन ईंटों, सीमेंट से पुते पत्थरों के पीछे...। उसका साथी है तो निशीथ और रश्मि... जिसका खयाल भर कर देता है रोम-रोम झंकृत! वो बन्द आँखें करके विचर रहा था उस आत्मसात् आकाश में... कि उसने सुनी पदचाप। सोचा—कोई घर से बाहर जा रहा होगा... पर, वो पदचाप उसके सिरहाने आकर रुकी।

"पुत्तर—सौं गयाँ..." उसे माँ जी की आवाज़ लगी।

आखें खोली और झट से उठकर बैठ गया।

सामने माँ जी दूध का ग्लास लिए खड़ी थीं।

"माँ जी, तुसीं क्यों अैनी खेचल कीती..." उसने पूरी हलीमी से कहा।

"नईं पुत्तर... ऐह ते सारे ई रात नूँ पींदें ने, फेर तेरे लई केहड़ी बड्डी गल्ल कर दित्ती..." माँ की ममता से वो भीतर तक विभोर हो गया।

"माँ जी, तुहाडा बौत-बौत शुक्रिया—" और माँ जी चले गये। ऐसा लगा जैसे माँ जी ने चाँदनी उलीच कर ग्लास में भर दी हो। और वो उसकी मधुरिमा को घूँट-घूँट पी रहा हो।

उसने मन ही मन कविता लिख डाली पर ताला खोलकर लिखने की हिम्मत नहीं हुई...। सोच में कितनी तरलता, कितना बहाव, कितना खिंचाव.. कि—

"रात भर... मैं जागकर... देखता हूँ... राह किसकी?
झरझराती चाँदनी, मेरी तरह दीवानगी में...सो नहीं पाती—
सुन रही खनक अविरल... फैलते एकाकीपन की...
पारदर्शी चाँदनी, किस हूक को... हिय में समेटे...

फैला रही अपना दुकूल... रात भर...तारों के संग...
अन्तस् में भूल-सी कसकती—पीड़ा जैसी...।"
और रात भर कविता का परिवेश उसे आलोड़ित
करता रहा... नींद और निशीथ के साथ
आँख-मिचौनी—चलती रही।

उस दिन शायद छुट्टी थी। परन्तु रश्मि को नहीं। इसलिए अपने ही शहर में एकाकीपन का बोझा सर पर उठाये, हिमांशु चौड़ा बाजार के लिए, बस स्टैंड पर खड़ा था। अचानक एक रिक्शा पास आकर रुका। एक गौरवर्णा सुन्दर-सी महिला नीचे उतरी और हँसते हुए पास आकर—"नमस्ते... पहचाना?" वो तो अभिभूत-सा देखता रह गया जैसे कलियों का उद्यान उसके आस-पास खिल गया हो। उसने तो कभी रश्मि की हँसी और मुस्कान के अतिरिक्त किसी को देखा भी नहीं था। पल भर तो मन घूम गया—और झट से... "नमस्ते... आपको कैसे भूल सकते हैं... अभी तो छः ही महीने हुए हैं... कॉलेज छोड़े को...।"

"वो तो ठीक है... अच्छा... नाम तो बताओ..."

"अब आप ने सोच ही लिया जैसे कि सब भूल चुके हैं... इन्दु... इतना सुन्दर नाम... कौन किसके अनुरूप... आप या इन्दु... या फिर दोनों ही एक-दूसरे के पूरक... कैसे कहें?" "वेरी गुड—पर पूरक कैसे—?"

"मत कहलवाओ—मैथ्स वाले हैं—समीकरण बना लेते हैं— इन्दु की आभा ली तुमने... और आपका कलुषित पक्ष... इन्दु ने... इसीलिए आप में कहीं भी दाग नहीं ... ना भीतर ना बाहर...।" "यहाँ आकर अच्छे खासे कवि हो गये हो... पर यहाँ पर कहाँ...?"

"कवि वियोग में... और पेट के लिए इंजीनियरिंग कॉलेज में...। चलो... काफ़ी और स्नैक्स लो... वहीं बात करते हैं...।"

पैदल ही... करीब दो सौ गज़ पर—मॉडल टाउन मार्केट में... 'स्नैक-स्टॉप' में जाकर कोने का टेबल... आमने-सामने...

"आपने बताया नहीं... आप यहाँ कैसे...?" हिमांशु ने काफी की चुस्की लेते हुए पूछा...।

"मैं तो वहीं हूँ जहाँ आप छोड़कर आये थे..."

"एक बार कहती तो सही, साथ ही ले आते..." उसने बीच में ही टोका।

"वहाँ तो किसी से बात तक नहीं करते थे— पता है कितनी तैयार थीं... अब छोड़ो—अब आपकी ट्रेन छूट चुकी है... अगली का इन्तज़ार करें?"

पता नहीं क्यों और कैसे हिमांशु इतनी शरारत भरी मनःस्थिति में क्यों था?—

शायद, यह भी रश्मि की ही देन थी—कि वो आश्वस्त था कि अब रश्मि और वो परस्पर समर्पित हैं। अन्यथा ऐसी बात तो उसकी कल्पना में भी नहीं आ सकती थी।

"चलो, अब हमारा तो जो होगा—होने दो—आप अपना बताएँ...?"

"मैं आयी थी, यहाँ, अपने मंगेतर को मिलने... यहीं डी.ए.वी. कॉलेज में फिज़िक्स के प्रोफेसर हैं...।"

"और शादी? जो भी हो 'राजधानी' तो छूट गयी... अब देखें...?"

"निराश क्यों होते हो... हाँ तो करो..."

"चलो उसे छोड़ो... अपना बताएँ... और कॉलेज का..."

"मेरी शादी तो अगले महीने की बीस को है—निमन्त्रण भेजूँगी। टाइम हो तो आज ही उनसे मिलवा देती हूँ... आपको आना ज़रूर है। अब तो पता चल गया ... वो राधिका की पोल खुली तो अब पूरे स्टाफ में उससे कोई नहीं बोलता... सभी को आपके जाने का इतना अफसोस हुआ...। प्रिंसिपल भी दुःखी थे। लगता है—राधिका छोड़कर जाएगी—आपको बताऊँगी।"

वह एक साथ कितनी ही बातें करती रही...।

उसे लगा जैसे वो अपनी किसी सहेली से बात कर रही हो—एकदम उन्मुक्त, निर्बाध। अचानक इन्दु ने अपनी गोरी कलाई पर स्वर्णिम घड़ी देखी—

"ओह—गॉड... पौने तीन... मुझे तो उन्हें दो बजे मिलना था..." वो झट से उठी...

"खाना तो खाकर जाओ। इन्तज़ार तो पुरुष की नियति है... क्यों उसकी तकदीर बदलती हो?"

लेकिन इन्दु रुकी नहीं... बाहर से रिक्शा करके झट से फुर्र हो गयी।

28

रिश्ते—दिखने में कितने सरल, ऊपरी सतह पर निर्मल जल की तरह प्रत्यक्ष, पारदर्शी, परन्तु धरातल पर अदृश्य, गन्दियाले, मलिन, अस्पष्ट, पंकलीन : जो पैठे होते हैं शरीर में व्याधियों की तरह। कुछ नैसर्गिक सम्बन्ध जो कटुता और खटास के होते हुए भी निभाने पड़ते हैं—महज़ औपचारिकतावश—चेहरे पर कृत्रिमता का मुखौटा पहने हुए...। और कुछ बन जाते हैं अपने ही मन की रुझान, आसक्ति, आकर्षण या प्राकृतिक लगाव से, और उनका अपेक्षाकृत ना पूरा होने पर वज्रपात-सा असह्य दर्द और पीड़ा ग्रसित कर लेती है। जो सम्बन्ध होते हैं सहज, स्वैच्छिक, स्वाभाविक, नैसर्गिक और स्वतः—जैसे प्यार, प्रेम, आकर्षण—जिसमें पारस्परिक अभीप्सा हो,

चाहत हो और खिंचाव की प्रगाढ़ता हो—वो आजीवन सुखद, सौम्य, सुमधुर अनुभूति से ओत-प्रोत रहते हैं।

यहाँ आने से पहले, वह कामिनी से मिला था। वाह बस मिलना ही था। उसका भी पासपोर्ट, और वीज़ा आ गया था और उसे तीन दिन बाद मॉम डैड के साथ यू. एस. जाना था। कहने को तो वे कामिनी का उपचार करवाने ही जा रहे थे—परन्तु उनके मन की थाह कौन ले। वो प्रतिदिन की भाँति ड्राइंग रूम में इन्तज़ार कर रही थी; उसी समय पाँच बजे...! जैसे ही वो भीतर गया... कामिनी प्रत्युत दामिनी-सी उससे लिपट गयी—पूरी काया साथ सटी हुई और मुख उसके वक्ष पर—चिपका हुआ। जैसे अमरकंटक में नर्मदा की धारा टपटप करती प्रकट होती है वैसे ही निरन्तर गालों पर जलधारा। शायद बहता भीतरी अवसाद... रश्मि होती तो शायद वो कण-कण मोती पी लेता... और उसे क्षितिज की तरह एकाकार कर लेता... परन्तु कामिनी से उसे यौन आकर्षण हो सकता था, शारीरिक उत्तेजना हो सकती थी... क्योंकि नारी. .. और वो भी कामिनी जैसी—किसी को भी कामोत्तेजित कर सकती थी... और यथार्थ या वास्तविकता में ही... वह असंयत हो भी रहा था। उसका मन तो कर रहा था कि वो उसे कसकर भींच ले और कपोलों की मधुरिमा को चूस जाए... अर्धगोलाकार युगलों का मर्दन कर दे...। और कामिनी तो वास्तव में ही कामोत्तेजक हो चुकी थी। वो उसकी शर्ट के बटन खोलकर बदन को चूम रही थी...। हिमांशु ने भी उसके कुर्ते का ऊपरी बटन खोला और दूसरा टटोल रहा था—कि उसे लगा जैसे दरवाज़ा खुला। उसने झट से कामिनी को कन्धों से पकड़ा और पीछे करने का यत्न किया—

"कामिनी... देखो... मम्मी आयी हैं...।"

"आने दो... मैं नहीं छोड़ूँगी... मुझे जबरन यू.एस. ले जा रहे हैं।" और उसने हिमांशु को और कसकर जकड़ लिया।

अब मम्मी के पास कोई विकल्प नहीं था। उसके सामने ही उसकी बेटी, इतनी निर्लज्ज हो जाएगी—वो सोच भी नहीं सकती थी। वे आगे बढ़ीं... ज़ोर से उसे खींचा—परन्तु विफल। मुँह पर मार नहीं सकती थीं... तो उसने पीठ पर तड़ाक्-तड़ाक् तीन थप्पड़ जड़ दिये। "हाँ, हाँ... मार लो जितना चाहो... मैं यू.एस. नहीं जाऊँगी—" कामिनी ने मम्मी की ओर लाल आँखों से देखा।

हिमांशु ने उसके पाश को खोलकर अपने से अलग किया और उपदेशात्मक अन्दाज़ में बोला, "कामिनी कुछ तो सोचो... शर्म... (उसने पूरा नहीं किया—पता नहीं मम्मी किस रूप में लें) वह तुम्हारी मम्मी हैं—तुम्हारे लिए ही सब कुछ कर रही हैं... इतना पैसा, इतनी परेशानी... सब कुछ तुम्हारे लिए ताकि तुम ठीक हो जाओ। बैठो इधर—" और उसने कामिनी को सोफे पर बिठा दिया। मम्मी भी पास बैठ गयी।

"अब मम्मी से माफी माँगो—" हिमांशु ने कहा।

"एक तो वो मारें और ऊपर से माफी—कभी नहीं... माफी तो ये माँगें—मैं क्यों...?"

कामिनी की आँखों में क्रोध, चेहरा पीला और हाथों में कम्पन... और आन ही आन में वो बेहोश हो गयी। उसके चेहरे पर छींटे मारे और सोफे पर लिटा दिया। धीरे-धीरे माथा थपथपाया... चेहरे पर तीन-चार बार हाथ फेरा—और उसकी मम्मी ने पैरों की मालिश की। करीबन बीस मिनटों बाद उसे होश आया...। हिमांशु ने उसकी मम्मी को चाय लाने के लिए भेज दिया। तब उसके बालों को सहलाया उनमें हाथ फेरा, उसके वक्ष को सहलाया और एक-एक चुम्बन उसके दोनों कपोलों पर अंकित कर दिये। कामिनी ने उसका सर ऊपर से पकड़ा और चुम्बन को मुक्त करने को तैयार नहीं थी। उसने धीरे से उसके दोनों हाथ हटाये और कहा...

"देखो, कामिनी तुम मॉम डैड के साथ यू.एस. जाओ और जल्दी से जल्दी लौट कर आओ... हम सब यहीं तो हैं—" उसने सान्त्वना भरे शब्दों में उसे दुलारा।

"तो मैं आपको कहाँ मिलूँ...?"

"मैं तुम्हें बताने ही तो आया था कि मैं इंजीनियरिंग कॉलेज लुधियाना में जॉइन कर रहा हूँ। बस वहीं पर..."

"आप मेरा इन्तज़ार करना—इसी विश्वास पर मैं जाऊँगी—" उसने हिमांशु को कातर निगाहों से देखा।

"ज़रूर... अवश्य..." हिमांशु ने बात को भविष्य के घटाटोप अन्धकार में धकेल दिया।

ठीक हो जाएगी तो सब समझ जाएगी...। यह तो मानसिक असन्तुलन है.. हिमांशु ने सोचा।

कामिनी उठी, भीतर गयी और झट से सोने की चेन ले आयी। "यह मेरी ओर से तोहफा— आपको मेरी और मेरे वचन की याद दिलाता रहेगा—" उसने जैसे अपने प्रेम का उद्घोष कर दिया।

कामिनी की मम्मी हैरान—हतप्रभ... पर कर ही क्या सकती थीं...। मानसिक असन्तुलन, ... और वो भी परिवार की बदौलत। हिमांशु तो जैसे उसे ठीक करने में उन सबकी सहायता ही कर रहा है। अब अगर इसकी किस्मत ही यही है तो हिमांशु के साथ इसकी शादी हो जाए तो ठीक ही है।— पर ये पण्डित... पता नहीं...। छोड़ो—वक्त आने दो... मेरी बेटी को यह सुखी तो रखेगा—कितनी खुश रहती है इसके साथ... जो भगवान को मंजूर—वो यह सब सोच ही रही थी कि कामिनी उठी—और चेन को हिमांशु के गले में डालने लगी।

"अरी... पगली... ला मैं अपने आप तेरे सामने डाल लेता हूँ।" हिमांशु ने चेन उसके हाथ से ली, लॉक खोला और अपने गले में डाल ली।

सब कुछ सामान्य हो गया। दो दिन बाद वे लोग देहली जाएँगे—और अगले दिन यू.एस. की उड़ान...।

"उड़ान ले जाएगी शरीर... परन्तु सोच, चैतन्य, भावना कोई भी ले जाकर तो बताए... कोई मुझे हिमांशु से जुदा करके तो दिखाए... जीऊँगी तो... उसी की... बन कर"... पता नहीं क्या-क्या अनर्गल सोच लिया कामिनी ने...।

जो भी हो पत्र तो लिखेगी.. ज़रूर... उसने हठधर्मिता को स्पष्ट कह भी दिया... और उत्तर का इन्तज़ार भी—यही है तकाज़ा... (तुमसे हिमांशु)... या तो नाम बदलो... नहीं तो रहोगे मेरे साथ... मैं जहाँ भी जाऊँ... और इसी सोच के पर्यायक्रम में हिमांशु छकलते पैमानों को छोड़ रुख़सत हुआ।

कामिनी ने मन की घुमड़न डायरी में लिखी—सोचा—यू.एस. जाकर हिमांशु को भेजूँगी—

'सहे हैं—मैंने भी... वो सुलगते हुए पल...
जो गुज़र गये—पिघले इस्पात से... मेरे भीतर...!
कितनी ही बार पाया... वो जलते हुए अंगार...
बने हैं... मेरे माथे का शृंगार—
उस तपते सूरज की तरह... जो होता है... अस्त होने पर—शान्त!
कौन जाने वो क्या है... जो मेरे भीतर भरा है...
और क्या है... जो अभी बचा है?
पता नहीं यह मिलन की घड़ी—फिर बिछुड़न की व्यथा है
किसी त्रासदी का आगाज़, वो सोचती रही दिन रात...!

कामिनी अब तक यू.एस. जा चुकी होगी—उसने सोचा—। हिमांशु ने आते हुए चेन उसकी मम्मी को लौटानी चाही...। परन्तु उसने मना किया कि कहीं कामिनी को पता चल गया तो जाने क्या कर बैठे...? परन्तु वो पहन भी तो नहीं सकता था... रश्मि की क्या प्रतिक्रिया होगी—किसे पता...। और रश्मि को वो किसी भी शर्त पर नाराज़ होते नहीं देख सकता था।

"अब आपके पास नहीं आने का क्या बहाना है?" रश्मि ने चंचलता से कहा और उस मचलन में लगा कि उसके अधर जैसे लबालब मधु कलश हों। हिमांशु तो बस निर्निमेष ताकता ही रहा।

"क्या देख रहे हो?— ऐसे देखते हो तो मुझे कुछ होने लग जाता है।" रश्मि के चेहरे की लालिमा और उभर गयी।

"देख रहा हूँ कि यह सत्य है या स्वप्न—जिसने इस कद्र रुलाया, इतना तरसाया, तड़पाया—अब उस पूर्ण लावण्यमयी रश्मि का रस पी लूँ..." हिमांशु शब्दों के लिए असमर्थ-सा हो गया था...।

'अच्छा जनाब—यह तो बताओ—पिछले सण्डे क्या करते रहे...? यहाँ मैं पागलों-सी जब भी कोई थ्री-व्हीलर आकर रुकता तो भागी आती कि जैसे मेरा हिम आ गया...। हर आवाज़ पर जीया धक्-धक्... कि अब वो आये... कि अब आये... पर इतनी किस्मत कहाँ—? बेदिल से जो पाला पड़ा है...'' रश्मि जैसे उपालम्भों से भरी थी—परन्तु काम्यता इतनी कि नाराज़ नहीं थी—और हाथ सहलाती रही।

''क्या किसी और पर मन है या कोई और पटा रहा है— मैंने सोच भर लिया तो यहीं ढेर हो जाऊँगा। पता नहीं क्या छुपा है तुम्हारे अन्दर कि मैं पूरी तरह संयम खो देता हूँ—और यह अवस्था उस दिन से ही है जब तुम पहली बार कॉलेज गेट पर मिली थीं।'

हिमांशु भावुकता के उफान में बह रहा था।

''क्यों ज़रा-सी बात पर अपसेट हो जाते हो... मैं बस आपकी हूँ... शत-प्रतिशत—'' और फिर... नयनों के कटोरों में डुबोकर बोली... ''कहीं बाहर नहीं जाना है क्या?—इतने दिन बाद मिले हैं जनाब...।''

वो तो बस निहारता ही रहा—उसकी एक-एक क्रिया को—देखने, छूने, बोलने के अन्दाज़ को।

और वो क्वालिटी रेस्त्राँ में जाकर एक कोने में सोफे पर बैठ गये। कॉफी और कटूलेट का आर्डर दिया—हिमांशु ने टाँग और नितम्ब उसके साथ सटाये और जंघा पर हाथ रखा कि एक विद्युतीय लहर उसकी नस-नस में दौड़ गयी। कितना स्निग्ध, मरमरी एहसास कि, मखमल भी संज्ञाहीन हो जाए। जी में आया कि मसल दे पर उसे अभी उतनी घनिष्ठता नहीं लगी कि वो इतनी छूट ले सके।

''और कौन-कौन से नये सब्जेक्ट लिए...?'' हिमांशु ने प्रश्नात्मक अन्दाज़ से पूछा ताकि बात शुरू हो।

रेस्त्राँ में दो युगल प्रेमी या विवाहित, दो अलग-अलग कोनों में बैठे हुए थे और किसी को भी एक दूसरे की गुफ्तगू नहीं सुनाई पड़ रही थी—शाम के तीन बजे कौन मिलता—सिवा इसके कि जिनके पास और कोई एकान्त स्थल ना हो।

''वो ही जो आपके साथ तय किए थे—भूल गये क्या...?'' रश्मि अब सोफे पर टेक लगाकर बैठ चुकी थी। और उसका इधर-उधर देखना, रेस्त्राँ का जायज़ा लेना, उसकी लाईटिंग-व्यवस्था, साज-सज्जा, सभी को पैनी नज़र से देखना अच्छा लगता था। तभी तो उसने हिमांशु का हाथ नहीं हटाया।

''अब आपके नये-नये विषयों के बारे में हमें क्या पता—सेट थ्येरी, मेज़र थ्येरी, इत्यादि—हमने तो नाम भी नहीं सुना था।'' हिमांशु ने अनभिज्ञता दिखायी—।

''मुझे नहीं पता, पर ये दोनों सब्जेक्ट यूनीवर्सिटी में ही हैं और दोनों के प्रोफेसर

भी बहुत अच्छे हैं—दोनों कहते हैं कि ध्यान से पढ़ोगे तो पूरा स्कोर कर सकते हो।" रश्मि काफी उत्साहित थी—।

"और तुम्हें सब्जेक्ट कैसे लगते हैं—रुचिकर या वो ही हाइड्रोडायनेमिक्स की तरह—जिसमें कल्पना करते रहो—एक अणु या एक पदार्थ पर तरल का विभिन्न गहराइयों पर दबाव—उनका तैरना, डूबना—और सब तरह की जटिलताएँ... ना तो प्राध्यापक को क्लिअर और ना ही स्टूडेंट के पल्ले पड़े। बस, याद करो— ज़रा-ज़रा से स्टेप...। थैंक गॉड इस हाइड्रोडायनेमिक्स से तुम्हारा पीछा छूटा। नहीं तो मेरे लिए आफत—तुम्हें हर जगह तर्क चाहिए। और मैं कहता हूँ कि कल्पना में तर्क कैसा? बस, याद कर लो..."

हिमांशु की स्वयं की खिन्नता और प्राध्यापकों की अपूर्णता और असमर्थता साफ ज़ाहिर थी। "वास्तव में ही... भगवान का शुक्रिया...। नहीं तो पिछले साल हाइड्रोस्टेटिक्स ने कैसे खून पी लिया था...। बहुत अच्छा हुआ इन सब से जान छूटी—हमारी यूनीवर्सिटी तो रियल मैथ्स में 'एडवांस्ड सेंटर फॉर मैथ्स' घोषित की गयी है। देश में केवल एक यूनीवर्सिटी और है शायद बॉम्बे... और दो एप्लाइड मैथ्स में... साउथ की हैं...।" रश्मि काफी गौरवान्वित अनुभव कर रही थी।

इतने में वेटर कॉफी और वेज कटलेट ले आया...। हिमांशु उसके खाने के सलीके को पहले भी निहारता रहता था... परन्तु उसे संकेत नहीं किया—क्योंकि उसकी मासूमियत, उसका भोलापन, उसकी असम्पृक्तता उसे बेहद आकर्षक लगती थी। क्योंकि उसका यह गुण, आचार, सलीका, उसे शेष युवतियों से कितना अलग करता था। रश्मि ने नाइफ से कटलेट काटा और हाथ से उठाकर चटनी लगायी और खाने लगी। हिमांशु अभिभूत था। परन्तु सोचा कभी तो सिखलाना ही है। हिमांशु ने उसके दाहिने हाथ में फॉर्क दिया और बायें में नाइफ—तथा फॉर्क और नाइफ से खाने का तरीक बताया। वो उसकी ओर देखकर प्रातः की धूप-सी खिल गयी—

"मैनूँ सब कुछ तुसीं सिखाना वै..." रश्मि के आसपास और प्लेट में कलियाँ बिखर गयीं...।

"डीयर... यही भोलापन तो कातिलाना है जैसे शिशु अपनी ही स्वप्निल-सी दुनिया में मस्त रहता है। उसे बाहरी जगत् से कोई सरोकार नहीं। वैसी ही तुम हो अनछुई—काम्या, ओस की प्रथम बूँद, मेघ की पहली कनी... चन्द्र की रश्मि—पावन ... पीयूष..." हिमांशु पूर्णतया मुग्ध-सा बोलता रहा।

"देखो—इतनी बेमतलब की तारीफ ना करो—कहीं बिफर गयी तो...? कैसे समेटोगे—?" रश्मि ने उसकी जंघा को ज़ोर से दबाया—जो, शायद उसका पहला अनौपचारिक खुलापन था।

"हाँ, एक बात सुन लो... अगर एक हफ्ते नहीं आये... और लेटर भी नहीं मिला तो मुझे आपके कॉलेज नहीं तो, घर तो आ ही जाना है.. । अब मुझे रोज़ लेटर चाहिए–वही मेरी ऊर्जा है... प्रॉमिस? रश्मि ने उसका हाथ दोनों हाथों में लिया और उठाकर चूम लिया। पता नहीं उसे कैसे पता कि यह हिमांशु के लिए सुख की पराकाष्ठा के क्षण होते हैं।

"और मैडम जी...आप क्या करेंगी...?"

"मैं भी लिखूँगी–पर कभी नहीं भी, तो बुरा मत मानना। कभी डिपार्टमेंट की कोई एसाइनमेंट और कोई दूसरी मजबूरी... और पहला प्रामिज़ याद है?" रश्मि ने उसके कन्धे पर सर रखकर कहा।

"वो क्या...?"

"भूल गये... आई.ए.एस... लैटर ना भी लिखो... पर उसमें कोई छूट नहीं...। वैसे तो लेटर में भी नहीं..." रश्मि की दन्त पंक्ति जैसे मोतियों की लड़ी–मुखमण्डल को चाँदनी से रजत-धवल कर रही थी। चाहते हुए भी वो उसे चूम ना पाया। यह वो जानती थी–और उसे कभी ऐसा संकोच भी ना था–परन्तु साहस तो हिमांशु को ही करना था।

"रश्मि... रश्मि... तुम्हारा लेटर..." उसकी टेरेस मेट ने उसके दरवाज़े पर दस्तक दी...।

"रश्मि ने झट से दरवाज़ा खोला..." दिल की धड़कन जैसे धौंकनी-सी चल रही थी।

"किसका है...?" रूपाली ने पूछा।

"घर से है... देखती हूँ..."

और रूपाली चली गयी।

थरथराते हाथों से पत्र खोला–सर का, हिम का, या जानूँ का... कैसे जाने... पर दिल तो जैसे बेकाबू–पहले चूमा, फिर वक्ष से सटाया–फिर धीरे-धीरे बहुत सावधानी से खोला–

एक कुन्द कली मुस्करा रही थी–पत्र में या पत्र के बाहर–और सारा पत्र कलियों से अलंकृत था... जिसमें उसे एक-एक अक्षर–मोती से प्रतीत होते थे...

"प्रिये... प्रियतमे..। सोचता हूँ किस सम्बोधन से तुम्हें बुलाऊँ–पुकारूँ–लिखूँ–तुमने यह अधिकार मुझे दिया भी या नहीं–या मैं ही विवेकहीन, उन्मत्त, बावला-सा मान बैठा ...। पर नयनों की पुतलियों से उतरी–हृदय की अतल गहराइयों में पैठी... वो चंचल, सुकोमल, भोली-सी कमनीयता, मोहकता, और मन में अंगारों-सी दहकती ज्वाला... कितनी विरोधात्मकता परन्तु फिर भी शतशः सत्य...। दिन भर सोचता हूँ... यह लिखूँ... वह लिखूँ... परन्तु लिखने को इतना अपार, विशाल भावों का उद्गार है कि

कहीं तुम्हें पढ़ाई से विस्मृत ना कर दे... और कुछ पंक्तियाँ लिख रहा हूँ—पता नहीं कैसी लगेंगी... और बाकी मिलने पर ही सुना दूँगा...

"वो धूप... जो औचक-सी, मेरे आँगन में उतर आती है।
तुम्हारी आँखों का अक्स तो नहीं...।
वो दस्तक, जिसकी खनक; तन्हाई में झनक जाती है—
तुम्हारे कदमों की भनक तो नहीं...।"

और अपना भीष्म संकल्प होते हुए भी... कभी-कभी अनिष्ट की आभासित आशंका से काँप जाता हूँ...। जैसे मेरा अस्तित्व अकिंचन हो गया। तुम्हारा साथ तुम्हारा सामीप्य... कितना सुखकर, कितना स्वर्गिक और पल भर के अलगाव की सोच... जैसे कर देती है मृतप्राय। क्यों तुम रम गयी हो मेरे पूरे अस्तित्व में—जैसे नीलाभ ब्रह्माण्ड में...। और फिर रात भर आकाश में विचरता मन... ना जाने क्यों तरसता है तेरी तलब में...। सॉरी! अब और नहीं... अब पढ़ूँगा डी.एच. लारेंस... तुम्हें और अशान्त नहीं कर सकता...। अपना अवसाद तुम्हारे हृदय में नहीं उँडेल सकता...। ओ.के. डीयर... ख्वाबों में तो मिलो—शुभ रात्रि... हिम... तुम्हारा ही... सदैव!!

रश्मि ने पत्र चार बार, बार-बार पढ़ा—चूमा... और ना जाने कहाँ से नीरधारा टप-टप... टप-टप... बहने लगी...क्यों? वो स्वयं ही नहीं समझ पायी। शायद इसलिए कि उसे अपने ही भाग्य पर ईर्ष्या होने लगी... या फिर इसलिए कि वो हिम को कैसे विश्वास दिलाए कि वह पूर्णतया उसकी ही है—उसका कण-कण उसका है।

कल रश्मि का क्लास टेस्ट था... परन्तु फिर भी प्रथम-प्रेम पत्र के उद्वेलित अजस्र प्रवाह को कैसे रोके... वो अपने ही बस में नहीं रही...

"मेरे हिम... मेरे सर्वस्व... मेरे प्रियतम... तुम क्या जानो मन कितना खिल गया—ये दो शब्द लिखकर ही, कितनी गज़ब की अनुभूति है। ये दो शब्द समेट लेते हैं मेरा पूरा संसार—प्रत्यक्ष, परोक्ष, यथार्थ, काल्पनिक। ये तो हैं मेरी अस्मिता की चरम सीमा—क्योंकि यह अधिकार तो दैविक है—ना आपके देने से मुझे मिला, ना मेरे देने से आपको। यह तो नियति नियन्त्रित है। हम तो जैसे जन्मजात थे ही एक दूसरे के लिए। मैं तो कण-कण तुम्हारी हूँ— जो कुछ भी मेरे पास है—आपकी मेरे पास धरोहर है। जब चाहो माँग लेना, ले लेना—ये रश्मि तुम्हारी ही है—। हिमांशु की रश्मि... हिमांशु है तो रश्मि है—अन्यथा रश्मि का अस्तित्व है ही कहाँ—? आपकी कविता—कहाँ से चुराऊँ शब्द—मैं इतनी भाग्यशाली भी हो सकती थी कि बैठे बिठाए इस सीधी, सादी, सरल, यब्बल, अस्त-व्यस्त, मस्त-सी पर लुट जाएगा कोई और वो भी इस दीवानगी से... मैं तो धन्य हो गयी। नहीं जानती—चाँद क्या है? वो खिलता

पूनों का चाँद... देख उसे पगलाये मन—हारिल-सा लहराये मन—तुम्हें समर्पित हो जाने को, रश्मि का ललचाये मन...।

ऐसे नहीं मानोगे तो देखना—एक दिन चली भी आऊँगी, फिर देखते रहना... खुद तो विचलित हो—मुझे भी कर देते हो... ध्यान से तैयारी करो... मेरा सपना पूरा करो... शतशः तुम्हारी ही... रश्मि!!"

और यूँ शुरू हो गया पत्रों का सिलसिला—एक उत्सुकता, एक ललक, एक अभिलाषा, एक अभीप्सा एक कुलबुलाती प्रतीक्षा... कि शायद वो आ जाए...। सोच भर कि दिल धक्-धक्.. उस शायर ने ठीक ही तो लिखा था—परन्तु वो परिस्थितियाँ अलग होंगी।

"तस्वीर तेरी, मेरा दिल बहला ना सकेगी।"—परन्तु हिमांशु के लिए अगर रश्मि नहीं—तो उसका पत्र तो है, उसके सामीप्य का आभास तो है—कितना इन्तज़ार रहता... कभी घर कभी कॉलेज में उसके पत्र का...।

उसके कमरे के सामने वाली कोठी में—सामने के कमरे में, उसी के कॉलेज का दूसरा प्रोफेसर रहता था और हिमांशु के कमरे की कोठी के दूसरी ओर उस प्रोफेसर का जीजा। वो भी उसी कॉलेज में पढ़ाता था। दायें, बायें प्रोफेसर—एक कुँवारा उसी की तरह और दूसरा विवाहित परन्तु निःस्सन्तान। इसीलिए उन्हीं से ही परिचय था। अन्यथा सिवा माँजी के—किसी से भी हिमांशु की बोलचाल नहीं थी। माँ जी उसकी चिट्ठी सँभालकर रख लेतीं और चाहे कितनी भी रात हो जाए—लाकर दे देतीं...। लेकिन पोस्ट आफिस—पर किसका नियन्त्रण—वो ही चाल बेढंगी जो पहले थी—वो आज भी है। कभी बीच में लेटर गायब हो जाती—या तो संयोगवश और या फिर माँ जी की लड़की की जिज्ञासा कि आखिर रोज़ लैटर किसका आता है? तो वो भी रख सकती थी—कि प्रतिदिन लेटर में लिखा क्या होता है। बहरहाल यह पर्यायक्रम छः महीने तो जैसे-तैसे चला... और हिमांशु एक दो सप्ताह छोड़कर रश्मि से मिलने चला जाता।

एक बार वे दोनों यूनीवर्सिटी के होटल स्काईलार्क में ऊपरी मंजिल में बैठे थे—कि एक युवा-युवती ऊपर आये... और उनके सामने वाले सोफे पर बैठ गये। हिमांशु को वो युवती जानी-पहचानी सी लगी—जैसे प्रायः युवकों को या यूँ कहो पुरुषों को ही, हर युवती पहचानी-सी ही लगती है। हर एक को पैनी नज़र से जो देखते रहते हैं—किसी पारदर्शी कैमरे की तरह।

थोड़ी देर वह युवती देखती रही। फिर साथ वाले युवक के कान में कुछ कहा और उठकर उनकी ओर आयी।

"सर, आपने पहचाना मुझे... मैं हूँ स्नेहा—कामिनी की सिस्टर।"

"ओह—कामिनी की सिस्टर...! स्नेहा कैसी हैं आप...?"

"कहाँ हैं आजकल...?" हिमांशु ने उत्सुकता से पूछा।

"अच्छा... आप हैं कामिनी की सिस्टर... कहाँ है कामिनी आजकल–?" रश्मि का कौतूहल स्वाभाविक था।

"कामिनी तो यू.एस. में है... आपका परिचय?" स्नेहा ने भी उसी उग्रता से पूछा।

"मैं हूँ रश्मि... कामिनी मेरे से एक साल पीछे थी–एक ही कॉलेज में... ये ही हम दोनों के प्रोफेसर रहे हैं।" रश्मि ने निःसंकोच भाव से बताया।

"अच्छा–आप हैं गोल्ड मेडेलिस्ट। कामिनी आपकी काफी बात करती है–आपका बहुत आदर करती है।"

"तो कामिनी कैसी है...?" हिमांशु उत्सुक था।

"उसका फोन आया था–कहती थी काफी ठीक है–उसने आपको लेटर लिखा था–कहती थी आपने कोई उत्तर ही नहीं दिया..."

इसी बीच स्नेहा का साथी उठकर आ गया। सभी का परिचय हुआ–और वो भी उसी टेबल पर कुर्सी खींचकर बैठ गये। स्नेहा का साथी कोई देहली का प्रोफेसर था। पैंतीस के ऊपर का लगता था। नाम का कोई विशेष अर्थ नहीं था–तो भी रश्मि को याद रहा–दिनेश... दिनेश अरोड़ा।

कामिनी के विषय में बातें होती रहीं। महीने भर में ठीक हो जाएगी–परन्तु मम्मी-पापा उसे वापिस लाने के मूड में नहीं थे–शायद वहीं एम.ए. में एडमीशन लेगी–स्नेहा ने बताया। पर कामिनी मानने वाली नहीं, उसे तो यहीं आना है–कहती थी कोई यहाँ उसका इन्तज़ार कर रहा है।

स्नेहा और दिनेश ने उनके साथ कॉफी पी और चले गये। स्नेहा देहली के गायत्री कॉलेज में लेक्चरार थी और दिनेश रीडर। इससे अधिक जानकारी ना ही उसने दी और ना ही हिमांशु ने पूछना उचित समझा।

परन्तु हिमांशु के चेहरे पर एक रंग आये और एक जाए–दिल धक्-धक्–जैसे दो पाटों के बीच। कामिनी संकल्प की कितनी पक्की थी यह तो वो जान ही चुका था जब उसने उसे आलिंगनबद्ध किया था और मम्मी की भी परवाह नहीं की थी।

हिमांशु ने विचारा कि आने पर और ठीक हो जाने के बाद, जब उसे भान होगा कि हिमांशु उससे प्रेम नहीं करता–न जाने वो क्या कर बैठे। हो भी सकता है मानसिक तौर पर पुनः असन्तुलित हो जाए। कह भी सकती है वह–सभी के सामने–कि यदि प्यार नहीं था तो फिर कहा क्यों नहीं... क्यों उसे उस उत्तेजना से बाहुपाश में जकड़कर चुम्बनों की झड़ी लगा दी थी–क्यों उसके कुर्ते के बटन खोले... क्यों वो चेन रखी? कहने को कुछ भी कह सकती है–हिमांशु किस तरह चक्रवात में फँस चुका था–कम से कम अपनी ही सोच से पैदा किये हुए...। उसे

सूझ ही नहीं रहा था कि उसके बचाव को कौन सुनेगा। और जो अपयश, अपमान और फ़ज़ीहत होगी... वो तो अपनी ही दृष्टि में गिर जाएगा।

और रश्मि को कैसे समझाएगा—वो तो इतनी स्वाभिमानी और अकलुष अस्मिता वाली यौवना है जो कोई तर्क सुनेगी भी नहीं और सीधा सम्बन्ध विच्छेद—कोई वास्ता नहीं—कोई सरोकार नहीं...।

वो यह सब सोच ही रहा था कि रश्मि ने उसके कन्धे को झँझोड़ा—"सर जी—कहाँ खो गये—कामिनी में लुप्त हो गये? हाँ, क्यों नहीं वो इतनी गुदगुदी लगी होगी..." वो अभी कह ही रही थी कि हिमांशु ने बीच में ही टोका—"तुम भी अजीब ही सोचने लग जाती हो। तुम दूसरी युवतियों से अलग हो—यह मैंने कितनी ही बार कहा है। छात्र-छात्रा की अपने अध्यापक से नज़दीकी और इसका विलोम स्वाभाविक ही है। यह तो हर एक का निजी निर्णय होता है और उसे अपना मार्ग भी स्वयं ही चुनना होता है। किसी का भी दूसरे के मन पर नियन्त्रण कैसा? आकर्षण, खिंचाव, आसक्ति, कशिश, वासना, अभिरंजना, सम्मोहन ये सब झीनी-सी भिन्नता से हो सकते हैं—परन्तु प्रेम नहीं—प्यार नहीं—! प्यार में तो प्रेमपात्र प्रेमी का सर्वोपरि इष्ट होता है जिसकी विद्यमानता उसे हर प्रकृति की भंगिमा में, संसार के हर अव्यय में नज़र आती है। वो तो पावन, देवांश होता है जो उसके 'कण-कण' में बसता है। तुम कितनी प्यारी, कितनी मधुर, मंजुल, कितनी कमनीय—बस शब्दातीत—बयाँ से परे।" रश्मि को लेकर हिमांशु हमेशा ही भावुक हो जाता है—तभी तो वह उससे सटी हुई थी—और बड़ी तन्मयता से उसकी बातें सुन रही थी। हाँ, 'कण-कण' जब उसने सुना तो मुस्करायी और उसके बाज़ू पर काट लिया। उसे हिमांशु का उसके लिए प्रेम बख़ान सदैव ही उन्मत्त कर देता था—यह हिमांशु भली भाँति जानता था और उसके बालपन की नकल नहीं—सहज पुनरावृत्ति उसे अभिभूत कर देती थी और उसकी लासानी लावण्यमयता और भी मुखर हो उठती। हिमांशु ने धीमे-धीमे कहा—

"ज़िन्दगी गुज़ार रहा हूँ तेरे बगैर, जैसे कोई गुनाहा किये जा रहा हूँ मैं।"

"तो फिर साथ क्यों नहीं ले जाते—किसने मना किया है—? मैं तो अभी साथ चलूँगी...।" वो मचलकर साथ चिपट गयी।

"डियर-डियरेस्ट-आपका दो दिन से पत्र नहीं मिला—आप जानते ही हो—नहीं तो जान लो—खूब अच्छी तरह कि लेटर मेरे लिए प्राणदायिनी स्फूर्ति है—प्राणवायु है, स्पन्दन है, साँसों का क्रम है और फिर पूरा दिन गुज़र जाता है इस इन्तज़ार में—कि 'ज़रा-सी आहट होती है, तो दिल सोचता है—कहीं ये वो तो नहीं...' किसी को भी परिचारिका आवाज़ देती है तो झट कान उधर लग जाते हैं और टेरेस से देखती हूँ—परन्तु नैराश्य का साम्राज्य बिस्तर पर पसर जाता। टेरेस मेट साथ आकर लेटती है कि शायद उसके स्पर्श से मेरे मन की पीड़ा कम हो जाए—पूछती है कि आखिर

बात है क्या? बालों में उँगलियाँ फेरती है ताकि मैं उससे अपने मन की बात बाँट लूँ–परन्तु मैं तो झट से उठ बैठती हूँ–उसका छूना भर मुझे जैसे काटता है–क्यों? यह तो आप ही जानो–और मैं उठकर उसी सड़क पर चक्कर काटती हूँ–जिस पर आप मेरा हाथ थामे–मुझे एक स्वप्नशील संसार में ले जाते हो–मेरा मन टिकता है उसी में–अन्यथा छटपटाता है। क्या है आपके संसर्ग में... पर लगता है अब तो उसके बिना जीना ही असम्भव-सा है। वो टेरेस मेट कहती है मैं तुम्हारे साथ सो जाती हूँ ताकि तुम्हारा मन बहल जाए–बाकी लड़कियाँ भी तो साथ सोती हैं, तुम्हें इससे चिढ़ क्यों है? पर मैं तो उसे रूम से निकाल बाहर कर–कमरा बन्द कर लेती हूँ। या तो मुझमें ही कोई विकृति है या फिर उनमें... मैं तो तुम्हारी धरोहर को कोई स्पर्श भी कर जाए–सहन ही नहीं कर सकती। पर मुझे बताना तो सही–ऐसा क्यों?

और मैंने पहले भी कहा था कि अगर मेरे धैर्य का बाँध टूट गया तो–और कल भी पत्र नहीं मिला तो मुझे आपके पास चले आना है–फिर आप जैसे भी सँभालो–आप जानो...!

कल तक तो मन नहीं था–पर आज सोचती हूँ जाकर नाम दे दूँ। सारी क्लास का ट्रिप कसौली जा रहा है। सब ने मनाया–पर अब सोचती हूँ मैं ही पागल हूँ–जो बेमतलब इन्तज़ार करती हूँ–उस लम्हे का जो घटित ही नहीं होना है। आपने इस सप्ताह आना नहीं और मेरा मन मेरे बस में है नहीं।

अच्छा है–आओगे तभी पता चलेगा–(जब मैं नहीं मिलूँगी)–तड़प का अर्थ क्या होता है? अब और नहीं लिख सकती–दो रूमाल भिगो चुकी हूँ। तुम तक मेरा एक आँसू भी पहुँचे तो मेरा अहोभाग्य... आपकी ही...!"

सोमवार शाम को, घर पर पत्र मिला। दिल बह निकला ज़ार ज़ार। अच्छा ही हुआ–रश्मि कसौली चली गयी। हिमांशु ने सोचा–कुछ मन ही बहल जाएगा–अन्यथा जैसे वो अधीर था, आतुर था, अस्थिर था... कहीं भी मन को टिकाव नहीं था–"तू अगर उदास होगा, तो उदास हुँगी मैं भी..." सच में वो भी रूम में पड़ी-पड़ी घुटती रहती। उसने भी तो रश्मि के मन में कसौली के प्रति कितनी जिज्ञासा जगा रखी थी। स्वयं ही देख लेगी, उस रमणीक, पर्वतीय प्रसार को जिसने हिमांशु के ज़र्रे-ज़र्रे में वो सुप्त रूमानियत जगा दी थी–वो घर–जिसकी खिड़कियों के बाहर खुलती थी–देवदार से लहराती हरियाली घाटी–और घाटी के पार रहता था उसकी क्लास के दूसरे सेक्शन का लड़का और उसका परिवार–लड़का कद काठ और शायद उम्र में भी उससे काफी बड़ा, उनकी झोंपड़ी, सफाई कर्मचारी थे–परन्तु वो लड़का–प्रातः ही–अलस मोर–समस्त घाटी को सुरमय, संगीत लहरियों से स्पन्दित कर देता था–"भगवान्... भगवान्... ओ दुनिया के रखवाले" या फिर "इंसाफ का मन्दिर

है ये...'' और भी कई; स्वर लहरियाँ आज भी हिमांशु को मन्त्र मुग्ध-मादक बना देती हैं।

वो घर के आगे से अपर बाज़ार से लोअर बाज़ार को उतरती पथरीली या पत्थरों से बनी सड़क जो चल-चलकर इतनी मुलायम हो चुकी थी कि दिन में दो एक लोग तो फिसलते ही थे—और वो हँसी रोक ही नहीं पाता था। और एक जाती थी—ऊपर को चढ़ाई पर—अपर बाज़ार पार कर—चर्च, अपर मॉल, डिफेंस थियेटर, लोअर मॉल, होटल एलेशिया, पंजाब हैल्थ डिपार्टमेंट का ऑफिस—सभी की ही इंग्लिश भव्यता और आर्किटेक्चर वैसे ही कायम। वो सर्क्यूलर रोड जो दोनों मॉल्ज़ को मिलकर बनती थी और उस पर बने थे आलीशान बँगले—जिनमें दिखते थे यदा कदा इक्का-दुक्का सम्भ्रान्त संगमरमरी लोग। बाहर बँगलों के गेट, हेज पर लहराती गुलाब की लतिकाएँ... और देवदार से गुज़रती साँय-साँय करती हवाएँ—कभी युवतियों की तितलियों-सी उड़ान और कभी फूलों की झर-झर...ऐसे में कोई रूमानी हो जाए, ताज्जुब कैसा? कुछ अन्तराल के लिए वो सारा परिदृश्य जीवन्त हो उठा।

सौन्दर्य तो प्रत्येक को अभिभूत कर देता है। प्रकृति की अनूठी छटा, मन्द-मन्द बहती बयार, सर-सर सरसराती सरिता की धार, फूलों की मादक दुलार, कलियों की उन्मत्त मुस्कान, मेघों की थिरकन का उन्माद, ओस कणों का मोतियों-सा खिंचाव, अगर ये सभी और ऐसी ही अनेकानेक उपमातीत उदय-अस्त होती अरुणिमाएँ, लालिमाएँ, चन्द्रिकाएँ और नित्य प्रति शारदीया पूर्णिमाएँ—किसी को भी मन्त्र मुग्ध कर देतीं; तो ऐसी पृष्ठ भूमि में युवा ललनाएँ, काम्याएँ या ललिताएँ कैसे ना आकृष्ट करें... किसी को भी...। कौन बच पाया है भला इस सम्मोहक पाश से—या कौन मुक्त रही है युवा मोह जाल से।

''कसौली का ट्रिप वास्तव में ही बहुत आनन्ददायक रहा। सभी ने खूब मस्ती की, एन्ज्वाय किया। जैसा आपने वर्णन किया हुआ था—उससे भी कहीं अधिक—सुन्दर, मनोहारी और शब्दातीत। एक-एक दृश्य, जी चाहता है—हृदय में सहेज लिया जाए। कितने रमणीय वातावरण में बीता आपका पूर्व वयस्क काल—वो प्रि-एडोलोसेंट पीरियड... कितने भाग्यशाली थे आप...।''

रश्मि उत्साहित थी—पता नहीं कैसे वह दो दिन रुकी थी—लेटर में लिखा भी था परन्तु फिर भी स्वयं विस्तार से बताने और एक-एक अनुस्वार से निकला शब्द कितना मनग्राही, मादक और उसे सुनने का अलौकिक आनन्द। जी में आता कि एक-एक शब्द को चूम ले... पर वो सुनता रहा।

''और हाँ... अब की बार—डॉ. रामानाथन... धीरे-धीरे अलग ले गये। पूछा—एम. ए. के बाद क्या प्लानिंग है। कह दिया—अभी सोचा नहीं... तो कहने लगे मेरे ही सब्जेक्ट में पी.एच.डी. कर लो। कहो तो मिशिगन—यू.एस. में रजिस्ट्रेशन करवा

देता हूँ। मैं भी अगले साल वहीं जा रहा हूँ—तुम्हें आसानी हो जाएगी...। मैं चुप रही। फिर पूछने पर मैंने कहा—घरवालों से पूछकर बताऊँगी। अब मुझे पता चला कि वो इतनी दिलचस्पी क्यों ले रहे थे। काफी देर से बुलाते रहते थे—कमरे में...। वो तो मैंने सोचा वैसे ही सब्जेक्ट के कारण बुलाते होंगे... पर अब... फिर बुलाएँगे...क्या कहूँ अब... आप ही बताएँ..." रश्मि थोड़ी उत्तेजित लगी।

"रश्मि... देखो... निर्णय तुम्हें स्वयं लेना है... तुम क्या चाहती हो—वही सर्वोपरि है...।" हिमांशु भीतर तक हिल चुका था। बेशक यह उसका अपना ही अशक्त व्यक्तित्व था।

"आप भी कमाल करते हैं—ऐसे बात करते हैं जैसे मेरा आपसे कोई सम्बन्ध ही नहीं—। कितनी बार कहूँ—मैं आपकी ही हूँ—और आपके बिना कहीं भी नहीं जाऊँगी...। अब बताओ... दोबारा ऐसी बातें करोगे तो ऐसे नाराज़ हो जाऊँगी कि कभी बोलूँगी भी नहीं...।" और दो मोती टप-टप कपोलों पर अटक गये... कि हिमांशु उनसे जीवन भर की प्यास बुझा ले—और उसने वैसा किया भी।

फिर कहा, "रश्मि, जितनी तुम सीधी और स्पष्टवादी हो, दुनिया वैसे नहीं चलती। थोड़ी तो डिप्लोमैटिक या व्यवहारकुशल होना ही पड़ेगा। उनसे कहो—सर—मैंने घरवालों को कह दिया है—और मुझे लगता है—वो मान जाएँगे। अभी तो मुझे इस साल पर ध्यान लगाना है—और पिछले साल की कमी भी पूरी करनी है—फिर जैसा आप कहेंगे। उन्हें लटकाओ। सुन्दर महिलाएँ या युवतियाँ तो शहद होती हैं—वो स्वयं को कैसे बचा पाती हैं वो तो उन्हीं पर निर्भर करता है—अन्यथा पिछले साल की तरह नम्बरों का अन्तर पड़ सकता है।"

"शायद आप ठीक ही कहते हैं—एक और क्लास फेलो है, किसी न किसी बहाने कॉफी हाऊस वगैरह जाने की या किसी रेस्त्राँ जाने की बात करता रहता है। यहाँ तो हर लड़की किसी ना किसी के साथ मटरगश्ती करती है। लड़के सभी को एक-सी समझते हैं—मैं तो कभी किसी को घास नहीं डालती—" रश्मि उसी रवानगी में थी जैसे वो सब कुछ खाली कर देना चाहती थी—और हिमांशु आसक्त-सा उसे देखता, सुनता रहा—साथ-साथ कॉफी के सिप लेता रहा।

हिमांशु ने धीरे-धीरे गुनगुनाया

"मेरे भीतर—बहुत भीतर—उगा सूरज...
जाने कब तक... देखता रहा—बिम्ब...
जो जाकर ठहरा... तुम्हारे माथे पर...
सिन्दूरी... रति-बिन्द!"

"सुन्दर—बहुत सुन्दर—मेरा समर्पण—सार्थक" और वह उसकी अंक में सर रख कर लेट गयी। कितना प्यार है उसके भीतर, कैसे रहा सुप्त... कब जागा...एक सोता-सा फूट पड़ा... जैसे अजस्र!

हिमांशु को लगा सारे संसार की सम्मोहिनी उसकी गोद में समा गयी और वो उसे सँभालेगा, सहेजेगा—सभी कलुषताओं, सांसारिक विषमताओं, आकुलताओं से जीवन भर... अपनी आखिरी साँसों तक रखेगा सुरक्षित, महफ़ूज़!

"तुम वो ही ना—जिसे दिया था पहला उपहार—उँडेल अपने हिय का भार—और तुमने लौटाया था—बिना जाने उसका अर्थ—और अब जैसे वेगवती निर्झरिणी हो ... निर्बाध!"

हिमांशु के भीतर प्यार, आभार समा ही नहीं पा रहा था।

"और, मुझे—जो आपने निर्मल, निश्छल, विमल बना दिया—एक नया जन्म देकर—जिसे मैं जानती ही नहीं थी कि यह प्रेम संसार है कितना सुखद, कितना शीतल, कितना आनन्ददायक—तुम्हारी आगोश में भरकर... कितना सुरक्षित महसूस करती हूँ—जैसे रश्मि को कोई नज़रों का शर भी छू नहीं सकता—"

और रश्मि पूर्णतया बेपरवाह, निश्चिन्त, आह्लादित बाहिरी दुनिया से बेखबर! वह तो थी हिमांशु की आगोश में—अम्बाला के तारों भरे, रंग बदलते आकाश में—प्रिय के संग-संग!!

29

हर शहर की एक निजी अस्मिता, आत्मा या विद्यमानता होती है जो किसी ऊर्जा-तरंग की तरह हर एक को छूती है। कृतज्ञता, आदर, विनम्रता, पारस्परिक सद्भाव और इसी प्रकार की विशेषताएँ आप पनवाड़ी से लेकर व्यापारी तक, युवक-युवतियों से लेकर वयोवृद्ध वर्ग तक अनुभव कर सकते हैं। कई शहरों में उद्दण्डता, अहं, अनादर, धन-लोलुपता और उसी पैमाने पर व्यक्ति आँकलन; आदि उनकी जड़ों में विष की तरह संक्रामक हो जाते हैं। लगने लगता है कि ये शहर ही अनिद्राग्रस्त है और तनाव इनके रोम-रोम से झलकता है। ऐसे शहर, कभी सोते नहीं—सड़कों पर, गलियों में, अहातों में, ढाबों, होटलों, कारों, रिक्शों में अहर्निश नज़र आते हैं।

रश्मि को सदा की तरह अलविदा करने के पश्चात्, हिमांशु रात को ग्यारह बजे लुधियाना लौटा। रात के उस पहर में भी उतनी ही दोपहरी गहमागहमी, कभी वो चार बजे रात में भी आया तो हाल वही...। सोचना, निष्कर्ष पर पहुँचना तो मानसिक प्रक्रिया है। कम-ज़्यादा अनुपात तो व्यक्तित्व पर निर्भर है। रिक्शा चीं-चीं, टक्-टक् कर रहा था—और जगराँव पुल पर उस समय भी उतनी ही भीड़ थी—कुछ बल्ब दूर-दूर टिमटिम कर रहे थे—और लगता ही नहीं था कि सड़कों को कोई सोने देगा—नारी

की जीवन त्रासदी की तरह। पुल के नीचे से दो गाड़ियाँ विपरीत दिशा में गुज़रीं, लगा पुल धड़धड़ाहट से बैठ जाएगा—पर सहता है यातना दशकों से—बंधुआ श्रमिक जैसा! वो रिक्शे से उतरकर उसके पीछे-पीछे पैदल चल रहा था। उसे रिक्शे वाले को किसी भी सामान्य सवारी को हाँफते हुए खींचना कभी अच्छा नहीं लगा। परन्तु विवशता तो दोनों की थी—इसलिए उसने उनसे या रेहड़ीवालों से कभी भाव-तोल नहीं किया।

उसने ताला खोला, लाइट जलायी। रात को साढ़े ग्यारह। धीमी-सी आहट सुनी, वो तो चारपाई पर बैठे, बूट उतार रहा था कि दरवाज़े पर खट् -खट्। नवम्बर का आखिरी—अच्छी खासी ठण्ड—उठा दरवाज़ा खोला—

"पुत्तर मैं तो पंज वारी चक्कर कट चुक्की आं—हुण चुल्हे विचों दुध चक के अन्दर रखण लगी साँ—कि तेरे दरवाज़ा खुल्हण दी आवाज़ आयी... तूँ दस्स के वी नईं जाँदा—"

माँ जी ने दूध का गिलास और तीन पत्र थमाये।

"माँ जी मेरी विनती ऐ—के तुसीं ऐनी तकलीफ़ ना करया करो—मैं वक्त सिर आ जावाँ ताँ आपे दुध लै लिया कराँगा—मैं किवें तुहाडा शुक्रीया कराँ..." हिमांशु अपराध बोध से ग्रसित था—और रश्मि के संसर्ग के क्षण काफूर हो गये।

पत्रों में दो रश्मि के और एक कामिनी का था। उसने पहले रश्मि के लेटर पढ़े—अगाध प्रेम-भाव फिर लौटा—फिर वो ही मिलन की उत्कण्ठा—क्या करता? पत्रों को चूमा—और तकिए के नीचे रख लिए। कामिनी का पत्र खोला। सधे, सजे अक्षरों में पिरोया हुआ—पत्र न्यूयार्क सिटी से था—।

"सर—! आपसे जिस हालत में विदा हुई थी उससे बेहतर तो नहीं हैं। डॉक्टर को पहले से बहुत अन्तर लगता है। बात चीत में ठहराव, मानसिक टिकाव, सन्तुलन, सुधर रहा है—पर मेरे दिल का दर्द तो सिर्फ मम्मी को ही पता है। और शायद उनके द्वारा पापा को भी। परन्तु वे इस बात पर अधिक गम्भीर नहीं लगते। यहाँ की भव्यता, तड़क-भड़क, सब ओर धूल रहित स्वच्छता, पेड़-पौधे हमेशा बारिश से धुले हुए—शरीर-प्रदर्शन खुले आम, सात्त्विकता बेमतलब; रेस्त्राँ, होटल, सड़कें, पुल कोई जगह ऐसी नहीं जहाँ युगल, जोड़े चिपके हुए चुम्बन लिप्त, और ना जाने क्या-क्या...। अपनी ही निजी स्वच्छन्दता, जिसे 'निजी स्पेस' कहते हैं—वो ही सर्वोपरि—सब अजीब ही है।

दिन भर सोचती हूँ कि जो मन में आता है, लिख दूँ। पर फिर सोचती हूँ—आखिर किस अधिकार से—किस सम्बन्ध से, अभी तक तो मैं आपको जिस रूप में चाहती हूँ—उस रूप में सम्बोधित भी नहीं कर पायी... साहस भी नहीं हुआ। पूरा परिवार जानता है कि 'ऑय लव यू'—और आप भी बखूबी जानते हैं। ज्वाला आँच

के बिना, रोशनी स्रोत बिना—कैसे रह सकती है भला? पर मेरा प्रेम तो व्यक्त प्रेम है—शायद एकतरफा। आपने तो कभी कहा नहीं—कि आप भी मुझसे प्रेम करते हैं—आप चाहते हैं मुझे...? या फिर मेरा भ्रम ही हो—परन्तु मैं तो चाहती हूँ आपको—जी जान से—प्रेम करती हूँ—एक पल भी नहीं भूल पायी...। ज़रूरी तो नहीं हर प्रेम का प्रतिफल प्रेम ही हो।

मैंने आपको इन्तज़ार के लिए कहा—वो मेरा अनुग्रह था—उसको निबाहना आप पर...

मैं तो कल्पना का साकार रूप चाहती हूँ—भाग्य साथ दे और आप मुझे चाहें...

परन्तु अब एक महीने से ज़्यादा नहीं रुकूँगी। मैं प्रतीक्षारत हूँ—आपके प्रेम के लिए... कामिनी!!"

हिमांशु ने पढ़ा—दो बार पढ़ा। क्या कहे—क्या लिखे... कैसे समझाये—कैसे उसका दिल तोड़ दे? जो लगता है उसके वश में नहीं है—वो सोचता रहा, लाइट जलती रही... दूध का गिलास पड़ा रहा...। वो डूब गया—रश्मि और कामिनी के बिम्बों में—एक दूसरे में विलय होते, अलग होते—परन्तु रश्मि हमेशा मुखर, उद्दीप्त, चहक युक्त, उन्मुक्त और कामिनी बुझी-बुझी, धुँधली, त्रस्त, पीड़ाग्रस्त...। दोनों में कितनी विषमता, कितना अलगाव... और उसकी निजी अभीप्सा पूर्णतया रश्मि-केन्द्रित—क्या रास्ता है...केवल समय ही सुझाएगा...।

उसने सोचा, कामिनी को पत्र लिखे। परन्तु फिर उसे उपयुक्त समय और ठीक मूड के लिए छोड़ दिया।

अगले सोमवार की छुट्टी थी—हिमांशु ने सोचा कि रविवार को सुबह वो घर जाएगा—और शायद रश्मि भी जाएगी तो वहीं पर मुलाकात हो जाएगी—वैसे इस बात की पुष्टि नहीं थी, क्योंकि पूरे सप्ताह में उसे केवल एक ही पत्र मिला था—और उसमें भी रश्मि ने काम्पलेक्स वेरीएबल की दो प्राबलम्बज़ लिख भेजी थी और उनका सोल्यूशन तुरन्त चाहती थी।

उसने अगले दिन रश्मि को पत्र लिख तो दिया, परन्तु कैसे पता लगे—कोई सम्पर्क साधन भी नहीं। ना उसके पास फोन और ना ही हिमांशु के पास—एक दो बार पी.सी.ओ. से हॉस्टल में बात की, परन्तु एक तो खर्चा और दूसरा तीन चार घण्टे की कवायत। कॉल बुक करवाओ और बैठे रहो—कोई समय-सीमा तो थी नहीं कि कब मिलेगा।

शनिवार शाम को कमरे पर पहुँचा। ताला खोला—अन्दर जाकर बैठा ही था—कि दरवाज़े पर हल्की-सी दस्तक देखा, सामने रश्मि। वो तो हतप्रभ, अचम्भित,

स्तब्ध! "अररे...! आप... कब आयीं?" उसे अपनी आँखों पर विश्वास ही नहीं हो रहा था।

"सरप्राइज़ दिया ना? मैं ताँ चार बजे ही आ गयी सी– माँ जी नाल खूब गल्लां कीतियाँ–खाणा खादा,–माँ जी ते सारा परिवार किन्ना चंगा ए–तुँसी बौत लकी ओ..." रश्मि माँ जी को झप्पी डालकर हँस रही थी।

"बेटा, ए तेरी भैण, बौत मिलनसार ते समझदार ए–सुखी रवे... वाये-गुरु तन्दरुस्ती बख्शे... हुण तुसीं गल्लां करो... मैं चा भेजदी आँ...।"

रश्मि छोटा-सा बैग रखकर कुर्सी पर बैठ गयी। यह वही बैग था जिसे लेकर वह अमृतसर जाया करती थी। अभी बात शुरू ही करनी थी कि माँ जी की लड़की मनजीत चाय, बिस्कुट और नमकीन की ट्रे रखकर चली गयी।

"मैंने आपको कहा था ना–अगर लगातार तीन चार-दिन लेटर नहीं मिला–तो मुझे चले आना है। क्यों अच्छा नहीं लगा?" रश्मि ने विस्फारित नेत्रों से प्रश्नात्मक लहज़े में देखा। हिमांशु को क्या पता उसने क्या कहा–वो तो नयनों की गहराई में ही डूबा हुआ था।

"एऐं–ऐसे क्या देख रहे हो–खोए-खोए से... बुरा लगा?" रश्मि हैरान कि हिमांशु उत्तर क्यों नहीं दे रहा है।

"कैसे यकीन करूँ कि मेरी प्रिया इस तरह मेरे सामने मेरे पास...। खैर यह बात तो बाद में करूँगा। अच्छा तुमने माँ जी को क्या कहा?" उसने चाय पीते हुए पूछा।

"कहना क्या? मेरे अंकल के बेटे हैं। मेरी मैथ्स की बहुत सारी मुश्किलें थीं–इसलिए आना पड़ा–" रश्मि के आत्मविश्वास से वो विस्मित था।

"और माँ जी ने क्या कहा?" हिमांशु अभी भी सामान्य नहीं हो पा रहा था।

"कहना क्या था– आपको चिन्ता की कोई बात नहीं मैं अपने आप सब सँभाल लूँगी।" रश्मि ने यकीन दिलाया। उसने सोचा विषय बदलना ज़रूरी है। हो भी सकता है परिवार का कोई सदस्य कुतूहलवश सुन रहा हो।

"और तुम्हारा डिपार्टमेंट कैसा चल रहा है।" हिमांशु ने बात आगे बढ़ायी।

इतने में माँ जी की लड़की ट्रे लेने आ गयी।

"माँ जी ने किहा है रात दा खाणा साडे कोल खाणा..." वो बोली और थोड़ी आशंकित भी लगी।

"नहीं आज नहीं–कल देखेंगे...।" हिमांशु ने कहा।

रश्मि को बैठे-बैठे गाल पर एक मच्छर काट गया। झट से खुजलाया और लाल सेब की लालिमा टमाटरी रंग में बदल गयी।

"पता नहीं इस मच्छर ने यह काम मुझसे पहले ही कैसे कर दिया..." हिमांशु ने उसके कपोल को सहलाया।

"आपको मज़ाक सूझ रहा है। चलो उठो ज़रा मैं देखती हूँ।" रश्मि ने उसे पकड़ कर उठाया।

हिमांशु की चोरी पकड़ी गयी। वो चारपाई पर चादर ऐसे बिछाता था कि उसका आगे का हिस्सा लटकती चादर पूरी तरह छुपा ले और चारपाई के नीचे का सामान और कूड़ा कबाड़ दिखाई ना दे। रश्मि ने जैसे ही चादर उठायी–तो देखा चारपाई के नीचे ट्रंक, जूते, बैग, चप्पल, धूल, मिट्टी, जाले और मच्छरों के झुंड। उसने सारा सामान, टेबल, कुर्सी, चारपाई इत्यादि बाहर निकाली, झाड़ू से सारा कमरा साफ किया, माँ जी से पोछा फिनाइल लाकर पिछले सात-आठ महीने की गन्दगी सफ की। तब हिमांशु को पता लगा कि स्त्री और पुरुष में क्या अन्तर होता है। पुरुष आलस्य के साथ, गन्दगी भी पालता है और स्त्री प्रकृति-सी ही परिष्कृत, पावन, पीयूष, निर्मलता की प्रतिमूर्ति होती है। प्रकृति तो अपने साधनों से पर्यावरण की सफाई करती है–कभी आँधी, तूफान से धूल, पीले झरे पत्तों की, कभी बरसात से रास्तों, धरती को नर्म, धूल रहित तथा पुनः हरा करती है, बाढ़ से बहाव और कभी संक्रामकता से निजात के लिए सूखा से। परन्तु सभी कार्यों का सुचारु निष्पादन, स्त्री ही कर सकती है–उसका दृष्टिकोण, व्यवहार, सोच और प्रकृति ही वैसी है। हिमांशु तो बस जड़वत् देखता ही रहा।

"पुत्तर, तूँ बौत चंगा कीता जेहड़ी सफाई कर दित्ती– मैं ऐस नू किन्नी बार आखिया पर हमेशा ऐही कह देन्दा के सफाई कर छडी ए–देख तूँ कितना गन्द कडिया–मैं ताँ आयी साँ के तुसीं रात दा खाणा साडे कोल खा लैदें–पर तुआडी मरजी ..." माँ जी ने आकर सारी सफाई देखी। खुश थी कि उनके कमरे की छः-आठ महीने बाद सफाई हुई थी।

"माँ तुआडा ही खाना वैं–कल देखाँगे... तुआनू किन्नी तकलीफ दईए..." रश्मि ने मुस्कराते हुए कहा।

"पुत्तर, चाहे ताँ तूँ बैठक विच सौं जाँवीं–नहीं ताँ इक्क मँजा बिस्तरा लै लवीं ते अन्दर ही बिछा लैणा–पढ़ाई दी वी सौख रवेगी–जिबें तेरा दिल करे... ठण्ड बौत ए–अपणा ध्यान रखीं..." माँ जी ने प्यार और अपनेपन से कहा।

"ठीक ए माँ जी, मैं दस्स देवाँगी।" रश्मि ने उसी सम्मोहक स्मिति से कहा।

रात नौ बजे होटल से खाना खाकर लौटे–माँ जी ने चारपाई और बिस्तर कमरे के बाहर रखा था। हिमांशु और रश्मि ने बिस्तर बिछाया और पास के पार्क में घूमने चले गये।

नवम्बर का अन्त, शीत की पकड़ अब बन चुकी थी। पूनम धीम-धीमे आहट दे रही थी—चाँदनी पूरे यौवन की मादकता बिखेर रही थी। पूरी कायनात जैसे चाँदी में लिपटी हो—कौन-सी ज्योत्स्ना, कौन-सी चन्द्रप्रभा, कौन-सी कौमुदी अधिक मादक थी—हिमांशु आत्मविभोर से अधिक, रश्मि विभोर था। परन्तु यदि कहीं स्वर्ग था तो वो इससे अधिक मंजुल, नहीं हो सकता था। हाथ में हाथ, पग-पग पर छिटकी मदमाती, मस्त, मदिरामयी चन्द्रिका, एक पहलू में और एक उसे अपने दुकूल में समेटे, दुनिया की कुटिल निगाहों से बचाती... और ऐसी अप्सरा, अभिसारिका, अनिर्वचनीय सौम्यता, उसे लगा कि वो बौरा ही जाएगा—कैसे सँभलेगा वो...? पूरा। वह शीतल चाँदनी में भी तप रहा था—जी कर रहा था कि वो किसी वल्लरी की तरह उसे अपने गिर्द लपेट ले।

"अच्छा डीयर... यह तो बताओ—तुमने इतना बड़ा कदम उठाया कैसे... कैसे की इतनी हिम्मत?" हिमांशु का मन अभी भी आशंकित था। बेशक दिल दोनों बातों को सोच धक् धक् कर रहा था—किसी अनहोनी के लिए...और प्रेम-पथ पर ऐसा साहसी कदम उठाने के लिए। फिर भी, अपनी प्रिया को अपने पहलू में पाने के लिए... वह...

"इसमें हिम्मत की क्या बात है—आप पर पूरा विश्वास है—फिर डर किस बात का...?" वो निस्सन्देह पूरी तरह संयत तथा आश्वस्त थी—ज़रा भी घबराहट नहीं थी।

"तुम सच में ही कोई साधारण रमणी नहीं हो... तुम तो कोई दैवी रूप हो—जिसमें अलौकिक आत्मविश्वास है।" हिमांशु का कण-कण उसके स्पर्श मात्र से रोमांचित था। रात को दस बजे तो कमरे में लौटे। माँ जी दो गिलास दूध दे गयीं और कोई कम्बल रजाई के लिए पूछ गयीं।

रश्मि साढ़े ग्यारह बजे तक अपनी प्राब्लम्ज़ का हल समझती रही—उसने सुना बाहर किसी की पदचाप की आहट है। वह उठी—बाहर जाकर देखा—परन्तु उसके जाने तक वो कदम जा चुके थे। शायद माँ जी या उसकी लड़की हो—जो अपना संशय दूर करना चाहती हो। रात के बारह बजे तक चर्चा कभी सब्जेक्ट पर तो कभी विषयान्तर होकर...। हिमांशु ने लाइट बन्द की और अपनी रजाई में लेट गया। रश्मि पहले से ही अपने लिहाफ में लिपटी हुई थी। हिमांशु ने दो चार मिनट बाद उसे टटोला—और अपने बिस्तर में खींचा। वो झट से उसके बिस्तर में आकर उससे लिपट गयी। हिमांशु ने उसके कपोलों, अधरों, ग्रीवा, बाज़ुओं पर चुम्बनों की झड़ी लगा दी। इतनी लवलीनता, इतनी मनोवांछिता, वह शुभांगी, कमनीय सौम्य और उसके आलिंगन में आबद्ध, यह तो कल्पना की पराकाष्ठा, सहज ही उपमातीत। संयम का

बाँध तो टूट ही चुका था। उसकी दन्त पंक्ति उसके बाज़ुओं और ग्रीवा पर अंकित हो चुकी थी। उसके प्रच्छन्न गुदाज़ी उरोज उसे उन्मत्त किये जा रहे थे। उसने शर्ट के बाहर से उन्हें मसला, रश्मि ने ज़ोर से उसके वक्ष पर काटा—हिमांशु ने हाथ नीचे सरकाकर कमान-सी कटि को धीमे-धीमे पहले सहलाया फिर भरपूर भींचा। और उदर पर मखमली मसलन। आनन्दातिरेक में डूबता गया—उसने हाथ ऊपर सरकाया—सौन्दर्य के कलशों की छुअन मात्र और उससे उपकृत होने से पहले ही रश्मि ने धीमे से हाथ पकड़कर कुर्ते से बाहर कर दिया।

"डार्लिंग! थोड़ा और इन्तज़ार! तुम्हारी तो हूँ। सन्तोष रखो।" वो धीरे से कान में फुसफुसायी।

"ओ.के.—पर मैं अपने पर कंट्रोल कैसे करूँ... बता? यह मेरे बस में नहीं..." रश्मि की जकड़न मज़बूत कर उसने कहा।

"तो ठीक है—मैं अपने बिस्तर में जाती हूँ—नहीं तो जब तक चाहो—साथ लिटा लो।" रश्मि ने उसे शिशु की तरह चूमते हुए कहा।

हिमांशु कभी भी नहीं चाहता था कि वो लेशमात्र भी नाराज़ हो। वो तो उससे अगाध प्रीत करता था फिर प्रेम में प्रतीक्षा—यह भी तो आनन्द विभोर होने का एक स्वरूप ही है—जिसमें निरन्तर उत्तरोत्तर बढ़ती हुई चाह है।

हिमांशु की नींद सुबह चार बजे खुली—रश्मि उसके बाहुपाश में थी—सटी हुई—अलमस्त...। उसने धीमे से उसे अलग किया—चूमा और अपने बर्फीले बिस्तर पर जा लेटा।

रश्मि के केश मेघमाला से अस्त-व्यस्त, मुखमण्डल पर आच्छादित। और अपनी रश्मि के अभिनन्दन के लिए अनगिनत किरणें—छन-छनकर मनुहार करती हुईं, उसे चूम रही थीं। वो थी बेसुध जैसे सदियों से सोयी ही ना हो—अनजान—कि कौन-कौन उसके सम्मोहन में संलिप्त हो रहा था—अलस, भोर से अब तक। हिमांशु ने सुबह उठकर लिखा—

"कभी-कभी—ऐसा भी लगने लगता है—मैं उन्मत्त हूँ—
तुम्हारे उन्माद में पागल—लहराते सागर का बवंडर—
हारिल-सा आसक्त—तुम्हारी रूपचन्द्रिका में अनुरक्त—
मैं हूँ समर्पित तुम्हारे हृदय द्वार से क्षितिज तक...
तुम्हारे भीतर फैले प्रबुद्ध प्रकाश में मोहाग्रस्त... प्रेमासक्त!"

रश्मि उठी—इधर उधर देखा—ध्यान आया—वो तो हिमपाश में थी—पर हिम पाश नहीं—स्तब्ध... परन्तु आश्वस्त। बाहर अरुण की लालिमा ने उसे फिर से सहेजा—उसी सलोनेपन में संलिप्त—अपनी धूपाली हँसी फैलाने को उद्यत!

30

हिमांशु ने महसूस किया कि स्त्री के अन्तःस्थल का मार्ग बंकिम है जो कई उतार-चढ़ावों से गुज़रता है। वो जैसी संग-प्रवाहिनी होती है वैसी ही तरंगित होती है। उसकी प्रीत राह; उन सभी उद्‌दाम रास्तों से गुज़र कर मन्दाकिनी सी मन्थर गति से बहती है। उसके चिर प्रतिष्ठित होने के बाद निष्कासित करना असम्भव-सा हो जाता है। पुरुष का समर्पण त्वरित, क्षणिक या अल्पकालिक होता है जिसमें सेक्स एक सर्वोपरि अंश है। परन्तु स्त्री का प्रेम शनैः-शनैः पनपता है और स्थायी होता है। रश्मि पूर्णतया इसी श्रेणी की भुवन-मोहिनी थी।

वे उस दिन रेस्त्राँ में बैठे चाय पी रहे थे कि रश्मि अचानक बोली—"एक खुशखबरी—मेरा स्कॉलर्शिप मिल गया है, इस पर आपका भी अधिकार है—कम से कम आधे पैसे ले लो...।" वो थोड़ी उत्साहित थी।

"रश्मि—तू सच ही प्यारी-सी पगली है। छात्रवृत्ति छात्र के प्रोत्साहन के लिए होती है ताकि वो अपने खान-पान, किताबों पर खर्च कर आगे बढ़ सके... मैं तो कमाता हूँ, भला मैं तेरे से लूँगा...? दोबारा मत करना ऐसी बात—नहीं तो..." रश्मि को लग गया कि हिम को बुरा लगा है— "अच्छा सर, नहीं...वो तो मुझे भी अच्छा लगता—और आप तो रूठ-से गये—प्लीज़!"

और पता नहीं, जब घर गयी—दीवाली की छुट्टी के साथ रविवार था। सो, हिमांशु भी अपने परिवार के साथ ही था।

"रश्मि, तुमने पीछे, काफी वक्त से कोई पैसा नहीं लिया—क्या बात है?" उसके बाऊजी ने पूछा।

"नहीं बाऊजी मुझे स्कालर्शिप के पैसे मिल गये थे और जो कुछ थोड़ा-बहुत सामान चाहिए होता है वह हिम दिला देते हैं—बल्कि आपको भाई के लिए पैसे चाहिए होंगे तो ये पाँच सौ रुपये रख लो।" रश्मि ने शालीन सहजता से कहा।

"नहीं—वो तो तुम्हारे बड़े भाई दे देते हैं। ये तुम अपने पास रख लो। पर तुम हिमांशु से खर्च क्यों करवाती हो—उनसे कौन-से नाते से पैसे लेती हो—?" बाऊजी की वाणी में तनिक रोष था।

"बाऊजी, उनसे लेने में क्या आपत्ति है--वो मेरे सब कुछ हैं—मुझे उनसे सारे कार्य करवाना अच्छा लगता है।" रश्मि ने स्पष्टवादिता से कहा जो उन्होंने ही तो उसे विरासत में दी थी।

"सब कुछ का क्या मतलब?"

"सब कुछ का मतलब मेरे जीवन के सर्वस्व...।" उसने निर्भीकता से कहा।

बाऊजी, जिन्होंने दुनिया देखी थी, समझ गये कि बेटी ने हिमांशु को वर लिया

है। चुप हो गये। बीजी जो प्रायः बोल पड़ती थीं—आज, चुप रहीं—शायद किसी उपयुक्त मौके की इन्तज़ार में। पर बाऊजी को भी हिमांशु पसन्द था—विशेषतया उसकी निष्कपटता, सच्चाई और ईमानदारी के लिए। और जिस प्रकार वो रश्मि की ज़रा-ज़रा-सी बात का ध्यान रखता था—उन्हें विश्वास था कि रश्मि उसके साथ खुश और सुखी रहेगी। परन्तु जब कि उन्हें जातपाँत में बिल्कुल विश्वास नहीं था—वो कट्टर आर्य समाजी जो थे, फिर भी उन्हें लगा कि हिमांशु तो ब्राह्मण है, उसके माता-पिता इस रिश्ते को कैसे मानेंगे?

कड़ाके की ठण्ड पड़ रही थी—सुबह से ही कोहरा छाया हुआ था। शाम को रश्मि मिली तो थी परन्तु कोई विशेष बात हो नहीं सकी थी—क्योंकि छोटा भाई भी कॉलेज से आया हुआ था। वो भी तो इंजीनियरिंग कर रहा था। बस उन्होंने थोड़ी देर सैर की और सुबह मिलने की उत्कट अभिलाषा लिए रुख़सत हुए थे। वह जब रश्मि के घर पहुँचा तो बाऊजी लोई ओढ़े तख़्तपोश पर बैठे चाय की चुस्कियाँ ले रहे थे। रश्मि ने हिमांशु के लिए चाय का कप बना दिया और स्वयं गर्म पानी में नींबू लिया।

चाय की भाप का नज़ारा देखकर एक घूँट भरा। बाऊजी इस ताक में थे कि बात शुरू की जाए।

"प्रोफेसर जी—अगले साल का क्या प्रोग्राम है?" बाऊजी ने हवा में सवाल छोड़ दिया।

"किस बारे में पिताजी।"

"इसी कॉलेज में या कहीं और...?"

"यह तो कम्पिटीशन पर निर्भर करता है। जहाँ पर भी चयन हो जाए—नहीं तो कॉलेज में ही। बाकी आपका आशीर्वाद साथ दे तो..." हिमांशु कुछ समझ नहीं पा रहा था—परन्तु सोचा शायद बात के लिए बात कर रहे हों।

"प्रोफेसर जी—आप रश्मि के लिए इतना क्यों करते हो—" वो धीरे से विषय की ओर उन्मुख हो रहे थे।

"अच्छा लगता है—आपको कोई एतराज़ है...? रश्मि से पूछ लो..."

"वो तो कहती है—कि आप उसके लिए सब कुछ हैं।" उन्होंने प्रतिक्रिया देखनी चाही।

"तो मेरे लिए भी वो सब कुछ से भी बहुत अधिक—पूरी दुनिया है। वो जो कहती है ठीक ही तो है— आप अपनी बताएँ..." हिमांशु थोड़ा स्पष्ट हुआ।

"हमें क्या आपत्ति हो सकती है—आप दोनों एक दूसरे को चाहते हैं—हमें इससे अधिक खुशी हो ही नहीं सकती।" उन्होंने अपनी सहमति जता दी।

उस समय तक रश्मि, छत के ऊपर से सीढ़ियाँ उतर रही थी। इस वार्तालाप के समय बाऊजी ने उसे ऊपर से कम्बल लाने को भेज दिया था।

हिमांशु उठा—जाकर बाऊजी के पाँव छुए, उन्होंने दोनों हाथों से पकड़कर माथा चूमा—और आशीर्वाद भी दिया। माताजी के पाँव छुए परन्तु वो तो घुटी-घुटी-सी लगीं।

"पर प्रोफेसर जी—एक बात सोच लो, आप हैं पंडित और हम क्षत्रिय। आपके घर वालों को आपत्ति हो सकती है। हम तो वैसे भी जात-पाँत में विश्वास नहीं करते—" बाऊजी ने दिल का संशय प्रकट किया।

"वो आप मुझ पर छोड़ दें। नहीं मानेंगे तो भी मैं रश्मि का ही हूँ—आखिरी साँस तक। आप निश्चिन्त रहें।"

"लेकिन उन्हें मनाने का प्रयास तो होना चाहिए। माँ-बाप का आशीर्वाद भाग्य वालों को ही मिलता है। आप कहें तो मैं बात करूँ..." उन्होंने आश्वस्त भाव से कहा।

"नहीं पिताजी, बिल्कुल नहीं। जब वह स्टेज आयेगी तो मैं स्वयं ही आपको बता दूँगा।" हिमांशु ने भाग्य को सराहा कि एक पड़ाव तो पार हुआ।

रश्मि ने तो जैसे प्रशान्त महासागर अकेली ही लाँघ लिया। और उसे लहर का एक थपेड़ा भी नहीं लगने दिया। वो तो प्रारम्भ से ही उसका कायल था, अब तो कृतज्ञता से मूक हो गया।

वो रश्मि के घर की छत पर बैठा था। कोहरे की घनी चादर और भी गहरा रही थी। दो फुट तक भी दिखाई नहीं देता था—रश्मि नीचे गयी हुई थी। उसने पास से कॉपी उठायी और लिखा—

"तुम कौन हो? मेरी प्रेरणा की प्रतीक—
निर्झर में झलकते मयंक-मुख का बिम्ब—
उर्मियों सा छलकता, उठता, गिरता—स्वर्णिम यौवन—
किसलय पैठी मृदु सिहरन... अन्तर्तम तक आजीवन!"

"बाऊजी आप से क्या बात कर रहे थे—?" रश्मि ने ऊपर आते ही पूछा।

उसने उसका गुलाब रंजित मुख दोनों हथेलियों में धीमे-धीमे सहलाया, देखा—देखता ही रहा।

"कभी तुम मेरी हो जाओगी—यह तो सपने में भी नहीं सोचा था—मुझे इसका ज़र्रा-ज़र्रा अपने भीतर उतारने दो।" और उसने धीमे से दोनों कपोलों पर चूम लिया।

"पर आपने बताया नहीं—बाऊजी ने क्या कहा?"

"फिर बताऊँगा पहले किन्नौरी सेब खिलाओ।" हिमांशु की खुशी तो अपरिमित थी।

"वो तो बाऊजी को कहना पड़ेगा।" रश्मि ने उसी भोलेपन से कहा।

"और वो जो दो-दो तुम्हारे पास हैं।" अपनी खुशी और आत्मतुष्टि वो छुपा ना सका।

"जो भी हैं आपके ही हैं।" और उसने रश्मि को आलिंगनबद्ध कर लिया।

"छोड़ो कोई आ जाएगा–" रश्मि ने धीमे से कहा।

"आने दो। पहले तो बाऊजी को कह दिया–अब डर रही हो।"

"क्या कह दिया–?"

"कि हिमांशु मेरे सब कुछ हैं।"–

"मैंने कब कहा–?" रश्मि अनभिज्ञता का नाटक कर रही थी।

"बाऊजी को सब कुछ कह दिया–और अब यह नाटकीयता? जी करता है पूरी को ही खा जाऊँ... वो मुझसे पूछते थे आप क्या सोचते हैं?"

"तो फिर आपने क्या कहा?"

"कह दिया–वो तो मेरी दुनिया है–"

"वाह, बहुत रसिक हो गये..." और वो बाहों में घिरी रही।

"तुम्हें देखकर कितने ही रोमांटिक हो चुके होंगे–तुम खूब जानती हो। वो तो मैं ही लॅकी हूँ जो तुमने मेरे लिए हाँ कर दी..." हिमांशु वास्तव में ही आत्मविभोर था।

"आप सोच नहीं सकते–आप मेरे क्या हो–मैं तो ये ही कहूँगी–'आँय लव यू' मोर दैन एनीथिंग एल्स इन द वर्ल्ड..."

"मैं आपको दुनिया की किसी भी चीज से अधिक प्यार करती हूँ।" रश्मि ने अब अपने संकोच का आवरण सरका दिया।

"और जिसे पहली ही झलक में अपना उपासक बना दिया–वो तो दुआएँ माँग-माँग तुम तक पहुँचा। प्रार्थना फलीभूत हुई। मैं तो दोनों का आभारी हूँ...।" और वो हिमांशु के गले में बाहें डाल प्रेम की पूर्ण स्वीकृति दे रही थी।

जो ज्वाला पहले हिमांशु को होम किये जाती थी अब रश्मि भी उसी की आँच में पूरी तरह तप रही थी।

"और हिम–मैं तो आपको हमेशा खुश देखना चाहती हूँ; उदास नहीं–विक्षिप्त नहीं...। आपकी खुशी के लिए मैं कुछ भी कर सकती हूँ–यही मेरे जीवन का संकल्प है।"

"यह तो मेरा भी वचन, कर्तव्य और संकल्प है–तुम कह भर देना–"

"नहीं, आप समझ लेना–"

"ओ.के... जब जान ही मिल गयी–नयी ज़िन्दगी मिल गयी–अब तो एक पल भी आँख से ओझल नहीं कर सकता।"

धीरे-धीरे कोहरा छँट रहा था। अप्रत्याशित रूप में सूरज भी अपनी रश्मियों से रश्मि को अरुणाई स्नात स्वर्णिम किये जा रहा था। और हिमांशु का मन उस रूप लावण्य की आभा को पी-पी सराबोर हो रहा था।

"हिम आपको याद है ना आपने मेरे से प्रॉमिज़ किया था—कि आप आई.ए. एस. करेंगे—यह तो आप को करना ही है।" रश्मि ने बैठते ही कहा।

"खैर एक तो हो गया—दूसरे की कोशिश करूँगा..."

"पहेलियाँ नहीं... करना ही है... पहला या दूसरा बताओ तो पता चले..."

"पहला—ऑय एडोर सेन्शुअन्स रश्मि... और दूसरा जो तुम कह रही हो..."

फिर भी उसे स्वयं ही लगा कि वह तैयारी उस गम्भीरता से नहीं कर रहा था। पता नहीं उसके मन में वो ज्वलन्त चाह ही नहीं थी—होगा कोई ऊल-जलूल-सा उसका स्व-निर्मित तर्क—!!

घर से वापिस आकर जब उसने कमरा खोला तो चार पत्र किवाड़ के नीचे सरकाये हुए मिले। दो तो रश्मि के थे—जो ऊर्जा स्रोत थे। कुछ तो था उनमें कि उन्हें हाथ में लेते ही—एक लहर-सी दौड़ जाती थी—तन मन में।

एक पिताजी का था कि बहुत देर से घर नहीं आये हो। इसलिए दीवाली पर अवश्य आना। खैर वो वहीं से ही आया था।

एक पत्र था कामिनी का—सोचा लेटकर ही पढ़ेगा। होटल से खाना खाकर लौटा तो बहुत देर हो चुकी थी। माँ जी दो बार चक्कर काट चुकी थीं। उसने दूध पिया और सहजता से रजाई में घुसा। कामिनी का पत्र खोला—उतने सुन्दर अक्षर नहीं थे—जैसी उसकी वेशभूषा और साज सज्जा होती थी। घसीटा हुआ लगा। मन आशंकित हुआ। कैसे पढ़ने से पहले अक्षर ही बयाँ कर देते हैं कि भीतर क्या होगा।

"सर—के अतिरिक्त कुछ नहीं कह सकती—ना ही लिख सकती हूँ। टूटन भीतर तक मुझे क्षत-विक्षत कर चुकी है। मानसिक अवस्था में सुधार की प्रक्रिया चल ही रही थी—पर यहाँ का परिवेश, यहाँ का वातावरण इण्डिया से एकदम अलग है। यहाँ तो हर किसी को हर किसी में सेक्स ही नज़र आता है—और सेक्स का प्रेम से कोई सरोकार नहीं। हम तो भोजन को भी मन से जोड़ते हैं पर यहाँ भोजन और सेक्स सब चलते-फिरते—जैसे मन या प्रेम-भाव, या समर्पण-भाव बीच में आता ही नहीं।

इसीलिए इन्हें तो लगता है यहाँ तो हर पल हर कोई सेक्स के लिए तैयार ही रहता है। कैसे कहूँ... कहे बिना नहीं रह सकती। मासी के लड़के ने कोल्ड ड्रिंक में कुछ पिलाकर, बेहोशी में रेप कर दिया। जीते जी मर गयी। कोई कन्धा नहीं—कोई आश्रय नहीं आप जैसा; जो बुलाने पर आ जाए। मर ही जाना चाहती हूँ—कब तक जीऊँ... कह नहीं सकती—पर... नहीं... आपको बताये बिना कभी नहीं। प्रॉमिज़...!

मैं तो पुलिस में एफ.आई.आर. पर तुली हुई थी—पर मम्मी पापा ने अपनी

कसम दे दी। कहते हैं वो तुमसे शादी करने के लिए तैयार है। मैं ऐसे चरित्रहीन की सूरत भी नहीं देख सकती।

मैंने इंडिया न आने का फैसला कर लिया है—जब मैं आपके लायक ही नहीं—तो आकर भी क्या करूँगी? यहाँ यूनीवर्सिटी में एडमिशन ले ली है। स्कालर्शिप भी मिल गया है—आपकी अनुकम्पा से—। अब जो भी हो कॅरिअर यहीं बनाऊँगी—जीवन से कोई अपेक्षा भी नहीं। आप अब स्वतन्त्र हैं—शपथ-मुक्त! आप रश्मि दीदी से शादी कर लेना। मैं जानती हूँ—आप उन्हीं से प्रेम करते हो—वो हैं ही ऐसी। कोई भी उनसे प्यार कर बैठे—कोई आश्चर्य नहीं। मेरा अनुरोध है कि आप दीदी से शादी की खबर अवश्य देना।

आप कितने महान् हैं—जो आपको सब कुछ समर्पित करने को तैयार थी—आपने उसे छुआ तक नहीं—और एक घृणित दुष्कर्मी ने जीवन से विश्वास ही उठा दिया। हो सके तो पत्र लिख देना। ऐसे इन्तज़ार तो नहीं करूँगी—करूँ भी किस मुँह से... किस नाते—? शेष फिर... कामिनी!''

हिमांशु के मन में कितनी ही झंझाएँ उठ रही थीं—मन और आँखों के आगे... एक भयावह शून्य। स्त्री सौन्दर्य का अन्तिम स्वरूप है जिसे प्रकृति ने अपने ही प्रतिरूप में मूर्तिमान किया है। परन्तु उससे इतना घृणित जघन्य बर्ताव। जैसे वह मात्र सम्भोग ही हो... बिना भाव, बिना आकर्षण, बिना प्रेम, बिना लगाव...। उसे समझे बिना बना दें अस्तित्वहीन... अस्मिताविहीन। एक पृथ्वी का अंश... क्या करे वह? कैसे उबारे कामिनी को—इस मानसिक पीड़ा, यन्त्रणा और नैराश्य से—वैराग्य के गर्त से?

रात के बारह बज चुके थे—टेबल लैम्प ऑफ कर, पत्रों को एक ओर रख—वो लेटा हुआ यही सब सोच रहा था। कामिनी की त्रासदी, समस्त जीवन का वृत्तचित्र, उसके मन में घूमता रहा। बचपन से ही जीवन-रेखा वक्र चलती रही और यह आघात! पुरुष का क्षणिक आनन्द परन्तु महिला के लिए आजीवन श्राप...। उसके ज़हन पर पुनः-पुनः अंकित होता है; बार बार सामने प्रकट होता है—और विक्षिप्त मन किसी भी स्थिति में संयत हो ही नहीं पाता। भारतीय नारी कितनी भी स्वच्छन्द, स्वतन्त्र या स्वावलम्बी हो भी जाए परन्तु पाशविकता उसके लिए असह्य है। वो कोई बेजान वस्तु तो नहीं—जिसे कोई भी युधिष्ठिर—जुए में दाँव पर लगा दे। वह तो कोमल भावनाओं की सरिता है—जो एकदम कमनीय, कृशकाय, काम्य, सम्मोहक मन्दिर में रहती है जिसमें बौद्धिकता है, विचारशीलता, सहिष्णुता है और प्रकृति के हर स्वरूप को उसमें सँजोया गया है। ऐसे में यह कुत्सित, नृशंस बर्बरता कितनी अमानवीय, कितनी पाशविक... अपितु उससे भी निचले स्तर की। उसने फिर से टेबल लैम्प जलाया और कामिनी को पत्र लिखा—''प्रिय कामिनी...। तुम्हारा पत्र

एक ज्वाला को लपेटे था। इतना घृणित, नीचता की सीमाओं से निम्नतर-अपराध वास्तव में ही अक्षम्य है। मन पर यह अमिट दाग—तुम फिर भी संयत हो गयीं—सह गयीं—बहुत साहस, हिम्मत और आत्मिक बल की बात है।

जीवन बहुत बृहद् है, विशाल है—तिमिर का घटाटोप है तो उसी में पूनम भी है, अरुणिमा भी है—देदीप्यमान आभा भी है। एक बुरा स्वप्न सारा जीवन नहीं लील सकता। वह तो एक घृणित बिन्दु है जिस समय धो देता है। प्रकृति बार-बार इसकी पुनरावृत्ति करती है; कभी क्षय नहीं होती। जानता हूँ तुमने जीवन पथ पर कँटीले बीहड़ों का सामना किया है और उन सबमें से तुम कुन्दन की तरह परिष्कृत हो निखरी हो... सूर्य की भाँति द्युतिमान होकर!

तुम मेधावी, कुशाग्र, प्रगतिशील, साहसी कुमारी हो—कोई बुरा स्वप्न, कोई टूटा शिला खण्ड जीवन धारा में आया—बह गया। भूल जाओ उसे... मिटा दो उसे क्योंकि तुममें अदम्य आत्मविश्वास है।

ठीक कहा तुमने—मैं रश्मि से प्रेम करता हूँ—तुम्हारी अन्तर्दृष्टि की मैं दाद देता हूँ। तुम उन सभी गुणों से सम्पन्न हो जो तुम्हें अपने कॅरिअर के शिखर पर ले जाएँगे। और मार्ग में ही मिलेगा—मनचाहा, मनभावन जीवन साथी—हमारी इस मोहिनी के लिए। ऐसी मेरी कामना और प्रार्थना भी है।

मैंने सदा ही दुआ माँगी है कि तुम स्वस्थ हो जाओ—और वही मेरे स्नेह का स्रोत रहा है। कभी मत सोचना, मैं तुम्हें लिखूँगा नहीं...

तुम कालिन्दी, भागीरथी-सी पीयूष, पावन, पवित्र हो। हम सब और भगवान साक्षी हैं।

मन में जो भी आये बाँट लेना... लिखना और आने पर मिलना.. सस्नेह... हिमांशु!!

हिमांशु ने मैथ्स के अतिरिक्त इतिहास का पेपर ले रखा था। इतिहास कभी रुचिकर लगा ही नहीं—बेशक परीक्षाओं में वो प्रथम आता रहा। मैट्रिक का इतिहास ही तो सारी विषय-वस्तु का आधार था। मोटी-मोटी पुस्तकें कौन पढ़े—उनमें घटनाओं के रेखांकन के साथ, उनका विश्लेषण, उन पर प्रतिक्रियाएँ और टिप्पणियाँ। ना तो मन, ना ही रुचि। तो वो वाटरलू ही था हारना तो था ही। परन्तु मैथ्स, दो एम.ए. के टीचर्ज़ को पढ़ाया था और फिर रश्मि को भी। बी.ए. में कालेजों में—वो तो उसे कण्ठस्त ही था। सामान्य ज्ञान चलते-फिरते ऊँघते-ऊँघते भी पढ़ ही लेता था—पर वास्तविकता यह थी कि पढ़ाई में ध्यान टिकता ही नहीं था।

बार-बार वही विचार कौंध जाता कि रश्मि के मन में आई.ए.एस. की छवि ही बैठी हुई है और वह उसी से शादी के सपने सँजोये हुए है। वो अब सोचने लगा था कि यदि रश्मि ने उसे अपना ही लिया है तो वह उसे उसी रूप में अपनाये जिस रूप में वो है। यह तो सम्भवतः इनसान के चरित्र में ही है कि जब तक उसे

मनवांछित प्राप्त नहीं होता तो वह उसके लिए बालक की भाँति तरसता है और उसके लिए जीवन भी दाँव पर लगा सकता है। परन्तु उस अप्राप्य को पाने के पश्चात्, प्रेम अपनी ही परिभाषाएँ गढ़ने लगता है। ऐसी सोच... उसने रश्मि पर तो ज़ाहिर नहीं की परन्तु कम्पिटीशन की तैयारी तो बेमन से कर ही रहा था। पिक्चर्स या उपन्यास या फिर साहित्य जिस प्रकार का तिलिस्म रचते हैं वो रुख उसके मन में परत-दर-परत यथार्थ रूप में पैठ चुका था। उसके प्रेम की दुनिया, काल्पनिक धरातल पर या फिर पारलौकिक स्तर पर, दो प्राणियों में ही केन्द्रित थी—जो किसी भी परिस्थिति में, पारस्परिक समर्पण और निष्ठा के अटूट बन्धन में बँधे रह सकते हैं। केवल अपने प्रेम के सम्बल में बँधे रह सकते हैं, केवल अपने प्रेम के सम्बल पर ही...! "जैसे हैं हम, वैसे ही रहें, लिए हाथ एक दूसरे का, अतिशय सुख-सागर में बहें" निराला की पंक्तियों का अक्षरशः अर्थ प्रेम की परिभाषा का आधार बन गया—उसकी गहनता, उसका प्रसार, विस्तार आँके बिना। यही तो होता है काल्पनिक संसार और उसमें उलझा अपरिपक्व मन...!!

जिस भी मानसिक झंझा, भँवर या चक्रवात से वह गुज़र रहा था—या गुज़रा था—और निजी तर्क-वितर्क गढ़ता रहता था—उसी में ही उसने आई.ए.एस. और बैंक के लिए परीक्षाएँ तो दे दीं... और फिर यदा-कदा किताबों, कविताओं के पन्ने पलटता और कभी चार छः पंक्तियों में अपनी मनः स्थिति उकेर देता—

"सदैव ही अन्तर रहा है—यथार्थ और वांछित में;
विचार और आदर्श में, विषय और वास्तविकता में
होड़ और लक्ष्य में, प्रेम और सेक्स में—
ये सब, भ्रामकताएँ, विरोधाभासी धारणाएँ—जो उभरती हैं—
विचारों और आदर्शों; चिन्तन और क्रियाओं
के घर्षण के मध्य... उनमें;
जितना बृहद होगा अन्तर, उतनी ही बृहदतर होंगी भ्रामकताएँ।"

31

प्रेम का दावा करना कितना सरल होता है क्योंकि प्रेम के ज्वार में एक शक्ति होती है जो दिल और दिमाग की सभी सीमाओं को अपने वेग में बहा ले जाती है। परन्तु जैसे ही यह ज्वार शान्त, क्लान्त हो जाता है—प्रेम काफूर होता नज़र आता है। कठिनाई यही होती है कि इस प्रकार के प्रेम को प्रेम नहीं—कामुकता ही कहा जा सकता है जो बालपन से आरम्भ हो अपरिपक्वता की वय तक चलती है और उसे

मोह, आकर्षण कुछ भी कह सकते हैं। सेक्स या यौन कोई असामान्य, अस्वाभाविक स्थिति नहीं, जो अपराध बोध को जन्म दे। यह तो प्रेम का चरमोत्कर्ष है, परन्तु जो प्रेम इसके पश्चात् भी व्यक्ति को उसके चरम उसकी महत्ता की ओर ले जाता है और अरुचि, घृणा या मानसिक दुराव की स्थिति से दूर रखता है—उसे ही हम उसके यथार्थ रूप में अनुरागी प्रीत कह सकते हैं और इसकी निरन्तरता ही शाश्वत प्रेम की ओर अग्रसर होती है।

प्रेम मार्ग स्त्री के मन से होकर गुज़रता है और यौन स्वीकृति उसका अन्तिम सोपान है : जैसे सागर की बड़ी से बड़ी लहर किनारे पर आकर शान्त हो लौट जाती है फिर उसी उद्दाम ज्वार के लिए—निरन्तर, आजीवन, लालायित। और पुरुष प्रेम की पहली डगर है शारीरिक सौन्दर्य—जो अति-आकर्षण रंजित होता है। वो उसे प्राप्त करने की निरन्तर चेष्टा करता है और सेक्स इसकी परिणति है। जब तक यौन या कामेच्छा पूर्ण नहीं होती, पुरुष-प्रेम उफान की भाँति उल्का-मण्डल तक पहुँच जाता है और जैसे ही यह क्षुधा-पूर्ति हो जाती है—प्रेमासक्ति उत्तरोत्तर क्षीण होना शुरू हो जाती है। यह प्रक्रिया, अन्ततः घृणा, कलह और दुराव में बदल सकती है। पुरुष प्रेम के प्रति संकल्पित तो हो सकता है परन्तु उसकी निरन्तरता, उसकी शाश्वतता उसके अरमत्व के मार्ग पर वह खोखला, भोंडा सिद्ध होता है। अतः प्रेम पावन, सरल, सेक्स-केन्द्रित हो तो मोह, विकर्षण, वासना, सम्मोह कुछ भी कह सकते हैं अन्यथा यही प्रेम-पावन, पीयूष, वासना, यौन के रहते भी शाश्वत् रह सकता है यदि उसमें सम्पूर्ण समर्पण, परस्पर निष्ठा, विश्वास हो जो जीवन भर उसी भावना, उसी वेग से प्रतिपादित हो।

हिमांशु के मन में ये सभी विचार क्यों आ रहे थे? शायद इसलिए कि कल ही उसे पूजा—हाँ, पूजा जैन, एक स्थानीय कॉलेज की वाद-विवाद प्रतियोगिता में मिली थी। देहली के गार्गी कॉलेज से टीम लेकर आयी हुई थी जिसे एक दिन बाद दूसरे कॉलेज की ड्रामा प्रतियोगिता में भाग लेना था। शाम को उसने कॉलेज हॉस्टल में निमन्त्रण दिया था जहाँ वह बाकी प्रतिभागियों के साथ ठहरी हुई थी।

"हैप्पी टू सी यू हियर... पूरी तरह अप्रत्याशित।"—पूजा ने हैण्ड शेक करते हुए कहा।

"हाँ बहुत... या शायद दो तीन साल बाद... सुरेश के घर पर ही तो ड्रिंक्स पर मिले थे..." हिमांशु अभी अनौपचारिक नहीं हो पा रहा था।

"हाँ—सुरेश से शादी भी एक दुस्स्वप्न ही रहा। बेमेल थी शादी... जहाँ सोच, मानसिक स्तर, दृष्टिकोण, परिवार का बर्ताव... शैक्षणिक योग्यता सभी में जैसे योजनों का अन्तर। मुझे मालूम है कि वह आपसे मिल चुका होगा—परन्तु पक्ष का एक पहलू कभी भी सिक्के को खरा या खोटा प्रमाणित नहीं कर सकता। कुछ गलत

नहीं है कि माँ अपने बेटे पर उचित अधिकार रखे–परन्तु मर्यादा में... बेटी अपना घर छोड़कर आयी पत्नी भी है–और फिर सुशिक्षित। कॉलेज से पढ़ाकर आये–और परिवार की सोच; जैसे वहाँ बैठकर आयी हो–नौकरानी नहीं आयी–तो आते ही साड़ी उतारे और चपाती बनाये, उनमें कमियाँ सुने, बर्तन साफ करे और काम में जुट जाए। पतिदेव के कच्चे कानों में भरे ज़हर के थक्के–ज़ुबान से सुने। फिर सम्पूर्ण सम्भोग–चाहे वह हो ही बलात्कार–किसे फुर्सत एक स्त्री–एक कामकाजी महिला की त्रासदी सुनने की। ऊपर से हर रोज़ पैसों की माँग जैसे वेतन मैं मायके ले जाती हूँ...? जानती हूँ आपको बुरा लग रहा होगा क्योंकि वो आपके मित्र हैं–परन्तु यथार्थ तो इससे भी डरावना है, जो आप एक मदिराग्रस्त मर्द से उम्मीद कर सकते हैं। उसे तो कमाऊ पत्नी, नौकरानी, धनवान परिवार वाली और वेश्या चाहिए। वही सामन्तवादी लाटसाहिब और वैसा ही परिवार–करतूत में भी–सोच में भी...। कभी आप देहली आयें तो मिलें... जीवन के रास्ते भी अजीब होते हैं–ना आप ने पहल की ना मैं ही लज्जावश आपसे बोली...। आँखें ही भाषा गढ़ लेती थीं। खैर–विगत को सुनहला स्वप्न बना रहने दें।" पूजा जैसे बरसों से भरी थी, कोई अपना करीबी मिला ही नहीं–जहाँ मन उँडेल देती... शायद काफी मनन कर चुकी थी।

"नारी की व्यथा और तिस पर सुपठित, सुप्रतिष्ठित, समाज में स्थान पायी, प्राध्यापिका की। जिस पर भावी पीढ़ी निर्माण का दायित्व–समाज, सरकार दोनों ने दे रखा हो। यह तो वैसे ही असहनीय है–निन्दनीय है। वैसे भी यह विवाह मुझे बेमेल ही लगता था, शुरू से ही...। खैर अब बिटिया कहाँ है?" हिमांशु द्रवित हो चुका था।

"माँ! वो ही तो है जो दुःख में सबसे पहले साथ खड़ी होती है। अपवाद तो समाज में रहेंगे ही। जो बेटे का घर ही बसने नहीं देती...। बेटी अपनी नानी के पास है।" देहली आयें तो मिलना ज़रूर। आपकी जीवन संगिनी?... वास्तव में ही बहुत सौभाग्यशाली होगी–जो भी आप पसन्द करेंगे...

"मिलवाऊँगा... मैं ही कृतार्थ हो गया उसे पाकर और आपसे मिलकर..." हिमांशु विदा हुआ।

उसका आई.ए.एस. में चयन नहीं हुआ। इतिहास ने साथ नहीं दिया–ठीक भारत की तरह जहाँ इतिहास से ना तो कभी शासकों ने कुछ सीखा और न ही इतिहास ने साथ ही दिया। भारत पर वो प्रचलित भविष्य वक्ताओं की तरह साढ़े-साती नहीं अपितु साढ़े सात सौ साल की साती दो बार हावी रही और शनि वक्र ही रहा। ऐसे ही हिमांशु को भी साक्षात्कार और डॉक्टरी जाँच के लिए बैंक ऑफ यूनीवर्स और आई.पी.एस. से ही पत्र आया।

साक्षात्कार और अन्य सभी औपचारिकताएँ, दोनों ही संस्थाओं से ठीक हो गयीं। आशा थी कि दोनों में ही नियुक्ति पत्र आ जाएगा। इसलिए दो तीन और स्थानों से इंटरव्यू पत्र आये भी। परन्तु वो गया नहीं। छुट्टियाँ पहले ही बहुत ले चुका था इसलिए पिछले एक महीने से ऊपर से रश्मि को देख भी नहीं पाया था। तो भी इतनी अतिव्यस्तता में भी वो रश्मि को दो एक पृष्ठों के पत्रों द्वारा उसका सान्निध्य अनुभव तो कर ही लेता था।

शनिवार का दिन हमेशा प्रत्याशा से उजला होता था। छह दिनों का दुराव--एक सुखद सामीप्य में परिणत होगा—इसी आशा में तो गुज़रता था सप्ताह। वो अपने पड़ोसी साथी प्रोफेसर के साथ आई.ए.एस. के विषय में चर्चा कर रहा था। पेपर तो उसने भी दिये थे परन्तु इंजीनियरिंग के प्रोफेशन के लिए इंग्लिश एक दुर्जेय चोटी होती—क्योंकि सभी पेपर्स का माध्यम अंग्रेज़ी और ऊपर से इंग्लिश निबन्ध अनिवार्य। उसने चाय बनाने का साधन रखा हुआ था। इसलिए वो और हिमांशु चाय के सिप लेकर सड़क पर पर्ल यमहा बाईक पर गुज़रते दो भाइयों को देखा करते थे—और रश्क होता था कि काश यह पर्ल यमहा हमारे पास भी हो। बाद में पता चला कि वो भाई मुंजाल ब्रदर्स थे जो बाद में अन्तर्राष्ट्रीय ख्याति प्राप्त ऑटो किंग बने। इतने में माँ जी के लड़के ने आकर बताया कि हिमांशु का फोन है—उस समय तक चाय समाप्त हो चुकी थी। फोन रश्मि का था... शाम की बस से आ रही थी--अचानक।

तो रश्मि ने फोन नं. भी ले रखा था जबकि उसे कभी ध्यान ही नहीं आया कि हॉस्टल का फोन नं. भी ले ले और कभी-कभार रश्मि से बात भी कर ले। शायद लिया भी हो तो ज़्यादा परवाह ही नहीं की।

एक तो, छोटा-सा बस स्टैंड, और वो भी खचाखच भरा हुआ। सरदार जी ड्राइवरों या फिर सभी ड्राइवरों को दाद दिए बिना वो रह नहीं सका कि कैसे छै इन्च के फासिले से भी ये लोग बसें निकाल लेते हैं और पार्क कर लेते हैं। घर्र-घर्र से धुआँ इतना कि नीचे की मिट्टी भी काली—स्मोकर्स के अन्दर और उँगलियों की तरह। दसियों बसें देखीं। रात के सात बज गये थे और अब तो बसों को तलाशना भी मुश्किल से हो रहा था, वह खड़ा-खड़ा कंडक्टर से बात कर रहा था—और कई चलते-फिरते दाल बेचने वाले एक पत्ता दाल का तकाज़ा कर रहे थे कि पीछे से कन्धे पर कोमल-सा स्पर्श महसूस हुआ। जैसे ही दिल-झंकृत हुआ, उसने पीछे मुड़ कर देखा—रश्मि। वो ही कातिलाना पहली मुस्कान—एक सुखद एहसास... जीवन में जैसे रस की बौछार पड़ गयी हो।

दोनों रिक्शा पर सटकर बैठ गये—हिमांशु ने पीछे से बाज़ू घुमाकर उसे पकड़ लिया ताकि रिक्शा की हिलडुल कोई खास मेहरबानी न कर दे। हमेशा की तरह,

वो मखमली सान्निध्य, वो जुड़ाव, वो रोम-रोम में स्पन्दन। जी में आ रहा था कि रास्ते भर उसे चूमता रहे। कल्पना रुकती नहीं—मन को तो एक बार रोक भी ले—और वो कमरे की वीरानी; जैसे पतझड़ में उद्यान। अब सब ओर जूही की महक—कितना अन्तर—एक भयावह अन्तराल—एकाकीपन का नीरस बिखराव—और एक पुलक भरी हिलोर, सपनीले सामीप्य में। कल्पना कितना भी अपना ताना-बाना बुनकर मन को उसके पास होने का एहसास दिला दे परन्तु वो जादुई छुअन, वो स्निग्ध स्पर्श ... उसे कैसे सारी कायनात भी पूरा कर सकती है?

"अचानक कैसे अनुकम्पा?" उसने रिक्शा में ही उसके कान में कहा।

"महीना भर हो गया—ना तो जनाब आये और ना ही बुलाये—जैसे लेटर्स और वो भी कुछ लाइनों वाले। पेट भर जाएगा?—वैसे कहते हो कि एक मिनट नहीं रह सकता—" उसने उलाहने भरे स्वर में कहा।

"खूब जानती हो—पहले तो उत्तेजित कर दोगी फिर... छोड़ो... पहले बताओ तैयारी कैसी है?"

"आपसे मतलब—? आपकी बला से..."

"तो लड़ने आयी हो—जल्दी करो... घर आने वाला है...।"

थोड़ी देर बैठने के बाद, माँ जी के पास चली गयी—उन्हीं के पास जाकर चाय पी और हिमांशु को भी बुलवा लिया। माँ जी में वो ही स्नेह, वो ही लाड़-प्यार, वो ही अपनापन। नयी पीढ़ी अपनी व्यस्तता, आत्म-केन्द्रिता, व्यावसायिकता और दुराव के कारण कभी पहचान ही नहीं पाती। जो सोच में परिपक्वता के साथ आती है वो तो समय की ही चक्की सिखलाती है और जो उम्र से पहले आती है उसे ही मेच्योरिटी कह सकते हैं। और यह उनसे मिलती है—खुले मन तथा खुली आँख से ग्रहण करने पर ही। यही हिमांशु पास बैठा सोच रहा था कि रश्मि ने भीतर उतर जाने का गुण कहाँ से पाया—अवसरानुसार निज को बदल लेना!

रश्मि का कहीं जाने का मन न था। निरन्तर व्यस्तता के कारण थकी हुई थी। इसलिए तो बदलाव तथा प्राब्लम्स समाधान के लिए आयी थी।

हिमांशु होटल से खाना ले आया—परन्तु जाने से पहले वे परस्पर आलिंगनबद्ध प्रेम की मधुरिमा पी चुके थे।

उनके समर्पण का साक्षी वो निर्जन पार्क, जो प्रायः अपनी ही अकेलेपन की दग्धता में धीमे-धीमे होम होता रहता था, एक बार फिर जीवन्त हो उठा। लैम्प पोस्ट के बल्ब फिर से जगमगाने लगे और मधुराका अब अपनी शीतलता से, सालती नहीं अपितु मृदुलता से तन मन सराबोर किये जा रही थी। ना जाने किधर से पेड़ों की शाखाएँ और पत्ते स्पन्दित होने लगे। रश्मि के गुदाज़ी हाथ थामे वो पार्क में थिरकते रहे, जैसे जन्मों से ऐसे ही साथ-साथ विचर रहे हों।

"और लहर कब तक सोयी रहे, वो बेजान नहीं—उसमें भी एक दहकता दिल है... कितना आनन्द का चरम है तुम्हारे आलिंगन मात्र में ही।" रश्मि उसके पहलू में सिमटी हुई थी।

"और वो प्रेमानल जो जलाये जाती है कण-कण... क्या करें उसका..." रश्मि भी तो पूरी तरह प्रणय की कल्लोलिनी में डूब चुकी थी। उसके एक-एक शब्द—एक-एक भंगिमा, एक-एक नज़ाकत से हिमांशु का इतना प्यार... वह तो द्रवित थी।

"और कभी आईना देखा—मत देखा करो—नहीं तो इतना इतरा जाओगी कि हमारा नम्बर ही काट दोगी... और ना जाने कौन-कौन—प्रोफेसर्स या क्लासमेट्स कितनों को दीवाना बना रखा है... प्रोफेसरों को इस खुले निमन्त्रण ने।" हिमांशु भीतर से खुश भी, अपने भाग्य पर रश्क भी... और भय से आशंकित भी... खो देने का भय... अशुभ की आशंका...।

"जिसे जो सोचना है—कहना है; कहे... मैं तो अपनी सहेलियों के साथ अलग रहती हूँ—वैसे भी उतनी सुन्दर नहीं—जितनी आपको लगती हूँ। आपकी हो चुकी हूँ—शतशः। नहीं तो क्यों आती भागी-भागी...।" रश्मि ने चाँद को ऊपर उठाया, उसकी ओर निहारा और वो सद्यःस्नात चन्द्रिका सर से पैर तक सिहर उठी। एक कमनीय कम्पन उसे प्रेमासक्त कर गयी।

"चाहे तुम कुछ भी कहो—रश्मि... मॉय लव। तुम कोई साधारण युवती तो हो नहीं। तुम्हारे हर अणु में सब कुछ असाधारण है—मैं तुम्हारी एक-एक अंग मुद्रा, भाव भंगिमा, अलंकार से पूर्णतया अभिभूत हूँ। इसीलिए भयाक्रान्त भी हूँ..." हिमांशु ने उसे खींचकर चूम लिया—और सारी कायनात में अपनी कम्पन से उसका अनुमोदन भी कर दिया।

पता नहीं यह संयोगमात्र ही होता। परन्तु जब रश्मि आती पूनों का चाँद अपने पूरे यौवन पर होता। हिमांशु को लगता कि जैसे वो रश्मि से प्रतिस्पर्धा में है। परन्तु हर बार पराजय होती उसी की—अपनी कलुषता को देख—और रश्मि पर छिटकी सिन्दूरी लालिमा को निहार, वह उषा ने उसे उपहारस्वरूप दी थी। वह भी मुखर हो उठती। रश्मि वर्ड्सवर्थ की लूसी तो नहीं परन्तु पन्त की स्वप्निल प्रेमिका अवश्य ही थी।

हिमांशु ने उसे सामने के बेंच पर बिठाया ताकि वो उसे मन्त्र मुग्ध सा निहारता रजत धवल रदनों के निर्झर में गोते लगाता रहे।

"अच्छा चलो—यह बताओ—आखिर कामिनी ने आपसे क्या कहा? मैं जानती हूँ वो आपसे प्रेम करती है।" रश्मि के मन में यह विचार कहाँ से कौंध गया। वो भौचक्का-सा रह गया।

"इतनी मादक फिज़ा, ऐसा सुन्दर सुहाना साथी इतनी रम्या रूपवती, हसीं हमसफर–तो यह कामिनी बीच में कैसे आ गयी..." हिमांशु सकपका-सा गया–और रूप मदिरा का नशा इस अनर्गल प्रलाप से झट से उतर गया।

"मैं यह नहीं कहती आपको उससे प्रेम है परन्तु जिस प्रकार की सहानुभूति आपके दिल में है उसे प्रेम में बदलने में कितनी देर लगती है?" रश्मि पता नहीं कैसे संशय के घेरे में फँस गयी।

"रश्मि, मुझे थोड़ा आश्चर्य तो है कि यह बात तुम्हारे दिमाग में आयी कहाँ से। तो भी–देखो–मैंने भी प्रेम पर कोई रिसर्च तो नहीं कर रखा है। परन्तु निजी अनुभव से कह सकता हूँ कि प्रेम है तो पूरा ब्रह्माण्ड उसी का ही प्रारूप लगता है, सारी सृष्टि उसी की विद्यमानता स्वरूप लगती है, सभी में ही उसी की विद्यमानता दृष्टिगोचर होती है, भीतर एक प्रेम का प्रसारित आकाश प्रतीत होता है–प्रेमालोक से उद्भासित। नहीं तो वो क्षणिक आकर्षण, चाहत विलुप्त होते ही तममय आभा उसे फिर उसी अवसाद के गर्त में धकेल देती है। यह तुम अपने भीतर झाँककर देखो ...। सुचारु समाधान ना मिले तो छोड़ दो हिमांशु को उसी सूनी डगर पर, जहाँ पर तुम मिली थीं–; उसी की नियति के सहारे।

अब बात रही सहानुभूति की... वो तो एक मानवीय संवेदना है–और यह तुम मेरी अशक्तता समझो, कमज़ोरी समझो, परन्तु कोई भी सुन्दर महिला यदि पीड़ाग्रस्त होती है तो मेरा हृदय विदीर्ण हो जाता है। वैसे भी कुछ बातें तर्क की परिधि से बाहर होती हैं... क्योंकि तर्क जन्मजात नहीं होता। उसे पोषित किया जाता है–वातावरण, पारावारिक परिवेश के अनुरूप, जबकि संवेदना तो इनसान की प्रकृति का अभिन्न अंग है–किसी में अधिक तो किसी में कम। मुझे वहमी कहो, अन्धविश्वासी कहो या फिर तर्कविहीन, विवेकहीन कहो–परन्तु इनसानी फितरत, उसका चरित्र; मूलतः नक्षत्रों के समय, स्थान, उनके स्थापन पर निर्भर करता है जिसके कारण इनसान थोड़ा बहुत तो संचेतना से बदल सकता है परन्तु मूलतया नहीं। मैं भावुक हूँ और कवि हृदय हूँ–तुम विवेकशील, तर्कशील हो, हम परस्पर एक दूसरे के पूरक हैं परन्तु विरोधी नहीं। तुम जो भी हो सर्वश्रेष्ठ हो–मेरा समर्पण, मेरी पहली नज़र का प्रथम और अन्तिम पड़ाव है। जहाँ मैं हूँ–वहाँ तुम हो; नहीं तो मैं वहीं हूँ जहाँ से चला था। मुझे तुम्हारी नज़र का फैसला ही बताएगा–मैं प्रतीक्षारत रहूँगा–आजीवन!"

हिमांशु को स्वयं ही लगा कि वो भावुक हो गया था और उसने इतने लम्बे संवाद में प्रेम के प्रति अपना दृष्टिकोण भी काफी विस्तार में बखान कर दिया था–हालाँकि कहने के लिए उसके पास अभी भी बहुत था।

रश्मि जो मन्त्रमुग्ध हो, तन्मयता से, सभी कुछ सुन रही थी, आत्मविभोर-सी होकर बोली, "वो तो मैंने वैसे ही पूछ लिया था–जो जी में आया कह दिया–परन्तु

अच्छा ही रहा—मुझ जैसी नौसिखिया, अनाड़ी और प्रेम पक्ष से करीबन अनभिज्ञ और नाज़रीन अलमस्त—को इस पहलू में कुछ तो अन्तर्दृष्टि मिली। वैसे मैंने या हो सकता है मेरी सहेलियों ने जो भी प्रेम-प्रसंग किताबों में पढ़े उन्हें हम काल्पनिक और तिलस्मी संसार की रचनाएँ मानते थे। कालिदास की शाकुन्तलम भी कोई अपवाद नहीं थी। परन्तु आपने जो भी पढ़ा उसे आत्मसात् कर, जिया है। तभी तो प्रेम के प्रति आपकी धारणाएँ इतनी परिमार्जित हैं। तो भी मैं प्रेम को पूर्वाग्रह बिना परस्पर सम्पूर्ण समर्पण मानती हूँ। यही मैंने आपसे पाया, सीखा—समझा और हृदयंगम भी किया है। इसलिए यह प्रेम की लौ, ज्वाला भी आपने ही मेरे भीतर जलायी है।" और वो आगे झुकी और मुख को उसकी ग्रीवा पर रख अपनीमादक साँसों से उसे विमूर्च्छित कर दिया।

चाँद अपनी मन्थर गति से बहता उनके रोम-रोम में विलय हो रहा था। घड़ी देखी। दस बज चुके थे। वे झट से उठे। कमरे में माँ जी दूध के गिलास देकर चली गयी—और वह बाहर बरामदे में टहल रहा था।

रश्मि समझ गयी—उसने लाइट बन्द की, नाइट सूट पहना और नम्बर थ्योरी की कॉपी निकाली और अपनी शंकाओं का समाधान करवाना प्रारम्भ किया। प्यार तो उसमें भी फूट पड़ता है और वो उसकी अंक में सर रख किताब पढ़ती रही। हिमांशु ने धीमे-धीमे उसकी अलकों को सहलाना प्रारम्भ किया—कभी ग्रीवा, कभी कन्धों, कभी कपोलों के कोमल स्पर्श। स्निग्धता के स्रोत उसके भीतर बह रहे थे।... कभी असंयमित हो कपोलों के जाम भी छू लेता। ठण्ड अभी भी काफी थी—और फिर रात्रि का मध्याह्न... हिमांशु ने रजाई उस पर पूरी तरह लपेट दी—एक तो उसके शरीर की ऊष्मा और फिर दो कायाओं का जुड़ाव—दोनों के लिए सीमाओं में संयत रहना असम्भव।

हिमांशु ने बत्ती बन्द कर दी। उसके पहलू में लेट, उसकी सम्पूर्ण सम्मोहिनी कोमलकायता में डूबने लगा। दोनों पूरी तरह बाहुपाश में बँधे थे। उसने धीरे से पीठ पर, नितम्बों पर और धीरे-धीरे स्पर्श से एक सपनीली कृशकाय की पतली कमर, गोल गठीले नितम्बों की मसलन... एक पारलौकिक अनुभूति—अधरों के छलकते रसीले जाम—पी-पी कर भी, अतृप्ति का एहसास—सदियों की प्यास! धीमे से उसने उसे निरावरण कर दिया। कंचुकी अनायास स्वतः ही खुल गयी—और ओह... ये अर्धगोलाकार दूधिया कुच, अंगूरी कुचाग्र, पीन पयोधर, स्वर्गिक पीयूष कलश। उसने धीमे से छुआ, संसार की कोई भी कोमलतम सुकुमारता जैसे नगण्य हो। उसने रजाई हटा दी। खिड़कियों के शीशों से छन-छनकर छलकती चाँदनी उन दूधियों कलशों को रात में हिम तुंगों-सा द्युतिमान कर रही थी।

कैसे छुए—ऐसे अलौकिक, अकलुष सौन्दर्य के अपरिमित दृश्य को...। जी किया—जीवन भर आत्मसात् करता रहे—उसके एक-एक पल को अमरत्व में संजो सके। लज्जा के वसन ने रश्मि को ढँप लिया और उसने दोनों बाहों में उन मदिरामय कलशों को छुपा लिया। हिमांशु धीमे से झुका, उसे चूमा... दूध का बिखराब चूमता रहा जहाँ-तहाँ। और अपनी निर्वसन देह से उसे छुपा लिया। रश्मि ने बाहुपाश खोल कर उसे ज़ोर से जकड़ उसके कन्धे, बाजू और छाती पर जोर से काटा कि जैसे उसका कण-कण अपने भीतर विलीन कर लेगी। फिर तो जैसे जलाशय का बाँध टूट गया, ओर-छोर, सीमाएँ ध्वस्त... और रश्मि हो जैसे कोमलतम रबर की गुड़िया, निर्जीव—जिसे जितना मसलो, मोड़ो और फिर भी उसके नशे में कोई न्यूनता नहीं। कण-कण पर उच्छेदन क्रीड़ा के निशानः उरोज और उनका अग्रभाग... जैसे प्रेम के अजस्र स्रोत ...। हिमांशु ने पैंटी को हाथ लगाया... उसे सरकाना चाहा कि रश्मि ने कान पर काटा... हाथ पीछे हटाया.... "नहीं, डीयर... यह सब समय आने पर..."

"नहीं... अब और कन्ट्रोल नहीं..." हिमांशु पूरी उत्तेजना में था।

"यह तो करना ही होगा... प्यार कर लो... पर यह सात्विकता तुम्हारी धरोहर है मैं तुम्हारी ही हूँ..." फिर हिमांशु ने उसे कुम्हार की भाँति रौंद डाला।

उसे अब समझ आ रहा था कि शिल्पकार और चित्रकार देह का निरावृत्त स्वरूप क्यों निर्जीव माध्यम पर उकेर कर उसे जीवन्त अमरत्व प्रदान कर देते हैं। यह देह नहीं—यह तो दैविक अलौकिक महाशक्ति स्वरूपा है—पूज्य है—प्रकृति की पराकाष्ठा है। पुरुष प्रेमिका को आजीवन इसी अलौकिकता में देखना चाहता है। परन्तु नग्नता के वे पल कैसे चिरन्तन हों... कैसे सँजोए वो अतुलनीय कृति, कमनीय काम्या,—जिसमें समाविष्ट है मेघा, इडा, शक्ति... सभी तो... परन्तु यह काम्य काया अनिर्वचनीय, अपरिभाष्य है। रश्मि उसके पहलू में सो रही थी... पर वो कहाँ सो सकता था।

वो बस, इस दैवी अनिर्वचनीय कृति को ज्योत्स्ना से प्रक्षालित निहारता रहा, केवल सराहता रहा। हौले-हौले से उठा, उसे ढँका और बैठा रहा—निर्निमेष पलकों में सहेजता—हिम रंजित गिरि शृंग, तन-मन में प्रसरित, निहारता रहा जड़वत्—!

कैसे सरक जाते हैं पल— बस साक्ष्य रहता है तो परिवेश का एक-एक अंश...। वो सड़क, वो पार्क, वो होटल, वो चाँद, वो शुक्र तारा—कभी सरकता पास, कभी दुराव—और ऐसे चलता रहेगा जीवन चक्र; छोड़ता पीछे वो समस्त पल, जो होने चाहिए अमरत्व में सुरक्षित।

और वो लेटा था अकेला—यादों में लिपटा—टकटकी लगा देखता वीरान छत, असह्य अकेलापन... कब छँटेगा यह भ्रम जाल—कब समाप्त होगा यह मिलन का अन्तराल!

32

भाग्य ही कह सकते हैं—स्वाध्याय तो नहीं; क्योंकि समय रहते उसने ज्वलन्त प्रेरणा के बावजूद, अपना ही कुण्ठित तर्क गढ़ लिया था। किसी भी कम्पिटीशन की लगनशीलता से तैयारी नहीं की थी। वो तो उसकी मेधा, प्रज्ञा और साहित्यिक अभिरुचि ने ही उसका साथ दिया कि चलते-फिरते ही दोनों साक्षात्कार उसकी झोली में आ गये। एक तो था बैंक का और दूसरा आई.पी.एस. का। दोनों में ही एक साल के प्रशिक्षण के पश्चात स्थायी पोस्टिंग। बैंक या दूसरी नौकरी में कुल वेतन करीबन उतना ही जितना कॉलेज में एक्सट्रा क्लासेज़ लेने के बाद बनता था और जो ट्यूशंस कर लें, वो अलग। परन्तु प्राइवेट कॉलेज का क्या भरोसा।

आई.पी.एस. के लिए वो उतना उत्साहित नहीं था क्योंकि उसके ही रिश्ते के अंकल ने उसे उसके स्वभाव और पुलिस की नौकरी के स्वरूप को देखते हुए—जहाँ हर बात की जिम्मेदारी पूरी, परन्तु सत्ता नाम मात्र की।—जिसे नियन्त्रित करते हैं तो केवल राजनेता या रुतबे वाले सम्भ्रान्त। बैंकों का विस्तार निश्चित है और पदोन्नति के बहुत विकल्प हैं—ऐसी उनकी सलाह थी। नियुक्ति पत्र तो बैंक और सरकार, दोनों ओर से ही आ गया। परन्तु निर्णय तो बैंक के पक्ष में ही था। उसे दस जून को भोपाल में रिपोर्ट करना था।

कॉलेज में एक महीने का नोटिस दे दिया। रश्मि प्रसन्न थी, यद्यपि उसे आई. ए.एस में चयन ना होने का खेद अवश्य था। वैसे तो रश्मि को मिलने की उत्तेजना उसे हमेशा ही होती थी परन्तु इस बार वो उससे अतिरिक्त गर्मजोशी से मिलने गया। अब जीवन मार्ग स्पष्ट था। बेशक अपने परिवार में रश्मि की बात करनी अभी शेष थी।

हिमांशु को कॉलेज तीस मई को भार मुक्त कर देगा और रश्मि की परीक्षाएँ पाँच छः जून के आसपास समाप्त हो जाएँगी। इसी बीच की अवधि में उसे अपने माता-पिता जी को मनाना था। उसने पिता जी को पत्र लिखा—जिसमें अपने निर्णय और अपने दृष्टिकोण से उन्हें अवगत कराया। निम्नांकित बिन्दुओं को उजागर किया—

वह और रश्मि रहेजा परस्पर एक दूसरे से प्रेम करते हैं—रश्मि एम.ए. मैथ्स के फाइनल यीअर में है। बी.ए. में पूरे राज्य में प्रथम रह कर गोल्ड मैडल जीता—एम. ए. में भी उसी कीर्तिमान को दोहराएगी—ऐसा विश्वास है। सुन्दर, सुगढ़, मेधावी, समझदार और व्यवहारकुशल है।

परिवार सुप्रतिष्ठित है—बड़े भाई कॉलेज में प्रिंसिपल और उनकी श्रीमती भी प्रोफेसर। दूसरे बड़े भाई राजकीय चिकित्सालय में डॉक्टर, बड़ी बहन स्वयं वरिष्ठ

प्राचार्या और जीजा जी राजकीय सेवारत—पिता जी सरकारी नौकरी से रिटायर्ड—अधिक जानकारी मिलने पर...

जाति से वे क्षत्रिय हैं—परन्तु शिक्षा ने सिखाया कि जाति-पाँति अर्थहीन है—वह भी इसे नहीं मानता—और इस से कोई अन्तर नहीं पड़ेगा।

दहेज प्रथा का कट्टर विरोधी—जो भी करेंगे अपनी सामर्थ्य से।

निर्णय ध्रुव है। आपका आशीर्वाद और अनुमति मिल जाए तो स्वयं को भाग्यशाली मानूँगा—माताजी तथा परिवार के अन्य सदस्यों से ऐसी ही अपेक्षा है। और उसे विश्वास है कि वो आशीर्वचन से कृतार्थ करेंगे...

किसी भी गलती के लिए क्षमाप्रार्थी...।

विप्लव, प्रलय, भूकम्प तो सभी स्थितियों में आते हैं—पृथ्वी पर, उसके भीतर, सौरमण्डल में, जीवन में और परिवारों में, उनके परिवेश में। हिमांशु के पिता जी को विश्वास ही नहीं हुआ कि उनका संस्कारी बेटा ऐसा कदम उठाएगा। यद्यपि नौंवी कक्षा में ही जब उन्होंने स्कूल के शास्त्री जी को जन्मपत्री दिखाई थी तो उन्होंने कहा कि यह लड़का या तो जाति के बाहर शादी करेगा, नौकरी बदल लेगा अन्यथा साधु बनेगा। बात आयी-गयी हो गयी थी। परन्तु अब तो दोबारा कौंध गयी—वज्रपात की भाँति।

उनके सामने भी परिवार का दायित्वः छोटे भाइयों का कॅरिअर, अपने बच्चों की शिक्षा—परिवार में पहली शादी—और वह राम की ज्योति का प्रतीक—जिन्हें मर्यादाएँ निभाने के साथ, उन्हें संचारित भी करना है। त्रिशंकु की स्थिति—कैसे शुरू करें एक नयी परिपाटी? कैसी होगी जग हँसाई? समाज में मान मर्यादा?... क्या रहेगी उनकी जीवन भर की साख जिसके लिए वो असि-धार पर चलते रहे।

परन्तु फिर छोटे भाइयों को पत्र लिखा—हिमांशु के फैसले से अवगत कराया। जैसा अपेक्षित था—सबके अलग-अलग विचार... उनके छोटे भाई जो परिवार की आधार शिला रखने में उनके साथ थे—स्कूल में अध्यापक—शास्त्रों से उद्धरण देकर—हिमांशु के कदम को एकदम तिरस्कृत किया और साफ मना कर देने को कहा।

उनके उससे छोटे भाई जो भारत सरकार में उच्चाधिकारी थे तथा हर परीक्षा में गोल्ड मेडल विजेता थे—वो हिमांशु के चरित्र से पूर्णतया भिज्ञ थे—जानते थे क्योंकि हिमांशु ने सभी स्पर्धाएँ—सभी कम्पिटीशन उनके पास देहली में रहकर ही दिए थे—और पूरी सतर्कता के बावजूद भी उन्होंने किताबों के कवर में रखे रश्मि के लिखे पत्र पढ़ रखे थे—वे हिमांशु का संकल्प बखूबी जानते थे। वो जानते थे कि इस नाज़ुक मोड़ पर जब परिवार धीरे-धीरे सँभल रहा है और पूर्णतया इस दिशा में संघर्षरत है—हिमांशु का साथ कितना आवश्यक और सार्थक रहेगा। वो जानते थे कि उनके

भाई साहब के पास बैंक बेलेंस के नाम पर पूरे परिवार का दायित्व ही है। उन्होंने लिख भेजा कि हिमांशु का प्रस्ताव स्वीकार करें और उसे साथ ही रखें क्योंकि यही न्यायसंगत और तर्कसंगत है।

वैसे भी ये भाई स्कूल, कॉलेज में उनके पास रहकर ही पढ़े थे। हिमांशु जब तीसरी-चौथी कक्षा में रहा होगा–तो उसे याद है कि वो एक कमरा और बरामदे वाले मकान में रहते थे और उसके चाचा जी लालटेन के प्रकाश में रात-रात भर बाहर खुले में पढ़ते थे। एक शरणार्थी कैम्प से अपने रिश्तेदारों के पास आयी लड़की... करीबन उन्हीं की उमर की... रात भर पास... सामने बैठी रहती थी। वो नहीं जानता था इस सब का अर्थ... परन्तु बड़े होने पर मालूम हुआ कि चाचा जी लीला से प्रेम करते थे–जो दिखने में सुन्दर थी। शायद, शादी की बात भी की हो परन्तु ऐहसानों के मलबे तले, प्यार नींव में ही दफन हो गया। वो त्रासदी, वो कचोटती पीड़ा कैसे जीवन भर सालती रही होगी... और जुबाँ से उफ्फ् भी ना की...। महानता का शिखर आज हिमांशु को समझ आ रहा था... और शायद चाचा जी, यह दूसरी त्रासदी, आँखों के सामने, देख पाने को तैयार नहीं थे।

उनसे भी छोटे भाई ने अपने बड़े भाई साहब पर बात छोड़ दी और कहा कि वो उनके किसी भी निर्णय में उनके साथ हैं।

अन्ततः येन केन प्रकारेण हिमांशु के पिता जी को मानना पड़ा।

परन्तु हिमांशु तो अपने हर निर्णय पर अडिग था–क्योंकि ये सब विचार और उनके निष्कर्ष तो उसने स्कूल कॉलेज में ही सँजोए थे। यदि घर संस्कार देता है तो शिक्षा संस्थान उनके लिए उर्वरता। और वहीं से प्रतिपादित होती है आपकी धारणाएँ–ऐसा ही तो सब हुआ था हिमांशु के साथ भी।

वो जब बी.ए. में था उसके हिन्दी के प्राध्यापक प्रो. ओम अवस्थी का एक गीत "जो गीत अधूरे रह जाते हैं" कॉलेज मेगज़ीन में छपा था, उसी में उसकी कविता भी थी। इस गीत की चर्चा क्लास में भी हुई थी और उसने हिमांशु के दिल पर गहरी छाप छोड़ी–

"तुम हाट हाट नीलामी में, दिल की दुनिया दे सकते हो
पर, उन गीतों का क्या होगा, जो गीत अधूरे रह जाते हैं।"
वो देखो बन्दनवार सजे, शहनाई मौन बजाए है–
दुल्हन का मालिक महलों के, सपनों में खोया जाए है–
चहुँ ओर खड़ी दुनिया बहरी, डोली डोली पे चीख उठी–
ओ मन के राजा आ जाओ, मोहे तन का मालिक ले जाए है–
तुम बाज़ारी सिन्दूरों से, हर माँग भरी दिखला सकते हो–
पर अभिलेखों का क्या होगा, जो टकरा कर ही रह जाते हैं।।"

हिमांशु तो जैसे कल्पना की दुनिया में बसता था। हो सकता है वो भावुकता जनित विचार उसके मस्तिष्क में पैठ गये हों—परन्तु ऐसे गलत भी कहाँ थे? सामाजिक कुरीतियों की बात सभी करते हैं परन्तु उन्हें कार्य रूप में परिणत करने का साहस कितने करते हैं? वैसे भी हमारा समाज ही बैठकी समाज है—जो अपनी मचान, अपने चबूतरे पर बैठे या फिर सोफों पर बैठ ऊँची-ऊँची बातें तो करता है परन्तु दोहरी मानसिकता के अनुरूप जब बात अपने पर आती है तो ठुस्स हो जाता है। यहीं तो हैं ड्राइंग रूम इंटेलेक्युचल—जिनकी बातें किताबों तक ही सीमित रहती हैं।

राजनेता हो या छुटभैये नेता, साहित्यकार या उनके साथ कदम रखने वाले छद्म लेखक, सभी के सभी लेखन में तो संवेदनशीलता को ऐसे उभारेंगे कि जैसे उसके कितने बड़े पक्षधर हों, परन्तु घर में पत्नि की या फिर नौकरानी की दुर्दशा—कौन नहीं जानता। यह सब अनुभव हिमांशु ने कॉलेज के दिनों में ही सँजो लिए थे और संकल्पित था कि वो अपने जीवन में ऐसे दोहरे मापदण्ड नहीं अपनाएगा।

आज वह सोचता है कि जब वह बैंक में एक वरिष्ठ अधिकारी है और परिवेश की सड़ान्ध को देखता है तो उसे सामाजिक चरित्र की सीमातीत अधोगति यह सोचने पर बाधित कर देती है कि क्या उनकी शिक्षा में ही कोई न्यूनता तो नहीं थी जो इतने धूर्त, पाखण्डी और चालबाज़ न बन पाए। वो तो किसी पब्लिक स्कूल में भी नहीं पढ़े थे। वो तो ऐसे अध्यापकों से पढ़े थे जो एकदम सादे, साधारण, निष्कपट, परिश्रमी और लग्नशील होते थे और उनकी छठी, सातवीं कक्षा में पढ़ाई, हिन्दी, संस्कृत या इंग्लिश की व्याकरण आजीवन काम आयी। मैट्रिक में साइंस मास्टर खादी का कुर्ता-पाजामा पहनते थे—बिना प्रेस किया। लेकिन मैथ्स और साइंस का अध यापन लासानी था। उनका बेटा हिमांशु का सहपाठी यदि घर लौटते हुए बाज़ार से कोई दाल या सब्ज़ी खरीद ले और जेब में पैसे नहीं हों तो घर में वो दाल या सब्जी तभी बनेगी जब तक बेटा पैसे देकर घर लौटकर ना आ जाए। भगवान जाने, आज के राजनेता किन अध्यापकों से पढ़े थे, जो भ्रष्टाचार का कैंसर पूरे समाज के तन्त्र में फैल गया। प्रश्न जटिल था परन्तु उसने सोचा कि वो पूरे ढाँचे में तो परिवर्तन ला नहीं सकता, परन्तु स्वयं को तो बदल सकता है। वो जानता था कि वो तो उसी मार्ग पर चलेगा जो उसने उकेर लिया था।

जो जिन भी रास्तों से गुज़रा, उनका प्रभाव मानसिक चेतना, विचारधारा और बौद्धिक संवर्धन पर तो पड़ा ही, क्योंकि हो सकता है बौद्धिकता परक पाठों एवं लेखों के निष्कर्ष स्वतः ही मन पर अंकित हो जाते हों—। प्रेम के विषय में तो विशेषतया छोटे-छोटे संवादों, पद्य या गद्य के अंशों का गहरा प्रभाव रहा। ऐसी ही स्थिति थी जहाँ समाज में कुरीतियाँ, दहेज प्रथा, जाति प्रथा इत्यादि पर लेख लिखवाते तो फिर

सोचो कि अपरिपक्व मन पर उनका असर क्यों ना होता... कितनी क्षुद्र सोच है। एक सुन्दर, सुपठित, सुसंस्कृत कन्या वर ली जाए और वो अपने पूरे जीवन या तन, मन, धन—सभी से दूसरे परिवार की सेवारत रहे—उसे उन्हें अर्पित कर दे और फिर दहेज के जुए तले कन्या का परिवार दब जाए। दहेज की उपहार में दी गयी वस्तुओं की गुणवत्ता, मूल्य और उपयोगिता पर आलोचना और टीका-टिप्पणी सुन-सुन... तीक्ष्ण उलाहनों एवं अपशब्दों के तीरों से बिंधी जाए तो बेचारी घुट-घुट कर, रो रो कर, यौवन को होम करते-करते जीवन बिताने पर मजबूर हो जाए और साथ ही धरती की तरह सहनशीलता से वशं-वृद्धि भी करे। उसे ऐसी स्थितियाँ परिवार में नागवार ही गुज़री थीं। ऐसी ही पृष्ठभूमि में जब उसने प्रो. अवस्थी का गीत पढ़ा तो उसने संकल्प कर लिया कि वो भावी प्रेमिका या पत्नि के 'मन का राजा' होगा ना कि 'देह का मालिक' जहाँ स्त्री कर्तव्यों के हिमालय तले दबी पिसती रहे और परिवार उस सौम्य पुष्प को एक कँटीला पौधा ही मानता रहे।

रश्मि के पेपर समाप्त हो चुके थे। वो अब घर आ चुकी थी। इसी बीच भोपाल में ज्वायन करने के लिए केवल सात दिन बाकी थे। जुदाई के क्षण ज्यों-ज्यों पास सरक रहे थे, मन पर उदासी से पहले की बेचैनी-सी छाने लगी थी। मन तो पल पल रश्मि का स्निग्ध सान्निध्य चाहता था। मन तो आठों याम उसे नज़रों के सामने चाहता था परन्तु घर की खुशी और उत्साह, विजातीय कन्या को वर लेने से काफी ठण्डा पड़ चुका था। परिवार तथा माता-पिता को इस बात से कोई मतलब नहीं था कि रश्मि का बौद्धिक एवं शिक्षा का स्तर, सौन्दर्य एवं अन्य गुण क्या हैं—उन्हें तो आपत्ति इस बात से थी कि वो ब्राह्मण परिवार से नहीं है और दूसरे एक सामान्य से मध्यम वर्गीय परिवार से है—और तीसरे, हिमांशु दहेज में कुछ भी नहीं चाहता। पिताजी को तो बेटियों की शादी भी करनी थी इसलिए जाति के बाहर बेटे की शादी काफी बड़ी पग-बाधा थी। साथ ही वो सभी सपने, जो बड़े बेटे की शादी के लिए सँजोए हुए थे--ध्वस्त होते दिखाई दे रहे थे। चिन्ता करने के अतिरिक्त कोई विकल्प भी तो नहीं था। निजी संसाधन नहीं के बराबर। यही सोच थी हिमांशु के माता-पिता की; परन्तु भविष्य के लिए आश्वस्त थे कि बेटा कन्धे से कन्धा मिलाकर खड़ा रहेगा।

वैसे भी प्रेम-कहानियाँ, हमारे महाकाव्यों में, लोक कथाओं में, लोक गीत-संगीत में, कथा साहित्य, उपन्यासों या सिनेमाघरों में कितनी सजीव, मनोहारी एवं हृदयग्राही लगती हैं। सच्चे प्रेम को ईश्वरीय देन मानते हैं; परन्तु जब यथार्थ सामने आता है तो जैसे भूचाल-सा ही आ जाता है। ऐसा नहीं था कि यह विजातीय शादी परिवार में पहली थी—पिता जी की बुआ के लड़के ने भी जाति के बाहर विवाह किया था

और समय की ऊष्मा ने रिश्तों में बर्फ काफी हद तक पिघला दी थी। परन्तु वो सम्बन्ध विवशता की तार से जुड़े लगते थे। यही तो ऊहापोह थी बाबूजी के मन में भी... जो समझौता आदमी लाचारी में परिस्थितियों से करता है, वो उसे जीवन भर कचोटता रहता है। मन में पड़ी ग्रन्थियाँ खुलती ही नहीं। समय भी उन्हें सरल, सपाट, समतल नहीं कर पाता—कहने की ही बात होती है कि बहू तो बेटी का स्थान लेती है—कोई पहले दे तो—फिर बहू उस पर खरी ना उतरे तब कहो। पहले नयी नवेली दुल्हन नये परिवेश में आकर अपनापन महसूस तो करे। उसे वो आदर, मान, सत्कार, प्यार दुलार मिले तो। उस बेचारी का पूरा जीवन हर क्षण त्याग, बलिदान, विसर्जन में ही गुज़र जाता है। फिर भी वो रहती है पराए घर की। यही शायद कारण था संयुक्त परिवारों के टूट कर विखण्डित होने का। यही तो महसूस किया था हिमांशु ने... इतने सालों में अलग-अलग सम्बन्धियों के घरों में रहकर।

चाचा जी ने देहली से भोपाल की ट्रेन में सीट आरक्षित करवा दी थी। पहली बार पता लगा कि सीट या स्लीपर भी आरक्षित हो सकता है जिस पर गन्तव्य तक आपका एकाधिकार रहता है। कभी स्लीपर वाले आरक्षित डिब्बे में सफर किया हो, तब ना—। वो लोग तो हमेशा ही लदे हुए डिब्बों में, कभी ऊपर सामान रखने की सीट पर, या फिर कभी ट्रंक पर बैठकर अंग्रेज़ी मायने में 'सफ़र' करते थे। यात्रा यानी यन्त्रणा से गुज़रना जबकि लगा कि आरक्षित सीट है तो जैसे बादशाहत—।

स्टेशन पर बाऊजी, भाई आये थे... और रश्मि दूर से ही दिल पर पत्थर रख बॉय-बॉय से सन्तुष्ट हो रही थी। क्योंकि वह उससे सुबह ही घर पर आलिंगनबद्ध विदाई ले चुका था। वो अलग नहीं हुई। उसे तो जैसे लता को पेड़ से धीमे-धीमे अलग किया जाता हो। ट्रेन जा रही थी—सबको, समय, परिवेश को पीछे छोड़ती हुई ... परन्तु वो तो वहीं खड़ा था... रश्मि की बाहों में... एक अन्तरंगता को आत्मसात् किए हुए...। सामने की बर्थ पर एक भारी से डीलडौल वाले युवक विराजमान थे जिनके पास इतना सामान था—मानों कहीं ट्रांसफर पर जा रहे हों। दस बारह लेडीज़ और जेंट्स छोड़ने आये हुए थे।

"आप कहाँ जा रहे हैं?" हिमांशु ने विस्मयात्मक अन्दाज़ में पूछा।

"भोपाल..." उसने अनमने मन से कहा—

"कहाँ पर...?" हिमांशु ने बात आगे बढ़ाई।

उसने हिमांशु को सर से पैर तक आँका—देखा एक नया अटैची बस, दिखने में एकदम सामान्य, साधारण-सा मध्यम वर्गीय... उसके स्तर से काफी नीचे... उससे बात करना सही नहीं लगा...।

"बस... पास ही..." उसने बात समाप्त करने के लहज़े में कहा। स्टेशन पर उतरे... हिमांशु ने अटैची उठाया और रिक्शा लेकर दस मिनट में अधिकारी प्रशिक्षण

कॉलेज में पहुँच गया। घण्टे भर बाद वो महाशय लदे-लदे—रिसेप्शन पर अपना कमरा पूछ रहे थे। वे उसे देखकर सकपकाये। देहली का कल्चर ही ऐसा है... हिमांशु ने उसे जताया—आपका क्या कसूर...

सत्तर बहत्तर प्रोबेश्नरी ऑफिसर—पूरे भारत के विभिन्न प्रदेशों का मान चित्र—प्राध्यापक वर्ग—बैंक के उच्चस्तरीय वरिष्ठ अधिकारी—जो प्रायः उनके अनुरूप पदों पर उपयुक्त नहीं माने जाते थे या जिनकी कार्य-पद्धति बैंक को रास नहीं आती थी—उन्हें यात्री गाड़ी की तरह लूप लाइन में लगा देते थे... ताकि वे अपने क्रान्तिकारी, रेडीकल विचार प्रशिक्षार्थियों तक ही सीमित रखें और ऐसे अव्यवहारिक विचारों का वहीं पर मनन करें ताकि संस्था अपने ही ढर्रे पर या उच्चतम अधिकारियों के अनुरूप ही चलती रहे।

पूरा भारत होगा तो—सभी के स्वाद और व्यंजनों का ध्यान रखा जाएगा—परन्तु उत्तर भारतीय कभी भी दक्षिण भारतीय खान-पान के अनुसार बदल नहीं पाए। इसलिए रोज़ हंगामा—अनिवार्य। जिन्होंने इडली, वड़ा, डोसा, उत्पम ना सुना, ना खाया हो तो कैसे स्वयं को नये ढाँचे में ढालें। समस्याएँ धीरे-धीरे समय ही सुलझाता है। सुलझ गयी... भाषाई विवाद नहीं—संवाद का माध्यम या तो हिन्दी, मिश्रित टूटी फूटी हिन्दी अन्यथा अंग्रेज़ी थी। धीरे-धीरे भाषाई ग्रुप ही बने—चाहे कितना भी राष्ट्रीय एकता की बात कर लें—फिर भी आत्मा तो एक ही थी... यह सभी ने महसूस किया—क्योंकि सुख-दुःख में प्रत्येक एक-दूसरे के साथ रहे।

क्लास में उपस्थिति के लिए पूरी बहत्तर कुर्सियाँ—जितने अधिकारी प्रशिक्षणाधीन थे। परन्तु यदि किसी को घर जाना होता तो... उतनी कुर्सियाँ साथी लोग उठाकर दूसरे कमरों में रख आते—इस तरह एक केरल का ट्रेनी तो महीना भर गायब रहा ...।

रश्मि को वह रोज़ ही पत्र लिखता... प्रेम पत्र...। भीतर की उद्वेलित ज्वार-सी उठती वेगवति हवाएँ... भावनाएँ—प्रेम के लिए फैली दिशाओं-सी भुजाएँ—गुदाज़ी छुअन की तमन्नाएँ... मधुरिम पिपासाएँ—क्या क्या नहीं—कि उन्हीं क्षणों में जी लें—मात्र लिखकर ही। जिस दिन रश्मि का पत्र नहीं आता—लगता जैसे सूर्योदय हुआ ही नहीं। वो दिन जिया ही नहीं—उसके जैसे तीन लोग और भी थे, एक पंजाबी, एक उत्तर प्रदेशी—फिर बंगाली—जिनके प्रतिदिन पत्र आते थे।

रश्मि का पत्र आया। एम.ए. का परिणाम घोषित हो गया। वह फिर फर्स्ट क्लास फर्स्ट (गोल्ड मेडेलिस्ट) घोषित की गयी। इतनी अप्रतिम, अद्वितीय उपलब्धि। सभी जगह रिकार्ड—कॉलेज की छात्राओं में शहर, क्षेत्र सभी जगह चर्चाएँ। जिस कॉलेज में पढ़ी थी उसी में प्राध्यापिका नियुक्त कर ली गयी। हिमांशु एक छुट्टी लेकर रश्मि को बधाई देने शनिवार को निकल गया—और रश्मि उसे करनाल में

मिलने आ गयी—रहा ही नहीं गया। चुम्बकीय आकर्षण की तरह जुड़ गयी। उसने अणु-अणु में चुम्बकीय क्षेत्र पैदा कर दिया। हिमांशु भी तो बैंक के कम्पिटीशन में पूरे भारत में प्रथम स्थान पर रहा था।

हिमांशु कम्पार्टमेंट की रेलिंग के सहारे खड़ा बाहर देख रहा था। दूर से एक कृशकाय, गौरवर्णा, उषा-लालिमा-रंजित युवती, पीले-लाल धारियों वाले स्लीवलैस कुर्ते और बादामी सिल्क की सलवार में, एक वृक्ष की ओट में खड़ी—आते-जाते मुसाफिरों का ध्यान आकर्षित करती, चेहरे पर उत्सुकता थी। हिमांशु ने दूर से ही देख लिया—हृदय गति तेज़, लगा चलती ट्रेन से छलाँग लगा देगा। नज़र मिली... जैसे गुलाब की टहनी हिली और वो मादक हाथ उठा... चाँदनी बिखरी... जंगल की मस्त हिरनी उसकी ओर बढ़ी...। आते ही लिपट गयी—बैग और पर्स प्लेटफार्म पर...। आसपास के लोग अचम्भित, रोमांचित,। परन्तु वो थी बेपरवाह...। सौन्दर्य और आत्मविश्वास का अनूठा संगम—कितना सुखद पल : कितना भाग्यशाली वह...। फिर भी भीतरी भय... क्यों? शायद नहीं था आत्मबल, जिसे पग-पग उँडेलती थी रश्मि। वो तो थी ही रश्मि-पुँज... चन्द्रिका-स्नात-शीतल!

"डार्लिंग; तुम क्या हो—गज़ब ही हो... मुझे तो मूक ही कर दिया...। शब्द ही नहीं—तुम्हारी आभा, कान्ति, मधुरिमा, गुलाबी मुख—मंजुल, रूप लावण्य, तुम्हारी मेधा, तुम्हारा आत्मविश्वास... तुम्हारा प्रेम—कैसे बखान करूँ? इस एक-एक पल—की कैसे दूँ बधाई... जब वह शब्द ही बहुत छोटा है। डरता हूँ कहीं तुम्हें नज़र ही ना लग जाए..." हिमांशु ने जाँघ को दबाया जैसे वक्ष वहीं पर सिमट गया हो। प्रतिरोध के बजाय उसने अपना समूचा सलोनापन उसकी पीठ के सहारे रख दिया... नस-नस रोमांचित—ऐंठन से उत्तेजित।

"इतनी तारीफ मत किया करो जिसके मैं काबिल ही नहीं... शायद प्यार के लिए—तो कर लो ना...

हम कब मना करते है।..." और उसने लज्जा का झीना-सा पर्दा ओढ़ लिया।

"तभी तो... मन भर ही नहीं सकता... तुमसे—देखते-देखते...

और प्यार... मत दो छूट—पछताओगी..." हिमांशु को तो जैसे संसार की सर्वोत्तम कृति मिल गयी हो।

"मैं तो कभी भी ऐसी ना थी... आपने मुझे कितना बदल दिया। अब तो हर पल आपके पास रहने का ही मन करता है" और वो धीमे से हिमांशु के साथ सट गयी—

"तुम कोई महिला या नारी तो हो नहीं—तुम तो देव कन्या हो... अप्सरा हो... शायद मेनका ही..."

"तब आप विश्वामित्र..."

"एकदम वीभत्स, डरावने..."

"नहीं, प्रेम से उफनते दरिया—जिनका विलय है प्रेम की नदिया में..." और रश्मि ने कॉफी का घूँट भरा जिसकी झाग उसके होठों पर जैसे सागर में फेन तट पर आकर ठहर जाती हो।

"अच्छा फिर आपके पिताजी और माता जी तैयार हैं?" रश्मि ने सामान्य ढंग से पूछा—कि कहीं अब कोई अड़चन ना आ गयी हो।

"उनकी रूढ़िवादी, दकियानूसी सोच तो है ही!— और ब्राह्मणत्व का मुकुट कैसे उतारें? जब स्वयं ही पढ़ा और पढ़ाया और गाँधी जी के मार्ग को सर्वोपरि माना—कि मनुष्य की जाति कर्म से है ना कि उसकी वंशधारा से। परन्तु उन्हें मेरे संकल्प का पता है... मुझे तो बस तुम्हारे सिवा कोई दूसरा दिखता ही नहीं... अच्छा— छोड़ो... आपका कॉलेज कैसा चल रहा है...?"

"वैसा ही है—सिवा इसके कि वहाँ एक स्टूडेंट और एक प्रोफेसर नहीं है...। हाँ कभी-कभार राधिका, इन्दु शर्मा और रति शर्मा के आगे डींग ज़रूर हाँकती है... परन्तु उसे मेरा और आपका सम्बन्ध पता नहीं... कभी कामिनी का पत्र आया... लिखती है या नहीं..."

"एक बार आया था... मैंने सोचा तुमने पढ़ लिया होगा..."

"हाँ—वो लुधियाना में जो आया था—वो तो पढ़ा था... वैसे वो आपसे प्यार तो बहुत करती थी...।"

"और मैं... जिस पर पहले से ही बिजली गिर चुकी थी... और जो खुद ही समर्पित था—हाँ तुम्हें डॉ. पटेल या डॉ. रामानाथन ज़रूर मिल जाते—फिर मिले नहीं क्या?"

आप तो कन्वोकेशन पर आये नहीं। आते तो गोल्ड मेडल लेते देख लेते... आप ही का था... वहीं मिले थे...। आगे की प्लान के बारे में पूछ रहे थे... कह दिया अभी पिता जी ने हाँ नहीं की..."

वह और बातों को कम परन्तु रश्मि की घुँघरू की खनकती आवाज़ को अधिक सुनता रहा...।

पिता जी ने हिमांशु को समझाया कि रश्मि तक तो बात उन्होंने मान ली परन्तु आगे उन्हें भी रिश्तेदारों के साथ निभाना है और समाज में रहना है... सो, दुल्हन को तीन कपड़ों में लाने की ज़िद छोड़ दे...। उन्होंने बड़े अनुग्रह से कहा, "ठीक है, हमारी कोई माँग नहीं... पर जो कुछ भी रश्मि के माता-पिता अपनी खुशी से करें—उसे तो करने दो—उसमें तो तुम दख़ल मत दो..."

"परन्तु जब लड़की हर प्रकार से सम्पन्न है—तो दुनिया में पैसे से आगे भी संसार है...। रही बात समाज की... वो तो दो दिन की चटक चाँदनी है..." हिमांशु अड़ा रहा।

"और उस चटक के बाद... हमें जीवन भर के उलाहने–हमारा भी तो तुम पर कुछ अधिकार है... हम भी तुम्हारे कुछ लगते हैं..." पिताजी जैसे रुआँसे थे। अब उन्हें महसूस हुआ कि जिस सख्ती से उन्होंने हिमाँशु को बड़ा किया–वो ही अंश तो उसमें पनपा है। परन्तु भावुकता उसे माँ से मिली थी–और वो ही उसे द्रवित कर देती थी।

"ठीक है–जैसा आप कहें... पर बारात ग्यारह से ज्यादा नहीं..."

"चलो देखेंगे... बीस-पच्चीस तक ही रहेंगे..."

और तब हिमांशु ने रश्मि के बाऊजी को अपने पिता जी से मिलने को कहा...। उसने रात को डायरी में लिखा–

"मजबूरी में ही उगते हैं–पेड़, गाछ या झाड़...
सपाट, बंजर वीरानों में...
ज़रा-सी स्निग्धता पाकर, उग आते हैं नुकीले काँटे...
टिमटिमाते पत्ते, लम्बे शूल...
जो सह जाते हैं... अन्धड़, तूफान... झुलसती लू के उफान...
पर फिर भी नहीं मिटते उनके निशान...
सम्बन्धों के बीहड़ों में, या लहलहाते रिश्तों में...
अपने ही भीतर उगाते हैं जो... हम... साल-दर-साल!!"

वह भोपाल वापिस गया। लेक्चरर, प्रोफेसर, क्लर्क, टीचर या फिर बेरोज़गार, सभी का ही मिश्रित ग्रुप था। जब ट्रेनिंग में ज्वायन कर ही लिया तो सभी थे प्रशिक्षु...। कल तक पढ़ाते थे–आज सामने बैठे पढ़ रहे हैं। व्यवहार में कैसे परिवर्तन आ जाता है कि सभी फिर से स्वयं को छात्र ही समझने लगते हैं और वैसा ही व्यवहार–वो ही धींगा-मस्ती–वो ही टाँग खिंचाई...वो ही चुटकुले–हँसी मज़ाक... महिला-केन्द्रित वार्ताएँ... वो सब कुछ जो देश के किसी भी कोने में होता है।

बैंकिंग में एकाउंटस, मार्केटिंग, मैनेजमेंट, एडवांसेज़, इंवेस्टमेंट, वित्तीय कंट्रोल्ज़, कैश मेनेजमेंट–ह्यूमन रिसॉर्स मैनेजमेंट, कस्टमर रिलेशंज़ मैनेजमेंट और वो सभी ध ाराएँ जो बैंकिंग से जुड़ी हों–और उसमें घुसी इंश्योरेंस–लाइफ और जनरल... सभी कितना विस्तृत और कितना नीरस। खुली मार्केट के प्रत्याशी जिन्हें वित्त और लेखा के बारे में अ-आ भी नहीं पता हो–कैसे गुज़रें इस यातना की वीथी से? एकाउंट्स वालों को छोड़–सबको एकाउंट्स के डेबिट और क्रेडिट समझने में चार महीने लग गये... यही समझ नहीं आता था कि जब डेबिट "वहाट कम्ज़ इन" और क्रेडिट "व्हाट गोज़ आउट" है तो फिर ये किताबों में प्रविष्टियाँ कभी लेफ्ट, कभी राइट को हो जाती हैं–और बेलेंस शीट में कंट्रा एंट्रीज़... कभी भी पल्ले नहीं पड़ी... उसने तो अपना ही मैथेमेटीकल फार्मूला बना लिया था।

कॉलेज तो कॉलेज ही होता है—उसका कार्यक्रम भी वैसा ही जैसे ट्रेनिंग अकादमियों में होता है। सुबह छः बजे पी.टी.—आँखें मलते, सोते जागते—चुस्त निठल्ले—परन्तु पी.टी. अनिवार्य...। और जो रात भर फ्लाश, रम्मी या ब्रिज खेलें और हाई स्टेक्स पर पैसा जीतें या हारें—कुछ साथी सेलेरी मिलते ही पूरे पैसे घर भेज देते और बाकी ज़रूरतें जुए के पैसों से पूरी करतें—। कैसे पी.टी. करने पहुँचे? तो भी बहाने गढ़कर उन्होंने समय तो निकाल ही लिया। हिमांशु भी दो सौ में से डेढ़ सौ घर भेज देता... बाकी रोज़मर्रा की चीजों पर खर्चा। परन्तु बाहर कभी भी कुछ नहीं खाया। ट्रेनिंग के बाद—प्रेक्टीकल ट्रेनिंग के लिए... साल भर मण्डल-कार्यालयों में—ताकि सभी तरह की जॉब्स का अनुभव मिल जाए...। कार्यालयों में हालत सरकारी दफ्तरों जैसे—टूटी कुर्सियाँ, मेज़ें—फाइलों के ढेर, उन पर जमीं मिट्टी की परतें—सर्विस काऊँटरज़ पर लम्बी-लम्बी कतारें... मेनेजर्स चौबीसों घण्टे पब्लिक से घिरे हुए—तू-तू मैं-मैं—सन्तुष्ट ग्राहक—केवल सपना— क्योंकि हर काम मैन्यूली यानी मशक्कत से ही करना पड़ता। पूरा दिन काम करने के बाद भी छह या सात पत्र ही निपटा पाते—सुधार और व्यवस्था में काफी सुधार की आवश्यकता थी—ऐसा हिमांशु ने महसूस किया।

इसी बीच बाबू जी का पत्र आया—छोटी बहन की शादी दस दिन बाद—घर में पहली शादी... शीघ्रता शायद इसलिए कि कहीं कोई हिमांशु के विषय को लेकर भाँजी ना मार दे। घर में गहमा-गहमी। सभी ने अपने सामर्थ्य के अनुसार सहायता की। परन्तु फिर भी व्यय और जमा पूँजी में एक बड़ी खाई—जीजा जी राज्य सरकार में सुपरवाइज़र—उनकी कोई माँग नहीं... और बहन शादी से पहले बीमार। हिमांशु भीतर ही भीतर सन्तप्त। परन्तु सम्बल थी रश्मि... जो बीच-बीच में आ जाती... और समस्याओं का समाधान सुलझा जाती...। शादी कम से कम खर्च में की गयी... रस्में तो सभी निभाईं। माँ, बहनें, भाई... बात-बात पर रोने लग जाएँ... सहेलियाँ, सखियाँ, औरतें, रिश्तेदार... सभी इकट्ठे, वो ही लोक गीत, वो ही ढोलक की थाप... वो ही गाने, गिध्धा, डाँस... वो ही सिठ्ठेणियाँ, गीतों में बोलियों में उलाहने, वो ही मुँह दिखाई—सालियों का मनुहार... और कन्या जिस भी अवस्था में हो—विदाई—उसके भाग्य भरोसे... एक पौधा एक लता—एक उद्यान से उखाड़कर... सौंप दी... दूसरों के हाथ... फले-फूले या मुरझाए—उसकी किस्मत...। नारी जीवन की यह त्रासदी हिमांशु की सहन शक्ति से बाहर की बात थी...। तभी तो वो हमेशा चाहता था कि स्त्री यदि दूसरे घर जाए तो उसे फूल-सा सहेज कर रखा जाए...। "विवाह सम्पन्न हो गया—बधाइयों का सिलसिला—और वो अन्तिम घड़ी...।

सुबह चार बजे—बाजदारों की धुन..."साड़ा चिड़ियाँ दा चम्बा वे... बाबुल असाँ उड़ जाणा..." और... "बाबुल की दुआयें लेती जा..."

और सभी गले मिल-मिल रो रहे थे... बहन की विदाई... हिमांशु और भाई... माँ–पिता... सभी तो आँसुओं में डूबे... कौन किसे सँभाले–औरतें और सखियाँ गा रही थीं...

"बारां ताँ बरियाँ मैंनूँ बाबुल रखिया...
मैंनूँ रखिया ना अज दी रात...
सठ्ठ सहेली बाबुल दर खड़ी...
मैनूँ नई मिलण दा... चाअ...
हर मन चाअ... दिल दरिया...
फेर आज दी रात ताँ रख लै... वीरेया..."

हिमांशु मिला। रोना थम ही नहीं रहा था–अनिष्ट हमेशा की तरह अन्दर से खाए जा रहा था। रश्मि ने सांत्वना दी–"मैं भी तो आऊँगी–आपकी माता जी भी तो आयी थी–संसार तो ऐसे ही चल रहा है..."

"परन्तु जो भी हो–स्त्री जाति की यह असामान्य अनिश्चितता की स्थिति–और सारे घटनाक्रम या पूरे जीवन का दाँव, बिना किसी दृढ़ विधि सम्मत बन्धन के–कितना एक तरफा और बेमानी लगता है" रश्मि को लगा कि हिमांशु वास्तव में ही अन्धड़ में एक पेड़ की भाँति आमूल हिलता हुआ अनुभव कर रहा था। केवल इसलिए कि वो स्वयं को उस स्थिति में रखकर कभी सोच भी नहीं सकता था।

"परन्तु इसका दूसरा विकल्प भी क्या है–या फिर कामरूप प्रदेश की भाँति कन्या, लड़के को वर कर अपने घर लेकर आये–"रश्मि ने अकाट्य तर्क दिया।

"मेरे विचार में यह स्थिति फिर भी बेहतर है–। पुरुष में जन्मजात इतनी क्षमता होती है और उसके शरीर की और मानसिक बनत ऐसी होती है कि वो विषम परिस्थितियों में भी स्वयं को सन्तुलित रख सकता है... और नहीं तो घर से बाहर होकर भी समाज और परिवेश का सामना कर सकता है।–स्त्री बेचारी? उसका तो जीवन ही अभिशाप हो जाता है... अपवाद कभी भी सम्पूर्ण वर्ग पर लागू नहीं किए जा सकते।" हिमांशु की भृकुटि तन रही थी।

"आप तैश में आ गये–आपका कहना तो सही है–पर समाज को बदले कौन–यह तो पुरुष–प्रधान समाज है और यदि पुरुष और उसका परिवार महिला को यथोचित स्थान, गरिमा, आदर, प्यार दे–तो यह समस्या हो ही ना...!" रश्मि सदा की तरह शान्त, शीतल समीर-सी बही।

हिमांशु का छोटा भाई जो इतनी देर से सब बात सुन रहा था... बीच में ही बोला... "भापा जी... भाभी जी ठीक कह रही हैं–यह तो हमारे ही हाथ में है–समाज तो सदियों से ही ऐसे चलता रहा है।"

"सुधीर तुम सही कह रहे हो—परन्तु पश्चिमी देशों ने इसका समाधान तो निकाला। परन्तु उसमें सरकार की पहल और सामाजिक सुरक्षा पहले है। वयस्क होते ही लड़का, लड़की स्वतन्त्र और स्वेच्छाचारी हो जाते हैं... और यही कारण रहा है परिवारों के बँटवारे का..." हिमांशु बोला—सुधीर जो उस समय एम.एस.सी. कर रहा था—मन ही मन तर्क का विश्लेषण करता चल रहा था। उसके मुँह से 'भाभी जी' शब्द हिमांशु को अच्छा लगा। शायद उसने पहली बार उस ओर ध्यान दिया था।

वो और रश्मि माल रोड से होते हुए... रश्मि के घर पहुँचे।

"पिताजी आप की बात बाऊजी से हो गयी ना...?" हिमांशु ने नींबू-पानी पीते पीते पूछा।

"हाँ, बेटा जी, वो तो आप पहले ही कर चुके थे...। उन्होंने सब बता दिया—और बाकी हम पर छोड़ दिया।"

पिता जी उसे सन्तुष्ट लगे। लड़की का पिता, कितना भी सम्भ्रान्त और समाज में मान्य क्यों ना हो और लड़की कितनी भी सुशील, सुन्दर, सुपठित और सुसंस्कृत क्यों ना हो—हमेशा झुका ही रहता है : जैसे लड़की उनके परिवार में देकर कोई गुनाह कर रहा हो। सामाजिक विडम्बना उसे कभी भी रास नहीं आयी। परन्तु पिता भी क्या करे? अपने शरीर का प्रियतम अंग काटकर परिवार को सौंपता है और उसमें तनिक भी चुभन असह्य हो जाती है। धन्य है स्त्री, जो समस्त तंग सँकरी वीथियों से गुज़रती हुई भी उफ़् तक नहीं करती...। सारी की सारी विषमता, यातना, पीड़ा—भाग्य के माथे मढ़ देती है। अच्छा सूत्र दिया वासुदेव कृष्ण ने कि सब कुछ कर्मों का ही फल है...। बस, कर्म करो—सहो, घुटो, सड़ो। यदि प्यार मिले तो भाग्य को सराहो—पति को परमेश्वर मानो... अन्यथा शारीरिक मानसिक यातना, प्रताड़ना सहो। सब पूर्व जन्मों का कर्म फल! वाह री धार्मिक दार्शनिकता'... हिमांशु रात भर सोचता रहा... सुबह उसे भोपाल जाना था।

हिमांशु की आँख लगी ही थी कि माता जी चारपाई के सिरहाने बैठकर उसके सिर पर हाथ फेरने लगी।

"सौं, गयाँ... काका..." माता जी ने स्नेहमयी आवाज़ में पूछा।

"नहीं... दस्सो माता जी..." और वो उठकर बैठ गया।

"काका, मैं कैंहदी सी, तूँ इक वारी फेर सोच लै... तैनूँ नईं पता, तेरे बाऊजी किन्ने क परेशान हैंगे... की खास गल्ल है ओस विच्च? बड़े तो बड़े रिश्ते आ रैहे ने... नाले अपनी बिरादरी विच... मेरी ऐनी कू गल नईं मन्न सकदा..." माता जी ने उसे पूरे दुलार से कहा...।

"माताजी तुआडी गल्ल मैं हमेशा मनदा रिहा हाँ—पर तुसीं रश्मि विच इक ता कमी दस्सो—नहीं ताँ ऐस नू छड़ के जो मरज़ी गल्ल करो—सिर मत्थे—पर मेरी बेनती

ए कि मैं तुआडी एह गल नहीं मन्न सकदा। मैनूँ माफी दे देवो...'' हिमांशु ने भी पूरी अनुनय और विनम्रता से कहा।

''ताँ ठीक ए... जे तेरी वी एहो जिद्द है ताँ मेरे नाल कलाम ना करीं...'' माता जी ने तेवर बदले।

उसने माँ से जफ्फी डाली और मनाने की कोशिश की।

''मैनूँ पता ए—तुसीं मैनूँ किन्ना प्यार करदे...ओ... मैं तुआनू आपे मना लैवांगा...''

और माता जी ने थोड़ी देर और प्यार और तेवर से प्रयत्न किया—पर विफल होकर चले गये। सोचा—इससे तो मेरा देवर ही अच्छा था जिसने बाऊजी के कहने पर लीला का पीछा छोड़ दिया था... जब अपना ही सिक्का खोटा हो—तो दूसरे को क्या कहें... माता जी बुड़बुड़ाती रहीं।

हिमांशु को याद था कि जब भी वो कुछ कहता तो माता जी हमेशा ही कहते...''मैं देखाँगी जदों तूँ कोई अनाराराणी लै के आँवेंगा...'' और अब पता नहीं कहीं ना कहीं स्त्री जनित डाह ही हो। वैसे भी सबसे बड़े लड़के की परिवार में स्थिति विचित्र ही होती है...। माता-पिता कहीं तो उसके साथ भाई-सा प्रतिस्पर्धात्मक व्यवहार करते हैं और जब दायित्व या ज़िम्मेदारियों की बात होती है तो वो बेटे का रूप धारण कर उनके ऋण से मुक्त होने के लिए बड़े से बड़ा बलिदान देने से भी ना हिचकिचाए। यह प्रतिद्वन्द्विता उसके साथ जीवन भर चलती है।

कार्यालयों में काम करने के तौर तरीके, कार्य निष्पादन पद्धति के नौ महीने अध्ययन के पश्चात्, सभी प्रशिक्षु अधिकारी पुनः भोपाल में एकत्रित हुए। उन्हें अपने प्रशिक्षण की गति, प्रगति एवं ग्राह्यता पर पुनर्विवेचन एवं प्रतिक्रिया देनी थी... ताकि यदि प्रगति सन्तोषप्रद ना हो, तो सुचारु सुधार किए जाएँ...। वैसे भी कार्यालयों में उनके अनुभव सुझाव, कार्य-संचालन की विधि पर उनका फीड बैक प्रबन्धन के लिए बहुमूल्य था...। अन्यथा भी यदि आप एक तरह के वातावरण से बदले हुए परिवेश या वातावरण में जाते हैं तो आपको एकदम से अटपटापन, कार्य पद्धति एवं उसके निष्पादन के तौर तरीकों में कुछ नयापन और कुछ विसंगतियाँ नज़र आती हैं। जो कर्मचारी सालों से एक काम को एक निर्धारित तरीके से करता है उसे कभी लगता ही नहीं कि उसके लिए या उसे निपटाने के लिए कोई सरल तरीका भी हो सकता है। इसलिए काम में ऊब, नीरसता एवं बोझिलता महसूस होने लगती है। तभी तो, प्रशिक्षु अधिकारियों का कार्य पद्धति के हर चरण पर दृष्टिकोण एवं नजरिया तथा सुझाव आवश्यक होते हैं।

बेशक, मध्यम वर्ग वाले ट्रेड यूनियनों के आन्दोलनों में विचारधारा से विचलन होता गया है और खाँटी अर्थवाद ही मूल आधार बनता गया है। इससे प्रगतिगामी

शक्तियों को क्षति तो पहुँची ही है, श्रम संस्कृति के क्षय के कारण देश के क्रान्तिद्रष्टा भी भटक गये हैं।

शुरू-शुरू में, ट्रेनिंग के दौरान, ऑफिस के नियम, कार्यपद्धति, रूल्स, रेग्यूलेशनस की बात पर, सभी के चेहरों से उबाऊपन झलकता था और आधी से अधिक क्लास दिवास्वप्न देख रही होती। कहने के लिए वे आँखें मूँदे... उन विषयों के मन्थन में डूबे होते...।

हिमांशु की तरह जो लोग छोटे शहरों से आये थे... उन्हें भोपाल बहुत अच्छा लगा। वो जब वर्षा ऋतु के पश्चात् आये तो जैसे रूमानियत साथ-साथ चली आयी। विंध्या पर्वत शृंखला के उत्तर में श्यामला हिल्ज़ और उन्हीं के अनुसरण में अरेरा हिल्ज़... और उन के पग धोती भोज वेटलैण्ड जिसमें समाहित थे बड़ा तालाब और छोटा तालाब जिसे अंग्रेज़ अपर लेक और लोअर लेक कहते थे...। अपर लेक जिसका विस्तार लगभग चार सौ वर्ग किलोमीटर था और लोअर लेक का करीबन दस वर्ग किलोमीटर...। और दोनों झीलों का निकास कोलार नदी में होता था। एक ओर शस्य श्यामला पहाड़ियाँ जिन पर अलकों से लहराये झुके-झुके बादल... दूसरी ओर पवन-से अठखेलियाँ करती उर्मियाँ... जो जीवन के उतार-चढ़ाव और नारी की प्रकृति और प्राकृत्यात्मकता को मुखरित करती थीं...। मन क्यों ना रमे... और क्यों ना सोचे... कि आखिर यह बेगमों का शहर; वास्तव में ही उन्हीं की छटा रही होगी—जो इस दुर्गम पहाड़ी टीलों में ऐसी रमणीयता बिखेर रहा था।

भारत में सबसे बृहत् शिवलिंग, राजा भोज ने, करीबन एक हज़ार साल पहले भोपाल से 28 किलोमीटर की दूरी पर भोजपुर में बनवाया था... इसे भोजेश्वर मन्दिर भी कहा जाता है।

भोपाल की स्थापना दसवीं शताब्दी के प्रारम्भ में परमार वंश के भोज-द्वितीय राजा ने की थी—जिसकी राजधानी धारनगरी थी। भोपाल को भोजपाल भी कहा जाता था। क्योंकि भोपाल झीलों से घिरा हुआ था और पाल को हम डैम या बन्ध से जानते हैं। मुगल बादशाह औरंगज़ेब की 1707 ई. में मृत्यु के पश्चात् एक अफगान सिपाही ओराकज़ाई कबीले से आया जिसका नाम दोस्त मोहम्मद खान था। औरंगज़ेब के काल के समाप्त होते-होते... भोपाल लगभग ध्वस्त हो चुका था। दोस्त मोहम्मद ने भोपाल को फिर उसी जगह बसाया, उसका जीर्णोद्धार किया और अफगानी संस्कृति, वास्तुशिल्प और इस्लाम का प्रसार किया। भारत की स्वतन्त्रता से पहले यह देश की एक सबसे बड़ी रियासत थी। शहर का काफी हिस्सा तो हिमांशु ने अपने एक परम मित्र सरदार दलबीर सिंह के साथ बस और रिक्शा में जाकर देखा और काफी बैंक द्वारा आयोजित टूर के माध्यम से। कसीदा बेगम भोपाल की पहली महिला-शासक थीं और उनके बाद उनकी पुत्री सिकन्दरी और फिर क्रम से शाह जेहान बेगम,

कैरबुसरो जहान बेगम शासक रहीं और अन्त में बेगम ने शासन अपने बेटे को सौंप दिया। ताज-उल-मस्जिद एशिया की सबसे पुरानी मस्जिदों में से एक है। जामा मस्जिद और गौहर महल कुदसीया बेगम ने "सन् 1837" में और मोती मस्जिद सिकन्दरी बेगम ने "सन् 1860" में बनवायी।

उस रविवार को वो बौद्ध साँची स्तूप तथा उदय-गिरि गुफाएँ देखने गये क्योंकि ये गुफाएँ तीसरी से छठी शताब्दी में बलुआ पहाड़ों पर नक्काशी करके बनायी गयी थीं। चन्द्रगुप्त काल के तीसरी शताब्दी के अन्त के शिलालेख भी यहीं पर हैं–

भोपाल से 40 किलोमीटर दूर भीमबेटका में दुर्लभ और दस हज़ार साल से भी अधिक पुराने प्रागैतिहासिक शैल चित्र एवं चित्रकारी उपलब्ध है और यह विश्व-धरोहर है।

उसकी तुलना में अम्बाला कैंट–(सिवा रूडयार्ड किपलिंग की पुस्तक "किम" के)–का ज़िक्र केवल सैनिक छावनी के रूप में ही होता रहा है। 'किम' में लाल पृष्ठभूमि में वृष का चित्र भारतीय सेना के लिए शुभंकर बनाया गया था। यहाँ पर किसी भी प्रकार की संस्कृति या कला का विकास हो ही नहीं पाया। सिवा इसके कि यहीं पर हिमांशु के संसार का उद्भव हुआ। यहीं फूटी उसकी सिरजना की प्रथम रश्मि...!

हिमांशु ने सारे भोपाल का उपरोक्त वर्णन रश्मि को पत्रों में किया जैसे "लैटरज़ फ्राम ए लवर टू हिज़ बीलवेड" हों। लिखते हुए पाया जैसे वो उसकी आगोश में हो–आलोड़ित, उच्छलित...! कहते हैं ना कि कोई कामना अधूरी छोड़ो तो मनुष्य काल चक्र में बँधा वहाँ अवश्य आता है। इसीलिए वो पंचमढ़ी नहीं गया था, क्योंकि इस प्रकार का पर्वतीय, रमणीय, सुरम्य विचरणीय स्थल जो रश्मि के बिना होगा, वह एकदम वीरान सूना-सुनसान!

लोअर लेक पर रेलिंग के सहारे हिमांशु अपने एक मित्र के साथ खड़ा शीतल समीर को अपने अन्तर्तम तक उतार रहा था। वैसे भी कोई बैंच खाली नहीं था और जहाँ वो खड़े थे उसके पास ही बैंच पर दो महिलाएँ बैठी थीं...। वो कॉलेज के विषय में चर्चा कर रहे थे। उनमें से एक महिला ने अपनी साथिन के कान में कुछ कहा... और उठकर उनके पास आयी...

"हैलो–हिमांशु... आप यहाँ...?" उसने बड़ी बेतकल्लुफी से कहा।

हिमांशु थोड़ा सकपकाया–आँखों पर विश्वास ही नहीं हुआ... "हाय... आप... रागिनी... व्यास, सॉरी रागिनी परेरा... आपने कैसे यहाँ भी पकड़ लिया... आप यहाँ पर... कैसे...?"

"थैंक गॉड–आपको नाम याद तो रहा...मैं यहाँ पर गवर्नमेंट पोस्ट ग्रेजुएट कॉलेज में पिछले साल आ गयी थी...। हमारा कॉलेज और हॉस्टल पास ही है। शाम

को छः बजे मैं आपका गेस्ट रूम में इन्तज़ार करूँगी। आप तो अधिकारी ट्रेनिंग कॉलेज में हैं ना... इन्दु ने लिखा था...।"

"अच्छा—ठीक है—कोशिश करूँगा..."

"आपकी संकोच की आदत गयी नहीं—इतनी देर में मिले हो। ज़रा भी उत्सुकता नहीं... कमाल ही हैं आप..."। साथ में खड़ा उसका साथी जो सब सुन रहा था—बोला—

"मैम—आप निश्चिन्त रहें—मैं इसे लेकर आऊँगा।"

हिमांशु को पहुँचते हुए सवा छः हो चुके थे। रागिनी बार-बार घड़ी देख रही थी—और गेस्ट रूम से उठकर जाने लगी कि सामने से हिमांशु को भीतर आते देखा।

"वेलकम—मैंने तो उम्मीद ही छोड़ दी थी—क्यों... चलो, अच्छा हुआ—आप आये तो—!"

"रागिनी जी, आप जानती ही हैं, ट्रेनिंग का शैड्यूल कितना टाइट होता है... चलो छोड़ो—पहले बताओ कि मि. परेरा कैसे हैं—कहाँ पर हैं... यहाँ पर या फिर आगरा में ही..."।

"कहानी तो लम्बी है—किसी से विशेष शेअर भी नहीं कर सकती थी। आप अचानक मिल गये—और आप हम दोनों को जानते भी हैं। असल में प्रेम करना या हो जाना तो बहुत ही सरल होता है और पुरुष के लिए तो कपड़े बदलने जैसा। पुरुष प्रेम कर तो सकता है पर उसे निभाना उसके चरित्र में ही नहीं—और फिर यदि वह अन्तर्धर्मी हो—दो अलग-अलग संस्कृतियाँ, अलग सामाजिक, धार्मिक और निजी मान्यताएँ...! स्त्री समर्पण जानती है। वह स्थितियों का आँकलन उनके आमुख से करती हैं—जैसा कहो उसे वैसा ही लेती हैं—पर जब यथार्थ सामने आता है तो जैसे ज़लज़ला ही आ जाता है..."

"अच्छा पर आपके हब्बी इसमें कहाँ फिट होते हैं?"

"शादी के बाद—साल भर तो ठीक गुज़रा—। कभी ध्यान ही नहीं गया कि वो मुझे साड़ी या सूट में देखना पसन्द ही नहीं करते। साड़ी में तो कत्तई नहीं— और धीरे-धीरे हमारी मूर्तियाँ, देवी देवताओं की तस्वीरें सभी उठा अलमारी में बन्द कीं...। फिर यही आग्रह कि हर इतवार चर्च में जाऊँ पर मन्दिर तो बिल्कुल नहीं...। माथे पर बिन्दी और माँग में सिन्दूर... बर्दाश्त के बाहर...। एक शनिवार आदेश दे दिया कि कल तुम्हारी चर्च में बेप्टीज़म की सेरेमनी यानि कि विधिवत् धर्म-परिवर्तन। मैंने भोपाल के सरकारी कॉलेज में आवेदन तो दे ही रखा था—मैं तो पहले ही दुविधा में थी क्योंकि नियुक्ति पत्र आ चुका था। मैंने, सरकारी नौकरी का बहाना लगा यहाँ आकर ज्वॉयन कर लिया। वैसे भी यह बात उनकी कल्चर में हो सकती है कि कभी किसी भी महिला, लड़की के साथ 'नाइट आउट' करो—यह और

ऐसी कई बातें साल भर बाद उजागर हुईं। मुझे तो मेरे माता-पिता ने भी डिस्ओन कर मुझे अपनी बेटी मानने से इनकार कर दिया। अब सोचती हूँ कि डायवोर्स का नोटिस भेज दूँ... आप क्या राय देते हैं?"

"देखो रागिनी—मैं ज़्यादा तो नहीं जानता परन्तु जो भी वृत्तान्त आपने सुनाया उससे तो लगता है कि सम्बन्ध-विच्छेद ही न्यायसंगत होगा। अन्यथा सोच लो कि धर्म-परिवर्तन कर सकती हो या नहीं उनकी संस्कृति, जीवन-पद्धति के अनुसार ही स्वयं को बदलना होगा। निर्णय तो आप ही का होना चाहिए... हम तो आपके साथ खड़े ही हो सकते हैं...।"

"वो तो आप सही कह रहे हैं। मैंने तो तलाक का फैसला कर ही लिया है ..."। रागिनी लगा कि दृढ़ निश्चय कर ही चुकी थी।

एक दो बार रागिनी उससे मिलने आयी—दो महीने बाद जब वो मिला तो रागिनी ने बताया कि मि. पीटर ने तलाकनामा हस्ताक्षर कर लौटा दिया था। हिमांशु ने उसे हर प्रकार की सहायता और सहारा देने का आश्वासन दिया। अब रागिनी के मन में क्या था—वह ही कह सकती थी। और हिमांशु को नारी व्यथा पर सहानुभूति थी...। इससे अधिक कुछ भी नहीं...।

चाय और बिस्कुट से अधिक तलाक के मौके पर बनता ही नहीं था... सिवाय विदाई के...।

साल भर बाद अजमेर में रागिनी का पत्र आया। काफी संयत थी। माँ बाप उसी के साथ रह रहे थे—और जीवन वैसे ही गुज़ारेगी जैसे वो उसे गुज़ारेगा... समुद्र में अकेली नाव और वह एकल माँझिन! नार!!

33

हिमांशु भी यह मानता रहा था कि हर परिवार की अपनी परम्परा होती है और उसे ही परिवार वाले दोहराते, निभाते चले जाते हैं—पुश्त दर पुश्त, और उसी में ही झाँकती है संस्कृति, लोक-कला, लोक-गाथा, लोक गीत जिससे उसके जीवन्त होने का एहसास बार बार मुखरित होता है। यही तो है हमारी सांस्कृतिक धरोहर—हमारी विरासत जिसे हमने निरन्तर आततायियों या आक्रमणकारियों तथा विदेशी शासकों के रहते भी—ज़िन्दा रखा। इसका काफी श्रेय महिलाओं को जाता है जो समय अनुरूप अपनी भूमिका, अपना कृतित्व बदल लेती हैं—हर उत्सव, हर अवसर, हर खुशी हर गम के लिए लोक गीत तथा निज पीड़ा, अवसाद की अभिव्यक्ति—लोक गीतों के माध्यम से, इस सब ने इस कला को जीवित रखा। परन्तु स्वतन्त्रता के

बाद, पाश्चात्य प्रभाव इस कद्र हावी हो गया कि अब यह लोक परम्परा केवल कैसेट्स या सीडीज़ में ही बन्दी बनकर रह गयी। आज की पीढ़ी इससे पूर्णतया अनभिज्ञ, कोसों दूर भागती है। डी.जे. पर डाँस, अंग्रेजी या लच्चर धुनों पर थिरकन और ऐसे ही और मनोरंजन के भोंडे साधन, हमारी संस्कृति के दफन का काम कर रहे हैं। बदलाव तो प्रकृतिजन्य है परन्तु वो परिवर्तन जो पिछले हज़ार, पन्द्रह सौ सालों में नहीं आया--वो केवल पिछले दो दशकों में ही आ गया। कारण--पुरानी पीढ़ी की नयी पीढ़ी के प्रति विमुखता और स्वाधीनता और स्वतन्त्रता में अन्तर ना महसूस करना। स्वतन्त्रता का अर्थ उच्छृंखलता, मनमानी, चरित्रहीनता, बेईमानी ही लिया गया और देश के प्रति दायित्व, उसके प्रति निष्ठा सब सपना ही हो गये। एक होड़, एक अन्धी दौड़, अभावग्रस्त मानसिकता और जीवन की सभी सुख-सुविधाएँ शीघ्रातिशीघ्र एकत्रित करने के लिए नैतिक, अनैतिक मार्ग--सभी हमें अधोगति की ओर धकेलते दिख रहे हैं।

हिमांशु को स्वयं ही स्पष्ट नहीं था कि कौन-सा-मार्ग उचित है क्योंकि घर में रामायण, पुराण इत्यादि होते हुए भी उसने इन्हें नहीं पढ़ा।--और तो और गीता भी नहीं। और किसी ने आग्रह या अनुग्रह भी नहीं किया। बेशक, माताजी तथा पिताजी कोई न कोई महाकाव्य या धार्मिक ग्रन्थ चालू ही रखते थे। वह जानता था कि कहीं तो परिवेश का व्यक्ति पर प्रभाव तो था, या फिर उसका विलोम सही था--परन्तु प्रत्यक्ष स्थिति तो सामने समाज के माथे पर उभर रही थी। उसका विवाह सन्निकट है।

आँगन में दरी पर बैठी स्त्रियाँ ढोलक की थाप पर गा रही थीं--

"साडी भाबो स्कूलाँ दी पढ़ी वे, बीरा कॉलेज पढ़िया--
साडी भाबो चमेली दी कले वे, बीरा फुल्ल गुलाबी...।"

कितनी कर्ण प्रिय धुन, लय और ताल--समूह गान, लोक गीत, लोक धारा में प्रवाहित, चाहे ज़माना कितना भी बदला हो..

माँ, बहनें, चाचियाँ, सहेलियाँ, बूआ, पड़ोसनें, सभी सगे सम्बन्धी... सभी अपने अपने गीत आलाप रहे थे...और अपनी ही नच्चण की शैली में नाच गाना, स्वाँग, बोलियाँ--सभी में तरह-तरह की विविधता थी। पर... दादी... बहुत खुश थी, उसके प्रिय पोते हिमांशु की शादी जो थी। दादी सत्तर-पचहत्तर की रही होगी--पूर्णतया ग्रामीण परिवेश में रही--और सभी को उसी अभावग्रस्त हालातों में पाला--परन्तु फिर भी विचारों में एकदम आधुनिक। उसे हिमांशु की पसन्द पर नाज़ था--और उसने ही सबसे पहले विजातीय विवाह का समर्थन किया था--अब वो ही अपने दन्त-विहीन होठों से सबको पुराने-पुराने लोक गीत याद दिला रही थीं--और गा-गा कर भी बता रही थीं।

"नी लच्छमी... ओ हो गा जेहड़ा तू अपणे देवराँ दे विआह ते गौंदी-सी..." दादी ने कुर्सी पर बैठे-बैठे निर्देश दिया।

"केहड़ा भाबी..." हिमांशु की माँ ने पूछा। और ऐसे ही उल्लास, हँसी, खुशी, मज़ाक ठिठोली चलती रही...।

लोक गीत और परम्परागत रस्मों का वास्तविकता से कोई वास्ता नहीं होता परन्तु फिर भी वो प्रतीकात्मक तो होते ही हैं। बहू चाहे कितनी भी पढ़ी हो, लोक गीत तो उसे स्कूल के आगे नहीं ले जाएँगे।

हिमांशु के मन में उत्साह तो था परन्तु उमंग नहीं। जेब भारी हो और पीछे आलम्बन हो तो मन भी बल्लियों उछलता होता है। वो तो किसी से कर्ज़ भी नहीं ले सकता था और ना ही जमा पूँजी... और ऊपर से संकोची जीव।... कोई पूछेगा भी क्यों–ऐसी परिपाटी ही नहीं परिवार में–हर एक अभावग्रस्त, पिता जी जो भी हो उससे निकलवाने में रुचिकर–ताकि उन पर बोझ कम से कम पड़े। हिमांशु तो फोटोग्राफर का भी प्रबन्ध करने में असमर्थ... नौकरी के नाम पर केवल स्टाइपेंड ...। उसके पास साधन नहीं–दूसरे को क्या सरोकार...?

मध्य मई का महीना–रश्मि के घर में प्रबन्ध करने के लिए उसका छोटा भाई और उसके मित्र...। हाँ यह सब देख, शादी का पूरा प्रबन्धन रश्मि के जीजा जी ने अपने हाथ में लिया। रश्मि में उत्साह, उमंग, सकारात्मक सोच–अभाव को भी अपना अचूक अस्त्र बनाना–वो खूब जानती थी। माथे पर तनिक भी शिकन, शिकवा, शिकायत नहीं–वो तो साधनों की परिधि में जो भी कर सकती थी, कर रही थी। वो भी नहीं चाहती थी कि हिमांशु को कुछ सुनना पड़े।

हिमांशु रश्मि के लिए सम्भवतः एक ही वस्तु सर्वोपरि थी–वह थी परस्पर प्रेम... सान्निध्य, सामीप्य– अपनी ही प्रेमपूर्ण दुनिया का सृजन! वैसे दोनों को ही इस बात का कोई अन्तर नहीं पड़ता था कि कौन क्या कहेगा।

"अच्छा–डीयर एक प्रॉमिस करो–"रश्मि ने अनायास ही उसकी ओर आशंकित दृष्टि से देखा।

"बताओ–डार्लिंग!" उसका हाथ थामते हुए हिमांशु ने कहा..."कहो तो सही...!"

"मैं जब आपके घर जाऊँ तो मुझे पल भर भी अकेला मत छोड़ना..."

"क्यों क्या हुआ...?"

"अगर किसी ने ज़रा-सा भी कुछ कहा तो मैं सह नहीं सकूँगी..." रश्मि की मनःस्थिति वह भली भाँति समझता था।

रश्मि भी जानती थी–इतने सगे-सम्बन्धी, रिश्तेदार और फिर पड़ोसी–किस किस का मुँह बन्द करेंगे... और वो तो बस झर-झर बरस ही पड़ेगी। नया परिवार,

नये लोग, नया ही माहौल—और सिवा हिम के किसी को जानती तक नहीं। तो क़िसकी क्या प्रवृत्ति, क्या सलीका, कैसा व्यवहार वो कैसे जाने—और ऐसी अनिश्चितता की स्थिति कि परिवार भी एक-दूसरे को जानते तक नहीं...। कितना वातावरण का अलगाव—वो आर्य समाजी और क्षत्रिय और हिम का परिवार कट्टर सनातनी—। कहीं ना कहीं कोई आक्षेप हो ही सकता है या कोई कर भी सकता है।

जब लड़का-लड़की एक दूसरे को मनसा-वाचा-कर्मणा वर चुके हों—तो विवाह, महज औपचारिकता ही रह जाती है। परिवार के लिए पहली शादी थी परन्तु वो तो जैसे सदियों से ही एक दूसरे में विलीन! सामान्य में कुछ असामान्य हो जाए तो उसकी अमिट छाप मानस-पटल पर अंकित हो जाती है और उसकी व्याख्या करने के अनेक दृष्टिकोण हो सकते हैं।

बारात के ठीक पच्चीस लोग... गिनकर... शाम आठ बजे पहुँचना था वधू के घर...। सात बजे, मई के मध्य पुरज़ोर अन्धड़ ने सब टेंट उड़ा दिये... खाना धूल से सँभालना, सामान समेटना—बारात का स्वागत—सभी समस्याएँ और फिर आधा घण्टे बाद बरसात—! चिलचिलाती धूपहली शाम... और बरसात कहाँ से आयी—केवल रहस्य...या फिर भगवान की लीला—या प्रकृति का खेल। परन्तु नियति का पूर्वाभास भी हो सकता था—कुछ भी। जो जी चाहे सोचें...। सजावट, वन्दनवार और रोशनी की जगमगाहट, जो भी संसाधनों के दायरे में सम्भव था, उसे फिर से सामान्य किया गया। परन्तु मौसम—एकदम ठण्डा, पसीना काफूर और शीतल बयार जैसे बौराई जाए...।

जीवन झंझापूर्ण होगा—आँधी तूफान ने लक्षित कर दिया—परन्तु प्रेम पूर्ण, शीतल, धीर, समीर होगा और प्रेम की बौछारों से सराबोर—इसे तो बरसात ने प्लावित कर दिया।

तीन दिन बाद सभी रस्में पूरी कर, उनकी रवानगी। हिमांशु ने रश्मि को मिनट भर भी नहीं छोड़ा—सभी ओर चर्चा, कितनी सुन्दर, कितनी लावण्यमयी, कितनी सुशील—और एक सम्बन्धी ने यहाँ तक कह डाला—

"अरे, तुम तो दुलहन से ऐसे चिपके बैठे हो—जैसे कोई ले जाएगा।"

"देखो, चाची जी, शादी मैंने की है—मैं क्यों छोड़ूँ—" और फिर वो ही हँसी मज़ाक...

दूसरे दर्जे की टिकट लेकर वे रलवे स्टेशन पर तैयार। ट्रेन आयी—परन्तु दूसरे दर्जे या पहले दर्जे का कोई डिब्बा नहीं। जब हसीन हमसफर हो तो क्या गाड़ी या क्या डाची। जीवनसाथी सामने साकार सपने-सा अवतरित। किसका अनुग्रह, किसकी कृपा... किसकी आशीष,... समस्त कायनात ने केन्द्रीभूत होकर उस कुन्द कली को समर्पित किया—ताकि सहेजकर रखा जाए...।

प्रथम मिलन यामिनी—सम्पूर्ण एकनिष्ठ समर्पण! सुहाग रात! वो ही गली में खुलता कमरा... परन्तु एक कामना की कमनीयता, एक खयाल की अन्तरंगता, एक कल्पना की पराकाष्ठा, एक चन्द्रिका का घनीभूत, आह्लाद निर्वसन... रजत मखमली, सद्य नवनीत से उरोजों पर अंगूरी कुचाग्र, नज़र में इतनी क्षमता कहाँ कि पूरे नैसर्गिक सौन्दर्य की पराकाष्ठा को एक ही दृष्टि में भीतर उतार ले। छू लो तो छोड़ ना सको, और देखो तो देखते ही रह जाओ। और कैसे संयमित रहे कोई इस अप्रतिम सौन्दर्य का रसपान किए बिना। एक अपूर्व विलय—जैसे धरती-आकाश का असीम, अपरिमेय आलिंगन... कि हर क्षण से मधु की फुहार—और अधर मधुकलश... कितना मादक रसपान... हिमांशु उन्मत्त!

कैसी सुखद अनुभूति है कि अणु-अणु में एक रोमांचकारी लहर प्रवहित होती है। उस आलिंगन में सर्वस्व समर्पण कर कितनी सुरक्षित महसूस करती हूँ... हर रोम में एक सुखद पीड़ा... यह तो उसने अद्वैत रसता में एकलयात्मकता से ही जाना ...। रश्मि को लगा कि यह असीम महाभाव की अनुभूति है जो इस सीमान्त से परे तक सम्पूर्णतया प्रसरित है और वैसा आनन्दातिरेक कि रोम-रोम के तार जैसे किसी चरम आह्लादात्मक अनुभूति से झंकृत हो उठे हों...। रश्मि को वो परम सुख, जीवन में समर्पण और प्रत्यार्पण का उत्कर्ष लगा। वो भी तो इस सागर को अक्षुण्ण वेग से तरंगित करना चाहती थी...।

''डीयरेस्ट... नो वर्डस् केन एवर एक्सप्रेस मॉय लव फॉर यू... यू आर वंडरफुल, ब्यूटीफुल, द अल्टीमेट सेक्स डॉल...'' हिमांशु ने कान को चूमते हुए माधुर्य घोला।

''एण्ड यू हेव फुल फिल्ड मी विद एलिक्सर ऑफ लव...'' जो होता है शब्दातीत उसे तो अंग-अंग और उनके रोम-रोम परस्पर बयां करते हैं।

''बस, कुछ मत कहो—मुझे एक-एक पल भीतर सँजोने दो... मुझे क्या पता कि मैं तो सदियों से इतनी प्यासी थी...'' रश्मि बाहुपाश में उसके भीतर ही समा जाने को उद्वेलित थी।

और हनीमून क्या?... प्रेम ही है... भीतर के ओर-छोर तक आच्छादित। युगल का मात्र एक-दूसरे को देख भर लेना... परस्पर चरमोत्कर्ष की सीमा तक पहुँचा देता है। यदि प्रेम की उस अनुभूति से, उस एहसास से सराबोर हों तो वो प्रतिपल मनश्चेतना आपको अपने प्रेमपात्र में ही केन्द्रित रखती है।—यह तो लौकिक प्रेम के क्षितिज से परे लोकोत्तर प्रेम में परिणत हो जाता है।

और जनता एक्सप्रेस सुबह सवा चार बजे अजमेर पहुँची... सुबह की सुहानी अलस पवन... जैसे स्वर्गिक एहसास दिला दिया हो। देहली से अजमेर—मीटर गेज—एक तो डिब्बे छोटे और तिस पर—टू—टीयर... सभी खिड़कियाँ बन्द होने के बावजूद... पूरा डिब्बा, सामान, इनसान... सभी धूल से भरे हुए—गर्मी का चरम और

महीना मई हो... राजस्थान की तपती गर्मी...। परन्तु यह सुबह की नसीम... जैसे नव जीवन ही संचरित कर दिया हो।

दोनों बैंक के साथियों के घर पर ताँगा रोका... पौने पाँच बजे सुबह... चाबी ली... "नमस्ते भाभी जी—वेलकॅम..." देखो हमारा दोस्त कैसे लाया—पहली बार ...वो भी ताँगे पर..." मिस्टर चावला ने हँसते हुए कहा।

"थैंक्स भैया—इसमें क्या बात है—अपने ही घर जा रही हूँ"—रश्मि ने उस अन्धेरे झुटपुटे में भी अपनी मृदु मुस्कान बिखेर दी।

"तो भाभी जी, चाय पीकर तो जाएँ" मि. रावत ने आगे बढ़कर स्नेहपूर्वक कहा।

"कोई बात नहीं—दिन में आएँगे—और बहुत-सी बातें करेंगे..." रश्मि ने उसे भी उसी अनौपचारिक लहज़े में कहा।

मि. चावला ने हिमांशु के कान में कहा—"भैया—मटके तो आज ही लाये थे—ले जाओगे या बाद में—हम ले आएँ..."

"अरे इसमें झेंप किस बात की—टाँगे पर रखवा दो... साथ ही ले जाते हैं...।" हिमांशु ने सहजता से कहा।

दरअसल शादी के लिए जाने से पहले हिमांशु और दोस्तों ने मकान तो पक्का कर लिया था—और पेशगी किराया भी दे दिया था... मकान में दो चारपाई, चार मुड्ढे, एक मेज़, दो लोहे की बाल्टी, एक स्टोव और दो एक और चीज़ें लाकर रख दी थीं—कुछ बर्तन, चकला बेलन, तवा, चिमटा और रसोई का आवश्यक सामान, एक कुकर रश्मि साथ लेती आयी थी—दो चादरों का सेट, दो दरी, दो चद्दर ओढ़ने के लिए इत्यादि।

घर पहुँचे तो भाग्यवश नल में पानी आ रहा था अन्यथा पानी नीचे से भरना पड़ता क्योंकि मकान था पहली मंज़िल पर। दो कमरे—रेल के डिब्बे जैसे—जुड़े हुए—सामने छोटा आँगन और एक ओर किचन—और आँगन में ही रसोई की साइड से जाते गलियारे में पीछे जाकर खुला बाथरूम... और उसी की साइड में अलग शौचालय... और सबके बाहर मुख्य दरवाज़ा—जिसके दो स्टेप उतरकर घर के भीतर आ सकते थे...। कमरों की छतें एस्बेस्टोस कॉरोगू गेटिड शीट्स की। पहले ही दिन पता चल गया कि वे कितनी तपती हैं और कितनी तपिश कर देती हैं। रश्मि साथ में एक टेबल फैन भी ले आयी थी... जो वैवाहिक जीवन की यात्रा का सुखद संगी था—और तब लगा कि पिक्चर्स का प्रेम यदि यथार्थ में परिवर्तित हो जाए तो कितना आनन्ददायक हो सकता है। जो मार्ग व्यक्ति स्वयं चुन लेता है उसे वह दुर्गम से दुस्तर बीहड़ भी फूलों का चमन लगता है। सामने रहती थी सिन्धी फेमिली। पूरा प्रांगण था जिसमें तीन चार मकान और भी थे—सभी पारसी और आपस में सम्बन्धी।

सुबह साढ़े सात बजे दरवाज़े पर खट् खट् हुई–

''बहन जी, बहन जी...'' एक महिला की आवाज़...।

रश्मि और हिमांशु आलिंगनबद्ध... दोनों उठे–जाकर रश्मि ने किवाड़ खोला। सामने एक दुबली-सी महिला–सुन्दरता का कोई प्रश्न ही नहीं–बस पड़ोसन। तीस साल के लगभग–परन्तु उम्र का प्रभाव ऐसा जैसे रेगिस्तानी झाड़ी–एकदम निष्प्रभ। एक नाइटी-सी में–हाथ में ट्रे–जिसमें दो कप चाय और बिस्कुट।

''बहन जी–आप सुबह ही आयी हैं... चाय भी नहीं पी...'' और उसने नीचे उतरकर चाय की ट्रे रश्मि के हाथों में थमा दी...।

रश्मि के हाथों की मेंहदी,–गोरे-गोरे अंगों पर जैसे पौ फूट रही हो, और पेड़ों की खनक उसकी कलाइयों में पड़े लाल चूड़े में समा रही हो।

''भाभी जी आपने बिना बात के इतनी तकलीफ की...'' रश्मि की मृदु मुस्कान से वो जैसे अभिभूत हो गयी हो।

''कितनी सुन्दर हैं आप... किसी की नज़र ना लगे...'' और वो झट से गयी और काजल की डिबिया से कान के पीछे टीका लगा दिया–और डिबिया रश्मि को थमा दी।

''रोज़ लगाया करें, परदेस है–किसी का क्या पता–?''

''और नाश्ते में क्या लेंगी, ब्रेड, आमलेट या कुछ और...'' उसने तकाज़े से मनुहार करते हुए कहा।

''भाभी जी आप क्यों कष्ट करती हैं–हम जाकर ले आएँगे। आप बाज़ार बता दीजिए।'' रश्मि थोड़ी झेंपिल-सी लग रही थी।

''आप अभी नयी आयी हैं... सारी ज़िन्दगी यही कुछ करना है।... दिन में सामान ले आना... अभी तो मैं भेज दूँगी।'' उसने बड़े अपनेपन से कहा।

''ठीक है, भाभी जी...। पर हम अंडा, लहसुन वगैरह कुछ नहीं खाते... ब्राह्मण हैं... पराठा बना देना...'' और रश्मि ने अपने उसी चिरपरिचित अन्दाज़ में... सिर को दोनों ओर पेंडूलम की तरह हिलाया जैसा वो प्रश्न समझ आने पर हिलाती थी।

हिमांशु को तो एस.एच.एम. (सिम्पल हार्मोनिक मोशन) की इससे अच्छी तुलनात्मक समानता नहीं मिल सकती थी।

वे चाय लेकर मुड्ढ़ों पर जाकर बैठ गये...। रश्मि ने एक बिस्कुट उठाया और हिमांशु के मुँह में डाला... और उसने बिस्कुट की बजाए उसकी उँगली काट ली...।

चाय धरी की धरी रह गयी–पीने को और बहुत कुछ था... चाय में चीनी की कमी अधरों के माधुर्य ने पूरी कर दी।

"अच्छा हिम! यह बताओ—जो लोग सिगरेट पीते हैं या ड्रिंक करते हैं—या फिर दोनों में से एक नान वेज खाता हो—तो वो इस प्रगाढ़ प्रेम रस की अनूभूति की पुलक को कैसे महसूस कर सकते हैं?" रश्मि ने भी अपने सम्पूर्ण समर्पण के क्षणों में या प्रेमातिरेक में इस नैसर्गिक मृदुता का आस्वादन किया था... और निरन्तर अनुभूति भी...!

"पहले तो कमाल यह... कि एक मैथ्स की टॉपर कितनी लयात्मक काव्य-रचना से अपनी बात कह देती है—वास्तव में ही अचम्भित करती है और तुम्हारी बात से मैं शत्-प्रतिशत सहमत हूँ। ऐसे दम्पत्ति कभी सोच भी नहीं सकते... कि इस अभिसार में, प्रेम-प्रलाप में कितना शहदीला रस है। यदि दोनों की रुचियाँ बेमेल हों तो भीतर से ही एक विरक्ति, एक अरुचि—एक जुगुप्सा पैदा होती है जो प्रेम की परिणति नहीं अपितु एक कर्तव्यनिष्ठ दाम्पत्य जीवन की कड़ी बनकर रह जाती है...। एक तारतम्य, एकरसता, एकलय समर्पण जो स्वतः अजस्र सोते-सा फूट पड़ता है वह दैविक है... अनिर्वचनीय है। केवल वो ही बता सकता है जो इसका आनन्द लेता है... उपभोग करता है। इसीलिए महिलाएँ प्रायः जीवन भर इसी त्रासदी की यातना भोगती हैं और यदि वे कह दें तो प्रताड़ित होती हैं। उनके माथे "फ्रिजिडिटी" ठण्डेपन का ठप्पा लगा दिया जाता है...। तभी तो मैं पुरुष का स्त्री द्वारा वरण करने का पक्षधर हूँ...। शारीरिक शक्ति, ऊँचे स्वर, असभ्य भाषा... अशोभन अपशब्द कैसे... समाधान दे सकते हैं उस अपूर्ण यौन तृप्ति का... जिसमें अपराधी तो वास्तव में पुरुष ही होता है? अब या तो पुरुष ही बदले या फिर पाश्चात्य परिपाटी के अनुरूप उसे भी बराबर के अधिकार दे...।"

हिमांशु इस विषय पर कुछ अधिक ही संवेदनशील था।

"आपकी बात तो सही है—चाहे आप अध्यापक की पुरानी भूमिका में आ गये थे। अब मैं सोचती हूँ कि मेरी कई जानकार दीदियाँ रही हैं जिन्होंने इस यातना को जीवन भर भोगा होगा—जबकि वो तो किसी भी ऐसी वस्तु को छूती भी नहीं थीं—हिम, मैं तो हर प्रकार से भाग्यशाली हूँ। नहीं तो मेरे जैसी मस्त कहीं भी फँस जाती..." रश्मि आत्मविभोर थी।

जीवन की डोंगी अभावों के सागर में ऊभ-चूभ से चलनी आरम्भ हो गयी। एक ओर घर की न्यूनता और दूसरी ओर अब अपना संसार। नींव से महल तक निर्मित करना। रोज़ शाम को पैदल ही मदार-गेट आकर एक-आध आवश्यक वस्तु खरीदना और महीने का आखिरी सप्ताह—रेज़गारी गिन-गिन गुज़ारना। परन्तु वो परस्पर स्नेहिल बन्धन वो अत्यन्त सम्मोहक आकर्षण—वो एक-एक बात पर फिदा हो जाना। और जिसे पाक कला में ना तो कभी रुचि ही थी—ना ही उसके बाऊजी ने उसे कभी काम को हाथ ही लगाने दिया—तो भी रश्मि उसके लंच के लिए तत्परता

से इन्तज़ार करती—परस्पर प्रेम के दो निवाले, सोने चाँदी से सजे सौ व्यंजनों से अधिक स्वादिष्ट, अधिक आत्मतोष प्रदाता कि हर पल में एक दिव्य अनुभूति।

पहले ही दिन अजमेर की मेन मार्केट मदार गेट गये—कितनी चौड़ी सड़क—जिस पर ताँगे, साइकल, रिक्शा और चारों ओर से घिरी पहाड़ियों के बीच शहर—पुराना अजमेर—क़िलेनुमा—बड़े-बड़े गेटों से भीतर जाना—और एक ऊँची पहाड़ी पर अजमेरू दुर्ग... जिसे बाद में तारागढ़ कहा जाने लगा।

"छठी शताब्दी में राजा अजय पाल सिंह चौहान सप्त लक्ष्य पर राज्य करता था और साँभर उसकी राजधानी थी। उसी ने अजमेरू दुर्ग बनवाया और अजमेर शहर बसाया। फॉय सागर जो शहर के दक्षिण में छः सात किलोमीटर दूर है वास्तव में अजाकिसर गाँव से सटा हुआ है—इसी गाँव के नाम पर शहर का नाम अजमेर पड़ा..." हिमांशु शाम को आना सागर जाते हुए रश्मि को बता रहा था—ताँगे वाला ध्यान से दोनों का वार्तालाप सुन रहा था—बोला—"और बीबी जी—वो सामने ऊँची पहाड़ी पर जो-जो झंडा दिख रहा है—वहाँ किले के अन्दर देवी का मन्दिर है। यह वो ही तारागढ़ है, जहाँ पृथ्वी राज चौहान, अपने चचेरे भाई जयचन्द की बेटी संयोगिता को वर कर लाया था। जयचन्द कन्नौज का राजा था और पृथ्वीराज देहली का—अजमेर उसी के राज्य का हिस्सा था।"

"तो भैया पृथ्वीराज ने संयोगिता को कौन से सन में अपहरण किया..." रश्मि का कौतूहल जाग रहा था।

"बीबी जी अपहरण ना कहें—वो तो संयोगिता ने ही पृथ्वीराज के गले में वर माला डाली थी—यह सन् 1175 की बात रही होगी।" पढ़ा-लिखा था या नहीं—परन्तु अधेड़ उम्र का ताँगेवाले का ज्ञान अद्भुत था और अपने ज्ञान पर इतराना लाज़मी था।" और बीबी जी—यह आना सागर जहाँ पर साहब आपको लेकर जा रहे हैं इसे राजा आना जी, जो सन 1130 से 1150 तक राज करते रहे, ने बनवाया था—अगली बार जब आप कहेंगे आपको और साहब को फॉय सागर और विलास सर ले चलूँगा—" ताँगेवाला तो जैसे गाइड का ही काम कर रहा था।

"यह सब तुम्हें कैसे पता" हिमांशु जो अब तक सुन रहा था, उसकी इतनी जानकारी देखकर हैरान था कि यह पचास साल का बुड्ढा इतना विस्तार से कैसे जानता है।

"तुम्हारा नाम क्या है?" साथ ही हिमांशु ने पूछ डाला।

"साहब मैं हूँ फीरोज़ अली—सभी मुझे अली ही कहते हैं—मैं वहीं पर सिरी नगर रोड स्टैंड पर मिलता हूँ—आप मेयो कॉलेज रोड पर रहते हैं ना? वो ही रुस्तम जी के क्वाटरों में... मैंने आपको देखा है आपका ऑफिस मेयो कॉलेज रोड पर ही है।"

और बात-बात में आना सागर आ गया। सड़क किनारे से भीतर जाने के लिए लोहे के घूमते गेट, और भव्य गार्डन।

धीरे धीरे अँधेरा पाँव पसार रहा था—परन्तु रश्मि कितनी खिली हुई थी... कितनी आनन्दित, साथ सटकर चल रही थी। परन्तु हिमांशु संकोची जीव... बार बार दूरी बना लेता

"आप साथ पकड़कर ले चलो—घबराते क्यों हो... भगा कर तो नहीं लाये हो..." और उससे सट गयी।

बाग को देखने से कोई कह नहीं सकता था कि यहाँ झील भी होगी... पहले पाँच-पाँच सीढ़ियाँ चढ़ो तो फूलों की क्यारियाँ, हरे-भरे सलीके से ट्रिम किए लॉन—और गुलाब ही गुलाब। अब तक लाइट्स जल चुकी थीं। फिर पच्चीस तीस सीढ़ियाँ चढ़ने के बाद... संगमरमर का खुला चौगान और संगमरमरी खम्भों के सहारे बनाए गये चारों ओर से खुले बरामदे... नक्काशी, जालीदार संगमरमरी पर्दे जो एक कमरे के गिर्द लगे हुए थे...।

"डार्लिंग! यह बारादरी जिसे बादशाह शाहजहाँ ने सन् 1637 में बनवाया था—इसी की दाँयी ओर फैली है मदार हिल—और ऊपर चढ़ती सीढ़ियाँ बाला जी मन्दिर को जाती हैं... पाँच एक सौ सीढ़ी से कम तो क्या होंगी वैसे मैंने गिनी तो नहीं..." और रश्मि का हाथ थामे, धीमे-धीमे वो उसे बारादरी के किनारे ले गया।

रात हो रही थी—पानी मीलों तक फैला हुआ लगता था—"वाह! इतनी बड़ी झील—यह तो वाकई सागर है... कितनी बड़ी है..."

"बस, जहाँ तक तुम देख सको..."

"और वो दूर टिमटिमाती लाइटें..."

"वो अरावली पहाड़ियों की श्रृंखला है... वहीं तक है आना सागर..."

"और यह पानी में परछाइयाँ?"

"ये सब पहाड़ियों के बिम्ब हैं..."

"बहुत ही सुन्दर... यह कभी सोचा भी नहीं कि राजस्थान इतना रमणीक हो सकता है... और अब आपके साथ... जैसे हम इस लोक में हैं ही नहीं..." रश्मि ने उसके गिर्द बाहों का घेरा बनाकर कस लिया—हिमांशु... सकपकाया-सा... जबरन छुड़ाया। रश्मि का बालपन, उच्छृंखलता, नैसर्गिक उन्मुक्तता... खुलेपन का ग्रन्थिमुक्त इज़हार...।

वे किनारे की संगमरमरी रेलिंग पर, कभी बारादरी के चबूतरे पर बैठे रहे—परिवार, युगल, दम्पती, युवा, युवतियाँ—कितनी चहल-पहल थी आना सागर पर...!

"और यह साइड का गेट... लोहे का लगता है... हो सकता है पानी के निकास के लिए हो..." रश्मि की जिज्ञासा बढ़ती ही जा रही थी।

"हमें भी जो लेकर आया था—वह भी यही कह रहा था कि बरसातों में चादर चलती है... हमारी तो समझ में नहीं आया कि चादर कैसे चल सकती है।" हिमांशु ने उसकी उत्सुकता को और बढ़ा दिया।

एक शनिवार को वे दोनों ख़्वाजा मोईनुद्दीन चिश्ती, जो महानतम सूफ़ी फ़कीर थे, की दरगाह ख़्वाजा गरीब नवाज़ गये और जाकर चादर चढ़ाई—अजमेर शरीफ़ दरगाह की मान्यता पूरी दुनिया में है और विभिन्न समुदायों, सम्प्रदायों और जातियों के लोग ख्वाज़ा की दरगाह पर मन्नत माँगने और पूरी करने के लिए आते हैं। थोड़ा ऊपर जाकर दरगाह के पश्चिम की ओर अढ़ाई दिन का झोंपड़ा था जिसे सन् 700 A.D. में हिन्दू यूनीवर्सिटी के रूप में बनवाया गया था।

अब तक रश्मि अपने आस-पड़ोस में काफी सर्वप्रिय हो गयी थी। उसी ने बताया कि अजमेर से पन्द्रह किलोमीटर पर संसार का एकमात्र ब्रह्मा जी का मन्दिर पुष्कर में है। पहाड़ियों से गुज़रते हुए, छोटी-मोटी हरी भरी घाटियाँ जो रेगिस्तानी खण्डों से चिन्हित थीं; लाँघ कर, पुष्कर पहुँचे। हिन्दुओं के सभी मन्दिरों जैसा रख-रखाव, जैन मन्दिर, पुष्कर ब्रह्माजी का सरोवर, जिसे मान्यता अनुसार स्वयं ब्रह्मा जी ने बनवाया था, उसमें स्नान कर; पुष्कर झील के पीछे रमणीय स्थल में जहाँगीर के महल को देख, वे वापिस लौटे।

एक महीना ऐसे ही गुज़र गया—हिमांशु का ऑफिस जाना, दोपहर में लंच के लिए इन्तज़ार (क्योंकि ऑफिस पास ही था) शाम को मेयो कॉलेज या गुलाब बाड़ी की सैर—जहाँ मीलों एकड़ों में फैले गुलाब ही गुलाब—गुलाब की खेती होती थी और अजमेर का गुलकन्द दूर-दूर देशों में निर्यात होता था।

एक शाम आना सागर से लौटते हुए—उसके पास ही महर्षि दयानन्द निर्वाण स्थल पर रुके—भीतर स्वामी जी के वस्त्र, खड़ाऊँ, लोटा, इत्यादि दर्शाए गये। वे नतमस्तक हुए जहाँ स्वामी जी का देहावसान हुआ था।

बरसात का मौसम—एक स्वप्निल एहसास—रात भर मेघूदत किसी प्रेमी या प्रेमिका का सन्देश लेकर उत्तर दिशा को जाते... हिमालय में सन्देशा देने...। एकदम सुहावने रात और दिन—पूर्णतया मादक मौसम प्रेमियों का स्वर्ग... जैसे कालिदास मेघदूत यहीं पर रचा हो या कामदेव कामरूप प्रदेश जाने से पहले यहीं पर रुका हो। बरसात के बाद का मौसम—चारों ओर प्रसरित हरियाली का दुकूल—जैसे प्रकृति हर ओर अपने उभारों से उकसा रही हो... और पूरी कायनात को अपने में ही समेट लेगी।

करीबन महीने बाद ही—एक दिन अचानक अधेड़ उम्र के गाँधीवादी अधिकारी, सफेद कुर्ता पाजामा, काले फ्रेम की ऐनक और चप्पल... मि. त्रिवेदी घर पर आ गये ...। बोले—"आप ही के बगल में बिज़नेस के लिए आया था—किसी ने बताया कि बैंक के कोई मि. शुक्ला नये ही आये हैं—सोचा मिलता जाता हूँ...।"

"नमस्कार भाभी जी... कहाँ हैं आप..." उन्होंने घनिष्ठ आत्मीयता से पुकारा।

और रश्मि दो गिलास पानी के लेकर सामने आयी–। मि. त्रिवेदी ठिठके... पल भर देखते रह गये... आशिकी उन पर तारी होती नज़र आयी।

"सर, पानी लीजिए–नमस्कार!" रश्मि ने चुम्बकीय मुस्कान बिखेर दी।

"सर, चाय या ठण्डा..." जैसे ठण्डा पड़ा ही हो–ले देकर मटके का पानी और कोल्ड ड्रिंक का नाम भी नहीं।

"आप बैठो भाभी जी–मैं पड़ोस से ही टोपवाला के यहाँ से चाय पीकर ही आ रहा हूँ... उसकी तीन लाख की एफ.डी. करनी थी।" मि. त्रिवेदी ने रश्मि को सहज किया।

फिर भी रश्मि, एक मिठाई का डिब्बा, जिसमें चार पाँच बर्फी की टुकड़ियाँ थीं–उन्हें प्रस्तुत किया...। मन में सोचा, देखो कल ही मि. चावला और मि. रावत यह छोड़कर गये थे–काम आ गयी ना... वरना क्या करते...?

"तो आप कहाँ से हैं भाभी जी..."

"पंजाब से..."

"तो पंजाबी हैं?... लगता ही है... यह लाली और कहाँ हो सकती है? अच्छा... कहाँ तक पढ़ी हैं?"

"सर, ये तो एम.ए. (मैथ्स) की पंजाब यूनीवर्सिटी की गोल्ड मेडेलिस्ट हैं" हिमांशु ने गर्व से कहा।

"और आपने इन्हें घर बैठा रखा है"? त्रिवेदी जी ने उलाहने भरे अन्दाज़ में कहा।

"और क्या करें सर! नयी जगह–कोई जानता नहीं।

वहाँ एक साल पढ़ा कर आयी हैं... यहाँ खाली..." हिमांशु ने लाचारी जतायी।

"मिलोगे... तब ना...! यह आपका बड़ा भाई–सभी मुझे मामाजी कहते हैं... किस दिन काम आयेगा... भाभी जी एक कागज़ पर आवेदन पत्र लिख दो ... परसों यहीं पर सरस्वती गर्ल्ज़ कॉलेज में इन्टरव्यू है... मैथ्स के लिए भी जगह खाली है... धन्यवाद करो भाग्य का कि मैं सही वक्त पर आ गया।"

और रश्मि के पास कोई डिग्री या प्रमाण पत्र नहीं–चालीस प्रत्याशी–परन्तु रश्मि का गज़ब का आत्मविश्वास। सभी प्रबन्धन के सदस्यों ने कहा कोई बात नहीं... प्रमाण पत्र और डिग्रियाँ दस दिन में मँगवा लो। और तीन दिन बाद से ही प्राध्यापिका नियुक्त...

मामा जी से अनुगृहीत, वो ढूँढ़ते हुए उनके घर पहुँचे।

"अरे... मामा जी पर विश्वास रखो... कोई भी काम हो तो कहना" त्रिवेदी जी ने अपनेपन से विभोर कर दिया।

"किन शब्दों में आपका धन्यवाद करें..." रश्मि ने चरण छुए।

"जीओ... भगवान खुश रखे..."

और मामा जी के घर से चाय पीकर—भाग्य के इस अप्रत्याशित मोड़ पर ईश्वर का धन्यवाद कि उसने चिल्लर की खनक से बाहर निकाला।

हर वर्ष नहीं, तो दो साल में तो एक बार घर आ ही जाया करते थे। हर प्रथम, सुखद हो ऐसा तो नहीं होता—मन की तुष्टि के लिए कोई भी नाम दे लें—नियति, भगवान, मात्र संयोग या प्राकृतिक चक्र—आखिर कहीं जाकर तो इनसान पराजित होता है, हताश होता था—आत्मबल वज्र पर पटका जाता है।

रश्मि कितनी पुलकित थी, कितनी प्रफुल्लित—एक नव जीवन के संचरण का सुख, एक पल्लव के अंकुरित होने का आह्लाद... "हिम... हाथ लगाओ—लाओ—देखो भीतर हिल रहा है..." और उसका हृदय उमंगों से उछल पड़ता और वो उसे हल्के से बाहों में भर चूम लेता—पर यह क्या? भीतर यह आन्तरिक भय, कहीं भीतर ही हिमांशु का अशक्त महसूस करना—और एक अजब-सी कम्पन... डॉक्टर... होली क्रास हास्पीटल—क्रिश्चीयन लेडी डॉक्टर जो चर्च की भाषा में सिस्टर या मदर भी थी—क्राइस्ट, प्रेयर और धर्म में अटूट आस्था—परन्तु धार्मिक सिद्धान्तों के अनुसार अविवाहित। डॉक्टरों के लिए रोज़ ही प्रसव, प्रतिदिन प्रसूति। परन्तु महिला, परिवार के लिए एक नव जीवन, एक नया संसार—दो संसारों का उदय-नवजात और एक नयी महिला—माँ... पूरी पृथ्वी, पंच महाभूत, पूरा ब्रह्माण्ड उसमें केन्द्रित...। डिलेड लेबर—विलम्बित प्रसव पीड़ा—आस्था, प्रार्थना पर अधिक विश्वास, उपचार किताबी—स्पेशलिस्ट सभी फेल—हिमांशु का विश्वास, आत्मविश्वास धराशायी—प्रार्थना, मन्नतें यदि दोनों संसार नहीं बख्श सकते तो प्रेम को प्रदान करो भगवन्... और दो महीने बाद—एक संसार अस्त...। एक माँ विक्षिप्त—! एक आघात नियति प्रदत्त। कैसे सहा होगा रश्मि ने... आभा.. कान्ति अस्त... हिमांशु निःशक्त!

समय होता है निष्ठुर—तो उसी के गर्भ में ही होता है उपहार, अनुकम्पा, अनुदान... टूटन की सीवन तो रही सालती रश्मि को जीवन भर...। पर फिर भी हिमांशु का प्रेम सम्बल—वो अक्षुण्ण खिंचाव, लगाव, आकर्षण अधिक बढ़ा—नहीं हुआ कम।

चार साल बाद रश्मि और हिमांशु अम्बाला में ही कपड़े की दुकान पर थे। सभी महिलाओं की भाँति रश्मि को शॉपिंग का शौक था। गहनों के प्रति लगाव करीबन ना के बराबर—कुछ भी ले, ध्यान या तो बड़े बेटे या बेटी या फिर सम्बन्धी पर—और अचानक एक गुड़िया-सी तीन-चार साल की बच्ची—पास आकर खड़ी हो गयी। उसकी माँ ने आवाज़ लगाई—पीछे मुड़कर देखा—"मन्नो..." ध्यान रश्मि का भी आवाज़ की ओर गया—

"अरे... रजनी... तुम...?"

"दीदी आप यहाँ... सर नमस्ते..." और उसने हाथ जोड़कर अभिवादन किया।

"रजनी कहाँ पर हो आजकल...? कई साल बाद मिली हो... तुम्हारे मिस्टर कैसे हैं...?"

"दीदी मैं तो करनाल में राजकीय महाविद्यालय में पढ़ा रही हूँ—या तो आप शाम को आयें—सर के साथ—या फिर मैं आती हूँ—खूब बातें करनी हैं आपसे।"

"चलो ठीक है, ना तुम्हारी रहे, ना हमारी—शाम छः बजे पैरीज़ होटल में मिलते हैं—हमने शाम को वहीं जाने का सोचा था।"

होटल का प्रवेश द्वार काफी भव्य—सीधे जाकर सामने होटल—पूरा सफेद—पुता हुआ ही कहें—काफी बड़े प्रांगण में स्थित। दोनों तरफ विलॉज़—शायद कर्मचारी निवास, हिमांशु को याद है कि बचपन में जब वह चौथी कक्षा में था तो अपने पिताजी के साथ किसी पार्टी में आया था। उस समय की शान उसकी चमक-दमक—इंग्लिश म्यूज़िक... बॉल रूम डाँस उसे कुछ समझ नहीं आया कि आखिर यह है क्या। पर आज—ना वो जेंट्री, ना ही वो शानो-शौकत। रश्मि और हिमांशु बायीं ओर जाकर चार सीट वाले टेबल पर जा बैठे... सामने से एक महिला—नीली साड़ी में... वो ही बालिका—मन्नो साथ... हल्का साँवलापन, इकहरा बदन, नज़र में पैनापन—

"हैलो रजनी—वेलकम... ओह स्वीट मिन्नी—कम..."

रश्मि ने सीट पर बैठने का इशारा किया और मन्नो को किस किया... क्या बात... आपके मिस्टर..."

"दीदी... और सर, आप जानते ही हैं कि मम्मी डैडी ने मेरी बी.ए. के बीच में ही शादी कर दी थी। वो ही लड़का था जो सर के रहते एक बार घर भी आया... मि. सुधीर धूत...। उनकी कपड़े की थोक की दुकान थी—पापा का आना-जाना तो था ही—ज़्यादा छानबीन नहीं की। वो बी.ए. ही था। पापा को लगा कि बिज़नेस ठीक ही लग रहा है—शादी कर दी...। बाद में पता लगा कि ये लोग फगवाड़ा के पास के किसी गाँव से हैं और इनका अपराधिक रिकार्ड है वैसे भी ये भूमि पर मज़दूरी करते थे—खैर उससे अन्तर नहीं भी पड़े, क्योंकि एस.सी. होना अपराध नहीं। परन्तु एक रात इन सब ने सोचा कि मैं मार्केट गयी हूँ परन्तु मैं तो कमरे में ही थी—" रश्मि, जो सुन रही थी और वेटर तीन बार चक्कर काट चुका था, बोली..." लगता है मामला ज़्यादा ही गम्भीर है—पहले खाने का आर्डर दे दें..."

"ठीक है दीदी—"और वेटर चला गया, आर्डर दे दिया गया था।

"अच्छा फिर..." हिमांशु भी अब उत्सुक था।

"दूसरे कमरे में बैठे मेरे जनाब, मेरी सास, ननद और देवर बैठे योजना बना रहे थे कि अगली रात बारह और एक के बीच में—सुधीर बेड रूम से बाहर चला जाएगा और टेबल लैम्प से शार्ट सर्कट बनाकर... हम—मैं और बेटी का स्वाहा कर देंगे..."

"पर क्यों...?" रश्मि बोली...।

"इसलिए कि ये लोग भारी कर्ज़े में थे। दुकान, मकान भी गिरवी रखा था। बार बार मुझे पीटते और पैसों के लिए प्रताड़ना, पूरा घर का काम, जनाब को शराब और ससुर की कुटिल निगाहें...। मैं तो सुबह ही बहाना बनाकर घर आ गयी—फिर वापिस ही नहीं गयी...।"

"यह तो संगीन मामला है—पुलिस में रिपोर्ट करवाई...?"

"करवानी क्या थी—जीवन भर की दुश्मनी—समाज के सामने आ जाती—हम भी कहीं के नहीं रहते...। मैंने प्राइवेट बी.ए. किया और फिर एम.ए. संस्कृत... कुछ देर तो अम्बाला स्कूल में सर्विस की और अब करनाल में...

"और शादी का..."

"क्या करती... उन्हें पता चला कि उनका षड्यन्त्र खुल चुका था। दो एक बार साथ के दुकानदारों ने बीच बचाव की कोशिश की परन्तु साल भर में ही तलाक हो गया। और बच्ची मेरे साथ है—मेरे जीने का लक्ष्य...।"

"यह तो तुमने बहुत ही सनसनीखेज़ और कुत्सित, बीमार मानसिकता की बात बतायी... चलो... सूप खत्म करो..."

रश्मि कल्पना भी नहीं कर सकती थी कि कोई पति इतना क्रूर और घृणित हो भी सकता है।

"उनका छोड़ो—वो तो और सास भी, इसे समाप्त करने पर तुले हुए थे... उन्हें तो बेटा चाहिए था...। खैर छोड़ो—वो तो आप मिलीं तो दिल खोल दिया... अपना सुनाएँ... आप और सर कहाँ हैं...?"

और यूँ ही बातें चलती रहीं—रजनी ने बताया कि कामिनी और उसे, तो रश्मि के प्रति सर के प्रेम का भान तो था। परन्तु बाकी किसी को संशय भी नहीं था।

"और हाँ दीदी... एक बात तो आपको और सर को बताना भूल ही गयी..." रजनी अचानक बोली...

"वो क्या...?" हिमांशु ने पूछा...।

"सर... वो राधिका वर्मा थी ना—उसे नौकरी से निकाल दिया गया। हुआ यूँ कि उसी के नाम की लड़की और उसके पिता का नाम भी वो ही था... जालन्धर से एम.ए. हिन्दी में बैठी थी—राधिका के पिता ने अपने रसूक और प्रभाव से, दोनों के नम्बर बदलवा कर फर्स्ट क्लास के करवा दिए... जालन्धर वाली लड़की अपने

प्रिंसिपल के पास जाकर रोई-धोई—आखिर तीन साल बाद फैसला उसके पक्ष में गया—पेपर निकलवाए गये और धाँधली पकड़ी गयी थी। बड़ी बड़ी डींगों वाले कितने खोखले होते हैं—कहते हैं उसने आत्महत्या का प्रयत्न किया था, परन्तु विफल रही।'' रश्मि और हिमांशु तो वास्तव में ही हतप्रभ। इतनी निकृष्टता, चरित्र में इतनी गिरावट... यह नये उभरते भारत का मानचित्र था।

कुछ कामिनी की बात हुई—परन्तु रश्मि और रजनी दोनों ही अनभिज्ञ!

34

आज रश्मि प्राचार्या की कुर्सी पर आसीन थी। तेरह वर्ष अजमेर में अध्यापन के पश्चात् उसने यूनीवर्सिटी से टीचर फैलोशिप के अन्तर्गत एम.फिल. की। अजमेर की सुखद और दुःखद स्मृतियों का पुलिन्दा लिए—उसे अलविदा कहा। राजस्थान के सभी दर्शनीय स्थल हिमांशु के साथ देख लिए। राजस्थान का महत्त्वपूर्ण इतिहास, उसकी शौर्यमयी गाथा, सतत् संघर्ष, राजाओं के अहम् का टकराव और छोटी-छोटी रियासतों का अपना झंडा बुलन्द रखना—आन-बान-शान के लिए राजनीति कम, पर वतन पर मर मिटाने का जज़्बा ज़्यादा। स्त्रियों के पराक्रम की दास्तानें, उनके जौहर में अभूतपूर्व बलिदान—लोमहर्षक किस्से—अस्मिता की रक्षा और मातृभूमि के कण कण की सुरक्षा, उसकी मान मर्यादा सर्वोपरि—ऐसी गौरवशाली संस्कृति और धरोहर की पृष्ठभूमि में राजस्थान का चटकीला, रंगीला सामाजिक परिवेश और प्रकृति की दूर—पास स्थलों में छिटकी छटा...। राजस्थान के दुर्ग, किले, स्मारक, जिनके कण कण में सुलगती थी वीरता और बलिदान की ज्वाला... सब उसके रोम-रोम में बैठे हुए थे।

एक अनजान, अपरिचित स्थान और उनके निवासियों का अपनत्व, दो परिवारों से विशेषतया पारस्परिक लगाव—जुड़ाव—एक से मम्मी डैडी का रिश्ता और दूसरे से बड़े भाई और बड़ी बहन का नाता... सभी में अंकित थी एक जिन्दगी की लम्बी गाथा। राजस्थान संस्कृति के अनुरूप वचन निबाहना—उसके बड़े बेटे और छोटी बेटी को पालना—अपने सगे सम्बन्धियों से अधिक अपनत्व और सुख-दुःख में सहायता, सम्बल—जीवन में कितना माधुर्य, कितना भरता है विश्वास—कि ज़िन्दगी में चिलचिलाती धूप के साथ ही है वट की घनी छाया।

इसी यात्रा की सुखद स्मृतियाँ और इसी के गर्भ में निहित जीवन की त्रासदियाँ हैं जो नारी सहती है अकेली। भीतर ही भीतर खण्ड खण्ड होता निज अस्तित्व, रेतीली चट्टानों की तरह चटखता—परन्तु जाने कौन-सी शक्ति से वो अकेले ही सह जाती

है। यदि मानो तो, जिस शक्ति की पूजा की जाती है, जिसके लिए अनुष्ठान किये जाते हैं–ऊँचे-ऊँचे पहाड़ों पर मन्दिर बनवाये जाते हैं और अपरिमित बाहुल्य के लिए चढ़ावे चढ़ाये जाते हैं–वो शक्ति हर स्त्री में है–वह अतुलनीय है, श्रद्धेय है, पूजनीय है, दात्री है, संरचनाकार है, संरक्षक है और पालक भी। तभी तो भारतीय संस्कृति में स्त्री का स्थान सर्वश्रेष्ठ है। पुरुष अपने दम्भ में विकृतियाँ पाल उसका दण्ड भुगते, यह तो उस पर निर्भर करता है, परन्तु कोई तो सामाजिक, धार्मिक या पारिवारिक कार्य की व्याख्या कर दे, जो बिन नारी सम्पन्न हो सकता हो। ऐसे विचार हिमांशु ने अनेक बार रश्मि को अपने उद्‌गारों के रूप में व्यक्त किए...।

परन्तु रश्मि को लगता था कि यह सब ठीक भी हो सकता था। परन्तु समाज की सोच तो कुण्ठित है, घृणित और द्वन्द्वों में उलझी हुई है। कोई मार्ग भी सुस्पष्ट आलोकित नहीं है। तभी तो समाज और पुरुष वर्ग मुखौटों में जीता है। यह उसका चरित्र है, फितरत है। और रही हिमांशु की बात, और उसके उद्‌गार... क्योंकि बीस वर्ष बाद भी वो रश्मि के प्रेम में पूर्णतया आसक्त है–तो उसे सारा संसार ही एकरसता में पिरोया लगता है।

जो भी हो, हिमांशु को लगता था कि यदि समाज यह दोहरे मापदण्ड नहीं त्याग सकता तो उसे समयान्तर में नारी ही बदलेगी–अपने विप्लवी रूप से। भारतीय संस्कृति की 'दुर्गा के रूप में' युगद्रष्टा है–और वो होगा!!

धार्मिक संस्थान–केवल ढोंग ही ढोंग–ढोंगियों, प्रपंचकारियों का जमावड़ा–कितनी सत्यता थी मार्क्स के कथन में–धर्म जन-मानस की अफीम है–लाचार, गर्ज़मन्द, कुपोषित, दरिद्र, अभावग्रस्त, नर कंकाल कहाँ जाएँ–और सम्पन्न की संचय करने की भूख और जो पास है, उसे खो देने का भय। कहाँ मिलेगी शान्ति, आश्रय और आलम्बन? इन्हीं श्री चरणों में, लम्बी-लम्बी प्रतीक्षारत पंक्तियों में।

आज रश्मि जब परिस्थितियों का पुनरावलोकन करती है तो चौंक जाती है। एक अनजान स्थान, एकदम प्रवासी और वहाँ योग्यता को इतनी मान्यता, इतना महत्त्व कि इतनी तीव्र स्पर्धा के बीच भी–दूसरी यूनिवर्सिटी में उसका चयन–कोई सर्टीफिकेट नहीं–कोई प्रमाण पत्र नहीं।

और अपनी ही यूनीवर्सिटी में, अपने ही शहर में–अपनी ही संस्था में, जब उसने प्रिंसिपल के पद के लिए प्रार्थना-पत्र पूरे प्रमाण पत्रों तथा तेरह वर्ष के अनुभव का प्रशस्ति पत्र संलग्न किया, तो भी उसे इंटरव्यू के लिए पत्र नहीं भेजा गया। वो तो रश्मि के निकट सम्बन्धी थे जो संस्थान के प्रधान को जानते थे, उससे चर्चा कर बैठे। इंटरव्यू के एक दिन पहले तक भी कोई पत्र नहीं।

इसी बीच पता चला, स्थानीय कॉलेज के प्रिंसिपल, जो हिमांशु के अंग्रेजी के प्राध्यापक रह चुके थे–हिमांशु और रश्मि उनसे मिलने गये। वो इतने योग्य प्रोफेसर

भी नहीं थे। शेक्सपीयर के ड्रामे का मात्र भावानुवाद या पैराफ्रेंज़ ही करते थे—व्याख्या या विवेचन नहीं। वे जब मिले तो उन्होंने अपने पुराने टॉपर का मज़ाक-सा उड़ा दिया कि इतने वर्षों पश्चात् हिमांशु के उनका स्टूडेंट या शिष्य होने का दावा कितना हास्यास्पद है। हिमांशु की किरकिरी तो हो गयी परन्तु अपने "श्रद्धेय" प्रोफेसर के लिए रही सही इज़्जत भी जाती रही। कहाँ मैथ्स के प्रोफेसर—जिनका बिना फीस के पढ़ाना—जिनका अब भी वह उतना ही अपितु उससे भी अधिक आदर करता है। वो अकेला ही नहीं—सभी विद्यार्थी उनका पूर्ण सत्कार करते थे।

और रश्मि को पता भी नहीं कि कल साक्षात्कार होने जा रहा है। उसी दिन एक चपरासी घर आया—ग्यारह बजे होंगे सुबह के। रविवार का दिन था। हिमांशु अपने बड़े बेटे को अंग्रेजी पढ़ा रहा था और छोटी बेटी खेल रही थी।

"ओ भाई साहब—नाश्ते में कितनी देर है" हिमांशु ने बाहर वाले कमरे से पुकारा।

"अभी पाँच मिनट में बस... ज़रा शान्ति रखो..." रश्मि किचन से ही बोली ...। छोटी बेटी की छन-छन करती पायल से पता लग रहा था कि वो रश्मि के साथ ही किचन में कटोरियों से पानी गिरा रही है।

"चलिए—ठीक है—आपके लिए तो कयामत तक भी इन्तज़ार कर लेंगे हुज़ूर ... बस बीच-बीच में फूल खिला जाया करो..." हिमांशु अपनी उसी चिर परिचित हल्के-फुल्के आशिकाना मिजाज़ में था। इतने में डोर बेल बजी... एक साधारण-सा युवक हाथ में लिफाफा लिए...

"क्या बात है?"

"चेयरमैन साहिब ने यह भेजा है..." और हिमांशु ने लेटर लिया... खोला... पढ़ा... दिल धक्-धक्—उसने उस युवक को भेज दिया।

"रश्मि! तुम्हारी तो एप्लीकेशन भी नहीं है... सभी सर्टिफिकेट्स के साथ फौरन कॉलेज पहुँचो..."।

रश्मि सन्न...। हिमांशु ने झट से किचन सँभाला और रश्मि पाँच मिनट में नहा कर—बादामी रंग की लाल फूलों से अलंकृत... और बार्डर पर लाल फूलों की कढ़ाई की हुई हरी बेल—केशों का छोटा-सा जूड़ा... दो एक खुली अलकें गुलाबीपन को चूमती... गुलाब की पंखुड़ियों पर गुलाबी लिपस्टिक की छुअन...। कुल मिलाकर सादगी में सौन्दर्य का पूरा उभार... इकहरा बदन—कृशकाय-सी... पैंतीस के करीब की महिला—जो तीस से अधिक नहीं प्रतीत होती थी... कुल मिलाकर चपला जैसे आकाश से अभी किसी को विमूर्छित कर देगी... या तो हिमांशु—उसके ऊपर जन्मजात आसक्त... को ऐसा लगता था।

एक कटोरी दही में हल्की-सी शक्कर और दो कौर खाकर, बेटा, बेटी से 'बेस्ट ऑफ लक' के साथ स्नेहसिक्त चुम्बन और हिमांशु से हल्का-सा प्यार भरा आलिंगन. .। "डू वेल... गॉड ब्लैस...!" रश्मि ने मन में गायत्री मन्त्र का जाप करते हुए रिक्शा लिया। करीबन बीस प्रतिस्पर्धी थे। दस तो स्थानीय कॉलेजों से ही... या फिर आसपास के कॉलेजों से...। कमेटी में कॉलेज के चेयरमैन, यूनीवर्सिटी नामित प्रोफेसर... विषय विशेषज्ञ; और डी.पी.आयी. नामित अधिकारी, वित्त और शिक्षा विभाग के सचिव... और सभी के अपने-अपने प्रत्याशी...।

योग्यता और प्रवरता में रश्मि सबसे ऊपर... हर स्तर पर प्रथम श्रेणी–प्रथम स्थान; यूनिवर्सिटी की स्वर्ण पदक विजेता। और धार्मिक संस्था जिनका कॉलेज उनके सिद्धान्त, प्रचार एवं प्रसार... में... धर्म में पूर्ण आस्था, नैतिकता, सात्विकता, गुरु जी के प्रति समर्पण, सम्बन्धों में एकनिष्ठता–वनस्पतिजगत प्राणीजगत, पशुजगत का सम्बन्धों द्वारा उत्थान, आचरण में पूर्ण सद्भाव... कर्तव्यनिष्ठा, समस्त व्यसनों का परित्याग, गलतियों–वर्तमान और भूत की सभी–का स्वीकार्य, प्रकटीकरण से आत्मशुद्धि और उन्हें स्वीकार कर, उनके उल्लंघन पर प्रतिशोध। वास्तव में ही यदि सभी नियमों, आदेशों और शिक्षाओं का पालन किया जाए तो शिक्षा संस्थाएँ, शिक्षण और धार्मिक स्थल–पूज्य हो जाएँ और सम्पूर्ण ब्रह्माण्ड नहीं तो, कम से कम सृष्टि का तो कल्याण हो ही जाए।

"हिम–तुम नहीं मानते कि जो मैंने कई बार महसूस किया वो सही है।" नाश्ते की मेज़ पर दोनों बच्चों के साथ बैठे हुए रश्मि ने कहा।

"हाँ वह तो सबसे मैं सहमत हूँ परन्तु विचारों में कहीं तो तुम्हारे भी उलझाव है ही" हिमांशु ने संवाद को बढ़ाने के आशय से कहा।

"जो भी आप सोचें–परन्तु मुझे तो हर संस्थान, हर धर्म, में आडम्बर, प्रवंचना, छलावा, दोहरी मानसिकता मुखौटों के पीछे अपार्य, और मुखौटों में से केवल जिव्हा से ही प्रवचन–जो मैंने नैतिकता, निष्कपटता, ईमानदारी पर धर्म प्रधान, उनके पदाधिकारी और उनके प्रचारकों से सुने, जो धर्म प्रवर्तक के गुणों का बखान करते-करते ज़ार-ज़ार रुदन करते हैं, इस कारण नहीं कि भगवान के दर्शाए मार्ग इतने निष्काम, निष्ठावान, समर्पण भाव से सेवा और ईमानदारी की राह पर चलने को अग्रसर करते हैं अपितु इसलिए कि उनका ही अपराध बोध उन्हें आईना दिखाता है कि आप किस प्रवंचना में जीते हैं और आपके अनुसरण में और प्रवचन, प्रचार में; कितनी गहन खाई है। यह उन्हें कहीं तो भीतर कचोटता है। जब इस विधा में परिपक्व हो जाते हैं तो कृत्रिम अश्रुधारा भी एक अचूक अस्त्र हो जाती है और ऐसे ही धार्मिक संस्थान के पदाधिकारी ने मेरा आवेदन गायब किया था। साक्षात्कार के

लिए पत्र तक नहीं भेजा। ये कैसी शिक्षा का नींव पत्थर रखेंगे और कैसी छात्राएँ या छात्र समाज को देंगे।

समाज तो फिर वैसा ही बनेगा जैसा आज है।–पूर्णतया अनुशासनहीन, भ्रष्ट, नैतिक मूल्यों का पतन, चरित्र का अवमूल्यन और उसका उत्तरात्तर गिरता स्तर।"

"यह तो सही है परन्तु यह भी तुम कहती हो कि तुम्हें नयी पीढ़ी में बदलाव का उजाला दिखाई देता है"। हिमांशु जानता था वो कितनी सकारात्मक सोच वाली स्वयं तो है ही साथ ही साथ उसे प्रोत्साहित भी करती है।

"हाँ, मैं नयी पीढ़ी से आशान्वित हूँ–और मेरा प्रयास तो उन्हें ऐसी ही शिक्षा प्रदान करने का होगा–मैं ना तो गलत करती हूँ–ना ही करूँगी। चरित्र और शिक्षा सर्वोपरि प्राथमिकताएँ रहेंगी... यही संकल्प है।"

और पूरे संवाद की अनुगूँज उसके कानों में अभी भी जीवन्त थी–प्राचार्य की कुर्सी पर बैठते ही वो उनके प्रति संकल्पित हो गयी।

प्राध्यापक और प्राचार्य की भूमिका या कार्यपद्धति में कितना अन्तर होता है। प्राध्यापक तो यन्त्रवत् वर्षों पहले रटे-रटाए वही पाठों की पुनरावृत्ति करता है और कॉलेज से, बस, इतना भर लगाव होता है कि उसके विषय के परिणाम अच्छे रहें–अन्यथा कुछ ही समर्पित अध्यापक यूनीवर्सिटी में परिणाम की बात सोचते हैं और छात्रों को उस पथ पर लेकर चलते हैं।

परन्तु रश्मि जानती थी कि प्राचार्य का रोल कार्य और कर्तव्य बहुआयामी होता है–जो वह निजी अन्तर्दृष्टि, अवलोकन, निजी दूरदर्शिता, विलक्षणता और सूक्ष्मदृष्टि से तय करता, करती है। उसे तो नट की तरह रस्सी पर, हर पग सन्तुलित रखना होगा क्योंकि उसके दूरगामी परिणाम भविष्य की पीढ़ियाँ भुगतती हैं। प्रबन्धन या मेनेजमेंट से सामंजस्य, उनकी गलत, सही माँगों को सुनना, सुझाव प्रस्तावित कर, प्रबन्धन को भी उसी से सहमत करवाना।

अध्यापकों और कर्मचारियों में भी संस्था के प्रति लगाव, उसके उत्थान के लिए एक टीम की भाँति समर्पण भाव से कार्य निष्पादन एवं छात्राओं को भविष्य के लिए दिशा निर्देश, गन्तव्य पर पहुँचना, बेशक मार्ग में कँटीले बीहड़ हों या फिर झंझाओं से गुज़रना पड़े–निज लक्ष्य को निष्कपट चरित्रवान भाव से प्राप्त करना–यही सब रश्मि का सन्दर्श था, दृष्टिक्षेत्र था। उसने संस्था को सर्वोपरि मान उसके प्रत्येक अंश को परिवार का विस्तीर्ण स्वरूप माना।

वह बखूबी जानती थी कि वह प्रबन्धन कमेटी की चहेती चयनित अभ्यार्थी नहीं थी और इसीलिए प्रबन्धकों का रवैया सदा ही सद्भाव, सहयोग का ना होकर, रोड़े अटकाने का रहा और उसे प्राचार्या के अनुरूप सुविधाएँ उपलब्ध नहीं करवाईं–ताकि कहीं तो वो टूटे, गिड़गिड़ाए, घुटनों पर आये और हतोत्साहित हो कॉलेज को

अलविदा कह दे। परन्तु यही उसी की कर्मठता, सहयोग प्रवृत्ति, आत्मसम्बल, उसी का जीवट रहा कि धीरे-धीरे कॉलेज आत्मनिर्भरता की ओर अग्रसर रहा। कुछ भी ना होते हुए भी यू.जी.सी. से कॉलेज को 'ग्रांट-इन-एड' पर अनुमोदित करवाना, भवन के लिए यू.जी.सी. एड और कॉलेज में उत्सव आयोजित कर फंड इकट्ठा करवाना। क्या नहीं झेला उसने अकेले ही। क्योंकि हिम का यदाकदा स्थानान्तरण, परिवार का करीबन नकारात्मक रवैया, दोनों बच्चों की पढ़ाई पर ध्यान... सभी को उसने तलवार की धार पर चलकर सफलता से सँभाला, उसे व्यवस्थित किया। कठिन परिश्रम, सम्पूर्ण निष्ठा, एकजुटता व स्टाफ में सर्वोत्तम पर पहुँचने की स्फूर्ति, प्रेरणा, सभी रंग लायीं और वर्ष-दर-वर्ष कॉलेज की छात्राएँ यूनीवर्सिटी में प्रथम, द्वितीय, तीसरे, चौथे इत्यादि स्थानों पर पहुँचती रहीं। एक नया कॉलेज साधनों के पूर्ण अभाव के बावजूद, पुराने-पुराने दिग्गज कॉलेजों से ऊपर पहुँचा और यूनीवर्सिटी की ओर से कॉलेज को पूरा समर्थन, संरक्षण, प्रश्रय प्राप्त होना आरम्भ हो गया...। रश्मि एक उदीयमान नक्षत्र की भाँति शिक्षा-क्षेत्र के आकाश पर प्रभासित हो गयी।

वार्षिक पारितोषिक उत्सव पर हाल छात्राओं, प्राध्यापिकाओं और उनके अभिभावकों से खचाखच भरा हुआ था और रश्मि मंच से छात्राओं को सम्बोधित कर रही थी—"महिलाएँ यदि निजी क्षमता, शक्ति, अस्मिता और आत्मसम्मान को पहचान लें, तो वे कभी भी अन्याय को मूक बधिर गाय के समान सहन नहीं करेंगी। वह प्रत्येक दुर्गा, लक्ष्मीबाई या सावित्री हैं। आवश्यकता है निज सामर्थ्य को पहचानने की, जीवन-मार्ग तय करने की और उस पर चलने की—पूर्ण निष्ठा, कर्मठता और समर्पण से अग्रसर होने की।" हिमांशु किसी मीटिंग के कारण विलम्ब से पहुँचा। जाकर पीछे बैठ गया—और मन्त्र-बिद्ध-सा रश्मि को सुनता रहा। अभिभूत था कि उसमें कितनी विलक्षण प्रतिभा है।

हिमांशु को याद आया कि पता नहीं किस विषय पर उनमें मतभेद हो गया—और बात झगड़े तक पहुँच गयी। पुरुष दम्भ और दुराग्रह में तैश में हिमांशु ने उसे कहा, "अगर तुम्हारे में इतनी ही अकड़ है तो जाओ जहाँ जाना है— निकलो घर से... अभी!" और वह देखता रहा कि रश्मि अब क्या करती है।

"हाँ, ठीक है अगर आप भी अड़े हुए हैं तो घर से निकलो आप... मैं क्यों जाऊँ—घर तो मेरा है।"

हिमांशु को उत्तर इतना भाया कि उसने आगे बढ़कर रश्मि को आलिंगनबद्ध कर चूम लिया।

रश्मि ने हिमांशु की निजी डायरी कभी नहीं पढ़ी थी—और ना ही हिमांशु ने। परन्तु दोनों जानते थे कि वे डायरी लिखते हैं। ना ही कभी हिमांशु ने इसका ज़िक्र किया और ना ही उसने। परन्तु आज उसे हिमांशु की पुरानी डायरी मिल गयी। कहीं

कपड़ों में दबी पड़ी थी। बस, फिर क्या था उसी में डूब गयी—उसके कॉलेज के दिनों के पन्ने। क्या अभिव्यक्ति, क्या उसके सौन्दर्य, उसकी मंजुलता, उसकी सुकुमारता का बखान—लासानी, अप्रतिम, निरूपम; कि उसे स्वयं पर ही ईर्ष्या होने लगी।

रश्मि डायरी में ऐसे खो गयी जैसे कोई किसी आर्ट-गैलरी में कलाकृतियों में डूब जाए। इतने में कॉल बेल बजी—। शाम के छः बजे होंगे... बच्चे भी गार्डन में खेलने गये हुए थे—लौटे क्यों नहीं, उसे चिन्ता हो रही थी। हो सकता है, वो ही हों। हिमांशु जो प्रायः टूर पर ही रहते थे, शायद वो ही जल्दी लौट आये हों—आना तो उन्हें अभी परसों है, पर मेरे बिना उनका मन टिकता ही कहाँ है। भगवान जाने—यह जनून कब कम होगा—कहा भी है कि बच्चे बड़े हो रहे हैं—कुछ तो सुधरो—पर कहाँ। वो ही हाल—जो शादी से पहले रहा बाद में भी था।

खैर देखती हूँ। रश्मि के मन के घोड़े दौड़ने लगे थे। ज़रा असामान्य स्थिति कि वो ना जाने क्या-क्या सोचने लग ज़ाती। क्या क्या योजनाएँ पलों में बना डालेगी। यह सब आदतन ही था। मन में हिल्लोर, उमंग; सभी एकदम उछाल लेना शुरूकर देती थीं। यही तो थी उसकी सुधारातीत आशावादिता, उसका भविष्य के प्रति श्रेष्ठवाद; कि जो भी होगा शुभ ही होगा।

उसने उठकर दरवाज़ा खोला। सामने यह कौन?

''नमस्ते—दीदी!''

''अरे स्नेहा तुम... इतने सालों बाद, अचानक... आओ, अन्दर आओ...!''

स्नेहा ने रिक्शेवाले से बैग रखवाया—पैसे देकर रवाना किया।

''बैठो, पानी लाती हूँ।'' रश्मि भीतर जाती-जाती सोचती गयी... यह कहाँ से आ टपकी...। देहली में मिली थी जब मैं यू.जी.सी. के सेक्रेटरी को मिलने गयी थी। कॉलेज के काम के अतिरिक्त, पी.एच.डी. के लिए फैलोशिप के नियम और शर्तों का भी पता करना था। वहीं सामने से कॉरीडोर में आती, मिल गयी थी।

साथ में एक पुरुष, लगभग उसी की उम्र का; उसके साथ था। स्नेहा ने तो परिचय भी नहीं करवाया था। उससे बॉय कर स्नेहा ने उस पुरुष से निजात पा ली थी।

फिर, वह अपने साथ ही उसे वसन्त विहार ले गयी थी। उसने चाबी से डोर लॉक खोला। शाम के तीन बजे होंगे। वे दोनों अन्दर घुसे—रश्मि और स्नेहा।

दो कमरे का फ्लैट, बीच में लिविंग रूम, चार आराम कुर्सियाँ, टेबल, दो पेग टेबल, साइड रेक, एक शो रेक, जिसमें कुछ क्रॉकरी—ऊपर फांउटेन में नहाती युवती की प्रस्तर प्रतिमा, श्वेत संगमरमर की तराशी हुई। उसने बैंगलोर के शो रूम में देखी थी। महँगी लगी थी, इसलिए खरीदी नहीं। वैसे भी, उसे ऐसी नंग-धडंग-सी प्रतिमाओं में कभी रुचि नहीं रही—। बेशक, उसे खजुराहो और सूर्य मन्दिर कोणार्क की मूर्तियाँ अतीव सुन्दर लगी थीं। परन्तु फिर भी, वह स्त्री के परम्परावादी आवरण से बाहर नहीं आ पायी थी—। वह इस विषय पर, स्पष्ट दृष्टिकोण नहीं बना पा रही

थी; क्योंकि उसकी समस्त सोच-प्रक्रिया पर, परिवार के संस्कारों और आर्य समाज के सिद्धान्तों का गहन प्रभाव था।

अचानक उसका ध्यान सामने वाले कमरे पर गया। उसमें थे; एक युवा और एक युवती, जो हतप्रभता और हताशा में वस्त्र पहन रहे थे। स्नेहा कमरे में गयी–

"समीर, यू बास्टर्ड; कितनी बार कहा... यही कुछ करना है तो फ्लैट छोड़ दो–फौरन इसी वक्त–मैं और सहन नहीं कर सकती। 'दिस इज़ फाइनल'–गैट आउट'।" और समीर ने देखा, कोई महिला उसे घूर रही है। वह झट से अपनी फ्रेंड, या जो भी हो–को लेकर बाहर निकल गया। पीछे से दरवाज़ा बन्द करते हुए, स्नेहा चिल्लाई, "डोंट यू कम एवर अगेन! ऑय हेट यू स्वाईन...।" और लाल मुँह लिए हुए, रश्मि के साथ बेड पर आकर बैठ गयी।

"यह कौन है स्नेहा?" रश्मि ने पूछा जो अब तक भी सामान्य नहीं हो पायी थी।

"पहले दीदी चाय पीते हैं। रात को आप कहीं नहीं जा रही हैं। मैंने आपसे बहुत सी बातें करनी हैं।"

"नहीं, मैं तो यूनीवर्सिटी हॉस्टल या हिमांशु के गेस्ट हाउस में जाऊँगी–ऑय कांट स्टैंड दिस रब्बिश!" रश्मि ने कड़ाई से कहा।

"दीदी प्लीज़, मान जाओ–मुझे गाइड भी करो..."

"गाईड क्या करूँ, तुम स्वयं भी तो लेक्चरार हो–अब बच्ची तो नहीं हो।"

और अन्धड़ के पश्चात् मौसम सामान्य हो गया। स्नेहा दो सुनहले मगों में चाय ले आयी। दोनों आराम से बेड पर पालथी मार चाय पीने लगे।

"अच्छा, अब विस्तार से बताओ, आखिर हुआ क्या?" रश्मि का कौतूहल तो बढ़ता ही जा रहा था क्योंकि उसकी नज़र में यह पूर्णतया अनैतिकता, चरित्रहीनता, वेश्यावृत्ति और सामाजिक मान्यताओं के एकदम विपरीत ही नहीं, अपितु वर्जित है।"

"दीदी, मैं रोज़ सामने बस स्टैंड पर बस का इन्तज़ार कर रही होती, क्योंकि मेरी क्लास दस बजे होती थी। मुझे पता भी नहीं था कि समीर अपनी गाड़ी से जाते हुए मुझे रोज़ाना यहाँ खड़ा देखता है। एक दिन, मैं अकेली तो नहीं थी अपितु एक दो महिलाएँ और भी खड़ी थीं। इसने गाड़ी रोकी, गाड़ी से बाहर आकर, मेरे पास आकर कहा–आप मिरांडा कॉलेज में प्रोफेसर हैं ना?– मैंने आपको, कॉलेज में कई बार देखा है। मेरा आफिस आपके कॉलेज के सामने ही है–मैं बीमा कम्पनी में ब्रांच मैनेजर हूँ–आप खुद आकर देख लेना..." और मैंने पूछा–"लेकिन आप हैं कौन? मैं तो आपको जानती तक नहीं–"। "घबराइए मत–मैं आपसे तीन ब्लाक छोड़कर रहता हूँ, अनमेरिड हूँ–अगर आप साथ चलेंगी तो कम्पनी भी हो जाएगी और रास्ता

भी कट जाएगा।'' दो तीन दिन तो मैंने टाला। पर एक दिन साहस जुटा मैं गाड़ी में बैठ गयी।''

''और परेश का क्या हुआ? तुम तो उससे शादी करने वाली थी ना?'' रश्मि ने बीच में ही टोका।

''होना क्या था दीदी। उसमें तो ज़रा भी हिम्मत नहीं थी, ना ही आत्मविश्वास। किसी भी मुद्दे पर दृढ़ रहने की क्षमता ही नहीं थी—चले थे प्रेम करने—एक सिरे से कायर... भीरू! सभी के सामने म्याऊँ बिल्ली...। उसने तो उसी साल, घरवालों की पसन्द, खासकर भाभी के पसन्द की, रिश्तेदारी में ही, लड़की से शादी कर ली। अभी भी यहीं है, पर आँख नहीं मिला सकता।''

''अब यह समीर महाशय कौन हैं?''

''वही जो मैंने अभी बताया—कि समीर और मैं प्रतिदिन गाड़ी में जाते। वापिसी पर, कभी मैं और कभी वह एक-दूसरे का इन्तज़ार करते। धीरे-धीरे नज़दीकी बढ़ीं। वो भी किसी स्त्री के प्रेम-प्रलाप में संलिप्त था। परन्तु सब :— कसमे-वादे, शपथें, सभी झूठी उक्तियाँ, कथन, अभिव्यक्तियाँ महज़ थीं छलावा। शायद परस्पर प्रवंचना। अन्ततः उसकी तथाकथित प्रेमिका ने अपने ही सहकर्मी से शादी कर ली।'' स्नेहा बस बोलती जा रही थी—

''यह तो वो ही पक्ष है, जो समीर ने मुझे बताया। मैं तो पहले ही शादी की संस्था से भ्रमित थी। अब समीर की धारणाएँ भी वैसी ही थीं। एक बार समीर ने कह ही दिया कि हम दोनों इकट्ठे आते-जाते हैं, एक-दूसरे से विचार भी मेल खाते हैं, अधिक समय तक साथ-साथ ही रहते हैं और कभी-कभी एक दूसरे के यहाँ रुक भी जाते हैं, तो फिर ये दो गृहस्थियाँ क्यों पालें। दुगुना खर्चा भी करें। उसने प्रस्तावित किया कि मैं उसके फ्लैट में शिफ्ट कर लूँ, परन्तु मैं उससे सहमत नहीं हुई। मुझे कहीं लग ही रहा था कि यदि यह व्यवस्था न चल पायी और बिखराव और अलगाव की स्थिति पैदा हो जाए; तो मैं तो सड़क पर आ जाऊँगी। तब समीर ने मेरे फ्लैट में शिफ्ट कर लिया।''

''और पड़ोसी—उन्होंने बवाल नहीं मचाया?'' रश्मि को घिन-सी आ रही थी।

''दीदी, यह महानगरों की कल्चर ही है। यहाँ कोई किसी के जीवन में ताक-झाँक नहीं करता। समीर और मुझमें तय हो गया कि फ्लैट का किराया मैं देती रहूँगी और घर के सामान, प्रसाधन इत्यादि समीर की ज़िम्मेदारी होगी। पहले छः-सात महीने तो यह व्यवस्था ठीक ठाक चली। हम पति-पत्नी की तरह रह रहे थे। मैं भी किसी बन्धन में बँधना नहीं चाहती थी। इसलिए परिवार नियोजन के लिए सभी सतर्कताएँ बरतती रही। पर धीरे-धीरे, जैसे प्रायः पुरुषों में होता है, जब ज़रूरत से ज़्यादा पैसा हाथ में होता है तो व्यसनों को डेरा डालने में देर नहीं लगती। अब समीर

रोज़ ही पीने लग गया। घर के दायित्व से भी मुक्त, कोई खर्चा नहीं। रोज़ नशे में धुत्त। फिर शारीरिक प्रताड़ना; जहाँ जी चाहे चोट पहुँचाना। ये पाशविक प्रवृत्तियाँ उस पर हावी हो गयीं। शारीरिक बल के बूते पर अधिकार पूरे, चाहे हो खाना, घर का काम, सफाई बर्तन के लिए रखी बाई पर भी डोरे, और फिर उससे यौन सम्बन्ध। जब कोई बन्धन नहीं, मर्यादा नहीं, रोक टोक नहीं तो अराजकता ने अधिकार का स्वरूप ले लिया।''

''जो भी कहो, यह तो तुम्हारा स्व-निर्मित जाल है। जब मछली गन्दे जल में रहेगी तो कितने दिन जीएगी—? इस दलदल में से बाहर आओ मैडम!'' रश्मि को अब खीझ आ रही थी कि जैसे खुद दूध की धुली हो।

''आप ठीक कहती हैं दीदी—उसके लिए तो खाना-पीना, रहना, सेक्स और बिना दायित्व सभी अधिकार। निरंकुश व्यवहार, समय-असमय जब भी हो, कोई ना कोई, नयी बैड-पार्टनर, और कोई नहीं तो बाई। बड़ी कठिनाई से काम करने वाली को हटाया। पर दूसरी तो उससे भी धूर्त। रोज़ कुछ ना कुछ चोरी। जब दिन भर झगड़े देखती है, तो समझने में कितनी देर लगती है कि यहाँ पर कोई नियन्त्रण तो है नहीं—फिर बस, मौज ही मौज। समीर और बाई सभी आउट ऑफ कंट्रोल। रोज़ निकल जाने को कहती हूँ पर कोई असर नहीं। अब आप ही सुझाएँ, कि मैं क्या करूँ?'' स्नेहा कितनी हताश थी, रश्मि कुछ समझ ही नहीं सकी।

हाँ, रश्मि नारी के आत्मावलम्बन की पक्षधर तो थी, परन्तु यदि नारी स्वयं ही अमर्यादित हो तो, उसे भी सही मार्ग पर लाना होगा। यही सोच थी रश्मि की। उसे तो वैसे भी, किसी दूसरे की समस्या को अपने गले लेने से, सम्भवतः आत्मतोष ही मिलता था।

''ठीक है; अभी तो ज़रा टहलने चलो। वैसे वो रात को आयेगा।''

''नहीं—आपके होते नहीं— उसे डर भी रहता है कि कहीं कोई रिश्तेदार आकर, उसकी पुलिस में एफ.आई.आर. ही दर्ज ना करवा दे।''

रात को खाना खाया गया। बेड पर लेटते ही, फिर वो ही बातें शुरू। रश्मि समझ ही नहीं पा रही थी कि बिना शादी के पुरुष-स्त्री के साथ रहने वाले रिश्ते को, आखिर क्या नाम देते हैं। उसने समाचार पत्रों में, ऐसे किस्से पढ़े भी थे, परन्तु इनकी सामाजिक मान्यता तो नहीं है। किसी पाश्चात्य पेपर से; इस रिश्ते का नाम 'लिव-इन-रिलेशनशिप' दिया है। अब यह भारत भी पहुँचा। जो भी हो—रश्मि को तो यह विकृत (पर्वर्ट) मानसिकता का दुष्परिणाम ही लगता था।

''अच्छा, यह तो बताओ—तुम्हारे मम्मी पापा कहाँ हैं? भाई-भाभी, परिवार और कामिनी...।'' रश्मि ने उत्सुकता से पूछा।

"मम्मी पापा तो यू.एस. में ही हैं। उन्हें मेरे बारे में, शायद, कुछ भी पता नहीं। वैसे भी, वो मेरे मामलों में हस्तक्षेप नहीं करते। कामिनी, पोस्ट, ग्रेजुएशन करने के बाद, अब लन्दन में है। कैम्ब्रिज में पी.एच.डी. कर रही है। पहले यू.एस. में ही सर्विस कर रही थी। मुझे नहीं पता कि वह यू.के. में क्यों चली आयी; जब अच्छी भली यू.एस. में सर्विस कर रही थी। परन्तु उससे भी सम्पर्क मम्मी-पापा के माध्यम से ही है। भाई-भाभी से तो जैसे नाता ही टूट चुका है। ना वो ही हाल पूछते हैं, ना मैं ही उनकी परवाह करती हूँ।" स्नेहा तो निरन्तर बोले जा रही थी जैसे कोई आत्मीय, उसे बरसों बाद मिला हो।

"पर, तुम शादी क्यों नहीं कर लेती हो? कोई ना कोई तो मिल ही जाएगा जो एक अच्छा जीवन-साथी बन सके।" रश्मि ने सुझाया और उसकी प्रतिक्रिया जानना चाही।

"दीदी, यह तीसरा अवसर है जब मैंने अपनी सहमति दी या फिर पहल की। परन्तु अब तो सोचा था कि यदि यह सहचारिता चाहिए भी तो, बिना बन्धन के साथ रहेंगे। लगता था कि शादी एक ऐसी कारा है जिसमें यदि घुस गये तो फिर छुटकारा तो जैसे असम्भव-सा ही है। जीवन भर घुटन; नहीं तो, न्यायालयों के चक्कर, वकीलों की तारीखें और दलीलें। इस सब के आवृत में, घर की सुई तक बिक जाए और फिर कंगाल बन, सड़क पर निराश्रित। नहीं तो शारीरिक और मानसिक यातना भोगते रहो। इसी प्रक्रिया में, एक ऐसी पीढ़ी तैयार कर दें, जो ऐसे वातावरण में पनपे; जो या तो इस असहनीय व्यवस्था को ठीक कर दे या फिर विद्रोह कर दे।"

"इस दिशा में कई संस्थाएँ प्रयासरत हैं तो सही—घर बैठकर सहने से खुद तो कुछ होने वाला नहीं है। उन संस्थाओं से जुड़िए।" रश्मि को लगा कि स्नेहा भोंडे तर्क दे रही है। जो स्वयं ही सुस्पष्ट नहीं हैं, वो ऐसे ही डगमग कदम चलता चलेगा।

"मुझे तो लगता है दीदी कि यह नारी-मुक्ति-मंच, नारी-सशक्तीकरण और नारी का स्वावलम्बन, सभी खोखले नारे हैं। सभी के अपने कार्यक्रम, अपनी कार्यसूचियाँ हैं। सभी ने अपनी मान्यता, अपने अहम् को उछालने के लिए मंचों का सहारा ले रखा है। ताकि राजकीय और राजनीतिक सामीप्य बढ़ाकर या तो कोई पद ग्रहण कर ले और या फिर मोटा पुरस्कार। वास्तविकता में, तो संस्था को समर्पित एक दो ही होते हैं।"

रश्मि नकारवादी निहि विचार लिस्ट पूरे मनोयोग से सुन रही थी। पर मन,—नारी जीवन की झंझाओं, त्रासदियों, कुण्ठाओं और यातनाओं को सोच कर ही, दीए की लौ की भाँति कम्पित होता रहा। उसे भी लगा कि नारी की जीवन-यात्रा कितनी विकट है। पुरुष-वर्ग ने तो नारी के समानाधिकार और उसकी मुक्ति का समर्थन कभी नहीं किया। कहने को लोकतन्त्र है, परन्तु विधानसभाओं और

लोकसभा के लिए अपराधियों, गुण्डों, मवालियों को टिकट दे दिये जाएँगे लेकिन महिलाओं के नाम पर—वो ही राजनीति। कौन करेगा कल्याण? तो भी हाथ पर हाथ रखकर तो नहीं बैठा जा सकता। कुछ तो करना ही होगा। उसे लगा इस विषय में हिमांशु के विचार, कितने उदार हैं। फिर भी जब अहम् का टकराव होता है तो वह भी अपना स्टैंड छोड़ते नहीं। बेशक, नारी के प्रति उसमें कोमल भावनाएँ है।

"अच्छा, तो स्नेहा—तीन बजे, तुम मुझे क्नाट प्लेस के होटल प्लाज़ा के पास मिलो। पहले इस समीर के जनरल मेनेजर को मिलते हैं। यदि वह कोई ठोस कार्यवाही नहीं करता, तो एफ.आई.आर. लिखवा देंगे। मैंने महीने बाद आना है। तब तक स्थिति को जैसे तैसे सँभालो। यूँ ऐसे लम्पट से तुमने सम्बन्ध बना कैसे लिया? इसमें तुम्हारी भी कम गलती नहीं है। नारी का शोषण और यौन शोषण कब नहीं हुआ। नारी को इस भेड़िया समाज में, अपनी अस्मिता की रक्षा स्वयं करनी है, वरना, वो ही कुत्ते-कुत्तियों का जीवन जीओ।"

"और ये मर्द, ज़्यादातर तो कुक्कुर मानसिकता के होते हैं। उनकी तो फिर भी कोई ऋतु होती है। परन्तु ये मर्द। इन्हें तो ज़रा-सी प्रियदर्शी या सुन्दर महिला दिखी नहीं, कि मुँह से लार टपकने लगती है। अपना घर स्वयं ही सँभालना होगा, हालाँकि, अब न्यायालय कुछ जागरूक और सचेत तो अवश्य हुए हैं। परन्तु, समय तो लगेगा ही। इन विसंगतियों के बावजूद, सरकार, कुछ तो करेगी ही।" रश्मि की भंगिमा आक्रोश और सहानुभूति पूर्ण थी।

रश्मि दस मिनट लेट थी। उसने दूर से ही देख लिया था कि स्नेहा, प्लाज़ा के सामने चहल-कदमी कर रही है।

नवम्बर का महीना। गुलाबी-सी शीतलता, शरीर को कुनकुना कर रही थी। इसलिए धूप की सहज स्निग्धता, अंग-अंग सहलाती हुई महसूस हो रही थी।

रश्मि ने देख लिया कि साड़ी में भी, स्नेहा का नितम्बों, कुचों और ग्रीवा पर कसाव ऐसा था कि अंग-अंग की एक-एक रेखा, उजागर होकर, उसे अजन्ता के किसी भित्ति-चित्र-सा उभार रही थी। ऐसे में, राह चलते, किसी का भी ध्यान आकर्षित हो जाए तो कौन-सा आश्चर्य होगा? फिर भी कुछ भी कहो, नारी का कुछ और हुआ हो या ना हो परन्तु स्वच्छन्दीकरण तो हुआ ही है। अब वह उन्मुक्त तो है ही, कमनीयता का स्थान, निस्तीर्ण अनाबद्धता ने ले लिया है। पाश्चात्य प्रभाव से अब दृष्टिकोण ही बदल चुका है। कामुकता अब जीवन-शैली का भाग बन गयी है। फिर, जो स्नेहा कर रही है, उसका समीर पर भी पूर्ण दोषारोपण करना न्यायोचित नहीं होगा।

दोनों ही जी.एम. से मिलीं। सारी स्थिति समझायी। कैसे समीर ऑफिस से

गायब रहता है। कैसे अलग-अलग महिलाओं से यौन सम्बन्ध बना रखे हैं। कैसे वह स्नेहा को मानसिक, शारीरिक और आर्थिक प्रताड़ना देता है।

जी.एम. ने शीघ्र ही यथोचित कार्यवाही के लिए आश्वस्त किया।

एक महीने बाद जब स्नेहा रश्मि से मिली, तो उसने बताया कि समीर का ट्रांसफर भुवनेश्वर हो गया था और वह सामान लेकर चला गया था।

35

मयंक की मंजुलता से, झर-झर झरती रश्मियाँ, वेणु और वशि की सुकुमारता को और भी स्निग्ध और स्नेहिल बना रही थीं। दोनों भाई-बहन, एक ही बेड पर पड़े, सपनों की दुनिया में मस्त थे। सामने खिड़कियों से झाँकती नैनी झील में झिलमिल करती उर्मियाँ जैसे प्रणय लीला को रूपान्तरित कर रही थीं। शायद, नैनीताल के होटलों के कमरों को, नैनी के रजत-पटल पर चित्रित कर रही थीं।

रश्मि हिमांशु की गोद में सर रखकर, कॉलेज की डायरी के पन्ने खँगाल रही थी। बाहर से देवदार की नुकीली पत्तियों से गुजरती हवा, जैसे प्रेम-प्रलाप को संगीतमय बना रही थी। बीच-बीच में छनती चन्द्रिका, राका के दुकूल से प्रत्यक्ष और परोक्ष रूप में उसके अंग-प्रत्यंग की चारुता को उभार रही थी। रश्मि, भूल चुकी थी कि उसने हिमांशु को वचनबद्ध किया था कि वे अपने कॉलेज या ऑफिस के बारे में बात नहीं करेंगे उसे तो हिमांशु की गोद में लेटना इतना शान्तिप्रद लगता था कि वह फिर समस्त संसार भूल ही जाती थी।

अचानक, जैसे ही रश्मि का ध्यान उस पृष्ठ पर गया, वह धीमे से कूकने लगी—

"रात के ग्यारह बजे कोयल कहाँ से आ गयी...।"

"आपकी गोद में।... और रसिक जी महाराज—एक बात बताना तो भूल ही गयी..

"अब तो कोई प्रेम-व्रेम की बात करो... टाइम तो देखो..."

"फिर मैं भूल जाती हूँ—अभी सुनो... दिस इज़ एन आर्डर... क्योंकि तुम याद ही कहाँ रहने देते हो..."

"ओ.के., मॉय लार्ड। आदेश...।"

"जो भी हो... आप तो जानते थे, डॉक्टर कंसल को। वही जो हमारे पास हैड थे। उनके पास उनका, शायद, भतीजा और उसकी पत्नी रहती थी।"

"क्यों? उन्हें इस वक्त रात को क्या हुआ? तुम भी ना... इतनी सुन्दर लग रही हो... उलट में कौन-सी कथा...?"

"अब तो सुनना ही होगा... वे लोग डॉ. साहिब की सेवा निवृत्ति के पश्चात्, शायद कानपुर चले गये थे। वहाँ जाकर, उनके भतीजे ने डॉ. साहिब पर हाई कोर्ट में याचिका दाखिल कर दी, कि डॉ. साहिब की समस्त जायदाद में, उसके बच्चे बराबर के हिस्सेदार हैं। उसने कोर्ट में शपथ पत्र दाखिल किया है कि ये बच्चे उन्हीं के हैं। वैसे आपको क्या लगता है?" रश्मि की विस्फारित पुतलियों में वितृष्णा और जिज्ञासा का सम्मिश्रण था।

"डियरी! मैंने तुम्हें तभी कहा था, जब हम मिलकर आये थे, उसी चंडीगढ़ के निवास पर, जहाँ पर वह एक रिसर्च स्कॉलर को साथ लिटा कर रिसर्च करवा रहे थे।"

"वैसे मैं मान गयी आपको... और मैंने तो उनकी बहू को कई बार उनके साथ लेटे देखा–और स्नेह से उसे, सबके सामने चूमते हुए भी। अब मुझे लगता है कि आप भी बदमाश रहे होंगे। जो झट से भाँप गये...। कामिनी बच गयी होगी–मैं नहीं मानती...।"

"खैर, वह सब छोड़ो–कामिनी का तो मुझे पता नहीं पर तुम तब भी नहीं बची थी, आज भी नहीं बचोगी... और कभी भी नहीं।"

इतना कहते ही, उसने टेबल लैम्प का स्विच ऑफ कर, उसे आलिंगनबद्ध कर लिया। उषा वेला जब सकुचाती, शर्माती झाँक रही हो, अपनी बोझिल, तन्द्रिल रात्रि की सिमटती सेज से, ऊँचे-ऊँचे बलिष्ठ देवदारुओं और पहाड़ों की ओट से तो उसे भी तो आ रही थी कि लाज कि वो रश्मि की सौतन बन, हिमांशु से क्यों बगलगीर हो। रश्मि पड़ी थी बेसुध, अर्ध नग्न, हिम रंजित शिखरों को लजाने के लिए। और हिमांशु कैसे छुपाए उसे, अपने आवरण में। रश्मि ने आधे खुले नयनों से देखा कि हिमांशु उसे लालायित-सा निहार रहा है। उसने दोनों बाहों को नदिया के किनारों-सा फैला दिया। यूँ छुपा लिया हिमांशु को नदिया की गहराई में, उषा के प्रसार के लिए।

"और डार्लिंग! वो बात पूरी नहीं की, रात वाली!"

"कौन-सी? कहा था ना–भूल जाऊँगी। अच्छा... वो डॉ. कंसल की बात...। होना क्या था... लोगों की बातों तथा सबूतों से लगता है... फैसला बच्चों के पक्ष में ही होगा...। पर, आपको रात भर नींद क्यों नहीं आयी? शायद... मुँह में पानी आता रहा होगा।"

"पानी तो तब आये–जब तुम अन्दर छोड़ो तो?"

दो दिन घूमते रहे–नौकुचिया ताल के साथ-साथ। रश्मि की कटि-सी बलखाती सड़क पर, भीम ताल में झाँकते बादलों से ढँके पहाड़ और नैनी लेक में सपनों-सी तैरती नौकाओं में... चाँद को छू लेने की उत्कटता में।

चंडीगढ़ लौटे। हिमांशु तो झट से तैयार होकर ऑफिस रवाना हुआ। रश्मि को

मैनेज करना; दोनों बच्चों को और फिर कॉलेज जाना। एक दिन की बात हो, तब ना। यह तो रोज़ का ही बोझिल ढर्रा था। नौकरी तो पुरुष की ही होती है। उसके सभी काम समय पर होने हैं और नारी? मरे-खपे, बोझ तले दबे... उसकी बला से...। बेशक, हिमांशु अपवाद था, तो भी यदि पुरुष, नारी से बिना शर्त समर्पण चाहता है; तब उसे भी प्रतिकार में कुछ तो करना ही चाहिए। भारत में तो कामकाजी महिलाओं की गृहस्थी की गाड़ी के पहिए—असमान ही रहेंगे। पर गाड़ी? नारी के पहिए के बल पर ही चलती रहती है; जब तक वह या तो बिखरे ना, या फिर टूट ही जाए।

कहने को तो तीन-चार दिन के अवकाश के बाद भी ऑफिस जाएँ तो यह आशा की जाती है, कि कोई भी—कर्मचारी या अधिकारी—पूर्णतया स्फूर्तिपूर्ण होगा। उसमें, एक नयी ऊर्जा का संचार होगा। परन्तु वस्तुतः होता बिल्कुल उल्टा है। विशेषतया कामकाजी महिला, तो पहले से भी अधिक क्लान्त, निष्प्रभ और कान्तिहीन; महसूस करती है। कारण तलाशने के लिए दूर जाने की आवश्यकता कहाँ होती है? सबसे पहले तो, हब्बी (हस्बैंड) महाशय, देर से उठेंगे। बिस्तर पर चाय, अखबार और फिर...

"रश्मि... सामान पैक हो गया? जल्दी करो भाई—ड्राइवर बस आता ही होगा ...।"

और स्वयं तो अभी प्रसाधन में ही घण्टा भर लगाएँगे...। फिर बच्चे क्योंकि मम्मी ने कोको (कॉलेज) नहीं जाना... तो उन्हें तो मस्ती ही करनी है। रश्मि को याद है, जब रोज़ कॉलेज जाते वक्त, वेणु कैसे रोता था और हिचकियाँ भर-भर कहता, "कोई तो दिन ऐसा होना चाहिए... मम्मी कोको नईं जाए..."। और वो कितने रुआँसे मन से, उसे छोड़कर जाती। अजमेर की सड़कों पर टप टप करता ताँगा... जैसे सर पर हथौड़े से चोट कर रहा होता। उसने कई बार सोचा कि नारी-जीवन तो यातना है, लेकिन कामकाजी महिला के लिए केवल नरक। पर फिर सोचती, कि यह विकल्प, तो नारी ने स्वयं ही चुना... अपनी पहचान, अपना स्थान और अपनी अस्मिता बचाने के लिए। पाँव की जूती नहीं, अपितु भाल का तिलक बनने के लिए। परन्तु परिवार से तो मिलती है उदासीनता; कहीं-कहीं तिरस्कार, अनादर और सभी हाथ पर हाथ धरे बैठे रहते हैं कि वो आयेगी तो खाना परोसेगी बनाएगी। वाह रे समाज। तुम्हें उसके द्वारा सुविधाएँ तो सभी चाहिए, परन्तु दायित्व कोई भी नहीं। कोई आकर झाँके, तब ना! यह बात तो हिमांशु ने भी कई बार अनुभव की।

रश्मि ने साड़ी उतारकर, गाऊन पहनने के लिए, ब्लाउज के हुक खोलने चाहे, परन्तु खुल ही नहीं रहे थे। हिमांशु को आवाज़ भी लगायी, परन्तु वह बाहर लॉन में बच्चों के साथ बैठा था। इतने में, इन्दु शर्मा अपने पति के साथ, गेट खोलकर

भीतर दाखिल हुई। इन्दु के हाथ में गोकुल स्वीट्स का डिब्बा और मि. शर्मा के पास एक और सुनहरी गुलाबी रंग का पेकेट था।

हिमांशु ने उन दोनों को अपने पास ही बिठाया। वेणु और वशि ने अंकल, आंटी को नमस्ते की और भीतर भागे, शायद, मम्मी को बताने कि कोई अंकल-आंटी आये हैं। रश्मि जो काफी संघर्ष कर, हारकर ब्लाउज़ के ऊपर ही गाऊन पहन लेटी ही थी—"बेटे जाकर कह दो, मम्मी लेटी हैं।"

और हिमांशु उन दोनों को लेकर भीतर ड्राइंग रूम आया।

"मैडम, सुनो, देखो... मि. मिसेज़ शर्मा आये हैं।"

"कौन आ गया इस वक्त?" 'मुसीबत' उसने मन में कहा।

"वो ही इन्दु शर्मा जो अम्बाला से ट्रांसफर करवाकर अब आपके कॉलेज में हैं।"

"अच्छा! वो ही डॉल-सी... कॉलेज खुलने के थोड़े महीनों बाद ही आ गयी थी। कितनी सुन्दर, टपकती कपोलों पर लाली, होठ, बिना किसी लिपस्टिक के लाल गुलाब और मि. शर्मा भी उतने ही लाल, गोरे चिट्टे... देखने में खूबसूरत या कहें हैंडसम।

"यह क्या ले आये शर्मा जी।" हिमांशु ने पूछा—

"किस खुशी में...।"

"सर, यहाँ पर आये साल भर हो गया... खालसा कॉलेज में ज्वॉयन भी कर लिया पर आपसे नहीं मिल पाया था। पहली बार जो आना हुआ।"

इतने में रश्मि आ गयी। इन्दु और रश्मि जैसे परस्पर पूरक ही हों। कौन अधिक मंजुल, कमनीय... यह फैसला करना असम्भव!

"अरे! बड़ी सुन्दर लग रही हो... ठीक तो हो—या फिर ज़्यादा ही ठीक हो...। और फिर यह मिठाई—कोई खुशखबरी...?"

"हाँ, मैम, हमारे घर भतीजा आया है... इनके छोटे भाई के बेटा हुआ है।"

इतने में लाइट चली गयी। मि. शर्मा और हिमांशु वापिस लॉन में। रश्मि किचन में मोमबत्ती ढूँढ़ रही थी और वेणु टार्च...। इन्दु पीछे-पीछे किचन में पहुँच गयी—महिलाओं की आदत के अनुरूप।

"मैम, चंडीगढ़ में लाइट कम ही जाती है... आज अचानक..."

थोड़ी देर में वेणु टार्च जलाकर, वशि को साथ ले मम्मी के पास आ गया। रश्मि और इन्दु बेड पर बैठ गये। बेशक, इन्दु का रश्मि से अधिक अनुभव था परन्तु कांट्रेक्ट पर, अम्बाला के धर्म समाज कॉलेज में रहने के कारण वह सारा व्यर्थ रहा।

"अच्छा, यह बताओ, तुम्हारी शादी को तो दस साल होने को आये, पर अपनी खुशखबरी कब दे रही हो।"

"शायद, कभी नहीं...।"

"अरी—इतना हताश क्यों होती हो? इतनी सुन्दर हो— मि. शर्मा प्यार नहीं करते क्या?"

"मैम हमारी दूसरी ही परेशानी है—बताने में भी झेंप-सी आती है।"

"इसमें झेंप की क्या बात है? खुलोगी नहीं, तो समाधान कैसे होगा?"

"मैम पता नहीं—हम दोनों पिछले दस साल से विवाहित हैं, परन्तु वो हम ही जानते हैं कि हम अविवाहित ही हैं।"

"वह कैसे—" ऐसा कैसे सम्भव है?" रश्मि तो जैसे एक स्वप्नों की दुनिया में जा रही हो।

"हम लोग बेड में जाते हैं, प्रेम-प्रलाप प्रारम्भ करते हैं—निरावरण आलिंगन, चुम्बन और फिर यकायक कोई तीव्र विकर्षण, कोई कुण्ठा, कोई ग्रन्थि, हमें झट से एक-दूसरे से अलग कर देती है। कोई उत्तेजना नहीं... और बस; एक निस्पन्द विमुखता में लेटे-लेटे नींद आती है, थोड़ी बहुत।"

बाहर, हिमांशु और मि. शर्मा भी करीबन उसी विषय पर बात कर रहे थे। हिमांशु भी जानने के लिए उत्सुक था कि दस साल बाद तक भी वे दोनों अविवाहित-सा जीवन व्यतीत कर रहे हैं।

"ऐसा भी नहीं, हमारे कोई बच्चा नहीं हुआ। शादी के करीबन साल भर के भीतर ही एक बेटी हुई। वो अपनी दादी के पास रहती है; क्योंकि दादी भी अकेली है।" शर्मा जी बता रहे थे।

"फिर क्या—यह तो अच्छी बात है।"

"नहीं... सर... मैं क्या बताऊँ... बेटी होने के बाद से, जब भी समागम क्रिया में संलिप्त होने का प्रयत्न करते हैं, उत्तेजना काफूर। जैसे अंग-प्रत्यंग में लकवा ही मार गया हो। और अब तो पारस्परिकता का जीवन ही गुज़ार रहे हैं—एक छत के नीचे—दो अजनबी।" मि. शर्मा अब तक पुरुष-जनित कुण्ठा की ग्रन्थि को खोल रहे थे।

"तो आपने मनोचिकित्सक और यौन चिकित्सक से बात नहीं की। क्या कहते हैं वे...?" हिमांशु भी हैरान रह गया।

"क्यों नहीं? यौन चिकित्सक का कहना है कि यह मूल रूप से मनोविज्ञान का केस है। वैसे भी सेक्स की समस्याएँ, ज़्यादातर, मन या मानसिकता से ही सम्बन्धित होती हैं और मनोविज्ञान के चिकित्सक ने पूरी दिनचर्या, पिछली जीवन पद्धति और बचपन से ही, कोई भय या विकृति, सभी के बारे में पूछा।"

"अच्छा, यह बताओ स्कूल, कॉलेज या दोनों में आप हॉस्टल में रहे?"

"हाँ... मैं तो छठी कक्षा से एम.ए. तक हॉस्टल में ही रहा।"

"और आप का कमरा अकेले के लिए था या... आप दो लोग इकट्ठे रहते थे।"

"सर, यही बात मनोचिकित्सक ने पूछी... हम ने बताया कि हम दोनों ही हॉस्टल में रहे हैं; इन्दु अपनी एक और रूम-पार्टनर के साथ और मैं अपने रूम पार्टनर के साथ...।"

"और क्या...?"

"और पूछा... कि क्या आप दोनों के अपने-अपने रूम पार्टनर के साथ यौन सम्बन्ध थे? तो हमें मानना पड़ा। उसने कहा कि आप दोनों के भीतर अपराध-बोध घर कर गया है--उससे बाहर आईए। अपरिपक्व अवस्था में ये हकरतें प्रायः हो जाती हैं। यह सब सामान्य है... इसे जल्द से जल्द मन से निकाल दें और साथ ही कुछ दवाएँ भी दीं...।"

"और जो बेटी हुई..."

"वो कहता है कि यह कभी शुरू में हो गया होगा... पर बाद में, कहीं कोई बात अर्ध चेतन की परतों से उभरकर, चेतन पर हावी हो गयी है। मैं तो समझ नहीं पाया...।"

रात के दस बज चुके थे।--बच्चे बिना कुछ खाए सो गये थे। "और एक आप हैं कि कोई आ जाए तो उसको छोड़ते ही नहीं। यदि वह कोई इन्दु जैसी हो, फिर तो मन ही नहीं कि वो जाए।"

"यह आप अपने लिए कह रही हैं या किसके लिए?"

"आपके लिए...। अब उठो प्लेटें लगाओ, बाई कब से खाना बनाकर गयी हुई है। बच्चों को तो खिला सकते थे। ऐसी आशा रखना ही बेकार है।"

हिमांशु ने चुप्पी साध ली। नहीं तो रात भी खराब हो जाएगी, जनाब को छू भी नहीं पाएँगे, उसने सोचा।

अगले दिन अचानक छुट्टी की घोषणा कर दी गयी। यू.टी. के सभी कार्यालय तो खुले हुए थे परन्तु स्कूल और कॉलेज ही बन्द थे। ड्राइवर तो सुबह नौ बजे से प्रतीक्षा-रत था। रश्मि ने सोचा क्यों ना, मिसेज सोढ़ा के घर हो आऊँ। आखिर, स्थानीय सरकारी कॉलेज की प्रिंसिपल हैं। कई बार बुला चुकी हैं। अकेली रहती हैं। कुछ कॉलेज की समस्याओं पर भी चर्चा कर लेंगे।

मिसेज़ इन्दु भी तो कह रही थी कि उसका फ्लैट भी दो मकान पहले ही है।

ड्राइवर फर्स्ट फ्लोर पर पता कर आया। मिसेज़ शर्मा वहीं रहती थी। घर से निकलते-निकलते भी बारह बज ही चुके थे। रश्मि ने कॉल बेल बजायी। एक बार, दो-तीन मिनट बाद दूसरी... और सामने वाली फ्लैट की महिला से पूछा... उसने बताया अन्दर ही हैं। फिर तीसरी बार कॉल बेल बजायी...। पाँच-सात मिनट बाद

दरवाज़ा खुला... "अरे मैम, आप... अचानक... कैसे...?" रश्मि ने देखा, इन्दु के बाल अस्त-व्यस्त, एक गाल पर लिपस्टिक के निशान, हाउस गाउन में... चेहरे की हवाइयाँ उड़ी हुईं... नज़र सकपकायी हुई। आखिर प्रिंसिपल थी, नज़र पैनी और दृष्टि अन्वेषी। सीधी भीतर घुस गयी। बहुत सुन्दर है घर। तुम्हारे चयन की तो दाद देनी पड़ेगी...। 'अच्छा, टॉयलेट किधर है...?"

और वह बैडरूम में घुसी... एक महिला, खुले बिखरे केश, निर्वस्त्र, उठकर बैठ गयी। दूधिया एकरेलिक के दो अर्धवृताकार पुंज जैसे चन्दन के तने पर चिपके हुए...। उसने धीमे से सफेद बेड शीट अपने वक्ष पर सरका ली, परन्तु जगह जगह... बाहों, पीठ, नितम्बों पर दाँतों की छाप...। जब तक रश्मि, टॉयलेट से बाहर निकली, वो महिला जा चुकी थी।

"कौन थी वह। यहाँ क्या कर रही थी?" रश्मि अचम्भित थी।

"मैम, आप पहले बैठें, मैं सब बताती हूँ। वह मेरे बचपन की सहेली है—हम अम्बाला केंट के रेजीमेंट बाज़ार में, साथ-साथ के मकानों में रहते थे। फिर मैट्रिक के बाद हॉस्टल में चले गये। वहाँ से हमारी समलैंगिक कामुकता, जिसे प्रायः लेजबिअनिज़्म कहते हैं, का सम्बन्ध शुरू हो गया क्योंकि एक बार हमने रूम शेअर किया था और फिर लगातार हम रूम-पार्टनर ही रहे। हमने परस्पर शादी की ठान ली थी कि हम पति-पत्नी की भाँति रहेंगे।"

"और घरवालों ने क्या कहा?"

"होना क्या था? बवाल खड़ा हो गया। मि. शर्मा लुधियाना में लेक्चरार थे—उनके साथ जबरन शादी करवा दी। ऐसे ही सहेली की भी शादी हो गयी। उसका पति, उसे शारीरिक प्रताड़ना देता है और वह सोचता है कि उसकी पत्नी इस तरह से उत्तेजित हो जाएगी। परन्तु वह तो हो जाती है एकदम ठण्डी। यौन क्रिया की कोई प्रतिक्रिया नहीं। और रही बात मेरी। मि. शर्मा भी करीबन समान परिस्थितियों में बड़े हुए। हॉस्टल में रहे। अपने रूम पार्टनर के साथ 'गे' बन गये। उसी सामाजिक तिरस्कार के चक्कर में मुझसे शादी हो गयी। दोनों का यौनाकर्षण, जैसे मानसिक पक्षाघात। अब यौन तुष्टिकरण, समलैंगिक साथी से ही हो पाता है।" वह कहती गयी। "यह मानसिक विकृति है या कोई विशेष व्यक्तिगत समस्या। परन्तु पाश्चात्य देशों में यह उभरकर सामने आया है और 'गे' क्लब, 'गे' शादियाँ हो रही हैं। लगता है यू.एस. में शीघ्र ही 'गे' प्रोटेक्शन कानून भी बन जाएगा...। इस बारे में मि. शर्मा ने मि. शुक्ला से रात को बातें की थीं।"

"दरअसल, शुक्ला जी, तो सुबह ही निकल गये। इसलिए कोई भी बात नहीं हो पायी। पर मैं तो ऐसी अनैसर्गिक प्रक्रिया की पुरज़ोर भर्त्सना करती हूँ। पता नहीं आप इतनी पढ़ी-लिखी, सुन्दर, विवेकपूर्ण कैसे पथ पर चली गयीं।

स्त्री-पुरुष ही एक-दूसरे के पूरक हैं और कोई नहीं। इतना विवेक तो पशुओं, जानवरों में भी है। इतना ही उतावलापन था तो किसी भी कोठे पर चले जाते...। यह तो सोच की सीमा से परे है।" रश्मि, जो प्रायः शान्त रहती थी और उसकी मुस्कान उसकी पहचान थी, तैश में आ गयी।

"मैम-जो भी हो, ऐसों को पथभ्रष्ट ही गर मानें, तो भी समाज के अंग हैं। उन्हें भी तो वो ही अधिकार हैं। अब तो अदालतें भी इसे मान्यता देने लगी हैं।" इन्दु ने विनम्रता से कहा।

"जो भी हो, मैं तुम्हारी सहायता इस विकृति से बाहर निकलने के लिए तो कर सकती हूँ, परन्तु अनुमोदन कभी नहीं। क्या पढ़ाओगी—अपनी छात्राओं को...?

क्या नैतिकता सिखाओगी तुम उन्हें? और फिर हमारे तो कॉलेज के धर्म की नींव ही हिल जाएगी।"

"मैम, एक मिनट, मैं आपके लिए ठण्डा लाती हूँ।"

परन्तु रश्मि बिना एक घूँट पानी पिये धड़-धड़ कर सीढ़ियाँ उतर गयी।

36

पता नहीं, कहाँ रह जाती हैं आँखें। अपनी ही दुनिया लेती हैं बसा; छोड़कर मुझे पीछे। जैसे छोड़ जाता है चाँद, पसरती अँधेरी रात को, अपनी ही धुन में अलमस्त। रश्मि के मन में ये विचार, महानगर के धुएँ की तरह उठते और फैल जाते।

चाय का पानी उबल रहा था। दो मगों में चाय की लम्बी 'लॉपचू' की पत्ती की बजाए, डाल दी, एक-एक चम्मच चीनी। पानी डालते वक्त ध्यान आया, और झट से यंत्रवत् चीनी निकाल, पत्ती डाल, चाय ब्रू होने के लिए ढक दी।

उसे फिर लगने लगा कि पता नहीं, इनसान का दिमाग कैसा होता है। पल में, वर्षों के बिम्ब मानस पटल पर उकेर देता है। जिन घटना-क्रमों को हम सालों में जीते हैं, वे क्षणांश में ही जीवन्त होकर, लुप्त भी होते जाते हैं। परन्तु वे स्मृतियाँ ताज़ा अवश्य कर जाते हैं।

रश्मि ने, नौकरानी को, कोल्ड ड्रिंक लाने को कहा और आप पास ही सोफे में दब गयी। ड्राइंग रूम, हर दृष्टि से भव्यता बिखेरता हुआ भी, सादगी परन्तु विशुद्ध अभिरुचि की छाप छोड़ रहा था। हिमांशु-रश्मि की अनअलंकृत और भव्य रुचियों का अनूठा संगम। इतने में वेणु और वशि आ गये। दोनों का रश्मि ने परिचय करवाया। "ये है वेणु—बेटा... दस वर्ष का, पाँचवी में है। बेटे, मासी के चरण स्पर्श करो। और यह है वशि—चार साल की... बेटे मासी को पारी-सी पप्पी दो...।"

स्नेहा मासी ने दोनों को चूमा। "मम्मी, वशि ब्रश नहीं कर रही... मुँह में पानी डाल छोड़ देती है, जैसा आपके साथ करती है...।" वेणु ने शिकायत की।

"जाओ, बिटिया... लाड़ो रानी... भैया से ब्रश कर लो फिर जल्दी से दूध भी पी लेना।"

रश्मि ने दोनों के गोल-गोल गुलाबी कपोलों को चूमा, और भेज दिया। बेटे ने तो झट से गाल साफ कर लिए, जैसे जूठे हो गये हों। अन्ततः बच्चों ने थोड़े नाज़-नखरे के बाद, दूध पी लिया और अपनी-अपनी साइकिलें, लॉन में, चलाने लगे।

"आज इतने सालों में, अचानक कैसे... गर्मी में बरसात की तरह?" रश्मि अचम्भित तो थी ही।

"दीदी, मेरे बीयू अपने किसी कुलीग से मिलने गये हैं। मेरी एक स्टूडेंट आपके कॉलेज में इंटरव्यू के लिए मिलेगी। बहुत अच्छी लड़की है। उसकी हैल्प कर दीजिए।" स्नेहा ने आग्रहपूर्वक कहा।

रश्मि को लगा, यह किस तरह की लड़की है—पूरी बिगड़ैल। एक मुसीबत से पहले छुटकारा दिलाया था। अब फिर वैसे ही भँवर में फँसी हुई है। उसने स्नेहा को सिर से पैर तक, एक दृष्टि से देखा। टाइट फिट जींस, एकदम अंगों से सटी हुई टॉप। वैसी ही अंग-प्रदर्शन की प्रवृत्ति, जैसी उसने पिछली बार देखी थी। उम्र जैसे उस पर आकर ठहर-सी गयी हो। लगता है, नियमित तौर पर ब्यूटी पार्लर जाती है। तो उसे स्नेहा की बैली में उभार-सा लगा। वैसे तो रश्मि किसी के निजी जीवन में हस्ताक्षेप या ताक-झाँक नहीं करती, परन्तु यह अब तो, अनाड़ी नहीं है। पूछना तो होगा ही।

"तो अब यह नया ब्वाय फ्रेंड कौन है? पहले वाले से कोई सीख नहीं ली।" रश्मि को यह कितना हैरानी भरा लगा। वेश्यावृति ही लगी। हिमांशु तो ऐसी महिलाओं को निम्फोमेनियॅक या स्त्री कामोन्मादग्रस्त ही कहते हैं। मेरी सम्पर्क में तो नहीं आयीं या फिर मैं किसी में बुराई देख ही नहीं सकती। मुझे तो सभी ठीक लगते हैं जब तक कि कोई स्वयं ही धूर्ततता या कपटता पर ना उतर आये।"

"यह भारत सरकार के संचार मन्त्रालय में अंडर सेक्रेटरी हैं। काफी केयरिंग हैं, कोऑपरेटिव हैं। मेरे ही फ्लैट में रहता है।" स्नेहा ने उसी बिन्दास अन्दाज़ में कहा। उसके लिए तो जैसे यह सामान्य ही है। स्नेहा ने सोचा अगर प्रेग्नेंसी के बारे में पूछेंगी, तो बता दूँगी। डरने की क्या बात है।

"मुझे तो हाव-भाव से तुम प्रेग्नेंट लगती हो। माजरा क्या है?" रश्मि ने उत्सुकता से पूछा।

"हाँ दीदी, पाँच महीने से हूँ। अगले महीने शादी कर लेंगे। सुनील की अगले

महीने प्रोमोशन होने पर हम मन्दिर में शादी कर लेंगे। आपको निमन्त्रण भेजूँगी। ज़रूर आना।'' स्नेहा ने बिना किसी संकोच या सकुचाहट से कहा।

''और तुम्हारे मम्मी-पापा और कामिनी? इण्डिया आये या नहीं?'' रश्मि ने स्वभाववश पूछा क्योंकि जिससे भी वह मिल ले, उसके बारे में पूरी जानकारी रखती ही थी।

''मम्मी डैडी तो अब यू.एस. में ही सेटेल हो गये हैं। उनके मित्र-मण्डल और सभी सम्बन्धी वहीं पर जो हैं। कामिनी वहीं पर, कैम्ब्रेज में सहायक प्रोफेसर है।'' स्नेहा अभी बता ही रही थी कि बाहर से टैक्सी का हार्न दो तीन बार बज चुका था। उसने उठकर देखा, सुनील ही था।

''उन्हें ऊपर बुला लो'' रश्मि ने औपचारिकतावश कहा।

हालाँकि, स्नेहा तो रुकने के मन्तव्य से ही आयी थी, परन्तु रश्मि ने एक बार भी नहीं कहा क्योंकि उसका मूड, स्नेहा के रंग-ढंग से बिगड़ चुका था। वह तो ऐसी सोच को भी अंगीकार नहीं कर सकती थी।

''नहीं दीदी, हम गेस्ट हाउस में ही रुकेंगे। सुबह जल्दी निकलना भी है।'' स्नेहा ने भी व्यवहार में थोड़ा रूखापन दिखाया।

''अच्छा, नेक्स्ट टाइम हमारे पास ही रुकना, अभी तो वो टूर पर गये हुए हैं।''

और स्नेहा ने बैग उठाया। रश्मि ने गेट से ही बॉय-बॉय कर दिया। टैक्सी ने दस गज़ बाद ही स्ट्रीट का मोड़ लिया।

रश्मि सोच रही थी, बड़ी ही विचित्र लड़की है—एकदम निरंकुश, बिल्कुल पहाड़ी बरसाती नदी की तरह! कोई शर्म, हया, लज्जा या आँख की झेंप नहीं। वैसे भी एक ही गुनाह जब इनसान बार-बार कर लेता है, तो वह उसकी जीवन-शैली का हिस्सा बन जाता है। फिर उसे वह यथोचित मार्ग ही लगता है। पता नहीं, मैं कैसे हिम को, यह बात, बताना ही भूल गयी, अन्यथा हम छोटी से छोटी बात भी आपस में बाँट लेते हैं। बताये बिना रह ही नहीं सकते।

उसे याद है, किसी मद पर हिम का अपने पिताजी से विचारगत मतभेद हो गया था। पिताजी ने लिखा कि कभी; कुछ बातें ऐसी भी होती हैं; जो आदमी को अपने परिवार तो क्या; अपनी पत्नी तक से छुपानी पड़ती हैं। और उन्हें नहीं बताना चाहिए। हिम ने प्रत्युत्तर में लिखा कि यदि ऐसा है तो इसकी अपेक्षा आप उससे तो मत करना। ऐसी सीख की उसे कम से कम उनसे तो आशा नहीं थी। उन्हें पता चल गया कि इनका प्रेम दुर्ग तो अभेद्य है। फिर, उसके बाद, उन्होंने कभी कोई ऐसी बात नहीं की। परन्तु बहू के अवगुण या दोष में एक और अंक जुड़ गया कि इसने पति को कैसे, प्रेम-पाश में जकड़ रखा है।

काव्यात्मकता तो संवेदनशील, सहृदय, सौम्य हृदय की सहज धारा है, जो अनायास ही फूटने से पहले कुलबुलाती है, और फिर बह निकलती है निर्बाध। चाहे रश्मि इसे हिम का संक्रामक प्रभाव ही मानती है।

"अब रश्मि भी, किसी भी अप्रत्याशित घटना पर लम्बी-सी कविता, कभी हिन्दी, कभी अंग्रेजी में लिख डालती और स्नेहा के जाने के बाद, डायरी उठाई और लिखा 'अन्धी गली'–

"बहुत बार हम होते हैं–अन्धी गली में–
चारों ओर से मकानों, भवनों, झुग्गियों से घिरे हुए–
बिना जाने, जितने कदम चलते हैं हम,
हम भीतर जमा कर लेते हैं–उनका कितना अंश;
जैसे बर्फ का गोला, पहाड़ी से नीचे लुढ़कता हुआ
बन जाता है एक टीला–
जो रुकता है जाकर दरिया किनारे।
अचानक जाता है काँप... जब पिघलता है धूप तले...
अपना अस्तित्व मिटने तक...!!"

और लिखती गयी, जब वेणु ने आकर कहा–"मम्मा आज खाना नहीं खाना क्या?"

और तब तक रात के दस बज चुके थे।

कॉलेज अपने पाँचवे वर्ष के अन्तिम दौर में था। दो वर्ष बाद ही हिम का स्थानान्तरण कलकत्ता हो चुका था। किसी भी संस्था की बात कर लें, सबका आन्तरिक ढाँचा चरमराया हुआ ही दिखाई देता है। जिन नैतिक मूल्यों की आधारशिला को, उस संस्थान या संस्था के प्रवर्तक रखते हैं, उनके अनुयायी या पदाधिकारी कुछ समय तक तो उन सिद्धान्तों, उन मूल्यों और उन आदर्शों एवं निर्देशों के प्रति पूर्ण निष्ठा एवं समर्पण भाव से जीवन समर्पित कर देते हैं; परन्तु ज्यों-ज्यों समय बीतता है, वह समर्पण भाव काफूर होता जाता है। पूरी व्यवस्था का ही अवमूल्यन होता जाता है। यह अधोगति स्वतन्त्रता के दस साल बाद जिस शीघ्रता से हुई, उसे थामना या उसका पुनःउत्थान, कोई युगीन मसीहा ही कर सकता है।

रश्मि ने अल्पावधि में ही यह सब झेल लिया था। प्रत्येक पदाधिकारी या उसका प्रधान, संस्थागत मूल्यों और आदर्शों के प्रचार-प्रसार के बजाय निजी स्वार्थ की प्राचीरों में कैद दिखाई देता था। पुरानी पीढ़ी के इक्का-दुक्का बचे सदस्य, हाशिए पर कर दिए गये थे, परन्तु फिर भी उनके कथन, शब्दों का मूल्य तो सभी जानते थे। धर्म समाज प्रबन्धन के कुछ सदस्यों ने, कॉलेज बन्द करवाने का भी प्रयास किया, क्योंकि कालेज चलाने से, उन्हें तो लेशमात्र भी लाभ नहीं था। परन्तु एक माननीय वयोवृद्ध

सदस्य जो धर्म समाज के अग्रणी चिन्तक एवं प्रचारक भी थे, और जिन्होंने धर्म समाज के दर्शन पर विश्व प्रसिद्ध पुस्तकें भी लिखी थीं; तर्क दिया कि कोई भी माँ प्रसव-पीड़ा सहन करने के पश्चात्; नवजात को जन्म देकर उसकी हत्या नहीं करती। यह जघन्य अपराध है। धर्म समाज के प्रवर्तक इसकी कदापि अनुमति नहीं देते। उनका तर्क अकाट्य था।

रश्मि और स्टाफ ने एक कुशल, दृढ़, अविभाजित टीम बनकर, भिन्न-भिन्न प्रकार के उत्सव, फेट, अनुदान और यू.जी.सी. से निज सम्पर्क स्थापित कर; कॉलेज के भवन और ज़मीन के लिए धन और संसाधनों का समायोजन किया। परन्तु जब तक कॉलेज-प्रबन्धन-कमेटी के प्रधान का आशीर्वाद रहा, कॉलेज उत्तरोत्तर बढ़ता गया। और यू.जी.सी. की ग्रांट-इन-ऐड पर आ गया। एक नन्हा-सा अंकुर, बृहत् वट वृक्ष बनने की राह पर था।

कितनी लगन, कितना परिश्रम, कितनी भागदौड़ हुई। कभी डी.पी.आई., कभी फाइनेंस कम एज्यूकेशन सेक्रेटरी, कभी ट्रेज़री, कभी देहली, फिर बच्चों की सतर्कता से देखरेख; सब कैसे हो बिना दूसरों के सम्बल के, सम्बन्धों को बना, निभाने के। कभी किसी का कन्धा, किसी का सहारा; और परिवार—हिम के परिवार की अपनी लाचारी, मजबूरी, मानसिक जड़ता—आर्थिक सहायता तो चाहिए परन्तु सहारा कौन दे...?

कितना सरल होता है कह देना, कि नौकरी क्यों नहीं छुड़वा देते? जैसे किसी आठवीं पास महिला को, घरेलू मानसिक और शारीरिक कारावास की सज़ा सुना दी जाए। यह भारत है जहाँ महिला की अन्तर्निहित क्षमता, उसकी विलक्षणता, प्रखरता, मेधा से क्या मतलब? तो क्या कहोगे यदि कोई महिला सभी लड़के-लड़कियों को पछाड़ तीन चार राज्यों के विश्वविद्यालयों में प्रथम स्थान प्राप्त करे? कितनी क्षुद्र, हीन और दकियानूसी सोच, जिसकी प्रधानमन्त्री एक महिला हो, उस देश को उबारने में दशकों लगेंगे...। कई बार हिम आगे की सोचता; रश्मि का अनुग्रहीत होने की बजाय, उसका परिवार उस सारे कार्यकलाप को नकार दे। परन्तु फिर भी, भीतर तक टूटन रहते हुए भी, नारी परिवार से जुड़ी रहे—उस सारे का श्रेय उस नारी को ही जाता है—चाहे वह कोई भी हो।

रश्मि जानती थी, समय सब कुछ सुझाता है—आई.क्यू. तो रश्मि को जीन्ज़ की देन थी। परन्तु ई.क्यू. (इमोशनल क्वोशन्ट) समय ने बढ़ा दिया—जिसमें विकटतम परिस्थितियों को भी अकेले ही झेला। कई बार समय ने टूटन के कगार पर ला खड़ा किया, पर बार-बार वो जीवट वाली टूटी नहीं। कम से कम दिखने में तो नहीं। उसकी कुण्ठा, उसकी पीड़ा, उसका अन्तर्संघर्ष; सभी बेड पर पहुँच, तकिए रूमाल भिगो कर ही निकलते। प्रत्यक्ष चेहरा, वही आत्मविश्वास भरा, ओजस्वी, तेजोमय,

कान्तियुक्त... क्योंकि वही है सबके लिए प्रेरणा स्रोत, स्फूर्ति पुँज—वही है उसका दायित्व, उसका कर्म!

अधिकारी या कर्मचारी तन्त्र (ब्यूरोकरेसी) और पदानुक्रम (हाइअरॉकी) लगभग, परस्पर गुँथे हुए, साथ साथ ही चलते हैं। कहीं आप बॉस हैं तो वहीं पर आप अधीनस्थ अधिकारी भी हैं। अन्तर होता है, केवल मानसिकता का, सकारात्मकता का, आत्मविश्वास और तथ्यों से परिस्थितियों तथा मानवीय संवेदनशीलता का तारातम्य स्थापित कर, उनका विश्लेषण कर, निर्णय लेने का। पूर्व निर्धारित मानसिकता के मकड़जाल से बचना तथा कानों को मस्तिष्क तक ना पहुँचने देना। परन्तु यदि अधिकारी शयन-शैया पर जाने से पहले, अन्तर्निरीक्षण करें तब ना। वे तो दम्भी हो जाते हैं। उनका निर्णय मानो हिटलरी हुक्म होता है जिसको न्यायसंगत ठहराने के लिए उनके निजी कुण्ठित तर्क होते हैं। बनार्ड शॉ ने सही तो कहा था, कि "सत्ता हमें भ्रष्टता की ओर अग्रसर करती है और सम्पूर्ण सत्ता पूर्णतया भ्रष्ट कर देती है।" विवेक का स्थान दम्भ ले लेता है और कान दिमाग का काम करते हैं। दिल पत्थर हो जाता है। हिम अपनी ट्रांसफर के लिए, चेयरमैन को मिले। अजीब ही विकृत मानसिकता और वैसा ही विकारग्रस्त तर्क। सबसे बड़ी ईर्ष्या और क्षोभ तो इस बात का, कि जब दो आय हैं तो हो गृहस्थियाँ क्यों नहीं चला सकते। परामर्श! नौकरी छुड़वा दो।

"पराधीन सपनेहुँ सुख नाहीं।" कौन पूछे उनसे कि आप कौन-सी यूनीवर्सिटी के टॉपर हैं—और ऐसे कितने हैं आपके पास। कितने हैं पी.एच.डी. जो उच्च शिक्षा आप महिलाओं को, अपनी बेटियों, बहनों को दिलाते हैं क्या वह उनकी मानसिक यातना, घुटन और तनाव के लिए है कि वे आपसे अधिक सुशिक्षित, गुणगान, मेधावी होने पर भी, घर के भीतर कैद रहें? फिर इसी प्रतीक्षा में रहें कि कब रात को जनाब ग्यारह बजे घर आयेंगे और भोजन सूजे मुँह से ग्रहण करेंगे।

कितने ही वरिष्ठ अधिकारियों ने कहा कि हमारी पत्नी भी लेक्चरार थीं; हमने तो शादी के बाद, फौरन नौकरी छुड़वा दी। कोई पूछे तो, स्थायी, अस्थायी, कांट्रेक, पार्टटाइम, अल्पकालिक, स्कूल या कॉलेज, कहाँ थी? क्यों नहीं कोई कम्पिटीशन ही पास कर लिया। सब कुछ उसकी समझ में आ चुका था और एक अति वरिष्ठ अधिकारी ने तो कहा भी कि हिम, बहुत बड़ा अधिकारी-वर्ग, काम काजी दम्पतियों का विरोधी है। इसे चाहे तुम ईर्ष्या, हीनभावना या अहम् का आसुरी रूप कह लो, परन्तु वस्तुस्थिति तो यहीं है कि इनके आगे गिड़गिड़ाने से कोई लाभ नहीं।

एक बार हिम अपनी पदोन्नति के बाद अपने प्रबन्ध-निदेशक से मिला ताकि उसे लोकल या किसी आसपास के कार्यालय में समायोजित कर दिया जाए, परन्तु उन्होंने दो टूक शब्दों में कहा कि यदि पदोन्नति पर कठिनाई है, तो उसे छोड़ा भी

जा सकता है। लेकिन फिर भी यह आश्वासन नहीं दिया जा सकता कि उस स्थान से स्थानान्तरण नहीं होगा।

कोई विकल्प नहीं था। रश्मि ही त्याग के लिए तैयार हुई। बच्चे चंडीगढ़ छोड़ने को तैयार नहीं थे। हिम को जाने के लिए प्रोत्साहित किया।

वैसे भी एक डाह-सी तो अधिकारियों की बीवियों में रहती ही है। यदि किसी दम्पति में, पति उनके हस्बेण्ड के अधीन हो, तो उसकी पत्नी को नीचा दिखाया जाए। ज़रूरी नहीं कि वह आपके मातहत ही हो।

अहम्‌ग्रस्त तो कोई भी हो सकता है। रश्मि को याद आया कि हिम के सह-अधिकारी की पत्नी ने, जो उससे न जाने कितनी बार मिल चुकी थी और अच्छी तरह जानती थी कि रश्मि कॉलेज में प्रिंसिपल है, तो भी अपनी हीनता से पराभूत होकर कहा—

"अच्छा—तो—आजकल आपके स्कूल में छुट्टियाँ हैं।"

"नहीं, आजकल कॉलेज में क्रिसमेस ब्रेक है।"

"हाँ, वही मैं कह रही थी..."

"आपको पता ही होगा कि मैं कॉलेज में प्रिंसिपल हूँ।"

"क्यों नहीं, बस वैसे ही ध्यान नहीं रहता।"

उसने झेंपिल-सी हो, चाय का घूँट भरा।

रश्मि को यह स्फटिक-सा साफ हो गया कि इन लोगों का मानसिक स्तर स्कूल तक ही सीमित रह गया है। आखिर पालतू गृहणियाँ जो हैं। इन्हें घर की चार दीवारी के बाहर की दुनिया की क्या खबर?

रश्मि ने अपनी आन्तरिक क्षमताओं का, विषमतम परिस्थितियों के रहते हुए भी, भरपूर दोहन किया। उसने अपने सभी दायित्व, कॉलेज-प्रबन्धन के क्षेत्र में, हिम के परिवार के लिए, बच्चों के लिए, सभी के लिए सुचारु रूप से निभाए। संघर्ष की अपार क्षमता, मानसिक सन्तुलन, तनाव के ज्वार को झेल विजयी होना; कॉलेज को स्वावलम्बी स्तर पर पहुँचा देना, बच्चों की बढ़ती वय की परेशानियाँ, अवरोध उनकी अपनी अपेक्षाएँ, सभी को अपनी काया पर झेल कर—रश्मि अपने लक्ष्य से विचलित नहीं हुई। उसने अपने एम.ए. के प्रोफेसर की निर्देशात्मकता में 'फर्माज़ नम्बरज़ एण्ड रीलेटिड डायमेंशन्ज़' पर पी.एच.डी. कर ली। इतनी कर्मठता, इतनी एकनिष्ठता, संलग्नता और एकजुटता इस अकेली महिला ने सभी संघर्षों, पीड़ाओं और यातनाओं को झेल कर भी, असम्भव को सम्भव कर दिखाया। रश्मि की ही लगनशीलता थी—जो टूटन के कगार से लौट-लौट आती और फिर वैसी ही ओजपूर्ण लहर के रूप में उभरती। सभी कितने प्रसन्न थे। जिन्हें ईर्ष्या थी, वो अपनी असाध्य व्याधि से और भी अधिक ग्रस्त रहते थे।

निस्सन्देह, राजनीति का अजगर, अब तक सभी कार्यक्षेत्रों को अपनी कुंडली में कस चुका था। तो भी कोई-कोई वरिष्ठ प्रोफेसर, योग्यता और उत्कृष्टता के पक्षधर, लहराते सागर में, लाइट हाउस की भाँति, पथ-प्रदर्शक बने हुए थे। रश्मि तो स्वयं ही अपनी प्रवणता और विलक्षणता के बल पर सोपान के शिखर तक पहुँची थी। इसलिए सदैव ही ऐसे केंडीडेट्स के साथ खड़ी होती थी। चंडीगढ़ यूनीवर्सिटी और वह भी चंडीगढ़ से दूर जालन्धर में रीडर की नियुक्ति के लिए मारामारी सिफारिशों, तोहफों, सोफों और जो भी कल्पना की परिधि में आ सके, सभी सच। हर शैक्षणिक स्तर पर प्रथम रश्मि। सो उसकी काट थी तो केवल कुलपति के पास। बहुत प्रयत्न हुआ, उनका आशीर्वाद ग्रहण करने का। परन्तु वे क्यों अकारण हस्तक्षेप करते। रश्मि के अपने गाइड और प्रोफेसर, योग्यता के मुरीद, हिमालय की तरह उसके साथ। किसी भी केंडीडेट का कुछ भी काम ना आया, ना सिफारिश, ना अमूल मक्खन और ना ही इंटरव्यू का पर्दा। रश्मि दूर केन्द्र के मैथ्स-विभाग में रीडर नियुक्त हो गयी।

खुश थी। हिमांशु फौरन फ्लाइट से आया। वह उसके आलिंगन में समा गयी। झराझर निर्झरणी बह निकली... दुस्तर पहाड़ी कन्द्राओं को काटती, पहुँची जो थी हरिद्वार में—सहज, शान्त, मन्थर, क्लान्त, धीर, समीर, मधुरिम नीर! कितनी सुखद अनुभूति हिम के भीतर समाकर सुरक्षित महफ़ूज़।

चलो, कुछ तो निरर्थक, बेमतलब, नकारात्मक अवरोधों से छुटकारा मिला। हिम के प्रबन्धन ने उन्हें इकट्ठा होने नहीं दिया। संस्थानों में नियम, धाराएँ व्यक्ति देखकर व्याख्यायित किए जाते हैं। धर्म में भी तो एक ओर होता है भगवान का भक्त और दूसरी ओर कर्म। जब भगवान को ही कर्म से अधिक भक्त प्रिय हो तो फिर उसके भक्त भी तो अपने अनुयायी, अपने शागिर्द ही पालेंगे जो उन्हें काम से अधिक, अनर्गल जानकारी अधिक दें और उनकी प्रशंसा में ही लीलाएँ बखान करें। जो जितनी अधिक बेमतलब बात कर सके, मक्खन का बहुतायत में प्रयोग कर सके, वह उतना ही सफल अधिकारी। पेमाने तय करते हैं आपकी कार्यकुशलता के मापदण्ड, आपके कार्य निष्पादन के स्तर। हिम को ही सुझाया गया, यदि 'पी' नहीं सकते तो काम कहाँ से आयेगा। यदि संगठनों का नारा था 'काम का पहिया जाम करेंगे' तो अधिकारियों के लिए था 'जाम का पहिया काम करेगा'। रश्मि इन सभी व्यवधानों से अवरुद्ध वातावरण में समझ चुकी थी, कि उसे ही अपने दायित्वों और हिम के प्रति अपने समर्पण, में सामंजस्य स्थापित करना होगा।

अब हिम की पोस्टिंग के स्थान पर, हर अवकाश, छुट्टियों में उसके पास जाने का बीड़ा उसने अपने कन्धों पर लिया। संस्था में मद्यपान करने वालों का एक अलग वर्ग। उनके सभी काम प्यालों या 'पेगों' की खनक से ही निकाले जाते। 'हम-प्याला', हम-निवाला' इससे ऊपर कोई सम्बन्ध नहीं। जितना अधिक पी सकते हो, उतने

ही आप दक्ष हो, कार्य कुशल हो। यदि आप बचते बचाते इन सभी टेढ़े-मेढ़े रास्तों, ज्वार की लहरों से गुज़र कर उच्चाधिकारी स्तर पर पहुँच जाते हो तो उसे नियति का वरदान ही कहा जाना चाहिए। और ऐसा ना भी मानें परन्तु हिम तो ऐसा मानता ही था।

हिमांशु को उसके ग्रहों ने या प्रबन्धन ने भारत-भ्रमण तो करवा ही दिया था। बारह स्थानान्तरण के पश्चात् वह भोपाल में चीफ जनरल मेनेजर बन गया था। रश्मि के लिए उसका प्रेम उत्तरोत्तर बढ़ा ही था। रश्मि तनावग्रस्त रहती थी। उसका ध्यान, उसकी अनुप्रेक्षा, उसकी एकाग्रता बँटी हुई थी। उसके बहु-आयामी पड़ाव थे—यूनीवर्सिटी, रिसर्च स्कालर्ज़, स्टूडेंट्स, बेटा, बेटी, उनका भविष्य, उनका कॅरिअर, सभी उसकी प्राथमिकताएँ थीं।

यही अन्तर होता है पुरुष और नारी में। नारी वर्तमान और भविष्य में जीती है। अपने दायित्वों को बखूबी निबाहने के लिए, वह अपनी दिनचर्या, कार्य-प्रणाली उसी के अनुरूप ढलती है।

व्यवसायिक और कामकाजी महिला पर यह अधिक रूपान्तरित होता है। रश्मि इसका ज्वलन्त उदाहरण थी। जबकि हिमांशु, अधिकतर पुरुषों (प्रवासी) की तरह एक स्वप्निल संसार में जीता था। जब भी वो बेड पर लेटता उसे, रश्मि, वो ही कॉलेज की बाला, वो ही कमनीय काम्या, वो ही गुलाबी कलिका, तन्वंगी, कातिलाना हँसी, उन्मुक्त, बेखबर, भंगिमाएँ—अपने में सराबोर कर लेतीं। वह तो वैसा ही रश्मि में केन्द्रीभूत था। कुछ भी कहा जा सकता था : जैसे कि रश्मि प्रायः कहा भी करती थी कि ये मेष राशि वाले होते ही जनूनी है, उन्मादी। जो कुछ भी करेंगे—पूरे मनोयोग से करेंगे। प्रत्युत्तर में हिमांशु कहता कि ये धनु राशि वाले ज़ो पल भर में मेष का आखेट कर लेते हैं और उसे पल भर भी चैन से बैठने नहीं देते—यह मेल तो नियतिगत है। हिमांशु था प्रेमासक्त, भ्रामक मानसिकता में कैद, जिससे वह बाहर नहीं निकल पाया था। प्रेम में प्रौढ़ता, परिपक्वता नहीं आयी थी। यही था रश्मि का विचार। जब हिमांशु कहता था कि वह एकनिष्ठ, संयत, समर्पित है तो रश्मि को यह बात अधिक महत्त्वपूर्ण नहीं लगती थी। परन्तु एक बार जब रश्मि छुट्टियों में भोपाल आयी हुई थी, तो काम की अति व्यस्तता के कारण और किसी मद पर मतभेद होने की वजह से उसने रश्मि को दो दिन छुआ तक नहीं। तीसरे दिन, रात ग्यारह बजे, रश्मि फूट-फूट कर रोने लगी। उसे हिमांशु की विमुखता, पल भर भी असहनीय थी। नारी कुछ भी कह ले, वो अपनी देह के अनुरूप, भीतर ही नवनीत-सी कोमल ही होती है—जो टूटन तो सह लेगी, परन्तु प्रेम की नकारात्मकता नहीं। इस बात ने हिमांशु के निष्कर्षों को और भी संपुष्टि दी।

रश्मि भी तो कभी रत्नावली की तरह, तुलसी को दुत्कार सकती। परन्तु वह तो सदैव सौम्य थी। उफान का कारण अति व्यस्तता, काम का बोझ, उससे अन्यथा अपेक्षाएँ, कुछ भी हो सकता था, परन्तु वह उसमें तारतम्य बिठा ही लेती थी। वह जानती थी कि वह हिमांशु की प्रेमिका अधिक और पत्नी कम रही है। भीतर से तो वह आनन्दित ही थी, और यही उसकी संजीवनी थी जो उसके घावों को कभी भी नासूर नहीं होने देती थी।

यह रोष, रंजिश, मलाल और पीड़ा तो हिमांशु को ही थी कि उसके माता-पिता ने उसे कभी भी वांछित स्थान नहीं दिया। फिर भी, रश्मि ने इस बात को ना तो व्यक्त, ना ही कभी गिला ही किया।

यह हिमांशु की ही अतिप्रेम रंजित भावना थी, अन्यथा किसी में कभी, उसकी न्यूनता या अवगुण ढूँढ़ना, उसके चरित्र में ही नहीं था। उसके सर्वप्रिय होने का यह एक बहुत बड़ा कारण था। यही उसके मानसिक स्वास्थ्य और सन्तुलन का सम्बल था। कोई भी, यदि उससे एक बार भी मिल ले, और उसकी अमिट छाप ना अंकित हो, उसका घनिष्ठ ना हो जाए, ऐसा असम्भव था।

हिमांशु यदा कदा डायरी लिखता था। परन्तु कुछ ऐसी भी घटनाएँ घटित हुईं, जो उसने डायरी में रिकार्ड नहीं कीं। वैसे भी डायरी कोई लेखा तो नहीं होती। वह विचलित मन की ही दास्तां होती है। जब भी रश्मि, कभी उसके दिलो-दिमाग पर हावी हो जाती, तो वह अपनी भीतरी, भड़ास, उजास या अवसाद डायरी के पन्नों पर ही उँडेल देता। परन्तु फिर भी, कुछ ऐसी भयावह परिस्थितियाँ होती हैं, जिनका पुनरावलोकन करने से भी वह घबराता है। नहीं, वह ऐसा कुछ नहीं लिखेगा जो रश्मि के मन में दबे विप्लव फिर से उजागर कर दे। कितने भी संकल्प, कितनी भी प्रतिज्ञाएँ, कितनी भी मन्नतें, इनसान माँग ले, परन्तु परस्पर असीम आकर्षण, प्रेमियों को इस प्रकार के विवर्तों में ठेलता ही है। यह होती है उनकी अग्नि परीक्षा।

उसी ने तो लिखा था—'डीयरेस्ट!' आज पूरे दस साल; वो ही स्मृतियाँ फिर चित्रपट पर उभर रही हैं और मानसपटल पर क्रम से चित्रांकित हो रही हैं। ऐसा लगता है जैसे वो सभी लम्हे, जो हमने जिये हैं साथ-साथ, जीवन्त हो, घटित हो रहे हैं। आज भी, उस समय का, या आज तक के सान्निध्य का एक-एक पल, अमरत्व का पल है—अक्षुण्ण है। इस लम्बे तो नहीं, फिर भी परस्पर समर्पण की इस समयावधि में, जीवन के मूल्य बदले हैं। घनिष्ठता में माधुर्य बढ़ा ही है। एकरूपता में सरसता आयी है। इसमें झाँक भर लेना ही जीवन में नवीन हिलोर उत्पन्न कर देता है। वे समस्त पल, पीयूष से पावन, लेखनी की सामर्थ्य से परे हैं। डरता हूँ उन्हें

परिष्कृत करने की अपेक्षा, उन्हें बिखेर ना दूँ। इन्हीं में प्रच्छन्न हैं, वे दुराव के पल; जिन्हें किस छटपटाहट, क़िस असमर्थता, किस निरीह अवस्था में काटा, केवल आँखें और मन ही जानता है। फिर वही जीवन, अजीवन के मध्य निलम्बित पल, फिर वही सजदे, वो ही निर्जीव निष्ठुर निहार, वो ही अनुत्तरित प्रार्थनाएँ; परन्तु फिर भी लौट-लौट कर, मन की उसी चौखट पर याचना, कितना अशक्त, कितना निर्बल है आदमी—परिस्थितियों वश, जो ना जाने कहाँ से वज्रपात-सी आ गिरती हैं।

'कितनी भी शेखी बघार ले इनसान, अपनी अस्मिता, अपने अहम्, अपने आत्मबल की, परन्तु होने-ना-होने के बीच की गह्वर, बीच की अतल खाई, कौन भरे?—आस्तिक, नास्तिक या अकिंचन, अस्तित्वहीन मौन! तब होता है अपनी उस असमर्थता, निःशक्तता, अवशता, लाचारी और विफलता का एहसास।'

ये ही खयाल थे, ये ही स्मृतियाँ, ये ही पलों में विचरता मन—अवर्णीत! चाहे हो वो अल्मोड़ा का होटल शिखर और उसकी बालकनी से दिखते टँगे हुए पहाड़ी पगडण्डियों से बँधे हुए घर उनके पीछे पट से फैले हरे भरे पहाड़, कहीं कहीं अधेड़ावस्था में सफाचट हुई सर की टाँड, पहाड़ियों के आलिंगन में बँधे बाज़ार, रंग बिरंगी पोशाकों से सजी पहाड़ी कलियाँ, झरती लालिमा; सभी तो थे अंकित, शिला लेखों की तरह!

फिर कौसानी का टी.आर.सी. और डाक बँगला, तुम आगोश में सिमट, निहारती हिमरंजित शृंखला जैसे आँचल से हंसिनी उड़ फैल गयी हो सामने नन्दा देवी, नन्दा खाट और पंच चूला पर...। वही श्रद्धेय सुमित्रानन्दन पन्त की कुटीर जहाँ से निहार-निहार, प्रसरित स्वर्णिम हिम से सिमटी सकुचाती प्राची की उषा और उससे प्रेमासक्त उदयाचल से उठता सूर्य।

वही कल-कल बहती निरझर्णी जो बागेश्वर के एक-एक पल को करती स्पन्दित; वो ही देवदार आच्छादित रानीखेत, घुमावदार पहाड़ों के आँचल से गुज़रते चाय के बागान, और शिखर पर चोकोड़ी का टी.आर.सी., एकदम बर्फानी चोटियों की गोद में, रात को छः छः थुल्मों में दुबे—डरे-डरे—ठण्ड और बाघ के भय से। सभी पलों में कल्पना में आच्छादित, आलिंगनबद्ध तुम... सान्निध्य, समर्पण, विलय, अपूर्व ... दैविक! वो प्रेमासक्ति मधुर रसमय रसाल... एक एक धरोहर...इस बौराए मन की। और तुम कहती हो मैं भूत में जीता हूँ...। मैं ठीक उसी में जीता हूँ। वर्तमान तो होता है क्षणिक... जब तुम्हारा होता है सामीप्य। अन्यथा उसकी, उन्हीं क्षणों की पुनरावृत्ति की तिल्समी दुनिया में रचता हूँ उसका वर्तमान—जिसे भाषा ने भूत की संज्ञा दी हुई है—और तुम जीवन्त हो उठती हो—उसी प्रेमिका के रूप में... जिसे अनवरत निहारता, चाहता, एक प्रेमासक्त, शाश्वत, प्रेम-पिपासु!!'

37

रश्मि तैयार थी। उसका पोर्टफोलियो बैग, कैरी बैग, और ट्राली बैग, सभी हिमांशु ने जाँच लिए थे। वह छोटा वॉयो लैपटॉप उसने अपने पोर्टफोलियो में ही रख लिया था, जहाँ उसने पासपोर्ट, वीज़ा पेपर्स फ्लाइट टिकट और क्रेडिट कार्ड्स रखे हुए थे। वैसे तो हिमांशु को भी जाना था, वीजा तो उसने भी ले रखा था और सप्ताह भर की छुट्टी भी। परन्तु, जैसा प्रायः वरिष्ठ अधिकारियों के साथ होता है, आखिरी मिनट पर चेयरमैन का फोन आ गया कि मंगलवार को डारेक्टर्स की मीटिंग है जिसमें वित्त मन्त्री स्वयं बैंक की प्रगति तथा बैंक के सार्वजनिक दायित्वों पर चर्चा करेंगे। इस बैठक में, उसकी उपस्थिति वांछनीय ही नहीं, अपितु अनिवार्य है। अन्तिम क्षण पर पूरे कार्यक्रम को बदलना पड़ा।

हिमांशु में अतिक्षोभ, मानसिक यातना और प्रतिक्रियात्मक उबाल भी आया। परन्तु सर्विस में जॉब के दायित्व सर्वोपरि हो जाते हैं। ऐसी ही परिस्थिति यदि रश्मि के साथ होती, तो वह तो कदापि ना बदलती। ऐसा उसके साथ कई बार हुआ भी, इसलिए अब तो रश्मि ने रोष प्रकट करना ही छोड़ दिया क्योंकि उसे लगता था कि हिमांशु की संस्था में, सभी अधिकारी, जैसे अपने वरिष्ठ अधिकारियों की अनुकम्पा से ही नौकरी करते हैं। इसलिए रश्मि, जो सदैव की तरह आत्मविश्वास और ठहराव की प्रतिमूर्ति थी, उसी ने हिमांशु को संयत किया कि ये सब सर्विस के पिट्फॉल्स हैं, गर्त हैं, जिन्हें मुस्कान से झेलने के अतिरिक्त कोई विकल्प नहीं है।

हिमांशु के ड्राइवर को सुबह चार बजे आना था। परन्तु लगता था, उसने भी बहाना लगा दिया था। दिसम्बर की इस हाड़-कँपाती ठंड में कौन जाए। सो उसने फोन पर ही मना कर दिया। रश्मि ने टैक्सी का विकल्प ही ठीक समझा। हिमांशु ने रश्मि को सर से पाँव तक निहारा : वैसी ही जापानी डॉल, नीली-पीली धारियों वाला कुर्ता, नीचे वूलन इनर, स्वैटर और ऊपर मिंक कोट, सदा की तरह नीला, ऑरेन्ज पोलका स्कार्फ, रॉ सिल्कन सलवार, सफेद बैली। हिमांशु ने उसे अन्तिम आलिंगन किया, परन्तु चुम्बन के बिना रह न सका। कान में प्रणय-याचना के अन्दाज़ में, "लव यू डीरेस्ट, लव यू विद आल ऑय हैव.. गॉड बी विद यू..."

"थैंक यू, डियर.. ऑय टू... वैसे तुम ज़रा भी नहीं बदले... दादा, नाना सभी हो जाओगे... कैसे काटोगे दिन... मेरे बिना..." रश्मि भी पिघल रही थी। पर उसे तो अब जाना था—जाना ही होगा। दोनों टैक्सी में बैठे और इन्दिरा गाँधी हवाई अड्डे की ओर चल दिए।

हिमांशु ने, छलकते मन को भीतर ही रोका, जैसे उमड़े हुए जलद, सागर पर ही अटक जाएँ।

'चेक-इन' के बाद, हिमांशु ने टाटा किया और झट पीठ मोड़ कर चल पड़ा। दो मिनट बाद घूम कर देखा, रश्मि जा चुकी थीं। वो उसका जाना सहन नहीं कर सकता था। घर आकर बेड पर ही चाय मंगवाई। नौकर ने, सलीके से ट्रे में टी पॉट, शूगर पॉट, और मिल्क पॉट सजाया हुआ था। दो कप... आदतन... एक प्लेट में ओट मील बिस्किट और स्नैकी। उसने अखबार के पन्ने पलटे और बिज़नेस पेज पर जा टिका। रिपोरेट में आर.बी.आई. के विशेष निर्देश; शायद वित्त मन्त्री इसी पर ही चर्चा करें। कॉफ्रेंन्स के लिए नोट्स रात को डी.जी.एम. घर पर ही दे गया था। सोचा शाम को उनमें डूबेगा।

रविवार का दिन था। रश्मि होती तो शायद, अभी तक, तन्द्रा में ही संलिप्त होते। रश्मि को यूनीवर्सिटी में भी पाँच साल हो चुके थे। अब तो उसकी भी प्रोफेसर और हैड ऑफ डिपार्टमेंट बनने के लिए उल्टी गिनती शुरू हो चुकी थी। इसी बीच वह दो बार मिशिगन यूनीवर्सिटी यू.एस. और बर्लिन यूनीवर्सिटी, जर्मनी में पेपर प्रेजेंट करने जा चुकी थी। केम्ब्रिज यूनीवर्सिटी लन्दन में जाने का यह पहला अवसर था। दो साल पहले भी, उन्होंने उसे फेलोशिप लेक्चर्स के लिए निमन्त्रित किया था, परन्तु वह वेणु की रिसेप्शन पार्टी के कारण, जा नहीं पायी थी। वेणु अब आई.टी. इन्जीनियर था तथा यू.एस. में ही मैरी ऑकलैंड से शादी कर ली थी। हिमांशु और रश्मि यू.एस. गये भी थे। मैरी भी वेणु के साथ ही आई.टी. कम्प्यूटर प्रोग्राम-ऐनेलिस्ट थी।

वशि अभी भी बैंगलोर में थी जो अब बेंगलुरू कहलाता था—न्यूयार्क बैंक में मेनेजर थी। हिमांशु देहली में डायरेक्टर पद पर था और रश्मि चंडीगढ़ में ही। परिवार में चार सदस्य और चारों सप्तऋषि के चार नक्षत्रों की तरह, चार दिशाओं में—! सम्भवतः शनि की कुछ अधिक ही कृपा रही है।

आजकल न जाने उसे कैसी आसक्ति ने अभिभूत कर लिया था कि वह रश्मि को बिना बताए उसकी दो निजी डायरियाँ (चुराकर) लाया था। हो सकता है वह उसे बता कर लाता, तो भी वह उसे मना ना करती। परन्तु चोरी से पढ़ने का अपना ही रोमांच था। रश्मि एक असाधारण महिला थी, अति बौद्धिक, कुशाग्र, चिन्तनशील, विश्लेषक, हर मुद्दे को जाँच, परखकर, उसकी अन्वेषणा करती थी। वह पिछले दो दिन से, डायरी में ही डूबा रहा। रश्मि ने उसके व्यक्तित्व को ऐनेलाइज़ कर, उसे आईना दिखाया जो शायद उसने भी देखा ना हो। यही तो था 'जोहारीज़ विन्डो' का सबसे महत्त्वपूर्ण पक्ष।

''हिम का और मेरा जीवन के प्रति दृष्टिकोण बिल्कुल अलग है। वह 'पास्ट' में, खयालों में जीता है, जीना चाहता है, उसे वही रुचिकर लगता है। मुझे जो बीत गया, उससे सबक लेकर, आगे बढ़ना। इसे भावुकता और तार्किकता का ही अन्तर

नहीं कहेंगे, अपितु, कुछ और भी है। हिमांशु की रूढ़िवादी पृष्ठभूमि और वैसा ही नज़रिया विवेक को पनपने नहीं देता। विवेक जब पनपता नहीं तो कुण्ठित होने लगता है। और यदि विवेक भ्रमित हो परन्तु दिमाग अच्छा हो तो वह किसी और दिशा में अग्रसर हो जाता है। वर्तमान को वह और ही रूपों में देखने लगता है। हो सकता है कि जन्म के नक्षत्रों और वातावरण का हमारे विकास की प्रक्रिया में भारी योगदान होता हो। भावुक प्रवृत्ति ने हिम को साहित्यिक शौक दिया, परन्तु मैथ्स में धकेले जाने के कारण, वह शौक उम्र भर भीतर ही भीतर धधकता रहा; और अभी भी कभी-कभी चिंगारियों के रूप में उभरता रहता है। मेरे सम्पर्क ने उन्हें कुछ तो यथार्थवादी और तर्कसंगत बनाया। परन्तु अब स्थिति यह कि वर्तमान में ऑफिस के अतिरिक्त कुछ और सोचने या समझने का समय नहीं। अतः जब भावुकता या 'लिटरेरी पैशन' ज़ोर मारता है तो पहुँचा देता है 'पास्ट में', यूनीवर्सिटी में, यौवन के मस्त दिनों में, इश्क के दरिया में। वैसे रोमांटिसिज़्म भी व्यक्तित्व की एक विशेषता है। यह उन्मतता, खुमारी किसी भी रूप में हो सकती है। यह जुनूनी प्रवृत्ति का द्योतक है। यौवन का उन्माद, नौकरी में सर से पैर तक डूबना, जो भी करना, पूरे जोश से पागलपन की सीमा तक करना, ये सब विवेकहीनता तो नहीं, परन्तु विवेकविपरीतता तो अवश्य है।

इनकी माता जी भी पूजा-पाठ जुनूनी ढंग से करते हैं। शरीर में सामर्थ्य या हिम्मत हो, ना हो, सही या गलत, मिट्टी हो या पानी, बस, अपनी ढर्रे की लीक पर चलते जाओ। वो ही सौ साल पुरानी बातें, जो दादी जी उन्हें कहते होंगे, वही हम सब के लिए दोहराते रहेंगे। विवेक को विकसित करने का माहौल ही नहीं मिला। तभी तो हिम भी कभी कह देते हैं कि हमने बच्चों के लिए न्यूनतम प्रतिरोध या 'लाइन ऑफ लीस्ट रिसिस्टेंस' की नीति अपनायी। यही दर्शाती है उनकी विवेकहीन सोच। विचारों की स्वतन्त्रता और सोच की आज़ादी, विवेक के विकास के लिए उर्वरक का काम करती है। यदि विवेक होगा तो निर्णय अपने होंगे; दूसरों पर निर्भर नहीं करेंगे। फिर उन्हें निभाने का दायित्व भी अपना ही होगा। जिस वातावरण में हिम का बचपन बीता, उसमें बड़ों ने जो कह दिया, वही ठीक है। बच्चे की रुचि, उसका झुकाव, लगाव किसमें है, उससे कोई मतलब नहीं। तभी तो हिम ने एम.ए. इंग्लिश की बजाए, मैथ्स किया, ऐसा ही होता है जब विवेक विकसित ना हो। निर्णय कमज़ोर हो जाता है। अब, बच्चों का दृष्टिकोण, शायद मेरे से ज़्यादा मेल खाता है क्योंकि उनके पनपने की उम्र में हिम साथ नहीं थे। फिर ज़माने की रफ्तार में, विचारों की स्वतन्त्रता अति आवश्यक हो जाती है। रूढ़िवाद के लिए, जो एक्शन एकदम गलत होता है, वही विवेकशील के लिए सही, क्योंकि उसके पास

शब्दों का हेर-फेर नहीं होता। भावुक लोगों के सामने तो चुप ही होना पड़ता है क्योंकि वे किसी भी शब्द की किसी भी तरीके से व्याख्या कर देते हैं।

वैसे देखा जाए तो इन दोनों का सामंजस्य कुछ नये, कुछ शुभ की संरचना कर सकता है। कुछ नहीं तो एक अच्छा उपन्यास ही रचा जा सकता है। हिम को तो समय और सही वातावरण मिलना चाहिए, वह वरिष्ठ उपन्यासकारों की भाँति, कुछ नवीन और बोल्ड उजागर कर सकता है। मैं उसके विचारों का विश्लेषण तो कर सकती हूँ, परन्तु शब्दों का संसार रचना शायद, मेरे बूते की बात ना हो। मेरी भूमिका तो एक विश्लेषक की ही रहेगी। स्थितियों को देखना, उनका आंकलन, उन्हें समझना और पात्रों के माध्यम से उन्हें मुखर करना, यह सब रचना-प्रक्रिया का अभिन्न अंग हैं, और उनके भावनात्मक एवं मनोविश्लेषण के पहलुओं को प्रेषित करने में हिम प्रवण हैं... बाकी फिर... रात के बारह होने वाले हैं... हिम सपनों में मेरी प्रतीक्षा कर रहे होंगे। शुभम्!"

हिमांशु पढ़ता ही जा रहा था। भूल ही गया, कि आईना देखते-देखते, उसका भी कोई अस्तित्व है। उसे भी सभी तरह के दायित्व निभाने हैं। सबसे अच्छा तो यह लगा कि रश्मि एक आधुनिक नारी, जो सामाजिक बन्धनों से मुक्त होने की प्रक्रिया में है, की प्रतिमूर्ति है। उसका प्रतिनिधित्व करती है, बेशक, उसके तर्कों में कहीं कहीं विसंगतियाँ भी हैं। परन्तु, आज नारी चिन्तक है तो उसमें अपनी बात सुचारु रूप से कहने की क्षमता भी है।

अचानक उसका ध्यान दीवाल-घड़ी पर गया। दस बज चुके थे। ग्यारह बजे, तीन डी.जी.एम. आने वाले थे। अगले महीने के लक्ष्य निर्धारित करने हैं। उन्हें प्राप्त करने के लिए योजना और कार्य-पद्धति तय करनी है, फिर उनके अनुसार सभी को दिशा निर्देश भी देने हैं। वैसे, एक हिसाब से रश्मि ठीक ही कहती है कि हम लोग हैं तो जुनूनी। पर हम मानते हैं, जुनून पर ही तो भाषण देते हैं, वही ऊर्जा, स्फूर्ति, आग ही तो भीतर उत्पन्न करते हैं। उत्कृष्टता ही तो सफलता की सोपान है। उत्कृष्टता कोई लक्ष्य नहीं, यह तो एक सफलता की उन्मेष यात्रा है क्योंकि उत्कृष्टता के माणकों में आकाश भी सीमा नहीं हो सकती। जब सर्वोत्तम लक्ष्य होगा, तो उस तक पहुँचने के लिए उन्मादी तो होना ही होगा। उसमें डूबना होगा। यह आग का दरिया है और डूब के जाना है। फिर उसने दोबारा लिखा—"ये इश्क नहीं आसाँ, इतना ही समझ लीजे; इक आग का दरिया है और डूब के जाना है।" विवेक, तर्क से कार्य निष्पादन करना है तो ऑफिस की मेज़ पर बैठे, आँकड़ों का विश्लेषण करो। कार्य पद्धति, उसका रोडमैप बनाओ, कागज़ पर लिख भेजो। परन्तु मार्केटिंग या विपणन के इस प्रतिस्पर्धात्मक दौरे में, बिना पागलपन, शिखर पर प्रथम स्थान प्राप्त करना, शायद सम्भव नहीं। हिमांशु को लगा कि वह फिर उलझ गया। उसे तो उठना

है, कुछ कसरत, फिर तैयारी; पूरी दिनचर्या के लिए। हेड ऑफ ऑफिस, तो पॉवर हाउस है। उसमें ऊर्जा है तो सभी उद्दीप्त, प्रदीप्त होंगे।

सुबह तीन बजे, रश्मि का विमान हीथ्रो एयरपोर्ट पर उतरा। चैक आउट करने में करीबन एक घण्टा लग गया। उसने आगमन लाऊँज में इधर-उधर, फिर बाहर देखा। कुछ लोग, इंग्लिश, नॉन इंग्लिश, एशियंज़, परन्तु किसी की भी राष्ट्रीयता ठीक से आँक नहीं पायी। वैसे भी, यह एयरपोर्ट उसके लिए नया ही था। पहली बार जो आयी थी। जितनी हवा बनी हुई है, जितनी प्रसिद्धि इस एयरपोर्ट की है, वैसा विशेष कुछ लगा नहीं। सफाई, अॅप-कीप और रख-रखाव, साज-सज्जा में देहली का इन्दिरा गाँधी अन्तर्राष्ट्रीय हवाई अड्डा भी इससे काफी बेहतर लगा, बाकी हवाई अड्डों की बात छोड़ो।

उसने दूर से ही देखा कि होटल हिल्टन का प्लेकार्ड लेकर, एक कैब-ड्राइवर खड़ा है। प्लेकार्ड पर लिखा था—'वेलकम—रश्मि शुक्ला—डेलीगेट—इण्डिया'। उसे कुछ तो मनस्तोष, कुछ सन्तोष हुआ। उसके चेक-आउट करते-करते, उसका ट्राली बैग और पोर्टफोलियो बैग आ चुका था। उसने लगेज ट्राली में सामान रखा और वी.आई. पी. निकास से बाहर आ गयी।

जैसे ही उसने बाहर कदम रखा—

"नमस्ते दीदी! वेलकम!" रश्मि अचम्भित!!

पल भर में ही खयालों का वेगपूर्ण अन्धड़ कौंध गया। इस दूरस्त, पश्चिमी देश में—'दीदी—! कितनी आत्मीयता, कितना माधुर्य... परन्तु अगले ही क्षण...

"ओ... कामिनी...आप... व्हाट-ए-सरप्राइज़..." रश्मि ने झट से ट्राली छोड़ी और उसे आलिंगनबद्ध कर, चूम लिया।

"दीदी... मैं तो कई सालों से आपका इन्तज़ार कर रही हूँ—दो साल पहले भी ... आपने निराश कर दिया।"

"ओ.के. पहले यहाँ से चलें... और रास्ते में...।"

मैं कितनी खुश हूँ... आप सोच भी नहीं सकतीं..." कामिनी वास्तव में ही भाव-विभोर हो; रुँधे गले से, आर्द्र स्वर में कहने के प्रयास में ही थी।

इतने में ड्राइवर पास आया—"मैडम... रश्मि..."

"येस..." कामिनी ने बीच में ही टोका।

"मैडम इज़ टू गो विद मी टू होटेल... हिल्टन..."

"येस, आय नो... शी विल गो विद मी... यू मे लीव..." कामिनी ने निर्देश दिया।

और कामिनी रश्मि को साथ ले, ट्रॉली पार्किंग में ले गयी। इम्पाला का डोर खोल, उसने रश्मि को फ्रंट सीट पर बिठाया। सामान डिक्की में रखा।

कैसी स्मार्ट जींस, टाइट फिट टॉप, जो उसके खुले ब्लैक मिंक कोट के भीतर से साफ झलक रही थी, बाल कन्धों तक स्टेप्स में लहराते हुए, आँखों में नशीली सी मादकता, एकदम छिटकी लालिमा में उभरता गोरा रंग, शरीर किसी भी हॉलीवुड अभिनेत्री को मात दे दे...

''तुम कितनी सुन्दर हो, ऐज का कोई असर ही नहीं; पहले तो यह बताओ, तुमने इतनी तकलीफ क्यों की... सुबह के पाँच बजने को हैं... रात भर जागती रहीं... तुम्हें मेरा पता कैसे लगा...''

रश्मि उसके इस अन्दाज़ से अभिभूत थी। कैसा अप्रत्याशित आश्चर्य...?

''दीदी, मुझे तो आपके बारे में पूरी जानकारी रहती है। मैं वैसे भी आपकी मुरीद हूँ। अभी भी आपमें वही आकर्षक खिंचाव, वही आभा, वही कान्ति। सर, तो आज भी उतना ही चाहते होंगे...'' कामिनी ड्राइव करती जा रही थी। कार एक सौ पर भी पानी की भाँति बह रही थी...

''और दीदी... आप मेरे साथ ही रुकेंगी... इतने सालों का बातों का पिटारा खाली भी तो करना है।''

''यह तो तुमने मेरे दिल की बात कह दी... तुम्हारे साथ रहकर ही मुझे विज़िट का मज़ा आयेगा...'' दोनों में कोई औपचारिकता नहीं। इतने वर्षों के बाद मिलने पर भी, कितनी आत्मीयता लगी, जैसे बरसों से साथ ही हों।

कार बह रही थी। कितनी खुली, चौड़ी सड़कें; लेम्प पोस्टों पर दूधिया या फिर धूपहली रोशनी,... उन पर टँगे फोलिऍज, फूलों के पौधे और लतिकाएँ और स्वच्छता... जैसे आपका ड्राइंग रूम ही हो। मीलों लम्बे फ्लाईओवर, कोई रोड दूसरी को काटती नहीं, आकर मिलेगी भी तो साइड से; या गुज़र जाएगी नीचे से। टेम्स नदी, जो लन्दन के बीचों-बीच बहती हुई, सारी संस्कृति को निरन्तर जोड़ती और परिष्कृत करती, आपको हर पल रुकने को बाधित करती है। प्रकृति की अनुपम छटा, मचल-मचल कर बिफरती है पग-पग पर, जिसको सहेजने में, उसको सँवार कर रखने में, सरकारी तन्त्र और नागरिकों का योगदान कम नहीं।

''बहुत ही सुन्दर है मेट्रो''– रश्मि चारों ओर देखती जा रही थी–''यू.एस. के मेट्रोज़, शहरों, सिटीज़ से इक्कीस ही होगा, उन्नीस नहीं।

''आप पहले तो नहीं आयीं?'' कामिनी ने प्रश्नात्मक ढंग से पूछा।

''नहीं–आने का प्लान तो कई बार बना, पर आखिरी मिनट पर रुक गयी... शायद, तुम्हारे पास आना था, इसलिए। फिर भी, तुम्हें कैसे पता चला?''

''दीदी–! पहले तो मुझे रजनी से सब पता चलता रहता है... वह आपसे बात न भी करे... लेकिन उसकी फ्रेंड्स को आपके कार्यक्रम का पूरा पता रहता है। एक

ही तो कॉलेज में टॉपर थीं– और वो थीं आप--हम सबकी आदर्श...'' कामिनी उसे बहुत ही शालीन लग रही थी।

''और... तुम कहाँ हो आजकल...?''

''घर चलें, फ्रेश हो जाएँ, चाय और स्नैक्स लें, तब बेड पर बैठ, विस्तार से बातें करेंगे।'' करीब दो घंटे की ड्राइव। रास्ते भर रश्मि पूछती, कामिनी बताती गयी। वे पहुँचे ग्रीनविच वेस्ट... गेट के सामने जा गाड़ी रुकी, हार्न दिया। मेड ने गेट खोला और गाड़ी पोर्टिको में एंट्री डोर के सामने।

मेड, पता नहीं कौन-सी दृष्टि से सर्वेंट लगती थी... तीस की गोरी चिट्टी ब्लांड ब्राउन, शोल्डर कट हेयर... लाल स्कर्ट, नीली टॉप... टाइट फिट... आँखें स्फटिक समुद्री गहरी नीली, स्टाकिंगज़ और बैली...। पल भर तो रश्मि अचम्भित-सी रह गयी। मेड ने लगेज उतारा, विला का मेन डोर खोला और दोनों, रश्मि और कामिनी एक दूसरे का हाथ थामे टिपीकल इंग्लिश विला में प्रवेश हुए।

38

''कामिनी–यह तो तुम्हारी ही तरह सुन्दर विला है। कितना सुचारु रख-रखाव, तारीफ़ किए बिना रह ही नहीं सकती''–रश्मि वास्तव में ही प्रभावित थी।

''नहीं, दीदी–यह तो आपका नज़रिया ही है। आपने फ्रेश होना हो तो राइट साइड में वॉश रूम है।'' कामिनी ने सहजता से कहा।

रश्मि, जो इस वय में भी, अपनी नैसर्गिक शुचिता, निष्कपटता और कमसिनी नहीं त्याग सकी थी, वैसी ही स्वच्छन्द, उन्मुक्त, असीम आकाश-सी अपाप, निरभ्र। असल में ही कामिनी के व्यवहार, उसकी आत्मीयता, सहजता और अपनेपन से अनुरक्त थी, रश्मि!

इतने में मेड चाय की ट्राली ले आयी। कितने चमचमाते सुनहरी रिम के कप, सिल्वर स्पून्स, कपों के नीचे टिशू कोस्टरज़, जो प्लेट में गिरती चाय की बूँदों को सोख लें; तीन सुनहरे बार्डर की प्लेटों में कुकीज़, रोस्टेड पिस्ता नट्स और रोस्टेड आलमंड्स...

''मैम–कितने क्यूब?'' मेड ने पूछा। रश्मि को उसका सलीका अच्छा लगा।

''जस्ट वन्''

और रश्मि को चाय का कप देने के बाद, कामिनी को बिना दूध, बिना शूगर और स्नैकीज़ पेश कीं।

"कामिनी, बच्चे सो रहे हैं क्या—और मिस्टर दिखाई नहीं दे रहे--" रश्मि के मन में, शुरू से ही उत्सुकता थी कि घर में कोई नज़र ही नहीं आ रहा।

"शादी ही नहीं की... तो..."

"अरे... क्यों? सब तरह से सुन्दर हो... और स्नेहा मिली भी थी... पर उसने आपके बारे में ज़िक्र तक नहीं किया।" रश्मि की जिज्ञासा बढ़ रही थी। बस, यूँ ही दीदी... इस ओर ध्यान ही नहीं गया... सभी, आप की तरह लॅकी नहीं होते।.. सर, कैसे हैं?... आपने उनके बारे में तो बताया ही नहीं।"

रश्मि को याद आया कि उसने कामिनी द्वारा हिम को लिखा पत्र, कई साल पहले, लुधियाना में पढ़ा था; पर वह तो उसे भूल भी चुकी थी।

"आप चाय तो लें दीदी... ये बातें तो होती रहेंगी।" कामिनी ने सहजता से कहा।

"और मम्मी-डैडी।"

"वे तो यू.एस. में हैं। साल में दो-एक बार आ जाते हैं।"

"पर, फिर भी तुम्हारा शादी ना करने का कोई तो विशेष कारण होगा।"

"ऐसा खास नहीं दीदी, यहाँ की कल्चर, संस्कृति, वातावरण, हमारे सब कुछ से, विचारधारा से, सोच के नज़रिए से; बिल्कुल मेल नहीं खाती। यहाँ तो आप जैकाल्स, वल्चर्स से घिरे रहते हैं जिनका प्रेम केवल सेक्स तक ही सीमित है। अपना ध्यान्न स्वयं रखो, अपना आप सबसे पहले, बाकी सब बाद में—समर्पण, परस्परता, घनिष्ठता, परस्पर निष्ठा—कुछ भी तो नहीं। सेक्स रोज़मर्रा के भोजन-सी प्रक्रिया है, रोज़ भोजन बदलो, पार्टनर बदलो; फिर कोई सरोकार नहीं। बेडरूम छोटे-मोटे कुरुक्षेत्र या वीरान मरूस्थल हैं। खासकर प्रवासियों के लिए जिन्होंने स्वच्छन्दता ताज़ी चखी है। चलो छोड़ो इन बातों को—आज तो आप रेस्ट करें, मैंने भी छुट्टी ले रखी है। जब आप कहेंगे, घूमने चलेंगे।

कामिनी को लगा कि उसने 'सर' के बारे में दो बार पूछा, पर या तो दीदी बताना नहीं चाहती; या फिर कोई तनाव... नहीं... ऐसा नहीं हो सकता... मैं सर को जानती हूँ... और रश्मि... वह तो वैसी ही हैं... जैसी कॉलेज में थीं। शायद उसे मेरे बारे में ज़्यादा जिज्ञासा है। बाद में पूछूँगी।

चाय गर्म तो थी, पर रश्मि का एक और कप का मन था। कामिनी ने तो पूछा ही था—

"दीदी... एक कप और... पहला तो बातों बातों में ही ठण्डा हो गया था।" रश्मि ने दूसरा कप पकड़ा। अबकी बार कामिनी ने खुद बनाकर दिया।

"वेरी नाइस फ्लेबर... कौन-सी है..."

"लिप्टन गोल्ड... वही दार्जीलिंग वाली..."

रश्मि ने देखा, कितनी खुली लॉबी, बीचोंबीच कालीन, नीले, सिल्की हरे और टमाटरी रंग के फूल; डबल सोफा, सेन्टर ग्लास-टेबल, साईड टेबल्स, लॉबी में वुडन मेंटल्ज़, स्टेंड पर मार्बल की तराशी हुई इटेलियन मूर्तियाँ, कुछ पिकासो, कुछ माइकेल एंजेलो की पेंटिंग्स, सिल्वर के आर्टिफेक्ट्स और भी बेहिसाब सारे जहाँ की संस्कृति के शिल्प चिन्ह; लॉबी के दोनों ओर दिखाई देते दरवाज़े, ...। परन्तु पता नहीं कि वे रूम्स हैं या फिर स्टोर, किचन वॉथ रूम्स इत्यादि।

आखिर, वे लॉबी के बीचोंबीच बनी सीढ़ियों से ऊपर गयीं। एकदम रूम करीबन सीढ़ियों के सामने ही, दो रूम्स दाहिनी ओर बायीं ओर। कुल मिलाकर, अच्छा-खासा फाइव स्टार होटल लगता था। ऊपर भी, कमरों के बाहर कॉरीडोर में गोल्डन या गोल्ड प्लेटेड स्मृति चिन्ह, पेंन्टिग्ज़... बस, जो भी आये उन्हीं मे खो जाए।

कामिनी ने दाहिनी ओर के रूम में, रश्मि का सामान रखवा दिया। बीच के कमरे की बायीं ओर उसका अपना बेडरूम...। जब बीच वाले कमरे को दिखाने की बारी आयी, तो कामिनी ने उसे खोला नहीं। यह मेरा पर्सनल रूम है--मेडिटेशन रूम... कम ही खोलती हूँ।"

रश्मि के मन में आदतन कौतूहल तो जागा; परन्तु सोचा, फिर देख लेंगे। और यह कामिनी करती क्या है--? बेडरूम में भी अंग्रेज़ी के नॉवल या आत्मकथाएँ; कितनी रहस्मयी है। उसकी तरह एकदम स्पष्ट, पारदर्शी क्यों नहीं, कुछ तो बात है! वैसे पंजाबी में ऐसे व्यक्ति को घुन्ना कहते हैं, जो खुलता ही नहीं। ऐसा क्यों होता है? जन्मजात, नक्षत्रों के प्रभाव के अन्तर्गत, या कोई विशेष कारण जो जीवन को ऐसा मोड़ दे देता है? खैर, उसे तो अन्वेषणा करनी ही है, स्वभावतया, विवेकशील जो ठहरी। बात की जड़ तक जाना ही है, तभी तो 'प्योर मैथ्स' उसका रुचिकर क्षेत्र रहा है। उसमें चिन्तन है, विश्लेषणात्मकता है, ज्ञानसापेक्षता है, सब्जेक्टिविटी है। कामिनी भी तो मैथ्स की ही स्टूडेंट रही है, पर वह तो अपने बारे में टाल ही जाती है। अभी ब्रेकफास्ट टेबल पर पूछूँगी।

कामिनी और रश्मि जैसे ही अपने-अपने बेडरूम्स में लेटीं, आँख लग गयी। दो-अढ़ाई घण्टे बाद उठीं। टॉयलेट, शॉवर और कैयूल्स में... तभी डोर पर दो हल्की-सी नॉक हुईं। रश्मि ने उठकर दरवाज़ा खोला। कामिनी कुमुदिनी-सी खिली हुई, और रश्मि जूही-सी स्निग्ध! दोनों एक-दूसरे को देख सुखमय पलों से अभिभूत! लगा, जैसे बरसों से साथ हों। एक सजीला, सान्निध्य, सलोना चिरन्तन पल!

गजगामिनी-सी पग भरतीं, मंथर गति से धीमे-धीमे वे सीढ़ियाँ उतरीं। ग्लास टॉप के डाइनिंग टेबल पर, आमने-सामने बैठ गयीं। परस्पर दर्पण में एक दूसरे को निहारने, बतियाने और बीस-पच्चीस वर्ष के अन्तराल को फिर से, जी जाने के लिए। कनपटियों के कुन्तल, दोनों के मुख मंजुल की आभा को और भी उजागर, आलोकित

किए जा रहे थे। टेबल पर मेड ने, दो कुर्सियों के सामने, क्राकरी सजा दी थी। कटलरी व प्लेटस की पारदर्शिता, जबरन भूख को प्रज्वलित कर रही थी।

"क्या लेंगी आप... वेज या नान वेज..." कामिनी ने आतिथ्य भाव से पूछा।

"मैं तो प्योर वेज हूँ—आप जो मर्ज़ी हो लें। वैसे, अब तो ब्रंच ही लें, तो ठीक रहेगा; फिर जिस काम से आयी हूँ वहाँ भी एक चक्कर काट लें। वैसे, कॉफ्रेंस तो कल ही है, चालीस डेलीगेट्स हैं। देखें, कितने आते हैं?" रश्मि उसे विस्तार से बता रही थी। उसे इस बात की जानकारी कहाँ कि इस सब की व्यवस्था तो कामिनी ने ही की थी।

"दीदी, ठीक है, जैसा आप कहें।"—वेज में पराठा या सेंडविच..."

"मैं तो कॉर्नफ्लेक्स विद मिल्क और वेज सेंडविच लूँगी। आप चाहे तो नॉन वेज ले लें—ऑय डोंट माइंड..."

"दीदी, मैं भी प्योर वेज हूँ, कभी नॉन वेज लेती थी। यहाँ आने पर छोड़ दिया।"

"कोई खास वजह?"

"नहीं, वैसे ही मन नहीं किया।"

रश्मि थोड़ी आशंकित तो हुई, पर शंका का कोई कारण उसे लगा नहीं।

"पर, तुमने शादी क्यों नहीं की? कोई कारण तो होगा। नहीं तो आप जैसी सुन्दर, सुपठित, कोई भी मोहित हो जाए?"

मेड धीरे-धीरे से ट्राली से एक-एक चीज़ उठाकर सर्व कर रही थी और हैण्ड ग्लव्स पहने पूरी स्वच्छता का ध्यान रख रही थी। कामिनी ने मन ही मन कहा—सभी आप जैसी लकी कहाँ? पर कुछ तो कहना ही था।

"मैंने दीदी आपको सुबह चाय पीते हुए बताया था ना; यहाँ परस्पर निष्ठा, परस्पर प्रेम, एकात्मता नाम की कोई चीज़ नहीं। ज़्यादातर सेक्स सभी सम्बन्धों के केन्द्र में रहता है। सालों साथ रहने पर भी सतही सम्बन्ध, धरातल पर अजनबीपन। रातों अकेले रहो... अपनी बला से...। पूरी तरह से व्यवसायिकता, मल्टी सेक्स, मल्टी लव, मल्टी रिलेशनशिप्स, सभी सभ्य। लगाव, आत्मीयता, संवेदना, प्यार, प्रेम, लव. .. पता नहीं ये किसे कहते हैं। मेरी समझ से बाहर!" रश्मि तन्मयता से सुन रही थी—"इस प्रकार की पाशविकता सहनशक्ति से बाहर की चीज़ है। इससे तो अकेले रहने में क्या बुराई है। अपने पर विश्वास, अपने ढंग का जीवन, अपने निर्णय, कोई दोषारोपण नहीं। दो-दो महीने में तलाक, बिस्तर-बदल तो नहीं। पता ही नहीं लगता कि कौन शोषक है और कौन शोषित। परन्तु फिर भी पुरुष तो पुरुष ही है—मानसिक और शारीरिक प्रताड़ना तो जैसे उसका जन्मसिद्ध अधिकार है। दूसरे की पत्नी, दूसरी महिला के लिए, पूरी रिस्पेक्ट, पूरा आदर, परन्तु अपनी महिला के लिए नृशंस, घृणित व्यवहार। यही तो सब होता है, मेरी बहुत-सी फ्रेंड्स के घरों में..."

कामिनी ने शायद बरसों से, किसी से इस विषय में बात नहीं की थी।

रश्मि हैरान, हतप्रभ। दूर से दिखने वाला सभ्य, सम्भ्रान्त और सम्पन्न समाज; भीतर से इतना जुगुप्सित, खोखला, असभ्य, अनैतिक। कुछ सांत्वना मिली—अपनी सोसाइटी के बारे में सोच कर। लाख साधन-विहीन हों, तड़क-भड़क ना हो, भव्यता का भोंडा प्रदर्शन न हो, परन्तु फिर भी कुछ प्रतिशत को छोड़कर लोग प्रायः एकनिष्ठ, समर्पित, एक अटूट बन्धन में बँधे हुए हैं। एक सामाजिक भय है, पर्दा है, संकोच, लज्जा, शर्म है, आने वाली पीढ़ियों के प्रति दायित्वों के निर्वहन की ज़िम्मेदारी समझते हैं। तभी तो शादी की, परस्पर प्रेम, जुड़ाव, लगाव की संस्था इतनी दृढ़ता से टिकी हुई है। अलबत्ता जो इस परिपाटी से सन्तुष्ट नहीं हैं, वे भी अब 'लिव-इन-रिलेशनशिप' की ओर मुड़ रहे हैं। परन्तु जैसे मछली पत्थर चाट कर ही मुड़ती है, वैसे ही, ये सभी उस नयी पाश्चात्य सोच की त्रासदी से गुज़र कर ही वापिस लौटेंगे। उसे तो अपने भाग्य से ईर्ष्या होने लगी और वह अब हिमांशु से और भी अधिक प्रेमासक्त हो गयी। उस के जी में आया कि काश, हिमांशु होते पास, तो झट से उठकर उनसे वल्लरी-सी लिपट जाती—पूर्ण समर्पित!

"वैसे मैं तुम्हारी सभी बातों से सहमत हूँ, लेकिन एक बात तो है कि तुम हिन्दी कितनी अच्छी बोल लेती हो। कैसे, कहाँ से सीखी ऐसी अलंकृत भाषा।"

"दीदी! संस्कृत पढ़ी हुई है। इतनी तो आ ही जाती है—फिर हिन्दी के अच्छे उपन्यास हैं। आप तो स्वयं ही इस दिशा में लासानी हैं।"

"अच्छा... चलो... हाँ, शायद दो साल पहले स्नेहा मिली थी; अपने बीयू या बो के साथ। चंडीगढ़ आयी थी। कुछ तो असामान्य लग रही थी। उस समीर से उसने शादी की? वह तो कह रही थी... बस अगले महीने... शादी कर लेंगे..." रश्मि ने धीरे-धीरे कामिनी की फेमिली के बारे में जानना चाहा।

"वैसे तो मैं भी उनके सम्पर्क में कम ही हूँ। फिर भी साल में एक दो बार मैं फोन कर लेती हूँ, और दो एक बार उनका भी आ जाता है। उनका जीवन तो त्रासदीपूर्ण ही रहा। समीर ने शादी नहीं की, स्नेहा के लड़का हुआ। कहने को भारत में उसे वर्ण संकर कहा जा सकता है परन्तु यहाँ तो यह बात सामान्य-सी ही है। समीर अब किसी दूसरी लड़की के साथ, 'लिव-इन' में चला गया। अब कोर्ट में लड़के की कस्टडी के लिए केस चल रहा है। लगता है वो ही जीतेगा। उसकी दलील से, वो लड़के की देखभाल बेहतर तरीके से कर पाएगा क्योंकि उसके माँ-बाप अब उसके साथ रहते हैं। स्नेहा के साथ तो कोई भी नहीं। भाई-भाभी से वो पहले ही नहीं बोलती। वे लोग तो कोलकाता में ही सैटल हो गये हैं।" अब कामिनी भी सामान्य भाषा पर पलट गयी थी।

"कई बार कुछ लोगों का जीवन, एक बार, गलत ढर्रे पर चल पड़े तो बिना विशेष प्रयास, वह सही रास्ते पर आता ही नहीं।... अच्छा, अब यूनीवर्सिटी चलें...।" रश्मि के मन में केम्ब्रिज जाने की भी उत्सुकता थी।

कितनी विशाल यूनीवर्सिटी। अपने आप में एक हरा-भरा, फैला हुआ शहर। पता नहीं इनके विलॉज़, विलेज, कॉलोनियाँ, मॉल्स कहाँ हैं? खूब चौड़ी सड़कें... पर खाली। शायद छुट्टी होगी... उसने सोच भर लिया। पूछा नहीं। पर्यावरण का इतना बचाव कि बीच-बीच में बहती कूलें... सब ओर हरियाली की ओढ़नी। कुछ भी कहो, रहने का आनन्द तो यहीं है। हिमांशु से कहूँगी कि यहाँ पोस्टिंग ले लें। मैं भी विज़िटिंग प्रोफेसर के तौर पर आ जाऊँगी। रश्मि का मन, प्रकाश की गति से भी तेज़ दौड़ने लगा।

रश्मि, जैसे ही मैथ्स डिपार्टमेंट में गयी—एक के बाद एक...तीन चार या जो भी हों सबने कामिनी को विश किया। और लो... अब कामिनी के चेम्बर के सामने। बाहर 'नेम प्लेट' और उस पर अंग्रेज़ी में, पीतल के अक्षरों में अंकित—"डॉ. कामिनी—रीडर" रश्मि को थोड़ा आश्चर्य परन्तु सुखद अनुभूति भी हुई।

"तुमने तो बताया ही नहीं!" रश्मि के मुँह से त्वरित निकला।

"दीदी—इसमें बताने की कोई बात थी ही नहीं। मैंने सोचा—आपको पता ही होगा। आपने इण्डिया बात की या नहीं, बात कर लें। मैं बाहर कुछ काम देख लेती हूँ..." और कामिनी उठकर जाने को हुई। वही सहजता, वही लचक, वही मुस्कान कि पल भर कोई भी ठिठक जाए। रश्मि को बहुत प्यारी लगी। बेशक, वह जानती थी कि उसकी निजी स्वच्छन्द, उन्मुक्त हँसी या स्मिति किसी को भी चित्त कर देती है। रश्मि ने उसका हाथ पकड़कर बिठाया।

वैसे, मैंने, 'ई-मेल' तो कर दिया था; पर अब बात कर उन्हें 'सरप्राईज़' भी देती हूँ।

रश्मि ने बात तो की, परन्तु क्षण भर...। हिम तो कांफ्रेंस में थे।

"क्यों क्या हुआ? बात नहीं हुई...?" कामिनी थोड़ी अचम्भित थी।

"आज उनकी मिनिस्टर के साथ बोर्ड मीटिंग है। ध्यान ही नहीं रहा। नहीं तो वो आने वाले थे। आखिरी मिनट प्रोग्राम कंसल करना पड़ा।"

"मुझे पता है कि आपने परसों की रिटर्न फ्लाइट बुक करवा रखी है। पर अब मैं आपको इतनी जल्दी नहीं जाने दूँगी। मैंने आपके और भी लेक्चर एरेंज किए हुए हैं। कुछ दिन साथ रहेंगे... हो सके, तो सॅर को भी बुला लेना...। उनकी भी चेंज हो जाएगी।" कामिनी ने अनुग्रहपूर्वक प्रस्तावित किया।

दिन भर वे लन्दन की सैर करती रहीं। सभी स्थल दर्शनीय, मन-मोहक लगे। क्या देखें, क्या छोड़ें... लन्दन आयी, वेस्टमिंसटर एॅबे, कार्ल मार्क्स की कब्र, ट्रेफ़ाल्गर

स्क्वेयर, कैप्टन कॉरमज़ स्टेच्यू, ग्रीनविच, मडॉम तुस्सार म्यूज़ियम... और बाकी कल ... कांफ्रेंस के बाद।

हिम का भी रात भर फोन नहीं आया। कोई नयी बात नहीं थी—रश्मि के लिए। पहले कांफ्रेंस, फिर मीटिंग, डिस्कशंज़ फिर सुबह दो-तीन बजे तक ड्रिंक्स। चाहे हिम को ड्रिंक्स नहीं करनी होती, तो भी साथ तो देना ही होता है।

रश्मि के "फर्माज़ नम्बरज़" पर पेपर की भूरि-भूरि प्रशंसा हुई। सोच को एक नयी दिशा मिली, नये आयाम खुले। कई डेलीगेट्स ने विज़िटिंग कार्ड परस्पर एक्सचेंज किए। सारा आयोजन और व्यवस्था कामिनी ने ही की थी। रश्मि को अच्छा भी लगा, हैरानी भी हुई। वैसे, कामिनी का नाम, उसकी इंटेलेक्ट, प्रखरता एवं कुशाग्रता के लिए काफी चर्चित था।

दोनों देर शाम लौटे। कामिनी मेड को कुछ निर्देश दे रही थी। रश्मि सीधी ऊपर चढ़ गयी। खुश भी, सन्तुष्ट भी, आत्मतुष्ट भी; कि सभी ने उसकी सराहना की।

जल्दी से ऊपर जाकर, सीधे सामने वाले रूम की नॉब घुमायी। डोर जैसे ही खोला, भीनी-भीनी नीलिमा रंजित लाइट्स जल गयीं। कितनी सुरुचि और सुन्दरता से रूम को अलंकृत किया हुआ था। अभी, ज़रा-सी दृष्टि घुमायी ही थी कि नज़र सामने एक शो-केस पर पड़ी। पूरा शो-केस रंग बिरंगे शीशे का बना हुआ... और उसके मध्य भाग में रखी प्रतिमाएँ। दाहिनी ओर आशुतोष शिव की भव्य मूर्ति... नीले ग्लास से निर्मित; बायीं ओर श्रीकृष्ण की बाँसुरी वादक मूर्ति... गहरे नीले शीशे की; और दोनों के बीच अरें! हिमांशु का उसी भव्यता में अभिवंदित—फोटोग्राफ!

रश्मि को आँखों पर विश्वास ही नहीं हुआ। वह तो जैसे किसी दिव्य लोक में आ गयी हो। इतना लम्बा अन्तराल, जीवन का आधे से अधिक भाग... किस उन्मत्तता को समर्पित!... निर्विकार, निःशब्द... निष्काम! वह तो हतप्रभ सी निस्पन्द हो गयी। अचेतना टूटी तो रूम की नॉब घुमाकर बन्द किया और अपने कमरे में चली गयी।

जाते ही डायरी में लिखा—

"हम; अपने ही लोकों के
होते हैं बन्दी—
फ़ीनिक्स की तरह उड़ते—
शिखर से शिखरतम की ओर—
अन्तिम परिणति से बेपरवाह...
जो हो सकता है... असीम... अक्षय।
प्रेम है सर्वोपरि, अलौकिक...
सभी तर्कसंगत, विवेकहीन प्राचीरों से परे...

जो होता है विलीन
उदात्त चरम में...
निस्पन्द, निस्संकोच, निर्विवश!"*

तुरन्त हिम को ई-मेल किया—

"हिम, अगली फ्लाइट से यहाँ आ जाओ। टिकट साथ भेज रही हूँ। यह अति आवश्यक है।" शीघ्रता से नीचे उतरी। कामिनी को आलिंगनबद्ध कर चूमती रही।

कामिनी एक दम अनजान, कि आखिर क्यों?

❏❏

* We are captives of our own domains;
Rising like phoenix
Unmindful of the ultimate
Which may be infinite.
Love transcends all—
All the rational, irrational barriers
And merges with the sublime
Without a demur, a stir or a coerce.